Unicorn

独角兽书系

沙丘序曲

DUNE:
House Corrino
科瑞诺家族

布莱恩·赫伯特　凯文·J.安德森 著
王梓涵 —————————— 译

重庆出版集团 重庆出版社

版贸核渝字(2020)第034号

图书在版编目(CIP)数据

沙丘序曲:科瑞诺家族/(美)布莱恩·赫伯特,(美)凯文·J.安德森著;王梓涵译.—重庆:重庆出版社,2021.10
书名原文:Dune:House Corrino
ISBN 978-7-229-15844-6

Ⅰ.①沙… Ⅱ.①布… ②凯… ③王… Ⅲ.①长篇小说—美国—现代 Ⅳ.①I712.45

中国版本图书馆CIP数据核字(2021)第119998号

沙丘序曲:科瑞诺家族
SHAQIU XUQU:KERUINUO JIAZU
[美]布莱恩·赫伯特 凯文·J.安德森 著 王梓涵 译
特约统筹:丁 济
责任编辑:邹 禾 唐 凌 王靓婷
装帧设计:谢颖设计工作室
责任校对:刘 艳

重庆出版集团 重庆出版社 出版
重庆市南岸区南滨路162号1幢 邮政编码:400061 http://www.cqph.com
重庆出版社艺术设计有限公司 制版
重庆豪森印务有限公司 印刷
重庆出版集团图书发行有限公司 发行
E-MAIL:fxchu@cqph.com 邮购电话:023-61520646
全国新华书店经销

开本:890mm×1230mm 1/32 印张:20.75 字数:536千
2021年10月第1版 2021年10月第1次印刷
ISBN 978-7-229-15844-6
定价:106.60元

如有印装质量问题,请向本集团图书发行有限公司调换:023-61520678

谨以此书献给我们的妻子，

珍妮特·赫伯特

和

丽贝卡·摩斯塔·安德森

感谢她们的支持，热情，耐心，

以及在漫漫长路中给予我们的爱

厄拉科斯行星的自旋轴与它的轨道半径成直角。这颗星球本身并不是一个圆形，而是一个不停转动的陀螺，赤道突出，两极凹陷。这似乎给人一种感觉：它是某种古老技术的人造产物。

——《关于厄拉科斯的第三次帝国委员会报告》

在尘土飞扬的天空中，在两颗卫星的光芒照耀下，弗雷曼突击队轻快地掠过了沙漠中的岩石。他们融入周围恶劣的环境，隐蔽身形，他们就是这个死亡沙漠中的死神。

哈克南人都得死。这支全副武装的突击小队里所有的成员都发过同样的誓言。

现在是黎明前最安静的几个小时，长了一脸黑胡子、身材高大的队长斯第尔格像猫一样轻盈地走在二十名最优秀的战士前面。我们必须像黑夜里的影子一样移动。我们是带刀的影子。

斯第尔格忽然举起一只手，命令远征队停下来，然后开始倾听沙漠的脉搏，在黑暗中摸索着。他透蓝的眼睛扫视远处高耸的岩石峭壁，这些岩壁在天空的映衬下就像一排排巨大的哨兵。两颗卫星在天空中移动时，地面上的阴影也在不停地变化，好像群山拉长了脸。

这些人凭借着早已适应了黑暗的眼睛，沿着陡峭的岩壁用工具凿出了一条小径，然后爬了上去。虽然斯第尔格以前从未到过这里，但这里的地形似曾相识。他的父亲曾向他讲述过他们的祖先进入圣训穴地[1]的路线，它曾是所有的隐藏定居点中最伟大的一个，但很久以前就被遗弃了。

“圣训”——这个词来源于一首古老的弗雷曼歌曲，那首歌讲的是人们应该如何在沙漠中生存下来。和许多活着的弗雷曼人一样，那首歌也深深铭刻在他心中……它讲述了在沙丘上流浪的第一代禅逊尼人，讲述了关于背叛和冲突的故事。传说所有的弗雷曼人都是起源于此地，起源于这个神圣的穴地。

只不过，现在哈克南家族[2]已经亵渎了我们的古老圣地。

斯第尔格突击队里的每个人都厌恶这种亵渎。在红墙穴地里有一块平坦的石碑，上面标记着所有被弗雷曼人杀死的敌人，而今晚还会有更多的敌人鲜血满地。

斯第尔格加快了脚步，突击队员紧跟着他，沿着岩石小径前进。天快亮了，他们还有很多杀戮工作要做。

在这里，所有人都在躲避帝国窥视的眼睛，哈克南男爵一直把圣训穴地的空洞穴当做他的非法香料储备点。这些被偷来的珍贵美琅脂[3]没有出现在皇帝的任何存货清单上，当然也不会上交给他。沙达姆也从没有起过疑心。但这一切就发生在沙漠人的眼皮底下，哈克南人瞒不了弗雷曼人。

---

①穴地是弗雷曼语，意为“聚居避难处”。由于弗雷曼人长期生活在危难之中，这个词慢慢变成了通用语，指一个部落居住的洞穴群落。

②哈克南家族是在帕迪沙皇帝统治时期的一个大家族。首都位于杰第主星，蛇夫座 B36 星系一个高度工业化的星球，光合作用潜力很低。哈克南家族以其阴险的政治策略闻名于世，他们与另一个大家族厄崔迪家族是古老的世仇关系。此外，哈克南家族还以野心、恶毒、仇恨和残暴而闻名。它通常由一名西瑞达男爵统治。目前哈克南家族的统治者是弗拉基米尔·哈克南。

③美琅脂通常被称为“香料”，是厄拉科斯独有的作物。香料主要以其抗衰老作用、提升大脑能力以及成瘾性闻名于世。其价格非常昂贵，围绕着香料产生了一系列科技、文化产业，美琅脂是帝国一切事务的基础。

在山脊的底部，有一个肮脏的小村庄，名叫巴·伊斯·拉希德，哈克南家族在悬崖上布置了一个监听站和一些卫兵。这点儿防御工事对弗雷曼人来说并不算什么障碍，他们很久以前就修建了许多通往山上石窟的竖井和入口。弗雷曼人专用的秘密通道……

斯第尔格眼前出现了一条岔路，他沿着这条模糊的小径继续向前走，寻找通往圣训穴地的隐蔽通道。在微弱的光线下，他忽然看到对面一块岩石下面出现了一片阴影。他立刻趴了下来，把手伸到那片黑暗之中，果然摸到了一个小小的洞口，里面又冷又湿，没有水封门。*真是浪费啊。*

洞里没有明亮的灯光，也没有卫兵的迹象。他爬进洞里，伸出一条腿，找到一个粗糙的岩架，一脚踩了上去。然后他又伸出另一只脚找到第二个岩架，接着是它下面的第三个岩架。就这样依次向下。不多时，他便在前方隧道右拐的地方看到了微弱的黄色灯光。斯第尔格后退了几步，举起一只手，招呼其他人跟上。

顺阶而下的斯第尔格，在最底层的粗糙地板上发现了一个盛菜的旧碗。他拔下鼻塞，闻了闻，生肉的味道。捕食小型猎物用的诱饵，还是一个动物陷阱？他僵住了，四下寻找传感器。难道他已经触发了某种无声警报？紧接着他便听到前面传来了脚步声，还有醉醺醺的说话声。“又逮着一只。我们去把它轰成肉酱吧。”

斯第尔格和两个弗雷曼人立即躲进了旁边的一条隧道，抽出他们乳白色的晶牙匕①。毛拉手枪在这些封闭的空间里会造成巨大的声响。很快两名浑身散发着香料啤酒臭味的哈克南卫兵出现了，他们跌跌撞撞地从弗雷曼人身边经过，斯第尔格和他的战友图洛克立刻跳了出来，从后面抓住了他们。

---

①晶牙匕是厄拉科斯弗雷曼人的圣刀。由死沙虫的牙制成，有两种形式，一种是“已定”，另一种是“未定”。未定之刀必须贴近人体的磁场，否则会迅速分解。已定之刀受过处理，可以收藏。所有的晶牙匕长度都约为20厘米。

还没等这些倒霉鬼喊出声来，弗雷曼人就割断了他们的喉咙，然后立即把海绵垫放在他们的伤口上，用力吸去那宝贵的血液。在一连串效率极高的模糊动作中，弗雷曼从仍在抽搐的卫兵手中抢走了武器。斯第尔格自己抓起一把激光步枪，又递给图洛克一把。

昏暗的军用球形灯飘浮在天花板的凹槽里，投射出微弱的光线。突击小队继续沿着通道前进，走向古老穴地的中心。当通道带着他们绕过一个用于将物料运进运出的传送带时，他闻到了美琅脂那熟悉的肉桂气味，随着队伍越走越深，这种气味愈加浓烈起来。在这个区域，天花板上的球形灯被调成淡橙色，而不是黄色。

突击小队忽然看到许多头骨和腐烂尸体被随意丢在了走廊的两侧，就好像哈克南人在漫不经心地展示战利品，大家立刻交头接耳起来。斯第尔格也不禁怒火中烧。这些人很可能是弗雷曼囚犯或是普通村民，被哈克南人抓走充当捕猎活动的靶子。在他身边的图洛克已经开始环顾四周了，寻找下一个他可以亲手杀死的敌人。

斯第尔格小心地在前面领路，很快便听到前方传来了说话声和武器碰撞发出的叮当声。他们来到一处凹室，凹室四周有低矮的石栏，可以俯瞰地下的洞穴。斯第尔格心想，在很久以前，一定有成千上万的沙漠人涌入这个巨大的洞穴，那时候，还没有哈克南家族，也没有皇帝……那是个距离今天很遥远的时代，那时候香料美琅脂还没有成为宇宙中最有价值的物质。

在洞穴的中心矗立着一个八角形结构的建筑，呈深蓝色和银色，周围都是坡道。它周围有很多体积更小的支撑结构。其中一个还处于建设中，塑胶零件散落了一地，七名工人正在辛苦地工作。

突击队员们溜回阴影之中，蹑手蹑脚地走下楼梯，来到洞穴底部。图洛克和其他弗雷曼人的手里端着刚才抢来的武器，占据了可以俯瞰岩洞的几个凹室。三名突击队员一下子冲上了围绕着最大八角形建筑物的斜坡。这些爬到了顶部的弗雷曼人忽然消失在斯第尔格的视线中，然后很快又出现了，并迅速向斯第尔格打了个手势。这时，他看到下面的六名卫兵已经被他们无声无息地杀死了，都是在一片寂静中被晶牙匕割了喉咙。

秘密行动宣告结束。岩洞的地面上也突然出现了两名突击队员，用毛拉手枪对准了大吃一惊的建筑工人，突击队员命令他们上楼。这些黑着眼圈的工人们勉强服从了，好像他们并不在乎把他们囚禁起来的是哪个主人。

弗雷曼人搜查了连接的通道，发现了一个地下营房，有二十四名卫兵倒在散落一地的香料啤酒瓶子中间睡大觉。公共休息大厅里弥漫着浓烈的美琅脂气味。

弗雷曼人一边嘲笑这些哈克南人，一边冲了进来，挥刀乱砍乱踢，造成了剧痛无比但不致命的伤口。这些酩酊大醉的哈克南士兵就这么被解除了武装，然后一起被赶到了中央洞穴。

斯第尔格的血液沸腾起来，他怒视着面前这些无精打采的醉汉。谁都希望能遇上有荣誉感的敌人。但今晚他们一个也没遇到。即使在这个高度戒备的岩洞里，这些士兵也在偷尝他们本应看守的香料——很可能是背着男爵。

“我现在就想把他们都折磨死。”图洛克的眼睛在红色的球形灯光下显得异常黑暗，“慢慢地折磨死。他们是怎么对待那些俘虏的，你们都看见了。”

斯第尔格拦住了他：“把这个留到以后再说。相反，我们应该让他们工作。”

斯第尔格在哈克南俘虏的前面来回踱步，不时抓一下他的黑胡子。他们身上因恐惧而散发出的汗臭味压倒了香料的气味。斯第尔格用一种低沉而谨慎的语气，复述了他们的领袖列特－凯恩斯教给他的话，威胁这些士兵：“这种香料储备是非法的，明显违反了帝国法律。这个洞穴里所有美琅脂将被没收，并向凯坦星上报。”

作为最近任命的帝国行星学家，列特已经去过凯坦了，要求觐见帕迪沙皇帝沙达姆四世。穿越银河系到达皇宫是一段漫长的旅程，而像斯第尔格这样简单的沙漠居民几乎无法理解这样的距离到底有多远。

“是弗雷曼人这么说的吗?”半醉的哈克南队长讥笑道，他个子矮小，双下巴不住地颤抖，额头很高。

“是皇帝这么说的。而且我们是以他的名义扣住这批香料的。”斯第尔格那双靛青色的眼睛死死盯着他。而那位满脸通红的队长甚至没有足够的理智来害怕。显然，他还没有听说弗雷曼人会对他们的俘虏做什么。但他很快就会知道了。

“去卸货吧!”图洛克大声咆哮起来，站在他身边的就是那些刚刚获救的工人，这些还没有完全累趴下的囚犯看到哈克南士兵一个个乖乖起身去劳动，都觉得很有趣。“很快我们自己的扑翼机就来拉这批香料了。”

当冉冉升起的太阳开始炙烤沙漠时，斯第尔格的心头泛起阵阵焦虑。哈克南俘虏们正在不停歇地工作。这次突袭虽然花了他们很长时间，但堪称收获颇丰。

在全副武装的图洛克和其他队员的监督下，那些脾气暴躁的哈克南卫兵把一包又一包美琅脂搬到传送带上。传送带发出了哒哒的响声，将这些香料运往了悬崖上的扑翼机停机坪。在洞穴外面，弗雷曼突击队将这些足够买下全世界的财宝从传送带上卸了下来。

男爵到底想用这么大的一笔财富做什么呢?

中午时分，斯第尔格准时听到了来自山脊底部巴·伊斯·拉希德村传来的爆炸声——第二支弗雷曼突击队通过一次精心策划的进攻，袭击了哈克南岗哨。

四架没有标记的扑翼机优雅地绕着岩壁盘旋，拍打着它们的机械翅膀，直到斯第尔格的人引导它们降落在停机坪上。获救的建筑工人和弗雷曼突击队将这批包装好的、被人偷了两次的美琅脂装上了扑翼机。

这次突袭行动到了尾声。

斯第尔格指示哈克南卫兵们沿着一条陡峭的山路下去，两边就是尘土飞扬的巴·伊斯·拉希德村的棚屋。在极度恐惧中干了好几个小时重活儿的那位双下巴哈克南队长现在完全清醒了，他浑身大汗淋漓，眼前阵阵发黑。斯第尔格就站在他面前，轻蔑地打量着这个人。

他二话没说，直接抽出他的晶牙匕，由下往上从耻骨一直划到胸骨，把整个人从中间一切为二。队长仿佛难以置信地倒吸了一口气，鲜血和内脏喷洒了出来。

“真是浪费水分。”图洛克在他身旁喃喃自语。

几个大惊失色的哈克南囚犯试图逃跑，但弗雷曼人猛扑了过去，把其中几个士兵扔下了悬崖，又用锋利的匕首刺向了另外几个人。那些原地没动的也被迅速而无痛地消灭了。这些胆小鬼浪费了弗雷曼人不少时间。

那些黑眼圈建筑工人奉命把所有的尸体都运到了扑翼机上，甚至还有过道里发现的那几具腐烂尸体。回到红墙穴地后，斯第尔格的人会把这些尸体都扔到亡者蒸馏器①里去，让每一滴水都能为部落所用。被亵渎了的圣训穴地再次变得空荡荡，成为了一个幽灵洞窟。

同时，这也是给男爵的一个警告。

满载而归的扑翼机像几只黑色的大鸟，一个接一个地径直飞向晴

---

①亡者蒸馏器是弗雷曼人回收尸体内水分的地方。在厄拉科斯，水是最珍贵的资源。根据弗雷曼人的传统，一个人体内的水分属于他的部落。因此，弗雷曼人发明了这种蒸馏器，作为回收死者体内水分的一种方式，因为这水分属于他们的部落，而死者不再需要它们了。

朗的天空。斯第尔格等人则在午后的炎炎烈日下绝尘而去，他们完成了自己的任务。

现在，哈克南男爵的香料储备丢失了，卫兵也被谋杀了，他一定会报复巴·伊斯·拉希德村子，哪怕那些贫穷的村民与弗雷曼人这次突袭没有任何关系。斯第尔格严肃地抿着嘴唇，他最终决定把村子里的所有人都转移到一个遥远的安全穴地里去。

在那里，他们会和那几位建筑工人一起，被转化为弗雷曼人，如果他们不合作，就会被杀死。考虑到他们在拉希德村的悲惨生活，斯第尔格觉得自己其实给了他们一个很好的出路。

而当列特－凯恩斯从凯坦星回来后，他一定会对弗雷曼人所取得的成就感到非常高兴。

人类只有一种科学：不满的科学。

——帕迪沙皇帝沙达姆四世，对莫里塔尼家族行为的判决

请原谅我，陛下。

请陛下赏赐我，陛下。

在大部分时间里，帕迪沙皇帝[1]沙达姆·科瑞诺四世都觉得他的日常工作非常单调乏味。起初，坐在金狮宝座上确实是一件令人激动的事，但现在，当他凝视帝国觐见大厅，他觉得权力就像糖霜引诱蟑螂一样引诱着那些谄媚的害虫。最近一段时间里，在他行使皇帝职权作出判决时，他甚至已经懒得听到底是什么事了。

我恳求正义，陛下。

陛下，请允许我占用您一点时间。

在他做皇太子的那些年里，他费尽心机想要得到皇位。现在，当了皇帝的沙达姆只需动一动手指，就能把一个他认为值得的平民提升到贵族的地位，就能摧毁一个世界，还能扳倒一个大家族。

但是，即使是已知宇宙的皇帝也不能肆意妄为地统治这个宇宙。

---

①帕迪沙皇帝是帝国世袭统治者的称号，他们也被称为“已知宇宙的统治者”。

他的决定在各方面都会受到各方政治势力的挑战。宇航公会①有自己的利益，还有就是宇宙联合贸易商会②，也就是宇联商会，一个更著名的贸易集团。另外各个贵族家庭之间的争斗和他们同皇帝本人之间的争斗一样多，不过这还算是一件幸事。

请容我解释，陛下。

望宽大处理啊，陛下。

在统治的初期，贝尼·杰瑟里特姐妹会帮助他巩固了皇位。然而现在，这些女巫——包括他的妻子——都在他背后蠢蠢欲动，偷偷拆分他的帝国挂毯，然后再编织出一条他无法辨别的新毯子。

请一定恩准，我请求您，陛下。

这只是一件小事，陛下。

不过，一旦他期待已久的奥马尔计划③——在伊克斯秘密研究人造香料——能够顺利完成，那么他将彻底改变帝国的面貌。“奥马尔”，这是一个多么神奇的词语啊。但名字是一回事，现实又是另一回事。

来自伊克斯的最新报告很令人振奋。终于，那些该死的特莱拉人声称他们的实验成功了，他正在等待最后的证据和样品。香料……在这个庞大的帝国里所有的木偶线都是用香料做的。很快我就会有自己的香料来源了，至于厄拉科斯嘛，它可以去死了，我才不管呢。

---

①宇航公会，简称为公会。大联合协定这个政治三足鼎中的一足。在芭特勒圣战后，公会创建了第二所身体－意志训练学校。宇航公会垄断了太空旅行、货运交通，以及星际银行业务，所以帝国公历又被称为宇航公历。

②宇宙联合贸易商会是由皇帝和大家族控制的环宇开发公司，宇航公会和贝尼·杰瑟里特姐妹会是其暗中的合作伙伴。它基本上控制着整个宇宙的所有经济事务，但它仍旧依赖于宇航公会的运输，毕竟该公会垄断了超光速旅行。

③奥马尔计划，也被称为阿吉迪马尔计划，是贝尼·特莱拉和科瑞诺家族联合起来试图创造人造美琅脂的计划。该项目在伊克斯实施，利用那里已经存在的先进设备和特莱拉人所拥有的综合遗传学知识。

研究大师希达尔·芬·阿吉迪卡永远不会做出没有根据的断言。尽管如此，沙达姆的童年好友兼哲学层面的陪衬，哈什米尔·芬伦伯爵，已经动身去伊克斯亲自检查了。

我的命运掌握在您的手中，陛下。

向仁慈的皇帝致敬！

沙达姆坐在他的水晶宝座上，露出了神秘的微笑，这个笑容让面前那些觐见者犹豫起来，纷纷后退。

在他的身后，两个穿着金丝帛外衣的古铜色皮肤的女人顺阶而上，点燃了他宝座两侧的离子火炬。由无害的闪电球构成的火焰噼里啪啦地燃烧起来，火炬发出的蓝绿色光芒很明亮，让人目眩。空气中全是雷暴天气才会有的臭氧味道，火焰的嘶嘶声不绝于耳。

沙达姆其实是在例行盛典和仪式结束一小时后才抵达金狮宝座的，他故意选择姗姗来迟——目的是用这小小的方式提醒面前这些可怜的乞丐，他有多么不重视他们的来访。与之相对的，是所有的觐见者都被要求准时到达，否则他们的觐见要求就会被取消。

宫廷内侍比利·里东多走到了金狮宝座前，举起了他的声波权杖。他把权杖重重敲在了抛光的石板地上，发出洪钟般的响声，震得宫殿的地基仿佛都颤抖了。这位总是眉开眼笑的秃顶宫廷内侍开始大声宣读起沙达姆那冗长的名号和头衔来，然后宣布早朝开始。最后，他分秒不差地退了下去。

沙达姆把身体向前倾，窄小的脸上露出一副严肃的表情，作为皇帝的一天又开始了……

早朝就和他预计的一样，大臣们没完没了地讲着一些琐事。沙达姆强迫自己表现得富有同情心，装作是一位伟大的统治者。他已经委托几位历史学家来记录并强调他生活和统治中的某些细节了。

在短暂的朝会休息期间，宫廷内侍里东多审阅了皇家议事单，过了一遍上面列举的一连串事项。沙达姆则抿了一口烈性香料咖啡，享受着那电流一般的美琅脂。就这杯咖啡来说，厨师做得还不错。盛咖啡的杯子装饰华丽，上面有精心绘制、独一无二的图案，精致得好像是用蛋壳做的。只不过沙达姆用过的每一只杯子都会在之后销毁，这样就没人能和皇帝使用同一种瓷器了。

“陛下?”里东多表情不安地盯着皇帝，他不用看议事单也能很快认出那个复杂的名字。这位宫廷内侍虽然不是门泰特，但却同样有着惊人的记忆力，因此他能记住帝国日常生活中的众多细节。“一位新来的觐见者要求立即与您见面。”

“他们都这么说。他代表哪个家族?”

“他不是兰兹拉德联合会[①]的一分子，陛下。也不是宇联商会或是宇航公会的代表。”

沙达姆粗暴地说道：“那么你的决定就很明显了，宫廷内侍。我不可能把时间浪费在平民身上。”

“他……不完全是平民，陛下。他叫列特－凯恩斯，来自厄拉科斯。”

沙达姆被这个自以为是的人激怒了，总有些人以为他们只要一走进皇宫，这个治理着百万世界的皇帝就得接见他们。“如果我想和沙漠里的某个无名之辈说话，我会自己叫他来的。”

“他是您的帝国行星学家，陛下。是您的父亲委派他的父亲去研究厄拉科斯上的香料。我相信他已经提交过许多报告了。”

皇帝打了个哈欠，说道：“我记得那些报告都很无聊啊。”现在他终于想起了那位古怪的帕多特·凯恩斯，他一生中的大部分时间都在厄拉科斯度过，逃避自己的职责，变成了当地人，比起凯坦的富丽奢华，他似乎更喜欢沙尘和炎热。“我现在对沙漠没什么兴趣了。”

---

①兰兹拉德联合会是帝国时期代表所有大家族的机构。它由最高委员会统治，并由帕迪沙皇帝监督。

尤其是在奥马尔就要成功的时候。

“陛下，我理解您对他持有保留意见，但不见凯恩斯可以会激怒那些沙漠工人。谁知道这会对他们有什么影响呢？他们可能会决定立即举行大罢工，从而降低香料产量，这样一来哈克南男爵就必须进行镇压。他就会请求您派遣萨多卡军团①增援，然后——”

沙达姆举起他修剪整齐的手，打断了他：“够了！我明白你的意思了。”再不打断他，这位宫廷内侍会一直把后果说个不停，“让他进来吧。但先把他身上的土都给我掸掉。”

列特－凯恩斯觉得这座偌大的皇宫十分令人印象深刻，但他却早就见识过另一种不同层面的宏伟了。毕竟没有什么能比广袤无垠的沙丘更为壮观。他曾和怪物一般的科里奥利风暴面对面较量过。他也骑过大沙虫，也曾看见植物在宇宙间最恶劣的环境里茁壮成长。

一个只会端坐在椅子上的人，无论他多么尊贵，也比不上这些。

他觉得自己浑身上下都油乎乎的，这是因为侍者在他身上涂满了洗液。他的头发现在散发着一股花香味，身上也全是那种不自然的除臭剂味道。根据弗雷曼人的智慧之言，沙子能够净化一个人的身体和心灵。所以列特打定了主意，等他从凯坦回去之后，一定要光着身子在沙丘上打几个滚，然后站在刺骨的风中，再次感受真正的洁净。

①萨多卡军团是帕迪沙皇帝的狂热亲兵。他们来自一个生存环境极其恶劣的星球。在那里，十一岁以下儿童中，十三个里会有六个死于非命。他们受到的军事训练专注于冷酷和近乎自杀式的攻击，完全不顾个人安危。他们从小就受到教导，以冷酷无情为武器，用恐惧来削弱对手的力量。在巅峰时期，他们的剑术据称已经达到吉奈斯剑法十级的水平，而他们灵活的身手被认为接近贝尼·杰瑟里特能手的水平。与兰兹拉德的士兵相比，萨多卡的任何一个都能以一敌十。在沙达姆四世时代，尽管他们仍然令人生畏，但其战斗力因过于自信而受损，而曾经支撑他们奋勇杀敌的武士精神也因玩世不恭而被大大削弱。

由于他坚持要穿他那套复杂的蒸馏服，卫兵决定彻底搜查这件衣服，看看里面有没有藏着武器和监听装置，所以他们把衣服给拆解了。所有的部件都经过了擦洗和润滑，经过精心处理的表面现在涂上了一层奇怪的化学物质，然后卫兵们才把它还给了他。凯恩斯觉得这件沙漠装备里的某些重要部件可能再也无法正常工作了，他不得不扔了它。真是浪费。

但他是伟大的先知帕多特·凯恩斯的儿子，所以弗雷曼人肯定会争先恐后地给他做一件新衣服。毕竟，他们有一个共同的目标：沙丘的福祉。但只有凯恩斯才能接近皇帝，提出必要的要求。

这些帝国人太无知了。

列特迈着大步向前走去，那件斑驳的棕褐色披风在他身后不住地飘动。在凯坦，这件披风在人们眼中只不过是一块粗糙的布料，但在列特眼中，它就是一件皇家披风。

宫廷内侍只是简短地宣读了他的名字，好像是考虑到了这位行星学家没有足够多的贵族或政治头衔。凯恩斯把脚下的泰玛格靴子踩得噔噔直响，就连走路的样子都懒得故作优雅。最后他在讲台前停了下来，直接发起言来，连鞠躬都给省了：“沙达姆皇帝，我得跟您谈谈香料和厄拉科斯的事。”

大臣们都被他的大胆和直率吓得屏住呼吸。就连皇帝也是一愣，显然被列特激怒了：“你好大的胆子，行星学家。同样也很愚蠢。香料对皇权干系重大，你以为我会一无所知吗？”

“陛下，我觉得吧，您从哈克南家族那里得到了一些错误的信息，他们这样做的目的是要向您隐瞒他们的真实行动。”

沙达姆扬起自己红红的眉毛，身子前倾，现在他的全部注意力都集中在这位行星学家身上。

凯恩斯继续说道：“哈克南人就像是在沙漠中狂奔的野狗。他们剥削当地人。香料工人的伤亡率甚至比在波里特林①和杰第主星的奴隶坑里还要高。我已经给您发过很多详细描述这些暴行的报告了，而在我之前，我的父亲也提交过。我还提交了一份长期计划，详细说明了我们打算如何通过种植草地和沙漠灌木来开垦沙丘——我的意思是厄拉科斯——的大部分表面，以供人类居住。”他停顿了一下，继续说道：“我只能假设您没有阅读我们的报告，因为我们没有收到任何回应，而您也没有采取任何行动。”

沙达姆死死攥住金狮宝座的护手。在他身旁，耀眼的离子火炬在不停吼叫，看上去就像是在拙劣地模仿着夏胡鲁②。“我有很多书要读，行星学家，还有很多事需要处理。”萨多卡卫兵靠了过来，似乎是在配合皇帝急转直下的情绪。

“与美琅脂的产量相比，这些都不重要，不是吗?”凯恩斯的反驳再次震惊了沙达姆和皇庭上的众人。萨多卡卫兵们现在处于高度戒备状态，刀剑随时准备出鞘。

凯恩斯却没有意识到事态的危险，而是继续往下说着：“我已经向您提交了报告，请求获得一些新设备，并且派遣一个由植物学家、气象学家和地质学家组成的小组。我还需要一些文化研究方面的专家，他们能帮我确定在您的哈克南家族造成了这么大损失的情况下，沙漠人民将如何才能平安地生存下去。”

宫廷内侍忍不住插嘴进来：“行星学家，一个人不能向他的皇帝提要求。沙达姆四世将独自决定什么才是最重要的，把资源分配到哪

①波里特林是亚琅五星系的第三行星，许多禅逊尼流浪者把它当成自己的故乡，尽管他们的预言和神话显示出他们有更为古老的历史渊源。

②夏胡鲁是厄拉科斯的沙虫，又称“沙漠老人”“永恒老父”“沙漠老爷爷”。如果用特别的语调读出“夏胡鲁”这个词，或用黑体字书写时，它指的是弗雷曼人信奉的土地神。沙虫可以长到非常大（有人在沙漠深处见过长达四百多米的沙虫），而且寿命极长，除非被同类吞噬，或被水淹死（对沙虫来说，水是剧毒之物）。厄拉科斯的香料多数是沙虫活动的产物。

里全凭他的仁慈之手。”

但凯恩斯并没有被沙达姆和他的仆人吓倒：“对帝国来说，没有什么比香料更重要。我为历史提供了一种方式，好让人们记住这位皇帝是一位有远见的人，遵循皇太子拉斐尔·科瑞诺之道。”

看到列特的言辞越来越胆大妄为，沙达姆气得直接站了起来——这可是他在众人面前很少做的事。“够了！”他很想直接叫来一个刽子手处决凯恩斯，但理智最终还是很勉强地占了上风。他可能还需要这个人。此外，一旦奥马尔进入量产阶段，那么这位凯恩斯就会眼睁睁看着他心爱的沙漠星球在帝国的眼中变得无足轻重，这无疑会是一件令人愉快的事情。

因此，他非常平静地说道：“我的皇家香料大臣哈什米尔·芬伦伯爵将在一周内抵达凯坦。如果你所说的属实，那么就由他去解决吧。”

萨多卡卫兵快步上前，一把抓住凯恩斯的胳膊，以最快的速度护送他走了出去。不过既然他已经得到了答复，也就不再挣扎。他终于看清了这位沙达姆皇帝，他既盲目自大又以自我为中心，所以不管他统治了多少个世界，他都决定今后不再尊重他。

而且凯恩斯也明白了一件事，那就是弗雷曼人必须靠自己的力量照料沙丘，因为这个帝国已经没什么希望了。

残缺之人想要得到他们所缺之物，但当所缺之物呈现在他们面前时，他们又表示拒绝。因为它会证明自己的缺失。

——被归为圣塞丽娜·芭特勒所说，《圣战伪经》

在卡拉丹[①]城堡的宴会大厅里，衣着光鲜的仆人们还和往常一样进进出出，但他们的公爵只剩下一个躯壳了。

穿着鲜艳衣服的女仆匆匆穿过走廊。散发着肉豆蔻香味的蜡烛照亮了每个房间。但即使厨师准备了最可口的饭菜，用上了最好的瓷器和餐具，配上了最柔和的音乐，也无法驱散笼罩在屋子里的那片阴郁。每个仆人对雷托的痛苦都感同身受，但他们无法帮助他。

杰西卡夫人坐在桌子尽头的一把伊拉迦木雕椅子上，这是她作为公爵侍妾的正式位置。一头黑发的雷托·厄崔迪端坐在餐桌的另一端，心事重重，偶尔朝身穿绿色制服的仆人们点点头。

这个大厅里现在空着一些座位——可以说空座位太多了。为了安抚雷托那极度悲伤的情绪，杰西卡偷偷搬走了那把为公爵夭折的儿子、六岁的维克多定做的小椅子。尽管经过了多年贝尼·杰瑟里特训练，但杰西卡还是无法帮助雷托摆脱悲伤，她一直为他感到心痛。只要他愿意听，她有太多的心里话想要对他说。

---

①卡拉丹是孔雀四丙星系的第三行星，厄崔迪家族的首都。

长长餐桌的对面坐着门泰特杜菲·哈瓦特和一脸伤疤的走私犯哥尼·哈莱克。哥尼通常可以用歌声和他的巴厘琴让晚宴的气氛立刻活跃起来，但最近他一直和杜菲忙着准备一次秘密行动，他们打算前往伊克斯，进行一次深入敌后的侦察，以找出特莱拉防线的弱点。

拥有计算机般头脑的杜菲能够在一瞬间制订出数百个突袭计划来，这使得他在这次任务中至关重要。而哥尼则善于溜进那些不该去的地方，或是在最严峻的危机之下安全逃跑。因此，这两个人也许能在所有人都失败的地方取得成功……

“再给我来点卡拉丹白葡萄酒。”剑术大师邓肯·艾达荷举起酒杯喊道。一个仆人连忙把一瓶昂贵的当地葡萄酒端了上来，邓肯稳稳地端着杯子，看着浓郁的金色液体从瓶子里喷涌而出，倒入杯中。他边举手让仆人等着边灌了一大口酒，然后马上示意仆人继续倒。

在令人不安的沉默中，雷托盯着木雕大门……好像在等着谁，期盼着某个人能随时推门进来。他的眼神如冰一般寒冷。

天空帆船爆炸了，飞船着火了——

隆博被烧得血肉模糊，维克多死了——

后来，人们才知道这一切都是雷托那位嫉妒心极强的妃子凯莉娅干的，她也是维克多的亲生母亲，最后她带着无以言表的耻辱和巨大悲痛从卡拉丹城堡的高塔上跳了下去……

这时厨师从厨房拱门里走了出来，骄傲地端着一个大浅盘，说道：“这是今晚最好的菜了，公爵大人。是专门为您做的。”

那是一条用油炸香叶包裹着的肥嫩的帕拉鱼。带尖刺的迷迭香小枝被插在粉红色的鱼肉里，紫蓝色的杜松子像宝石一样点缀着盘子。尽管她把这条鱼最好的部位端给了雷托，但他却迟迟没拿起叉子。他只是继续盯着大门。等待着。

最后，门外传来了一阵沉重的脚步声和嗡嗡的马达声，雷托这才站了起来，脸上满是关切和期待之情。五官平常的贝尼·杰瑟里特女巫特希雅迈着羽毛般轻盈的脚步，快步走进了宴会厅。她扫视了一下房间，注意到椅子和移走地毯后露出的石头地板，赞许地点了点头："他取得了长足的进步，公爵，但我们必须有耐心。"

"我们大家对他永远有耐心。"雷托说道，仿佛看到了一道曙光。

凭借着对电液肌肉的抽搐程度、志贺藤线的弯曲度以及微纤维神经的精准计算，隆博·维尔纽斯王子摇摇晃晃地走进了宴会厅。他那张由人造和天然皮肤混合而成、伤痕累累的脸上显示出了高度的专注力。他那蜡一样的额头上冒出了汗珠，闪闪发亮。他穿着一件宽松的短袍子，翻领上依旧闪烁着一个紫铜相间的螺旋形图案，那是陷落的维尔纽斯家族标志。

特希雅急忙朝他走去，但隆博举起一根由抛光金属和聚合物构成的手指，示意要自己走。

天空帆船的爆炸把他的身体炸成了一块烂肉，烧掉了他的四肢和半张脸，毁坏了他的大部分器官。然而他却活了下来，一道曾经无比明亮的火焰现在只剩余烬。现在的隆博，几乎成了这辆人形机械车上的一名乘客。

"我已经尽力走快点儿了，雷托。"

"不用着急。"公爵走向自己这位勇敢的朋友，这位几十年来一起钓鱼、一起游戏、一起狂欢、一起谋划策略的朋友，"我可不希望你摔倒了，那会砸坏我家东西的——我的意思是说，比如我的桌子。"

"真好笑哈。"

雷托回想起那些邪恶的特莱拉人非常想要得到厄崔迪和维尔纽斯家族的基因样本，试图在公爵最悲痛的时候敲诈他。他们向当时陷入巨大悲痛的雷托提出了一个可怕的条件：他们要为雷托的儿子维克多培育一个死灵——用死去的细胞克隆出来的替代品，代价是他最好的朋友隆博的那具残缺但还活着的尸体。

他们对厄崔迪家族恨之入骨，但对他们在伊克斯推翻的维尔纽斯家族的仇恨更深。特莱拉想要获得完整的厄崔迪和维尔纽斯基因。有了维克多和隆博的尸体，他们就可以创造出任意数量的死灵、克隆人、刺客、副本。

但雷托最终拒绝了他们的提议。相反，他请来了苏克医生[1]威灵顿·岳，他是一位器官移植专家。

“谢谢你们为我举办这个晚宴。”隆博看着摆在桌上的盘子和碟子说道，“要是为了等我菜都凉了，那么我很抱歉。”

雷托鼓起掌来，宴会厅里响起一阵坚定的掌声。邓肯和杰西卡都热情地笑着加入进来。凭借敏锐的观察力，杰西卡注意到在公爵的眼眶里闪烁着泪光。

那位脸色灰黄的岳医生走到他的病人身边，追踪着读数，研究着他手里的一个数据板，这个数据板能接收隆博体内的控制系统所发出的脉冲。身材瘦长的医生把他的紫色嘴唇噘得像一朵花，说道：“太好了。虽然还有一些组件需要微调，但您已经可以按照既定的方式运行了。”说着他绕着隆博转了一圈，像只雪貂一样，而半机械人王子则慢慢地自己迈开了步子。

特希雅为隆博拉开了一把椅子。他的人造腿有力而结实，但不优雅。他的手看上去也像戴了一副装甲手套，他的两条胳膊耷拉在身体两侧，像两只有着环形图案的船桨。

隆博看着厨师刚刚端上来的那条大鱼笑了起来：“这闻起来可真香呢。”然后他动作十分缓慢地转过头来，仿佛脖子上安装了一个滚动轴承一般，“你看我可以吃一点吗，岳医生？”

苏克医生摸了摸他的长胡子：“可以尝两口。毕竟你的消化系统还没彻底完工。”

---

①苏克医生或者苏克学校的毕业生都是已知宇宙中的杰出医生。他们因其先进的医学知识和心理训练闻名于世，据说这种心理训练能够阻止对病人的背叛，减少谋害病人生命的可能性。

隆博转向雷托："看来，我可以吃点比甜点热量更高的食物了。"说着他坐到了椅子上，其他人也跟着都坐了下来。

雷托举起酒杯，想说些祝酒的话可脸上却露出了痛苦的表情，于是他只是喝了一口酒道："我很抱歉让你遇上这样的事，隆博。这些……机械替代品……是我能为你做的最大补偿了。"

隆博的那张伤痕累累的脸上露出感激和困扰的神情："地狱在下，雷托，别再对我道歉了！你再这么拼命把一切都怪到自己头上可不好，会浪费很多时间，我们也都会发疯的。"说着他举起一只机械手臂，转动安在手腕关节上的那只手，低头盯着它。"这玩意儿还真不错。事实上，是很不错。你知道的，岳医生可是个天才。你应该尽可能让他待久一点。"那位苏克医生费了很大劲强忍着，才没让自己因为这番恭维而显得容光焕发。

"别忘了我来自伊克斯，所以我懂得欣赏技术的奇迹，"隆博说道，"我现在就是个活生生的例子。如果有人能比我更适应这个新身体，我还真想认识认识他。"

多年以来，这位流亡的隆博王子一直在等待东山再起的机会，他向自己陷落的家园里的反抗军提供过一些支持，包括雷托公爵的那些晶片炸药和部分军用物资。

近几个月来，随着隆博身体的好转，他的精神状态也开始恢复了。虽然他不能再算是一个完整的人类，但他仍然每天都念叨着要夺回伊克斯，甚至连雷托公爵和他本人的侍妾特希雅有时也不得不叫他冷静下来。

最后，雷托只能同意冒险派出哥尼和杜菲，组成一只侦察小队前去摸摸底。雷托这么做也有自己的目的：在经历了这么多悲剧之后，他下定决心，一定要促成一些好事发生。问题不在于他们是否会发动反攻，而只在于时间和方式。

特希雅直视大家："不要低估隆博的力量。你们比所有人都清楚一个人要想生存就必须学会适应。”

杰西卡不禁注意到这位侍妾脸上那副崇拜的表情。特希雅和隆博在卡拉丹共度了数年时光，在此期间，她鼓励他去支持伊克斯的自由战士，这样他就可以光复家园。即使在爆炸发生之后，特希雅也一直支持着他度过了最艰难的时刻。当隆博恢复知觉时，他对她说：“我很惊讶你能留下来。”

“只要你还需要我，我就留在你身边。”

特希雅像旋风那样为他忙碌，监督改造城堡里隆博的房间，准备各种设备来辅助他。特希雅把自己的大部分时间都用在如何让他变得更强壮这件事上了。她最后宣布：“一旦隆博王子恢复健康，他将带领伊克斯人民走向胜利。”

杰西卡不知道这个棕发女人做这些事是出于她的本心，还是说只是履行姐妹会给她的秘密指示。

在她的整个童年时期，杰西卡都听从着她的老师和导师——尊敬的盖乌斯·海伦·莫希阿姆圣母①的话。她服从了那位老妇人的所有严厉教导，学习老妇人教给她的知识。

但现在，贝尼·杰瑟里特姐妹会想要把公爵的基因和自己的基因结合。毫无疑问，杰西卡就是奉命前来引诱雷托的，再尽快怀上雷托的女儿。然而，她却对这位阴郁、忧愁的公爵产生了一种不熟悉的、被禁止的爱慕之情，杰西卡变得叛逆，她推迟了怀孕。后来，在经历了维克多的去世和雷托毁灭性的抑郁之后，她不顾一切地让自己怀上了一个儿子，违背了姐妹会的直接指示。莫希阿姆一定会感到背叛和深深的失望。但杰西卡以后有的是机会怀上女儿的，不是吗？

隆博坐在他那把加固过的椅子上，弯起左臂，小心地把僵硬的指

①圣母原指贝尼·杰瑟里特姐妹会的督查，她们可以在体内转换一种将意识提高到新的层次的药物。弗雷曼人也用这个词来称呼他们的宗教领袖，他们的圣母也有同样的本领。

尖伸进短袍子的口袋里。他的手指小心地移动着，在里面摸索起来。最后，他抓住一张纸，费力地把它掏了出来，然后展开。

“看看这精细的马达控制，”岳医生赞叹道，“比我预料的还要好。你一直在自己练习吗，隆博？”

“每一秒都在练习，”王子举起那张纸来，“我每天都在学新的东西。这是我能画的最好的路线图了，这上面是我记忆里的一些通道。等哥尼和杜菲到了伊克斯，会发现它们很有用的。”

“其他的路径已经被证明过于危险。”门泰特说。几十年来，间谍们一直试图突破特莱拉人的防线。好几名厄崔迪间谍已经成功潜入了伊克斯，却再也没能安全回来。外部的人根本无法进入那个地下世界。

但是隆博身为多米尼克·维尔纽斯伯爵之子，却从自己的记忆中挖掘出了那些关于秘密安全系统和通往洞穴城市的隐秘入口的情报。在他漫长的疗养期间，他开始回忆起了一些他以为自己早已遗忘的模糊细节，这些细节可能会对渗透工作有帮助。

隆博把注意力转向他的食物，用叉子扎起一大块帕拉鱼。但他很快便注意到了岳医生不满的目光，只得把那一大块鱼肉放回到盘子里，换成一小块。

雷托凝视着自己在大厅光亮的蓝黑曜石墙壁上的模糊倒影，说道：“一些家族现在就像等着捕食弱小猎物的狼群一样，正等着我的衰落。比如哈克南家族。”自从天空帆船事件发生后，雷托公爵变得越来越冷酷，越来越不愿意沉默地接受不公正的待遇。他打算像隆博一样，在伊克斯上有所作为。

“我们必须让整个帝国都看到，厄崔迪家族和以往一样强大。”

一旦我们试图压抑内心深处的冲动，我们整个存在都会发出背叛的尖叫。

——贝尼·杰瑟里特教义

真言师①洛比亚躺在她简朴房间里的一张编织垫子上，她的生命正在逝去，阿妮鲁尔站在一旁看着她，心里感到很难过。啊，我的朋友，你的结局不应该是这样的。

这位年迈的姐妹近些年来虽年老体衰，但仍顽强地拼命活着。洛比亚没有现在就回到瓦拉赫九号星她熟悉的圣母学校里，而是继续坚守在金狮宝座旁。她那不可思议的头脑——她称其为自己“最珍贵的财产”——依然敏锐。作为帝国真言师，洛比亚忠实地鉴别着沙达姆四世面前出现的谎言和欺瞒，尽管沙达姆四世很少对她表示感谢。

现在，这个苍老的女人抬起头来看向阿妮鲁尔。阿妮鲁尔正站在明亮的灯光下，阴影盖住了她脸上的泪水。这位姐妹是她在这座宫殿里最亲密的知心人。洛比亚不仅是一个贝尼·杰瑟里特，而且还是一个活泼迷人的朋友，阿妮鲁尔可以和她分享自己的想法和秘密。而她现在即将走向人生的终点。

①真言师是一种具有特殊能力的圣母，她们可以进入辨真灵态，检验出面前说话的人是否在撒谎。

“你会没事的，洛比亚圣母。”阿妮鲁尔安慰道。这个寒冷房间的灰泥墙散发出一股深入骨髓的寒意。“我觉得你的身体越来越好了。”

老妇人用干枯的声音回应道：“永远不要对一个真言师撒谎……尤其是皇帝陛下的真言师。”这是她经常说的一句话。洛比亚那双潮湿的眼睛里闪烁着自嘲的笑意，她的胸腔吃力地上下起伏，极力保持着呼吸的节奏。“难道你从我这儿什么都没学到吗？”

“我知道你很固执，我的朋友。你应该同意我把医护姐妹尤飒召来的，她可以治疗你的疾病。”

“孩子，不管你有多么希望我能活下去，你也得承认姐妹会已经不需要了。我应该责怪你太过感性了吗，还是我应该让我们都免于尴尬？”洛比亚咳嗽了一声，然后做了两次深呼吸，完成了一次宾度歇止[①]平静法。她的呼吸现在变得平稳了，仿佛她又成了一个年轻的女人，没有了对死亡的忧虑。“我们不应该永远活着，当然其他记忆[②]里的那些声音除外。”

“我觉得你就是喜欢挑战我的想法，洛比亚圣母。”阿妮鲁尔和她经常一起在宫殿的地下运河里游泳，一起玩激烈的战略游戏，彼此花上几个小时盯着对方看，在最后的分秒中决出胜负。阿妮鲁尔仍不想放手。

虽然这位苍老的真言师住在奢华的皇宫里，但她房间的墙壁上没有装饰品，硬木地板上也没有铺地毯。洛比亚让人拿走了原有的精美油画、豪华地毯和棱镜窗幔。“奢华的物质享受会搞乱一个人的头脑，”她曾对阿妮鲁尔这样说，“私人物品是对时间和精力的浪费。”

“难道这些奢侈品不正是由人的头脑创造的吗？”阿妮鲁尔当即

①宾度歇止是强直性昏厥的一种特殊形式，由自我诱导引发。

②其他记忆是贝尼·杰瑟里特姐妹会的一个专用术语，来描述她们的圣母所拥有的集体遗传记忆。

反驳道。

“高人一等的头脑可以创造出神奇的东西，但愚笨的头脑为了自己的享受而去追求这些。我不要当傻瓜。”

她走之后，我会多么怀念这些辩论啊……

阿妮鲁尔非常悲伤，她怀疑皇帝是否会注意到老妇人的缺席。几十年来，洛比亚一直是最杰出的真言师，她能注意到人们皮肤上最微小的汗珠、脖子的倾斜度、嘴唇的弯曲度以及说话的音调变化等等。

洛比亚躺在垫子上的身体开始变得僵硬，她突然睁开眼睛说道：“是时候了。”

恐惧像炽热的炭火一样烧灼着阿妮鲁尔的心。*我不能恐惧。因为恐惧扼杀心智。恐惧是带来彻底毁灭的小死神。*她低声说道：“我明白了，洛比亚圣母。我愿意协助你。”*我要直面我的恐惧。我要任由恐惧掠过我身，穿过我心。*

阿妮鲁尔强忍泪水，拼命让自己保持镇静，她向前倾过身子，用额头碰了碰老真言师那褶皱的太阳穴，就像在俯身祈祷一样。在洛比亚允许自己离世之前，阿妮鲁尔还有一件重要的事情要做。

她不想在这座孤寂的宫殿里失去洛比亚这样能和她交心的朋友。而她也没必要放弃这位真言师。不用完全放弃。“跟我分享吧，洛比亚。我有的是地方存放你的记忆。”

在她的意识深处，阿妮鲁尔感受到了一阵兴奋和喧嚣——那是她脑海中的其他记忆，也就是她所有祖先的遗传记忆。作为魁萨茨圣母，阿妮鲁尔很容易接收到其他记忆的想法，这些遗传记忆甚至可以追溯到几代人以前。很快，洛比亚也将加入她们。

她靠在洛比亚的前额上，感到老妇人的脉搏在逐渐减弱。但她的心跳开始变得稳定，两个人的精神大门都打开了……记忆就像一股激流奔涌而来。洛比亚把她的一生都传给了阿妮鲁尔，她的记忆、她的性格以及她漫长生命中的每一份知识。

总有一天，阿妮鲁尔也会如法炮制地把记忆再传给另一个姐妹。贝尼·杰瑟里特姐妹会正是通过这种方式，积累着集体记忆，然后再分享给所有姐妹。

生命之花已然凋零的洛比亚最终变成了一具空壳，就像一声逐渐消逝的长叹。现在，老妇人的所有记忆都住进了阿妮鲁尔的心里，和所有其他人的声音汇合在一起。一旦时机成熟，魁萨茨圣母就可以唤醒自己内心深处的洛比亚，她们就能再次共度时光了……

这时身旁传来了一个温柔的声音，阿妮鲁尔转头瞥了一眼，立刻掩饰住了她的情绪。她不敢让其他姐妹看到自己的软弱，即使是在这个非常悲痛的时刻。门口站着一位年轻漂亮的侍从姐妹，正在向她做手势："来了一位重要的客人，皇后。请随我来。"

就连阿妮鲁尔也对自己说话时的镇定感到惊讶："洛比亚姐妹去世了。我们必须通知大圣母，皇帝陛下需要一个新的真言师。"最后，阿妮鲁尔意味深长地看了一眼躺在垫子上的洛比亚，看到老妇人的身子早已变得冰冷且空无，然后她转身以最轻微的脚步声离开了。

那位漂亮的侍从姐妹惊讶地看着她，随即接受了这个消息。她领着阿妮鲁尔来到一间雅致的私人客厅，莫希阿姆圣母正在那里等她。莫希阿姆是一个脸颊凹陷、头发花白的女人，她穿了一件黑色的阿巴长袍，这是贝尼·杰瑟里特姐妹会的传统衣物。

莫希阿姆还没来得及说话，阿妮鲁尔就直接且冷漠地告诉了她洛比亚的死讯。但莫希阿姆似乎并不感到惊讶："我也带来了期盼已久的消息，阿妮鲁尔夫人。在这个悲伤的日子里，你会发现这个消息特别令人振奋。"她用的是一种古老的、被人遗忘的语言，除了贝尼·杰瑟里特外没有人能听懂，"终于，杰西卡怀上了雷托·厄崔迪公爵的孩子。"

"她终于完成了姐妹会布置的任务。"阿妮鲁尔的表情不再忧郁了，新生活的光明前景似乎近在咫尺。

这意味着经过几千年的精心规划，贝尼·杰瑟里特最重要的育种计划即将实现。杰西卡腹中的女儿将成为他们期待已久的战利品——魁萨茨·哈德拉克①的母亲，而魁萨茨·哈德拉克正是一位处于贝尼·杰瑟里特控制下的救世主。

“也许今天并没有那么的黑暗。”

---

①魁萨茨·哈德拉克，意为“捷径之法”。是贝尼·杰瑟里特一直在寻求的一个基因解决方案：一个男性贝尼·杰瑟里特，他的精神和肉体可以穿越时空。对于这个未知的人物，她们称其为“魁萨茨·哈德拉克”。

如果每个活人都有预知的能力，那预知会变得毫无意义。因为它该被如何应用呢？

——诺玛·辛瓦，《哲学演算》，古代宇航公会记录，罗萨克星藏品

人类在交叉点[①]上的历史可以追溯到传说中的爱国者和商业巨头奥勒留·文波特建立宇航公会之前。在芭特勒圣战之后的几个世纪里，这个羽翼未丰的公会想要找一个能容纳他们的远航机的家园，而交叉点那广阔的平原和稀疏的人口正好符合公会的要求。现在，这里遍布着公会的停机坪、维修设施、巨大的维护场，以及为神秘的领航员建造的高度安全的学校。

领航员德默尔现在已经完全不是人类了。他漂浮在一个密封的香料罐里，用他的心灵之眼凝视交叉点。他的皮肤、肺部和大脑里都弥漫着高纯度美琅脂的肉桂味道。而宇宙间没有比这更香甜的味道了。

一架小型飞行舱用机械爪抓着他的装甲领航员舱室，静静地飞向天际线上那艘指派给他的远航机。德默尔的存在就是为了能在眨眼间

①交叉点指的是宇航公会控制下的多颗行星或一颗特定的行星，它们都是宇航公会的活动中心。后一种情况所指的这颗主行星则是宇航公会及其银行的总部，也是宇宙间唯一一所领航员学校的所在地。这颗星球的表面几乎完全被停机坪和远航机维修工厂覆盖。交叉点上还坐落着著名的领航员旷野，死去的领航员被铭记于此地。

进行跨越星系的折叠空间旅行。而这只是他对宇宙的理解中最小的部分，因为他已经远远超出了最初的形态。

这艘球形的飞行舱飞跃了一大片停在地面上的远航机——正是这些绵延数公里的巨型飞船维持着帝国的商业运作。虽然骄傲是一种属于人类的原始情感，但德默尔仍然因为自己在宇宙中的重要性而感到高兴。

他凝视着主船坞和维修闸，那里的飞船都被人用模块化配件进行着维修和升级。有一艘巨大飞船的船体因为遭到了小行星的严重撞击而留下了凹痕，飞船上那位老领航员也受了重伤。德默尔感到一丝伤感，这种情绪是他曾经作为一个伊克斯男孩而留下的一道挥之不去的影子。有一天，如果他集中起所有他已经扩展开的思维，他一定会彻底征服以前的自我残余。

前方就是白茫茫的领航员旷野了，每一位逝去的领航员都有一个标志。前几日，有两位作为实验对象的领航员死亡了，因此一对崭新的标志出现在了旷野里。这些实验对象都是些志愿者，他们自愿参加了一个名为公会连接的危险的即时通信项目，该项目正是基于德默尔与他的双胞胎兄弟克泰尔之间的远距离通信发展而来。

然而，这个项目失败了。在成功连接了几次之后，这些精神连接在一起的领航员就陷入了脑死亡状态。尽管有着巨大的潜在利润，但公会还是放弃了进一步的公会连接研究：毕竟这些极具天赋的领航员太过珍贵，不能冒如此巨大的生命危险。

伴随着引擎的轰鸣声和气流的呼啸声，这架飞行舱降落在了旷野附近，靠近无限神谕[①]的基座。这个巨大的强化玻璃圆球里包含着金色的漩涡和条纹，仿佛有一个不断变化着的星云在里面游动。当一名

---

①无限神谕，后来被称作时间神谕，是宇航公会的引导者和保护神。她可以与领航员沟通，这种沟通可以跨越很遥远但有限的距离。后来，人们发现无限神谕其实就是诺玛·辛瓦，宇航公会第一任领航员的意识。

穿制服的公会成员引导着德默尔离开飞行舱时，圆球里的活动增加了。

在每次执行任务之前，领航员通常会与无限神谕进行“交流”，以提高和完善自己的灵态能力。这种经历，就像在伟大的折叠空间里旅行一样，能把领航员和公会的神秘起源联系到一起。

德默尔闭上他的小眼睛，感到无限神谕充满了他的感官，一波又一波涌入他的脑海，直到宇宙间所有的可能性都清晰可见。他感到有另一个人一直在守护他，仿佛公会是一个有感知的灵魂一样，这给了他一种平静。

在古老而强大的神谕指引下，德默尔的心灵穿梭在时空的过去和未来之间，穿梭在宇宙间的所有美好、完美的事物之间。领航员舱室中的香料气体似乎一直在扩散，直到把成千上万张领航员的面孔包裹其中。图像在不断地跳跃和转换，从领航员到人类，反复转换。这时他看到了一个女人，她的身体在变化、萎缩，直到她变成一个赤裸的、巨大的脑子……

在神谕内部，这些影像逐渐褪色，给他留下一种不祥的空虚。他的眼睛仍然紧闭，但只能看到强化玻璃圆球里还在旋转的星云了。飞行舱的爪子继续抓住他的舱室，飞向等待着的远航机，德默尔陷入了不安的困惑之中

他通过折叠空间看到了许多东西，但并不是全部……还远远不够。有一股不可预测的强大力量正在塑造宇宙，这股力量就连无限神谕也无法看清。对于人类来说，就算是像沙达姆四世那样强大的领袖，也不知道这股力量会释放出何物。

而宇宙从来都是一个危险的地方。

美琅脂是一个多手的怪物。它会先用一只手赐予香料，再用其他所有的手夺走它。

——宇联商会机密备忘录，仅供皇帝观看

在互相连接的地下实验室建筑群内，白色的运输圆舱在轨道上快速行驶着。舱体在老化的轨道上嘎吱作响，一边行驶一边断断续续地发出令人不安的声音。

通过车厢的强化玻璃地板，研究大师希达尔·芬·阿吉迪卡可以看到正在为了一项至关重要的任务而工作的立交桥、传送带和技术系统。*这一切都处于我的监督之下。*虽然皇帝总是自欺欺人地说，他才是萨图赫（曾被称为伊克斯）星球上这一切进展的总指挥，但没人能比阿吉迪卡更有权力。最终，所有的政客和贵族，甚至是他那些短视的特莱拉同胞都会明白这一点的。到那时，要想阻止这位研究大师取得不可避免的胜利已经太迟了。

他的小圆舱哐啷哐啷地朝着戒备森严的研究馆驶去。在他的人民征服这个星球之前，这些先进的伊克斯制造设施曾为维尔纽斯家创造了巨大的财富。现在，这些工厂有了更好的使命，那就是为了神明的荣耀和被拣选的特莱拉人工作。

然而，今天他却面临着一项不同以往的考验。阿吉迪卡并不期待与帝国香料大臣芬伦伯爵再次见面，但终于他有一些好消息能报告了

——足以阻止皇帝把他的萨多卡军团派过来。

最近几个月来，他亲自主持了人造香料的大规模全面测试——并进行了交叉比对，在最细微的环节去比较美琅脂和奥马尔的效力。而宇宙间最为神秘的一个谜团——贝尼·杰瑟里特姐妹会是如何使用美琅脂的——被一个意外事件揭开了面纱，有一个间谍女巫意外地落入了他手中。现在，这个曾以米拉尔·阿莱切姆的名字伪装自己的贝尼·杰瑟里特俘虏，有了一个更为崇高的目标。

嗡嗡作响的运输圆舱在研究馆前摇摇晃晃地停了下来，阿吉迪卡走到一个洁白无瑕的平台上。芬伦可能已经等在那里了，而他不喜欢等待。

阿吉迪卡急匆匆地走进电梯，电梯一路下降，停在了研究馆正门前——但是圆形的电梯门却没有打开。他大为光火，按下了紧急警报，对着扬声器大喊道："把我弄出去，快点。我可是很忙的！"

这个升降管道是基于伊克斯的设计，但现在却连一个简单的门都无法打开。还有什么比这个技术更基础的呢？在这些本该充满精妙设备的研究馆里，有着太多的系统出现崩溃的迹象了。会不会是那些躲在阴影里的顽固叛乱分子在蓄意破坏？还是仅仅因为维护不善？

他听到外面有人在叽叽喳喳吵嚷，工具砰砰地砸着大门。阿吉迪卡不喜欢封闭的空间，他本来就讨厌住在地下。现在，他周围的空气似乎越来越沉闷了。他低声叨咕起伟大教义问答来，谦卑地请求神祇给他指一条安全的出路。接着他又从口袋里掏出一只小瓶，倒出两片难闻的含片，吞了下去。

为什么要花这么长时间？

阿吉迪卡努力让自己平静下来，重新审视起他已经实施的计划。这个项目是在几十年前开始的，从那一天起，他就一直与特莱拉的某个小干部保持着联系，此人从特莱拉那里偷出来很多神圣培育罐，此后就一直在为他服务。他带着培育罐逃到了帝国境内最偏远的地方，在那些致命的变脸者的保护下，建立了自己的特莱拉政权，诠释他自己心中理解的伟大教义。

他已经把后路都安排好了，阿吉迪卡会把他自己、他的变脸者随从以及奥马尔计划的机密资料藏在一艘远程护航舰里，然后逃离这里。在他成功逃跑后，他会引爆一枚炸弹，摧毁整个实验室。这场巨大的爆炸同时也将毁掉半座地下城市。而早在爆炸尘埃落地之前，他就已经跑到很远很远的地方去了。

一旦他抵达了他那颗早就准备好了的星球，阿吉迪卡就会采取一系列措施巩固他的权力基础，并组建一支军事力量来保护自己免受帝国的报复。他将独自控制这种珍贵却又廉价的人造香料的供应链。谁控制了香料，谁就控制了整个宇宙。最终，阿吉迪卡会坐到金狮宝座上。前提是他得先从这个故障电梯里出来。

终于，伴随着撞击声和喊叫声，升降通道的门吱吱呀呀地打开了，两个助手朝里面瞧了瞧，问他道："大师，您还好吗？"

站在他们身后的正是面无表情的芬伦伯爵。他虽然个子不高，但仍比特莱拉人高得多："看来你遇到了点儿麻烦，嗯-嗯-啊？"

阿吉迪卡站直了身子，从狭窄的电梯里挤了出来，用肩膀把那些语无伦次的下属拱到一边，说道："请跟我来，芬伦伯爵。"

研究大师带着香料大臣来到了一间熟悉的陈列室，这是一个巨大的房间，墙壁、地板和天花板都是白色的。房间里摆放着各种科学仪器和容器，还有一张有着半透明罩子的红色桌子。

"嗯，你又要让我看那种沙漠虫子了？我希望是另一个小家伙，不会像前一个病得那么重吧？"

阿吉迪卡拿出一个小瓶，里面有一摊橘黄色的软泥，他把它放在芬伦的鼻孔底下，说道："这是最新的一批奥马尔。闻起来很像美琅脂吧？你觉得呢？"芬伦鼻子抽动着闻了闻。但还没等他开口，阿吉迪卡就按下了罩子底部的按钮。强化玻璃里的雾气消失了，露出了里面半米长的一条沙虫。

“从厄拉科斯弄来多久了？”芬伦问道。

“它是十一天之前走私来的。沙虫总会在远离家园的地方死去，但它应该能再活一个月，也许两个月。”

阿吉迪卡把橙色的物质倒入了罩子上的一个容器里。容器掉了下去，陷进了沙子，向沙虫倾斜着。

这条蛇一般大小的生物游向奥马尔，它张开圆圆的嘴巴，露出喉咙深处水晶般的微小牙齿。突然猛冲向橙色物质，把它连同容器一起吞了下去。

面对芬伦好奇的目光，阿吉迪卡宣布：“就和真的美琅脂一样。”

“可是虫子还是会死？”香料大臣坚持着他的怀疑态度。

“不管我们给它们奥马尔还是美琅脂，它们都会死。这没什么区别。离开原生沙漠它们根本无法存活。”

“我明白了。我现在要带一个样品去皇帝那里。准备吧。”

阿吉迪卡屈尊地回答道：“奥马尔是一种生物产品，如果处理不当就会很危险。最终的成品只有在加入稳定剂后才安全。”

“那就加呀，嗯-嗯？你现在就去加，我就在这儿等着。”

研究大师摇了摇头：“稳定剂还处在测试阶段。美琅脂是一种极其复杂的物质，但成功唾手可得。等我叫你的时候，你再回来。”

“你没有权力叫我干什么。我只向皇帝报告。”

阿吉迪卡撑开沉重的眼皮，傲慢地答道：“那就把我告诉你的告诉他吧。现在的奥马尔和真正的美琅脂没什么区别。”

看到芬伦沮丧的表情，他差点忍不住笑起来。那个所谓的稳定剂是假的。无论是皇帝还是阿吉迪卡那些无能的特莱拉上级都不会得到奥马尔。相反，研究大师会带着所有东西逃走，不留下任何他称之为“阿吉迪马尔”的极具效力的香料替代品的真正线索。如果这个物质连厄拉科斯沙虫都能骗过，那么还需要什么别的证据么？

芬伦说道："永远不要忘了，一开始是我说服了埃尔鲁德开始这个项目，嗯-哼？因此，我觉得我肩负着巨大的责任。"他开始在房间里踱步，"我想，你进行了宇航公会测试吧？我们必须知道领航员是否能使用你的人造香料来找出通过折叠空间的安全路径。"

阿吉迪卡想要说点什么。但他确实没有想到会出现这样的问题。

"显然没有做吧？嗯-嗯-嗯-嗯。我击中了你的痛处了吗？"

"请你放心，领航员也不会注意到任何区别的。"阿吉迪卡按下了按钮，雾气再次笼罩了那只虫子。

芬伦乘胜追击道："然而，最高级别的测试就是把奥马尔放入领航员舱室中，嗯-嗯-嗯？只有这样我们才能最终确定项目成功。"

"但我们做不到啊，大人，"阿吉迪卡不安地说道，"我们不能公开要求宇航公会合作，毕竟奥马尔计划必须完全保密。"

伯爵的眼睛闪闪发光，脑子里冒出了各种阴谋："但你的变脸者可以解决公会的安全措施啊。是的，嗯-嗯-嗯。我会全程陪同你的变脸者展开行动，看看结果如何。"

阿吉迪卡考虑了一下他的这个建议。这位帝国香料大臣说的确实有几分道理。此外，使用一个变脸者也给他提供了其他可能性……一个摆脱这个爱管闲事的人的办法。

除了阿吉迪卡本人之外，谁也不知道他已经把几百名从培育罐里培育出来的变脸者分散到银河系里去了，他把他们安插在了重要的战略位置上，而且还用远程探索飞船把他们送到了一些未知的地方。这些变脸者在几个世纪前就被特莱拉人开发出来了，但它们的功效还没有得到充分的探索。这种情况即将改变。

"是的，芬伦伯爵。我可以安排一个变脸者给你。"

在出现这么多干扰的情况下，阿吉迪卡觉得自己永远也完成不了他的工作了。

一群过于热心的政客从贝尼·特莱拉的圣城班达隆赶到了这里。他们的首领扎夫大师是一个非常傲慢的人，长着一双啮齿动物的眼睛，小小的嘴巴还总是向上翘着。阿吉迪卡不知道他更讨厌谁，是芬伦还是这位不称职的特莱拉代表。

鉴于贝尼·特莱拉的科学能力，他无法理解为什么扎夫大师和其他政府领导人把特莱拉的政治事务搞得如此糟糕。他们忘记了自己在宇宙中应有的崇高地位，甘愿被婆温达①贵族家族踩在脚下。

“你都对帝国香料大臣说了什么？”扎夫大摇大摆地走进阿吉迪卡那间巨大的办公室，开口问道，“我要一份完整的报告。”

阿吉迪卡开始用手指慢慢敲打起冰霜玻璃桌面来。他早已厌倦了向外人解释这些事。他们总是问一些诸如此类的愚蠢问题。*总有一天我将不用再和这些白痴打交道。*

在阿吉迪卡总结完会议内容后，扎夫用一种夸张的口吻宣布道：“现在，我们打算亲自观察你的奥马尔测试。我们有这个权利。”

虽然扎夫是他的上司，但阿吉迪卡一点都不怕他，因为在这个项目上没有人能取代他的位置，于是他说道：“有成千上万的实验正在进行中。你想全部都看吗？那么你的寿命能有多长，扎夫大师？”

“给我们看最重要的就行了。你们说呢，先生们？”扎夫边说边看了一眼他的同伴们。他们都点了点头，嘴里咕哝着。

“那么，就请看这个*测试*吧。”阿吉迪卡面带自信的微笑，从口袋里拿出一小瓶阿吉迪马尔，把里面的物质都倒进了自己嘴里。他用舌头尝了尝，又用鼻子闻了闻这些精华散发出来的肉桂味道，最后一

---

①婆温达是贝尼·特莱拉常用的一个术语，用来描述所有不是出生在特莱拉文化中的人，或者所有不相信他们非常具体和深奥的宗教信仰的人。这个词的意思是“不信教的人”，尽管它的字面意思与异教徒、叛教者等词有着相似的含义，但其贬义要远远大于字面意思。这个词很少在非特莱拉人群中被提及。

口吞了下去。

这是他平生第一次吞下这么多的香料。不出几秒钟，一种热流就弥漫在他的胃和大脑里，和他以前服用美琅脂时享受过的体验是一样的。看到客人们脸上震惊的表情，他咯咯地笑了起来。“我已经这样做有好几个星期了，”他撒了个谎，“而且没有什么不良影响。”他深信神明不会允许任何坏事发生在他身上。“这一点是毫无疑问的。”

特莱拉政客们兴奋地交头接耳，互相祝贺，好像他们也为这个成果贡献良多似的。扎夫露出一小排牙齿来，表情阴险地弯腰鞠躬道：“真不错，研究大师。我们一定会让你得到相应的奖赏。但首先，我们有一件重要的事情需要讨论。”

阿吉迪卡整个人都被包裹在了阿吉迪马尔的暖流之中，但他还是尽力倾听着扎夫的话。雷托公爵断然拒绝了特莱拉人从他死去的儿子维克多身上提取基因，贝尼·特莱拉至今对此耿耿于怀。出于对几十年前被认为是厄崔迪家族发动的袭击，以及在萨图赫以隆博·维尔纽斯王子的名义持续进行的伊克斯抵抗运动的愤怒，扎夫想要得到维尔纽斯和厄崔迪的基因组，实施报复计划。

有了这些至关重要的基因，他们就可以定制一些特殊的疾病，这些疾病专门针对厄崔迪家族和维尔纽斯家族，可以把他们全都消灭掉。如果特莱拉人下手再狠一些，那么他们甚至可以制作出雷托和隆博的克隆体，然后公开折磨他们至死——如果他们愿意，还可以一次又一次地重复下去！厄崔迪家族能忍多久？即使是一些遗传物质的片段也足以进行许多实验。

但公爵的拒绝给这些计划判了死刑。

阿吉迪卡的思维进入了极度专注的状态，扎夫的话现在听起来非常遥远而无关紧要。他不作回应，只是静静地听着，让扎夫慢吞吞地念叨着他那对付厄崔迪和维尔纽斯家族的大计划。他现在正在描述一座位于比卡尔[1]丛林中的战争纪念碑，大约一千年前，厄崔迪和维尔纽斯军队曾在这里并肩作战，这是那场传奇战争的最后一战，被后人称作塞纳萨尔防御战。这两个家族英勇的祖先们就被埋葬在丛林里的神社之中。

扎夫继续滔滔不绝地说着，阿吉迪卡觉得越来越无聊。“我们已经和政府谈妥了，我们将去那里挖掘尸体，然后从中提取厄崔迪和维尔纽斯家族细胞‘样本’。我知道这听起来不怎么靠谱，但应该能为我们提供足够的基因片段。”

“而雷托·厄崔迪无法阻止这个计划，”他的一个同伴插嘴道，“如此一来，我们就能得到我们想要的——完美报复。”

然而，特莱拉人从不会考虑其他的可能性。阿吉迪卡试图让他的表情不流露出明显的厌恶之情来：“要是让公爵发现了你的意图，他一定会大发雷霆的。你不怕遭到厄崔迪家族的报复吗?”

“雷托已经因为悲痛变成一个废人了，完全不管他在兰兹拉德里的责任，”扎夫大师越说越自以为是起来，“我们用不着怕他。提取基因的工作已经开始了，但我们遇到了一个小问题。比卡尔的首席行政官要求我们支付一大笔费用。而我希望可以用奥马尔来支付，他会当成美琅脂收下的。你觉得你的人造香料能糊弄住他吗?”

阿吉迪卡笑了，脑海里又浮现出一大堆新的可能性。“绝对没问题。”但他决定使用一种早期配方，这种配方和现在的非常相似，既能骗过他们，又不会浪费宝贵的阿吉迪马尔。这些比卡尔人只会在食物和饮料中使用美琅脂，所以他们不会注意到其中的区别。这将是一件很简单的事……

“你要多少我就给你生产多少。”

---

①比卡尔是一颗丛林星球，战争纪念碑就伫立在星球表面的塞纳萨尔高原上。

王朝都会潮起潮落。每一位皇帝都只能跟随这潮水，沉沦并挣扎。

——拉斐尔·科瑞诺王子，《银河系帝国的领导论》第十二版

沙达姆四世坐在观测台那浅褐色的遮阳篷下，周围弥漫着怡人的香气，眼睛紧紧盯着他的部队。凯坦星上有许多奇妙的景观，但在他看来，萨多卡军团才是其中最壮观的。还有什么能比一尘不染的士兵冷静而精准地服从他的每一道命令更温暖人心呢？

他多么希望所有臣民都能自愿服从帝国的指示啊。

沙达姆身材瘦削，举止优雅，长着一个鹰钩鼻。他的身上穿着一件带有银色和金色装饰的萨多卡灰色制服——他除了是帕迪沙皇帝，还是萨多卡的总司令。他的头上戴着一顶镶有软垫的波萨格[①]头盔，上面镶着金制的帝国徽章。

至少他现在可以独自安静地观看这场阅兵式了，因为他的妻子阿妮鲁尔早就厌倦了这些军力展示。幸运的是，她准备花上一个下午的时间来做些贝尼·杰瑟里特的事情，可能是去陪她的女儿们，然后也把她们培养成女巫。要不就是为那个死去的老巫婆洛比亚安排葬礼。他希望这贝尼·杰瑟里特能尽快给他送来一个新的真言师。不然这些

①波萨格是萨多卡军团将军级别的司令官。

该死的女巫还能有什么用处？

在下面的露天广场上，萨多卡军团整齐划一地列队行进，脚步声震耳欲聋，好像枪声一般回响在石板地上。至尊霸撒①苏姆·加隆是一位来自萨鲁撒·塞康达斯的忠诚老兵，他像一个熟练的木偶表演者一样指挥着他的士兵，表演着壮观的机动动作，展示着高效的战斗阵型。一切都是那样的完美。

不像皇帝自己的家族。

通常情况下，皇帝喜欢看他的军队演习，但此时他的胃里却搅动不安。在吞下了一个非常坏的消息后，他一整天都没有吃东西，这个消息不断腐蚀着他的肚子。即使最好的医生也治不了这种病。

通过遍布全宇宙的间谍网络，沙达姆刚刚得知他的父亲埃尔鲁德九世曾和他最喜欢的一个妃子生过一个私生子，这个妃子的名字还没能最后确认。这可是四十多年前的事情了，而从孩子一降生开始，老埃尔鲁德就采取了措施，把这个私生子保护性地藏了起来——他现在应该已经是一个成年男子了，比沙达姆小十多岁。这个杂种知道他的血统吗？当沙达姆和阿妮鲁尔一直没能生下一位男性继承人时，此人是否开始觊觎皇位？而自己只有女儿，女儿，以及更多的女儿。现在沙达姆一共有五个女儿了，最后出生的叫做鲁吉。这个混蛋现在是不是已经开始篡夺金狮宝座的行动了？

在石板广场上，士兵们分成两组，开始了模拟战斗演习，用激光步枪的模拟曳光弹进行网状射击，目标是占领一个咆哮狮子状的石雕喷泉。大功率的军用滑翔机以紧凑的队形掠过天空，然后急速攀升。天空中那稍纵即逝的云朵仿佛是某位艺术家的点睛之笔。

心不在焉的沙达姆用适度的热情为萨多卡军团的演习拍手叫好，

---

①霸撒是萨多卡的军衔，比标准军队军衔的上校稍高一个等级。是行星次级行政区的军事首脑。

同时默默诅咒自己早已故去的父亲。那只老秃鹰还偷着生了多少个私生子？这真是一个令人担忧的事情。

至少他知道这个人的名字。泰洛斯·瑞法。收养他的是塔利加里家族，而瑞法一生中的大部分时间都是在札诺瓦度过的，那是塔利加里家族的一个度假胜地。所以瑞法一直都在过着骄奢淫逸的生活，这个人除了幻想夺取皇权外，几乎无事可做。

是的，埃尔鲁德的私生子会引起很多麻烦。但怎样才能找到并杀死他呢？沙达姆叹了口气。这些都是对自己统治的挑战。也许我应该和哈什米尔讨论一下。

但他却选择挑战一下自己的脑力，他拓展了自己的思想，一心要证明哈什米尔·芬伦对他的看法是错的……他不需要别人的建议也能统治一个帝国。我要自己做决定！

沙达姆把芬伦派到了厄拉科斯担任帝国香料大臣，同时给了他一个秘密任务，那就是监督奥马尔的开发。但为什么芬伦从伊克斯取报告要花这么长时间？

天气温暖舒适，微风吹拂着游行队列里的旗帜。帝国的气象控制机构已经按照皇帝的要求安排好了这一天里的各个细节。

士兵们向广场对面的一片草地走去，他们手持盾牌和闪闪发光的银剑，准备演练近距离格斗。两支队伍很快开始发动进攻，模拟敌方炮火的紫、橙色的闪光照亮了整片场地。在演武场周边的包厢里，一群来自小家族的贵族和宫廷官员们礼貌地发出了欢呼声。

满头白发的老兵苏姆·加隆衣冠楚楚地站在那里，一脸的挑剔，这是因为他对在皇帝面前举行的每一场演习都有很高的标准。沙达姆鼓励这种公开展示军事力量的方式，毕竟最近兰兹拉德里有几个家族开始变得不听话了。他可能很快就需要这些肌肉出场了……

一只棕色的大蜘蛛悬在红褐色遮阳篷的一根丝绳上，不停地在他面前晃来晃去着。他忍不住恼怒地低声骂道："你不知道我是谁吗，小东西？在我的帝国里，最小的生物也是我的臣民。”

演武场上出现了更多旗帜，更多队列，更多模拟炮火，但这些都成了他沉思的背景。又一支萨多卡编队出现在壮观的舞台上。浮夸和荣耀再次交织在了一起。在头顶上，扑翼机编队呼啸而过，表演了高难度的空中机动。每次表演结束后，观众都报以热烈的掌声，但沙达姆几乎一眼也没看，他一直在琢磨他那个同父异母的私生子兄弟的问题。

他轻轻吹了一口气，看着那只不长眼的蜘蛛在突如其来的狂风中摇摆。它开始顺着丝绳向遮阳篷高处爬去。

你爬上去也不会安全的，他心想道，*没人能避开我的怒火。*

但他知道这是自欺欺人。宇航公会、贝尼·杰瑟里特姐妹会、兰兹拉德联合会、宇联商会——他们都有自己的想法和手段，都试图绑住他的手，蒙住他的眼，阻止他像一个皇帝那样统治这个已知宇宙。

*这帮该死的无时无刻不想控制我！*科瑞诺家族的祖先们怎么会允许这样糟糕的情况持续发展呢？这种对皇帝的控制已经持续了好几个世纪了。

于是皇帝伸出手来，在蜘蛛爬回来咬他之前先把它挤扁了。

个人只有在融入整个社会时才有意义。

——行星学家帕多特·凯恩斯，《厄拉科斯初级读本》，写给他的儿子列特

伴随着巨大的轰鸣声，这头滑行着的巨兽一路冲过沙丘，列特-凯恩斯却不知怎的联想到了一条带状的大瀑布。凯恩斯曾在凯坦星上见识过人造瀑布，但那是一种毫无意义的堕落产物。

在炽热的黄色太阳之下，他和一群忠诚的弗雷曼随从正骑着一条高大的沙虫赶路。正是这些技艺精湛的弗雷曼沙虫骑士召唤来了这头巨兽，然后骑上它，用钩子钩住它的节环。在这头巨兽高昂的头部上方，列特握紧缰绳，保持平衡。

这头巨兽一路穿过无迹可寻的沙漠，直奔红墙穴地而去，列特那可爱的妻子法罗拉正在那里等候他，而弗雷曼议会也会迫不及待地想听到他从凯坦星带回来的消息。不过他带来的是一条令人失望的消息。而沙达姆四世作为一个人来说也让他很失望，甚至超出了列特能想到的最坏情况。

斯第尔格亲自到迦太格的太空港，来接列特。他们现在已经离开

了屏蔽场城墙[①]，进入了广阔的沙漠，而且成功避开了哈克南人窥探的眼睛。在沙漠里，一小群弗雷曼人遇到了斯第尔格，斯第尔格放了一个沙槌，用那能与沙虫心跳共鸣的节奏召唤来了一条沙虫。利用弗雷曼人自出生以来就熟练掌握的技巧，他们捕获了它。

列特熟练地顺着绳子爬了上去，然后插好木桩保护自己。他想起多年前自己成为沙虫骑士，以此证明自己是部落一员的那一天。老耐布海纳尔是裁判。当时的列特被吓坏了，但他最终还是通过了考验。

就算是现在，骑一条沙虫也同样很危险，不是轻易就能成功的，但列特却只把这种常人难以驾驭的巨兽看作是一种交通工具，一种能把他带回家的快速代步工具。

坚毅的斯第尔格拉着导绳，向骑手们大声呼喊。弗雷曼人移动着扩张器并安置了额外的造物主钩子以便更好地引导沙虫。斯第尔格望向列特，看到列特仍然是一副心事重重的样子，显然很不高兴。他明白他的朋友从凯坦带回来的消息一定不怎么好。然而，不像皇宫里那些叽叽喳喳的大臣，弗雷曼人对沉默并不陌生。当列特准备好时自然会开口说话，所以斯第尔格只是默默地陪在朋友身边。他们并驾齐驱，各自沉浸在自己的想法里。几个小时很快过去，他们穿越沙漠，直奔地平线附近的红黑色的山脉。

斯第尔格觉得时机成熟了，他理解了这位年轻行星学家的表情，看着蒸馏服面具下那张笼罩着不安思绪的脸庞，说出了列特必须要听的话："你是乌玛凯恩斯的儿子。既然你那位伟大的父亲去世了，你就是所有弗雷曼人的希望。我将会把我的生命和忠诚献给你，正如我献给你父亲那样。"但斯第尔格并没有像看待列特的父亲那样看待这个年轻人，而是把他当成了真正的同志。

---

①屏蔽场城墙是厄拉科斯北部地区的一座山脉，它保护着一小块区域不受星球科里奥利风暴的影响。

他们俩都听过那个在穴地里广为流传的故事。在加入弗雷曼人之前，帕多特·凯恩斯曾与六个差点把斯第尔格、图洛克和欧姆恩逼死的哈克南杀手进行了一场战斗——那时候他们还只是三个年轻的弗雷曼小伙子。斯第尔格当时受了重伤，要不是凯恩斯杀死了男爵的手下，他早就死了。后来，当这个行星学家成为了一个弗雷曼人的狂野先知时，三个人都发誓要帮助他实现他的梦想。甚至在欧姆恩和帕多特在石膏盆地的那次塌方事故中丧生之后，斯第尔格仍然记得他欠的这个水债，并决定偿还给他的儿子列特。

斯第尔格伸出手去，抓住了年轻人的手臂。列特的身上全是他父亲的影子，而且还有更多的东西。毕竟他从小就被当做弗雷曼人养大。

列特给了他一个苍白的微笑，他的眼睛里充满了感激："斯第尔格，我关心的不是你的忠诚，而是我们事业的可行性。科瑞诺家族不会给我们任何帮助和同情。"

斯第尔格听后竟笑了起来："皇帝的同情是我最不想要的东西。我们不需要帮助就能杀死哈克南人。"现在，他们继续骑着沙虫前进，斯第尔格把他们袭击被亵渎了的圣训穴地的经过告诉了列特。列特看起来很高兴。

他们终于回到了这座与世隔绝的温暖堡垒，又脏又累的列特急切地回到了他的住处。法罗拉正在家里等着她的丈夫，而列特也打算先和妻子待上一阵。在见识了凯坦星之后，列特急需平静与安宁哪怕只有一刻，而他的妻子总是能够抚慰他。虽然沙漠里的人们都急切地想听他的报告，并且已经为当晚的会议召集了一大群人，但按照传统，除了紧急情况外，任何旅行者都不需要在精神恢复之前讲述他的故事。

法罗拉眨着透蓝的眼睛，微笑着迎了出来。她那表示欢迎的吻很长，一直从大门延续到他们的房间。她还给列特煮了香料咖啡，准备了小小的蜜糖美琅脂蛋糕。列特很喜欢这个特别的欢迎仪式，但什么也比不过能再次见到法罗拉。

在又一次拥抱之后，她把他们的孩子领了出来，列特－芝——法罗拉和列特最好的朋友沃里克的儿子，在沃里克去世后，列特有责任照顾法罗拉和这个男孩，当然还有他们自己的女儿契尼。他拥抱了他们，但孩子们又玩又闹起来，最后，一个保姆过来把他们都带走了，只留下他和妻子单独在一起。

法罗拉笑着，她的皮肤金光闪闪的。她解开了列特那已经失去功效的蒸馏服，皇帝的卫兵曾把它拆解并重新组装过。然后她在他裸露的脚面上涂上一层薄薄的药膏。

列特长叹一声。他还有很多事情要做，有很多事情要和弗雷曼人商量，但他暂时把它们都推到了一边。即便他已经是一位见识过金狮宝座的人了，列特也同样知道什么才更重要。当他看着妻子那谜一般的眼睛时，列特感到了无比的安心，比他从穿梭机里出来后的任何时候都要安心。

“告诉我凯坦的奇妙之处吧，亲爱的，”她说道，表情充满了敬畏，“你一定见识到了非常美丽的景象。”

“是的，我在那里看到了许多东西，”他回答道，“但是，法罗拉，请相信我的话。”说着，他伸出手来抚摸她的脸颊，“整个宇宙中没有什么比你更美丽的了。”

已知宇宙的命运取决于有效的决定，而有效的决定只能在获得完整信息的条件下才能做出。

——塔利加里家族讲师加拉斯·欧森，
《儿童领导力入门》，亦适合成人

雷托的内室是卡拉丹城堡中最简朴的一个房间。只有在这个房间里，作为家族领袖的他在考虑厄崔迪家族的利益时，才不会被轻浮的奢华感所压倒。

这个房间里没有一扇窗户，石墙上也没有挂毯，就连球形灯上也毫无装饰。只有壁炉里的火焰在不断散发出一种芳香的树脂味，驱散了咸腥的湿冷空气。

他在自己那张破旧的办公桌前坐了好几个小时。一个噩梦般的信息圆筒像一颗定时炸弹那样放在他面前。他已经读了他的密探给他送来的报告。

特莱拉人真的以为他们可以隐瞒自己的罪行吗？或者他们只是希望能在雷托做出回应之前完成他们那卑鄙的亵渎，然后从塞纳萨尔战争纪念碑逃走？比卡尔的首席行政官肯定清楚厄崔迪家族会觉得被深深地冒犯了。还是说，特莱拉人向他们支付了一笔巨额封口费，让比卡尔人无法拒绝？

帝国里所有人似乎都觉得维克多的悲剧已经摧毁了他，熄灭了雷托内心的火焰。他看了看手指上的公爵印戒。雷托从来没有想到自己会在十五岁时就担起家族领袖的重任。现在，二十一年过去，他觉得这枚沉重的戒指被他戴在手上已经有好几个世纪之久了。

桌子上放着一只被水晶玻璃包裹起来的蝴蝶，它的翅膀弯成了一个奇怪的角度。几年前，当雷托在研究一份文件时，一时心烦意乱，不小心把这只蝴蝶砸碎了。现在，他把这个保存下来的标本放在自己面前，随时提醒他要时刻警惕自己行为所带来的后果，无论是作为公爵还是作为个人。

即便有着首席行政官的默许，特莱拉人这种对战争英雄的亵渎行为也不能被允许……或是被抛之脑后。

一身戎装的邓肯·艾达荷轻叩着半开的木门。“您叫我吗，雷托?”这位高大而骄傲的剑术大师自从吉奈斯回来后，就带着一丝优越感。经过八年的剑术训练，他终于有了自信的权利。

“邓肯，我现在比以往任何时候都更需要你的建议，”雷托站起身来，说道，“我现在要做一个重大的决定，既然杜菲和哥尼已经去了伊克斯，我就必须和你讨论策略了。”

这个年轻人高兴起来，他一直渴望能有机会证明他在军事方面的价值：“我们打算在伊克斯进行下一步行动了?”

“是另一件事，”雷托举起圆筒，叹了口气道，“作为公爵，我发现总是会有‘另一件事’。”

杰西卡默默地走进敞开的大门。虽然她有偷听的能力，但她勇敢地走到了剑术大师身旁，说道：“公爵，我可以听听这件事吗?”

正常情况下，雷托是不会允许他的侍妾参加战略会议的，但杰西卡训练有素，他最近也一直尝试重视她的观点。在他最黑暗的时候，是杰西卡给了他力量和爱，他现在已经无法轻易把她打发走了。

雷托总结了一下报告，把特莱拉挖掘队在比卡尔建立了一个大型挖掘营地的事情告诉了大家。那些现在已被厚厚植被覆盖了的石头金字塔，就坐落在当年厄崔迪和维尔纽斯军队并肩作战，从海盗舰队手中拯救了整颗星球的地方。数千名士兵以及两个家族的许多祖先都牺牲在了那场战争中。

雷托那不安的声音越来越小："特莱拉挖掘团队正在移走我们祖先的尸体，他们说这是为了'历史遗传学研究'。"

邓肯用拳头狠狠砸向墙壁，怒吼道："以乔－诺莱①的鲜血起誓，我们必须阻止他们。"

杰西卡咬着下唇说道："公爵，他们真正的目的显而易见。虽然我并不完全了解这一过程，但即使尸体被制成木乃伊后数个世纪，特莱拉也有能力从死去的细胞中培育出死灵来。他们应该是打算重现一段丢失的厄崔迪或是维尔纽斯的基因系。"

雷托凝视着那只被水晶玻璃包裹着的蝴蝶，呢喃道："这也是当初他们想要维克多和隆博尸体的原因。"

"正是。"

"如果要采取合法的方式，我就必须前往凯坦，在兰兹拉德联合会上提出正式抗议。他们可能会成立一个调查委员会，但最终比卡尔和特莱拉顶多受到一些形式上的谴责。"

"到那时就太晚了！"邓肯的担忧是很正确的。

壁炉里的一根柴火忽然砰的一声裂开了，吓了大家一跳。

"这也是为什么我决定采取更极端行动。"

杰西卡试图插入一些理智的声音："能不能尽快派出我们自己的部队，赶在特莱拉挖出尸体之前，把它们先移走？"

"还不够好，"雷托说，"如果我们漏掉一具尸体，那我们所有的努力都白费了。不，我们必须消除诱惑，消除问题，并给出我们明确

①乔－诺莱原本是一名吉奈斯雇佣兵，后来成为了第一名真正意义上的吉奈斯剑术大师，是芭特勒圣战期间的一名传奇战士。

的信息。那些认为雷托·厄崔迪公爵已经变得软弱的人，必须知道事实并非如此。”

雷托查看了散落在桌子上的各类文件，这些文件总结了他的军事实力，包括军械库中的武器数量，可供调配的军舰，甚至还有家族原子武器等等。然后他对邓肯说道：“杜菲现在不在这里，所以这将是你证明自己的机会，邓肯。我们必须给他们一个教训，一个不会有别的解释的教训。没有警告。没有怜悯。没有歧义。”

“我很乐意领导这一军事行动，公爵。”

在这个宇宙中，没有绝对安全的地方和绝对安全的道路。每条路都有危险。

——禅逊尼格言

在伊克斯那漆黑的夜空中，一架货运穿梭机按照预定行程飞出了轨道上的远航机。在无人居住的荒野里，一个隐蔽的萨多卡观测哨所紧紧盯着这艘飞船，它在探测网格中显示为橙色的羽毛状。穿梭机向入口港峡谷驶去，那里有通往地下首都的警戒通道。

但萨多卡士兵没能发现有一艘小得多的飞船正躲在这艘穿梭机的尾流里。那是厄崔迪家族的战斗舱。通过巨额贿赂，远航机上现在安装了一个伪装信号发射器，可以骗过地面的追踪器，这样一来，这个没有任何灯光的黑色物体就可以飞在空中而不被人发现了，足以让哥尼·哈莱克和杜菲·哈瓦特潜入到地下城市。

负责操控这架小型无翼飞行器的正是哥尼。黑色的厄崔迪战斗舱现在飞出了穿梭机的尾流，低空掠过崎岖不平的北部地区。没有灯光的仪器向他的耳机低声传送着数据，指示他如何避开被严密防守的着陆点。

哥尼运用了他当年待在走私者团队里时，从多米尼克·维尔纽斯那里学来的那些胆大得有些鲁莽的技巧，在巨大的荒野上加速飞行，掠过冰川和高原。当年在走私违禁品时，他学会了如何躲避科瑞诺家族的安全巡查，而现在的他则处于特莱拉安全网格的监视之下。

战斗舱在大气层中穿梭时，杜菲平静地进入了门泰特模式，推测着各种可能性。他记下了隆博所能记住的所有紧急出口和秘密路线。但对伊克斯人民的担心不断打断他的注意力。

尽管雷托从来没有一点责怪他的意思——但毕竟保卢斯公爵死在了他负责安保的斗牛场里，还有他负责的天空帆船也发生了如此重大的安全事故——杜菲现在只能加倍努力，运用上自己所有的技能，不断给自己施加压力。

现在，他和哥尼必须渗透进陷落的伊克斯，找出敌人的弱点，准备采取彻底的军事行动。在最近这场惨绝人寰的悲剧发生后，雷托公爵已经不怕给自己的双手染上鲜血了。当雷托认为时间成熟，厄崔迪家族就会出手，并且一定会下狠手。

尽管惨遭特莱拉侵略者的镇压，但与他们长期保持着联系的自由战士克泰尔·皮尔鲁拒绝放弃伊克斯。他用偷来的材料制作了威力十足的炸弹和其他各类武器，在一段时间内甚至得到了隆博王子的秘密协助——直到所有联系都中断。

杜菲希望今晚他们能挤出一些时间来寻找克泰尔。虽然可能性几乎为零，但他和哥尼仍向一个可能的反抗军会议地点发了一条信息。门泰特战士使用的是隆博提供的老式维尔纽斯军用密码，只有克泰尔能看懂，杜菲在信息里提出要和他在蜂巢般的秘密通道和密室中进行一次会面。但是，这些厄崔迪渗透者没有收到任何回复……他们只是在盲目地飞行，只有希望和决心还在引导他们。

杜菲透过战斗舱的小窗户找寻方向，思考着他们将如何去寻找那些伊克斯自由战士。尽管不是门泰特模式的一部分，但他觉得这一次他们必须得依靠一些……运气了。

克泰尔·皮尔鲁蜷缩在曾经是大王宫的地壳上层一间发霉的储藏

室里，心里充满了疑虑。他收到了一条信息，破译了它，但不相信它。他的这场小规模游击战争之所以能持续那么多年，并不总是因为胜利和希望，而是因为坚定的决心。与特莱拉的战斗占据了克泰尔一生中的大部分时间，他现在已经认不出自己是谁了，也不知道一切都结束后自己会变成什么样子。

他已经不相信这个曾经美丽的地下城市里的任何人了，这也是他能幸存下来的原因。他不断地换身份，从一个地方转移到另一个地方，使出浑身解数战斗，然后再逃走，把愤怒的特莱拉入侵者和萨多卡走狗留在身后的一片混乱之中。

克泰尔最喜欢的脑力练习，就是在脑海中描绘城市当初的样子，想象钟乳石建筑之间连接人行道和街道的游丝。他甚至回想起了伊克斯人以前的样子，远在特莱拉入侵的残酷现实到来之前，他们浑身上下都充满了欢乐和决心。

但这一切在他的记忆中越来越模糊了。*已经过去很久了。*

就在不久前，他收到了一条信息——一个陷阱吗？——对方自称代表了隆博·维尔纽斯王子。但克泰尔的一生就是一场冒险，而现在他必须抓住机会。他清楚只要隆博还活着，王子就不会抛弃他的子民。

在这间寒冷黑暗的仓库里，克泰尔等待着，*等待着*，怀疑自己是否有些看不清现实了……尤其是在现在，他完全清楚他的情人兼同志米拉尔·阿莱切姆遭受到了何种可怕的命运，如果这个世界不是现在这个样子的，那么她很可能会成为他的妻子。但那些肮脏的特莱拉入侵者抓住了她，用她的身体进行神秘而可怕的实验。他不忍回想米拉尔现在的样子——一个被高高吊起的、令人憎恶的、早已脑死亡了的肉体，变成了某种可怕的生物样本。

从那天以后，他活着的每一秒都在诅咒特莱拉人。他紧紧闭上那双阴沉的眼睛，控制自己的呼吸，只选择回忆米拉尔那双大眼睛，那张迷人的窄脸以及那头乱发。

他的心中只剩下了愤怒和想要自杀的沮丧，同时还有作为幸存者的内疚。他下定决心要干一件无比狂热的大事，但假如隆博王子真的派人来帮助他，那么这个噩梦就可以很快结束了……

忽然传来了一阵似乎是机器发出的嗡嗡声，于是他向更深的黑暗爬去。然后他就听到了一阵轻微的刮擦声，还有熟练的开锁声，紧接着自动升降舱门打开了，露出了两个人形轮廓。这两个人还没有发现他。他仍然可以逃跑，或者干脆杀死他们。但他们的身材太高了，不可能是特莱拉人，动作也不像是萨多卡士兵。

年纪大一些的那个人看起来就像志贺藤一样强壮，脸上布满了肌肉，嘴唇上沾满了门泰特才有的纱芙汁。而他的同伴身材也很魁梧，金发碧眼，四肢粗壮，脸上有一道很显眼的疤痕，口袋里装着一小套工具。那位门泰特第一个走出电梯，谨慎又自信地说道："我们来自卡拉丹。"

克泰尔没有动，也没有显露自己的身形。他的心跳开始加速。一切还很有可能只是个圈套，但他已经走了这么远。他必须弄清楚。他用手指摸了摸口袋里的一把手工匕首的刀柄，回应道："我在这儿。"

克泰尔从阴影中走了出来，那两个人盯着他，眼睛好像已经适应了此地微弱的光线。"我们是隆博王子的朋友。你不会再孤军奋战了。"那个脸上带着伤痕的人说道。

三人像踩在碎玻璃上一样小心翼翼地向前走去，在布满灰尘的储藏室中间会合了。他们像帝王一样握着手，尴尬地相互介绍。这两个人告诉了他隆博的遭遇。

克泰尔看上去一脸的茫然，仿佛不能确定自己身处的是现实还是梦境："那儿……还有个女孩。凯莉娅？是的，凯莉娅·维尔纽斯。"

杜菲和哥尼对视了一下，暂时回避了这个尴尬的话题。"我们没有多少时间，"哥尼说道，"我们必须把一切能记住的都记住。"

克泰尔看着对面两位厄崔迪家族的代表，琢磨着该从哪里开始。他的内心充满了愤怒，这让他越来越情绪化，以至于他不忍心告诉他们自己在这里所看到的一切，所忍受的一切。“好吧，就让我来告诉你们特莱拉人究竟对伊克斯做了什么吧。”

三个人躲在阴影里，尽量不引起任何人的注意，他们悄悄在受压迫的工人、破旧不堪的设施之间穿行。他们用克泰尔伪造的那些身份证进出安全区域。这个孤军奋战的自由战士早已学会如何不被人注意地穿过敌占区，而那些被奴役的伊克斯人除了自己的脚，很少会抬头看别的东西。

“我们知道皇帝牵涉其中已经有一段时间了，”杜菲说，“但我不明白为什么要派两个萨多卡军团在这里。”

“我看到了一些东西……但我仍然没搞清楚。”克泰尔指着一个缓慢且笨拙地走过装货台的怪物，那是一台绑着人体器官的机器……一个被打扁的人头，一部分瘀青变形的躯干，“如果隆博王子现在是个半机械人了，我祈祷不是特莱拉人创造的这种。”

哥尼震惊地问道：“这是什么恶魔啊？”

“复合伊克斯人，酷刑和处决的受害者，然后再通过机器复活。它们不是活人，只是移动的工具。特莱拉人称它们为‘样品’——它们只是供那些精神错乱的敌人娱乐的玩具。”

杜菲冷静地站在那里，在脑海中整理着每一个细节，而哥尼却控制不住他脸上的厌恶之情。

克泰尔勉强挤出了一个苦涩的微笑：“我曾看到一个这样的怪物，它的背上绑着喷漆枪，但好像它的生物力学部件坏了，身子完全不动了。而当他摔倒时，喷漆枪喷了出来，两名特莱拉大师浑身都被喷上了颜料。他们当时那个生气啊，对着那台机器破口大骂，好像它故意这样做似的。”

“也许它就是故意的吧。”哥尼喃喃地说。

在接下来的几天里，这三个人一起进行调查和观察……同时无比憎恨他们所看到的一切。哥尼恨不得马上就动手，但杜菲建议大家还是要谨慎行事。他们需要回去向厄崔迪家族报告。然后——在得到公爵允许的情况下——他们再制订出一个有效、协调的进攻计划。

“我们打算把你带回去，克泰尔，”哥尼说道，脸上全是同情的神色，“我们可以把你从这里弄出去。你已经受够了。”

听到哥尼的这个建议，克泰尔却有些慌了神：“我不会离开的。如果我停止战斗，我……我都不知道我该干什么了。我的责任在这里，也就是拼尽全力地去折磨那些侵略者，好让我幸存的同胞知道我们没有放弃，而且永远也不会放弃。”

“隆博王子就知道你会这么说，”杜菲说道，“我们给你带来了不少物资：晶片炸弹、武器，甚至还有一些吃的。而这只是一个开始。”

新出现的各种可能性让克泰尔感到一阵头晕目眩：“我就知道我的王子没有放弃我们。我盼他归来已经很久了，真希望能与他并肩作战。”

“我们将把这份报告带给雷托·厄崔迪公爵和你们的王子。耐心等待吧。”杜菲想再说点什么，给出一些切实的承诺。但他又没有权利这样做。

克泰尔点了点头，期盼着能尽快重新开始战斗。在过了这么多年之后，终于有强大的力量可能帮助到他了。

同情和报复是同一枚硬币的两面。人的需求决定了硬币的下落方向。

——保卢斯·厄崔迪公爵

黄橙色的太阳出现在了遥远的地平线上，比卡尔那茂密的森林里也随之冒出了一股股水汽。那明亮洁白的第二颗星星已经高悬在了天空中。花儿开了，香气扑鼻，呼唤着鸟儿和昆虫。长着鬃毛的灵长类动物在枝繁叶茂的树冠间奔跑跳跃，掠食性的藤蔓卷曲着，伺机捕食毫无防备的啮齿动物。

在杂草丛生的塞纳萨尔高原上，矗立着巨大的大理石金字塔，它们的各个角落都装有凹面镜子，能像聚光灯一样将太阳耀斑引导到各个方向。

当年就是在这片高地上，被围困的厄崔迪和维尔纽斯部队与成千上万的掠袭者奋勇作战，他们面对的是数倍于自己的敌人，每一位士兵牺牲前至少都杀死了十个敌人。他们一直战斗到了最后一刻，在等待已久的增援部队到达并击溃剩下的海盗前一个小时，他们仅剩下最后一名战士。

几个世纪以来，比卡尔人一直都没有忘记这些倒下的英雄，但在维尔纽斯家族蒙羞变节之后，首席行政官就不再维护这些纪念碑了，任由丛林将它们吞噬。这些宏伟的雕像现在变成了小动物和小鸟筑巢的地方。巨大的石块开始裂开和老化。但比卡尔上没有人在意。

最近几天，在纪念碑附近，一些自发搭建的帐篷像蘑菇一样拔地而起。一队队的工人砍伐着茂密的灌木，清除着疯长了几十年的丛林，直到露出石头，挖出封闭的坟墓为止。成千上万的阵亡士兵被埋在平顶山的集体坟墓中，其他的则被密封在金字塔内的装甲墓穴中。

比卡尔的监工们提供了挖掘设备，帮着这些工人将锯齿状的金字塔一砖一瓦地拆掉了。那些身材矮小的特莱拉科学家们搭起了模块化的实验室，急于测试从挖掘出的尸体上刮下来的细胞碎片，他们不断挖掘人体组织的残余，寻找可存活的遗传物质。

丛林里弥漫着薄雾和鲜花的味道，一些深绿色植物散发出刺鼻的精油味道，那是某种长得像树一样高大的药草。营地里不断地冒出浓烟，重型机械也向空中排出一股股废气。一名侏儒挖掘工用手擦去他额头上的汗珠，然后挥了挥手，想要赶走蜂拥而至的吸血虫。这时他抬起头来，看到火焰般明亮的橙色太阳有如一只愤怒的大眼睛，正从树冠上方升起来。

刹那之间，紫色的激光枪光束照亮了天空。

在邓肯·艾达荷的率领下，厄崔迪飞船纷纷从轨道降落下来，目标正是这座偏远地区的战争纪念碑。他在开枪射击的同时也向敌人传达了雷托公爵的宣言。这份录音讲话其实是说给比卡尔首都的首席行政官听的，另外一份副本已由信使送交了凯坦的兰兹拉德联合会，这一切都符合大联合协定①中所规定的战争规范。

雷托在宣言中用铁石般的声音说道：“塞纳萨尔战争纪念碑是为了纪念我的祖先为比卡尔所作的贡献而建立的。现在，贝尼·特莱拉和比卡尔人已经亵渎了这个地方。厄崔迪家族别无选择，只能做出适

---

①大联合协定是在公会、大家族和帝国这三方力量互相制衡下达成的一份全宇宙范围内的停战协议。主旨是禁止对人类使用原子武器。大联合协定的每一条规定都以如下字句开始：“必须遵守如下约定……”

当的回应。我们不能让我们英勇牺牲的英雄被懦夫所玷污。因此，我们选择抹除这座纪念碑。”

邓肯·艾达荷率领着军舰方阵，指挥部队开火。激光枪的光束穿透了已被部分拆除的金字塔，炸开了密封已久的房间。特莱拉科学家们尖叫着从帐篷和实验室里逃了出来。

“在进行这个抹除行动时，我们会精确地遵守规则，”雷托的录音继续播放着，“不幸的是，这仍可能会造成一些伤亡，但令我们感到安慰的是，只有那些从事犯罪行为的人才会受到伤害。而此地没有无辜的人。”

厄崔迪的舰队不断盘旋，投下了热能炸弹，然后继续向火焰中发射紫色的激光束。在标准的二十分钟作战时间内——首席行政官甚至还没来得及召集他的顾问开会——空军中队已经把纪念碑、特莱拉盗墓者和他们的合作者的营地都夷为了平地。这次攻击也同样蒸发掉了墓地里所有厄崔迪和维尔纽斯家族军人的尸体。

高原上留下一块不平整的、融化玻璃状的平原，还在冒烟。在整个攻击区域的边缘，火焰越来越亮，也越来越热，从内至外蔓延到了丛林里……

邓肯对着扬声器说道：“厄崔迪家族不会容忍任何形式的侮辱。”但下面其实已经没有能听到此话的幸存者了。

当他命令飞船返回轨道时，他低头看了看轰炸现场。从今往后，帝国里再也没人胆敢质疑雷托公爵的决心。

没有警告。没有怜悯。没有歧义。

最可怕的敌人是那些装成朋友的人。

——吉奈斯的雷贝克

在凯坦的地下，皇家大墓园的面积和地表那座宏伟的皇宫一样大。一代代故去的科瑞诺人就在这个死亡之城里沉睡，其中很多人都死于背叛和意外，只有少部分人是自然死亡的。

当哈什米尔·芬伦伯爵从伊克斯回来时，沙达姆立即领着他的朋友兼顾问走进了这个潮湿昏暗的墓穴。“你就是这样庆祝你的香料大臣凯旋的吗？通过把我拖到发霉的地穴这种方式，嗯-嗯-嗯？”

沙达姆没有和往常一样带着保镖，在这两个人走下螺旋梯时，只有橘红色的球形灯陪伴着他们。“我们小时候常来这里玩，哈什米尔。它能给我一种怀旧的感觉。”

芬伦点了点他的那颗大脑袋。那双大眼睛也像夜行鸟一样左右转动起来，寻找暗杀者和陷阱：“也许我就是在这儿养成的躲在暗处的癖好？”

沙达姆的声音变得更加强硬，更加威严起来：“在这儿，我们可以畅所欲言，不用担心被监听。我找你有重要的事情要讨论。”芬伦只得哼了一声表示赞同。

很久以前，那位把帝国首都从毁灭了的萨鲁撒·塞康达斯帝国迁出来的哈西克·科瑞诺三世，成为了第一个被埋葬在这座巨石建筑下的皇帝。在接下来的几千年里，无数科瑞诺的皇帝、妃子和私生子都被葬在了这里。其中一些人被火化了，骨灰放在骨灰盒里，而另一些人的骨头则被碾碎，然后制成瓷器供了起来。有几位统治者则被包裹在透明的石棺中，封闭在零熵场中，这样他们的尸身就永远不会腐烂，即使他们那些微薄的成就早已被时间的迷雾所吞噬。

芬伦和沙达姆继续往前走，正好经过那位被称作“糟糕的曼迪亚斯”的黄脸木乃伊身边，他的尸身静静躺在一个墓室里，前面伫立着一尊真人大小的可怕雕像。根据他棺材上的铭文，他也被人称为“震撼世界的皇帝”。

“我没觉得他震撼了世界。”沙达姆看着那具枯萎的尸体说道，“现在甚至没人记得他。”

“那是因为你拒绝学习帝国史，”芬伦淡然一笑，反驳道，“这种地方会让你想到自己的死亡吗，嗯-嗯-啊？”

皇帝皱起了眉头，球形灯发出的波纹光在他身上流动着。两个人继续沿着倾斜的石板地面往前走去，脚下的小生物们纷纷溜进了阴影和裂缝中——蜘蛛、啮齿动物、变异甲虫等等，它们是靠吃那些尸体残骸才生存了下来。

“我听说埃尔鲁德有个私生子，这是怎么回事啊，嗯-嗯-嗯？这么多年我们怎么没发现呢？”

沙达姆转过头来问道：“你又是怎么知道的？”

芬伦谦卑地笑道：“我有耳朵，沙达姆。”

“你的耳朵未免伸得太长了。”

“但只用在为您效劳上，陛下，嗯-嗯-嗯？”他不等皇帝开口，就继续说了下去，“这位泰洛斯·瑞法似乎对您的皇位没有任何想法，但现在是个动荡不断的时代，他可能会被反叛家族用作傀儡，成为焦点。”

“但我才是真正的皇帝！”

“陛下，虽然兰兹拉德联合会向科瑞诺家族宣誓效忠，但他们对你个人并没有表现出什么忠诚。你已经，嗯-嗯-啊，激怒了很多有权势的贵族了。”

“哈什米尔，我没必要顾及我的臣民那受伤的自尊心。”沙达姆看了看曼迪亚斯的坟墓，低声诅咒着他那昏聩的父亲埃尔鲁德，正是他允许自己的一个妃子生了个私生子。一个皇帝不是应该采取一些预防措施吗？

一个又一个世纪过去，这座墓地被挖向了更深处，挖出了更多的墓室。在最底层那些刚刚建好的墓室里，沙达姆还真认出了一些名字。

前方出现的是沙达姆的祖父冯迪尔三世的墓室，这位冯迪尔三世被称为“猎人”。墓室铁门的两侧挂着两个被他杀死的凶猛野兽的标本：一个是来自埃卡兹高原的多刺埃卡兹巨犬，另一个是来自凯辛德尔塔三号星的簇毛剑熊。但是，冯迪尔这个“猎人”的称号其实是从捕杀人类那里得到的，他的敌人才是他的猎物。捕猎动物对他来说只不过是一种消遣。

再往前是孩子们的棺材和墓穴，最后则是埃尔鲁德九世的第一个继承人法夫尼尔的雕像。几年前，法夫尼尔之死（一个由当时还算年轻的芬伦安排的“意外事件”）开启了沙达姆的皇帝之路。那个自信过头的法夫尼尔从来没有想过他亲弟弟的朋友会是一个如此致命的人。

只有多疑的埃尔鲁德才能猜到芬伦和沙达姆可能是谋杀案的幕后主使。虽然这两人从来没有坦白过，但埃尔鲁德在已经知情的情况下还是咯咯地笑着对沙达姆说：“这件事证明了你很主动，说明你能做出一些艰难的决定。但不要急于承担起皇帝的责任。我的统治还将会有许多年，你必须以我为榜样。好好看，认真学。”

可事到如今沙达姆还得担心那个私生子瑞法。

最终，他把芬伦带到了埃尔鲁德九世封存骨灰的地方，那里有一个相对较小的壁龛，壁龛上装饰着闪闪发光的钻石玻璃、华丽的雕饰和精美的宝石——充分展示着沙达姆失去“敬爱的父亲”之后巨大的悲痛之情。

球形灯停了下来，洒下一片明亮的余光。沙达姆有些大不敬地歪靠在他父亲安息的地方。这位老人是被火化的，为的是防止任何一位医生确定他真实的死亡原因。

“二十年了，哈什米尔。我们一直在等特莱拉造出人造香料，”沙达姆的眼睛闪闪放光，专注地盯着前方，“现在到底怎么样了啊？告诉我那些研究大师什么时候可以投入全面生产。我已经很不耐烦了。”

芬伦舔了舔自己的嘴唇，说道：“阿吉迪卡看上去非常想给咱们吃下一颗定心丸，陛下，但我不相信这种物质已经彻底通过测试了。它必须符合我们的规格。奥马尔将会颠覆整个银河系。我们不能犯任何战术上的错误。”

“会有什么错误呢？他们有二十年的时间来测试它。研究大师说已经准备好了。”

芬伦在昏暗的灯光下看着皇帝，说道：“你相信贝尼·特莱拉的话？”他能闻到周围那死亡、防腐剂、香水、灰尘的味道……以及沙达姆紧张的汗味。“我建议要谨慎行事，嗯-嗯-嗯-啊？我正在安排一次最后的测试，可以给我们提供所需的所有证据。”

“好了，好了，别再告诉我你那些无聊测试的细节了。我看了阿吉迪卡的报告，他说的话我有一半都听不懂。”

“再等一个月，沙达姆，也许两个月。”

这位瘦脸的皇帝不耐烦起来，开始闷闷不乐地在墓穴里踱来踱去。芬伦则试图揣摩出他朋友情绪里的深意。球形灯被设定为要跟随沙达姆，但当他在密闭的墓室里来回走动时，它们却很难准确地跟上他。

“哈什米尔，我讨厌谨慎这个字眼。我的一生都在等待——等待我的兄弟死去，等待我的父亲死去，等待一个儿子！现在我已经拥有了皇位，结果发现我还得等待奥马尔，为的是最终能获得一个科瑞诺皇帝应有的权力。”

他凝视着自己握紧的拳头，仿佛能看到权力的线条从他的指间流过：“我是宇联商会名义上的老大，但我说了不算。联合贸易商会想做什么就做什么，因为他们随时都可以在投票中打败我。宇航公会没有义务遵守我的法令，如果我做事不小心，他们可能会实施制裁，取消运输特权，然后关闭整个帝国。”

“我知道，陛下。但我相信，更糟糕的是越来越多的贵族开始藐视和无视你的旨意了。看看格鲁曼和埃卡兹吧——他们仍在继续进行他们的那场小战争，公然违背你的维和意愿。那位莫里塔尼子爵简直是往你脸上啐了一口唾沫。”

沙达姆试图踩死一只光滑的黑甲虫，结果这只甲虫成功地顺着地缝逃走了。“也许是时候提醒大家到底谁是皇帝了！当奥马尔能完全地供我支配时，他们就都得跟着我的节奏跳舞。和奥马尔相比，厄拉科斯产出的香料可就相当昂贵了。”

尽管沙达姆这么说了，但芬伦还是很犹豫地说道：“嗯-嗯-嗯，但许多大家族都有自己的香料储备，当然这属于公然违反那些古老而晦涩的法律。可几个世纪以来，已经没人费心去执行这条法令了。”

沙达姆依旧不以为然：“那又有什么关系？”

芬伦抽了抽鼻子：“当然有关系了，陛下，因为等你宣布由你垄断人造香料后，这些非法的香料储备可以让那些家族至少在一段时间内抵制购买奥马尔。”

“我明白了。”沙达姆眨了眨眼睛，他好像确实没考虑过这一点，然后眼前一亮，“那么，我们必须先没收这些非法香料储备，这样一来，在我关掉美琅脂的水龙头时，这些家族就没有缓冲的余地了。”

“是啊，陛下，但如果你单枪匹马对抗这些有储备的家族，那么这些大家族可能会联合起来反对您。所以，我建议你巩固你的联盟，这样你就可以在一个更强大的位置上执行帝国的法令。记住，蜂蜜既是甜蜜的奖赏，也是可以黏住敌人的陷阱，嗯-嗯-嗯？”

沙达姆很明显又不耐烦起来：“你到底在说什么啊？”

“让宇航公会和宇联商会去找那些私藏香料的家族，然后把犯罪证据提交给你。接着你再派出你的萨多卡军团去没收那些储备，最后你可以奖励给宇联商会和宇航公会一部分没收来的香料。这种奖励应该能激励他们把藏得最深的香料都给挖出来。”

芬伦发现皇帝明显心动了：“这样的话，陛下，你既能站在道德的制高点上，同时又能保证宇航公会和宇联商会的充分合作。这样就可以彻底清除兰兹拉德各家族的香料储备了。”

沙达姆笑了：“我这就动手。我要颁布一条法令——”

芬伦再次打断了他。四处飘动的球形灯跟着皇帝停了下来。“我们还得想个办法来处理厄拉科斯上的香料。也许我们可以在那里部署一支拥有压倒性力量的帝国军队，封锁这个天然美琅脂产地。”

“宇航公会不会把军队运去那里的，哈什米尔。对他们来说这属于自杀。我们怎样才能停止厄拉科斯的香料产出呢？”

墓穴里伫立着埃尔鲁德九世的全息图像，他似乎在饶有兴趣地聆听着这些讨论。“嗯-嗯-嗯-啊，我们可能需要用点计策了，陛下。我相信我们能找到一个正当的理由从哈克南家族手中夺走厄拉科斯的控制权。我们可以称之为封地变化。反正一般十年左右都会有一次。”

“哈什米尔，你能想象宇航公会发现事情真相后的反应吗？就在他们帮我搜出了非法的香料库存之后，”沙达姆越说越来劲，兴奋得浑身直抽搐，“我一直对公会那过大的权力感到厌恶，而美琅脂就是他们的阿喀琉斯——”

忽然，沙达姆心中浮现出了一个有趣的想法，他的脸上慢慢地露出了微笑。但他高兴的样子却让芬伦不安起来。“而且，哈什米尔。我们可以一石二鸟。”

伯爵有些迷惑不解地问道：“哪两只鸟，陛下？”

“泰洛斯·瑞法啊。我们知道这个私生子已经被塔利加里家族宠坏了。我相信他在札诺瓦有一处房产，这一点我很容易核实。”皇帝的笑容越来越灿烂，“假如我们恰好能在札诺瓦发现一个私藏香料的仓库，那我们不是正好可以从那里开始我们的征战吗？”

“嗯-嗯-嗯-啊，”芬伦明白了，也咧嘴笑了起来，“好主意啊，陛下。札诺瓦确实是进行第一波强有力攻击的理想地点，这将会是一个很好的力量展示。而如果那个私生子也能意外被杀……那就更好了。”

这两个人离开了深深的墓穴，开始向上方的皇宫走去。芬伦边走边回头看了看石头隧道的尽头。

这座科瑞诺家族墓地可能很快就需要另一个墓穴了。

真正的礼物不只是一件物品，而应该是一种理解和关怀，是赠予者和接受者双方的映射。

——加拉斯·欧森讲师，塔利加里家族演讲节选

泰洛斯·瑞法走在他位于札诺瓦的庄园里那长满了绿色蕨类植物的小径上，手里拿着一张卡片，不时研究着上面的浮雕，试图解读那些晦涩的象形文字。他很享受这个挑战。阳光穿过浓密的树冠照在卡片上。他最终还是迷惑不解地抬头望向他尊敬的老师兼朋友——加拉斯·欧森讲师。

“如果你读不懂这些文字，泰洛斯，你永远不会欣赏这份礼物本身。”虽然只有一部分塔利加里家族的成员活了下来，但讲师①阶层却是少有的从自己的贵族祖先那里继承了封地，并保留了原来名号的贵族之一。他和瑞法的命名日是同一天，虽然相隔了几十年，但彼此之间却架起了一道持久的友谊桥梁。

蜂鸟和五颜六色的蝴蝶在摇曳的蕨类植物周围飞来飞去，在空中快速地互相追逐。在一棵长满鳞片的大树高处，一只走调的鸣鸟发出了像吱吱作响的铰链般的叫声。

“愿命运把我从一个急躁的老师手里拯救出来。”瑞法四十多岁，

①在科瑞诺帝国时期，讲师既是教育工作者，也会被各大家族聘为私人助理。

体格健壮，举止健美。他的眼睛里充满了坚定的智慧，“我觉得这部分讲的是一些关于塔利加里宫廷的事情……表演……著名而神秘……”他快速地吸了一口气，“这张卡片是一场浮空歌剧的门票！是的，我现在看见密码了。”

讲师只给了他一张票，因为他知道，瑞法会自己一个人去，他会痴迷地、贪婪地学习，然后陶醉在这次经历中。作为一名老人，讲师自己已经不看这种演出了。他的生命只剩下几年的时间，他精心安排着他的时间，更喜欢把它们用来冥想和教导。

瑞法研究着门票上的浮雕，并破译了每一个单词：“这是通往塔利加里中心灯光池塘的通行证，它位于传说中的阿提西亚。我被邀请去观看一场用潜意识语言表演的灯光舞蹈，它描述的是空位期里那漫长而复杂的斗争中的情感暗示。”说着他伸出手指在这些奇怪的浮雕符文上摸了一下，对自己的破译能力很是满意。

他那位消瘦的导师满意地点了点头，对他说：“据说，每五百人中只有一人能看懂这张精妙的卡片，而且这五百人还都是经过了大量的训练。不过，这场演出也确实值得你去看。”

瑞法拥抱了讲师：“真是一份绝妙的礼物，先生。”他们离开了宽阔的鹅卵石小路，转到一条更窄的砾石小路上，他们脚下的拖鞋发出嘎吱嘎吱的响声。瑞法喜欢他这座简朴庄园里的每一个角落。

几十年前，埃尔鲁德皇帝曾指示这位讲师秘密地为他抚养一个私生子，要让他过得舒服，但不要让他有任何继承皇位的幻想，只需把他教育成配得上科瑞诺家族血统的人就可以了。所以讲师一直在教他欣赏事物的品质，而不是奢侈的外表。

加拉斯·欧森凝视着年轻人那张轮廓分明的脸，说道：“还有一个令人担忧的问题，泰洛斯。我觉得你最好去塔利加里住一段时间，这应该是个明智的选择，暂时离开你在这里的庄园……一两个月吧。”

瑞法看了看讲师，立刻警觉起来：“这又是一个谜题吗？”

“很不幸，这并非娱乐活动。在过去的两周里，有一些人对你和你的财产进行了严格的调查。你应该已经注意到了，对吧？”

瑞法犹豫了一下，他确实知道，但也只是有一点担心而已：“我觉得这没有什么吧，先生。是有个人在打听札诺瓦这儿的黄金地段，甚至暗示想要买我的房子。还有一个人是位园艺大师，他想拜访我的温室，学习学习。第三个——”

“他们都是帝国的间谍。”欧森打断了他。瑞法立刻不说话了，讲师继续说道：“我起了疑心，所以决定去调查。最后发现他们给你的证件都是假的，而且都来自凯坦。然后我又继续深入调查，现在已经可以证明这几个人都是暗中为沙达姆皇帝服务的。”

瑞法噘起嘴，把几个问题生生吞了回去。讲师肯定会让他仔细考虑一下后果。“所以他们都在撒谎。而皇帝正在调查我还有我的家。为什么呢，都过了这么久了？”

“显然是因为他刚刚才得知你的存在。”讲师忽然回想起自己在满是学生、回音激荡的大厅里发表那些精彩演讲时的画面，于是他的态度变得愈发严肃，语气也逐渐严厉起来，“你本可以拥有更多，泰洛斯·瑞法。正是因为你不想拥有，所以你才值得拥有更多。这是一种皇室里才会有的悖论。我想你可能会有危险。”

讲师很清楚这个年轻人为什么必须过平静的生活，而不能引起别人的注意。这位埃尔鲁德九世的私生子从未对凯坦构成任何威胁，也从未对帝国政治和金狮宝座表现出任何野心——或是兴趣。

相反，瑞法更喜欢以娱乐观众的方式来获取荣耀，他使用了化名，前往其他星球的表演公司去表演。他曾拜米姆班科的艺人家族[①]为老师，这些帝国中最伟大的演员堪称才华横溢，能够勾起观众内心

①艺人家族是兰兹拉德联合会里的一个小家族，是芬伦家族的盟友。艺人家族以盛产艺人，也就是帝国主要的吟游诗人而著称。这些艺人穿梭于各大家族，讲述传说，并以歌唱娱乐那些大家族。

深处最强烈的情感。年轻的瑞法很喜欢这些艺人，而讲师也对他感到非常骄傲。

瑞法僵在原地。这件事的严重程度超出了他们的讨论范围，甚至在私人谈话中也不行。“这些话咱们还是别公开讨论了。好吧，我要离开这个地方，去塔利加里。”他软化了自己的语气，又说道，“但这会减少这份美妙礼物带来的喜悦。来吧，看看在今年这个命名日里我打算送给你什么吧。”他的表情仍然很不安。

瑞法把门票攥在手里，然后转向老人，勉强地笑了笑说：“先生，是您教导我，付出比索取好十倍。”

讲师一副故作惊讶的样子：“现在我们有更重要的事要担心。我不需要礼物。”

瑞法扶住导师那瘦骨嶙峋的胳膊，领着他穿过一排羽树篱，树篱通向了一个中央庭院。“我也不需要礼物啊，但除非我们强迫自己，否则我们永远不会腾出时间来享受一点乐趣。不要否认我的话的真实性。我也为你做了一些安排。看，查伦斯在那儿等着呢。”

那个叫做查伦斯的面色阴沉的家族管家就站在石板地旁边的一座红色凉亭边上等着他们。查伦斯看上去是个郁郁不乐、脾气不大好的人，但办事效率很高，而且有一种骨子里的幽默感，这是瑞法最为欣赏的。

加拉斯·欧森窘迫地跟着那个矮胖的年轻人走到亭子里，亭子里的桌子上放着一个包好的小盒子。查伦斯拿起盒子，把它递给讲师。

欧森把它拿在手里。“我这年纪还需要什么呢？只不过是更多的时间和更多的知识罢了。还有你的安全。”这位年迈苍苍的讲师撕开包住盒子的锡箔纸，脸上露出迷惑而喜悦的表情，但当他开始仔细研究手里这个闪闪发光的东西时，却真有些困惑了。那是一份水晶通行证，一张为期一天的会员证。“一个有游乐设施、展览会和刺激模拟器的游乐园？”

看到他的反应，就连一脸严肃的查伦斯都笑了起来。

“札诺瓦最好的游乐园。孩子们都喜欢它。”他微笑着说道。他甚至亲自去了一趟，只是为了确定这确实不是这位过分严肃的讲师会去的地方。

“但我没有孩子啊，”他抗议道，“我也没有家人。这地方真的不适合我，你说呢?”

“就让自己开心一回。找回年轻的心态吧。你一直坚持说一个真正的人需要不断获得新的体验才能生存下去。”

讲师的脸红了：“我是对我的学生这么说过，但是……你们想证明我是个虚伪的人吗?”他那双棕色眼睛亮了起来。

瑞法握住他导师的手放在那张通行证上，说道：“好好享受吧，我是想报答你为我所做的一切。”他又拍了拍讲师的肩膀，“等一两个月后，我从塔利加里安全返回了，我们可以比较一下各自的经历——看看是游乐园的游乐设施好玩，还是浮空歌剧院更有意思。”

老讲师若有所思地点了点头：“我期待着那一天，朋友。”

在沙漠中孤独旅行的结果只能是死亡。能够独自生活在那里的只有沙虫。

——弗雷曼人如是说

只要经过足够的训练，任何门泰特都能成为致命的杀手，高效且富有想象力的杀手。然而，皮特·德伏怀疑他的危险本性与最初的扭曲有关，正是这种扭曲增强了他的力量，把他塑造成了一名变态门泰特。也就是说，他的残忍倾向，他对别人痛苦的虐待狂性质的享受，早已被特莱拉人设计进了他的基因蓝图。

因此，哈克南家族对他来说是一个完美的家。

在哈克南家族迦太格宅邸的一个高层房间里，德伏站在一面镜框前，镜框上装饰着黑色的钛金属花边。他用一块蘸了香皂的布在嘴巴周围擦了擦，然后靠过去检查那似乎永远也擦不掉的纱芙污渍。他在尖尖的下巴上涂了一些化妆品，但嘴唇却仍旧是鲜红的。而他那双墨蓝色的眼睛和卷曲的头发给人一种捉摸不定的狂野感觉。

*我太强大了，不能仅仅当一个职员！*但男爵并不总是这么看。那个肥胖的傻子经常滥用德伏的才能，浪费他宝贵的时间和精力。*我不是个会计。*他溜进了男爵的私人书房，里面摆满了古董家具、一架子

的志贺藤卷轴和胶片书[1]。桌子上散落着胶片，上面涂着血色纹理的油漆。

任何一个门泰特都不应该只做一些簿记杂务。德伏以前做过账，但从未喜欢过。这些任务太简单，简单得让人难以忍受。但这些都是家族秘密，而男爵很少信任别人。

弗雷曼人对位于圣训穴地的香料储藏点和其他几处储藏仓库的突袭激怒了男爵，他指示德伏检查哈克南所有的财务账本，确保它们没有瑕疵，不能有任何证据显示哈克南家族有非法香料库存。所有证据都必须被删除，以避免那些核查员起疑心。如果这些非法储备被发现了，那么哈克南家族很可能会失去其宝贵的厄拉科斯封地——甚至失去更多。毕竟皇帝最近表达了他反对囤积香料的强硬立场。*沙达姆到底在想什么呢？*

德伏叹了口气，听天由命地干了起来。

更糟糕的是，男爵那长了个肌肉脑袋的侄子，格洛苏·拉班，已经在未经男爵允许的情况下查阅了这些记录，然后像一名掘墓工人挥舞着铁锹一般粗暴地删除了里面的证据。野兽的小弟弟费伊德－劳萨都能比他做得更细心。现在，这些文件里都是错字，德伏要花更多力气修改才行了。

一直到深夜，他都伏在办公桌前。他把自己的潜意识淹没在数字中，吸收数据。他用磁画线器进行了修改，改正了第一级别的差异，抹平了那些过于明显的错误。

但一股引力却不断把他的思想拉出门泰特灵态：这个由于药物引发的景象他在九年前就看过了，当时他看到哈克南家族陷入了一个奇怪的、来源不明的大麻烦里……在这个预言性质的景象里，哈克南家

①任何由志贺藤加工而成、用以教学目的、载有电子记忆脉冲信息的投影书都可以被称作胶片书。

族竟然放弃了厄拉科斯，绣着蓝狮鹫兽的旗帜倒下了，取而代之的是绿黑相间的厄崔迪家族旗帜。哈克南家族怎么可能失去对香料的垄断呢？那该死的厄崔迪家族与这事又有什么关系呢？

德伏需要更多的信息。这是他宣誓过要担起的职责。比这个令人无比痛苦的文书工作更为重要。他一把推开账簿，拿出了他的私人药品。

他伸出手指，挑出了苦味的纱芙汁、提科皮亚糖浆和两粒浓缩香料胶囊，然后吞了下去。这些已经超出他的日常用量了。现在，这种多种药物混在一起形成的香甜可口的肉桂味道的精华在他嘴里爆炸开。超预见性，服药过量的边缘，打开的大门……

这次他看到了更多。看到了他想要的情报——*年龄更大、肥肉更多的哈克南男爵，在萨多卡士兵的护送下，走向一架待机的穿梭机。*那么，被迫离开厄拉科斯的将是男爵本人，而不是后面几代哈克南人！那么，灾难很快就要发生了。

德伏拼命想要获取更多细节，但游动的光粒子模糊了他的视线。他立即增加了药物的剂量，想要找回幻象，但即使化学反应像潮水一样涌来，那个景象也没有回来……

他醒过来，发现自己正躺在一个体味浓烈、肩膀宽阔的男人的臂弯里。而现在他的眼神比他的思维更清楚。拉班！这个身材魁梧的男子正扶着他走在一条岩石砌成的地下走廊里，就在哈克南宅邸的地下。

“我这是在帮你的忙，”拉班开口道，他能感觉德伏的情绪不怎么好，“你应该在处理账目。如果我叔叔知道你对自己做了什么，他会不高兴的。*再*一次不高兴的。”

门泰特的脑子现在不是很清楚，他挣扎着说：“我看到了更重要的东西——”

他的话刚说到一半，德伏就被甩到了一边，紧接着又被甩到了另一边，最后扑通一声掉进了水里——水里，在厄拉科斯竟然能掉进水里！

德伏一边拼命与药物带来的眩晕感作斗争，一边狗刨似的游到了拉班跪着的岸边。“幸好你会游泳。我希望你没有弄脏我们的水池。”

愤怒的德伏从水里爬了出来，躺在石板地上大口喘着粗气，浑身上下都在滴水，这些水珠对任何一个弗雷曼仆人来说都是一笔可观的财富。

拉班傻笑道：“男爵总是能找到人替代你的。那些特莱拉人也很乐意从他们的罐子里再种出一个你来。”

德伏试图恢复自己的体力，但忍不住破口大骂：“我那是在工作，你这个白痴，我当时在努力获取一个和哈克南的未来有关的幻象。”这个变态门泰特极力保持镇静，从魁梧的拉班身边挤了过去，沿着凉爽的地下通道向前，最后顺着楼梯来到了男爵的私人套房。他砰砰地敲门，身上还在不停地滴水。拉班则气喘吁吁地跟在他后面。

男爵急匆匆地飘到了门口，很明显他刚刚才系好浮空器，所以脸上一副恼怒的神情。他怒视着门口，苍白的脸上那两道微红的浓眉拧成了一团。而门泰特凌乱的外表似乎没有起到什么安抚作用。“这么晚了到我这里来，什么意思?”他边说边闻了闻，“你在浪费我的水。”

在男爵那张加固床的床头，躺着一个血肉模糊、惨叫不已的男孩。德伏看见有一只苍白的手臂在不停地抽搐。拉班想要挤得更近些，好看得更清楚，他说道：“叔叔，你的门泰特又给自己下药了。”

一条蜥蜴般的舌头从德伏那污浊的嘴唇上掠过：“我只是为了履行职责，男爵阁下。我有个消息。令人不安的重要消息。”然后他简短地描述了一下他那因药物而看到的未来景象。

男爵鼓起他的胖脸颊，说道：“这么多该死的麻烦事。我的香料储备本来就不断受到那些弗雷曼恶魔的攻击，现在皇帝又打算对我下手，他威胁说任何私藏香料的人都将面临可怕的后果。而现在我自己的门泰特又看到了我垮台的幻象！我真他妈有点累了。”

“你不会相信他这个幻觉吧，叔叔？”拉班的目光不确定地在两个人之间游离着。

“好吧，就这样吧。我们必须准备承受损失，然后再想办法弥补这些损失。”男爵回头看了看，急于在猎物死在地板上之前回到他的玩物身边，“拉班，我不在乎你要做什么。只要给我弄来更多的香料就行！”

图洛克穿着蒸馏服站在一个香料收割机那炎热的控制室里。这台巨大的机器从一个富饶的沙漠矿坑中挖出矿料并将其放入机载料斗时，它就会发出嘎吱嘎吱的声音。筛网、风扇和静电场会将美琅脂从砂粒中分离出来，然后再净化产品。

沉重的履带拖着这台庞大的机器穿过一处暴露的香料矿脉，烟尘从收割机的烟囱和后管中喷了出来。纯净的美琅脂落入装甲容器中，一旦发现有沙虫靠近，这些可拆卸的货舱可以被迅速地转移走。

像图洛克这样的弗雷曼人偶尔也会自愿参加收割队的工作，他们的沙漠技能在收割队中发挥了很大的作用。他们得到的报酬是现金，而且不会被问任何问题。如此一来，在劳作的过程中，图洛克知道了有关城市工人和香料工人的宝贵信息。而信息就是力量——列特-凯恩斯是这么说的。

一旁的收割队队长正站在一个控制面板前，紧紧盯着由十几个外部摄像头提供图像的屏幕。这位满脸胡须的队长看上去神情非常紧张，似乎在担心监视机不能及时发现沙虫的迹象，这样的话这台旧机器可就完了。“用你们强大的弗雷曼的眼睛来保护我们的安全吧。这就是我付钱给你们的原因。”

透过满是灰尘的窗户，图洛克审视着面前那令人不安的起伏的沙丘。尽管还没有什么动静，但他清楚这片沙漠实际充满了生命，而且大多数都在躲避炎炎烈日。他密切注意着是否有剧烈的震颤发生。在控制室周围，三名队员也透过布满划痕和坑洞的窗户往外看去，但他们的眼力明显不如弗雷曼人，没有受过这方面的训练。

突然，图洛克发现远处的沙海上一个又长又低的沙丘正在成形和增大。“沙虫来袭!”他用窗户边的奥斯伯恩测向仪确定了确切的坐标，并把数字大声喊了出来，“监视机应该在五分钟前就向我们发信号的。”

“我就知道，我就知道，”队长呻吟起来，“该死的，它们到现在还没发现呢!”他打开通信系统，叫了一辆铲车，紧接着把所有的工人都叫了回来。沙丘上的工人们一起爬上了铲车，一路冲向不知道还是否安全的收割机。

图洛克看着那个巨大土堆向他奔来。夏胡鲁总是会直奔香料而来。*总是如此。*

他听到头顶的天空传来了巨大的震动声，然后便看到沙尘在收割机周围飞旋，一辆铲车很快便沉了下去。而在队员们忙着把缆绳紧紧系到连接钩上时，收割机开始晃动起来。

在外面的沙地上，沙虫逼近，它嘶嘶地穿过沙丘。

收割机又颤抖了一下，队长对着通信系统破口大骂：“你们花的时间也太长了。把我们从这儿弄走，该死的!”

“线路有问题，先生，”扬声器里传来一个平静的声音，“我们正在把你们和料斗拆开，然后用吊货索把它弄走。剩下的只能靠你们自己了。”

队长因为这公然的背叛行为而大叫了起来。

图洛克透过窗户向外看去，正看到沙虫的头从沙地里冒出来，这种古老的生物有着晶莹透亮的牙齿，食道里也仿佛在燃烧着火焰。它加速猛扑过来，那颗头就像一枚对准了目标发射的鱼雷。

其他队员徒劳无功地四处寻找着救援设备，图洛克则跳入了一条肮脏的逃生滑道，滑道直接把他甩到了沙地上，远离了沙虫。暴露在外的美琅脂发出的强烈气味灼伤了他的鼻孔。他发现自己身上的蒸馏服已经撕破了。

图洛克挣扎着站起来，跑过粉末状的斜坡，看着装载香料的料斗被吊索提了起来。没人想要去抢救工人，他们的眼里只有香料。

在松软的沙地上，图洛克迈开自己强壮的双腿，在竭力保持住平衡的情况下拼命向前跑去。而那些体内含水过多的工人们永远做不到他这一点。

他爬上了一座高高的沙丘，想要往更远处跑去，却一下子被绊倒在地。好在巨型收割机发出的震动暂时掩盖了他那有节奏的脚步。他从一个斜坡滚下去，直接掉进了沙丘之间的缝隙，而盘旋着的沙虫终于昂起头来，准备吞食它的猎物了，他拼命挣扎着爬起来，逃离了漩涡。

图洛克听到身后传来了震耳欲聋的吼声，感到脚下破碎的沙地在开始向后滑去。尽管如此，他还是从松软的沙子里挣脱出来。在他的身后，毫无生还希望的香料收割机和队员们都被吞进了夏胡鲁那洞穴般的食道，人们的尖叫声和金属的嘎吱声不绝于耳。

他发现一百米外有一块岩石。他希望自己能来得及跑过去。

哈克南男爵仰卧在一张按摩床上，松弛的皮肤垂在身体两侧。他的后背和大腿上都被喷了水雾，让他看上去就像一个汗流浃背的苏岩摔跤手。两个漂亮的男孩——皮肤干燥，身材瘦长，但却是他在迦太格能找到的最好的人选了——正在给他的肩膀涂药膏。

一个助手忽然冲了进来：“很抱歉打扰您，男爵大人，但我们今天损失了一整支收割队。好在一辆铲车及时赶到，及时卸走了货物——满载的货箱——但没能救下工人。”

男爵半坐起来，装出一副失望的样子。“没有幸存者吗?”说着他漫不经心地挥了挥手，示意助手离开，“别跟任何人说起这件事。”

他会命令德伏记下机器、人员以及香料的损失。当然，那辆铲车里的人都需要被灭口，还有这位给他传递消息的助手。也许这两个男孩也知道得太多了，不过无所谓，反正他们也不可能从他的私密游戏里活下来的。

他偷笑起来。人是很容易被替换的。

和平并不等同于稳定——稳定是没有活力的，距离混乱也只有咫尺之遥。

——费坎·芭特勒，圣战后委员会调查报告

“皇帝陛下，这件事一定会让您不高兴。”当沙达姆从觐见大厅的讲台上走下来时，宫廷内侍里东多僵硬地向他鞠了一躬。

难道就没人能给我带来一些好消息吗？他一想到这些无时无刻不缠绕着他的烦恼，顿时就变得怒不可遏。

瘦弱的宫廷内侍闪到一边给皇帝让路，然后匆匆跟着他走上了红地毯，说道：“陛下，比卡尔发生了……一件意外。”

虽然现在刚到下午，但沙达姆终止了当天所有的工作，并通知了那些还在等待的贵族和大使，让他们更改觐见时间。宫廷内侍里东多现在多了一个不怎么值得羡慕的任务，那就是重新安排这些人的觐见时间。

“比卡尔？我为什么会对那个地方感兴趣？”

里东多快步跟上沙达姆急匆匆的步伐，一边擦去高耸额头上的汗珠，一边说道：“因为这件事牵涉到厄崔迪家族。雷托公爵打了我们个措手不及。”

一群衣着光鲜的男男女女正站在接待室周围，不停地窃窃私语。异国情调的镶木拼花地板和墙上的卡巴祖贝壳让整个房间在巴鲁特水晶球形灯的金光照耀下闪闪发光。因着心情的不同，比起帝国觐见大厅，皇帝有时更喜欢这个舒适且相对随意的小接待室。

沙达姆把自己裹在一件镶有祖母绿、塑石和黑蓝宝石的红金长袍里。在这身华丽的长袍下面，他只穿了一件泳衣，这说明他的心里还想着宫殿下面温暖的运河和水池。他更希望能一直待在那里，和他的嫔妃们玩捉迷藏。

在经过一群贵族身旁时，他叹了口气道："我的那位表亲到底做了什么？为什么厄崔迪家族会攻击一个小小的丛林世界？"心慌意乱的宫廷内侍连忙把这次大胆的军事行动做了一个总结，皇帝听着听着便停下了脚步，挺直腰板，摆出一副帝王的架势，那些好奇的朝臣挤得更近了。

"我相信公爵做得对，"哈葛尔的拜恩·奥加雷勋爵说道，他头发花白、神态威严，"而令我倍感厌恶的是比卡尔首席行政官。居然允许特莱拉人去亵渎那座为了荣耀英雄而建的纪念碑。"

沙达姆刚打算狠狠瞪哈葛尔勋爵一眼，却忽然注意到其他贵族也都在低声表示赞同。他这才明白自己低估了众人对贝尼·特莱拉的反感，而现在这些人正在默默地为雷托的勇气而欢呼。*可当我采取那些严厉而必要的措施时，他们为什么不为我欢呼呢？*

另一个贵族这时也插嘴道："雷托公爵有权对这等侮辱作出反击。这是荣誉之举。"沙达姆不记得这名贵族的名字了，甚至连他所属的家族也不记得。

"此事事关帝国法律。"沙达姆的妻子阿妮鲁尔打断了他，走到她的丈夫和宫廷内侍里东多之间。自从真言师洛比亚去世后，阿妮鲁尔就总会出现在沙达姆周围，似乎打算在每一次帝国仪式上都陪在他的身边。"一个男人有保护家人的道义。而家人难道不包括自己的祖先吗？"

一些贵族点了点头，而有一个人咯咯地笑了起来，仿佛阿妮鲁尔的话很搞笑。沙达姆觉察到了舆论的风向。“我同意。”他说道，同时在自己的语气中加了一些权威性，同时考虑如何才能最好地利用这个判例来达到他的目的，“比卡尔与贝尼·特莱拉的秘密行动显然是非法的。我希望我那位亲爱的表亲雷托已经通过正当渠道解决这个问题，但我也能理解他的鲁莽行为。毕竟他还年轻。”

但沙达姆在内心深处很快就意识到了，厄崔迪家族的这次军事行动很可能提高雷托在大家族中的地位。贵族们会认为这位公爵敢做别人想都不敢想的事。而这种人气对自己的皇权来说很可能是一种威胁。

于是他举起一只手来宣布道：“我们将彻查此事，并在适当的时候发表我们的官方意见。”

不过，雷托的行动也为沙达姆的未来计划打开了一扇新的大门。这些叽叽喳喳的贵族一向尊重迅速而坚定的正义之举。所以，的确，这是一个有趣的案例……

阿妮鲁尔看着她的丈夫，觉察到他的想法在发生变化。她疑惑地瞥了他一眼，但沙达姆没有理会。他脸上的浅笑似乎让她非常不安。但对沙达姆来说，他的这位妻子和她的贝尼·杰瑟里特密友有太多的秘密瞒着他了，自己完全有权力给她一个小小的回报。

他会召来他的至尊霸撒，并制定自己的行动计划。那位老兵苏姆·加隆知道该如何处理这件事，他会很高兴有机会展示他的萨多卡军力，而这次不会是在阅兵仪式上了。

毕竟，那颗叫做札诺瓦的星球——也就是杂种泰洛斯·瑞法所住的地方——看上去和比卡尔并没有太大区别……

待在自己房间里的阿妮鲁尔正在用她的感知笔在空中画着一些粗糙的象形文字。她的身旁伫立着一盆开着墨黑色花朵的热带植物，散发出电子香味。

阿妮鲁尔的感知－概念日记本悬浮在桌子上方，她挥舞着感知笔，在无纸化的日记本上记载下内心深处的想法，那些永远不能让她丈夫发现的想法。她使用的是常人无法理解的贝尼·杰瑟里特暗语，是在古老的《阿扎之书》[①]中使用过的一种早已被遗忘的语言。

她写下了自己因真言师洛比亚的去世而感到的悲伤，以及她和这位老妇人之间的感情。啊，哈里什卡大圣母要是看到自己这种赤裸的情感表白，一定会挑起眉毛的！但是阿妮鲁尔确实非常想念她的朋友。在这个皇宫之中，她没有其他亲密伙伴了，身边环绕的都是些难以忍受的阿谀奉承者，他们寻求她的支持，只为了提高他们自己的地位。

然而，洛比亚却不一样。阿妮鲁尔已经把所有和老妇人有关的记忆和经历都藏在她的心里，放在了过去几百代人的喧嚣之中，而那是一片太过稠密而无法探索的生命森林。

*我想你了，老朋友。*阿妮鲁尔忽然觉得有些尴尬。她按了一下感知笔上的一个按钮，看着感知笔和日记本像一缕烟雾那样消失在她那浅蓝色的塑石戒指里。

阿妮鲁尔做了一整套调整气息法。宫殿里的背景声音越来越小了，她现在只能听到自己内心发出的声音，低语道："洛比亚圣母？你能听到我说话吗？你在那儿么？"

有些时候，其他记忆会令阿妮鲁尔感到不安，仿佛她的祖先正通过她自己的头骨窥探她。虽然她不喜欢丧失自己最基本的个人隐私，但通常她都会觉得他们的存在令人欣慰。生命聚集成了一个图书馆——在她偶尔能够接触到的时候，在她的内心深处，这是一个智慧和

①《阿扎之书》是贝尼·杰瑟里特姐妹会的一本关于宗教和文献信息的汇编。据说其中保存着有关最古老信仰的伟大秘密。

鼓励的宝库。洛比亚就在那里的某个地方，迷失在无数的灵魂之中，等着开口说话。

阿妮鲁尔下定了决心，闭上眼睛，发誓要找到真言师，她全身心都投入到了那片喧嚣之中，直到找到洛比亚的位置。她下沉着，下沉着……越来越深。

摆在阿妮鲁尔面前的就像是一个薄如蛋壳的堤坝，等待着被她打破。她从来没有尝试过如此彻底地挖掘深藏于内心的其他记忆，因为她知道自己很有可能无法挽回地迷失在这些声音所在的虚空之中。但阿妮鲁尔是魁萨茨圣母，她是被姐妹会选择放在这个秘密位置上的，是因为她比任何在世的姐妹都能更广泛地接触到过去的基因。尽管如此，在没有别的姐妹支持保护的情况下，她其实不该如此冒险。

她感到其他记忆开始涌动，旋转起来。*洛比亚*，她用自己的意识喊道。混乱加剧了，仿佛她的身边围拢着一屋子大吵大闹的人。忽然，她看到了一道她从未见过的面纱，有如五光十色的漩涡一般，好似一块模糊玻璃，挡在了她的面前，不允许她继续深入。

洛比亚！你在哪里？

但是，最终回应她的并不是老妇人一个人的声音，而是一群暴徒般的号叫，似乎在大声警告着某个即将到来的灾难。阿妮鲁尔被吓坏了，她别无选择，只能转身就跑。

阿妮鲁尔醒来时，发现自己仍在书房里，眼前一片模糊，但她仍尽力向四周看去。阿妮鲁尔觉得自己的一部分似乎被甩在了身后，深深地困在了贝尼·杰瑟里特的集体智慧之中。在她逃离其他记忆时，她一动也不能动，只能把那个可怕警告抛在了身后。

渐渐地，她感到皮肤一阵刺痛。而等她终于能动弹时，视线也渐渐清晰起来了。

她内心深处的那些声音觉察到一件无法预防的可怕灾难即将发生。而这灾难与人们期待已久的魁萨茨·哈德拉克有关，他离我们现在只有一代人的时间了。现在，这个灾难的种子正在毫无防备的杰西卡的子宫里生长着……

但阿妮鲁尔宁愿看到帝国垮台也不愿那个孩子受到任何伤害。

在她那既宽敞又私密的房间里，魁萨茨圣母一边喝着香料茶，一边用暗语和莫希阿姆圣母低声交谈。

莫希阿姆眯起她鸟一样的眼睛说道："你对你所经历的这个幻象有把握吗？雷托·厄崔迪公爵不太可能让杰西卡走。需要我亲自去卡拉丹保护她吗？雷托对比卡尔发动的鲁莽攻击很容易招来敌人的报复，而杰西卡很可能陷入危险之中。这就是你所看见的吗？"

"在其他记忆中，没有什么信息是百分百确定的，对魁萨茨圣母也是一样，"阿妮鲁尔香甜地抿了一口茶，然后放下杯子说道，"但你不能离开这里，莫希阿姆。你得留在宫里。"说着，她的表情变得严肃。"我收到了瓦拉赫九号星的消息。哈里什卡大圣母已经任命你代替洛比亚做皇帝的真言师了。"

即便莫希阿姆为此感到惊讶或是高兴，她也不会流露出来。相反，她仍旧把全部注意力集中在眼前这件事情上："那我们怎么才能保证杰西卡和她肚子里孩子的安全呢？"

"我觉得我们必须把杰西卡带到凯坦的皇宫里来，让她在这里备孕。只有这样才能解决这个问题。"

莫希阿姆眼前一亮："真是一个很好的建议。这样一来我们还可以顺便监控备孕工作的每一个环节。"说着她讽刺地笑了起来，"不过雷托公爵肯定不会喜欢的。"

"一个男人的观点在这件事上不重要。"阿妮鲁尔倒在椅子上，听到椅子上的天鹅绒靠垫发出了嘎吱的声响，她现在确实非常疲倦了，"杰西卡必须要来这里，她得在皇宫里生下她的女儿。"

维持稳定被认为是一种平衡的做法，但这种行为会不可避免地带来危险。因为法律和秩序是致命的。试图控制未来只会让未来变形。

——卡尔本·费瑟，《帝国政治的愚蠢》

在札诺瓦那座热闹的游乐园里待了一天之后，加拉斯·欧森讲师从未像现在这样觉得自己如此衰老……或是年轻。他穿着一件浅绿色的斜纹便装，终于觉得自己放松下来了，有些忘了他的学生泰洛斯·瑞法仍面临着一个神秘的威胁。

他和那些大吵大闹的孩子一起大笑，吃糖果。他还玩了一些据说能够测试技巧的游戏。尽管他知道庄家永远不会输，但他并不在乎输赢，当然要是能赢点什么带回家也不错，可以当做这次旅行的纪念品。现在，他觉得这个地方的欢快气氛正绕着他旋转，像是一曲芭蕾，欧森不由得开怀大笑起来。

瑞法很清楚这位老讲师真正需要的就是好好放松自己。而老讲师也很希望这个年轻人——他至今还在塔利加里主行星上——会像欧森喜欢这座游乐园一样喜欢那部浮空歌剧。

这一整天真是又漫长又累人，但确实很刺激。如果是平常的话，欧森决不会给自己放一个如此奢侈但又有趣的假。但瑞法这个他教了一辈子的学生今天给他上了宝贵的一课。

他拨开了眼前被汗水浸湿了的灰白头发，抬起头来，忽然看到有一道阴影遮住了太阳。在他的周围，音乐和欢笑仍在持续。但已经有人开始尖叫了。他连忙转过身，一眼看到一个飘浮着的盘子出现在众人头顶上，绕着建筑物盘旋。游客们都停下了脚步，假装恐惧地尖叫着。

接着，更多这种恐怖的巨大阴影出现了，遮天蔽日。起初，就连讲师也没能察觉到这些巨大飞盘并不是什么疯狂的表演。

在拥挤的游乐园里，人们仍在排队等着乘坐那些感知增强摩天轮，等着进入迷宫和跳全息舞。还有不少人正在小摊贩那里碰运气，想买一些有趣的故事或歌曲。此时，越来越多的人抬起头来。讲师一边嚼着最后一块水晶果甜点，一边好奇而不是恐惧地抬头看着。直到第一波攻击开始。

在指挥舰上，沙达姆的指挥官至尊霸撒加隆亲自指挥这波毁灭性的进攻。他曾发誓永远要做第一个开枪、第一个杀人以及第一个见到敌人鲜血的人。

一架装甲扑翼机掠过了游乐园中心那座被假沙丘环绕的高耸沙虫雕像。爆炸撕裂了空气，扑翼机持续不断地喷洒火焰。半透明的雕像坍塌了，火花四溅。人们大声尖叫着跑开了。

多年以来，讲师一直在挤满了学生的嘈杂的礼堂里讲课，他声音洪亮地大喊起来："快找地方隐蔽！快蹲下！"但这个游乐园里没地方可以躲。

他们是冲着泰洛斯·瑞法来的吗？

至尊霸撒的萨多卡敢死队队员身穿着灰黑相间的制服，等待着命令。那位灰黄皮肤的加隆冷酷地盯上一群孩子，他下令士兵开火，把孩子们熔化成了无法辨认的肉块。而这只是开始。

在第一声枪响驱散了人群并造成了巨大的破坏之后，攻击中队将火力对准了沙虫雕像。他们用切割光束把那座华丽的雕像炸成了一堆冒着烟的金属残骸，露出了埋在下面的美琅脂仓库。根据帝国的命令，先遣部队必须寻找并取回这些非法的香料储备。

然后，他们将继续对札诺瓦的主要城市进行轰炸。

加隆把他的扑翼机停在了一堆烧焦的尸体上，他的士兵们从机舱里蜂拥而出，向任何移动目标无情地开火。游乐园里那些手无寸铁的游客都在拼命地四散奔逃。

更多的帝国武装扑翼机降落在游乐园的地面上，士兵们潮水般地涌了出来，围住了沙虫雕像的残骸。这座比周围景观高出一百米的沙虫雕像表面上是游乐园的一个标志性建筑，但实际上却隐藏着一条通向香料仓库的地下隧道。

在这场惨绝人寰的大屠杀中，只有一个人敢穿过浓烟和死尸走向那些士兵，他是一位老讲师。他一脸震惊，但却无比镇定，就好像一位校长前去管教不守规矩的学生似的。苏姆·加隆认出了他便是加拉斯·欧森讲师，他看过关于此人的军事简报。

欧森的肩膀不断地渗出鲜血，头部左侧的头发也被烧焦了。但他似乎一点也感觉不到疼痛，只有惊恐和愤怒。为了泰洛斯，他们竟然杀了这么多人！这位在任教期间多次发表过激动人心的演讲的讲师提高了嗓门，大喊道："你们太肆无忌惮了！"

至尊霸撒冷漠地站在那里看着这一切，他的制服一尘不染，连一丝皱褶都没有，只有看到滚滚浓烟向他袭来时，他才轻轻歪了一下嘴。欧森面前全是烧焦的尸体，忽然身后的一座富丽堂皇的建筑轰然倒塌了。"讲师，你必须清楚理论和实践的区别。"

加隆做了一个手势，萨多卡士兵冲了上来，在讲师还没反应过来之前就把他击倒在地。至尊霸撒将他的注意力转回那座被毁的沙虫雕像上，监督着香料回收工作。他站在刺鼻的浓烟之中，从制服口袋里取出一个私人日志记录器，一边看着他的士兵继续屠杀，一边口述一份给沙达姆的报告。

强忍着大屠杀造成的浓烟和恶臭，萨多卡士兵开始往武装扑翼机上搬运违禁香料。然后扑翼机像大肚子黄蜂一样，径直冲向天空，飞向等待着的运输飞船。皇帝会将这批没收的美琅脂作为奖赏赐给宇联商会和宇航公会。然后，这位自以为是的皇帝便会宣布他的“大香料战争”由此拉开序幕了。

至尊霸撒期待着未来这个激动人心的时刻。

由于时间紧迫，加隆命令他剩下的地面部队返回大型军舰。既然美琅脂已经到手，那么他就可以下令远程轰炸了。加隆会坐在他的指挥椅上观看这场大屠杀而不用弄脏他的制服。飞行中队起飞了，无视伤者的呻吟声和孩子们的惨叫。

重型战舰进入了低空轨道。从那里，他们将完成夷平整座城市的工作，然后他们会继续瞄准附近的某个目标。

在瑞法的蕨类植物花园里，嫩绿的树叶在暖风中摇摆，就像颤抖的羽毛。财产管理员查伦斯走上了斜坡，随手关掉了喷泉的水流。他的主人已经去了塔利加里，所以园丁和工程师准备抽空对喷泉系统进行一次全面维护检查。

查伦斯对工作从来都一丝不苟，他最引以为豪的便是泰洛斯·瑞法甚至从未注意到他在庄园里所做的工作。这是一个管理人员所能得到的最高赞扬了。花园和家庭都被照料得很好，他的主人从来没有理由抱怨。

自从四十多年前这个神秘男孩来到札诺瓦的那一刻起，讲师就指派查伦斯为泰洛斯·瑞法服务。而这位忠诚的仆人从来没有问过这孩子的出身，也没有问过他那无尽的财富的来源。查伦斯是一个专注的人，肩负着很多责任，没有时间去好奇。

当最后一滴水流出喷泉，查伦斯已经来到一个石板铺就的小丘顶上的凉亭里了。身穿工作服的工人们拿着水桶和软管，大步走向精心隐藏在蘑菇花园中的管道变电站。查伦斯可以清楚地听见他们吹着口哨，互相打哈哈。

他丝毫没有注意到头顶上的战舰。这位财产管理员专注于他周围的现实世界，而没有看头上的天空。这时，激光枪的爆炸声在空中呼啸而过，就像愤怒的雷神掷下了闪电。电离空气产生的音爆将树林夷为了平地。公园和湖泊在地平线上噼啪作响，然后化为一片死寂的玻璃平原。

查伦斯的眼睛被耀眼的光芒灼伤了，他抬起头来，看见无数道毁灭之光在瑞法的庄园里交汇。他呆站在原地，甚至忘了逃跑。他直面着这场死亡风暴，一股热风向他呼啸而来。

火焰像红色海啸一样在大地上翻滚，白热的光芒横扫着错落有致的田野和森林，速度是如此之快，连烟雾都还没来得及升起。

当冲击波经过时，这座美丽的花园和其中的建筑瞬间消失。甚至连一粒残渣都没有留下。

在塔利加里星球的暗面，光芒四射的阿提西亚城里，泰洛斯·瑞法独自观赏着迷人的浮空歌剧。他坐在一个私人包厢里，一心要理解这出戏里那细微又复杂的深刻内涵，同时也被它的色彩和壮观迷住了。

总而言之，瑞法非常享受这次旅行，他期待着尽快回到札诺瓦的家中，好好和讲师分享他的经历。

经过了长达两代人的混乱，人类最终战胜了邪恶的机器帝国时，一个新的共识形成了：“人类是不可替代的。”

——芭特勒圣战戒律

隆博王子站在阳台上，从高处俯视大宴会厅。准备工作有条不紊地进行着：仆人、装修工和服务员在卡拉丹城堡里忙进忙出。就像是一支军队在准备着打一场硬仗。

虽然他自身的生理系统几乎没有保留下来，但隆博仍觉得他的人造胸口一阵阵发紧，这是因为他现在确实很焦虑。他尽可能不引起别人的注意，因为如果有人看见了他，十几个人便会立马围过来，然后就是没完没了的问题和上千个需要他做决定的小事儿——而他脑子里的问题已经够多了。

他穿着一件复古的白色燕尾服，很显然是为了掩盖人造皮肤和给予假肢动力的伺服机械。尽管身体上留下了巨大的伤疤，但他的精神看上去很有活力。

一个男人在他的婚礼上就该是这个样子。

在楼下那明亮的地板上，仆人们在节日策划人的指导下不停忙碌着。策划人是一个来自外世界的女人，衣着精致却有着一张窄而黑的脸，这让她看起来很有趣，就像是一个从原始洞穴直接跑到现代社会的卡拉丹土著。她用官方的加拉赫语连续不断地给出指示，声音十分悦耳。

仆人们闻风而动，摆好了盛满鲜花的篮子和五光十色的多彩珊瑚，然后在圣坛上为祭司准备好了仪式用品，接着擦干净圣坛洒出来的水，抚平幕布上的褶皱。在众人头顶上有一个不显眼的强化玻璃房间，就位于弯曲拱形天花板的横梁之间，房间里有一个全息投影团队正在搭建并测试他们的设备。

巨大的巴鲁特水晶吊灯呈锥形排列，在大宴会厅的座位上投下金色的光芒。一排异国情调的藤蔓花顺着隆博旁边的柱子爬了上来，散发出一种罕见的木槿紫罗兰的芳香。不过这香味有点太浓了，于是他把腰间控制面板上的一个旋钮轻轻扭了一下，调整了自己的嗅觉传感器，降低了灵敏度。

在他的坚持下，卡拉丹宴会厅现在看起来就像是从伊克斯大王宫运到这里的一样，完美无瑕。这让他想起了维尔纽斯家族领导下的那个伟大的技术创新时代。而这一切一定会重现的……

他站在高高的阳台上，能感觉到自己的机械心肺在有节奏地跳动。他看着自己左手的无机物皮肤、复杂的指纹和裸露的第三根手指，特希雅很快就会在那上面戴上一枚结婚戒指。

许多士兵都会选择在奔赴战场前与自己的心上人结婚。而隆博即将领导光复伊克斯的战役，夺回他的家族财产。所以除了娶特希雅为妻，他还能做什么呢？

他弯了一下自己厚实的假肢手指，它们确实按照他的意图弯曲了下来，但仍有一些僵硬。最近，他在精细运动控制方面取得了显著的改善，但今天他却感到了一些轻微的衰退——也许是这个场合给他的压力吧。他只希望自己在结婚典礼上不要干出什么丢人的事。

在祭坛后的一个平台上，一支管弦乐队正在练习伊克斯婚礼协奏曲，这是所有维尔纽斯贵族举行婚礼时演奏的传统音乐。不管他的家族状况有多么糟糕，这个悠久历史的传统仪式必须要保留。乐队弹奏出的激动人心的音乐——粗犷的节奏让人不禁联想到了伊克斯那大规模的工业设施——让隆博的内心充满了乡愁和勇气。

凯莉娅一直梦想着为他举办一场这样的结婚典礼。要是她还活着就好了，要是事情没有失控，要是她做了别的选择就好了。她真是一个邪恶的人吗？隆博每天都在问自己这个问题，他每天都在承担她的背叛——被人故意误导的背叛——所带来的后果。尽管这痛苦挥之不去，他还是决定原谅她，但内心的挣扎却始终停不下来。

空中闪烁着灯光，放映机开始嗡嗡作响，一个索利多①全息人像出现在他的面前。他顿时屏住了呼吸。那是一张凯莉娅的老照片，她穿了一件淡紫色的织锦裙子，上面镶着钻石，那时她还只是个十几岁的孩子……她漂亮极了，一头黑发闪着铜色光泽。图像闪烁着，似乎活了过来，她咧开小猫一样的嘴巴，对隆博微笑。

在下面的豪华宴会厅里，婚礼协调员一边盯着凯莉娅的全息影像，一边对着她自己脖子上的一个全息通信收发器说话。在这位协调员的命令下，凯莉娅的全息影像把手放在臀部上，同时开口说道："你躲在那上面干什么呢？你躲不过自己的婚礼。去更衣室拿你的纽扣吧。还有你的发型看起来很乱。"这个漂亮的全息人像说着从半空飘向了座位区，然后象征性地坐在了前排的一个座位上。

隆博下意识地摸了摸自己的头发，他的头顶是一块金属头盖骨，上面贴着人造头发。他懊恼地向下面那位婚礼协调员挥了挥手，匆匆走进隔壁房间，有男仆在那里等着伺候他。

伊克斯的号角在大宴会厅里响了起来，很快婚礼协调员就出现在了大门口。"这边请，隆博王子。"说着她伸出一只手，假装没有看到隆博的假肢。她迈着庄严的步伐，把他领到了装饰着鲜花的前厅。

---

①索利多是一种特殊三维投影仪投出的三维影像，该投影仪使用的志贺藤胶卷可以记录影像的三百六十度信息。伊克斯的三维投影仪公认是最佳的。

在过去的一个小时里，被邀请来的客人纷纷涌进了宴会厅，他们穿着华丽的衣服，坐到分配好的座位上。身着制服的厄崔迪家族卫兵靠着石墙排好队，手里拿着紫铜相间的横幅。只有杜菲·哈瓦特和哥尼·哈莱克缺席了这场婚礼，他们潜进了伊克斯，还没有回来。

在圣坛上，雷托·厄崔迪公爵穿着一件正式的绿色外套，脖子上挂着一条公爵官链。他的眼神依旧黯淡，脸上也布满了悲伤，但他一看到隆博出现，便立刻开朗起来。武器大师邓肯·艾达荷站在公爵身旁，自豪地握着老公爵的宝剑，好像时刻准备砍掉任何反对这桩婚事的人的脑袋。

天花板上的全息投影仪持续闪烁着光芒，隆博父亲的全息人像出现了，就在王子刚走进过道的同时，出现在了他身边。在婚礼协调员的远程指令下，全息图像中的多米尼克·维尔纽斯咧开他大胡子下面的嘴，大笑起来，他的光头也在闪闪发光。

就在这一瞬间，隆博被眼前的一切震撼了，他的假肢轻轻晃动，嘴里呢喃起来，好像他旁边的全息人像能听到他的声音：“我等得太久了，爸爸。太久了，我为此感到羞愧。在灾难发生之前，我的生活太过安逸。而我现在的想法变了。讽刺的是，我现在变得更坚强，更果断，在很多方面都比以前更好了。为了你，为了伊克斯受苦受难的人民，甚至为了我自己，我将夺回我们的家园……或是为了这个事业而牺牲。”

但那只是个全息影像，它不可能有多米尼克本人的灵魂，它对隆博的话没有做出任何回应。他只是咧嘴笑着，好像对全宇宙的事情都毫不在意了，只因为今天是儿子大婚的日子。

隆博用自己的机械肺深深地叹了口气，走上前去。他一直都很感谢特希雅，她一直都在鼓励他。但现在他已经不再需要她的鞭策了，虽然他仍旧每天都在回想那个差点夺去他生命的事故，但他的身体逐渐恢复，意志也越来越坚定。为了他的家族，他的人民，他也不会让特莱拉人逃脱惩罚。

隆博注意到站在圣坛上的雷托公爵的凝重目光，他这才发现自己在今天这个场合一定是显得有些过于严肃了。所以，他开心地笑了起来，但不是像多米尼克全息人像那种空洞的笑。隆博的微笑里洋溢着幸福，因为他清楚地认识到了自己在历史上的地位。今天是他大婚的日子，而他与这个难以置信的贝尼·杰瑟里特女人的结合只是一个开始。总有一天，他和特希雅将以伯爵和伯爵夫人的身份重返伊克斯大王宫。

很多穿着伊克斯服饰的全息影像出现在了座位上，他们都是一些名人。看着他们，隆博感到既快乐又悲伤。前伊克斯驻凯坦大使卡马尔·皮尔鲁今天亲临了现场，但他已故的妻子司缇娜只能以全息影像的方式陪着他了。他们的双胞胎儿子德默尔和克泰尔看上去和在伊克斯时一模一样，当然他们也只是两个全息影像。

隆博回忆着他们的气息、声音、表情和话语。在前一天的典礼彩排中，他甚至摸了摸父亲的手，但什么也没有感觉到，只有静电和电流。*这些人要是真的就好了……*

这时他听到身后传来了一阵沙沙声，紧接着是人们的惊叹声。于是他转过身来，一眼看见特希雅从拱形的门廊里向他走来，带着资深贝尼·杰瑟里特的镇定。她身上穿着一件珠光闪闪的墨色长袍，头微微低垂，笑容隐藏在一层精致的蕾丝面纱后，整个人光彩夺目，看上去就像一个天使。平日里那个相貌平平，有着一双深褐色的眼睛和灰褐色的头发的特希雅在今天表现出了极度的自信和优雅的气质，展现了她内在的美。所有客人似乎都从她身上看到了隆博一直都了解并喜爱的东西。

珊多·维尔纽斯夫人的全息影像走到了新娘的旁边。自从疯狂残暴的特莱拉人接管了伊克斯，隆博就一直没有再见到他的母亲。而她一直对自己的儿子期望很高。

现在，他们四人一起走在中间的过道上，多米尼克和珊多的全息影像在外，隆博和特希雅在中间。主持典礼的牧师则昂首阔步地跟在他们身后，手里拿着一本厚厚的《奥兰治天主圣经》[1]。人群逐渐安静下来。卫兵们纷纷立正站好，把伊克斯旗帜高举过头顶。邓肯·艾达荷咧嘴笑了笑，然后马上换成了严肃的表情。

号角声震耳欲聋地响了起来，*伊克斯婚礼协奏曲*也开始在舞厅里回荡。新娘、新郎和随行人员沿着紫色地毯往前走。隆博迈着完美的机械步幅，挺着胸膛，像一名骄傲的贵族那样走向圣坛。

大宴会厅里的座位有限，但现场的图像却传送到了整颗星球，每一个瞬间都没有放过。毕竟卡拉丹人都喜欢大场面。

隆博全神贯注地移动着双腿，在脚下的紫色地毯上滑着步……身旁则是美丽的特希雅。

杰西卡坐在前排，不时地看向站在圣坛旁的雷托。她注视着他，眯起眼睛，试图揣摩他的感受。尽管贝尼·杰瑟里特有着独特的观察力，但她还是难以看穿雷托紧紧锁住的心房。他从哪儿学来的这种防御技巧？毫无疑问，是他父亲教给他的。那位老公爵虽然已经长眠二十年了，但他仍对儿子有着很大的影响。

众人抵达圣坛后，隆博和特希雅分开，让牧师从他们中间走过去。然后他们再一起走到他身后，把多米尼克和珊多的全息影像留在雷托身旁，由雷托担任伴郎。音乐停了下来，大宴会厅里此刻鸦雀无声。

牧师拿起了祭坛中金色桌子上摆着的两个镶满宝石的烛台，把它们高高地举到空中。在牧师触摸了一个隐藏的传感器后，烛火从两个烛台的底座中喷了出来，两团火焰的颜色并不相同——一个是紫色，

---

①《奥兰治天主圣经》，“集锦之书”。是译委会编撰的宗教性教科书，它包含了大多数古代宗教的要素。其最高的戒条是：“汝等不应损毁灵魂。”

另一个是铜色。他念诵着婚礼祷词，递给隆博一根蜡烛，然后把另一根蜡烛递给特希雅。

“我们聚集在这里，庆祝伊克斯王子隆博·维尔纽斯和特希雅·亚斯科姐妹的结合。”他翻开摆在面前台座上的厚厚的《奥兰治天主圣经》，念了几段，其中一些词句是哥尼·哈莱克建议他读的。

隆博和特希雅转过身来，把蜡烛对着对方。彩色的火焰融合在一起，散发出紫铜相间的光芒。他掀开特希雅的面纱，露出她那光彩照人、聪明伶俐、充满同情和爱意的脸庞。她棕色的头发闪耀着黑色的光泽，一双大眼睛闪闪发亮。看着自己的新娘，隆博心痛不已，不敢相信她真的留在了自己身边。隆博觉得自己再次淌下了热泪，虽然他那受伤的身体再也不可能流泪了。

雷托走上前，手里捧着一个水晶托盘，上面摆放着戒指。王子和他的新娘拿起结婚戒指戴在了对方的手指上，但谁也没有把深情的眼神从对方身上移开。“这是一条漫长而艰难的道路，”隆博用合成的声音说道，“为了我们，也为了我所有的人民。”

“而我将永远与你同行，我的王子。”

活力四射的婚礼协奏退场曲奏响了，特希雅挽起隆博的手臂，一对新人开始沿着过道往回走。她靠了过来，笑着对隆博说：“这并不难，对吧？”

“我的人造身体能够承受最残酷的折磨。”

特希雅那洪亮的笑声引得几位客人和她一起笑起来，他们都想知道她对隆博耳语了什么。

这对伊克斯夫妇和他们请来的客人们一起狂欢起来，跳舞直到深夜。而面对即将开始的崭新生活，隆博开始相信一些新的可能性了。

但他们仍然没有收到哥尼·哈莱克和杜菲·哈瓦特的任何消息。

婚礼后的第二天早上，杰西卡收到了一个盖有科瑞诺家族金红色印章的信息圆筒。

雷托好奇地站在她旁边，揉着他发红的眼睛。杰西卡已经记不清他前一天晚上喝了多少杯卡拉丹葡萄酒了。“我的妃子可不常收到皇室的通报。”

她用指甲挑开封印，取出一幅皇家卷轴。这封信是用贝尼·杰瑟里特暗语写在科瑞诺羊皮纸上的。杰西卡把信件的内容翻译给雷托，同时尽量不表现出自己的惊讶之情。“公爵，这是阿妮鲁尔·科瑞诺夫人向您发送的正式传票，她邀请我到凯坦星的皇宫里去。她说她需要一个新的侍女，而且——”她忽然屏住了呼吸，“我那位老导师莫希阿姆刚刚被任命为皇帝的真言师。她把我推荐给了阿妮鲁尔夫人，而她也接受了。”

“她们就不问问我的意见吗？”雷托生气地喊道，声音越来越大，“这看起来有些古怪……而且太随意了。”

“公爵，我必须得服从姐妹会的命令。这一点你是早就知道的。”

他皱起眉头，对自己刚才的反应也有些惊讶，因为当年那些黑袍女人强行把年轻的杰西卡送给他时，他是很抗拒的。“我还是不喜欢这件事。”

“皇上的妻子建议我在皇宫度过……整个孕期。”她的鹅蛋脸上露出了惊讶和困惑的神情。

雷托拿过卷轴亲自看了看，但发现自己其实看不懂那些奇怪的贝尼·杰瑟里特符号：“我不明白。你见过阿妮鲁尔本人吗？她为什么让你把我们的孩子生在皇宫里？沙达姆是不是想劫持厄崔迪家族的人做人质？”

杰西卡又读了一遍卷轴，好像答案就藏在里面：“公爵，我真的不明白。”

雷托对这一传唤感到不快，尤其对这种他无法掌控和理解的局面感到不安：“还是说他们希望我放弃在这里的职责，和你一起搬到凯坦去住？我很忙的。”

“公爵，我……想这份邀请是专门为我准备的。”

他吃了一惊，看着她，灰色的眼睛闪闪发光：“但你不能就这样离开我。我们的孩子呢？”

“我不能拒绝这个邀请，公爵。阿妮鲁尔不仅是皇帝的妻子，而且还是一个强大的贝尼·杰瑟里特。”她其实是一位隐秘者。

“你们贝尼·杰瑟里特总有自己的理由。”在没收审判期间，姐妹会曾经帮助过雷托，但他始终也没弄明白原因是什么。现在他皱着眉头，紧紧盯着杰西卡纤细的手中那份他无法读懂的卷轴，问道：“是贝尼·杰瑟里特在召唤你，还是说这是沙达姆的某个阴谋？这和我对比卡尔发动的攻击有关吗？”

杰西卡握住他的手，答道：“我无法回答你的问题，我的公爵。我只知道我会非常想念你的。”

公爵的喉咙哽住了。他说不出话来，唯一的反应就是把杰西卡拉进怀里，然后紧紧地搂住她。

帝国中的任何一个家族都可以用自己的原子武器摧毁拥有五十个或更多大家族的行星基地，但对这一点我们不必太担心。这是一种我们可以控制的情况。只要我们自己足够强大。

——冯迪尔三世皇帝

鉴于当天公告的重要性，沙达姆四世下令将金狮宝座搬回富丽堂皇的帝国觐见厅。他穿了一件胭脂色的长袍，坐在那块沉重的雕花水晶上，这让他在面对兰兹拉德联合会时看上去很有帝王派头。

从今天开始，那些不守规矩的家族一定会明白一个道理，那就是如果他们无视我的存在，后果会很严重。

在觐见厅那扇紧闭大门的后面，他可以听到被召集到这里的代表们在不耐烦地嘟囔。而一旦得知沙达姆对札诺瓦做了什么，他们的表情一定会很有趣，沙达姆迫不及待地想看看了。

沙达姆抹了发油的红头发被球形灯照得油亮油亮的。他端起一个精致的瓷杯，喝了一大口香料咖啡，然后还饶有兴趣地研究了一下杯子上的精致手绘。可惜这个珍贵的杯子很快会被销毁了，就像札诺瓦一样。他在自己扑了粉的脸上摆出一副严肃的表情，看上去很像他那位可怕的父亲。无论他心里感到多么高兴，今天他也不会笑。

阿妮鲁尔夫人从一条秘密走廊里走了出来，扬着下巴走进大厅。她好像毫不畏惧周围这些威严的装饰，径直走向宝座。沙达姆低声嘟囔着，暗自骂着自己没提前把所有通往房间的入口都关好。回头他得好好和宫廷内侍里东多研究一下这件事。

“我的丈夫，皇帝陛下，”她走了过来，抬头凝视传说中的金狮宝座，“在您开始之前，有件事我必须和您商量一下。”阿妮鲁尔的古铜色头发梳得刚刚好，用一个金扣子固定住，“您知道今年的重要性吗?”

沙达姆很想知道这个贝尼·杰瑟里特又在他背后鼓捣什么阴谋，所以配合着答道：“咦，今年是 10175 年啊。如果你自己不会查日历，那我的侍从很愿意告诉你日期。有话直说吧，我今天有重要的事情要宣布。”

阿妮鲁尔平静地站在那里，说道：“今天是你父亲的第二任妻子伊薇特·哈葛尔－科瑞诺逝世一百年纪念日。”

皇帝挑起眉毛，试图跟上她的思路。*该死的女人！这和我在札诺瓦取得的巨大成功有什么关系?*“就算是真的，我们也还有整整一年的时间可以用来庆祝这个纪念日。而今天我有一项法令要向兰兹拉德联合会宣布。”

但他这位凡事都要插手的妻子没有动摇：“你对伊薇特都知道些什么?”

为什么女人总喜欢在最不合适的时候坚持一些无关紧要的事情呢?“我没时间参加家族历史考试。”

但面对她那天真无邪的眼神，他还是琢磨了一下，同时看了看墙上装饰华丽的伊克斯计时器。显然那些代表从不指望他能准时开始，于是他答道：“伊薇特在我出生前几年就去世了。因为她不是我的母亲，所以我从没在意过她。帝国图书馆里一定有关于她的胶片书，如果你想了解她——”

“你父亲在他漫长的统治期间一共娶过四个妻子，他只允许伊薇特坐在他旁边，并让她拥有自己的宝座。据说她是你父亲唯一真心爱过的女人。”

爱？这和皇室婚姻有什么关系？“显而易见，我父亲对他的一个小妾爱得也很深，但在她决定嫁给多米尼克·维尔纽斯后他才意识到这一点。”他皱起了眉头，“你是在和她比吗？你想让我表达出对你的爱？你这算是什么问题？”

“我问的是一个妻子的问题。这也是一个丈夫的问题。”阿妮鲁尔站在宝座下面，仍然昂首看向他，“我要在这里有我自己的宝座，就在你旁边，沙达姆——就像你父亲最宠爱的妻子那样。”

皇帝一口气喝下了半杯香料咖啡，试图让自己平静下来。在这儿再摆一个宝座？虽然他已经指派了他的萨多卡间谍去监视阿妮鲁尔，但他们还没有发现任何能证明她有罪的东西，而且可能永远也不会发现。贝尼·杰瑟里特很擅长保守秘密。

他权衡了各种可能和选择。能有机会提醒兰兹拉德他身边坐着一位贝尼·杰瑟里特也许不错，特别是在他加强了对囤积香料行为的打击之后。“我会考虑的。”

阿妮鲁尔立即打了个响指，对着一个拱形的门廊里点了点头，两个姐妹忽然出现在了大厅的阴影里，身后跟着四个粗壮的男性侍从，他们抬着一个宝座走进了觐见厅。这个宝座显然很重，比皇帝的金狮宝座要小一些，但同样是用半透明的蓝绿色哈葛尔石英制成的。

“现在？”皇帝踉踉跄跄地站了起来，香料咖啡一下子全洒在了他的胭脂色长袍上，“阿妮鲁尔，我正在办一件大事！”

“没错——而办这件大事时我应该陪在你身边。这花不了多长时间。”说着她指了指王座后面的另外两名侍从。

沙达姆沮丧地检查着袍子上的污渍，然后猛地把瓷杯扔到身后，在棋盘似的拼花地板上摔了个叮当作响。瓷杯变成了一地碎片。不过也许这还真是最好的时机，因为他即将宣布的事情肯定会引起一片哗然。不过，他还是不愿意让阿妮鲁尔获胜……

侍从们气喘吁吁搬过来第二个宝座，砰的一声放在了抛光地板上，然后把它抬起来，推上了宽阔的台阶。“不能放在最高的平台上，”沙达姆说道，语气不容妥协，“把我妻子的座位放在金狮宝座下面，放在左边。”无论阿妮鲁尔如何操纵他，她都不会那么轻易得到她想要的一切。

她却对他微笑了起来，不知怎么的这让他觉得自己很小气。“当然，我的丈夫。”她说着退了回去，仔细端详面前的宝座，满意地点点头，“伊薇特是个哈葛尔人，你知道的，她把自己的宝座做得和埃尔鲁德的一样。”

“我们以后有时间再聊家族史吧。”沙达姆叫一个侍从给他拿一件新袍子来。另一个仆人则清理了打碎的瓷杯，只发出了很小的声音。

阿妮鲁尔撩起裙摆，坐在了自己的新宝座上，像一只雌孔雀安坐在巢里那般：“我相信我们现在已经准备好接见你的客人了。”她对沙达姆笑了笑，但沙达姆却只是耸了耸肩，然后换上了一件新长袍，这次是一件深蓝色的。

然后沙达姆向里东多点了点头道：“开始吧。”

宫廷内侍指挥着打开了镀金的大门，这扇大门上的铰链曾被用在远航机的货舱上。沙达姆尽力不去理会阿妮鲁尔。

穿着斗篷、长袍和官方制服的人们排成一行，穿过拱廊，进入了觐见席。这些被邀请的观察员代表了这个帝国中最有权势的那些大家族，以及一些已经查明拥有大量非法香料储备的较小家族。他们靠着紫色天鹅绒的半墙站好后，许多人似乎对阿妮鲁尔的意外出现感到十分好奇。

沙达姆没有起身，只是说了一句：“好好看，认真学。”

他举起那只戴着戒指的手，头顶上天花板附近狭窄的强化玻璃忽然变得不再透明。球形灯也随之变暗了，一整幅全息图像出现在了巨大水晶宝座前的空旷厅堂里。甚至阿妮鲁尔也没有见过这些图像。

“这就是札诺瓦现在的样子。”他阴沉着脸说道。

一片黑色的废土出现在了众人面前，这个图像是由巡航的无人监视机摄录下来的。人们惊恐地看着眼前那些融化的建筑、可能是树木的块状物体、车辆以及熔合在一起的尸体……还有曾是湖泊的弹坑，都倒吸了一口冷气。到处都是蒸汽和火焰。扭曲的建筑物骨架像断了的手指一样向上伸，直插入灰蒙蒙的天空。

沙达姆曾特别指示苏姆·加隆拍下泰洛斯·瑞法那座庄园废墟的照片。不过在他看见这个惨烈的景象后，他觉得自己再也不用担心埃尔鲁德的私生子了。

“根据建立已久的帝国法律，我们没收了大量的非法美琅脂库存。塔利加里家族犯下了反帝国的罪行，所以他们在札诺瓦的封地最终付出了相应的代价。”沙达姆给了眼前的观众足够多的时间，让他们好好吸收这个令人震惊的信息。他很快便闻到了这些贵族和大使散发出来的恐惧气息。

这项不甚明了的反对囤积香料的敕令可以追溯到几千年前。最初，它只适用于厄拉科斯封地的所有者，为了防止该家族盗用香料和逃避帝国税。后来，这一法令涵盖的范围被扩大了，因为一些贵族通过操纵他们的库存、发动战争或使用香料对其他家族采取经济和政治行动而变得异常富有。对于该如何处理这个问题，人们讨论了几个世纪，最终所有家族，无论大小都被明令通知必须通过宇联商会合作。特定的法令因此被写入了《帝国法典》，详细指出任何个人或组织可以拥有的香料数量。

全息影像继续播放，金狮宝座底部的一个明亮的球体开始闪烁。在一片光芒之中，一名帝国公告员开始宣读一份事先准备好的声明，把沙达姆想要传达的话大声宣讲了出来。

“所有人听好，帕迪沙皇帝沙达姆·科瑞诺四世决定不再容忍任何非法囤积香料的行为，并将会严格执行帝国法律。每一个家族，无论大小，都将由宇联商会和宇航公会合作进行审计。所有不愿意自首的非法香料囤积者都将会被铲除，无论他们在哪里，犯罪者都会受到严厉惩罚。札诺瓦就是见证。这是对所有人的警告。”

在昏暗的灯光下，沙达姆仍然保持着僵硬严肃的表情。他看到了与会代表们脸上那惊恐的表情。几个小时之内，他们就会赶回自己的家园，同时无比担心自己会是皇帝的下一个攻击目标。

让他们颤抖吧。

半空中不断出现恐怖的画面，阿妮鲁尔仔细打量她的丈夫。现在她比以前坐得更近了，不需要再站在阴影里观察他了。这位皇帝最近似乎变得格外紧张，他的注意力集中在一些比平日的阴谋和宫廷政治更重要的事情上。看来最近一些重要的事情发生了变化。

多年以来，阿妮鲁尔一直在耐心地等待和观察，收集和揣摩信息的碎片。很久以前她就听说过奥马尔计划，但不清楚它是什么意思——它只是当年她走近沙达姆和芬伦伯爵时所听到的一段对话里的一个信息碎片。那时一看到她走过来，两个人就都沉默了下来，脸上满是惊恐的表情，这说明了很多问题。而她这么多年一直保持着沉默，只是竖起耳朵四处听着。

最后，所有的球形灯都亮了起来，离子火炬也闪耀在大厅两侧，仍在播放的全息图像被灯光照得模糊起来。而作为对比，在这可怕影像旁边开始放映展现札诺瓦昔日美景的宣传图，充满了郁郁葱葱的绿植。沙达姆从来就不是一个懂得微妙和克制的人。

在人们陷入骚乱之前，两个萨多卡小队冲了进来，笔直地站立在房间的四角。对皇帝这个令人吃惊的最后通牒来说，他们无疑是一个令人不寒而栗的句号。

现在，沙达姆冷静地注视众人，评估着他们脸上的表情，想要看出谁有罪谁无罪。等他们离开后，他会和自己的顾问们一起研究会议录像，看看能从这些代表的反应中看出什么来。

从今天开始，兰兹拉德联合会必须学会害怕他。毫无疑问，他也打乱了阿妮鲁尔的计划，不管那计划是什么吧。至少他希望如此。但这并不重要。

就算失去了贝尼·杰瑟里特姐妹会的支持，沙达姆也会很快得到他的奥马尔。这样一来他就再也不需要任何人了。

血浓于水，但政治比血更浓。

——埃尔鲁德九世，《帝国统治回忆录》

赫赫有名的阿提西亚，塔利加里家族的首都，现在成了一个充满痛苦、愤怒和疑惑的风暴中心。塔利加里家族事务的长期代言人，备受尊敬的讲师加拉斯·欧森，在札诺瓦被公然杀害了。泰洛斯·瑞法无法否认这一点——他看过那些可怕的画面了。

塔利加里家族陷入了一片混乱之中。政府官员们语无伦次地试图对民众的愤怒做出统一的回应。在札诺瓦，共有五个主要城市以及周围的几个地区被摧毁了。人们挤在参议院的露天大会堂里，有人在高喊着提问，有人则哭叫个不停，还有人则大声发誓要复仇。

自从听到这个可怕消息后，瑞法就一直站在高处往下面看，身上穿的还是三天前那件皱巴巴的衣服，没人注意到他。现在看来，老讲师以前的那些担心和怀疑是对的，只是瑞法从没有把它们当真。现在的札诺瓦对他来说已经毫无意义了。虽然他在塔利加里家族有一些账户和投资，但他的地产、花园和员工都在轰炸中化为了过眼云烟。就像那位老讲师一样……

惊慌失措的塔利加里使者从剩下的八颗塔利加里行星赶了过来，聚集到参议员大会堂。空气中弥漫着近乎恐慌的气氛，人们几近崩溃，他们怒火中烧，都对这场大屠杀感到无助和绝望。

首席参议员走上图像扩音讲台时，所有目光都集中到了他身上。他的两侧还站着两名来自塔利加里主要星球的代表，他们都一脸严肃。

因着自己的秘密身份，泰洛斯·瑞法长久以来一直刻意避免参与任何政治活动。但他却很清楚今天这帮人什么也干不成。这些政客只会夸夸其谈，回避问题。最后，他们也不过是提出一个毫无意义的官方抗议。而沙达姆·科瑞诺不会当回事。

首席参议员身材高大，仪表堂堂，一张圆脸上有着一张极富表现力的嘴巴。“札诺瓦毁了。”他选了一个最为忧郁的语调开始讲话，男高音开始在扩音器里回荡起来。同时他伸出手来，做着各种各样的手势，尽力做到声情并茂，“因为这次令人发指的袭击，今天这里每个人都失去了朋友和家人。”

塔利加里一直都有一个传统，那就是无论是参议会代表还是普通公民都可以向他们的参议员公开提问，并必须立刻得到答复。所以人们马上大声喊叫起来，提出了一系列几乎重复的问题和质询。

塔利加里军队会做出回应吗？他们怎么可能打败这些能够毁灭整个世界的萨多卡军团呢？其他塔利加里行星也处于危险之中吗？

“但为什么会发生这种事？”一个男人喊道，“我们自己的皇帝怎么能对我们犯下这样的暴行？”

瑞法浑身冰冷地站在那里，一句话也说不出来。*那是因为我。他们是为了我才来的。是皇帝想杀我，但他却用如此残忍的暴行来掩饰他的目的。*

参议员在空中举起了一个信息方块：“沙达姆四世皇帝指控我们犯有反帝国罪，并声称他对札诺瓦事件负责——事实上，他认为这是他的一个功绩。他就是法官、陪审团和刽子手。他还声称，这个正当的惩罚是因为我们私藏了美琅脂。”

大会堂里顿时一片大乱，人们怒吼，喊叫。兰兹拉德里的所有家族都在私藏香料，就像大多数家族都有自己的原子武器一样。而原子武器是被禁止使用的，但从技术上讲，保留它们却并不违法。

另一位参议员走上前来，说道："我觉得沙达姆是在利用我们警告其他的家族。"

"那为什么要杀死我们的孩子？"一个高个子女人喊道，"他们是无辜的。"

你的孩子被杀是因为沙达姆不喜欢我的存在，瑞法心想。*我挡了他的路，他为了杀我一个人而不惜用数百万人陪葬。可尽管如此，他还是没有消灭目标。*

首席参议员逐渐变得激动，声音也很快从哽咽变成了愤怒："几个世纪以前，皇帝的祖先海雅克·科瑞诺二世授予塔利加里家族总共九颗行星的封地，其中就包括札诺瓦。我们有记录显示，埃尔鲁德九世皇帝甚至亲自去过那座游乐园，还曾拿沙虫雕像附近的美琅脂气味开过玩笑。这些香料库存对他们来说不是个秘密！"

问题不断地涌来，参议员们尽了最大的努力来回答这些问题。为什么过了这么多年还会发生这种事？为什么没有事先警告呢？对于这等不公的暴行，我们现在能做些什么呢？

站在大会堂高层的瑞法聆听着一连串的问题，一个字也说不出来。他来阿提西亚只是为了看浮空歌剧，而正是因为老讲师的先见之明，他才及时离开了札诺瓦。现在，对于皇帝那冠冕堂皇的理由，他是一个字也不相信。

他尊敬的讲师总是这样告诫他："如果陈述的理由不符合你的良知，或者经不起逻辑的考验，那就去寻找更深层的动机吧。"

他已经见到了无人监视机从那片焦土传回来的影像，很清楚自己的庄园肯定是敌人瞄准的第一批目标之一。忠诚的老查伦斯是不是连逼近的火焰都没看见就被炸死了？瑞法心头一紧，好像吞下了一块炽热的煤块。

没有人注意到他，他只是人群中的一个普通人。他又想起了自己的庄园，它现在只是一个黑色的弹坑。所以沙达姆很可能会觉得他得逞了。他以为我被炸死了。

瑞法静静地站在那里，那张英俊的、轮廓分明的脸上流露出愤怒的表情。他只动了一下，为的是擦掉脸颊上的泪水。在参议院冗长的公众简报结束之前，他就从侧门溜了出去，沿着大理石楼梯下去，静悄悄地融入了城市的阴影之中。

他还有一些剩余的财产，也算得上是一大笔钱了。而且他还拥有被帝国认定死亡之人所拥有的完全的行动自由。现在的他已经没什么可失去的了。

我是一只常年躲在岩石下的蝎子。但既然我同父异母的兄弟唤醒了我，他最好小心我的毒刺。

要么是被人为设计的，要么是进化过程中发生了某种令人厌恶的意外，特莱拉人没有表现出能够令人钦佩的品质。他们的样子令人厌恶。他们通常极其狡诈，也许是遗传基因的一部分吧。他们的身体还会散发出一种奇怪的味道，就像是令人作呕的腐烂食物的臭味。也许因为我和他们有过直接的接触，也许我的分析算不上绝对客观。但有一点毋庸置疑：他们极其危险。

——杜菲·哈瓦特，厄崔迪家族安全指挥官

一辆白色舱车驶近了研究馆，车里的希达尔·芬·阿吉迪卡又往嘴里扔了一块糖锭。这东西吃起来真是恶心，却可以帮助他克服对地下世界的恐惧。他不停地咽口水，试图驱散这股味道，他无比怀念塔利姆的灿烂阳光，那时刻温暖圣城班达隆的阳光。

不过一旦他成功地逃离了这里，阿吉迪卡便会根据自己收到的启示，在自己的世界里重建虔诚的信仰。这是因为他的种族已经偏离了神圣的道路，而他会让他们重回正轨。我是真神唯一的、真正的使者。

白色舱车沿着轨道前进，接近了那面装着强化玻璃窗户的高墙。透过这些窗户，他能看见那些为这片建筑群提供安全保障的萨多卡军事设施。他们的安全措施非常严格，目的是让所有窥探的目光都远离这里，保障阿吉迪卡能安心地做他的工作。

舱车平稳地停了下来，他下了车，然后进入嘎吱作响的电梯管道下到主层。经过几十年的必要的大清洗，找到有资格从事复杂技术工作的技术人员现在已经变得极其困难了。这位研究大师一直偏爱更简单的系统，因为出错的概率会更小。

电梯门在他身后哐啷一声关闭了。一个皮肤苍白的男人笨拙地走到电梯管道前，它的头部被打扁了，破碎的身体也只是一个被勉强组装好的机器人偶。这些复合伊克斯人是阿吉迪卡本人的发明之一，一种创造性的转移，让他能够再利用那些被处决了的受害者的尸体。啊，这就叫效率！

这些可怕的人偶还有一个作用，那就是警告伊克斯人民不要造反。同时这些怪物也可以执行日常任务：清理、处理有毒废物和化学品。不幸的是，它们干起活来不怎么可靠，但阿吉迪卡一直在尝试改进它们。

阿吉迪卡通过了带有生物扫描仪的门廊——仪器是通过辨认细胞结构来确定身份的——然后进入了一个和宇宙飞船机库一样大的房间，那里存放着新的培育罐。

几个身着白色工作服的实验室助手正在摆满仪器的桌子旁忙碌着。他们紧张地瞥了阿吉迪卡一眼，然后加快了动作。被化学品和消毒剂清洁过的空气中弥漫着金属的味道，外加一种浓浓的独特肉桂味，很容易让人想起美琅脂。

奥马尔。

躺在那些棺材大小的容器里的，是一些有生育能力的女性，她们大脑的高级功能已经被破坏了，反应和感觉系统也被关闭了。她们就是培育罐，一些肿胀的子宫。毕竟人体比任何人工制造的机器都要复杂得多。

即使在特莱拉的主世界里，贝尼·特莱拉也是在这些“罐子”里培育的死灵和变脸者。没人见过特莱拉女人——那是因为她们根本就不存在。所有成熟的女性都会被转换成一个培育罐，并用来繁殖特定的种族。

多年以来，特莱拉人一直在悄悄地收集被俘的伊克斯女性。其中成千上万的人已经死亡，因此阿吉迪卡可以对她们的尸体进行改造，以生产出生化层面上接近美琅脂的新物质。利用精妙的遗传突变，这些培育罐可以释放出奥马尔，以及最终的阿吉迪马尔——这位研究大师秘密中的秘密。

尸体的气味让他皱起了鼻子，那是一种令人不快的女性气味。管子和电线把这些肥厚的容器和脉冲诊断仪器连接了起来。他从不把这些培育罐当成人类，虽然她们原本只是普通女人。

阿吉迪卡走向房间正中央一个特殊的培育罐，两名研究助手连忙为他让出一条道，这个培育罐是由一个被俘间谍改造成的加强子宫，这名间谍就是来自贝尼·杰瑟里特姐妹会的米拉尔·阿莱切姆。她是在企图实施破坏行动时被抓的，即使受到了严刑拷打，她也没有招出任何有用的情报。但这位研究大师知道很多方法，可以在把她转化为培育罐之前找出真相。而且让他高兴的是，作为贝尼·杰瑟里特，米拉尔要比那些伊克斯女人更适合生产奥马尔。

经过长时间的改造，这个女巫的皮肤已经变成了橙色。她的脖子上挂着一个容器，里面装着一公升透明液体，那就是她新合成的产品。这些液体会流经她那贝尼·杰瑟里特独有的身体系统，然后再排出来，这时形成的奥马尔与其他任何一个培育罐生产的奥马尔都不同。阿吉迪马尔就这么诞生了！

“米拉尔·阿莱切姆，我们现在遇到一个难题。我该如何把其他培育罐也调整得和你一样？”米拉尔那平静而无神的眼睛微微眨了一下，阿吉迪卡却从她的瞳孔深处看见了恐惧和难以抑制的愤怒。但由于她早已失去了声带以及理智，所以她无法作出回应。凭借特莱拉的技术，这个子宫可以活几个世纪。而且由于她的精神崩溃了，所以连自杀对她来说都是一件不可能的事。

很快，他和他的变脸者仆从将会离开萨图赫，阿吉迪卡会把这个无比珍贵的培育罐带到一个安全的星球。也许在那里他会想办法抓来更多的贝尼·杰瑟里特，看看能否用她们造出最好的培育罐。毕竟现在他手头只有这一个，所以只能通过兴奋剂尽可能地提高她的生产效率。

阿吉迪卡把一个提取装置夹在培育罐上，然后把一升人造香料吸进一个容器里，以便随身携带。几天来，他消耗了很多阿吉迪马尔，而且没有任何不好的副作用，只有愉悦。所以，他打算多拿一些。越多越好。

他忽然觉得心跳加速，匆匆走进办公室，关闭了身后的身份识别屏幕和安检系统。他趺坐在一只狗椅[①]上，等着这只没有思维能力、一动不动的动物跟他的身体相适应。最后，他仰起头来，大口吞下了温热而柔滑的阿吉迪马尔，就像从奶牛身上挤出来的牛奶，这些液体是刚刚从阿莱切姆的身体里排出来的。而他从来没有一次服用过这么多的香料。

一阵突如其来的剧烈咳嗽险些让他把胃里面的东西全吐了出来。他一下子扔掉了手里的容器，剩下的液体全都撒到了地板上，他自己也从抽搐的狗椅上摔了下来，蹲在地上弯着腰。他的脸庞扭曲着，肌肉在不断地拉伸和撕裂，嘴里吐出的黄色液体都是难闻的食物残渣。但他的生理系统已经完全吸收掉了这种快速反应的人造香料。

他陷入了一阵极度兴奋的痉挛，这种痉挛不断加剧，最后让他盼着能快点昏迷才好。是那个贝尼·杰瑟里特巫婆给他下了毒吗？要真是这样他一定会报复的。凭借特莱拉人的高超技艺，他确信自己一定

①狗椅是把生化基因工程狗塑造成椅子的形态，这些狗被训练得可以按摩坐在椅子上的人。

能找个办法弄疼一个培育罐。

随着痛苦的持续，他渐渐感到内心深处的微观世界发生了一些变化。痛苦开始消失了，又或是他的神经已经被烧成了灰烬。

阿吉迪卡从噩梦里挣扎着爬了出来，睁开了眼睛。他发现自己躺在办公室的地板上，志贺藤卷轴、胶片书和样品盘散落在他周围，碎了一地，就好像他刚才彻底疯了一般。狗椅蜷缩在角落里，皮毛撕烂，柔软的骨头也扭曲断裂了。地面上他的呕吐物散发出强烈的恶臭，就连他的身体和衣服也都散发着臭味。他看向不远处一个被打翻的计时器，上面显示已经过去整整一天了。

*我应该感到饥饿或是口渴才对。*但这些臭味让他一阵阵反胃，抑制了他吃喝的欲望，不过没有抑制住他的愤怒。他伸出修长的手，摸索到了一个破盘子的碎片，然后从自己的呕吐物中舀出一块凝结成珠子形状的碎片。

他匆匆赶回实验室时，萨多卡卫兵和助理研究员一下子都躲开了。尽管他的地位很高，但当他经过众人，大家都不约而同皱起了鼻子。

他径直走向米拉尔·阿莱切姆的培育罐，打算吐她一脸，狠狠地侮辱她，尽管她本人永远也不会知道发生了什么事。培育罐的那双大眼睛只是冷漠地凝视前方，游离的目光毫无焦点。

一阵突如其来的冲击波击中了他，全新的感觉和想法在他的脑海里翻腾起来，这种完全陌生的体验打破了他之前甚至不知其存在的精神障碍。大量的数据从他的脑中涌了出来。

难道是过量服用阿吉迪马尔的副作用？他用全新的眼光看向周围的培育罐。他第一次清楚地意识到，自己可以把所有的培育罐都连接到阿莱切姆身上，这样一来，所有的培育罐就都能生产出珍贵的阿吉迪马尔了。凭借无比清晰的洞察力，他看到了将所有培育罐连在一起的全套程序，以及需要做出的调整。

他注意到身旁的技术人员正在用他们那乌黑的小眼睛盯着他，互相窃窃私语。有几个人还被吓得掉头就跑，但他立即喊道："给我回来！马上！"

尽管显然被他那诡异的疯狂眼神吓坏了，但这些人还是停下了脚步，转头回来。现在，阿吉迪卡脑中的每一个新想法都像是一种启示，他只评估了一眼，就从这群人里找出了两位能力不足的科学家。他以前怎么没有注意到呢？那些最细微的动作现在都被放大了，摆在他眼前，他拥有了以前完全不可能拥有的微小感知。眼前的一切似乎都有了某种新的意义。*真是神奇！*

阿吉迪卡觉得自己平生第一次完全睁开了眼睛。现在他的脑子强大到足以保存他看到的每一个动作、听到的每一句话。然后这些信息都在他的思维宫殿里排列成行，就好像他是一台前芭特勒时代的计算机一样。

更多的数据通过开放的闸门流入他的大脑，这些数据来自阿吉迪卡曾经见过的每个人的点点滴滴。他把一切都想起来了。但这是怎么发生的呢？为什么会发生呢？答案肯定是阿吉迪马尔！

他的脑海中浮现出了教典中的一段发人深省的文字：*要达到圆满，不需要理解。没有言语能够形容圆满，它甚至不应该有名字。*这一切都发生在一瞬间，是刹那之间的一道闪光。

阿吉迪卡现在已经闻不到自己呕吐物的难闻气味了，因为那味道是物质层面的，他已经进入了更高层次的精神领域。大剂量的人造香料让他进入了心灵中那些尚未开发的区域。

阿吉迪卡的脑海中出现了一个令人眼花缭乱的新景象，他看到自己在神祇的指引下找到了一条通向永恒救赎的道路。他现在比以往任何时候都更加确信，自己将会带领贝尼·特莱拉获得最为神圣的荣耀——至少是那些值得拯救的特莱拉人。而任何与自己有不同想法的人都会死。

“阿吉迪卡大师，”一个颤抖的声音试探性地问道，“您感觉还好吗?”

他睁开眼睛，看到助理研究员在他周围转来转去的，一个个流露出既担心又害怕的神情。只有一个人鼓起勇气问了他。阿吉迪卡凭借敏锐的观察力，判断出他是一个值得信赖的人，一个能在他的新政权中发挥不小作用的人。

阿吉迪卡站起身来，手里仍然捧着那块呕吐物，说道：“你是布林，五十七号培育罐的第三助理操作员。”

“是的，大师。您需要医疗救助吗?”

“我们必须完成神祇给我布置的工作。”阿吉迪卡回答道。

布林深深鞠了一躬道：“您一直就是这么做的。”他看起来很困惑，但从他的肢体语言里阿吉迪卡可以看出，他急于取悦他的上司。于是阿吉迪卡笑着露出自己那排尖利的牙齿，说道：“以后你就是我研究机构的副主管了，只向我个人报告。”

布林惊讶地眨着自己的黑眼睛，然后挺直了胸膛道：“先生，我愿意承担您布置给我的任何任务。”

这时阿吉迪卡听到有一位科学家好像不怎么高兴地哼了一声，他猛地把自己手里的呕吐物扔向他，然后怒吼道：“你！给我打扫我的办公室，把所有砸碎的东西都换掉。你有四个小时来完成这项工作。如果你超时了，那么我布置给布林的第一个任务，就是把你装进罐子里，让你变成史上第一个男性培育罐。”

那人吓得魂飞魄散，掉头就跑。

阿吉迪卡冲着米拉尔·阿莱切姆微笑起来，她现在只是个一动也不能动的、令人厌恶的、被装在棺材形状的容器里的裸体女性。但尽管他的能力已经大为增强，他还是无法判断这个贝尼·杰瑟里特间谍是不是在失去意识的情况下，仍企图要伤害他。不过她看上去好像真的什么也不知道。

阿吉迪卡觉得神明确实在守护他，有一个强大的存在开始指引他走向伟大的信仰——唯一真实的道路。他的使命很明确了。

看来尽管带给他诸多痛苦，但这次服药过量还真是一件幸事呢。

人们永远不能把政治与香料经济分开。在整个帝国历史中，它们一直携手同行。

——沙达姆·科瑞诺四世，《初期回忆录》

在红墙穴地，一位无比激动的观察员把列特－凯恩斯叫到了位于崎岖山脊上的那座隐蔽观察站。列特穿过危险的竖井和隐藏的裂缝，手脚并用地爬上了一个暴露的岩架。这里的空气闻起来像是燃烧的火药。

“我看见一个人冲这边过来了，好像一点也不在乎炎热的天气。”那个观察员是一个很喜兴的男孩，下巴很瘦，脸上一直带着热切的微笑。“而且只有一个人。”

出于好奇，列特跟着这个瘦长结实的大眼睛男孩来到了干热的外面。热气在红黑相间的熔岩石壁上蒸腾，那石壁看起来就像沙丘上的一座城堡。

“我把斯第尔格也一并叫来了。”观察员似乎充满了期待。

“很好。斯第尔格的眼神是我们当中最好的。”列特本能地把蒸馏服的鼻塞插进了鼻孔，他穿的是一件全新的蒸馏服，取代了被皇帝那些笨拙的侍卫毁掉的那套。

列特用手遮住眼睛，挡住柠檬黄色的天空，凝视着波浪形的沙海。“我很惊讶夏胡鲁没有带走他。”说着，他就看见了一个小小的斑点，一个移动的身影，看起来还没有一只昆虫大。“‘在沙漠中独行的人必死无疑。’”

“这人可能确实是个傻瓜，列特，但他还没死呢。”

听到声音，他转过身来，一眼看见斯第尔格从后面走了过来。这个强硬的男人很擅长优雅地潜行。

“我们应该去帮他吗，还是杀了他？”为了给这两位伟人留下深刻印象，这位观察员故作毫无感情地问道，“我们可以把他的水送给部落。”

斯第尔格伸出一只强壮的手，那孩子连忙递给他一副曾经属于行星学家帕多特·凯恩斯的、修了很多遍的望远镜。

列特怀疑这个沙漠流浪者很可能是一个走失了的哈克南巡逻队员，或是一个被流放的村民，甚至是某个白痴的勘探者。

斯第尔格调好了焦距往前方看去，然后大为吃惊地说道：“他的动作就像一个弗雷曼人。走路没有规律，脚步也没有规律。”说着他增加了放大率，然后降低了望远镜的高度，“那是图洛克，他不是受伤了，就是累坏了。”

列特立即说道：“斯第尔格，召集一支救援队。如果可能的话，马上去救他。比起他的水我更愿听他给我讲故事。”

当他们把图洛克带进来的时候，大家发现他的蒸馏服已经撕裂了，肩膀和右臂也受了伤，好在血液已经凝固。他左脚上的泰玛格沙漠靴不知道哪里去了，这直接导致蒸馏服里的泵停止了工作。虽然人们给他喝了水，但图洛克的身体已经达到了人类耐力的极限。现在他躺在一张冰冷的石头桌子上，布满沙尘的皮肤龟裂起皱，他似乎已经耗尽了一个弗雷曼人体内的所有水分。

“你怎么白天出门啊，图洛克，”列特问，“你为什么要做这种蠢事?”

“我没得选。”图洛克又喝了一口斯第尔格递过来的水。有几滴水顺着他满是灰尘的下巴流了下来，他连忙用食指接住，舔了舔。在沙丘每一滴水都极其珍贵。“当时我的蒸馏服已经失效了。但我知道我离红墙穴地很近，而天黑后就没人会看见我了。所以我只能寄希望有人发现我。”

斯第尔格说：“你没事的，你又能和哈克南人战斗了。”

“我活下来不仅仅是为了战斗。”图洛克疲惫不堪地说。他的嘴唇裂开了，流着血，但他拒绝再喝水。他描述了在香料收割机上所发生的事情，以及哈克南部队卸走货物，把队员和设备留给了沙虫的经过。

“他们拿走的那部分香料肯定会被他们列为遗失，”列特摇着头说，“沙达姆愚蠢地沉迷于政治礼仪和展示权力，所以很容易被骗。我亲眼见证过了。”

“可我们每抢到一批香料，就像在圣训穴地那次，男爵就会再挖一批。”斯第尔格看了看图洛克，又看了看列特，他不喜欢这个结论。“我觉得我们应该向芬伦伯爵报告这件事，或是干脆直接给皇帝写信?”

“我不会再和凯坦那边打交道了，斯第尔格。”列特最近一段时间连报告都不打算写了，他只是把他父亲几十年前写的旧报告发给凯坦。反正沙达姆永远也不会看它们，“这是弗雷曼人自己的问题。我们不寻求外人的帮助。”

“我就希望你这么说。”斯第尔格赞同地说道，他的眼睛像鸟儿发现了食物那样闪闪发亮。

图洛克现在摄入了更多的水分。而法罗拉也来了，悄悄地给形容枯槁的男人端来了一碗治疗晒伤的药膏。她先是用湿布擦拭了他暴露在外的皮肤，然后开始给他涂抹药膏。列特深情地望着他的妻子专心地照料着图洛克。法罗拉可是穴地最好的医师。

她转过头来，也看了他一眼，这是一种带着自信的承诺，承诺两人将会毫无保留地分享秘密。他一直在努力赢得他美丽妻子的芳心。尽管他们对彼此都充满了激情，但弗雷曼人的传统迫使这对夫妻只能在洞房的帷幔后面互诉衷肠。在公开场合，他们几乎独立过着各自的生活。

“哈克南人变得越来越有侵略性了，所以我们必须团结起来对抗他们，”列特重新集中了注意力，“我们弗雷曼是一个伟大的民族，分散在狂风之中。召唤沙虫骑士到演讲洞穴。我要把他们派去别的穴地，去召集一个盛大的集会。所有的耐布、长老和战士都要参加。以我的父亲乌玛凯恩斯的名义，这将会是弗雷曼人最为重大的一次集会。”

说着，他伸出手来，把手指弯曲得像爪子一样，然后高高举了起来：“哈克南人不清楚弗雷曼人团结起来会有多么大的力量。我们要像沙漠里的雄鹰那样，把爪子狠狠插进男爵的屁股里。”

在迦太格太空港的候机楼里，男爵愁眉苦脸地踱步，准备前往杰第主星。他讨厌厄拉科斯干燥多尘的气候。

他停下脚步喘了口气，手里抓着一根栏杆，他的脚几乎碰到了地板。虽然看上去并不灵活，但他的浮空背带确实能帮助他这个胖子做任何他想要做的事情。

聚光灯照亮了融砂停机坪，灯光均匀地撒在燃料储存筒仓、龙骨起重机、吊杆驳船和用预制组件建造的大型飞机库上——所有这些都是哈克城的建筑风格。

今天晚上男爵的心情特别差。他的回家之旅被推迟了好几天，因为他明确对宇航公会和宇联商会的通知做出了反驳，他们想要审查他的香料处理程序。再一次。仅仅五个月前，他曾全力配合过这种例行的审计工作，而一般来说下次审查至少要再过十九个月。他在杰第主星上的法律顾问专门提交了一封针对此次审查的质询信，而这封信无疑可以让宇航公会和宇联商会暂缓审查，但他仍有一种不祥的预感。这一切肯定和皇帝打击非法香料储备有关。事情正在起变化，而且不是朝着好的方向。

作为厄拉科斯封地的主人，哈克南是兰兹拉德联合会里唯一有权力储存香料的家族，但这些香料的存量必须符合客户的短期订单，并且每笔库存必须按时向皇帝提交记录报告。这本来就堪称一件非常复杂的工作，每一次男爵通过远航机发走货物，都得向科瑞诺家族缴纳一笔税款。

而对于客户来说，他们只被允许订购满足短期需求的美琅脂——食品添加剂、香料纤维、医药应用等等。只不过几个世纪以来，帝国始终找不到办法阻止人们超额订购，而这不可避免地导致了囤积。只是大家都选择睁一只眼闭一只眼而已。直到现在。

“皮特！还要多久？”

这个鬼鬼祟祟的门泰特一直站在黄白色的灯光下，看着船员们把板条箱和补给品运到哈克南护航舰上。他看上去就像是睡着了一样，但男爵清楚德伏是在默默地列清单，审查装进飞船里的每一件物品，然后和他脑子里的清单一一比对。

“我估计还有一个标准时，男爵阁下。我们有很多东西要带回杰第主星，但这些当地工人行动太慢了。如果你愿意，我可以选一个工人来用刑，这样应该能加快其他人的速度。”

男爵考虑了一下这个建议，但最后摇了摇头，说道：“在远航机抵达之前，我们还有时间。我去护航舰的休息室里等着吧。我越早离开这个该死的星球，我的感觉就越好。”

“是的，男爵大人。要我准备一些点心吗？这有助于你休息。”

“我不需要休息。”男爵答道，语气比他自己预期的更加严厉。他不喜欢任何可能显示他的软弱或暗示他不能履行职责的东西。

贝尼·杰瑟里特让他染上了一个使人不断衰弱的恶心疾病。他曾有幸拥有过完美的身体，但长着一张马脸的莫希阿姆把这个身体变成了一个令人讨厌的肥肉饺子，好在他还保留了以前的性冲动和敏锐的思维。

他患病这件事现在是一个被严格保守的机密。如果沙达姆认为男爵是个失败的领袖，不能在厄拉科斯星上履行必要的职责，那么哈克南家族就会被另一个贵族家族取代。因此，男爵必须积极地传播一种印象：他的肥胖是由于暴食和纵欲的不良生活方式造成的——而这种形象对他来说并不难维持。

事实上，他刚刚还微笑着决定了自己一回到哈克南要塞，就宣布准备举行一场奢华的宴会。为了维持那个形象，他必须鼓励他的客人们像他一样放纵自己。

男爵的所有医生都建议他在干燥的沙漠世界待上一段时间，声称这样对他的健康更好。可他憎恨厄拉科斯，哪怕他是因为美琅脂才发的财。只要有可能，他就会回到杰第主星，有时只是为了去修复他那愚蠢的侄子“野兽”拉班在他离开后造成的伤害。

工人们继续往护航舰里装货，卫兵们则围着飞船组成了一条警戒线。皮特·德伏陪男爵穿过温暖的停机坪，登上了护航舰的舷梯。在飞船上，门泰特为自己准备了一小杯纱芙汁，并给他的主人拿来了一瓶昂贵的基拉那白兰地。男爵坐到了一张加装了软垫的长沙发上——这张长沙发是为了适应他那胖大的身躯而特制的——然后拿起了舰长送来的最新情报。

他皱着眉头扫视报告，眉头越皱越紧，最后变得怒不可遏。直到现在，男爵才得知厄崔迪家族对比卡尔发动了一次残暴的攻击，才得知兰兹拉德做出了令人惊讶的回应。那些该死的贵族们实际上都在同情雷托，甚至暗中为他的野蛮报复拍手称快。而现在，皇帝已经摧毁了札诺瓦。

所有局势都在升温。

“男爵阁下，这是一个动荡不安的时期，有很多侵略行为。别忘了格鲁曼和埃卡兹。”

“这个厄崔迪公爵，”男爵举起手里的报告，苍白的、戴着戒指的手指死死攥着，“一点也不尊重法律和秩序。如果我现在派哈克南的军队去攻击另一个家族，沙达姆会把萨多卡军团插进我的喉咙里。然而雷托却逍遥法外。”

“严格地说，公爵没有违反任何法律，男爵阁下，”德伏犹豫一下，在心里作了一个尽可能详细的推测，“雷托在其他家族中很受欢迎，也得到了他们的暗中支持。不要低估了厄崔迪家族的受欢迎程度，而这个程度每年都在加深。许多家族都很尊敬那位公爵。他们把他看作英雄——”

男爵喝了一口白兰地，不相信地嘟囔道：“我真不知道是为了什么。”他哼了一声，向后靠在沙发上，很高兴终于听到了引擎启动的隆隆声。护航舰从玻璃般的停机坪上升起，直飞入漆黑的夜色中。

“想一下吧，男爵。”德伏很少冒险对男爵说这种话，“雷托儿子的死对我们来说可能是一次短暂的胜利，但现在它也正在成为厄崔迪家族的一次胜利。这一悲剧引起了人们对公爵的极大同情。就连兰兹拉德遇到事情都会给他宽大处理，他可以做其他人敢想而不敢做的事，还不会受到惩罚。比卡尔就是一个很好的例子。”

男爵对死敌获得的成功感到十分厌烦，他噘起了嘴唇。他望向护航舰的舷窗外，看到轨道的边缘，大气层逐渐变成星光闪耀的靛蓝色。男爵终于气急败坏起来，转身对着德伏喊道：“可是他们为什么那么喜欢雷托呢，皮特？为什么是他，而不是我？厄崔迪家族到底给了他们多少好处？”

门泰特皱起了眉头，回答道："如果你知道怎么花的话，受欢迎可是一枚很好用的硬币呢。雷托·厄崔迪一直在积极地争取兰兹拉德的支持。而你，我的男爵，总是试图征服你的对手。你喜欢用强酸而不是蜂蜜，你也从不会尽力去讨好他们。"

"这对我来说确实很困难，"男爵眯起那双蜘蛛般的黑眼睛，心中下定了决心，"但如果雷托·厄崔迪能做到，那么以宇宙中所有的恶魔起誓，我也能做到！"

德伏笑了："男爵阁下，请允许我建议您咨询一下顾问，甚至可以请一位礼仪顾问来重塑您的行为和情绪。"

"我不需要有人教我如何优雅地吃饭。"

德伏趁他还没来得及生气就打断了他："除了吃饭还有很多技巧呢，男爵阁下。礼仪就像政治一样，是一种复杂的精细编织品。对于一个没有受过训练的人来说，要掌握所有信息是很困难的。而您是一个伟大家族的领袖。因此，您必须比任何一个普通人做得更好。"

在护航舰的领航员引导他们驶向那架巨大的公会远航机时，哈克南男爵保持着沉默。他喝干了手里这瓶烈性的基拉那白兰地。他不愿意承认这一点，但心里很清楚他的门泰特没有说错。"那我该去哪儿找这样的……礼仪顾问呢？"

"我建议您到秋夕星①去雇一个，那里的人是出了名的谦恭有礼。他们喜欢弹奏巴厘琴，喜欢写十四行诗，被公认是非常文雅和有教养的。"

"很好，"男爵脸上闪过一丝幽默的表情，"我希望拉班也能接受同样的指导。"

德伏强忍着笑意："恐怕您的侄子是无可救药了。"

---

①秋夕星是白羊八星系的第四行星。被人称为"音乐之星"，盛产高质量的乐器。

“可能吧。不管怎样，我都希望他能试一试。”

“一切听您的吩咐，我的男爵，等我们一到杰第主星我就去安排。”

门泰特呷了一口他的纱芙汁，而他的主人又给自己倒了一杯基拉那白兰地，大口灌了下去。

门泰特积累问题，其他人积累答案。

——门泰特教学

当哥尼和杜菲终于从伊克斯返回，正乘着穿梭机从轨道上的远航机降落的消息传来后，隆博坚持要亲自到太空港去迎接他们。但一想到他们将告诉自己在那颗曾无比美丽的星球上发现了什么，他就感到焦虑不安。

"王子，准备好接受他们带回来的任何消息吧。"邓肯·艾达荷对他说。这位年轻的剑术大师穿着一身绿黑相间的厄崔迪制服，圆圆的脸上露出坚定的表情，"他们不会隐瞒的。"

隆博的表情毫无变化，但他把目光投向了邓肯，说道："我已经很多年没有听到关于伊克斯的详细报告了，我渴望得到任何消息。事情不会比我想象的更糟糕。"

王子走起路来格外小心，他尽力自己保持身体的平衡，不接受任何人的帮助。与传统的蜜月活动不同，他的新婚妻子特希雅在婚后这段时间里一直和他一起努力，帮着隆博熟悉并精通他的半机械人身体。而那位岳医生就像是一个有着过度保护欲的父亲，时刻担心着自己的病人，没事就来检查病人的功能和神经脉冲的传输，直到隆博终于忍不住了，命令苏克医生离开他的私人公寓为止。

现在，隆博坚定地向前走去，在特希雅信任的鼓舞下，他丝毫不为身边那些好奇或怜悯的目光而感到自卑。人们总是本能地回避他那古怪的外表，而他只是付之一笑，以笑容来反击。他的温柔善良最终让所有人都感到了羞愧，从而接受了他。

在卡拉市太空港外，天空乌云密布，两个人目视着穿梭机下降过程中的电离痕迹。一场小雨淅淅沥沥地下了起来，隆博和邓肯深深地吸了口咸咸的空气，都因为皮肤和头发上那潮湿的感觉而感到高兴。

宇航公会穿梭机对准了停靠标记，进入了卡拉丹的怀抱。人们一拥而上，前去迎接走下穿梭机的乘客。

哥尼·哈莱克和杜菲·哈瓦特披着褪了色的商人斗篷，跟在一大群游客的后面。他们两人看上去和帝国里的普通人没区别，但正是这两个人，克服了一切困难，在特莱拉人的鼻子底下潜入了伊克斯。隆博一眼就认出了他们，匆忙向前跑去。这让他原本很平稳的动作变得激烈起来，但他并不在意。

“有什么消息吗，哥尼？”隆博用厄崔迪家族战斗暗语问道，“还有杜菲，你发现了什么？”

哥尼，这位在哈克南奴隶坑里见识过无数恐怖景象的人，现在看上去竟也非常不安。而杜菲走起路来就像隆博一样僵硬和沉重。这位饱经风霜的老门泰特深吸了一口气，整理了一下思路，小心地选择他的措辞：“王子殿下，我们已经见到了很多。哦，我亲眼所见的那些景象，是一个门泰特永远不可能忘记的。”

在塔楼一个房间里，雷托·厄崔迪把自己的私人军事顾问叫了过来。在他的母亲海伦娜被他流放到东部大陆之前，这个房间曾是她的私人客厅，但这里已经闲置好长一段时间了。直到最近才被重新启用。

仆人们掸去房间角落和窗台上的灰尘，在岩石壁炉里生起熊熊的炉火。隆博那个半机械的身体几乎不需要休息和放松，他就像一件高级家具那样笔直站立着，耐心等待。

起初，雷托就坐在母亲的那个绣花靠垫椅上，海伦娜夫人常常安坐在椅子上，阅读《奥兰治天主圣经》里的祈祷文。但他很快便推开那把椅子，重新选了一把更高大的木制椅子。最近不适合贪图享受。

杜菲·哈瓦特详细地总结了他们的所见所闻。门泰特准备讲述那些残酷的景象时，他的同伴插话进来，用一些带有感情的评论，把他未说出口的那些反感和厌恶之词生生逼了回去。

“非常遗憾，我的公爵，”哈瓦特说道，“我们高估了克泰尔·皮尔鲁和他那些所谓自由战士的能力和成就。我们几乎没有发现任何有组织的抵抗。伊克斯人崩溃了。萨多卡——足有两个军团——和特莱拉人的间谍无处不在。”

哥尼也补充道：“他们让变脸者模仿伊克斯人，让他们混入反抗战士的牢房。反抗军战士已经被屠杀过好几回了。”

“我们确实看到了普遍的不满情绪，但人民没有组织起来，”哈瓦特继续说，“然而，只要有适当的催化剂，我想伊克斯人一定会起义并推翻特莱拉的。”

“所以我们必须提供这种催化剂，”隆博向前迈了一大步，说道，“我必须提供。”

邓肯坐在一张椅子上，晃动着身子，似乎不打算放松：“战术层面有困难。侵略者的防御早已固若金汤。当然，经过这么长时间，他们不会再防备突然袭击了，但即使把厄崔迪家族所有的军队都派去，也基本等于自杀。尤其是在需要面对萨多卡军团的情况下。”

哥尼接着问道：“为什么沙达姆会把帝国士兵派往伊克斯？据我所知，这并没有得到兰兹拉德的授权。”

雷托却不以为然地说：“皇帝只听自己的。别忘了札诺瓦。”他乌黑的眉毛也皱了起来。

“雷托，我们占据了道德制高点，”隆博坚持道，“和比卡尔的事情一样。”

这位王子等待复仇已经很久了，他的心里早已充满怒火。部分是由于特希雅的劝说，但更多的是出自他自己的意志，他内心深处一个新核心活跃了起来。隆博以精确的步伐在房间里踱来踱去，机械腿嗡嗡作响，似乎他的大脑现在十分不安，必须靠走路才能消耗多余的能量。“我注定要成为维尔纽斯伯爵，就像我的父亲一样。”

他举起一只胳膊，握紧拳头，然后又放了下来。伺服马达和滑轮肌肉组织极大地增强了他的力量。隆博已经证明他可以用手掌压碎石头。他那张伤痕累累的脸转向公爵，但公爵仍然坐在那把硬椅子上沉思。

“雷托，我看到了你的人民是如何用爱、尊重和忠诚来看待你的。现在，特希雅帮助我认识到，这些年来我试图光复伊克斯的原因是错误的。我的心不在这上面，因为我没能发觉这件事有多么重要。我只是对失去自己的家产而感到愤怒。我只是对特莱拉人在我和我家人身上犯下的罪行感到愤怒。但是对伊克斯人呢？即使是那些贫穷的、被欺骗了的、被承诺了更好生活的次人呢？”

“是啊，就是那些承诺把他们逼入了绝境，”哥尼呢喃道，“‘牧人若是狼，羊群就只能剩下一堆骨头。’”

虽然隆博就站在壁炉里那橘黄色的火焰旁，但他感觉不到那股热量：“我想要去解放我的世界，这次不是为了我自己，而是因为这是伊克斯人民所需要的。如果我要成为维尔纽斯伯爵，那我就必须服务人民。而不是反过来。”

哈瓦特那张饱经沧桑的脸庞变得温柔起来，他露出了微笑：“王子，你已经学到了重要的一课。”

“是的，但将这番话付诸实践还需要做大量的工作，”邓肯指出，

“除非我们有隐藏的优势或是秘密武器，不然我们的军事力量将处于极大的不利中。别忘了我们要面对的是什么敌人。”

雷托却想到了隆博面临的另一个困境，那就是无论他在伊克斯上取得了什么成就，维尔纽斯家族的血脉都将与他一同死去。一想到杰西卡怀孕的事，他心里就感到一阵暖意。他自己就要再有一个孩子了——他希望能是一个儿子，尽管她不肯告诉自己。而一想到她就要离开自己去凯坦，雷托就感到心痛不已……

公爵从没过多考虑过自己的生活，所以当初他对姐妹会把杰西卡送来很不满，可现在他又该如何表示对她的关心呢？贝尼·杰瑟里特确实逼着自己把她留在卡拉丹城堡。当时他也因为姐妹会试图操纵自己而大为光火，他曾发誓永远不会让她当自己的妃子……但他最终还是加入了姐妹会的计划。她们用哈克南隐形战舰的情报贿赂了他——

雷托一下子坐了起来，瘦削的脸上慢慢地绽开了笑容。“等等!”在他整理思绪时，大家都沉默了下来。房间里唯一的声音是炉火发出的噼啪声。“杜菲，当年贝尼·杰瑟里特的女巫和我做了一笔交易，好让杰西卡留在这里，当时你也在场。”

哈瓦特感到有些迷惑不解，他试图跟上公爵的思路。然后门泰特忽然扬起了眉毛：“他们给了您一条情报。说是有一艘看不见的船，这艘船采用的是新技术，可以让它在光学层面上做到隐形，甚至扫描仪也发现不了它。”

雷托用拳头敲着桌子，向前倾了倾身子：“哈克南的原型机已经坠毁在瓦拉赫九号星了。这艘船现在归姐妹会所有。如果我们能说服她们给我们这种技术，不是很有帮助吗?”

邓肯摇摇晃晃地站了起来：“有了这种敌人无法探测的飞船，我们就可以在萨多卡军团集结到特莱拉防线之前，将整个部队渗透进伊克斯。”

雷托的脸上露出坚定的神情，他慢慢站起身来，说道：“这么说吧，这是姐妹会欠我的！杜菲，给圣母学校发个信息，要求她们合作。我们比其他任何一个家族都更有权利获得这个技术，因为这个技术曾被用来对付我们。”

他抬头望着隆博，坚毅的脸上露出了带有一丝狡黠的微笑：“然后，我的朋友，我们将不遗余力地帮助你光复伊克斯。”

我们知道的越少，解释的越长。

——贝尼·杰瑟里特《阿扎之书》（叛教者版本）

拥有可以追溯到远古时期的集体记忆，年迈的大圣母哈里什卡不需要姐妹们向她提建议。然而，来自遥远过去的记忆并不总是适用于未来或是当前的帝国政治现状。

哈里什卡站在一间用灰泥砌成的私人会议室里。她最信任的顾问们，这些在操纵人心和因果论方面训练有素的姐妹们在房间里走来走去，她们的长袍像乌鸦的翅膀一样沙沙作响。雷托公爵这个出人意料的要求逼得她们和大圣母举行了这次突然而别扭的会议。

助手们送来了精选的香料果汁、茶和咖啡。姐妹们一边喝着饮料一边沉思着，房间里保持着奇怪的沉默，没有随意的交谈。这个事情确实需要大家认真考虑。

哈里什卡缓缓走向一张粗糙的石凳，坐了下来。这种冰冷而坚硬的座位不是一个强大的领袖该有的王位，但这位贝尼·杰瑟里特知道如何应对不适。她思维敏捷，记忆清晰。而这就是一个大圣母所需要的一切。

伴随着长袍发出的沙沙声，这些被指定为顾问的姐妹们也都坐了下来。灰蒙蒙的阳光透过棱形天窗照射进来，她们把水晶般的眼睛转向哈里什卡。该是大圣母发言的时候了。

“多年来我们一直放任自己忽视这个问题，现在到了我们被迫做出选择的时候了。”她把最近从卡拉丹发来的那条信息告诉了大家。

“我们一开始就不应该告诉雷托无场船的存在。”一脸阴郁的拉娜莉圣母说道，她一直负责管理圣母学校的地图室和地理档案。

“那是情势所逼，”哈里什卡说道，“除非我们给他一块大骨头，不然他是不会接受杰西卡的。不过值得赞扬的是，公爵并没有滥用这个消息。”

“他现在就是在滥用。”索菈圣母说道，她不仅是一个果园管理者，还是一个密码学专家。在她职业生涯的早期，她开发了一种将信息植入植物叶子的技术。

哈里什卡反驳道：“公爵本可以用很多方式来使用这些信息，但他选择通过私人渠道以保守秘密。到目前为止，他还没有辜负我们的信任。还有，我要提醒你，杰西卡现在怀上了他的孩子，正如我们所希望的那样。”

“但是为什么她等了这么长时间才怀孕呢？”另一个女人问道，“这个任务她本该早点完成的。”

哈里什卡连看都没看她一眼：“这没什么区别。我们先来处理手头的事情吧。”

“我同意。”席恩娜圣母表示了赞同，她那桃心般的脸上仍然带着一丝天真无邪，她年轻时曾用这份天真欺骗过许多男人。“如果这世上还有人配得上这种隐形战舰，那就是厄崔迪公爵了。就像他的父亲和祖父一样，他有着无可挑剔的人品，是一个讲求荣誉的人。”

拉娜莉则发出了质疑声：“你忘了他在比卡尔做了什么吗？毁掉整座战争纪念碑？”

“他自己的战争纪念碑，”席恩娜反驳道，“而且他被激怒了。”

“就算雷托公爵是值得信赖的，可将来的厄崔迪公爵会是什么样的人呢？”拉娜莉说话很有分寸，“这等于多了一个重要的未知因素，而未知很危险。”

“但也有一些重要的已知因素，”席恩娜说，“你过分担心了。”

这群人中最年轻的、身材苗条的克丽丝琴姐妹打断了她的话：“这个决定与道德品质无关。这样的武器即使用于被动防御，也会彻底改变帝国战争的结构。隐形技术可以为任何拥有它的家族提供巨大的战术优势。席恩娜，不管他在你眼里有多么温柔，雷托·厄崔迪跟哈克南男爵一样，不过是我们总体计划中的一颗棋子罢了。”

“最初正是哈克南家族发明了这种可怕的武器。”索菈说道。她已经喝完了杯中的香料咖啡，所以站起身来再去斟满。“谢天谢地，他们把技术给搞丢了，而直到现在也没能找回来。”

其实在最近的一段时间里，哈里什卡已经注意到这位果园管理员在消耗着越来越多的美琅脂。贝尼·杰瑟里特可以控制自己体内的化学物质，但有人也强烈建议过她们，尽量不要把寿命延长到超过一定时间。过分炫耀她们的长寿可能会引发公众对姐妹会的反感。

哈里什卡决定结束这一阶段的讨论。她听够了：“在这个问题上我们没有选择。我们必须拒绝雷托的要求。当莫希阿姆圣母护送杰西卡去凯坦时会把我们的答复捎给他。”说着她抬起头来。脑海里充满了记忆和复杂的想法，让她倍感沉重。

索菈叹了口气，回想起她的侍从姐妹为了分析那艘无场船做的那些工作：“反正我不清楚我们能给雷托公爵多少技术资料。我们可以把船的残骸给他，到现在为止我们也不知道那个引擎是怎么工作的。”她环视了一下房间，又喝了几口香料咖啡。

黑头发的克丽丝琴又开口了：“这样的武器如果被释放到帝国中，很可能会造成灾难性的后果。但如果连我们都不了解它是如何工作的，那岂不是更可怕？我们必须尽可能地搞清楚这艘飞船，然后把这个秘密留在姐妹会里。”

这位克丽丝琴曾被训练成一名突击队员，如果微妙的计谋未能达到预期目的，她就会介入并实施攻击行动。而且由于她还年轻，克丽丝琴并没有圣母那种耐心，尽管哈里什卡认为她的这种冲动性格有时候很有用。

“完全正确。”大圣母在坚硬的石凳上动了动身子，“残骸上的某些标记表明，有个名叫乔本恩的人参与了这艘飞船的开发工作。我们后来了解到，在开发这种隐形系统的时候，一个叫这个名字的发明家从李芝[1]叛逃到了杰第主星。”

虽然看到哈里什卡已经不满地皱起眉头，但索菈还是不管不顾地喝完了第三杯香料咖啡，然后说道：“哈克南人一定是把此人灭口了，只是灭口得太早了，否则现在他们造隐形飞船也不会那么困难。”

哈里什卡把那双干枯的双手交叉放在膝盖上，说道：“所以，我们得打探一下李芝了。”

---

①李芝是波江 A 星系的第四行星，和伊克斯并称于世，拥有繁盛的机器文化。同时以其微型技术著称于世。

对迷信和沙漠的需求渗透到了弗雷曼人生活的方方面面，宗教和法律从来都是交织在一起的。

——《厄拉科斯之路》，帝国儿童胶片书

在一个足以将决定他的人民未来的日子里，列特-凯恩斯唤醒了自己的回忆。他坐在他和法罗拉同睡的那张床的边缘，所谓的床其实只是一张铺在岩石地板上的软垫子，而他们只不过住在红墙穴地一个小而舒适的房间里。

弗雷曼大集会将于今天正式召开，所有的穴地领导人将在这次集会上确定一个对抗哈克南家族的统一对策。在大部分时候，沙漠民族都是些分散的、独立的、低效的部落，把时间都浪费在了家族争斗、积怨以及诸如此类的旁杂之事上。而列特今天必须让他们清醒过来。

而他的父亲只需要随便说一句话就能让他们改变。生态先知帕多特·凯恩斯从没理解过自己的力量，他只是简单地接受了它，将其作为在沙丘创造伊甸园的一种手段。然而，他的儿子列特先知还很年轻，还没有证明自己。

列特坐在床上，听着穴地里的循环空气机发出低沉的嗡嗡声。躺在他身旁的法罗拉轻声呼吸着，显然已经醒了，但一直没作声，只是沉思着。她喜欢用自己那双深蓝色的眼睛凝视她的丈夫。

他对她说："亲爱的，我打扰到你休息了。"

法罗拉轻抚着他的肩膀，说道："你我一直心意相通，我的爱人。我能感觉到你的担忧和热情。"

他吻了吻她的手。她则用手指摩擦着他新长出来的胡子楂："别太担心了。乌玛凯恩斯的血液在你的身体里流动，就像他的梦想一样。"

"但弗雷曼人会看到它吗？"

"我们弗雷曼人有时会很愚蠢，但并不盲目。"

列特-凯恩斯爱上她已经很多年了。法罗拉是一个弗雷曼女人，是穴地的耐布、独眼的老海纳尔的女儿。她清楚自己的角色。她还是部落中最好的医师，而她最伟大的成就就是治愈了列特那饱受痛苦折磨的灵魂。她知道怎样抚慰她的丈夫，怎样爱他。

他仍在担心这次大集会对自己的挑战，于是把她拉到自己身边，紧紧抱在怀里，躺倒在温暖的小床上。而她的吻抹去了他的疑虑，抚平了他的焦躁，直到恐惧消失，重获力量。

"我会和你在一起的，我的爱人。"法罗拉这么说道，尽管女性是不允许进入演讲洞穴的，在那里，各个穴地的耐布将聚在一起听他的演讲。一旦他们离开这间小屋子，列特和他的妻子就会再次成为公众场合里的一对陌生人。但他明白法罗拉的心意。她的心真的会和他在一起。了解到这一点的列特心里感到十分高兴。

他们的房门口挂着一幅彩色的香料纤维挂毯，穴地的女人们在上面编织出了一幅鼓舞人心的石膏盆地的图画，正是在那里，他的父亲创建了一个丰饶的温室示范项目。挂毯上有流水、蜂鸟、果树和鲜艳的花朵。列特闭上眼睛，想象着那些植物和花粉的芬芳，脸颊似乎都感受到了那份潮湿。

"我希望我今天能做一件让你骄傲的事，爸爸。"他喃喃自语，好像在祈祷。

当初，也正是这个温室出现了塌方，把帕多特和他的几个助手埋在了里面。悲剧发生到现在也还不到一年的时间，但列特却觉得这段时间太过漫长。他不得不承担起父亲这个伟大报负。

旧的必须永远为新的让路。

海纳尔，这个年迈的耐布，可能很快就会放弃他在红墙穴地的领袖地位，而许多弗雷曼人认为列特将会取代他成为新的耐布。耐布是一个古老的恰科博萨①词语，意为“穴地的仆人”。列特是个从来没有任何个人野心的人，他只想为他的人民服务，或是与哈克南家族作战，然后继续带领沙丘，使之最终成为一个大花园。

列特只是半个弗雷曼人，但从他呼吸第一口空气开始，从他的心脏离开母亲子宫的那一刻开始，他的灵魂就已经属于弗雷曼人了。作为伟大的梦想家帕多特·凯恩斯的继任者，列特成为了新的帝国行星学家，所以他不能将自己的工作局限于一个部落。

在最后一批耐布到达并开始大集会之前，列特仍需要履行他作为行星学家的职责。虽然他已经不把沙达姆四世看作是一个人或是一个皇帝了，但列特的科学工作仍然是他生活中很有价值的一部分。生命的每一刻都像水一样珍贵，他不会浪费。

他迅速穿好衣服，已经完全清醒。当晨曦在大地上撒下一抹橘黄色时，他已经穿着他的新蒸馏服站在外面了。即使在这么早的时候，沙子和岩石的表面也已经变得很热，仿佛有烈焰在地面上跳舞。他爬上了一个距离穴地入口只有几百米的岩石山脊。

他走进一个洞穴，检查了一个小型生物测试站以及内置在岩石中的一系列传感器和数据收集设备。几年前，帕多特·凯恩斯修复了这些被遗忘的设备，列特的穴地同志则持续维护这些仪表面板和控制开关。这里的仪器可以测量风速、温度和干燥度。其中一个传感器则显

---

①恰科博萨语。人称“魅力之语”，源自古代的博塔尼人。是各种古老方言的大杂烩，为了保密的需要做了改动。博塔尼人是第一次刺杀战争中受雇的刺客团体，这种语言主要是他们的狩猎语。

示了微小的空气湿度读数，另外还有一个蛋形收集器在收集露水。

忽然身后传来了清晰的吱吱声和一阵疯狂的翅膀拍打声，他迅速转过头来。那是一只小型的沙漠鼠——弗雷曼人管它叫做穆阿迪布——被一只老鹰追赶到了太阳能扫描仪那闪闪发光的金属盘里。

这只小老鼠试图顺着光滑的金属盘爬上去，但老鹰却不肯放过自己的猎物，它伸出一只强有力的鹰爪，老鼠被逼了回去。这只穆阿迪布似乎在劫难逃了。

列特没有介入。生命要顺其自然。

令他吃惊的是，老鼠绊倒了金属盘里的一个小掣子，收集器因此动了起来。这一动也改变了太阳能扫描仪的角度，把刚刚升起的太阳光反射进了老鹰的眼睛。瞎了眼的大鸟伸出爪子朝着空气狠狠抓了一下——沙漠鼠则趁机逃进了岩石的一个小裂缝。

列特惊讶而好奇地看着这一切，嘴里不禁念起法罗拉教给他的一首古老的弗雷曼赞美诗来：

“我徒步穿过沙漠，
美琅脂像幻影般飘动。
我想要荣耀，渴求危险，
我走在阿－库拉布的地平线，
时光抹平了山峰，
它现在的目标是我的人生。
我看见麻雀在空中一闪，
比奔跑的狼群更为勇敢。
它们在我的青春之树上蔓延。
我听见鸟群在我的枝头盘旋，
它们用喙和爪捕获了我，
让我告别了平凡！”

当初沃里克在喝下生命之水后曾痛苦地说了些什么？鹰和老鼠是一样的。这是一个真实的预言，还是说只是胡言乱语？

他眼看着这只沮丧的鹰飞走了，乘着热气飞到可以将沙漠一览无余的高度。列特-凯恩斯不禁想知道这只穆阿迪布是侥幸逃脱的，还是狡猾地利用了它周边的环境。

弗雷曼人从不放过任何迹象和征兆。而他们普遍认为，在做出一个艰难的决定之前，穆阿迪布的出现不是好兆头。现在，穴地领导人的重要会议即将开始了。

然而，作为一名行星学家，列特还被别的事情困扰着。人们安装的太阳能扫描仪干扰到了沙漠生物的食物链——捕食者和猎物都被影响了。虽然这只是一件孤立的事件，但列特却像他父亲一样，把它放在了一个更大的背景下去考虑。即使是最微小的人类干扰，随着时间的推移也可能导致巨大的、潜在的灾难性变化。

痛苦不堪的列特回到了穴地。

弗雷曼的领袖们从隐藏在沙漠各地的定居点里赶了过来。红墙穴地是举行大集会的理想场所。它有着广阔的自然洞穴和通道网络，能容纳很多客人，而这些客人都自带着水、食物和被褥。

这些来访者将在此地停留数天，必要时也可停留数周之久，直到达成协议。列特会想尽一切办法把他们留在这里，哪怕需要按着他们的头，也要强迫他们达成合作。沙漠人必须放下他们彼此之间的争斗，搞清楚短期目标和长期目标。恢复了健康但身体仍然很虚弱的图洛克会告诉他们，男爵是宁可抛弃所有香料挖掘工人，也要把那堆没有记录在册的美琅脂运走。然后，斯第尔格也会描述他和他的突击队员在圣训穴地的神圣洞穴中发现的事情。

前来参加集会的代表要么是骑着沙虫长途跋涉，要么是步行而来，还有一些人则是在夜间乘着偷来的扑翼机飞来的，这些扑翼机一到洞穴就被迅速伪装起来或转移到了洞穴中。列特－凯恩斯特意穿了一件新的朱巴斗篷[①]，在代表们穿过水封门口进入穴地时，向每个人打招呼。

他的身旁站着他的黑发妻子、他们的小女儿以及正在蹒跚学步的列特－芝。在法罗拉那如丝绸般柔顺的头发上系着一个叮当作响的水环，象征着列特在部落中的财富和地位。她可以在允许的范围内留在列特身旁。

穴地之外，太阳泼洒出一片橙红色的光芒，即将落山，黄昏开始降临在沙丘上。女人们在穴地的集会大厅为男人们准备了一顿大餐，这是此类会议开始前的传统项目。列特在耐布海纳尔旁边的一张矮桌子前坐了下来。他与其他穴地领袖一道，向这位暴脾气的老人敬酒。而海纳尔却摇了摇他满头灰发的脑袋，拒绝发言："不，列特。这是属于你的时刻。我的时代已经过去了。"他在很久以前的一场决斗中失去了两根手指，他用这只手紧紧地抓住了女婿的手臂。

晚饭后，这些粗犷的男人陆续前往有着高大穹顶的集会大厅就座，列特的脑筋仍在急速转动。他已经为这次会议做了充分的准备——但是他们真的会选择团结起来抵抗哈克南，把他们的军事力量部署到沙丘上吗？还是他们一哄而散，逃到沙海深处，再次各自为战？或者出现最糟糕的情况，那就是这些弗雷曼人选择宁愿彼此争斗，也不去对抗真正的敌人，就像他们在过去一直做的那样？

列特心里有了个计划。于是他终于走到了那个高高的阳台上，俯瞰大厅。拉玛洛，那个老萨亚迪娜[②]，穿着一件满是灰尘的黑色长袍

①朱巴斗篷是厄拉科斯上的一种多用途斗篷（可以反射或吸收辐射热，改造成吊床或庇护所），通常穿在蒸馏服外。

②萨亚迪娜是弗雷曼宗教阶层中的女性侍祭。

站在他身边。她那张凹陷的脸上有双乌黑的眼睛。

数以百计的人站在下面，他们都是坚强的战士，是各个部落提拔出来的领袖人物。所有人都憧憬着绿色沙丘的愿景，所有人都深情缅怀着乌玛凯恩斯。而更多的弗雷曼人站在了沿陡峭的内墙曲折向上的长凳和阳台上。空气中弥漫着一股没洗澡的沙漠人散发的酸臭味，混合着辛辣的香料味道。

萨亚迪娜拉玛洛将布满老年斑的手伸到脸前，掌心向上，表示祝福。人群安静下来，纷纷低下了头。在相邻的阳台上，一个身穿白袍的弗雷曼男孩用轻快的高音唱了一首传统的挽歌，这首挽歌用古老的恰科博萨语描述了弗雷曼人的祖先禅逊尼人的艰辛旅程，他们在很久以前逃离了波里特林①，来到了此地。

男孩唱完后，拉玛洛退回了阴影里，把列特一个人留在高高的阳台上。所有眼睛都盯着他。这是他的时代。

大厅的穹顶完美地传递着列特的声音："我的兄弟们，我们如今面临一个巨大的挑战。在遥远的凯坦星，我向科瑞诺皇帝报告了哈克南家族在沙丘上的暴行。我告诉他沙漠正在被摧毁，告诉他哈克南部队是怎样以猎杀夏胡鲁取乐的。"

大厅内的众人窃窃私语，他刚才这些话只是提醒了他们已经知道的事。

"作为帝国行星学家，我向帝国请求了植物学家、化学家和生态学家的支援。我乞求他们将那些对这个项目至关重要的装备给予我。我还要求制订一个大规模计划，保护我们的世界。我也希望皇帝能迫使哈克南家族停止他们的罪行和对沙丘的无谓破坏。"他停顿了一下，让悬念继续增加，"但我立刻就被他赶走了。那个皇帝沙达姆四世根

---

①波里特林是亚琅五星系的第三行星，许多禅逊尼流浪者把它当成自己的故乡，尽管他们的预言和神话显示出他们有更为古老的历史渊源。

本不听我说话!”

人群中顿时爆发出强烈的不满，那声音让列特脚下的岩石地板都颤抖了。弗雷曼人严格独立，并不认为自己真的属于这个帝国。因此他们把哈克南家族视为闯入者和临时居住者，总有一天他们会被帝国抛弃，另一个统治家族会取而代之。而总有一天，弗雷曼人将独自统治这里。他们的传说中就有这样的预言。

“在今天这个大集会上，我们必须讨论我们作为自由人的选择。我们必须主动采取行动来保护我们的生活方式，我们不在乎帝国和他们那些愚蠢的政治。”

他一边说，一边看着大家，感受内心激情的火花，他能感觉到法罗拉就在附近的某处，倾听他的每一个字，给予他力量。

人类对于控制宇宙的多次尝试的残骸就散布在肮脏的历史海滩上。

——伊灿市的剧院涂鸦，艺人家族

威库公共运输船上明亮而浮夸的乘客休息室让他想起了那些超现实主义的戏剧舞台，布景太俗，色彩也太过鲜艳。伪装成一位不知名中产阶级乘客的泰洛斯·瑞法独自坐在那里，他清楚自己的生活再也不会和以前一样了。破旧的家具、炫目的招牌和刺鼻的提神饮料以一种奇怪的方式安慰着他，就像是一阵混杂着白噪音的风暴。

他最终抛下了札诺瓦和塔利加里，远走他乡，远离了他的过去。

没有人注意到瑞法这个名字，也没有人关心他的目的地。从他的庄园被精确定位的方式到四处搜捕他的帝国间谍，可以看出来即使是凶残的沙达姆·科瑞诺也一定相信他同父异母的私生子兄弟在札诺瓦被烧死了。

他为什么就不能放过我呢？

这时涌进来一群戴着墨镜、穷追不舍、爱挖苦人的小贩，他们卖的东西从香料糖到咖喱油条无所不包，瑞法捂住自己的耳朵，但还是能听到从这些人耳机里传出的鼓点和无调性的音乐。于是他决定不去理睬他们，在受了几个小时的冷眼之后，威库小贩们终于离开了他。

瑞法的手上全是裂纹和伤痕。他用粗糙的肥皂反复擦洗过双手，但仍然无法洗掉手上那死亡和烟雾的气味，以及指甲下面那些可怕的炭黑带给他的粗糙触感。

他就不该试图回家……

当时的他泪流满面，眼睛红肿，他飞过了他的私人飞艇，飞过了他变成一片焦土的领地。他贿赂官员，躲避筋疲力尽的哨兵，千辛万苦才闯入了那片禁区。

但他那美丽的、精心打理的宅邸和花园已经荡然无存。一切都消失了。

最后他只看见了几根倒塌的石柱，还有碎了一地的喷泉，再没有一点儿富丽堂皇的庄园或美丽的蕨类植物园的影子。忠实的查伦斯已经被烧成了灰烬，只在地面上留下了一个乌黑的人影，曾经活生生的人就剩下了这么点痕迹。

瑞法降落了，一脚踏在散发着恶臭的地面上，身边是一片令人窒息的寂静。烧焦的石头和融化的玻璃被他的靴子踩得嘎吱作响。他弯下腰，用手指抠出一些粉末，似乎是想在这些灰烬中找到一些隐藏的信息。他使劲往下挖，但是没有发现任何活的植物，甚至连最小的昆虫也没有发现。在他的周围，世界安静得令人恐惧，没有微风，没有鸟鸣。

泰洛斯·瑞法从不去打扰任何人，他只会追求自己喜欢的东西，享受美好恬静的生活。但他那位同父异母的兄弟却打算杀了他，消除他对皇位的威胁。一千四百万人因为一次针对个人的拙劣谋杀而被悉数屠杀了。即使对沙达姆这种恶魔来说，这件事也太过分了，但瑞法知道这是真的。金狮宝座上本就沾满了无辜者的鲜血，这让瑞法想起了他曾在艺人家族表演过的那出伟大的自言悲剧。凯坦的皇宫里现在一定回荡着札诺瓦人的尖叫。

乌黑的雨夹雪纷纷落下，瑞法站在废土之上，大声怒吼着皇帝的名字，但他的声音像远处的雷声一样消失在空中……

最后，他订了下一班从塔利加里到艺人家族的远航机船票。他年轻时曾在那里度过了一段快乐的时光。他渴望回到那些演员学生中去，他们都是富有创造力和激情的演员，在他们的陪伴下，他也许可以找回内心的平静。

瑞法使用的是讲师很久以前为他准备的应急假证件，他必须要隐藏身份。他坐在机舱里，回想着自己失去的一切，听着乘客们喋喋不休的谈话：一位塑石专家在和他的妻子争论宝石的断裂模式；四个聒噪的年轻人正针对他们在珀林十四号星上看的一场水道比赛大声辩论；一个商人和他的竞争对手一起嘲笑着一个名叫雷托·厄崔迪公爵的人对比卡尔的羞辱。

瑞法真希望他们闭上嘴，好让自己考虑下一步该做什么。虽然他从来没有攻击性，从没有暴力倾向，但札诺瓦那烧焦的废墟改变了他。他没有寻求公正的经验。在内心深处，他对沙达姆的厌恶让他陷入了混乱，他的自我憎恨越来越严重。*我也是一个科瑞诺人。这是我的天性。*他深深地叹了口气，在座位上陷得更深了，最后他站起身来，再次去洗手……

在这场残忍的袭击之前，瑞法研究过他的家族史，一直追溯到几个世纪前科瑞诺家族还是帝国伦理典范的时代，也追溯到了皇太子拉斐尔·科瑞诺那开明的统治时期，一切就像那出著名的戏剧《我父亲的影子》中所描绘的那样。是加拉斯·欧森使瑞法变成了如今的样子。但现在，他别无选择，没有过去，没有身份。

“法律是终极科学。”这句代表了正义的名言他很久以前就听过，现在则痛苦地在他的脑海里回响。据说这句话被刻在了皇帝的书房大门上，但他怀疑沙达姆是否看过它，哪怕一眼。

在金狮宝座的现任主人手中，帝国法律就像流沙一样发生了变化。瑞法知道他的家族里发生的那些神秘死亡事件。比如沙达姆的哥哥法夫尼尔，埃尔鲁德九世本人，甚至还有瑞法的亲生母亲珊多，她在贝拉·特古斯[1]被人像捕猎动物一样追杀。他也永远不会忘记查伦斯的面孔，不会忘记讲师的面孔，也不会忘记札诺瓦的那些无辜受害者的面孔。

他打算拜那位才华横溢的戏班班主霍顿·王为师，重新加入他以前的剧团。但假如皇帝发现瑞法还活着，那岂不是将所有艺人都卷入危险之中？他决不能暴露自己的行踪。

霍尔茨曼引擎发出了微小的轰鸣声，这说明远航机已经从折叠空间中出来了。没过多久，一名威库女乘务员的声音传了出来，宣布他们抵达了行程的终点，同时提醒乘客不要忘记购买纪念品。

瑞法从自己头顶上的五个储物箱里取出了剩下的东西。他拥有的一切都在这里了。他不得不为携带这些物品支付昂贵的额外费用，但他不敢确信自己在离开塔利加里前购买的那些特殊物品会被安全地运来。

他跟在一列上下摆动的浮空箱后面，朝出口走去。就在乘客排队等待飞船降落的时候，小贩们不断向他们推销小饰品，但最终也没卖出去几件。

当瑞法走进艺人星球的太空港时，他的阴郁情绪有一些好转了。巨大的港口里挤满了喜悦和微笑着的人们。气氛真的很好。

他祈祷自己没有把这么一个宝贵的世界置于危险之中。

他环视了一下周围前来接人的亲属和朋友，没有看到答应在这里等他的霍顿·王大师的影子。看来这个夜晚瑞法的老剧团一定安排了一场演出，而王大师总是亲自监督一切。他完全生活在自己的表演世界里，很少关注时事，甚至可能都不知道札诺瓦遭到袭击了。所以他应该是忘了来港口迎接他的客人。

---

①贝拉·特古斯是位于坤青星系的第五行星。禅逊尼信徒被迫流亡的第三个落脚地。

但这没有关系，瑞法对这个城市再熟悉不过了。毗邻太空港有一个码头，一艘舢板水上出租船可以从那里载着乘客穿过长满了薰衣草水藻的宽阔河流，进入伊灿市。船缓缓驶过水面时，瑞法就站在甲板上，把他的肺里填满了清新潮湿的空气，填满了与札诺瓦的浓烟和焦炭完全不同的空气。

透过前面薄薄的河雾，他看见了那个由摇摇欲坠的破房子和现代化的高层建筑组成的混乱城市，挤满了人力车和行人。下面的船舱里不断传来笑声和弦乐四重奏——巴厘琴、雷贝克琴、小提琴和雷巴巴琴①。

出租船的速度开始变慢了，并在靠岸后倒转了引擎。瑞法跟着其他乘客上了老城码头，那是一个坚固的木结构码头，木板表面散落着鱼鳞、碎贝壳和像稻草一样的甲壳动物爪。在海鲜摊和糕点店，欢乐的说书人剧团与音乐家和杂耍艺人们在一起表演，展示他们的才华，并发放晚间演出的邀请函。

瑞法看见一名哑剧演员正在扮演一位从海上升起来的长胡须神祇。与他的目光相遇后，这名哑剧演员靠了过来，苍白的脸上露出一个奇怪的扭曲表情。他那涂满了油彩的笑脸变得更加灿烂了："你好，泰洛斯。我到底还是来迎接你了。"

瑞法回过味来，说道："当一个哑剧演员开始讲话时，他是传授了智慧——还是显出了他的愚蠢？"

"说得好啊，我的好朋友。"霍顿·王已经达到了至尊演员的级别，也就是是所有艺人大师中最高的等级。他颧骨凸出，眼睛细小，胡须稀疏，已经八十多岁了，但动作十分轻盈，看上去就像个年轻人。他一点也不清楚瑞法的出身，也不清楚沙达姆对他的悬赏是多少。

---

①雷巴巴是弗雷曼人的一种十弦琴。

这位苍老的剧团班主伸出一只手来，搂住了瑞法的肩膀，结果在他的衣服上留下了一片白色的油彩：“你愿意参加我们今晚的演出吗？补上这些年来你错过的东西？”

“那个，我希望能在您的剧团里再找到一个位置。”

王大师那双深棕色眼睛一下子亮了起来：“啊，我们重新找回一位有才华的演员了！你想演喜剧？还是浪漫剧？”

“就我个人而言，我更想演悲剧和戏剧。我的心情太沉重了，不适合演喜剧和浪漫剧了。”

“啊，我相信我们会给你找到一个位置的，”王大师拍了拍瑞法的头，半开玩笑地在他黑头发上抹了一把白色油彩，“我很高兴你又回到艺人家族中来了，泰洛斯。”

瑞法的脸色变得严肃起来：“我听说你打算重新排练《我父亲的影子》。”

“没错！我正在安排一场重要演出的阵容。我们还没有完成选角的工作，虽然我们只剩几个星期的时间就得去凯坦皇宫给皇帝本人表演了！”这位大师似乎为他的好运气感到十分高兴。

瑞法的眼神一下子变得紧张起来：“我愿意献出我的灵魂，只求能扮演拉斐尔·科瑞诺这个角色。”

艺人大师打量了一下这个年轻人，发现他的身上现在有了一股强烈的热情，于是说道：“其实我们已经选好演员了——但他并没有演好这个角色所需要的火花。是的，你可能会演得更好。”

“我觉得我……生来就是扮演他的料，”瑞法深吸了一口气，用一个天才演员才有的演技掩盖了他郁积的情绪，“沙达姆四世给了我需要的所有灵感。”

关于杰西卡我能说些什么呢？如果有机会，她会尝试向神祇发声。

——盖乌斯·海伦·莫希阿姆圣母

一位德高望重的公爵和他的妃子在一间凌乱的储藏室里做爱似乎不太合适，但时间紧迫，雷托知道自己今后会无比地想念她。杰西卡马上就要乘坐卡拉丹上空那艘远航机前往凯坦星了。她明天一早就走。

在这条走廊往下走几步远的地方，厨房里的厨师们正忙着工作，锅碗瓢盆响个不停，他们撬着贻贝，切着香草，忙碌不已。厨师随时都可能突然闯进来，找一些干香料或是一袋盐。但当他和杰西卡各自端着一杯早先在酒窖幽会时喝的红酒溜进那间乱糟糟的房间后，雷托就马上用几箱进口的苦莓罐头堵住了门。他还设法把酒瓶也带来了，就放在角落里的一个箱子上。

两周前，在隆博的婚礼之后，这些以往不太可能发生的激情时刻只是源于她的一时兴起，因为她马上就要去凯坦了。但到了最后，雷托却变得想要在城堡的每一个房间里和她欢爱，当然不包括衣橱。而杰西卡虽然已经怀孕了，但还是接受了这个挑战，她看上去既觉得好笑又欣喜愉悦。

这名高贵的年轻女子把她的酒杯放在架子上，绿色的眼睛闪闪放光："雷托，你在这儿约会过别的侍女吗？"

"我给你的精力都快不够了，为什么还要把自己耗干？"说着他从一个大板条箱里拿出了三罐积满灰尘的柠檬蜜饯，"现在看来，我得要几个月才能恢复体力了。"

"我也希望如此，但现在一定是最后一次了啊，"杰西卡的语气很温和，但也好像在嗔怪他，"我还没收拾好呢。"

"难道皇帝的妻子就不能送给她的新侍女几件新衣服吗？"

她吻了吻他的脸颊，脱下了他的黑色厄崔迪制服。她小心地叠好衣服，雄鹰标志朝上。最后她又脱下他的衬衫，让它顺着他的肩膀滑下来，露出他的胸部。

"我的夫人啊，请允许我为你准备一张合适的床吧。"雷托说着打开板条箱，取出一张用来包装易碎物品的发泡板，然后把它铺在了地板上。

"你已经尽可能让我感到舒适了。"说着她把酒杯挪到安全的地方，向他展示了即使在这么一间小储藏室里，即使身下除了发泡板什么也没有，她也能和他缠绵……

一番云雨过后，雷托把杰西卡抱在怀里，他说道："我要不是公爵的话，很多事情就会不同了。有时候我真希望你和我能……"他的声音渐渐消失了。

杰西卡凝视他灰色的眼睛，看到了他对自己无言的爱，这是这个高傲又冷漠的男人盔甲上的一道裂缝。她把他那杯红葡萄酒递给他，自己也抿了一口，说道："我没有向你提出任何要求。"她想起了至今还在折磨他的凯莉娅，想起了她身上的怨气，对于雷托为她所做的一切她似乎从没感激过。

雷托开始笨拙地穿起衣服来："我有很多话想对你说，杰西卡。我……我很抱歉在我们第一次见面时，我拿刀抵着你的喉咙。当时只是为了向姐妹会表明我不能被操纵的态度。我绝不是针对你。"

“我知道的。”她吻了吻他的嘴唇。多年前，即使利刃压在她的脖颈上，她也从未觉得雷托·厄崔迪威胁到了她的生命，“而你的道歉比你送给我的所有珠宝都珍贵。”

雷托用手指拨弄她的古铜色长发，仔细端详她完美小巧的鼻子、恰到好处的嘴唇和优雅的身段，他简直不敢相信她竟没有贵族血统。

他叹了口气，清楚自己永远也娶不了这个女人。他父亲说得再清楚不过。*永远不要为爱而结婚，孩子。首先考虑你的家族和它在帝国中的地位。为你的人民着想。他们将和你一同起起落落。*

尽管如此，杰西卡还是怀上了他的孩子，而他也向自己保证，不管这里面牵扯到了多少政治因素，他们的孩子都将继承厄崔迪家族的姓氏和遗产。他真心希望能再生一个儿子。

杰西卡似乎看穿了他的想法，她伸出一根手指放在他的嘴唇上，不让他继续说下去。她明白，尽管雷托经历了种种痛苦和忧愁，但他还没有准备好给出承诺。但看到他在同自己的感情作斗争，她的精神也受到了鼓舞——她也经常和自己的感情进行斗争。现在，她的脑海中浮现出了一句贝尼·杰瑟里特格言：*激情遮蔽理智*。

她讨厌这种警示名言的约束力。她是被她的老师，那位忠诚而严厉的莫希阿姆，在姐妹会的严格指引下抚养长大的，莫希阿姆有时会伤害她的自尊，过于严厉地教导她。但尽管如此，杰西卡还是全身心地敬爱那位老太太，而且对莫希阿姆圣母在自己身上所取得的成就抱有深深的敬意。最重要的是，杰西卡不想让莫希阿姆失望……可她也必须诚实地面对自己。她这么做是为了她自己的爱，为了雷托。

他抚摸着她依然平坦的柔软腹部，那里还没有任何怀孕的曲线。他微笑着，降下了自己的心防，全心全意地爱着她。终于，他向杰西卡吐露了自己的心声：“在你走之前，杰西卡，你能告诉我……你怀的是个儿子吗？”

她拨弄他的黑发，却把脸转开，她想接近他，但又怕透露得太多："公爵，我没让岳医生给我做任何检查。姐妹会不赞成这种提前的干涉。"

雷托那烟灰色的眼睛变得很专注，他带着一丝责备的口吻对她说道："行了，你是个贝尼·杰瑟里特。在维克多死后你马上就让自己怀孕了，说实话我对你的感激无法用言语表达。"他的脸因对她明显的爱意而变得无比温柔，他很少在别人面前表现这种感情。杰西卡则犹豫地向他走了一步，想让雷托把她抱在怀里，但他硬是想要个答案："那么，是儿子吗？告诉我吧，是吗？"

她的腿发软，又坐回板条箱上。她避开了他热切的目光，但她又不肯对他撒谎："公爵，我……真的不能告诉您。"

他吃了一惊，原本愉快的心情一下子不见了："你不能告诉我，到底是因为你不知道答案——还是出于秘密的原因不愿意告诉我？"

杰西卡不让自己心烦意乱，只是用清澈的绿色眼睛直视他，一字一句道："是不能告诉你，公爵，所以请别再问了。"说着她把那瓶打开的酒拿了过来，又给他倒了一杯，但他没接。

雷托转过身来，僵硬地站着："好吧，我一直在想。如果是儿子，我就决定给他起名叫保罗[①]，好纪念我的父亲。"

杰西卡拘谨地抿了一口自己杯中的酒。尽管场面会很尴尬，但她还是希望现在能有个仆人闯进来打断他们的谈话。为什么他现在非得提出这些问题呢？"这是您才能做的决定，公爵。我从来没有见过保卢斯·厄崔迪本人，我是通过您的讲述才认识他的。"

"我的父亲是一个伟大的人。卡拉丹人民都很爱戴他。"

"我对此毫不怀疑。"她把眼光投向了别处，将自己的衣服穿好，"但他也很……粗鲁。你父亲教给你的许多东西我并不是很赞同。就

---

①这应该是本系列小说（特指《沙丘序曲》三部曲）中第一次出现《沙丘》主人公保罗·厄崔迪的名字。

我个人而言，我更喜欢……换个名字。”

雷托扬起他的鹰钩鼻，他的骄傲和痛苦让他一点也不想对她让步。无论他的本心如何，他都已经掌握了快速建立心防的技术：“你有些忘乎所以了吧。”

她砰的一声放下酒杯，差点儿打碎了那块精致的水晶。它在不平的板条箱上失去了平衡，里面的酒洒了出来。杰西卡猛地起身走向房门，这让他吃了一惊。“你只要记住我所做的一切都是为了你就行了。”说完她正了正衣服，转身离开。

雷托深切地关心着杰西卡，可惜他并不总是能搞明白这个女人的心。他只好跟着她穿过城堡内部的走廊，不顾仆人们好奇的目光，在内心深处渴望她的谅解。

她迈着安静的步伐，迅速地穿过球形灯洒下的光芒，走进了她的私人房间。她知道雷托跟着自己，也知道他很可能会因为被迫追赶她而更加生气。

雷托在她的房间门口停住了，她颤抖着转过身来面对着他。此刻，她不想掩饰自己的愤怒，而是想感受它，发泄出来。但痛苦过往所带来的伤疤就铭刻在他的脸上——不仅是维克多和凯莉娅之死带来的痛苦，还有对父亲被谋杀的悲痛。她没有资格再伤害这个男人的心了……而作为一名贝尼·杰瑟里特，她本没有资格爱他。

一阵阵怒火从她的心中涌出。

雷托深爱着老公爵。而保卢斯·厄崔迪告诉过他政治和婚姻的关系，严格限制他去寻找男女之间真正的爱情。他对父亲教诲的盲从最终让他的第一个妃子从忠诚走向了凶残的背叛。

但雷托也亲眼目睹了父亲被一头下了毒的萨鲁撒公牛刺死，并因此年纪轻轻就被迫继任为厄崔迪公爵。他想要用保卢斯的名字给他的新儿子命名，这真的是一个不能容忍的罪过吗？她明天就要去凯坦了，可能好几个月都见不到他。事实上，作为一个贝尼·杰瑟里特，她无法保证未来还能够被允许回到卡拉丹。特别是当姐妹会发现她无视命令怀了男孩之后。

而我不会就这么离开他的。

公爵还没来得及开口，她就抢先说道："好吧，雷托。如果我怀的是个男孩，他的名字就叫保罗好了。我们不用再争论了。"

第二天一早，渔船纷纷离开卡拉市码头，在海面上穿梭时，杰西卡等待着离别时刻的到来。

就在走廊的尽头，她能听到公爵的私人书房里传出的怒吼声。门半开着，一身黑袍的盖乌斯·海伦·莫希阿姆就坐在房间里的一张高背椅子上。她认出了那个女人的声音，因为自己在圣母学校受了她多年的教导。

"厄崔迪公爵，姐妹会做出了唯一可行的决定，"莫希阿姆说道，"我们自己也没能搞清这艘船的原理，我们也不打算向任何家族提供这种技术的线索——包括厄崔迪家族。恕我直言，大人，您的要求被拒绝了。"

杰西卡悄悄走了过去。书房里还有不少人。她听出了杜菲·哈瓦特、邓肯·艾达荷和哥尼·哈莱克的声音。

哥尼吼道："那怎样才能不让哈克南人再用它来对付我们呢?"

"他们无法再造出这种武器，因为它的发明者已经不在了——很可能已经死了。"

"别忘了是贝尼·杰瑟里特告知了我们这种武器的存在。"雷托咆哮道，"你亲口告诉过我这是哈克南人的一个阴谋。这么多年来，我都把我的自尊放在一边，没用这个情报来洗清我的名声——但现在我有了更重要的目标。你是在怀疑我不能明智地使用这个武器吗?"

"您的人品毋庸置疑。我的姐妹们都清楚这一点。但尽管如此，我们还是认为这种技术对于任何个人和家族来说都太危险了。”

她听到书房里传来了一声巨响，雷托再次生气地大吼：“现在你还要带走我的夫人。一次又一次地侮辱我。我现在坚持要派我的人，也就是这位哥尼·哈莱克，做杰西卡的保镖。这是出于安全考虑，我不能让她冒险。”

莫希阿姆的声音听起来非常理智。*难道她使用了言音*[①]？“皇帝已经答应为杰西卡开启一条通向凯坦的安全通道，并在宫殿里提供相应的安保措施。别担心，你的侍妾会得到很好的照顾。至于其他的事就不是你该管的了。”说着她站起身来，仿佛在表明这次会面应该结束了。

“杰西卡很快就要成为我孩子的母亲了，”雷托反驳道，他的话语带着隐隐的威胁，“一定要保证她的安全——否则我就追究你个人的责任，圣母。”

听到雷托的话，杰西卡的心一下子怦怦直跳。她立刻就看到莫希阿姆做了一个细微的动作，那是一种难以察觉的战斗姿势。“姐妹会比任何一位前走私犯都更能保护好这个女孩。”

杰西卡大胆地走进房间，打破了里面不断升级的紧张气氛：“圣母，我已经准备好去凯坦了，如果您允许我向公爵告别的话。”

房间里的人都迟疑了，陷入了一种令人不安的沉默之中。莫希阿姆看了看她，她早就知道杰西卡在偷听了。“好吧，孩子，也是时候了。”

雷托·厄崔迪站在下面的太空港里，望着穿梭机引擎那逐渐暗淡

①言音是贝尼·杰瑟里特的组合训练手法，可以通过语气语调给对手施加压力，达到完全控制对方的目的。

的光芒，他身边有哥尼、杜菲、隆博和邓肯……只要他开口，这四个人都愿意为他献出自己的生命。

可他仍感到空虚和孤独，后悔当初没能鼓起勇气对杰西卡坦白，现在那些话一股脑地涌了出来。但他已经失去机会了，在他们能再次拥抱在一起之前，他都会后悔下去。

一个人不能逃避历史……也不能逃避人性。

——贝尼·杰瑟里特，《阿扎之书》

这个古老的采石场看上去就像是一个很深的大碗，被高高的石壁围在当中。在过去的几个世纪里，圣母学校为了建造一些新建筑，拆除了周边大量的杂色大理石。

严厉但也很专业的克丽丝琴姐妹带着三位李芝家族的发明家来到了采石场的底部。她的一头黑发剪得很短，脸上的棱角盖过了女性的柔美。当她带着这三位外星科学家进入浮空舱时，她似乎没有注意到刮来的阵阵冷风。浮空舱像潜水钟一样降了下去。

这些发明家堪称鱼龙混杂。其中一个更像是聒噪的政客，他是通过写报告而不是做研究取得成功的。他的两个同伴要更安静一些，更专注于自己的事情，但他们的灵光一现带来了不少技术上的不确定因素，当然也为李芝家族赚了不少钱。

姐妹会花了好几个星期才找到他们，她们编造了一个恰当的理由把他们带到这儿来。表面上，这三个人是被召集来讨论如何重组圣母学校的电力系统，开发出一种不会干扰瓦拉赫九号星防御屏障的直接卫星连接。而李芝政府一直渴望能把他们的技术卖给强大的贝尼·杰瑟里特姐妹会。

他们很容易就上钩了。事实上，哈里什卡大圣母之所以要找这几位特定的发明家，是因为他们或多或少都与失踪的乔本恩有关系。他们也许有权限访问到乔本恩的工作记录，或者了解他做过的一些重要工作。

“我们距离主建筑群是不是有些太远了?”木讷的发明家哈罗亚·伦德问道。当浮空舱逐渐下降时，伦德环顾四周，注意到了这个采石场偏僻的位置。这里几乎没有建筑，甚至没有岩石开采设施。“这里距离主建筑群那么远，你们需要电力做什么?”

伦德曾经前往门泰特学校学习过，不过失败了，但他仍然对自己的分析力感到自豪。他还是伊尔班·李芝伯爵的侄子，利用家族关系为自己的一些古怪的项目争取来了资金，而换做其他人肯定不会有人投资的。毕竟他叔叔总是溺爱自己所有的亲戚。

“大圣母在下面等着呢，”克丽丝琴回答，似乎这样就可以消除一切疑虑，“我们有个问题需要你来解决。”

早些时候，在圣母学校附近，伦德的两名同伴被周遭的景色、果园和有着陶瓦屋顶的灰泥建筑迷住了。很少有男人被允许参观瓦拉赫九号星，他们就像游客一样沉浸其中，那些姐妹想带他们去哪里都没问题。

浮空舱降落在了采石场底部，人们从舱里出来，四下张望着。寒风像刀子一样刮在脸上，刺骨而冰冷。他们周围上方就是阶梯状的岩石峭壁，这让采石场看起来像是个封闭的体育场。

他的眼前出现了一艘奇怪的飞船，确切地说是飞船残骸。上面虽然覆盖着电子幕布，但在倾斜的光线照射下，它的船身依然清晰可见。大圣母哈里什卡和几个穿黑袍的姐妹就站在飞船旁边。李芝的发明家们饶有兴趣地走了过去。

“这是什么？一架小型侦察战斗机?”塔利斯·伯尔特是个秃头的书呆子，他甚至靠心算就能解开复杂的方程式，“我记得姐妹会是没有军事力量的。你们为什么会有——”

“这艘飞船不是我们的，”克丽丝琴答道，“我们遭到了攻击，但设法摧毁了这艘飞船。它似乎装备了一种新型的防御屏障，能骗过人的眼睛和扫描设备，使之做到隐形。”

“这是不可能的。”弗林托·金尼斯，这支小队中的官僚分子开口道。尽管他只是一个中等水平的科学家，但他领导过非常成功的技术团队。

“没有什么是不可能的，主任，”哈罗亚·伦德严肃地反驳道，“创新的第一步是要知道一个东西是可以被创造出来的。在那之后，剩下的就是细节问题了。”

席恩娜圣母按了一下手中的控制器，电子幕布移开了一角，露出了这艘小战舰划痕累累的机身：“我们有理由相信这项技术是由一个叫特努·乔本恩的李芝人开发的，你们应该都认识他。贝尼·杰瑟里特必须知道你们是否有关于这艘飞船的额外信息。”

哈罗亚·伦德和塔利斯·伯尔特都被眼前这项无比神秘的技术迷住了，不约而同地向残骸走去。然而，弗林托·金尼斯仍然持怀疑态度：“乔本恩从我们位于克罗娜[1]的轨道实验室叛逃了。他的离开并不光彩，还偷走了很多专利技术。你们为什么不亲自去问他呢？”

“那是因为我们相信他已经死了。”克丽丝琴直白地说。

金尼斯看上去很吃惊，他对乔本恩叛逃所表示出的明显不满现在变成了困惑。

哈罗亚·伦德转过身来，正视大圣母说道：“很显然，这艘飞船对你们来说是一个危险的秘密。可为什么要给我们看呢？”说完他皱起眉头，虽然对可能从残骸中收集到的先进技术细节很感兴趣，但总感到浑身不舒服。毕竟他们的视野之内没有任何目击证人，而这些女

---

①克罗娜是一颗人造卫星，围绕着李芝星运行。克罗娜是李芝家族设计并建造的一个研究基地，也是一个秘密的美琅脂仓库。

巫的性格不可捉摸。但伦德是李芝伯爵的侄子，他的这趟瓦拉赫九号星之旅尽人皆知。他只希望这些贝尼·杰瑟里特在伤害他和他的同伴之前能好好考虑一下后果。

哈里什卡使用了言音的全部力量，猛然打断了他："回答我们的问题。"

发明家们全都停了下来，仿佛被震慑住了。

拉娜莉圣母接着开口了，同样使用了强大的言音，她那张心形的脸庞上好像刮起了一场风暴："你们是乔本恩的朋友。告诉我们你们对这项发明的了解情况。还有我们如何才能重新复制它?"

席恩娜掀起了其余的电子幕布，露出了整艘飞船。这些贝尼·杰瑟里特圣母聚集在一起形成了一个审讯团队，她们使用了一种技术，能够快速发现常人不易察觉的细节。她们可以观察到那些最轻微的怀疑、虚假或夸张的表情。

在瓦拉赫九号星那冰冷的天空以及高耸入云的悬崖的掩护下，圣母们用各种可能的方式向这三个无助的发明家提出了各种问题。为了确定是否有足够的证据来重现乔本恩的秘密技术，她们进行了一场无情的快速审问。她们必须知道答案。

尽管这群李芝人并不怀疑女巫们对这艘飞船的描述，但很明显，他们的前同事是个独行客，他独自发明了这项技术，很可能是在哈克南家族的支持下。乔本恩没有和他任何一位同事商讨过，也没有留下任何已知的记录。

"那好吧，"哈里什卡说道，"这个秘密看来是安全的。它会自行凋谢和死亡。"

虽然身体麻痹了，无力抵抗，但这些被震慑住了的发明家仍然露出了恐惧的表情，看来女巫们一定会用闻所未闻的酷刑把他们折磨致死。克丽丝琴本人也可能主张这样的解决办法。

然而，如果这三个人都无故消失了，或者遭遇了一次过于巧合的穿梭机事故，艾因·卡利玛尔总理和老伯爵伊尔班·李芝肯定会追问个不停。贝尼·杰瑟里特可不能随便引起别人的怀疑。

采石场里，女巫们聚在那些李芝人的身边，眉头紧锁，脸色阴沉。她们身上的黑色长袍让她们看起来就像嗜血的猛禽。

过了一会儿，贝尼·杰瑟里特开始说话了，她们在李芝人的身后低声念诵起来。

“你会忘记。”

“你不会质疑。”

“你不会记得。”

在特定的环境中，经过训练的姐妹们可以使用这种“共振－催眠”技术，植入虚假记忆，改变人们的感官感知。当男爵带着一腔复仇的怒火来到圣母学校时，她们就对他采取了类似的措施。

克丽丝琴也加入了吟诵，与其他圣母一道集中精神力量。她们一起发功，精心编织了一幅崭新的记忆挂毯，这个虚假的故事将由哈罗亚·伦德和他的两个同志亲自向他们的上级汇报。

这三个人将只会记得一次关于瓦拉赫九号星的无趣会议，一次关于圣母学校硬件升级计划的非正式讨论。而这事不会有任何结果。姐妹会最终并不是特别感兴趣。没有人会继续推进这个合作项目了。

而实际上，贝尼·杰瑟里特已经知道了她们想知道的一切。

在一个硬数据充其量是不确定的社会里，人们必须小心地操纵真相。表象可以变成现实。感知可以成为事实。好好利用这一点。

——埃拉德女皇，《帝国文化细节入门》

来自秋夕星的礼仪顾问环视了一下四四方方的哈克南要塞，沉重地叹了口气道："我想我们没时间重新装修了吧？"

皮特·德伏领着这个身材瘦长、打扮浮夸的人走进镜厅，把他介绍给男爵和野兽拉班："这位是秋夕星学院强烈推荐来的梅菲斯提斯·克鲁，他曾经为许多贵族家族的子嗣做过培训。"

无数镜子反射出扭曲人影，克鲁像个芭蕾舞演员一样优雅地迈着步子。他那头浓密的齐肩棕色卷发散落在一件鼓鼓囊囊的长袍上（大概是某个遥远世界的前沿时尚吧）。他的裤子是由某种闪闪发光的材料织成的，上面绣着精致的花卉图案。克鲁还在自己皮肤上搽了不少粉，只是香味有些太过浓烈，就连男爵也被熏得皱起了眉头。

这个行为举止极其得体的人深深地鞠了一躬，在男爵那把大椅子前面停了下来。"谢谢您对我的信任，大人。"克鲁的声音像湿透的丝绸一样顺滑。他那丰满的嘴唇，甚至他的眼睛好像都在微笑，仿佛他梦想着只要每个人都举止得体，那么帝国就一定会变成一个光彩夺目的地方。"我阅读了所有对您的评价，您确实需要重新塑造一下您的形象了。"

坐在狮脚椅上的男爵已经有些后悔听从门泰特的建议了。站在一旁的拉班也怒视着克鲁。两岁的费伊德－劳萨则蹒跚地向前走了几步，结果滑倒在光滑的大理石地板上。他屁股着地，摔得很重，顿时大哭了起来。

克鲁深深吸了一口气，接着说道：“我相信我能应对这个挑战，最终把你塑造成一个既可爱又可敬的人。”

“你最好说话算数，”拉班开口道，“我们已经发出宴会的请柬了。”

礼仪顾问一下子警觉起来：“我们还有多少时间？你应该事先跟我商量一下。”

“我做的任何决定都没必要和你商议。”男爵的声音就像厄拉科斯的岩石一样坚硬。

面对这个危险人物那处于爆发边缘的怒火克鲁并没有被吓倒，反而卖弄地回答道：“瞧，你看！你看你那尖锐的语调，愤怒的表情。”他边说边伸出苍白的长手指比画，“这种态度指定会让你的同事反感。”

“你不是他的同事。”拉班咆哮道。

礼仪顾问却继续说着，好像没听到拉班的话：“用真实和诚恳的道歉来表达你的回应会好得多。例如：‘我很抱歉没有从你的角度来考虑这个问题。然而，我做出了我认为最好的决定。如果我们一起努力，我们也许会找到一个对我们双方都有利的解决办法。’”克鲁夸张地举起他柔软的手，好像在期待观众的掌声。“这么一来是不是就好多了？”

可惜这位哈克南家族的贵族根本不同意他的意见，他刚准备破口大骂，门泰特就出面调停了：“男爵阁下，您曾说过这是一个实验。如果他的方法不管用，你还是可以用老方法的。”

梅菲斯提斯·克鲁看到对面的胖子不怎么开心地点了点头，于是开始来回踱步，脑子里涌现出很多计划："放松，放松。我相信我们还有足够的时间。我们会尽力的。没有人是完美的。"说着他抬头望着哈克南的领袖，又笑了起来，"让我们看看能做出多大的改变吧，就算现在状况十分严峻。"

在高塔的日光浴室里，男爵靠浮空背带的支撑站立着，梅菲斯提斯·克鲁开始上他的第一节课。雾蒙蒙的午后阳光穿过油渍斑斑的窗户，洒在宽敞的地板上，这里曾经是一间健身房，当然那是在男爵还清瘦健康的日子里。

礼仪顾问绕着他走了一圈，摸了摸男爵的衣袖，又戳了戳那黑紫相间的布料纹路。"请放松。"他皱起了眉头，看着男爵胖大肥软的身躯说道，"大人，紧身的衣服已经不适合你了。我建议你今后只穿宽松的衣服，比如长袍之类的。一件很有权威感的披风能让你看起来绝对的……令人敬畏。"

德伏走上前去，说道："我们会马上安排裁缝做新衣服。"

接着，梅菲斯提斯·克鲁又开始打量起膀大腰圆的拉班来，他穿着一件毛边的皮背心，铁掌靴，宽腰带上别着一根墨藤鞭。拉班飘逸的头发乱蓬蓬的。克鲁强忍着沮丧，强迫自己再次转向男爵，说道："好吧，还是让我们先关注你吧。"

这个浮夸的顾问忽然想起了一个细节，连忙对着德伏打了个响指说："请把宴会的客人名单给我。我打算研究一下他们的背景，好准备一些有针对性的恭维话，这样男爵就很容易博得他们的好感了。"

"恭维话?"在男爵怒视着礼仪顾问时，拉班哈哈大笑起来。

现在看来，克鲁的本领之一就是总能无视别人对他的侮辱。他掏出一根和他前臂一样长的测量棒，开始测量男爵的尺寸："放松，放松。对这个宴会我和你一样兴奋。我们只会挑选非常、非常好的葡萄酒——”

“只要不是卡拉丹的就行。”拉班插嘴道，男爵也表示同意。

克鲁抿了一下嘴唇，说道：“那就意味着次等好的酒了。我们将为来宾们演奏最优美的音乐，让他们享用一顿从未体验过的最美味的晚餐。还有娱乐项目，我们必须选择对个人最有益的娱乐形式。”

“我们已经安排了一场角斗，”男爵说道，“这是我们的传统了。”

礼仪顾问立马面露恐惧神色：“绝对不行，男爵阁下。这一点我必须坚持。不能有残酷的角斗。流血会助长人们对你的错误印象。我们的目的可是希望兰兹拉德能喜欢你啊。”

拉班非常想把这个克鲁按在膝盖上像木柴一样折断。德伏则平静地提醒他们：“这是个实验，男爵阁下。”

在这令人不安的几个小时里，礼仪顾问一直在房间里昂首阔步，那些必须解决的细节问题让他激动不已。他指导了男爵如何进食。他演示了银制餐具的正确用法，肘部要离开桌子，餐具必须保持在合适的高度。每当男爵犯了错误，克鲁就用他的测量棒敲打他的指关节。

那天下午的晚些时候，德伏领着局促不安的费伊德－劳萨来到了健身房。起初，克鲁还是很高兴能见到这个孩子的：“我们必须努力把这孩子抚养成人，让他的行为举止符合他的身份。文雅的举止可以反映出高贵的教养。”

男爵不禁想起了他那软弱的同父异母的兄弟、孩子的父亲阿布鲁尔德，于是皱起了眉头说道：“我们确实正在试图弥补费伊德血统上的缺陷。”

接下来，克鲁坚持要亲自指导男爵如何走路。他让这个肥胖的男人从日光室的一头走到另一头，来来回回，挑剔地研究男爵在浮空带的辅助下迈出的步伐，然后提出建议。最后，他伸出一根长手指敲了敲嘴唇，沉思着说道：“还不坏。就这样吧。”

随后克鲁转向拉班，脸绷得像个严厉的校长。“但你就需要补习很多基础知识了。我们必须先教你如何优雅地走路。”他的声音抑扬顿挫，“要找到在生命中滑翔的感觉，每迈一步都是把身体轻轻渗入周围的空气。你走路怎么总是显得那么笨呢？诀窍是不要走得像个呆子。”

拉班看起来马上就要原地爆炸了。礼仪顾问从他带来的一个小盒子里取出两个胶状的球，轻轻地托在手掌里，像两个肥皂泡似的。一个球是红色的，另一个是深绿色的。

“站稳了，大人。”说着他在拉班宽阔的两肩上各放了一个球，这两个球摇摇晃晃地保持着平衡。“这是秋夕星的很小儿科的臭球玩具。孩子们经常用它们恶作剧，但它们也是一种高效的教学工具。它们很容易摔碎——而且相信我，你不会希望它们碎掉。”

克鲁傲慢地深吸一口气，让肺里充满了他的衣服散发出来的香水味，然后说道：“请允许我演示一下。只要像这样穿过房间就可以了。使用你所能做到的一切优雅的动作，但步子要轻，别把臭球弄掉了。”

男爵命令道：“拉班，照这个人说的去做。记住这是一个实验。”

但野兽却迈着惯常的沉重步伐走了出去。结果还没走到一半，他就甩掉了那个红色的球，球滚了下来，在他的皮背心上爆炸了。拉班被这动静吓了一跳，猛地向后一抖，结果绿色的臭球也掉了，在他脚底下炸开。两个臭球都散发出棕黄色的蒸汽，把拉班笼罩在了恶臭之中。

礼仪顾问咯咯地大笑起来：“那么……现在明白我的意思了吧？”

克鲁还没来得及再吸一口气，拉班就扑了上来，紧紧地掐住了他苍白的脖颈。他狂怒地捏住他的气管，就像当年掐死自己父亲时那样。

这个浮夸的顾问挣扎着大叫起来，但他根本不是野兽的对手。男爵有意让这场混战持续了几秒钟，但他不打算让礼仪顾问如此迅速而简单地死掉。最后，德伏竖起巴掌，精确地砍了拉班两下，拉班觉得自己头昏眼花，德伏借机把那个几乎就要窒息的礼仪顾问拉开了。

拉班的脸气得发紫，他周围的臭气让男爵都咳嗽起来：“你给我滚出去，侄子!”费伊德－劳萨这时也跟着大哭起来。“带上你的小弟弟一起滚出去。”男爵摇了摇头，这让他的腮帮子都跟着抖动起来，“这个人对你的看法是对的。你就是个呆子。你要是能不来赴宴我可就太感谢了。”

拉班握紧了拳头，但是很快又松开了，他显然被激怒了，直到男爵补充道：“我想让你用监听设备监听我们客人的谈话。这样你可能会比我玩得更开心。”

当意识到自己再也不用忍受这无比痛苦的礼仪训练，拉班这才露出了得意的微笑。他一把抓住孩子，而那孩子正大声哭闹，因为就连费伊德也忍不了拉班身上的臭味了。

门泰特扶着梅菲斯提斯从地板上站了起来，他消瘦的喉咙上全是红色的抓痕：“我……我先去审查一下菜单吧，男爵大人。”这位被掐得半死的顾问说完便踉踉跄跄地从侧门逃出了日光浴室。

男爵怒视皮特·德伏，门泰特向后退了一步说道：“耐心点儿吧，男爵大人。很明显，我们还有很长的路要走。”

权力在人类所能取得的成就中是最不稳定的。而信仰和权力通常相互排斥。

——贝尼·杰瑟里特格言

希达尔·芬·阿吉迪卡提着一个大黑包，轻快地从地下城的两个萨多卡卫兵面前走了过去。这位研究大师经过时，帝国的士兵们都立正站着，几乎没有眨眼睛，好像他不值得他们注意似的。

前一阵，他已经弄明白如何大量提升阿吉迪马尔的产量，如今的阿吉迪卡经常消耗大剂量的人造香料，可以说把大部分时间都放在这种超意识的快感中。这让他的知觉比以往任何时候都敏锐。这种人造香料超出了所有人的预期。阿吉迪马尔不仅是美琅脂的替代品，而且要比美琅脂更好。

凭借增强的意识，阿吉迪卡在粗糙的岩壁上发现了一只小型爬行动物。天龙飞鱼是“飞龙”蜥蜴中的一种，在特莱拉占领伊克斯后，它们从崎岖不平的地面上爬了下来。它冲着阿吉迪卡闪了一下鳞片，便消失在了视线之外。

蚂蚁、甲虫和蟑螂也和这些蜥蜴一样找到了进入地下王国的路。他制定了许多消灭程序，防止害虫进入他的消毒实验室，但总是没有效果。

阿吉迪卡满怀热情地穿过了一台生物扫描仪发出的淡橙色光芒，继续向前，走进了军事基地的萨多卡军官中心。他没有敲门，而是大摇大摆地走进了最里面的办公室，一屁股坐在一把小号狗椅上，将黑包放在腿上。经过一阵不寻常的抗议性的哀鸣后，这只一动不动的动物让自己的体型与这位研究大师保持了一致。阿吉迪卡的眼睛眯成了一条缝，一股新的香料快感注入了他的大脑。

一个穿着灰黑色制服的大个子男人正在他的办公桌上吃午饭，看到有人进来便抬起了头。这位名叫坎多·加隆的指挥官——至尊霸撒苏姆·加隆的儿子——经常这样独自用餐。虽然还不到四十岁，但坎多看上去要老得多，他本是棕色的头发，但现在一抹灰白爬上了鬓角。他是被皇帝亲自派到这里的，在这个洞穴里待了很多年，皮肤都变得苍白了。小加隆杰出而又隐秘地保护着奥马尔项目，这让他那位备受尊敬的父亲都不禁为他感到骄傲。

指挥官打量了阿吉迪卡一眼，用勺子舀了一勺黏乎乎的庞迪米饭和袋装萨多卡口粮肉，放进了他的嘴里，问道："你要见我，研究大师？有什么问题需要我的人帮你解决吗？"

"没有问题，指挥官。事实上，我是来给你奖赏的。"小个子男人不情愿地从狗椅里挤了出来，然后把挎包放在桌子上，"你们的人在这里的工作堪称典范，我们长久以来的努力现在终于取得了成果。"这些恭维话从阿吉迪卡的嘴里说出来感觉怪怪的。"我将直接向你的父亲，也就是至尊霸撒发一封表扬信。但与此同时，皇帝允许我给你一个小小的奖赏。"

阿吉迪卡说着便从黑色的包里取出一个密封袋，加隆怀疑地看着它，好像这东西会炸他一脸似的。他闻了闻，明显地闻到了一股肉桂的味道。"美琅脂？"加隆连忙从挎包里拿了好几袋出来，"这对我个人来说有些太多了。"

“那就分一些给你的部下？如果您愿意的话，我可以让您和您的萨多卡士兵都满意。”

他迎上了阿吉迪卡热情的目光：“你这是在贿赂我吗，先生？”

“我不要求任何回报，指挥官。您知道我们在这里的任务，我们只是为了完成皇帝的计划。”阿吉迪卡笑了，“您手中的这种物质来自我们的实验室，而不是厄拉科斯。我们制造了它，将液体精华转化为固体形式。我们的培育罐目前正处于生产高峰。很快，香料就会自由地流动……到任何值得拥有它的人中间。不只是为了公会、宇联商会或是超级富豪。”

阿吉迪卡自己抢过其中一个密封袋，撕了开来，大口大口地吞吃样品：“我可以保证这物质很纯。”

“我从来没有怀疑过你，先生。”加隆指挥官也打开其中一袋样品，小心地嗅着原本从液体蒸馏物中提取出来的蛋糕状物质。他放了一小块到舌头上，然后吃了下去。一阵刺痛弥漫了他的神经，苍白的皮肤涨红了。他显然想要吃更多，但还是克制住了自己：“在通过全部测试之后，我会把它公平地分配给我的人。”

阿吉迪卡心满意足地离开军官办公室，他一边走一边琢磨，这位年轻的萨多卡指挥官是否能在他的新政权中有一席之地。信任一个异教徒的局外人，也就是婆温达，是激进的行为。尽管如此，阿吉迪卡还是很喜欢这个一脸严肃的士兵——只要他能被控制就行了。控制。人造香料也许能让他做到这一点。

怀着对自己宏伟愿景的满足感，阿吉迪卡走进了一辆舱车。很快，他就会逃到一个应许的世界，在那里他可以变得更加强大，前提是他要尽可能地把皇帝和他养的那条狗——芬伦——困住。

在不久的未来，他肯定会不可避免地与被废黜的沙达姆和扭曲了伟大信仰的特莱拉腐败者作斗争。为了应对如此重要的挑战，除了那些忠诚的变脸者和间谍之外，阿吉迪卡还需要培养自己的神圣战士。是的，一旦坎多指挥官对阿吉迪马尔上瘾了，那么这些萨多卡的士兵就会是自己的囊中之物。

在有知觉的生物中，只有人类在不断为他们明知无法获得的东西而奋斗。尽管一再失败，但他们仍会继续尝试。这种特性会让其中一些人取得很大的成就，但对其他人来说，对于那些没有得到他们想要之物的人来说，这种特性会带来严重的麻烦。

——贝尼·杰瑟里特委员会调查结果，《人类的意义是什么?》

杰西卡从未见过比面前这座皇宫更宏伟的建筑，这座城市大小的宫殿是百万世界皇帝的家。她将在这里待上几个月，陪在阿妮鲁尔·科瑞诺皇后身边，表面上是作为一名新侍女……但她怀疑贝尼·杰瑟里特姐妹会另有打算。

历代皇室一直都在积累着宇宙中的神奇材料，并委托最伟大的工匠和建筑师做了最精妙的设计。最终，这座皇宫在物理形态上达到了近乎仙境的高度，无数山墙、高耸的屋顶和宝石般的尖顶向星空延伸而去。即使是巴鲁特的水晶城堡也无法达到如此奢华的程度。一位傲慢地信奉不可知论的前皇帝曾这样声称，就连神明也不可能住在比这里更令人愉快的地方了。

现在，杰西卡敬畏地站在皇宫前，倾向于对此观点表示赞同。在莫希阿姆圣母的陪伴下，她比平时更加努力地控制自己的情绪。

穿着一件保守长袍的杰西卡和莫希阿姆走进了一间打扫得很干净的客厅。客厅的墙壁是由无价的塑石砌成的，在那乳白色的光滑墙壁上仿佛有一道彩虹在跳舞。如果用手摸上去，墙壁甚至会暂时改变自己的色调。

在警惕的萨多卡卫兵的护送下，一个高个子女人悄悄地走了进来，迎接她们。她穿着一件雅致的白色长袍，戴着黑珍珠项链，动作带着贝尼·杰瑟里特独有的优雅。她对这位年轻的来访者热情地微笑，母鹿般的大眼睛周围出现了细小的皱纹。

“不太像圣母学校，也不像卡拉丹那样又冷又潮，是吧？”阿妮鲁尔夫人一边说，一边四下打量这座富丽堂皇的豪华宫殿，仿佛这皇宫再次引起了她的注意，“再过一两个星期，你就不想走了。”她走上前来，毫不犹豫地把手放在杰西卡的腹部上，“你的女儿将会出生在一个更好的地方。”阿妮鲁尔似乎是想要通过触摸来感知婴儿的性格或性别。

站在皇帝妻子面前的杰西卡退缩了。莫希阿姆奇怪地看向她，杰西卡觉得自己仿佛一丝不挂，又好像她这位自己又爱又恨的老师能直接看穿她的想法。杰西卡匆忙行了个屈膝礼来掩饰自己的迟疑：“阿妮鲁尔夫人，对您的慷慨大方我十分感激。我很高兴能为您服务，无论您需要我做什么都可以，但孩子一出生我就必须回到卡拉丹。我的公爵在那里等我。”杰西卡在内心深处自责起来。*因为我不能表现出我对他的关心。*

“这是当然，”阿妮鲁尔说道，“姐妹会应该同意你的请求，暂时。”其实贝尼·杰瑟里特一旦得到了期待已久的哈克南－厄崔迪血统的孩子，她们对雷托·厄崔迪公爵也就失去兴趣了。

在莫希阿姆的陪伴下，阿妮鲁尔领着杰西卡穿过迷宫般的宫殿，来到二楼分配给她的专属房间。杰西卡扬着下巴，尽力保持着她的尊严，不过脸上情不自禁地露出了微笑。*如果我只是来当一名侍女，为什么会得到这等皇室般的待遇？*她发现自己的住处紧挨着皇帝的妻子和帝国真言师的房间。

“你必须得休息了，杰西卡，”阿妮鲁尔说道，又看了看她的肚子，“照顾好你的女儿。她对姐妹会非常重要。”沙达姆的配偶笑了起来。“女儿就是这么珍贵呢。”

杰西卡对这个话题感到很是不自在，说道：“所以您才生了五个女儿。”

莫希阿姆迅速地看了一眼杰西卡。所有人都知道阿妮鲁尔一直在生女儿，因为这是姐妹会对她的指示。杰西卡装作被漫长的旅途、目不暇接的景观和无与伦比的经历弄得有些疲劳的样子。于是阿妮鲁尔和莫希阿姆向她告别，离开了，她们两人倒是聊得很起劲。

然而，杰西卡却并没有休息，而是把自己关在房间里，动笔给雷托写了一封长信。

那天晚上，她在冥想茶室里吃了一顿丰盛的晚餐。这间茶室是巨大的观赏植物园里的一个独立建筑，周围环绕着五颜六色的花卉和梅子树，墙壁上也挂满了动物标本。仆人们身穿着与众不同的长制服，袖口大得可以当口袋用，每颗纽扣上都挂着光亮的铃铛。鸟儿在植物园自由地飞翔，肥胖的孔雀则在窗户下昂首阔步，几乎要被自己那厚厚的鲜艳羽毛压垮了。

就和那些孔雀一样，皇帝和他的贝尼·杰瑟里特妻子似乎也在无时无刻地展示他们的羽毛。沙达姆穿了一件金红相间的夹克，胸前佩戴着一条对角的红色饰带，饰以金色镶边和科瑞诺金狮。阿妮鲁尔则穿了一条闪闪发亮的白金纤维长袍，也搭配了一条饰带，只不过比沙达姆的要窄一些。

杰西卡今天穿了一件黄色薄纱晚礼服，这件衣服是阿妮鲁尔送给她的，是她整个宫廷套装的一部分，除此之外还有一条无价的蓝宝石项链和配套的耳环。沙达姆的三个女儿——查丽丝、文丝西亚和约西法——在阿妮鲁尔身旁安静地坐着，还是婴儿的鲁吉则和奶妈待在一起。大女儿伊勒琅并没有出席这次宴会。

“阿妮鲁尔夫人，我总觉得我更像是一位尊贵的客人，而不是一个普通的侍女。”杰西卡开口道，同时摸了摸她身上的珠宝。

“胡说呢，你现在确实是我们的客人了。不过以后有的是时间来做那些烦琐的工作。”阿妮鲁尔笑着回答。但皇帝却没有理睬她们。

在整个宴会中，沙达姆都沉默不语，喝了很多价格无比昂贵的红酒。因为他不开口，所以其他的就餐者也就不怎么说话了，很快吃完了面前的饭菜。阿妮鲁尔和她的女儿们闲聊着，谈论着她们的导师又传授了哪些知识，或是她们和保姆在隔离公园里玩了哪些游戏。

阿妮鲁尔把身子向约西法那边挪了挪，眼睛睁得大大的，露出一副很认真的表情，但嘴上却带着一丝微笑的曲线，这表明她准备要捉弄自己的女儿了。

“小心你玩的游戏，约西法。我知道从前有一个孩子——一个和你差不多大的女孩，想在宫殿里玩捉迷藏。保姆说宫殿太大了，不适合这种游戏，但小女孩却坚持要玩。她沿着走廊向前跑去，想找个地方躲起来，”阿妮鲁尔边说边用餐巾轻轻擦了擦嘴，“结果她从此就消失了。我觉得总有一天卫兵会在某个地方发现一具小骨架。”

约西法看起来很吃惊，但查丽丝却不以为然：“这才不是真的！我们都知道这不是真的。”

二女儿文丝西亚问了杰西卡一些关于卡拉丹和公爵城堡的问题，还有就是这颗水星球究竟能生产出多少财富。女孩那刨根问底的语气就像个小大人似的，敏锐且有些咄咄逼人。

“雷托公爵拥有他所需要的一切设施，他也得到了人民的爱戴。”杰西卡仔细打量文丝西亚的脸，发现那张脸上显露出很大的野心。“因此，厄崔迪家族确实非常富有。”

呆坐在餐桌上的皇帝几乎毫不关注他的女儿和妻子。他更不屑于注意杰西卡了，除了她提到雷托的时候——而他似乎不喜欢她的这个观点。

之后，阿妮鲁尔领着大家走向宫殿另一侧的一个小礼堂：“来吧，来吧，大家都过来吧。伊勒琅已经练习了几个星期。我们必须做她的忠实听众。”沙达姆和人群跟在后面，似乎不大愿意继续履行他的职责了。

这个礼堂的特色是手工雕刻的塔尼兰圆柱和艺术气息浓郁的雕花，以及高耸的金银丝细工天花板，正面墙壁就是一幅波澜壮阔的闪着微光的画作。舞台中央矗立着一架从哈葛尔买来的巨大的红宝石石英钢琴，琴弦则是调好的单丝水晶线。

身着制服的侍从们把皇室成员领到视野最佳的私人座位上，而一小群穿着精致的贵宾则排队走向较窄的座位，他们为能参加这样一场皇家聚会而满心敬畏。

接着，皇帝的大女儿，年仅十一岁的伊勒琅公主，穿着天蓝色的丝绸长裙，庄重地走向了舞台，显得非常可爱。她举止优雅，身材高挑，有着一头金色的长发和一张具有古典美的脸庞。伊勒琅凝视着坐在皇家包厢里的父母，很正式地点了点头。

杰西卡仔细端详着沙达姆和阿妮鲁尔的女儿。女孩的每一个动作都无比精妙，好像她花费了大量时间来设计自己的每一个动作。杰西卡自己已经掌握了莫希阿姆教过她的所有技巧，所以她能看出伊勒琅身上有着贝尼·杰瑟里特的影子。阿妮鲁尔一定是用姐妹会的方法抚养她长大的。据说，这个女孩在写作和诗歌方面具有过人的才智和天分，她已经能够写出复杂的十四行诗了。而且从四岁起，她的音乐天赋就被证明是天才级别的。

“我真为她感到骄傲。”阿妮鲁尔小声对杰西卡说，她正坐在自己那把专属织锦椅子上，“伊勒琅有成就一番伟大事业的潜力，无论是作为一名公主还是一名贝尼·杰瑟里特。”

公主朝父亲笑了笑，好像希望他木然的脸上能多少有点反应，然后就转向了观众。她优雅地坐在红宝石石英长椅上，闪闪发光的裙子飘向舞台。她安静地坐了一会儿，沉思着，召唤她的音乐才华，最后她伸出纤长的手指，开始在镶嵌着塑石的琴键上舞动起来，美妙的音符随之飞向了空中。那些伟大作曲家的合奏曲很快便徜徉在这间完美的礼堂里。

当这些美妙的声音在杰西卡周围流淌时，她感到一阵悲伤。也许她内心深处的某种情绪被这音乐触发了。多么讽刺啊，从没想过到这里来的她现在竟然身在凯坦星，而雷托的第一个侍妾凯莉娅——曾极度渴望这种奢华和壮观——却一直没能真正踏足此地。

杰西卡已经开始想念她的公爵了，她觉得胸口和肩膀忽然变得很沉重。

她看见皇帝本人已经歪着头睡着了，还注意到阿妮鲁尔正斜着眼不悦地瞪着他。

凯坦也许没那么光彩夺目吧，杰西卡心想。

姐妹会不需要考古学家。作为圣母，我们就代表着历史。

——贝尼·杰瑟里特教义

铸造厂喷出的炽热火焰烘烤着哈里什卡大圣母那张羊皮纸似的脸。搅动着的大坩埚散发出一股混合了金属合金、杂质和电气元件的刺激气味。

一群身穿长袍的姐妹走近了坩埚炉，每个人手里都拿着那艘坠毁了的哈克南飞船上的一个部件。就像古代岛民向火山神灵供奉祭品一样，她们把这些破碎的部件扔进了疯狂搅拌着的坩埚里。

这艘秘密飞船正在被慢慢地熔解成一种类似熔岩的黏稠金属汁。工业热能发电机可以让那些有机材料迅速汽化并分解聚合物，熔化掉金属——甚至是太空飞船的船体板。每一块废料都必须被彻底销毁。

在修改了这三名李芝发明家的记忆后，哈里什卡大圣母认定，现在已经没有人有足够的信息来重新复原乔本恩的叛逆之作了。一旦贝尼·杰瑟里特摧毁了这艘飞船的残骸，那么这种危险的隐形技术将永远消失。

姐妹们像身穿黑袍的蚂蚁一样忙碌着，在采石场底部的飞船残骸上跑来跑去。她们用白热激光切割机将船体切割成可搬运的小块，将船板一块一块地撕碎。大圣母很清楚从这些碎片中是无法获得技术信息的，但她坚持要把它们都销毁。

清理工作必须做到全面和彻底。

现在，克丽丝琴面前翻腾着的坩埚在不断冒出刺鼻的烟雾，她的手里拿着一个布满了线路的发电机。据她们所知，这就是隐形场引擎的关键元件。

这位坚强而冷酷的年轻女子停下脚步，凝视着炉火，她的脸颊被火焰烤得通红，眉毛仿佛都要烧着了，但她一点也不介意。克丽丝琴一边默默祈祷，一边把手里这个锯齿状的东西扔进了火焰里，然后站在原地，亲眼见证它熔化、下沉，并最终融入了火焰，大坩埚里那碗红橙相间的浓汤越来越黑了。

注视着一切的哈里什卡忽然感到其他记忆里传来了一阵悸动，那是逝去的生命在向她低语，她以前就曾感应到这股悸动。她的一位祖先的名字浮现在了她的脑海中……拉塔。

虽然在拉塔的时代，人们使用的语言仍很原始，无法精确地表达细微的情感，但她也同样过了充实的一生。当时的拉塔监督她的工人们在湖边建造了一个简陋的石头冶炼厂，他们用风箱抽气以提高炉温。哈里什卡在内部档案里没有找到那个湖的名字，甚至档案里都没有提到过那片土地的名字。她看到那些人用他们发现的陨石冶炼出铁矿石，然后再用这些金属锻造粗糙的刀片和其他武器。

通过对这些集体记忆的筛选，哈里什卡发现拉塔的记忆总能和锻造联系上，这是因为她的这位祖先经常参与黄铜和青铜的冶炼工作，包括更为复杂的钢铁。正是这种技术革新把战士变成了国王，同时优越的武器还能保证他们得以继续征服邻近的部落。其他记忆只与女性的遗传系有关，所以哈里什卡现在能在脑海中看到战争和刀剑锻造的全过程，而拉塔就在一旁收集食物、做衣服、生下孩子然后埋葬他们……

现在，她和她的姐妹们正在使用一种古老的技术来摧毁一件令人敬畏的武器。不像她在拉塔记忆中看到的那些古代军阀，哈里什卡决定不去使用这件危险的武器，也不让其他人有机会使用它。

更多的姐妹把飞船碎片扔进大坩埚。烟雾越来越浓，但哈里什卡没有离开她那灼热的坩埚边缘。除去浮在水面上的杂质后，这些熔化的金属混合物将被用来为圣母学校铸造有用的物品。正如谚语所说的，将长剑打造成犁头。

尽管贝尼·杰瑟里特已经排除了外人重建隐形力场发生器的可能性，但哈里什卡仍感到不安。她的姐妹们仔细研究了这艘坠毁的飞船，尽管她们不知道如何重组残骸，但她们对每一块碎片都保存了精确的心理记录。总有一天，她们会把这些信息转移到其他记忆里。在那里，它将被锁在贝尼·杰瑟里特的集体意识中，永远封存起来。

最后几位姐妹把手里的碎片扔进了大坩埚，宇宙间唯一一艘无场船永远地消失了。

让权力变得可爱是很困难的——这是所有政府都面临的困境。

——帕迪沙皇帝哈西克三世，《凯坦私人日记》

哈克南家族的宴会比杰第主星之前举办过的任何一场宴会都要奢华。在经受了梅菲斯提斯一通严格的训练之后，男爵不知道自己是否还想再经历一次这种折磨。

“这将改变兰兹拉德对您的看法，我的男爵，”皮特·德伏用温和而理智的声音提醒他，“还记得雷托·厄崔迪是如何获得人们尊敬的吗？还记得这帮人是如何为他对比卡尔采取的过激行动而喝彩的吗？好好运用您学到的东西吧。”

在梳理名单上的名字后，礼仪顾问惊恐地发现，格鲁曼和埃卡兹这对死敌都在名单上。这就像一枚声波手榴弹在等待它的引信脉冲。在经过一番讨论和激烈争论后，男爵最终同意不邀请阿曼德·埃卡兹大公了。德伏连忙着手修改名单，以便宴会能顺利进行。

不过这个门泰特仍然在担心自己会在庆祝活动结束后被处决。男爵注意到他脸上露出了明显的不安神色，不禁暗自发笑。他喜欢让人们不安，时刻担心自己的地位和生命。

精心挑选的宾客乘坐哈克南穿梭机从轨道上降落了下来。男爵站在城堡那道装饰华丽的闸门之下，穿着一件把他的腰带和浮空背带都遮住了的宽大衣服。在哈克城那烟雾弥漫的橙色黄昏中，大门上尖尖的铁钉仿佛巨龙的牙齿一样，时刻准备撕咬那些宾客。

当尊贵的客人们从浮空运输船里走出来时，男爵亲切地微笑着，用事先排练过的客套话问候每一个人。当他亲自对他们前来赴宴表示感谢时，有好几个人都怀疑地看着他，好像他在说一门外语。

男爵被迫允许来宾各自携带一名武装保镖，每个贵族一个。梅菲斯提斯·克鲁本不打算在这个问题上做出让步，但贵族们声称除非同意带保镖，不然他们就拒绝前来。这也恰恰说明，他们根本不信任哈克南家族。

即使是现在，当贵宾们一起站在黑檀木墙壁的接待大厅里，他们说话也很谨慎，都在好奇哈克南家族到底找他们来做什么。

“欢迎，欢迎，我的贵宾们，”男爵举起了戴着戒指的手，“我们的家族世世代代都联系在一起，但我们很少称呼彼此为朋友。我叫大家来的意思，就是想在兰兹拉德各个家族之间的互动中增加一点礼数。”他笑了起来，同时觉得自己的嘴唇都快要裂开了，他很清楚如果这话是雷托·厄崔迪公爵说的，那么面前这些人很可能会欢呼起来。但等他说完了这些话，却发现周围的人都皱着眉头，紧抿着嘴唇，眼睛里充满了怀疑。

这些话是克鲁替他提前写好的，但现在这些词语像针一样扎着男爵的喉咙。“我知道你们一定会感到吃惊，但我以我的名誉——向你们发誓。”他赶忙接着说了下去，生怕有人忽然窃笑起来，“我不打算向你们要求什么。我只想和大家一起度过一个愉快的夜晚，这样在你们回去之后，就能更好地了解哈克南家族了。”

老伯爵伊尔班·李芝带头鼓起掌来。他的蓝眼睛闪烁着喜悦的光芒：“好啊，好啊，哈克南男爵！我衷心赞同你的观点。我就知道你是个有情有义的人。”

男爵生硬地点了点头，对他表示了一下感谢，尽管他一直认为伊尔班·李芝就是个索然无味的人，总是专注一些无关紧要的事情，比如他那群已经成年了的孩子的无聊嗜好。他的无能最终导致李芝家族没能充分利用维尔纽斯家族的倒台和伊克斯工业帝国的衰落。不过同盟总归还是同盟。

幸运的是，李芝总理艾因・卡利玛尔非常有能力，即使在逆境中也能让他们的工业机器保持运作。可是一想到卡利玛尔，男爵就又皱起了眉头。他们两个人做了几笔生意，但最近这位戴着眼镜的政客总是对他唠叨个没完，说哈克南家族欠他们威灵顿・岳医生的钱——而男爵从来就没想过要付这笔钱。

“和平与友谊……说得真好啊，男爵。”亨德罗・莫里塔尼子爵也附和道。他的头上盘着浓密的黑发，眉毛也很浓重，乌黑的眼睛专注地盯着男爵。“我们谁也没想到这话会出自哈克南家族之口。”

男爵试图保持微笑：“好吧，我要改头换面了。”

这位子爵总是喜欢话中带刺，就好像他的脑子里拴着一条疯狗似的。亨德罗・莫里塔尼总是习惯带领格鲁曼人挑起狂热的、往往是不明智的战争，以此藐视帝国的规则，或是恶毒攻击任何胆敢挑战他的人。如果这些格鲁曼人的行为没那么不可预测的话，男爵可能会把他当做一个盟友对待的。

一名红头发战士正站在子爵身旁，骄傲地佩戴着一个吉奈斯学院正式徽章。其他贵族带来的都是些肌肉发达的壮汉，只有亨德罗・莫里塔尼身边这位剑术大师令人印象深刻。他的名字叫做希・雷瑟，是格鲁曼唯一一个在吉奈斯学院完成全部学业的学员。不过，这位红头发的剑客看上去好像有些惴惴不安，但仍坚守自己的职责。

男爵考虑了其中的利害得失。哈克南家族现在没有一位忠诚的剑术大师。他考虑自己是否应该派几个候选人去吉奈斯……

他借助着浮空腰带向前滑行，步伐轻柔地领客人们穿过城堡的主楼层。根据礼仪顾问的调查结果显示，杰第主星的植物生长情况“令人失望”，所以这座冰冷的设施里装饰的都是来自外星球的鲜花，散发出阵阵刺鼻的花香。结果却导致男爵在自己的宫殿里被呛得几乎无法呼吸。

肥胖的男爵不停地打着手势，宽松的衣袖跟着飘动。他引着客人进入了接待大厅，仆人们端着一盘盘用巴鲁特水晶高脚杯盛装的饮料站在一旁。在一个低矮的台子上，三位来自秋夕星的音乐大师（他们都是梅菲斯提斯·克鲁的朋友）正在用巴厘琴演奏着轻快的背景乐曲。男爵在客人中间转来转去，跟他们谈着无聊的话题，拼命装出一副彬彬有礼的样子。

而内心深处却痛恨在这里的每分钟。

在喝了几杯美琅脂调味的美酒之后，客人们这才渐渐放松下来，开始谈论宇联商会的管理问题、回水星球上的动物产量以及令人讨厌的宇航公会关税和条例。男爵也喝了两杯基拉那白兰地，是克鲁给他安排的定量的两倍，但他不在乎了。这些无趣的话题说起来就没完没了。长时间的强装笑颜让他的脸部肌肉都快转筋了。

一宣布开饭，男爵就立刻把客人们领到了宴会厅，迫不及待地想结束刚才这场没完没了的空洞谈话。李芝伯爵喋喋不休地谈论他的子女和孙辈，就好像所有人都想知道那些破事似的。而且他似乎并不怨恨哈克南家族几十年前抢走了他们在厄拉科斯的香料业务。这个高贵的笨蛋因为他的无能而损失了很多财富，他甚至从没有为此烦恼过。

在保镖进行了安全检查后，客人们纷纷就座。宴会桌是由一整片深色抛光的伊拉迦木制成的，上面摆放着精致的瓷器和高脚杯。而食物就更令人惊叹了，空中弥漫着的香味令人垂涎。

每一张椅子后面都站着一位肤色乳白的可爱男孩，他们是每一位客人的专属服务员。男爵亲自挑选了这些仆人，为此他从大街上抓来很多孩子，给他们灌了药以保证他们能听话，最后再清洗干净。

肥胖的宴会主人现在走到餐桌上首的一张宽大的定制椅子前，叫来了今天的第一道开胃菜。他在宴会厅的四周都放了计时器，这样他就能随时看到时间。毕竟他恨不得这个宴会马上就能结束……

在窃听室里，拉班正在偷听聚会上的谈话。他把窃听信号对准了那些喋喋不休的客人，然后在人群之间切换，希望能偷听到一些令人尴尬的流言蜚语，或是一些人们无意中泄露出的秘密。但听到的东西全都沉闷无趣，让他不禁想要呕吐。

看来宴会上的每个人都十分警惕，说话十分谨慎。他什么有用的东西也没听到。拉班感到一阵沮丧。“这比我自己参加宴会还要无聊。”他对一直在他旁边坐立不安地研究监听设备的门泰特厉声说道。

德伏垂下眉毛，对他皱起眉头：“作为门泰特，我长久以来都别无选择地记下每一个乏味的时刻，人们说过的每一句话，而你那简单的大脑没几天就把它们全都忘了。”

“那我真是有够幸运。”拉班笑着说道。

通过高分辨率的监视器，他们看见主菜被人端了上来。拉班那厚厚的嘴唇不禁流出了口水，他清楚自己只能吃到一些剩饭剩菜……但如果这是他能远离这个聒噪场合的代价，他还是很乐意接受的。即使是吃冷的食物也比那些礼仪要好。

虽然梅菲斯提斯·克鲁的工作都是在幕后，但仍被琐事缠身的他却跑进了窃听室，原因是他觉得这里是一个餐具储藏室。他停下脚步，吃惊地看见了拉班和德伏。克鲁使劲咽了口唾沫，下意识地摸了摸他的脖子，那里擦了一层厚厚的粉，为的是掩盖拉班给他留下的严重瘀伤。

“哦，抱歉，”他平静地说道，“我不是故意打扰你们的。”说着他向德伏点了点头，错误地认为门泰特是自己的盟友，“我感觉宴会进行得很顺利。男爵干得不错。”

野兽拉班咆哮起来，梅菲斯提斯·克鲁掉头就跑了出去。

德伏和拉班又开始了他们的窃听任务，希望在这个夜晚被完全浪费掉之前，能有什么事发生才好。

“多么可爱的孩子啊！”李芝伯爵看到费伊德－劳萨后不禁赞不绝口。这个金发男孩现在已经懂得很多单词了，而且也知道该如何才能得到他想要的东西。伯爵伸出双臂，问道：“我可以抱抱他吗？”

男爵点头表示同意，一个仆人把费伊德－劳萨带到了这位李芝老人的面前，老人仿佛自己就是孩子的祖父，一把将费伊德－劳萨放在他的膝盖上，上下颠动着。但费伊德却一点笑容也没有，这让伊尔班很吃惊。

伯爵只得举起酒杯，另一只胳膊扶住费伊德，说道：“我提议为孩子们干杯。”客人们纷纷举起杯来。男爵在一旁自言自语地嘀咕着，他现在只想知道费伊德是不是该换尿布了，而这个老傻瓜是不是愿意干这种脏活。

就在这个时候，费伊德嘟嘟囔囔地说了一大堆含糊的单词，男爵明白这些词是他给粪便起的名字。然而伊尔班却并不知道，他微笑着把这些单词对着男孩重复了一遍，然后又把孩子颠了起来，并用孩子气的语气喊道：“看呐，小家伙！他们送甜点来了。你喜欢甜点，是不是？”

男爵探出了身子，很高兴这顿饭就要结束了，而且甜点这部分是他自己策划的，是他自己做的决定，没有听取任何礼仪顾问的指导。他自作聪明地加入了一个新点子，客人们一定会觉得很有趣的。

六个仆人端着一个甚至能躺下一个人的大盘子，上面放着一个两米长的蛋糕，他们把盘子摆在了桌子中央。这个蛋糕形状狭窄，看上去像一条沙虫，点缀着美琅脂粉末。

“这款甜点是哈克南家族在厄拉科斯财富的象征。让我们一起庆祝哈克南人几十年来在沙漠中所做的伟大工作吧。”男爵微笑着说道。李芝伯爵和其他人一起鼓起掌来，虽然他很清楚男爵的话里包含了对他家族早期失败经历的侮辱。

蛋糕上的糖霜似乎在闪闪发光，男爵也在等待一个令人愉快的惊喜。

“看，看这蛋糕，小家伙!”伊尔班把费伊德放在他面前的桌子上——这个动作无疑会吓到梅菲斯提斯·克鲁。

厨师的一个助手用一把线刀切开了这条沙虫蛋糕，看上去就像是在给沙虫进行尸检。宴席上的客人们都挤在一起，想看得更清楚一些，李芝伯爵抱着费伊德也向前探出了身子。

当蛋糕被彻底切开后，有很多长长的东西开始在里面蠕动起来，而这些蛇形的生物正是厄拉科斯的沙虫。这些无害的蛇被男爵下了药后塞进了蛋糕，所以当它们从糖霜中扭动着钻出来时，看起来就像是蛋糕忽然长出了一堆触角。真是个精彩的小笑话。

费伊德似乎被迷住了，但李芝伯爵却吓得差点背气。本来宴会的紧张气氛和对男爵的疑心就让众人几近崩溃了。伯爵这时却想表现得像个英雄，他粗暴地把费伊德-劳萨从桌子上拽开，同时弄翻了他自己的椅子。

费伊德本来是不害怕蛇的，现在却被伯爵这一拽吓得大叫起来。当他哀号时，保镖纷纷拽住他们的主人，准备保护他们。

在桌子的另一端，莫里塔尼子爵向后退了一步，他的黑眼睛里闪烁着一种混合了高兴和愤怒的奇怪光芒。剑术大师希·雷瑟往前迈了一步，随时准备保护他的主人，但莫里塔尼本人却似乎并不在意。子爵冷静地按了一下手腕上的手镯，隐藏的激光枪射出了一道白热的光束，把那些虫子炸成了鳞片状的碎肉，混合着变黑的糖霜掉落下来。

客人们尖叫起来。大部分人都逃向宴会厅的大门。梅菲斯提斯·

克鲁手忙脚乱地从后面的房间里跑了进来，拼命挥舞着双手，恳求大家保持冷静。

从那时起，一切就变得更加混乱了。

群体越紧密，就越需要严格的社会等级和秩序。

——贝尼·杰瑟里特教义

列特－凯恩斯披着传统的朱巴斗篷，帽兜放在脑后，再次站在高高的阳台上俯瞰穴地。他觉得这里要比凯坦的皇宫自在得多，但也更令他惶恐。在这里，他的一言一行会直接影响整个沙丘星球上每一个自由人的未来。

会议进行得很顺利，只有彭马克一直在从中作梗。这位洞壁穴地的老耐布反对列特主张的一切，抵制一切形式的变革，但也提不出合理的替代方案。其他的弗雷曼人不断给他喝倒彩，最后这个固执的老人只得嘟嘟囔囔地偷偷躲进了阴影里。

几天以来，会议在不断发生变化，一些不和的成员愤怒地离开了会议，但没过多久就回来了。每天晚上，在会议结束后，法罗拉都会和列特待在一起，轻声地给他提建议，尽可能地帮助他，爱他。她一直在尽力让他的内心保持强大、平衡，尽管他越来越沮丧。

弗雷曼观察员向大家报告说，他们在征服沙漠的战役中取得了一些微妙的进展。仅仅在一代人的时间里，这片荒原就出现了微弱但明确的改善迹象。二十年前，乌玛凯恩斯曾告诉他们要有耐心，因为这可能需要几个世纪的时间。但他的梦想已经开始变成现实了。

在遥远的南方，阿罗约斯的深处，太阳能镜和放大镜使得空气逐渐变暖，地面上的霜冻因此得以融化，巧妙地让隐蔽的植物茁壮成长。他们种下了数量不多的矮小棕榈树，同时还有一些耐寒的沙漠向日葵、葫芦类植物和块茎类植物。在某些特定时候，还能看到几滴水在自由地流淌。沙丘表面有了水！这真是一个惊人的景象啊。

到目前为止，哈克南家族还没有注意到这些变化，他们的注意力全都集中在了香料生产上。这颗星球将会一点点地恢复生机。到处都是好消息。

可是现在，列特却不由得叹了口气。尽管他在这次会议上获得了所有想要的支持（远超他的预期），但他们在今天下午听到他的提议后，肯定会有不少人持不同意见。

在岩壁上那些弯弯曲曲的阳台和平台上，一千多名坚忍的弗雷曼人午休归来，回到了自己座位上。他们穿着满是沙尘的长袍和泰玛格靴。有些人开始用陶制的管子吸食美琅脂纤维，这是弗雷曼人午饭后的一种习惯。伴随着扑鼻而来的香料味，列特－凯恩斯开始演讲了。

“乌玛凯恩斯，我的父亲，是个伟大的梦想家。他指引我们的人民走上了一条雄心勃勃、艰苦卓绝的道路，为的就是唤醒沙丘。他告诉我们，生态系统是复杂的，每一种生命形式都需要一个自己的房间。他多次谈到我们的行为对生态的影响。乌玛凯恩斯认为环境是一个互动系统，在不断变化中具有稳定性和秩序。”

列特清了清嗓子，继续说道：“我们从外星球引入了昆虫，使土壤透气，这使植物更容易生长。我们现在有了蜈蚣，蝎子和蜜蜂。大大小小的动物分布在沙子里、岩石上——狐狸，野兔，沙漠鹰，小猫头鹰。

“沙丘就像一个伟大的引擎，而我们正在给它加油和修护。总有一天，这个世界将以一个全新的、奇妙的方式为我们服务，正如我们将继续尊重它并为它服务一样。我的弗雷曼兄弟们，我们本身就是这个生态系统的一部分，而且是不可或缺的一部分。我们占据着自己的重要房间。”

听众们聚精会神地听着，每当列特提到他传奇般的父亲的名字和成就时，他们都会表达出一种特殊的敬意。

“但我们的房间到底是什么？我们仅仅是种花养草的行星学家吗？要我说，我们应该做的事情远不止这些。我们还要用前所未有的气势抗击哈克南侵略者。多年以来，我们中有一伙人一直在骚扰他们，但并不足以削弱他们的贪婪。今天，男爵偷走了比以往任何时候都要多的香料。”

不满的怒吼顿时响彻整个房间，同时还有一些人紧张地窃窃私语起来，反对男爵的亵渎行为。

列特提高了嗓门：“我的父亲没预见到帝国的强大力量——皇帝、哈克南家族、兰兹拉德联合会——并不认同他的观点。我们是孤军奋战，我们必须强令他们停手。”

演讲厅里的抱怨声越来越大了。列特希望他能最终唤醒他的人民，说服他们放下分歧，为一个共同的目标而努力。

“如果不能保卫家园，那么我们建造家园又有什么意义呢？数百万的弗雷曼人。让我们为我父亲设想的新世界而战吧，让我们为我们的子孙后代应该继承的新世界而战吧！”

大厅里顿时响起了雷鸣般的掌声，还有表示赞许的跺脚声——尤其是那些旷野的弗雷曼年轻人，他们本就痴迷于袭击哈克南人。

然后凯恩斯忽然感到了一些细微的变化。他发现众人纷纷用手指着对面的阳台，而在那里有一个瘦高结实的老人正挥舞他的晶牙匕。他有着一头浓密的乱发，使他看起来像一个来自沙漠深处的疯子。又是彭马克。

“塔克瓦[1]!”他站在阳台上大喊起来，这是一个古老的弗雷曼战斗口号，意思是“自由的代价”。

人群顿时安静了下来，所有的目光都集中在洞壁穴地的耐布和他那乳白色的刀刃上。按照弗雷曼人的传统，在尝到鲜血之前，不可将抽出来的晶牙匕插回刀鞘。看来这位彭马克选择了一条危险的道路。

列特也把手放在了腰间的刀柄上。他很快便发现斯第尔格和图洛克正快速沿岩石楼梯往高处爬去。

“列特－凯恩斯，我要求你回答我!”彭马克怒吼起来，“如果我对你的答复不满意，那就不用多说了，让咱们用血来决定！你敢接受我的挑战吗?”

这个傻瓜可以毁掉列特所取得的一切政治进展。但在这件事上，他别无选择，因为这是对他的荣誉和领导能力的挑战，所以列特大声地回答道:“如果这样能让你闭嘴，彭马克，那么我接受。‘一个认死理的人是最盲目的。’”一听到列特说的这句古老的弗雷曼格言，人群中顿时响起了一阵低沉的笑声。

彭马克对列特的这番言论感到十分愤怒，他用刀尖指了指，说:“你只是半个弗雷曼人，列特－凯恩斯，你那来自外星的血液里充满了邪恶的思想。你在萨鲁撒·塞康达斯和凯坦星待了太长时间了。你已经堕落了，现在还试图用你那有害的妄想症来污染我们。”

列特的心怦怦直跳。内心升腾起一阵正义的怒火，他真想让这个人马上闭嘴。列特回头看了一眼，发现斯第尔格正守在列特所在阳台的入口处。

彭马克继续不依不饶地说道:“几十年来，红墙穴地的耐布海纳尔一直是我的朋友。在李芝家族离开后，在哈克南家族第一次来到沙

①塔克瓦的字面意思是“自由的代价”，指极其珍贵之物，神灵向凡人要求索取之物（此种要求会引起极大的恐惧）。

丘时，我就和他并肩作战了。在一次战斗中他失去了一只眼睛，是我背着他逃了出来。在海纳尔的治理下，一切都变得兴旺发达起来，但他也已经变老了，就像我一样。

“而现在你想要争取其他弗雷曼领导人的支持，你把他们召集到这里来，为的是巩固你的地位。你张口闭口都是你父亲的成就，但是列特－凯恩斯，你自己的成就呢？”这个目中无人的老人气得浑身发抖，“你的动机很清楚了——你想要当耐布。”

列特被这个荒谬的言论震惊了：“我完全否认你的指控。几个星期以来，我在这里的演讲说的都是弗雷曼人的成就，而你现在却指责我有个人野心？”

斯第尔格忍不住大喊起来，他的声音在巨大的房间里显得清晰：“据说，如果一千个人聚集在一个房间里，其中肯定会有一个傻瓜。我相信这里肯定不止一千个人，而彭马克——我想我们知道谁是傻瓜了。”

一阵哄堂大笑缓和了洞穴里紧张的气氛，但彭马克却并没有放弃进攻：“你不是弗雷曼人，列特－凯恩斯。你不是我们中的一员。你先是娶了海纳尔的女儿，现在你又想取代他的位置。”

“那就让我把真相扔在你脸上吧，彭马克，愿它刺穿你那充满了谎言的心。首先我的外星血统来自乌玛凯恩斯本人，而你竟敢声称那是个弱点？此外，关于我的血亲沃里克是如何死去的故事，每一个穴地都一清二楚。我向他发过誓，我要娶法罗拉，并视他的儿子为己出。”

“也许就是你在沙漠里召唤出恶魔之风，借此除掉了你的对手。我不想假装了解你们这些外星恶魔的力量。”

列特对他这种愚蠢的指责感到有些厌倦了，他把目光转向了洞穴里的各位代表：“我接受了他的挑战，但他只是玩文字游戏。如果我们要决斗，是我先流血好，还是他先流血好？彭马克是个老人，如果我杀了他，这场战斗只会让我蒙羞。那么即使他死了，他也能达到他的目的。”说着，列特朝阳台看去，“这就是你的计划吧，老傻瓜？”

就在这时，皮肤紧绷得犹如皮革的海纳尔耐布戴着眼罩走到了彭马克旁边的阳台上。看到海纳尔准备讲话，彭马克不敢相信自己的眼睛。很快，海纳尔那沙哑的声音便响彻了会议大厅：“我从列特出生的那一刻起就认识他了，他从来没有对我耍过任何花招。他继承了他父亲的真知灼见，他和我们一样是个弗雷曼人。”

他又把头转向身边有着一头乱发的老人，而彭马克仍然紧紧攥着他的晶牙匕，高举在半空。海纳尔继续说道：“我的老朋友彭马克相信他在代表我说话，但我要对他说，他不能只考虑一个穴地，而要考虑整个沙丘。我宁愿看到在我面前流血的是哈克南人，也不愿看到我的同志和我的女婿被你所伤。”

人群一下子安静了，列特高声喊道：“我宁可现在就走进沙漠，独自面对夏胡鲁，也不愿和我们自己人战斗。你要么选择相信我，要么选择把我赶出去。”

大厅里顿时响起了欢呼声，首先是斯第尔格和图洛克，接着是那些渴望品尝哈克南人鲜血的狂热青年。一千多名沙漠人一遍又一遍地大喊他的名字：“列特！列特！”

列特对面阳台上的人影忽然模糊了，原来是彭马克和海纳尔扭打在了一起。那个固执的老人一句话也不说，一心想要摔倒在自己的刀刃上，但老海纳尔出手阻止了他。他从彭马克那被汗水湿透了的手里一把夺过了晶牙匕。彭马克摔倒在了阳台的地板上，虽然还活着，但已经失败了。

海纳尔拿着匕首，向后退了几步，然后在彭马克的前额上划了一道深深的口子，这道口子日后注定会变成一道疤痕。晶牙匕已经尝到了鲜血。彭马克抬起头来，怒气逐渐消散了。一行鲜血流到了他头巾下面的眉毛上，流进他的眼睛里。海纳尔把晶牙匕倒转过来，把刀柄伸到彭马克面前。

“把这看作一个好兆头吧，所有人，”海纳尔对着洞窟大喊道，“因为列特-凯恩斯从此统一了弗雷曼人。”

彭马克爬了起来，抹了抹眼睛上的鲜血，然后涂在了自己的脸颊上，就像战士涂上油彩一般。他深深地吸了一口气，想要说点什么，这是他的权利。列特打起精神来，对事态变化的速度大为震惊。满头乱发的老人对海纳尔皱了皱眉头，然后忽然大声说道：“我提议，我们选列特-凯恩斯为我们的阿布耐布①，作为所有的穴地之父来领导我们。”

列特踌躇了一会儿，镇定了一下回答道：“我们正处于历史上的一个危机时刻。当我们的后代回想起这一刻，要么会说我们做出了正确的决定，要么会说我们彻底失败了。”他停顿了一下，给众人一些思考的时间，然后继续说道：“沙丘的觉醒变得越发明显，在哈克南家族面前隐藏我们的工作将会变得越来越困难。给宇航公会的香料贿赂变得比以往任何时候都重要，我们必须确保所有气象卫星和观测系统不会干扰我们的工作。”

人群传来一阵附和的低语。长达几个星期的研讨早已证实了这一点。

列特-凯恩斯试图控制住自己的情绪：“在南极的走私基地被摧毁之后，我已经不再信任我们合作多年的中间人水商隆多·图克了。他虽然已离开南极，但仍是我们的联络员。但是图克背叛了多米尼克·维尔纽斯，他同样也可以轻易地背叛我们。为什么还要相信他？我将要求与宇航公会的代表进行一次直接的会面。弗雷曼人将不再依赖任何中间人。从今往后，我们将和公会直接达成一份永久协议。”

---

①阿布耐布是弗雷曼语中表示所有穴地之领袖的词语，同时也代表了所有弗雷曼人的领袖，第一任阿布耐布便是列特-凯恩斯。

列特一直把多米尼克·维尔纽斯看作是自己的朋友和导师。那位变节的伯爵理应得到比两面派水商给他安排的更好的命运。最近，图克把他的采冰业务卖给了他的前得力助手林加·比尤特，自己则回到了迦太格。针对图克，列特－凯恩斯制订了一个详细的计划来解决这个麻烦。

行星学家注意到，洞窟里的人们向他表达了完全的信任，自从他那备受尊敬的父亲离开之后他就未再见过如此盛况。这将是一个漫长的过程，年轻的凯恩斯要走自己的路了。他的抱负与他的前任有相同之处，但远不止于此。他父亲的设想只是让沙漠荒地变成绿洲，而列特却把弗雷曼人当做沙丘的管家。所有的弗雷曼人都是如此。

然而，要取得这样伟大的成就，他们必须首先从哈克南家族的枷锁中解放出来。

人类的身体是一个充满了历史遗物的仓库——阑尾、胸腺和（只存在于胚胎中）鳃结构。但人类的潜意识要更加有趣。它已经存在了数百万年，并代表了整个染色体留下的历史痕迹，其中一些在现代似乎没有什么用处。很难在潜意识里找到所有东西。

——贝尼·杰瑟里特关于其他记忆的座谈会

深夜，极光还在天空燃烧时，失眠的阿妮鲁尔走进了前真言师洛比亚的那个简朴而寒冷的房间。老妇人去世已经将近两个月了，她的房间现在死气沉沉，寂静无声，就像一座坟墓。

洛比亚现在肯定已经加入其他记忆了，成为了她脑海中众多姐妹中的一员，但真言师那古老的灵魂到现在都没有出现。阿妮鲁尔为了寻找她的下落几乎耗尽了自己的心力，但有东西一直在驱使她继续前进。

阿妮鲁尔需要朋友和知己，但她又不能随便找个人——肯定不能是杰西卡，因为她现在还对自己的命运一无所知。好在阿妮鲁尔还有女儿们，虽然她为伊勒琅的聪明才智感到骄傲，但她也不敢把贝尼·杰瑟里特知识的重担压在这个女孩身上。伊勒琅还没有准备好。是的，魁萨茨·哈德拉克的育种计划太过隐秘了。

但如果说能在其他记忆中找到一个知心人的话，那么非洛比亚莫属了。

*你在哪里，老朋友？难道非要我大声喊叫，把我内心里的所有人都唤醒吗？*她害怕迈出这一步，但也许这样做的好处值得冒险。*洛比亚，跟我说话。*

空盒子被堆放在了这个失去了暖气的房间的墙角，阿妮鲁尔并没有把老真言师这些微薄的财产打包寄回瓦拉赫九号星。由于盖乌斯·海伦·莫希阿姆更喜欢另一套完全不同的房间，所以在没有人注意到这个房间之前，它可以在这座庞大的宫殿里空置很多年。

阿妮鲁尔在昏暗、朴素的房间里踱来踱去，呼吸着寒冷的空气，似乎想让自己能打起精神。然后，她在一张小号的卷形写字台前坐了下来，用手上的塑石戒指激活了她的感知－概念日记。日记本在空中盘旋，而且只有她才能看得见。这里似乎很适合沉思冥想，她开始整理自己的思绪。

她肯定洛比亚会欢迎她留在这里的。“难道不是吗，老朋友？”阿妮鲁尔被自己的声音吓了一跳，又沉默下来，惊讶于自己竟然开始自言自语了。

虚拟的日记本在她的面前打开了，等待着阿妮鲁尔的话语。她平静了内心，展开自己的思维，用*普拉纳－宾度*技巧来刺激自己的思维。她从鼻孔里慢慢地喷出了一口气，一股热流消散在了寒冷的空气中。

阿妮鲁尔感到后背一阵阵发冷。她颤抖着身子，调整了她的新陈代谢，直到她不再感到寒冷。天花板附近四个毫无华丽装饰的球形灯先是变暗，然后又亮了，仿佛有一股神秘的能量在空中涌动。她闭上了眼睛。

房间里仍有洛比亚的味道，一种让人舒服的霉味。前真言师的精神能量仍在这里徘徊。

阿妮鲁尔从桌面上的容器里取出一根普通的羽毛笔，双手紧握，把它攥在手心里，集中注意力。洛比亚给圣母学校发送加密信件时经常使用这种书写工具，她本人就在学校里当过多年的教员。羽毛笔上还印着老妇人的指纹，以及残余的皮肤细胞和身体油脂。

但是这种羽毛笔是一种原始的书写工具，不适合自己感知－概念日记。所以阿妮鲁尔只得又召唤出来一支感知笔，并把它举到半空中的日记本前。

在这样一个寂静的夜晚，在这样一个洛比亚度过了她生命中大部分时间的地方，阿妮鲁尔想要好好写一写她和这位了不起的真言师之间的友谊，写下自己从她那里学到的智慧。她轻快地用感知笔在虚无的纸张上写下了一个编码日期。

她忽然停了下来。她那本就有些混乱的思想变得更加模糊，阻碍了她词语的流动。她觉得自己现在就像一个在圣母学校读书的孩子，被分配了一项艰巨的任务，却无法整理好自己的思绪，因为督学一直紧盯着她，仔细观察她的一举一动。

球形灯又变暗了，仿佛有一道阴影从灯光前一闪而过。阿妮鲁尔猛地转身，却什么人也没有看见。

她重新整合了疲惫的大脑，把思绪转回到日记，决心完成原本打算要做的事。但她只组织起了两句话，思绪就又像风筝一般随风而去了。

房间里充满了幽灵般的微弱耳语。

她想象着洛比亚现在就坐在她身边，把智慧传授给她，向她建言，给她忠告。在以前的一次谈话中，老妇人向她解释过她如何被选为真言师，以及她如何展示出了比其他几百个姐妹更强大的能力。然而，在洛比亚的内心深处，她更愿意留在圣母学校，照管果园，如今索菈圣母很好地履行着这一职责。但不管个人愿望如何，贝尼·杰瑟里特都必须履行姐妹会分配给她们的任务。比如嫁给皇帝。

洛比亚在闲暇时偶尔会抽出一些时间训斥那些驻扎在宫殿里的姐妹，甚至包括阿妮鲁尔本人。那时，这个坏脾气的老妇人总会挥舞着她那根枯干的食指来强调自己的话。阿妮鲁尔闭上眼睛，回忆洛比亚的笑声——她那咯咯咯的古怪笑声。

开始时，这两个女人的关系并不算亲密，事实上，在如何才能更好地接近皇帝这个问题上，她们还有过摩擦。阿妮鲁尔发现，每当她看到自己的丈夫在私底下和洛比亚谈话，她都会感到不安和沮丧。觉察到了这一点的洛比亚当时微笑着对她说："我的夫人，沙达姆爱他的权力比他爱任何女人都要深。他感兴趣的不是*我*这个人，我也是这么告诉他的。皇帝总是在担心他的敌人，想知道是否有人在欺骗他，阴谋夺取他的权力、财产甚至生命。"

随着时间流逝，阿妮鲁尔没有给沙达姆生下他想要的男性继承人，所以沙达姆和她的关系变得愈加疏远。用不了多久，他可能就会把她处理掉，然后再找一个妻子，一个会尽职尽责地给他生个儿子的女人。他父亲埃尔鲁德做过很多次这样的事情。

但是，沙达姆不知道的是，阿妮鲁尔已经在他们不频繁的性行为中给她的丈夫注入了一种无法被检测到的物质。沙达姆在生下五个女儿之后，再也不会让任何一个女人怀孕了。皇帝被她绝育了——这也正是贝尼·杰瑟里特姐妹会的任务。沙达姆四世已经和很多女人上过床了，他应该能够猜到自己出了状况，但在他可以任意责怪别人的时候，这个男人永远不会觉得是自己的问题……

这些回忆一起涌上心头，阿妮鲁尔睁开了眼睛，紧紧握住虚拟笔，疯狂地写着。但她很快再次停了下来，仿佛又听到了什么声音。有人在外面走廊里说话吗？轻微的脚步声？她仔细地听着，但那些声音都消失了。

她把虚拟书写工具攥在手里……然后又听到了那些声音——这次的声音更大了——好像有人在这个房间*里面*，和她待在一起。这个人低语着，空中飘荡着难以理解的语句片段，然后渐渐消散。阿妮鲁尔神情紧张地起身离开了桌子，开始搜查屋内空荡荡的壁橱、大箱子，以及任何可能有人藏身的地方。

再一次，她什么也没找到。

那声音现在变得越来越大，阿妮鲁尔终于从其他记忆中辨认出了一声新的叫喊，一种越来越难以驾驭的汹涌澎湃。她从来没见过其他记忆里有人会这样向她倾诉，完全不知道是什么引起的。是因为自己对洛比亚搜索？还是因为她混乱的思想波动？这一次，这声音似乎就在她的周围，也在她的内心。

回声越来越大，仿佛她置身于一间挤满了能言善辩的姐妹们的房间里，但她一个人影也看不见，也无法听懂她们断断续续、重叠在一起的谈话。每个人都有话要说，但说出来的话却令人困惑，自相矛盾。

阿妮鲁尔考虑过逃离洛比亚的空房间，但很快就改变了主意。如果其他记忆里有人试图联系她，试图告诉她一些重要的事，那么她就必须搞清楚是什么。“洛比亚？是你在那里么？”

作为回应，刚刚还有如风暴的话语像幽灵般的云朵一样移动起来。声音忽而消散，忽而变响，就像一些调谐不良的杂音在汹涌的静电中挣扎一样。一些早已死去的女人尖叫起来，希望能盖过其他人的声音，但阿妮鲁尔还是无法理解她们在说什么。这些女人似乎在用多种语言呼喊着魁萨茨·哈德拉克的各种名号。

突然，脑海中的这些声音都消失了。伴随着一阵令人不安的寂静，阿妮鲁尔觉得自己的头嗡嗡作响，胃里也泛恶心。

她盯着那本还在桌子上方徘徊的感知－概念日记。上一次她在其他记忆中发现这种不安的躁动时，她也正在写日记。当时的她已经深入到了其他记忆所在的精神领域，却发现自己被一团旋转的迷雾挡住了。

这两种经历完全不同，但她从每一种经历中都得到了相同的信息。她这些聒噪的祖先有些不对劲。这一次，那些听不懂的声音变得更加混乱，不请自来。

如果她不能搞清楚原因，那么她的生活——或者更糟，她存在的全部意义——魁萨茨·哈德拉克计划——可能会处于巨大的危险之中。

一旦你探索了恐惧，它就变得不那么可怕了。勇气的一部分来自我们的知识。

——雷托·厄崔迪公爵

午后的风吹过卡拉丹的海面，雷托把胳膊肘支在阳台的桌子上。他喜欢被带有咸味的空气包围着，看着一行行雷雨云滚过波涛汹涌的浪花。海上的那些巨大风暴既可怕又伟大，使他不禁想起了帝国的混乱和自己的内心。它们无时无刻不在提醒他，在对抗远胜自己的势力时，即使是公爵，也微不足道。

隆博王子就坐在桌子的另一端，面对着一面石墙而非大海，他的半机械身体丝毫没有感觉到寒冷。他正紧盯着面前华丽的基奥普斯棋盘①，这是雷托以前经常和父亲玩的一种金字塔象棋战略游戏。“该你走了，雷托。”

公爵的那杯浓茶已经凉了，但他还是喝了一口。他移动了他的前锋，也就是一个人型机器人战士，准备阻挡对手的黑牧师。

“我的意思是，在另一件事上你也该出手了。”隆博的目光越过他，凝视古老石砌墙壁上的纹路，“贝尼·杰瑟里特拒绝了你要隐形

---

①基奥普斯棋，又称金字塔棋，形状为金字塔，共有九层，获胜条件有两个，首先己方的皇后走至金字塔顶端，同时将死对方的国王。

飞船的请求，但我们不能就此止步。现在杜菲和哥尼带着他们的报告回来了，我们有了需要的所有信息。是时候采取真正的行动来夺回我的伊克斯了。”他伤痕累累的脸上露出了孩子气的笑容。“杰西卡走了，你也需要做点有意义的事情来打发时间。”

“也许你是对的。”雷托凝视大海，却没有笑。自从天空帆船爆炸以来，他一直在寻找一个重要的目标来稳定心神。对比卡尔的惩罚性攻击算是个不错的开端，但还不够。他仍然觉得自己是个残缺的人……就像隆博一样。

“不过，我还是得先考虑我的人民，”雷托若有所思地说道，“肯定会有很多厄崔迪家族的士兵会在进攻伊克斯时丧生，我们也不能忘了卡拉丹的安全。如果进攻失败，萨多卡军团就会在这里对我们下手。我想要的是拯救你的世界，而不是失去我自己的世界。”

“我清楚这次行动的危险性。但伟人总是敢于冒险，雷托。”隆博用拳头猛地敲了一下桌子，但力度超出了他的本意。棋盘上的棋子跳了起来，仿佛它们小小的世界里发生了一场地震。接着，他低头看了看自己的假手，把它从桌子上轻轻抬了起来。“对不起。”他的表情比刚才更加激动，更加情绪化，“我的父亲、母亲和妹妹都死了。我自己变得更像是一台机器而不是一个人，而且也永远不会有孩子。见鬼，我还能失去什么呢？”

雷托等着他把话说完。王子正在整理自己的情绪，每次他提到伊克斯的问题时都这样。天空帆船上发生的那场可怕悲剧的唯一好处，就是它似乎刺激了隆博的思想，让他把繁杂的事情看得更清楚了。他现在变得更加强大，有了明确的目标和他想要达到这个目标的时间表。他是一个人——一个全新的人——一个肩负着伟大使命的人。

“沙达姆皇帝的有条件赦免只是一个空洞的姿态，我被他骗了还沾沾自喜地接受了它。浪费了这么多年的时光！我一直在不断地说服自己，只要我耐心等待，事情就会好转起来。现在，我的人民已经不能再等了！”他似乎又想要用拳头猛击桌面，但一看到雷托好像在往后躲，隆博便停了手。他的神情变得柔和，露出恳求的表情，说道：“他妈的已经太久了，雷托，我现在就想去。哪怕我能做的只是溜进伊克斯，找到克泰尔。而我和他只要一起努力，就一定能带领受压迫的民众举行一次起义。”

隆博盯着基奥普斯棋盘，棋盘的多层和复杂在很多方面上都反映出了生活的本质。他伸出他的假手，手指聚拢，拿起一个雕刻精致的女术士棋子，在棋盘上移动着。

“伊克斯将会为你的军事行动支付所有的费用，外加不菲的利息。此外，我还可以让伊克斯的技术人员来卡拉丹，检查这里所有的系统——工业、政府、交通、渔业、农业——并向你们的人民提供改进的建议。系统是关键，我的朋友，当然还有最新的技术。我们也将提供必要的伊克斯机器——在约定好的一段时间内免费。十年，甚至二十年。我们可以研究解决这个问题。”

雷托皱着眉头，仔细研究了一下棋盘，然后开始下棋，他将一个远航机棋子下滑一层，吃掉了对手的领航员。

隆博则只是随意地瞥了一眼棋盘，继续说道：“兰兹拉德联合会里的每一个家族——包括厄崔迪家族——都将从推翻贝尼·特莱拉中受益。曾经被认为是世界上最可靠、最具独创性的伊克斯产品，现在经常出现故障，这正是因为它们现在是从特莱拉人经营的工厂里生产出来的，他们的品控水平简直可笑。而且，即便这些产品能用，谁又敢相信特莱拉人生产的产品呢？”

自从间谍小组回来以后，雷托就一直思考着他们带回来的情报中蕴含的问题。如果特莱拉不能被清除出伊克斯，那么他们毫无疑问会利用他们在伊克斯的立足点在整个帝国中制造麻烦。他们每天在伊克斯的军工厂做什么？特莱拉人完全可以组建一支新的军队，然后用最新的伊克斯军事技术装备他们。

还有就是萨多卡军团为什么驻扎在那里？雷托的脑海中忽然冒出了一个可怕的念头。在帝国传统的权力平衡之下，科瑞诺家族和萨多卡军团在军事实力上与联合起来的兰兹拉德大家族不相上下。但假如沙达姆想通过与特莱拉人的结盟来打破这种平衡呢？这就是他们驻扎在伊克斯的原因吗？

雷托把视线从棋盘上移开了。“你说得对，隆博。不能再玩虚的了。”他的脸色变得严肃起来，“我不会再关心什么宫廷政治、个人形象还有历史评价了。正义是我现在主要关心的问题，还有兰兹拉德的未来，以及厄崔迪家族的未来。”

他又吃掉了隆博的一个基奥普斯棋子，但这位半机械人王子似乎根本不在乎。雷托接着说道：“不过，我还是想先确认一下，你并不是打算像你父亲那样虚张声势吧。他当年孤注一掷地打算用原子武器攻击凯坦，这么做注定只会给帝国带来一些皮外伤，也不会给维尔纽斯家族带来任何好处。”

凭借着装在脖子上的伺服器，隆博点了点头道：“是的，这么做只会让敌人一窝蜂地冲上来报复我们，当然也会连带着攻击你，雷托。”说着他很快地走了一步棋，但却是一个战略失误，让雷托得以在金字塔棋盘上又往上爬了一层。

“一名优秀的领袖必须注重细节，隆博，”公爵敲了敲金字塔棋盘，略带责备地说道，“如果所有的棋路没能连在一起，多伟大的战略也会毫无意义。”

隆博红了脸：“我还是更擅长巴厘琴。”

雷托又喝了一口凉茶，然后把剩下的茶水洒到了阳台边上，接着说道：“如果要行动，不可能用简单直接的攻击手段。是的，我们确实需要一场内部起义，但也必须配合公开的外部攻击。一切都必须精确地协调好才行。”

一场暴风雨逐渐逼近，风力开始增强。海面上，大小渔船纷纷缓慢地返回码头，准备躲避即将到来的暴雨。在下面的村庄里，人们忙碌起来，把松动的部件装牢，系紧船帆，锚定船只以抵御风暴。

一个女仆匆匆跑了出来，准备端走她一小时前送来的茶杯和三明治。她是个浅黄色鬈发的端庄女人，但也忍不住对那团不祥的乌云皱起眉头："您现在必须进屋了，公爵。"

"今天我想尽可能待在外面。"

"再说，"隆博插嘴道，"我还没打败过他呢。"

雷托发出一声夸张的呻吟："那我们可就得在外面待一整夜了啊。"

女仆只得退了回去，雷托朝她皱了皱眉头，然后目光坚定地看向隆博："等你和伊克斯的地下组织取得联系后，我会调动军队，准备全面进攻。而且我不会让你孤身前往伊克斯，我会派我的好朋友哥尼·哈莱克陪着你。他是个伟大的战士，也是个走私犯……而且他以前就潜入过伊克斯。"

灰色的阳光照在隆博头顶的金属盖上，反射着光芒，他点了点头说道："我不会拒绝他的帮助。"隆博和哥尼经常一起练巴厘琴，一起唱歌。这位伊克斯贵族经常一次练习好几个小时，训练他的协调性，他会用他的机械手指熟练地拨动那些轻柔的琴弦，只是他的歌声还是和以前一样糟糕。"哥尼也是我父亲的朋友。他和我一样想要复仇。"

雷托的黑发在风中飘摆着："邓肯会为你提供潜入所需的装备和武器。藏在伊克斯荒野里的伪装战斗舱可以对敌人造成很大伤害，前提是使用得当。在你们离开之前，我们会制订一个精确的时间表，好让外部的全面军事攻击能配合你们的内部起义。就好像你先一拳打在敌人的腹部，当他弯腰时，我的部队再给他致命一击。"

在他们讨论军事部署和武器装备时，隆博抓空又下了一步棋。经过这么长时间，特莱拉已经不会防备来自正面的直接攻击了，但他们的萨多卡盟友却是另一回事。

雷托向前伸出了手，拿起了一颗精雕细刻的萨多卡队长棋子，把它从金字塔底部一直挪到了塔顶，然后说道："我很高兴看到你一直专注于重返伊克斯的计划，隆博。它刚刚完全占据了你的头脑，转移了你的注意力。"

然后他推倒了隆博在棋盘上最重要的一颗棋子——坐在微型金狮宝座上的科瑞诺皇帝："当你忽视了这盘棋局，要赢你真是很容易。"

王子微笑了起来，就连脸颊上的伤疤都仿佛荡漾开来："你真是一个可怕的敌人。好在我和你在战场上是盟友，对我来说这是莫大的荣幸，也是无比的幸运。"

人类参与宇宙的所有事情。

——伊德里斯皇帝一世，《凯坦的遗产》

杰西卡在皇宫里的每一天，阿妮鲁尔夫人都会找来奢侈品给她看。雷托公爵的年轻情妇表面上是侍奉皇帝妻子的侍女，但阿妮鲁尔却把她当成了客人，很少让她做重要的工作。

在哈西克三世表演艺术中心的一次晚间娱乐活动中，杰西卡与皇帝和皇后共同乘坐了一辆私人马车。这辆精美的珐琅车被哈蒙塞普[①]巨狮拉着，这种狮子拥有乳脂般的皮毛和宽大的爪子，更适合穿越崎岖的山脉，而不是在帝国最辉煌的城市里穿行。人群排列在林荫大道两旁，目睹这些训练有素的野兽缓慢前行，它们在柔和的夕阳照耀下显得挺拔俊逸。在这种公共活动中，都会有相应的美甲师负责维护狮子那刀刃般的爪子，而美容师则会为这些狮子洗头、梳理鬃毛。

穿着一件猩红色夹克和一条金色裤子的沙达姆正面无表情地坐在被屏蔽场保护起来的车厢前端。杰西卡并不觉得他有多么喜欢戏剧和歌剧，但他的顾问们肯定告诉过他，把自己塑造成一个有教养的统治者的好处。阿妮鲁尔和杰西卡并排坐在后座，显然是比他低了一等。

---

①哈蒙塞普是禅逊尼大迁移的第六站，星球名为英格斯里所起。据推测该星球原本属于孔雀四星系。

自从杰西卡来到凯坦，皇帝只跟她说过几句话。她怀疑沙达姆是否还记得她的名字。她毕竟只是一个怀孕的侍女，他不可能对她有什么兴趣。三位公主——伊勒琅、查丽丝和文丝西亚——跟在她们身后，共同乘坐了一辆不那么华丽、没有屏蔽场的马车。约西法和鲁吉仍然和保姆们待在一起。

皇家马车最终停在了哈西克三世中心那座镶嵌着圆柱的大厦前，这是一座洞穴状的建筑，具有隔音功能和棱镜窗户。观众可以看到和听到帝国中最有创造力的天才们的表演，不会错过一个耳语或细微的表情，即便你坐在最远的座位上。

大理石拱门和侧面的火喷泉标志着这是专供皇帝及其随从出入的大门。这种火喷泉会喷出带着香味的燃油，呈柔和的弧线状，蓝色火焰则会在这些燃油落入菱形反射池之前就消耗掉其中的大部分燃料。

在萨鲁撒·塞康达斯被摧毁后，哈西克三世是第一批定居在凯坦的统治者之一。为了重建政府基础设施，他向他的臣民大肆征税，几乎让所有人都破产了。而兰兹拉德的成员则不甘心被科瑞诺家族超越，因此他们在这座不断扩大的城市里建造了自己的纪念碑。在一代人的时间里，原本平凡的凯坦变成了一个令人敬畏的由皇家建筑、博物馆和官僚自我陶醉的产物所组成的奇观。表演艺术中心便是其中一个例子。

阿妮鲁尔抬头看了看这座雄伟的建筑，然后把目光转向了杰西卡，说道："当你成为一名圣母，你就能体验到其他记忆中的奇迹了。在我的过往集合体中，"——她举起一只没戴戒指和其他珠宝的纤瘦的手，做了一个包罗万象的优雅手势——"我清晰地记得这座建筑是什么时候建成的。这里的第一场演出是一部古老而相当有趣的戏剧：《堂吉诃德》。"

杰西卡扬起了眉毛。在圣母学校的时候，莫希阿姆一直在严格地培训她，教给她文化、文学、政治和心理学。"夫人，当时选择演出

《堂吉诃德》好像有些奇怪，尤其是在萨鲁撒·塞康达斯悲剧之后。”

阿妮鲁尔看向她的丈夫，沙达姆正盯着车窗外。他全神贯注于窗外那鼓乐喧天的喧闹，尤其是那些挥舞着三角旗向他表示敬意的人群。“那个时候的皇帝还是允许自己有一点幽默感的。”她回答道。

皇帝一行人从马车上下来，穿过拱形的入口通道，后面跟着一列负责为皇帝举鲸皮斗篷的侍从。侍女们也在阿妮鲁尔的肩上披了一条不那么引人注目类似皮革的披肩。随行人员缓慢而精确地跟着皇帝走进了表演艺术中心，以便观众和新闻摄像师能够捕捉到每一个细节。

沙达姆顺着亮闪闪的台阶来到了宽敞的皇家包厢，他现在距离舞台很近，如果他愿意的话，他甚至能看清演员脸上的毛孔。沙达姆在一个安放了软垫的高背椅上坐了下来，这个高背椅不大，目的是让皇帝看起来更加高大威武。

阿妮鲁尔没跟丈夫说一句话，她只是坐在了他的左边，继续和杰西卡聊天：“你看过在册的艺人家族演出吗?”

杰西卡摇了摇头道：“那些艺人大师真的有超自然力量，能唤醒最铁石心肠的人心里的原始情感吗?”

“艺人家族的天赋似乎是一种共振－催眠技巧，姐妹会也有类似的手段，只不过这些演奏者只是用它来提高他们的艺术水平罢了。”

杰西卡甩了甩她的古铜色头发，说道：“那我就期待观看这些经过增强的演出了。”今天晚上，他们将会欣赏到《我父亲的影子》，这是后芭特勒时代最优秀的文学作品之一，这部作品极大地巩固了皇太子拉斐尔·科瑞诺作为一位受人尊敬的英雄和学者的历史地位。

侍从们在萨多卡卫兵的护送下进入了皇家包厢，向皇帝、皇帝的妻子和她的客人献上了起泡葡萄酒。阿妮鲁尔拿过一只带有凹槽的酒瓶递给杰西卡，说道：“这是一瓶上等的卡拉丹佳酿，是公爵进贡的礼物之一，他希望借此感谢我们对你的关照。”说着她伸手摸了摸杰西卡那微微隆起的小腹，“不过我敢说，根据莫希阿姆告诉我的，他似乎不太愿意让你到这里来。”

杰西卡脸红了。“我相信厄崔迪公爵有足够多的事情要忙，足以分散他对一个侍妾的思念。”她保持着平静的表情，以免流露出相思之苦，“我肯定他有更远大的抱负。”

乐队开始演奏序曲，标志着演出开始，端酒的侍从们退了出去。闪烁的泛光灯照亮整个舞台，灯光被调成了黄色，代表着日出。整个布景没有标记、道具和窗帘。剧团排成方阵走了出来，按照地面上的记号站好。杰西卡盯着演员身上的华丽服装看了起来，研究着面料上绣着的神话图案。

沙达姆坐在椅子上，暂时还没有觉得无聊，但杰西卡觉得他很快就会感到无聊了。按照传统，这些演员需要等待皇帝的点头才能继续。

后台的一名技术人员启动了一组索利多全息发生器，突然，道具和布景闪着微光出现在人们的视线中——高耸的城堡墙壁、宝座和遥远的茂密森林。

“啊，帝国，光荣的帝国!”饰演拉斐尔的男主角呼喊道。他举着一根长长的权杖，顶端装有一个多面的球形灯，浓密的黑发一直垂到这个演员后背中央。肌肉发达的结实身体让他显露出一种居高临下的威严。他的脸庞也有着一种瓷器般精雕细刻的美感，搅动了杰西卡的心。“我的眼神不够强大，我的头脑不够宽广，不能看到和学习我父亲治下的那些奇迹。”

演员低下了头：“我多么渴望能用我的一生去学习，这样在我即将离世时便多少能有一丝理解。只有如此，我才能尽我的全力尊敬神明和祖先，正是他们创造了这个伟大的帝国，正是他们消灭了瘟疫般的思维机器。”他抬起头，目光犀利地端详沙达姆。“生为科瑞诺是任何人都不配得到的祝福。”

杰西卡感到浑身发冷。这位演员的台词说得饱满又响亮，不过他似乎稍微改变了一下传统的台词。杰西卡学过这出戏，她确信她记得这部经典戏剧的每一句台词。阿妮鲁尔夫人也应该能注意到的，但她什么也没说。

剧中的女主角是一位名叫赫拉蒂的美丽女子，她冲上台去打断了皇太子的遐想，然后告诉他有人企图暗杀他的父亲，也就是帕迪沙皇帝伊德里斯一世。年轻的拉斐尔惊呆了，跪倒在地痛哭了起来，但赫拉蒂抓住了他的手说道："不，不，我的王子。他还没有驾崩呢。您的父亲虽然头部受了重伤，却幸存了下来。"

"伊德里斯是那道让金狮宝座得以照耀整个宇宙的光。我要见他。我必须重新点燃余烬，让我的父皇活下去。"

赫拉蒂说道："那我们赶快出发吧。苏克医生已经和他在一起了。"说罢，他们一起庄严地离开了舞台。瞬间，全息背景转移到了室内。

沙达姆坐在他的包厢里望着这一幕，沉重地叹了口气，向后靠了靠。

在这出戏中，伊德里斯皇帝没能从重伤中恢复过来，或者说没能从昏迷中醒来，但生命维持系统还是让他活了下来。伊德里斯从此就一直躺在床上，日夜被人照料。而拉斐尔·科瑞诺，这位帝国实际的统治者和皇位的合法继承人，也一直在为他的父亲哀悼，但他从未正式取代他坐上皇位。是的，拉斐尔从来没有坐过金狮宝座，他总是坐在一把较小的椅子上。虽然他统治了这个帝国很多年，但他从来只称呼自己为皇太子。

"我不会篡夺我父亲的皇位，任何有此图谋的人都将受到严惩。"演员朝皇家包厢的方向迈了一步。他的权杖顶端那个多面球形灯就像一把火炬那样闪闪发光。

杰西卡眨了眨眼睛，试图辨别出演员究竟改动了哪些台词，以及他为什么要改。她觉得此人的动作有些奇怪，透着一股不安。他真的只是因为紧张吗？也许是因为他忘了台词。但是艺人家族的演员永远不可能忘台词……

“科瑞诺家族比任何个人的野心都重要。没人可以声称自己有权拥有继承权，”演员敲打着他的权杖，“这种狂妄自大将被证明是极其愚蠢的。”

阿妮鲁尔终于也注意到了这些台词上的错误，并向杰西卡瞥了一眼。而沙达姆只是看起来快要睡着了。

这位扮演开明的拉斐尔的演员又迈出了第二步，他现在就站在皇帝所在包厢的下面，而其他的艺人则都退了回来，让他站在舞台中央，他继续说道：“在帝国这出伟大的戏剧中，我们都有自己的角色。”

然后，他就完全脱离了原有剧本，开始背诵起莎士比亚戏剧中的台词来，这些台词甚至比《我父亲的影子》本身还要古老：“世界是一座舞台，往来的男女只是过场的演员。他们有登场也有退场，终其一生要扮演许多角色。①”

这位扮演拉斐尔的演员把手伸到胸前，摘下一枚红宝石胸针。这块宝石明显被打磨过，所以看起来像是一块透镜。“而我，沙达姆，不仅仅是一个演员。”他忽然对皇帝说道，顿时沙达姆大吃一惊。演员把这块打磨过的红宝石“砰”的一声插进了权杖的一个插座里，杰西卡这才意识到宝石其实是一个能量源。

“一个皇帝应该爱他的人民，服务于他的人民，并努力保护他们。相反，你选择成为札诺瓦的屠夫。”他的手杖上的球形灯发出光芒，“沙达姆，如果你想杀我，我很乐意为全体札诺瓦人民献出我的生命。”

萨多卡士兵们纷纷跑到了舞台边缘，但不知道该怎么办。

---

①出自莎士比亚的《皆大欢喜》。

“我就是你同父异母的兄弟泰洛斯·瑞法，珊多·巴鲁特夫人和埃尔鲁德九世皇帝之子。我就是你不惜毁灭一个星球、屠杀数百万无辜者也要谋杀的那个人——而我向你在科瑞诺家族的权力提出挑战！”

他手中的权杖开始像太阳一样射出道道光芒。

“有武器！”沙达姆大吼着站了起来，“阻止他，但我要活的！”

萨多卡士兵一下子拔出了棍棒和利刃，迅速冲了上去。瑞法看起来很吃惊，立即挥舞起他的珠宝权杖。“不，这不是我的本意！”但萨多卡士兵就快要抓住他了，瑞法仿佛突然下定了决心似的调整了宝石，“我只是想证明我的观点。”

一道光束从权杖射出，杰西卡迅速向侧面扑倒。阿妮鲁尔夫人则推倒了自己的椅子，伏在地上。聚焦的球形灯发射出了致命的激光冲击波。附近的一名萨多卡卫兵被击飞到了皇帝的椅子上，把沙达姆撞倒在地，这猛烈的一击把这名卫兵的胸膛炸成了一片灰烬。

观众大声尖叫起来。艺人演员们纷纷逃到舞台后面，惊讶地看着瑞法。

泰洛斯·瑞法躲在道具后面避开了萨多卡士兵射来的一束激光，他挥舞着球形灯权杖，仿佛那是一把炽热的大刀。突然，耀眼的光芒噼里啪啦地熄灭了，代表着红宝石里的能量已耗尽。

萨多卡士兵一拥而上，跳上舞台，包围了这个自称是埃尔鲁德之子的人。侍从拖着浑身颤抖但并未受伤的皇帝从几乎被完全炸毁的皇家包厢后面退了出去。一个年轻的剧场引座员指引着阿妮鲁尔、她的女儿和杰西卡离开现场。紧急反应小组则冲进现场灭火。

在皇家包厢外面的走廊里，一位萨多卡军官神情严峻地大踏步走了过来：“我们抓住他了，陛下。”

沙达姆看上去仍处在极度震惊之中，精神有些恍惚。一名侍从为他抚平了披风，而另一名侍从则为他重新梳理抹了油的头发。皇帝的那双绿眼睛射出两道寒光，与其说是害怕，不如说是愤怒：“很好。”

沙达姆拍了拍自己的胸膛，重新整理了一下他给自己颁发的那些闪闪发光的勋章，说道：“务必逮捕这里所有涉案的人。有人伙同这些艺人犯下了不赦之罪。”

“遵旨，陛下。”

皇帝终于看了一眼他的妻子和杰西卡，她们和他自己的女儿们都站在旁边，毫发无伤。但他没有松一口气，只是消化了一下这个信息。

“好吧……从某种意义上说，也许我应该奖励这个人。”皇帝忽然沉思起来，试图缓和眼前的紧张气氛，“至少我们不用接着看这部无聊的戏剧了。”

在一个技术型文化中，技术进步可以被视为一种企图更快进入未来、急于让未知之物为人所知的方法。

——哈里什卡大圣母

对于这三位李芝发明家来说，这次神秘的贝尼·杰瑟里特圣母学校之旅是一段特殊的经历，但是哈罗亚·伦德说不出确切的原因。出于某种原因，瓦拉赫九号星之旅似乎显得很不真实。

他们乘坐着穿梭机接近了克罗娜实验卫星。伦德安静地坐在乘客座位上，想知道贝尼·杰瑟里特最终会不会把这个大型项目委托给他的叔叔伊尔班·李芝伯爵。如果李芝能接下这个对圣母学校电力系统提供技术支持的项目，姐妹会所支付的高额费用将会是李芝经济的福音。

但奇怪的是，伦德似乎将他和同事们在瓦拉赫九号星经历的事全都忘记了。他只记得这是一次令自己筋疲力尽的旅行，好像开了很多会。他们为姐妹会制订了详细的计划，提了不少建议……是这样吧？这些计划书肯定还留在金尼斯主任和那个书呆子塔利斯·伯尔特的水晶板上。金尼斯是个严格遵守时间表的人，他的口袋一直放着听写卡，他用这个追踪实验室员工的行动，精确到纳秒。而对于那些不在这位官僚的水晶板上的东西，塔利斯·伯尔特肯定会记得的。

但伦德就是觉得自己脑子里有些记忆正在逐渐消散。每当他试图回忆任何具体的谈话或他提出的具体设计建议，他的记忆就会偏离正轨。他就从来没有像现在这样如此容易分心过。事实上，他一直是个非常专注的人，这在一定程度上要归功于他那微不足道的门泰特背景。

现在，他们的飞船开始停靠在轨道卫星上，他模糊地记起自己曾参观过瓦拉赫九号星上的设施。他和他的同事们当时确实身处那所著名的学校，而他当时也一定留心观察了周围的一切。他确实记得姐妹会为他们准备了丰盛的宴会，而那也是他吃过的最好的一顿饭。但他就是想不起菜单上有什么菜了。

伯尔特和金尼斯似乎都没有他这种不安，他们已经在讨论另一项与姐妹会毫不相干的工作了。这一路上他们就压根没有提过贝尼·杰瑟里特，全部的话题都集中在卫星实验室，集中在如何改进宝贵的李芝镜的制造技术上。

当他和同事们下了飞船，走进克罗娜的研究设施，伦德觉得自己好像刚从一场噩梦中醒来。他左顾右盼，迷失了方向，忽然发现他们几个人谁也没有带行李和个人物品。而且一直都没有带，他们临走的时候打包了吗？

回到卫星实验室后，他才逐渐高兴起来，决心立即投入到研究和开发工作中去，他发现自己总是很容易就忘了和贝尼·杰瑟里特有关的所有事情。他讨厌这种迷失的时间……但又无法确定他到底去了多久。他得去核实一下。

弗林托·金尼斯和塔利斯·伯尔特在刺眼的光线下眨着眼睛，从伦德身旁走过，进入了金属走廊。伦德仍在努力回忆贝尼·杰瑟里特的宴会，他能感觉一些记忆碎片渗入了他的意识边缘，就好像水流从堤坝的裂缝中渗出那样。他尝试使用他很久以前学习过的一些门泰特技术，但每次都像是在试图抓住一块光滑的苔藓岩石。他想回忆起更多细节。如果那道裂缝能继续变大的话，也许那座阻挡他记忆的堤坝就会崩溃掉。

寒冷的恐惧感涌上了他的心头，伦德开始感到头晕目眩。这不对。他开始耳鸣。难道是那些女巫对我们做了什么吗？

他的双腿开始失去平衡。没等伦德的同事来得及帮他，他就摔倒在了冰冷的金属地板上。耳中嗡嗡作响。

塔利斯·伯尔特俯下身来，光滑的额头上现在全是皱纹："你怎么了，哈罗亚？需要给你找个医生吗？"

金尼斯则噘起了嘴唇。"要不干脆给你放个假吧，伦德？我相信你叔叔会同意的。"他似乎在心里重新评估日程安排，"我怀疑贝尼·杰瑟里特并不是真打算给我们这单业务。"

一听到这句话，伦德一下子困惑又震惊："给我们什么业务，主任？"最近的几天现在全都变成了雾一样的幻影。他怎么能一下子就忘了这么多的事情呢？"你还记得吗？"

那个官僚抽了抽鼻子，答道："哦，当然是为了她们的……项目了。这有什么关系嘛？在我看来，我们算是白费力气了。"

在伦德看来，他的眼睛似乎向内翻了一下，露出了一个贝尼·杰瑟里特女人的幻象，她的嘴里发出了一连串尖锐的问题，在他的脑海里回响。他眼看着她的嘴唇慢慢地一张一合，说着奇怪的话，长长的手指在他面前移动，仿佛在催眠他。

他使用了门泰特记忆法，思维集中技巧。堤坝上的裂缝逐渐变宽了。他想起了那些褐色的悬崖，想起了一个采石场……一艘坠毁了的飞船，以及一句特别的话："你们是乔本恩的朋友。"

突然，心灵的障碍瓦解了，一切都显露无遗。"告诉我们你们对这项发明的了解。还有我们如何才能重新复制它？"伦德仍然坐在走廊的地板上，忽然大喊起来，"快给我拿个全息记录仪来。快去！我需要记下这些细节。"

"他疯了，"金尼斯主任哀叹道，"脑子坏掉了。"

但塔利斯·伯尔特猛地从这位官僚的口袋里掏出一张听写卡，递给了他的同事。伦德一把抓了过来：“这是很重要的！在我失去记忆之前，没时间回答你们的问题。”

他的眼睛直勾勾盯着前方，启动了麦克风，气喘吁吁地开始讲话：“特努·乔本恩……他的秘密项目对卡利玛尔总理来说很重要。他现在失踪了……投奔了哈克南家族。他留下的记录里有太多的空白。啊，现在我们终于知道他一直在忙什么了！一个隐形力场发生器。”

伯尔特跪在他身边，光滑的额头上眉头紧皱。金尼斯看起来好像还是想叫个医生过来，然后再用一艘救援船把这位发明家带回李芝去。金尼斯不喜欢让工人们起疑心，但毕竟伦德是伯爵的侄子，他得罪不起。

更多的画面涌进了伦德的脑海，他连珠炮似的说了起来：“他用他的力场发生器让一艘战舰隐了形……但哈克南人把这艘飞船撞进了圣母学校。这就是为什么我们被带到瓦拉赫九号星，她们想让我们帮忙搞明白这种令人难以置信的技术——”

弗林托·金尼斯听够了，他打断了伦德：“别胡说了，我们被叫去是为了讨论一个……”

“我相信我的笔记本里有记载。”伯尔特补充道，但紧接着又皱起了眉头。

“你还记得那个采石场吗？”伦德问道，“还有那些审问我们的女人？就是她们做了手脚，抹去了我们的记忆。”

这位不耐烦的发明家紧握着强化玻璃听写卡，喋喋不休地说出他所能记住的一切。好奇的人群开始聚集在卫星实验室的走廊上，当伦德从他逐渐恢复的记忆中绘制出整幅图像时，金尼斯和伯尔特再也无法忽视他的话了。一个又一个的细节让他们开始变得疑虑重重，但他们就是想不起来。

伦德放松了下来，他要来了更多听写卡，然后对着这些卡片连续说了好几个小时，期间滴水未进，最后筋疲力尽地倒在了走廊的地板上。而他的工作才刚刚开始。

独自在夜晚大笑的人，肯定是陶醉在自己的罪恶里。

——弗雷曼人的智慧

因为在厄拉科斯上水无比珍贵，所以隆多·图克在南极的水工厂使他成为了一个富有的水商。他能买到人们所渴望的一切东西。

然而，他却长久地生活在绝望和恐惧之中，无论他逃到哪里，他都怀疑自己是否真的安全。

图克现在正躲在他位于迦太格的豪宅里，这是一栋非常优雅的房子，里面摆满了他收集的漂亮艺术品。他花了一大笔钱安装了最先进的安全系统，购置了各种各样的个人防御武器。他还雇佣了一些与他背叛的家族毫无关系的外世界雇佣兵。

他应该可以感到安全了。

在他出卖了那个隐藏多年的走私基地的位置后，图克的生活质量急剧下滑。多年以来，他一直都替多米尼克·维尔纽斯保守秘密，接受他的贿赂，同时帮助这些走私者获取他们需要的物品。他对自己两面下注的行为并不感到内疚，只要利润能不断增加就行。后来，图克看到了一个大发横财的机会，所以把这些逃亡者的位置出卖给了哈什米尔·芬伦。装备精良的萨多卡军团随后便突袭了那个走私基地。

他从来没有想过这些变节者会藏有原子武器。最终，被逼到了绝境的多米尼克·维尔纽斯点燃了一个燃石炸弹，把他的基地、士兵和皇帝的整个军团都蒸发了……

考虑到某一天可能会突然冒出一个美丽的女刺客，所以图克早早就把他的情妇们都赶走了，每天独自入睡。为了防备刺客下毒，他连食物都是自己准备的，并用最好的克洛宁毒物探测器检查每一口食物。而且由于担心狙击手，他再也不会不戴防具就进入城市了。

现在，那些不可捉摸的弗雷曼人，在没有给出任何解释的情况下，简单地终止了与他的业务关系，不再聘用图克当他们和宇航公会的中间人。而多年来，他一直充当他们之间的中间人，帮助弗雷曼人用香料贿赂宇航公会。

难道弗雷曼人对他起了疑心吗？而话又说回来，他们为什么会关心那伙走私犯呢？不过，如果他们坚持要终止合作的话，图克会毫不内疚地向凯坦报告他们的非法活动。也许沙达姆四世会像芬伦伯爵那样慷慨地报答他。

但根深蒂固的恐惧把这名水商困在了他重兵把守的房子里。*我树敌太多了。*

他试图从身边柔软的靠垫和丝绸中寻找一丝抚慰。豪宅里那无比昂贵的喷泉发出带有催眠效果的嗡嗡声，这本来可以帮助他入睡，但最终却没有成功。他只得第一千次劝自己说，他过于担心了。

列特-凯恩斯、斯第尔格以及另外三名弗雷曼突击队员轻松地绕过了安全系统。这些人可以做到不留下任何可辨认痕迹地穿过开阔沙地。所以这对他们来说算不上挑战。

在割断了两个雇佣兵的喉咙之后，弗雷曼人成功潜入了水商的豪宅，沿着光线充足的走廊一路前进。“图克应该雇些更厉害的人。”斯第尔格小声说。

列特已经抽出了他的晶牙匕，这把乳白色匕首的刀刃今晚还没有尝到鲜血。他打算把自己的匕首留给罪有应得的人。

几年前，当时还年轻的列特加入了多米尼克·维尔纽斯和他在南极的走私者团队。多米尼克是一个很好的朋友和老师，他的部下都很喜欢他。但在列特离开他们回到穴地后，隆多·图克背叛了这位变节者。这个水商毫无荣誉感。

今晚，图克将得到一笔与以往完全不同的报酬：弗雷曼人给予的制裁……

他们悄无声息地穿过石头走廊，隐匿于阴影中，靠近了水商的卧室。从以前在这里工作过的仆人那里获取豪宅的蓝图是一件很简单的事，那些仆人本来也都是城市弗雷曼人，他们仍忠于自己的穴地。

尽管自己从未见过多米尼克·维尔纽斯本人，但斯第尔格还是追随了列特，因为列特现在是所有弗雷曼人的阿布耐布。所有弗雷曼突击队员都很乐意加入这项任务。弗雷曼人理解什么叫仇杀。

在一片漆黑之中，他们闯进了图克的卧室，然后关上了身后的门。大家都抽出了刀刃，脚步安静得像油流过岩石。列特本可以掏出他的毛拉手枪，向躺在床上的叛徒开枪，但他并不想谋杀这个人。不完全想。

图克被惊醒了，他深吸了一口气想大声尖叫，但斯第尔格却像恶狼那样扑了过去。两个人在光滑的床单上厮打起来，最后斯第尔格狠狠扼住那人的喉咙，不让他出声。

水商双目圆睁，眼珠左看右看，眼神里充满了恐惧。他扭动了一下，但一名突击队员按住他的短腿，然后又把他的胳膊按在床上，防止他触发警报或伸手去拿隐藏的武器。

斯第尔格低声说道：“我们没有多少时间了，列特。”

列特－凯恩斯怒视着他的俘虏。多年前，作为一名年轻的弗雷曼使者，列特每个月要去冰采矿一次，运送香料贿赂，但是图克现在显然已经认不出他了。

由于事态紧急，斯第尔格象征性地割断了图克的舌头，这样他的尖叫声就会因为血液淤积在嘴里而变成汩汩的声音。

图克干呕起来，吐了几口鲜红的口水，列特则对他宣读弗雷曼人的判决：“隆多·图克，因为你说出的背叛之语，所以我们取走你的舌头。”

列特举起晶牙匕，用刀尖挖出了那人的眼球，一次一只，然后把图克那圆睁着的白色眼珠放在床头柜上：“因为你看到了不该看的事，所以我们取走你的眼睛。”

图克在恐惧和痛苦中挣扎着，再次试图尖叫，但他只成功地吐出了更多的血。两名突击队员不由得皱起了眉头。

列特用刀刃割下了这个奸诈叛徒的左耳，然后是他的右耳，然后将这两只耳朵与舌头和眼球一并放在了床头柜上：“因为你听到了本不属于你的秘密，所以我们取走你的耳朵。”

所有的突击队员都参与了最后一步，也就是砍断图克的手，房间里顿时响起骨头裂开的声音。“我们砍断你的手，是因为你用它收受贿赂，出卖信任你的人。”

最后，他们把水商放倒在床上，让他淌着血——人还活着，但生不如死……

在弗雷曼人离开之前，他们喝了好几大口图克卧室里那装饰性喷泉里流淌的水，然后悄悄地溜回到了迦太格黑暗的街道上。

从此之后，列特－凯恩斯将直接与宇航公会交涉并商议他自己的条约。

强烈的情绪所产生的想法会停留在内心。而抽象思维则一定停留在大脑。

——贝尼·杰瑟里特格言，《控制的原则》

隆博穿了一件剪裁精良的制服，披着一条引人注目的紫色斗篷，里面衬着铜丝。他的动作现在已经很流畅了，这些衣服也能恰到好处地把他的身体盖住，不仔细看是无法看出他是个半机械人的。特希雅自豪地站在他身边，挽着他的手臂，陪着他穿过位于卡拉市太空港边上的军用机库。

在最大的机库里，他们见到了雷托和杜菲。维修人员敲打金属发出的叮当声不绝于耳，吵得隆博向后退了好几步。

“第一步已经准备好了，隆博王子，”哈瓦特宣布，“我们为你和哥尼买好了远航机票，但你们得多花些时间绕道走，这样等你们到达伊克斯，才不会有人追踪到你们是从哪儿来的。”

邓肯·艾达荷擦去手上的油脂，把手里的水晶数据板塞进口袋，急忙走过去迎接他们：“雷托，我们的舰队已经准备好接受你的检阅了。我们已经完成了对二十六艘战斗护航舰、十九艘运兵船、一百架战斗扑翼机和五十八架单人战斗机的全面检查。”

杜菲·哈瓦特在心里默默记下了这些数字，然后计算了宇航公会运送这样一支部队会找他们要多少宇宙索，并将结果与厄崔迪家族现有的可用资金进行了一下比对，最后说道："公爵，这次行动的规模太大，我们得从公会银行贷款了。"

雷托反驳了这种担忧："我的信用很可靠，杜菲。而这是一项我们早就应该进行的投资。"

"我会把所有的开销都还给你的，雷托……除非我无法代表维尔纽斯家族夺回伊克斯——那样的话，我会破产甚至死亡。"隆博注意到特希雅那双深褐色的眼眸中似乎闪着泪光，马上又补充道，"我担心，我很难克服过去的思维方式。但我已经等得够久了。我希望哥尼和我明天就能出发。我们有很多地下工作要做。"

雷托的眼睛一直在盯着他那架光滑的军用飞船。他们一行人从正在测试引擎、加油、检查控制面板的机组人员身旁走过。厄崔迪士兵见到公爵迅速起身立正，向公爵敬礼。

"邓肯，为什么会有这么多扑翼机和单人战斗机？这不是一场空战或是地面战。我们的计划是打通隧道，进入地下城市。"

邓肯指着各式飞船解释道："我们的攻击很大程度上依赖于护航舰和运兵船能以多快的速度部署大量的士兵。然而，扑翼机和单人战斗机必须首先出击，摧毁萨多卡感应塔，并打开通向悬崖石壁的屏蔽场大门。"他扫了一眼这些飞镖形状的快速战斗机，接着说道："如果我们的部队不能迅速突破地面防御，地下突袭战就注定会失败。"

雷托点了点头。杜菲·哈瓦特运用门泰特技术，对个人屏蔽场、炸药、激光枪、手持武器、口粮、燃料甚至军服进行了仔细的盘点。这种一次性的大型军事行动会带来很多家族问题，几乎和它包含的战术问题一样多。比如，大部分通常用来保卫卡拉丹的部队这次也将参战。这是一种考验平衡的游戏。

然而，如果皇帝决定派遣萨多卡军团来报复厄崔迪家族的母星，那无论配置多少防御力量都是不够的。在皇帝发布了那个针对非法储存香料的可怕警告，并且对机诺瓦进行了残忍的袭击之后，许多家族都加强了自己的安全措施。一些贵族家族自愿交出了他们长期藏匿的香料储备，为此付出了巨大的代价，而另一些家族则极力否认与违禁美琅脂有任何牵连。

雷托前一阵向凯坦发了一条信息，声称厄崔迪家族自愿接受宇联商会的审计——但这条信息没有得到任何回复。清白并不能保证安全，因为记录（甚至库存本身）总是可以伪造的。杜菲引用了埃卡兹家族的例子，他认为在最近的一次冲突中埃卡兹是无辜的。在一名间谍摧毁了格鲁曼的一个隐藏的香料储备点后，亨德罗·莫里塔尼子爵对他的死敌埃卡兹大加指责。结果不久之后，埃卡兹的一个香料仓库被曝光了。阿曼德·埃卡兹大公义愤填膺地声称是莫里塔尼家族栽赃了自己，只是为了陷害埃卡兹人民。作为证据，他交出了几个被处决的格鲁曼“破坏者”的尸体。而在皇帝开启调查的时候，双方仍在相互指责和反诉。

一名身穿制服的信使把头探进了阳光充足的机库。然后她便上气不接下气地小跑进来，期间还向一个修理工问了路，那名修理工指了指公爵和他的同伴。雷托心头一紧，不禁回想起过去那些满脸通红的送信人不断送来紧急消息的日子。而在他的记忆中，这些信使就没送过一次好消息。

那个女人轻快地走了过来，向雷托鞠了一躬，要求他出示公爵印戒以核实身份。最后她满意地递给他一个信息圆筒，雷托随后礼貌地把她打发走了。隆博和特希雅后退了一步，给雷托留出阅读和思考的空间。邓肯和杜菲都打起了精神，紧紧盯着他。

“这是来自凯坦的正式通知。有人企图暗杀皇帝，”雷托脸色发白，低声说道，“而杰西卡就暴露在刺客的枪口前！”他死死握住打开的圆筒，指关节都变白了，雷托全神贯注地看着信里的细节，灰色的眼珠左右转动。“根据信上所说，刺客是一场演出里的一个疯子。”

隆博沮丧地看着特希雅：“地狱在下！杰西卡去凯坦正是为了安

全啊。”

“她受伤了吗？”邓肯问道。

“杰西卡自己写了第二封信。”雷托回答，显然松了口气，说着抽出一张新信纸。他读了信，并把它传给了杜菲·哈瓦特，仿佛并不在意他的门泰特阅读自己侍妾的内心想法。

雷托不安地站在那里，心脏怦怦直跳。他额头上也冒了汗。自己抛弃理智，不顾一切地爱上了她，并把太多的希望寄托在了她未出生的孩子身上。

“我相信真相肯定比官方声明透露出来的要有意思得多。不过，杰西卡显然不是刺客的目标，公爵，”哈瓦特指出，“如果有刺客要杀她，他们早就下手了。有皇帝在她身边，暗杀难度会高很多。不，您的夫人只是……凑巧在场而已。”

“但如果她被激光枪打中了，她同样活不成啊。”雷托的脸色阴沉着，心如刀绞。“阿妮鲁尔夫人要求——不，是强令——杰西卡去凯坦度过她剩下的孕期。但如果她留在卡拉丹城堡，我现在还至于这么担心吗？”

“我想不会。”邓肯附和道，雷托肯定会像保护自己一样保护杰西卡的。

在他们周围，机库里又忙碌起来，嘈杂的声音淹没了他们的低语。雷托现在感到十分无助，仿佛随时会爆发。*杰西卡可能遇害了！*为了保护她，他一定会奋起反击。*失去她会毁了我。*

他的第一反应是立即登上停在轨道上的远航机，然后以最快的速度赶往凯坦。只要能马上陪在她身边，他不惜丢下眼下的军事准备工作——让留下来的这几个人完成这些准备工作吧——自己随时准备把任何胆敢露面的刺客撕成碎片。

但当他看到隆博正在盯着他，不禁想起了这个秘密军事计划有多复杂，对团队合作的要求有多高，也想起了杜菲和哥尼对伊克斯恐怖现状的报告。是的，雷托是一个人，一个凡人，但他首先是一位公爵。尽管他现在确实很痛苦，而且非常渴望马上见到杰西卡，但他不能忽视他的责任，不能让他最好的朋友隆博和数百万的伊克斯人民因为自己而受苦。

“帕迪沙皇帝有很多敌人，而且他每天都在制造新的敌人。他施行暴政，抢夺香料，威胁要摧毁人们的家园，就像他摧毁札诺瓦一样，”隆博说道，“而且他变本加厉了。”

特希雅陷入了沉思，说道：“沙达姆凭借的是他与生俱来的权力。他靠的是身上的皇袍……但他真有本事吗？”

雷托摇了摇头，想到了沙达姆皇位下那堆聚如山的累累白骨，说道：“我相信，他的这场大香料战争不会有什么好结果。”

法律对每个人都是危险的，无论是无辜的人还是有罪的人，因为它们无法自我解释。它们只能被人解释。

——陈述：贝尼·杰瑟里特的观点

在万里无云的蓝天之下，皇宫的草坪上、温室和植物园里又举行了一场皇家游园会。贵族孩子们兴高采烈地尖叫着，朝臣们也都在愉快地闲聊，嘈杂的声音在风中飘荡。

杰西卡觉得这些人的存在很不真实。他们似乎不清楚自己在外人看来究竟有多么无聊。不管是谁在这里待上一段时间都会变得昏昏欲睡。她真想知道这帮人平时是如何处理政事的。作为一名侍女，她现在当然无事可做，只不过宫廷里那些贝尼·杰瑟里特姐妹似乎一直在盯着她。

如果她现在仍和雷托一起待在卡拉丹，杰西卡肯定在忙着审理家族的财务状况，检查渔船的部署，跟踪大洋彼岸的天气状况等等。她本可以帮助雷托从他那深深的悲痛中挣脱出来，将他的愤怒转化为有效的行动。但在这里，她面临的最大挑战也只不过是一些体育比赛。

杰西卡走在一条碎石铺成的崎岖小路上，路两旁尽是深红色的九重葛和喇叭状的牵牛花，柔和的花香让她不由得想起了卡拉丹。在厄崔迪的世界里，城堡北面那片浓密的星花草甸在春天的薄雾中总是格外繁茂。曾经在一个温暖的日子，雷托带着她远离了杜菲·哈瓦特的视线，来到了高低不平的海岸线上的一块偏僻空地。在那里，在那片厚厚的星花草甸上，他和她亲密无间，之后还花了半个小时仰望天上的云彩。她是多么想念她的公爵啊……

可是她必须再等四个半月，直到她的孩子出生才能回去。而且杰西卡不能对这个决定提出质疑。但这不代表她不会默默地想念雷托。

不过最令她担心的，是她那位非常了解自己的老师莫希阿姆，如果她发现了这个年轻女子背叛了姐妹会，她一定会非常失望。杰西卡害怕看到莫希阿姆圣母抱着那个刚出生的男婴时脸上注定会流露出的背叛和失望。她们会在一怒之下杀掉公爵的儿子吗？

但她挺直了肩膀，继续往前走着。*我以后总能生个女儿，姐妹会想要多少我就给她们生多少。*

年轻的公主伊勒琅出现在杰西卡眼前，她一身优雅的黑色游戏服显得那头金色长发更加光彩照人。她正坐在一张光滑的石凳上，专注地看着她膝盖上打开的一本胶片书。伊勒琅抬起头来，也注意到了杰西卡，于是问候道："下午好，杰西卡夫人。你被淘汰了吗？"

"恐怕我压根就没参赛呢。"

"我也没有，"伊勒琅做了一个优雅的手势，示意道，"你要坐下吗？"阿妮鲁尔虽然尽力保持着贝尼·杰瑟里特的生活之道，但仍然在她的大女儿身上花费了很多心血。这位公主既庄重又聪明，比她的妹妹们都要聪明。

伊勒琅举起她的胶片书，问道："你读过《圣战英雄的生活》这本书吗？"她的行为举止看上去比实际年龄要成熟得多，似乎极其渴求知识。据说公主的梦想是有朝一日成为一名作家。

"当然。莫希阿姆圣母是我的老师。她让我背了整本书。在圣母学校的场地上就有一尊拉奎拉·贝托－阿妮鲁尔的雕像。"

伊勒琅扬起了眉毛："塞丽娜·芭特勒一直是我的最爱。"

杰西卡坐在了阳光温暖的石凳上。她们一起看着眼前跑来跑去的孩子们争抢着踢一个红色的球。公主放下胶片书，换了个话题："你一定觉得凯坦和卡拉丹很不一样吧。"

杰西卡笑了。"凯坦是如此美丽和迷人。我每天都能学到新事物，看到令人惊叹的风景。"她顿了顿，然后承认道，"不过，这里不是我的家。"

伊勒琅身上散发出的古典美让杰西卡想起了年轻时的自己。当然她现在也只比公主大十一岁。从外表上看，她们俩就像姐妹。*其实伊勒琅才是我的公爵应该娶的那种人，这样才能为他的家族赢得政治资本。我应该恨她才对，但我却一点也恨不起来。*

皇帝的妻子穿着一件有金色领子和金银细丝袖口的紫红色长裙，沿着杰西卡身后的花园小路走了出来："哦，你来了，杰西卡。你们俩在密谋什么？"

伊勒琅答道："我们只是在谈论凯坦有多棒。"

有那么一瞬，阿妮鲁尔允许自己骄傲了一下。她注意到了胶片书，这才知道在其他人踢球的时候，伊勒琅原来一直在学习。她用稍带一丝阴谋论的口吻对杰西卡说道："伊勒琅似乎比我的丈夫更致力于学习领袖之道。"晃了晃她伸向杰西卡的那只戴着戒指的手，"来吧，我有事要跟你商量。"

杰西卡跟着皇帝的妻子穿过一个被修剪成士兵形状的花园。阿妮鲁尔从一个灌木丛士兵的制服上拔下一根没有修剪好的小树枝，说道："杰西卡，你和宫廷里那些人不一样，那些人只知道传播流言蜚语，为了向上爬而互相倾轧。我倒觉得你堪称是皇宫里的新气象。"

"这里的一切都那么光彩夺目，我一定显得很平凡。"

阿妮鲁尔咯咯地笑了："你已经足够美丽了。而另一方面，我的穿着却不能随心所欲。"说着她把手指上的戒指展示给了杰西卡，"这是一颗蓝色的塑石，而它却不仅是一枚戒指。"

她按下宝石，一本闪闪发光的日记出现在她面前，书页上密密地记载着各种信息。杰西卡还没来得及看清全息图像里的字，阿妮鲁尔就把投影关掉了。

“鉴于皇宫里的隐私如此罕见，我发现日记本对冥想很有帮助。它能让我分析我的想法，筛选其他记忆。杰西卡，等你当上圣母就明白了。”

杰西卡跟在她的身后，踩着碎石，穿过一个小型水上花园，水面上漂浮着巨大的百合花和各种水生花朵。阿妮鲁尔继续说道：“我认为写日记是一种责任，以防在我生命结束时有意外阻止我的记忆转移。”她还有一些话不能明说：这个谋划已久的秘密育种计划现在迎来了最关键的最后几步，作为魁萨茨圣母，她需要为那些跟随她的人写一份纪事。她不敢冒险让自己的生命和经历消失在没有记录的历史深渊里。

阿妮鲁尔摸着她的塑石戒指，说道：“我打算送给你一个属于你自己日记本，杰西卡。是那种老式的精装日记本。你可以通过写日记保存你的想法和观察结果，记录你最私人的感受。这样一来，你就会对自己和周围的人有更好的理解了。”

当她们绕着喷泉散步时，杰西卡感到皮肤上多了一层薄薄的水雾，好似有个小孩在冲自己的胳膊呼气。她开始下意识地摸着肚子，感觉自己的体内孕育的生命在不断增长。

“我这份礼物已经放在你的房间里了。你会在一张小卷桌里找到一本旧的空白日记本，那原本属于我最好的朋友洛比亚。写下你的日记吧。它将会是你在我们这个孤寂拥挤宫殿里的新朋友。”

杰西卡停了一下，不知道该怎么回答：“谢谢你，夫人。今天晚上我就写第一篇日记。”

有些人无论如何都会拒绝接受失败。历史会评价他们是英雄，还是傻瓜？

——皇帝沙达姆四世，《官方帝国历史修订版》（草案）

在过去的辉煌岁月里，卡马尔·皮尔鲁曾担任过伊克斯驻凯坦大使，名望很高，这个职务把他从辉煌的洞穴城市带到了兰兹拉德大厅和皇宫。皮尔鲁一直是个备受尊重还很有趣的人。他不知疲倦地为伊克斯的工业产品寻求优惠的特许权，向一个又一个的官员行贿，赠送给他们贵重的奢侈品，不停地为伊克斯谋利。

然后，特莱拉人入侵了他的世界。而科瑞诺家族对他的求助置之不理，兰兹拉德里的人也对他的哀求充耳不闻。他的妻子在袭击中丧生。他的世界和他的生活就此被毁灭。

曾几何时，这位大使在金融、商业和政治领域都拥有相当大的影响力，但现在看来似乎早已是过眼云烟。卡马尔·皮尔鲁在高层结交过很多朋友，也知晓很多秘密。虽然他不倾向于用这些资源进行敲诈勒索，但一想到这些情报能轻易地搞垮一个人，他就觉得自己拥有巨大的力量。即使过了这么多年，他仍然记得大部分情报的每一个细节。现在到了使用它们的时候了。

凯坦帝国监狱的监狱长名叫娜妮·麦加尔，曾经是一名走私犯和盗贼。她看上去非常粗犷，有着黝黑的皮肤，很多人总会以为她是个男人，而且还是个丑陋的男人。她来自昂西多星系中一颗高重力行星，她又矮又胖，而且几乎和强壮的安布斯摔跤手一样肌肉发达。在贿赂狱警让她逃跑之前，麦加尔曾在伊克斯监狱隧道里被关了将近一年。所以在官方名单上，她仍属于在逃犯。

在她逃狱几年后，皮尔鲁大使在帝都科林斯发现了麦加尔，他是从伊克斯内部的逮捕令上认出她来的。皮尔鲁私下向她透露自己清楚——并打算保守——她的秘密之后，这位监狱长就对他惟命是从了。他在凯坦已经待了二十年之久，而且还是一个变节家族被流放的大使，但从来没向她寻求过帮助。

但就在前几天，一个演员大胆地企图暗杀皇帝，并针对他自己的血统发表了一番令人震惊的言论。这些言论在皮尔鲁大使的脑海中播下了好奇的种子。他现在迫切地想要见到这个囚犯，他很可能是埃尔鲁德九世和他的侍妾珊多·巴鲁特的儿子，而珊多·巴鲁特后来成为了多米尼克·维尔纽斯伯爵的妻子。

如果这一切是真的，那么泰洛斯·瑞法不仅是沙达姆四世同父异母的兄弟，也是王子隆博·维尔纽斯的兄弟。这是一个惊人的发现，一个双重的启示。科瑞诺和维尔纽斯两个家族的王子现在却被关进了监狱，就在凯坦！隆博总是认为自己是这个伟大家族的最后一个幸存者，他相信自己的血统会随着他的死亡而终结。

而现在可能还有一线希望，虽然是母亲那边的血脉吧……

沙达姆是永远不会允许他接近瑞法的，所以大使决定另辟蹊径。尽管维尔纽斯家族已经衰落，但麦加尔监狱长肯定不希望她过去的罪行被曝光。这只会导致帝国对她进行更深入的调查。最终，大使甚至没有明着提出威胁，她就为他搞定了一切……

当夜幕降临科林斯，皮尔鲁沿着皇宫西侧的森林小径潜行。他跨过小溪上的一座象牙石桥，消失在河对岸的阴影之中。他随身携带了一些医疗工具、样品瓶和一个小型全息记录仪，所有东西都藏在紧贴在他肚皮上的一个零熵袋里。

“这边走。”一个沙哑的声音从溪边传来。在一片昏暗中，皮尔鲁看到了那个等着他的船夫，他是个驼背的男人，有一双苍白却闪闪发亮的眼睛。发动机发出微弱的呜呜声，小船在水流中保持着稳定。

皮尔鲁爬上了船，平底船在水中下沉了一点。船夫紧握着一个高高的舵柄，引导着这艘简易的小船穿过了迷宫般的水道。在他们周围，高高的树篱直插入黑暗的天空，投下了一道道不祥的剪影。这条错综复杂的运河里有许多死胡同，是给那些不清楚路线的人设的陷阱。但难不倒这位半蹲着的船夫。

小船转了一个弯，这里的树篱似乎更高，那些尖利的刺伸得很长。皮尔鲁看到前方有一座巨大的灰色石头建筑，底部闪烁着微弱的灯光。双开的金属大门架在河道上，后面便是一座监狱设施。灯光在铁丝网的另一侧若隐若现。

大门两侧高高的柱子上悬挂着四名死刑犯的头颅——三男一女。他们的头骨被掏空并往里面塞了球形灯，一道道令人不安的恐怖光线从他们的眼窝、嘴和鼻孔里照射出来。

“叛徒之门。”船夫解释道，金属大门嘎吱一声打开了，小船嗡嗡地驶了进去。“很多有名的囚犯都是从这扇大门进来的，但能活着出来的不多。”

码头上的一名卫兵挥手示意他们过去，于是皮尔鲁从摇晃的小船上爬了下来。这名卫兵没有要求检查他的大使证件，而是直接领着他穿过了一条阴森的走廊，里面充满了霉菌和腐烂的气味。皮尔鲁听到别处传来了一阵尖叫声。也许这声音是来自皇帝那令人恐惧的拷问室……或者仅仅是一段用来让囚犯们保持极度焦虑的录音。

皮尔鲁被带到了一个四周环绕着橙色限制力场的小牢房。“这就是我们这里的皇家套房了。”卫兵宣布道，随后把限制力场调暗，让大使进去。牢房里恶臭扑鼻。

潮湿的水流沿着牢房后面的石墙淌了下来，流到了小床和粗糙的石头地板上，致使角落里满是成片的苔藓。牢房深处有一个穿着破旧上衣和脏裤子的男人躺在一张小床上。他们靠近时，这名囚犯小心地坐了起来问道："你是谁？我的律师，终于给我派律师了？"

那名卫兵对皮尔鲁说道："麦加尔监狱长说给你一小时的时间。一小时后你要么走……要么干脆也留在这里。"

泰洛斯·瑞法连忙起身："我研究了司法制度指南。我也熟读了帝国法典，就连沙达姆本人也得受到它的约束。而他违反了——"

"科瑞诺人只受自己选择的法律的约束。"皮尔鲁摇了摇头。在他谴责伊克斯上所遭受的不公正时，他就清楚这一点了。

"我就是个科瑞诺人。"

"随你怎么说吧。你现在还没有法律代理人吗？"

"差不多三个星期了，根本没人跟我说话，"他显得很激动，"剧团的其他人怎么样了？他们对行刺一无所知——"

"他们也被逮捕了。"

瑞法垂下了头："为此，我真的很抱歉。还有死去的卫兵也是，我压根没想开火，我只想表达我的看法。"说着他看了看来访者。"那么，你又是谁呢？"

皮尔鲁靠了过去，然后压低声音说出了自己的姓名和头衔："可悲的是，我现在是一个没有了政府的公务员。伊克斯遭到入侵时，皇帝什么也没做。"

"伊克斯？"瑞法略带骄傲地看着他，"我的生母就是珊多·巴鲁特，她后来就是嫁给了伊克斯的多米尼克·维尔纽斯。"

大使蹲下来，小心地不让自己的衣服沾到任何脏东西："如果你真的是你所说的那个人，泰洛斯·瑞法，那么严格来说你就是维尔纽斯家族的王子，你还有个同母异父的兄弟叫隆博。你们是一个拥有伟大历史的贵族家庭的最后两名成员了。"

“我同时也是科瑞诺家族唯一的男性继承人。”瑞法似乎并不担心他可能面临的悲剧，只是对所受到的待遇感到愤怒。

“随你怎么说吧。”

囚犯把双臂交叉在胸前：“基因测试将证明我的说法。”

“还真让你说着了。”大使从绑在他肚皮上的零熵容器中取出了一个药箱。“我随身还真带了一个基因提取工具包。沙达姆皇帝肯定希望能隐藏你的真实身份，所以我是瞒着他来找你的。我们必须非常谨慎。”

“他自己没有对我做过任何测试。他不是已经清楚真相，就是根本不感兴趣，”瑞法的声音里充满了反感，“沙达姆是打算把我一直关在这里，还是找一天悄悄把我处决？你知道他进攻札诺瓦的真正原因就是想消灭我吗？那些无辜的人都死了——而我当时甚至根本不在那里。”

皮尔鲁多年以来积累了很多外交技巧，尽管瑞法这番话让他震惊不已，但表面上仍是不露声色。毁灭了一整颗星球就为了消灭一个人？但他清楚沙达姆很可能会用这种方式来处理对他皇权的威胁。

“任何事都是可能的。然而，否认你的存在确实符合皇帝的利益。这就是为什么我必须在远离凯坦的地方进行全面而客观的分析。我需要你的合作。”

他可以看到瑞法脸上顿时浮现出了充满希望的表情。那双灰绿色的眼睛也亮了起来，他连忙坐直了身子说：“当然。”幸运的是，他没有问更多的细节。

皮尔鲁打开了一个细长的黑色盒子，里面有一个闪闪发光的自动手术刀，一个胶囊注射器，还有一些小瓶和小管。“基因测试需要做好几次，所以我需要足够多的样本。”

囚犯点头称是。于是大使迅速收集了瑞法的血液、精液、皮肤碎屑、指甲和上皮细胞。无论沙达姆如何试图掩盖，这些必要的样本都是能证明瑞法出身的绝对证据。

当然，前提是皮尔鲁成功地将样本带出凯坦。他是在玩一个危险的游戏。

皮尔鲁取完了所需的全部样本后，瑞法那宽阔的肩膀垂了下来，好像他终于接受了自己永远也不可能活着逃出这个监狱的事实：“我想我永远也不会有出庭的机会了吧?”他看起来就像个天真的小男孩。

可爱的老讲师加拉斯·欧森总是教导他要把正义奉为神圣。但是沙达姆，这个札诺瓦的屠夫，却认为自己高于帝国法律。

“我觉得够呛。”皮尔鲁残忍却诚实地回答。

囚犯叹了口气道：“我写了一份演讲稿，一份关于如何继承拉斐尔·科瑞诺皇太子的优良传统的盛大声明，我在上一场演出中扮演过他。我用上了我所有的技巧，就是为了让人们能为失去的黄金时代哭泣，让我同父异母的兄弟认识到自己的错误。”

皮尔鲁停顿了一下，然后从他的零熵袋中取出一个小型全息记录仪，说道：“泰洛斯·瑞法，那你现在就发表这个演讲吧。讲给我听。然后我会让别人也听到它的。”

瑞法坐直了身子，换上了一副无比尊贵的表情：“有观众在场的话，我总是很高兴的。”记录仪开始嗡嗡地响了起来。

后来，当卫兵回来时，发现皮尔鲁大使站在牢房里，身子颤抖着，泪流满面。当模糊的限制力场从一侧打开，卫兵问道：“怎么样?你要留在这里吗?要我给你找间空牢房吗?”

“我这就走。”皮尔鲁看了瑞法一眼，表示告别，然后匆匆走了出去。大使觉得自己喉咙发干，膝盖发软。他以前从未感受过一个受过训练的艺人所施展的全部力量。

那位埃尔鲁德的私生子现在像皇帝一样高贵而骄傲地站在那里，透过橙色的力场望向皮尔鲁："请代我问候隆博。我们要是……早些认识就好了。"

发明创造的关键不在于数学，而在于想象力。

——哈罗亚·伦德的早期实验日记

伦德仍然觉得自己的身子酸软无力，他弓着腰，趴在一张电子画桌前，眼睛死死盯着平板屏幕上的涂鸦和磁线。他滚动着他的笔记，使用很久以前学会的一些门泰特记忆恢复技巧，按照正确的顺序重现了贝尼·杰瑟里特问过的每一个问题，以及他看过的关于坠毁飞船的每一个细节。

既然他已经知道这样的一个隐形力场是可以存在的，那么他只要找到重建它的方法就行了。不过这无疑是个巨大的挑战。

塔利斯·伯尔特和金尼斯主任站在这间简朴的实验室的另一边。“主任，我已经琢磨好几个小时了，”伯尔特说道，“哈罗亚的说法听起来……让我很是感同身受，尽管我说不出确切的原因。”

“反正我什么都不记得了。”主任说。

伦德头也不抬地说道：“我的头脑经过了严格的门泰特训练。所以我多少可以抵挡一下贝尼·杰瑟里特的这种控心术。”

“可你是个失败的门泰特。”金尼斯提醒他道，声音里充满了怀疑。

“但是，他们仍然改变了我大脑的神经通路。”他忽然想起了门泰特学校里的一句格言：无论成功还是失败，模式总是会重复。“这么说吧，我的思维现在自行发育出了抵抗场、精神肌肉和辅助储存区域。这也许就是她们的思维控制没能完全生效的原因吧。”这么看来，他那位和蔼可亲的老叔叔一定会为他感到骄傲。

伯尔特搔了搔头皮，好像要把仅存的毛囊都给挖出来：“我觉得应该找个时间去检查一下乔本恩的实验室。”

主任显得不耐烦起来：“他一叛逃我们就检查过了。乔本恩只是一个低水平的研究员，而且出身于一个不重要的家族，所以他没有很大的晋升空间。自从他离开后，我们就把他的实验室当仓库了。”

伦德二话没说地擦掉了面前屏幕上的草图。他没征求金尼斯的同意，就径直跑向了旧工作区……

在乔本恩这个废弃已久的实验室里，伦德找到了一张单子，上面写满了所需的零件和备注事项。他又查看了乔本恩的管理监控全息照片，但没有发现什么重要的东西。

看来这位叛逆的发明家一直在修改几千年前确立的经典霍尔茨曼方程式。但是，就连最顶尖的现代科学家也不能完全理解提奥·霍尔茨曼①那个神秘的公式是如何起作用的——只是知道它们确实起作用了。所以伦德实在无法理解乔本恩到底想要干什么。

他的脑子里好像燃起了一把火，工作效率比他想象的要高得多。弗林托·金尼斯站在他们中间，尽职尽责地监督着他们，而伦德则翻遍了整个实验室，顾不上理会其他人。他轻敲着地板、墙壁和天花板。一寸一寸地寻找线索。

他跪在地板和轨道空间站外壳之间的连接处，忽然发现有一道裂缝正在自己视野中忽明忽暗地闪动，似乎是一种伪装，不过更像是一

①霍尔茨曼是一位著名的物理学家和科学家，他开创了一门有关亚原子粒子排斥力的理论。这一物理领域的大多数发现都以他的名字命名，因为它们都基于霍尔茨曼效应，而霍尔茨曼效应是人类历史上许多科技的基础，包括：用作个人、飞船护盾的霍尔茨曼屏蔽场，悬浮力场，球形灯，亚原子电池，太空旅行等等。

道微弱的闪光，眼睛里的一粒灰尘。伦德一直盯着那道裂缝看，直到眼睛酸痛。他忽然想起了某位严厉的门泰特老师传授给他的观察法。于是他加速了感知，放慢了时间，捕捉到了下一道闪光。

而就在这个时候，伦德直接穿过了墙壁。

他发现自己置身于一个幽闭恐怖的凹室，被散发着金属味道的污浊空气包围着。那道裂缝又闪了一下，墙壁在他身后封闭了起来。伦德被困在了这个狭小的房间里，几乎无法转身。黑暗包裹住了他，仿佛失明了一般。他发现自己的呼吸也变得困难。双手触碰的所有地方都是冰冷的。

伦德在黑暗中摸索着，发现自己被薄薄的利读联晶纸、平板屏幕和装满数据的志贺藤卷轴包围了。他大声喊叫，但他的声音却被墙壁反弹了回来。对于外面的实验室，他现在既听不见也看不见。

当墙壁再次闪烁时，伦德跌跌撞撞地走了出来，既紧张又兴奋。金尼斯主任死死盯着他，伦德对他说道："这里面藏着一个被屏蔽起来的秘密房间，但力场似乎要崩溃了。乔本恩留了很多机密资料在里面。"

金尼斯紧握双手喊道："太好了，我们必须把这些资料弄出来。我决定要把这件事彻底查清楚。"说着他转向另外一个身材高大的技术人员。"当那墙壁再次闪光的时候，你就给我进去，把能找到的东西都拿出来。"

技术人员像猎豹一般摆好了姿势等待着，然后完美地找准了时机，向前一跳，消失在了墙壁里。那个隐藏的房间又消失了。

伦德和金尼斯在这间旧实验室里等了几分钟，然后又等了半个小时，但那个技术人员始终没有出来。他们听不到里面的声音，也无法再打开墙壁，他们只能不停地敲打白色的建筑墙板。

一名工作人员带着切割工具进来了，试图把墙割开，但割开后却只露出了隔墙之间的标准区域。而且就连扫描仪也没有显示这个区域有异常。

正当这些技术人员绝望时，哈罗亚·伦德却若有所思，他的大脑迷失在一种近乎门泰特的推测中。根据霍尔茨曼方程式的变化，他假定这种隐形力场能在隐藏房间的周围将空间折叠成波纹状。

洞口再次闪烁起来并保持了打开状态，那名技术人员从墙壁里摔了出来，他脸色苍白，眼睛空洞，指甲也都撕裂出血了，就像他刚才一直在试图从入口爬出来一样。两名同伴冲上前想要扶他，结果发现这名技术人员已经死了，显然是因为窒息或低温。这道“闪光”到底把他带到哪里去了呢？

面对仍然敞开的墙壁，没人敢进去取数据，直到伦德在一片恍惚中开始歪歪扭扭地向前走去。金尼斯只是象征性地叫了他一声，但眼睛却流露出了想要情报的热切目光。

伦德觉得这面墙壁随时都有可能复原，所以他以最快的速度把那些平板屏幕、志贺藤卷轴、利读联晶纸都扔了出来，而墙外的技术人员则负责回收。伦德似乎已经适应了这个怪异的磁场发生器，他现在已经安全地回到了实验室，而就在片刻之后，那堵墙又复原了，变得和以前一样坚固。

塔利斯·伯尔特死死盯着那些资料，说道：“要想正确复原那一成果，得有大手笔的投资才行。”

倒在地上那位死去的技术人员现在已经被人们遗忘了，金尼斯主任似乎正在考虑如何才能把这项工作的功劳完全揽到自己身上：“我会去说服卡利玛尔总理，我们确实需要大量的资金。巨额的资金。伦德，你去找伊尔班伯爵。他们应该能凑齐这一大笔钱。”

“报复。”世界上还有比它更加美味的单词吗？我就总是在晚上睡觉时经常反复念叨这个词，因为它总能让我做个好梦。

——弗拉基米尔·哈克南男爵

李芝政府现在需要数额巨大、但必须是非官方渠道的宇宙索，来重新开发乔本恩的隐形力场。而艾因·卡利玛尔总理知道该从哪里找到这笔资金。

他来到了杰第主星，因为他必须不断地催促哈克南家族支付他们拖欠已久的款项，他现在很生气。哈克南的卫队长克鲁比没有把他直接带到男爵那座烟雾弥漫的要塞，而是带着卡利玛尔深入了哈克城那极具压迫感的心脏地带。

卡利玛尔身材瘦削，衣着讲究，他鼓起了勇气，尽量不让自己显露出胆怯来。男爵总是喜欢玩这种心理游戏。而总理必须完成并赢得这次谈判。由于某种不知道的原因，今天上午，哈克南男爵决定视察他的废物回收厂，而卡利玛尔总理被告知，会议必须在那里举行，否则就取消。一想到这些，卡利玛尔就皱起了鼻子。

在这幢巨大的工业大楼里，空气既潮湿又温暖，散发着卡利玛尔永远也不想再闻第二遍的难闻气味。虽然戴着金边眼镜，但他的眼睛还是觉得一阵阵刺痛。他能感觉到恶臭附着在他的合成纤维西装上，并下定决心一回到他在三合一中心的豪华办公室，就立即烧掉这身衣服。但如果没有拿到男爵欠李芝家族的钱，他是不会回去的。

“这边走。”克鲁比说道，他那棱角分明的嘴唇上面留了一圈薄薄的胡子。他领着卡利玛尔，沿着仿佛永无止境的金属台阶向上走去，最后来到一个由无数狭小通道组成的网格上。这些悬空的窄道的下方有一个散发着刺鼻味道的污水缸，就像为食底泥动物[①]准备的一个肮脏的水族馆。*不过像男爵这么胖的人是怎么爬上来的呢？*

卡利玛尔一路上气喘吁吁，试图跟上卫队长的步伐，最后却发现这里分明安装了金属升降平台。*所以，他这是在试图挫我的锐气。*他狠狠吸了口气，咬紧牙关以增强自己的信心。他需要表现出强硬来，以最坚定的决心对付这位男爵。

这位挑剔的卡利玛尔当初第一次抵达杰第主星时，男爵就曾冷漠地让他坐在一间屋子里等他，旁边放着一具他当时没能发现的尸体。而总理向他提出那些尴尬的请求，也就是对李芝暗中给予财政援助时，那股腐烂的气味就像是男爵对他的无言威胁。

这一次，卡利玛尔决心要扭转局势，彻底打败那个胖子。几年前，这位男爵曾表示愿意帮助李芝人重建举步维艰的实体经济，条件是获得一位苏克医生的秘密服务。后来，男爵只支付了部分款项，李芝家族一再提出付款要求，男爵却置之不理。威灵顿·岳医生搞清楚了男爵的病，但没法治好。因为没人能治好。

因此，男爵以此为借口，不打算支付剩余费用。但现在，克罗娜主任弗林托·金尼斯激动地保证他们有能力开发出一种隐形力场发生器，向卡利玛尔索要大量的孵化资金。这种开创性的研究工作通常都是开销极大的，但由于李芝的竞争对手伊克斯早已陷落，且目前的运营能力也远低于他们的最佳水平，所以李芝确实有机会重新夺回其强

---

①食底泥动物指的是那些生活在水底的，主要以水底有机沉积物为食物的底栖动物。

大的经济地位。

男爵必须偿还他所欠的债，卡利玛尔心想，即使自己不得不要挟他……

总理沿着狭窄小道向前走着，男爵那个大胖子正站在污水缸上方的轨道旁等着他。克鲁比忽然停下脚步，叫他一个人往前走，这不禁让卡利玛尔警觉起来。*男爵想杀了我吗？*这样的行动会在兰兹拉德引起轩然大波的。不，李芝家族掌握了太多哈克南家族的丑闻，男爵不可能不清楚这一点。

卡利玛尔注意到，男爵戴着一副特别设计的鼻塞和过滤器来阻隔污水处理厂的臭味。而他却没有类似的保护措施，所以总理不敢去想自己的每次呼吸可能会吸入多少毒素。他摘下金丝眼镜，擦拭了镜片，但上面总像是有着一层油渍斑斑的薄膜。

"哈克南男爵，这个会面的地点……很不传统。"

男爵看着下面翻滚的淤泥，仿佛在凝视一个万花筒："那是因为我有事要办，卡利玛尔。我们要么在这儿谈，要么干脆就别谈。"

总理一下子明白了这句话的意思，这个粗鲁的人再次展示出他的粗暴无礼来了。作为回应，他尽可能压低着自己的声音说道："事实上，男爵。作为成年人，作为我们各自世界的领导人，我们必须做到欠债还钱。而你，我的大人，没能做到这一点。李芝提供了你所要求的服务。所以你有义务支付约定费用的剩余部分。"

男爵皱着眉头说道："我什么也不欠你。你们的医生没有治好我。"

"这从来不是我们协议的一部分。他给你做了检查，诊断出了你的病。你就必须付钱。"

"我不这么看，"男爵回应道，仿佛会谈已经这么结束了，"现在你可以走了。"

总理深深吸了一口气，险些窒息，但他还是继续说了下去："男爵大人，我一直在极力跟你讲道理，但考虑到你的拒付是违法行为，所以我完全有理由改变协议条款。因此，现在我把价格提高了。”紧接着卡利玛尔便说出了一笔比原先更高的费用，并补充道：“李芝家族已经做好了将此事提交给兰兹拉德法庭的充分准备，我们的律师和法律顾问将会提交相应的证据。我们将不得不揭露你所患疾病的起源，并公开你持续恶化的健康状况。我们甚至有可能会拿出你精神正在逐渐变得不稳定的证据。”

男爵的脸气得通红，但还没等他大发雷霆，他的面前就出现了三名卫兵，打断了他们的谈话。卫兵带来了一个身材瘦长的男人，他穿着一身剪裁精良的衣服和一条飘逸的马裤。

梅菲斯提斯·克鲁竭力忽视周围这股令人惊恐的气味，他缓慢地走上前去问道：“男爵大人，您要见我？”说完他左右看了看，皱起了眉头，然后不安地看了看下面那个大缸。

男爵斜着眼睛瞪了卡利玛尔总理一眼，然后转过身来对克鲁说道：“我有个微妙的问题要问你，是关于礼节的问题。”他那张长着双下巴的脸上浮现出一种凶残的愤怒表情，“我相信你能给我一个满意的答复？”

礼仪顾问笔直地站着，好像很自豪：“当然了，男爵阁下。我就是来服侍您的。”

“自从我的宴会失败后，我就一直在想。我要是亲手把你扔进这个污水缸里，是否算一种有礼貌的行为呢？还是说我派个卫兵把你扔下去，这样我就不会弄脏自己的手了？”

克鲁吓得向后退了一步。克鲁比立即示意卫兵挡在他的身后，防止他逃跑：“我……我不明白，大人。我一直给您最好的——”

“没有明确的答案，嗯？很好，我想我会让卫兵动手。”男爵举起一只胖乎乎的手。“无论如何，这很有可能是最有礼貌的选择了。”

这名礼仪顾问再也说不出什么礼貌的话来了。他大声尖叫，嘴里冒出了一大堆难听的粗话，连男爵都觉得这些话太过无礼了。身着制服的卫兵一把抓住了这个瘦长的男人的胳膊，动作流畅地把他甩过栏杆。克鲁摔下去时，他那身优雅的衣服在半空飘动。他到底还是成功地在空中扭动了一下身子，然后就径直掉进了充满人类排泄物的大缸里。

克鲁拼命挣扎着，手刨脚蹬，试图在一片污秽中找出一条逃生之路来。男爵把头转向他那无比震惊的客人，说道："对不起哦，总理。我一直很期待这一幕，也很享受其中的每一刻。"

梅菲斯提斯·克鲁大声咳嗽着，不知不觉竟然爬到了圆形大缸那光滑的边缘处，他扒着缸边，一下子吐在了干净的地板上，完全没有注意到旁边就是个污水池。戴着高分子聚合物手套的卫兵正等在那里，一把抓住了他的胳膊。

他们把克鲁拽了上来，他虽然松了一口气，但仍害怕地哭泣着。这位顾问颤抖的身体上沾满了棕色的黏液和粪便。他趴在悬空的窄道上哀号起来，乞求着男爵的原谅。

但卫兵们在他的脚踝上绑了一堆重物，然后又把他扔回到了臭气熏天的粪缸里。

卡利玛尔惊恐地看着眼前发生的这一幕，但拒绝被吓倒。"我总觉得，能亲眼目睹你的这些残酷暴行很有启发，哈克南男爵。"那个不幸的受害者继续在他们下面挣扎，而总理强迫自己的声音变得更加坚定，"也许我们可以继续谈那件更重要的事？"

"哦，先等一会儿。"男爵指了指那个还在扑腾的身影，惊讶地发现克鲁竟然还有力气梗着脖子躲避污物。

卡利玛尔却不肯罢休："许多年前，埃尔鲁德皇帝把我的主人伊尔班·李芝伯爵从厄拉科斯赶了出来，就因为他觉得我的伯爵很软弱。而当你那位同父异母的兄弟阿布鲁尔德表现出软弱时，你本人在埃尔鲁德采取行动之前就把他赶走并接管了香料生意。兰兹拉德和皇帝都不喜欢无能的领导人。一旦他们知晓了你身患不断衰弱的疾病，知晓了那个女巫让你患上这种疾病的方式，毫无疑问你立刻就会成为帝国的笑柄。”

男爵那双蜘蛛般的黑眼睛看上去就像两块锐利的黑曜石。在他的身下，礼仪顾问终于沉了下去，但不知怎的又冒出来喘了口气。他吐着口水，大声咳嗽，弄得水花四溅。

男爵当然清楚科瑞诺家族的皇帝最近有多么善变。卡利玛尔确实击中了要害，他们两个人都清楚这一点。男爵想怎么发泄怒火都可以，但他毫不怀疑李芝人会实现他们的威胁。他只能换成和解的语气，说道：“可我付不了这么多钱。我们一定可以想出一个更合理的办法吧?”

“我们本来已经谈妥了价钱，男爵阁下，你随时都付得起的价钱。但你就是一直拖延。现在好了，是你自己的愚蠢把这个价格提高了。”

男爵怒吼道：“就你提的那个价格，我就是清空了杰第主星上的所有金库，也拿不出那么多宇宙索来!”

卡利玛尔耸了耸肩。梅菲斯提斯·克鲁的头现在完全浸在污水里了，但他的胳膊又伸了出来。尽管脚踝上绑着重物，但他还是成功地让自己浮出来几分钟。

总理作了最后的反击：“我们已经向兰兹拉德法院提出了申诉。听证会定于两周内举行。我们当然也可以很容易地撤销这项诉讼，前提是你必须先付钱。”

男爵试图找到一个解决办法，但他知道自己别无选择——至少现在是这样。“那就给你香料吧。我们可以用香料支付！这样就足以支付你这笔该死的费用，而且可以马上就给你。这一大笔香料对你这样一个卑鄙的敲诈者来说应该足够了。”

“你对我的侮辱毫无意义。哈克南狮鹫现在没有牙齿了。”卡利玛尔轻笑了一声，但选择了更为谨慎的措辞，“然而，在札诺瓦大屠杀发生之后，沙达姆对非法香料储存一直盯得很紧，我对接受这种形式的报酬感到很犹豫。”

“这是你能获得报酬的唯一办法了。你要么现在拿走美琅脂，要么就等我凑齐足够的资金以另一种付款方式付款。”男爵露出了阴险的笑容。“不过后者的话，你可能得等上好几个月了。”

“好吧。”卡利玛尔觉得这是自己能得到的最好结果了，因为他的对手也需要以某种方式挽回些面子。“我们会安排把你的储备秘密地转移到我们的实验卫星克罗娜上，那里堪称戒备森严。”总理不禁有些沾沾自喜。“我很高兴这件事能告一段落，我刚才确实威胁了你，我表示很遗憾。”

“不，你一点也不感到遗憾，”男爵厉声说道，面无表情，“现在滚出去，别再想勒索我了。”

卡利玛尔尽力掩饰自己的紧张，他穿过窄道，跑下了楼梯。

男爵气得五脏六腑都翻腾起来，他又把注意力集中到了梅菲斯提斯身上。这个浮夸的礼仪顾问从来都只注重礼节和那些花哨的香水，但没想到还有惊人的力量。在某种程度上，男爵觉得这很令人钦佩。尽管脚踝上绑有重物，他竟然还没被淹死。

最后，男爵厌倦了这场表演，他命令克鲁比队长打开大缸的滚动刀片。当这一缸黏稠的块状液体开始旋转时，梅菲斯提斯·克鲁更加疯狂地挣扎起来。

男爵真希望能有机会把卡利玛尔总理也一起扔进去。

历史上的悲剧总比喜剧多。很少有学者愿意研究一连串皆大欢喜的历史事件。而我们厄崔迪人在历史上留下了比预期多了很多的印记。

——保卢斯·厄崔迪公爵

邓肯·艾达荷左手握着一把看上去很锋利的小刀，右手举着一把比它还要短的匕首，一并向雷托刺去。

雷托急忙向后退回宴会厅，转身用一面闪烁的半屏蔽场挡住要害。剑术大师的反应已经开始变慢了，他这是在降低刀锋的速度，以便刀尖能够插入防护屏障。

但雷托做了一个让邓肯大为吃惊的反常动作。他扑向了比他年轻的对手。这就等于提高了邓肯手中刀刃攻向雷托的屏蔽场的相对速度，导致刀刃从嗡嗡作响的屏蔽场上滑了过去。

然后雷托举起了他的短剑，但是年轻的剑术大师一下跳开，径直跳到餐桌上，然后像一只优雅的猫那样向后跑去。

萨鲁撒牛头标本上那多面的眼睛，以及一身斗牛士红袍的保卢斯公爵画像，似乎都饶有兴趣地观看这场决斗。

“那些烛台是我父母的结婚礼物，”雷托笑着说道，“如果你打破了它们，我就从你身上取走点儿什么作为补偿。”

“你连我的一根毫毛都拿不走，雷托。”邓肯在桌子上公然做了一个侮辱性的后空翻。

但当剑术大师还在半空中时，雷托就用他握着匕首的那只手臂横扫了过去，打倒了一个高大的烛台，让这个烛台滚到了邓肯的脚下。剑术大师在落地时便被绊了一跤，失去了平衡，仰面摔倒在餐桌上。雷托马上跳上桌子，向前跑去，手里高举着短剑，准备结束这次练习决斗。这将是他的第一次胜利。

但邓肯已经不在那里了。

剑术大师不停地向后翻滚，猛地从桌子那头摔了下去，然后像螃蟹一样钻进了沉重的餐桌下面，跳到了雷托身后。公爵只得后退，这才能面对着他的对手，两个人都笑了起来。

邓肯用他的小刀向前戳了一下，在半屏蔽场的边缘跳动，而雷托则灵巧地用短剑和匕首招架着。“你走神了，厄崔迪公爵。你太想念你的女人了。”

*事实上，我确实是想念我的女人了。但我永远不会让这种情感表现出来。*他们的刀锋碰撞在一起，飞舞着，刀刃互相摩擦。*即使是在你面前，邓肯。*

雷托举起短剑佯攻，然后忽然举起拳头，徒手穿过屏蔽场，一把抓住了邓肯那件宽松的绿色外衣，似乎只是想要证明他能碰到对手。但出乎意料的是，剑术大师一下挣脱开，挥起那把小刀猛砍向雷托的眼睛，刀尖几乎就要碰上了，但又留有一段距离。邓肯随后跳到一把餐椅上，沉重的椅子摇摇晃晃起来，但他踮着脚尖保持着平衡。

这时，一个仆人端着一盘茶点走进了宴会厅，她开朗而天真地看着这场决斗。雷托随即做了个手势，示意让她退下，但邓肯马上抓住了这个时机向他扑了过去。只不过这次他没有用刀子，而是用自己的屏蔽场撞向了雷托的屏蔽场，一下子就把雷托撞倒在桌子上。那名仆人所能做的就是从宴会厅里拼命地跑了出去，同时还不能把托盘弄掉在地上。

“永远不要分心，雷托。”邓肯喘了口气，往后退了几步。“你的敌人会故意搞出一些试图转移你注意力的事，让你的眼睛看向不该看的地方。然后他们就会抓住这个时机发动攻击。”

雷托气喘吁吁地躺了下来，感觉到大滴的汗水顺着他的黑发中淌了下来。“今天差不多了！你又一次打败了我。”说着他关掉了半屏蔽场，剑术大师则骄傲地将两把长剑插进剑鞘，然后上前扶公爵站起来。

“当然是我赢了，”邓肯说道，“但你也骗了我几次。算是很有意思的策略。你在学习，大人。”

“那是因为我没有将八年时间耗在吉奈斯。还有我那个提议仍然有效，把你那位叫希·雷瑟的朋友叫来卡拉丹吧。哪怕他只有你一半强，都足以让他成为厄崔迪家族一个受欢迎的新卫兵。”

邓肯看上去似乎有些为难：“他回到莫里塔尼家族后一直音讯全无。我原本担心他回家后，那些格鲁曼人会处死他，但他似乎没事。我想他现在甚至已经加入子爵的私人卫队了。”

雷托擦去额头上的汗水，说道：“那么很明显，他现在比以前更强大、更聪明了。我只希望他没有堕落。”

“腐化一个剑术大师可不是件容易的事，雷托。”

杜菲·哈瓦特一直站在宴会厅门口，观察着一切。见训练结束，这名门泰特走上前来，微微鞠了一躬，他强壮的身体在蓝色黑曜石墙上留下了一道扭曲的影子：“公爵，我和您的剑术大师看法一致，您的剑术越来越好了。然而，我还是想补充一些我的看法，我想提醒您，分心和转移视线从来都是双向的。”

雷托一屁股坐到了一张餐椅上，邓肯则把那支倒在地上却完好无损的烛台放回到桌子上。“你这话是什么意思，杜菲？”

“我是您的安全指挥官，公爵。我最关心的无疑是您的安危，然后就是保卫这个家族。我没能阻止天空帆船爆炸，我让您失望了，而我在斗牛场也同样让您的父亲失望了。”

雷托转过身来，看了看那个杀死老公爵的多角怪物的头颅标本，说道：“我知道你要对我说什么了，杜菲。你不想让我加入攻打伊克斯的战斗。你希望我参与那些更为安全的行动。”

“大人，我是想让您扮演公爵的角色。”

“我完全同意杜菲的看法，”邓肯附和，“隆博必须要在最激烈的战争前线现身，这样伊克斯人民才能看到他，才能受到鼓舞。而你的战场应该是在兰兹拉德面前。我个人觉得那可能是一场更加艰难的战斗。”

雷托怒视着他的两位军事顾问：“我父亲当年就站在埃卡兹平叛的最前线，多米尼克·维尔纽斯也在那里。”

“时代已经变了，我的公爵。而且保卢斯·厄崔迪并不总是听从别人的劝告。”哈瓦特意味深长地抬头瞥了一眼巨大的萨鲁撒公牛头。“您必须用自己的方式赢得战争的胜利。”

雷托掏出一把短剑，举过肩膀，轻松地握着剑柄，仿佛在握着一把匕首，然后猛地把它掷了出去。刀刃在空中旋转。

当短剑刺进公牛那长满鳞片的黑色喉咙，门泰特睁大了兜帽下的眼睛，邓肯也不禁倒抽一口凉气。短剑结结实实地刺穿了那头野兽，插进去的刀刃在不停颤动。

“你说得对，杜菲。比起出风头，我对结果更感兴趣。”雷托对自己这次出手很满意，转头看向他的顾问们。“我们必须确保整个帝国都要吸取比卡尔身上的教训。没有警告。没有怜悯。没有歧义。我不是一个可以随便糊弄的人。”

从来没有什么事实——有的只是一个不断循环的推测假设。一致实相需要一个固定的参考框架。在一个多层次、近乎无限的宇宙中，没什么是固定的。因此，世上没有绝对一致的现实。在一个相对论的宇宙中，似乎不可能通过让某一位专家同意另一位专家的观点以测试他的可靠性。两者都可能是正确的，每个人都有自己的惯性系统。

——贝尼·杰瑟里特，《阿扎之书》

在皇宫阿妮鲁尔夫人的那间侧厅里，莫希阿姆圣母连门都没敲一下，直接走进了杰西卡的房间。

杰西卡感觉到有人来了，于是从书桌上抬起头来。她刚才一直在阿妮鲁尔送给她的羊皮纸日记本上写日记。杰西卡放下钢笔，合上了日记本问道："您有事找我，圣母？"

"我们的特工特希雅刚刚让我注意到了一个事实。"莫希阿姆用一种不悦的教师口吻说道。这个语气杰西卡已经从这位学监口中听到过很多次了。当她对学生感到满意时，莫希阿姆通常可以表现出怜悯和仁慈，但她也是个很残忍的人。

"我们一直在等你服从命令，怀上一个厄崔迪家族的女儿。但据我所知，你成为公爵的情人已经三年了吧？三年里你有许多的怀孕机会！我只能假定你是在故意违背我们的指示。我想知道你这么做的原因是什么。"

尽管心脏怦怦直跳，但杰西卡还是勇敢地迎上了莫希阿姆的冰冷目光。她一直在等待这一刻到来，但仍觉得自己此刻又变回一个小女孩了，然后再次被老师那熟悉的失望表情所击垮。“我很抱歉，圣母。”

杰西卡看到那两片皱巴巴的嘴唇动了动，不禁想起了莫希阿姆当初是如何观察她的，想起了她在用致命的戈姆刺①测试她时，是如何研究她的每个动作的。想起了那根毒针和那个疼痛盒子。毒针当时就抵在杰西卡的脖子上，而莫希阿姆可以在一瞬间就杀死她。

“给你的命令是去生一个孩子。而你在第一次和他上床时就该让自己怀孕。”

杰西卡努力让自己的声音听起来十分坚定，这时候可不能哽咽或是结巴：“我这么做是有原因的，圣母。公爵当时对他的妃子凯莉娅非常不满，对外也遇到了许多政治问题。那时怀上一个对他来说是在意料之外的孩子会给他带去很大的负担。他一直在为他的儿子维克多的死而悲痛。”

但那老妇人却没有表现出丝毫同情心：“他再悲伤也不至于降低精子数量吧？你是个贝尼·杰瑟里特。我教给你的本事还不够多吗？孩子，你到底在想什么？”

*莫希阿姆一直很擅长控制我的情绪。她现在也正是如此。*杰西卡这样提醒自己，姐妹会一直以能够理解生而为人的意义而倍感自豪。*而我还能做出什么比为我所爱的人生一个孩子更高尚的行为呢？*

她拒绝让步，并用肯定会让她的老导师大吃一惊的语气说道：“我不再是你的学生了，圣母，所以请您说话时不要这样盛气凌人。”

这个回答果然让莫希阿姆大吃一惊。她静静地站在那里。

---

①戈姆刺是一种蘸有高浓缩氰化物的毒针，贝尼·杰瑟里特学监用其作为代替死亡的测试，考验人类的意识。

“公爵还没有准备好再要一个孩子，他有自己的避孕措施。”我不是在说谎，而是在转移她的注意力。“更何况我现在已经怀孕了。责备我有什么用？你要多少女儿我就给你生多少好了。”

圣母发出一声刺耳的笑声，她的脸色变得温和了一些：“真是个任性的姑娘！”说着她退到了门外，脸上掠过一丝复杂的表情。她平静地吸了一口气，沿着走廊离开了。她的这个秘密女儿生性倔强，目中无人。莫希阿姆断定这一定是因为流淌在她体内的哈克南血液……

在厄拉奇恩那座人工制冷的干燥宅邸中，玛格特·芬伦夫人用自己那双锐利的贝尼·杰瑟里特眼睛注视着弗雷曼女管家，而她正在有条不紊地为去凯坦的长途旅行准备行囊。这个名叫梅普斯的女人没有一丁点儿幽默感，实际上就没有什么个性，但她工作十分努力，而且非常听话。

“带上我那件伊米安玫瑰礼服，那些桃红色和藏红花色的衣服，还有每天在宫廷上露面时穿的全套薰衣草礼服，”玛格特指挥着，“别忘了那些在芬伦伯爵出差回来我会穿的丝绸胶片变形晚装。”她一边说，一边偷偷藏起了一张帝国羊皮纸，没有让她的仆人看见。

“是的，我的夫人。”这个干巴巴的女人一脸严肃地答道，没有笑容但也没有皱眉，她把那些光滑性感的内衣折叠起来，和玛格特准备带到凯坦的其他东西放在一起。

几乎可以肯定的是，这个冷漠的沙漠女人对芬伦夫人的了解要比她表现出来的多得多。多年以前，在一个漆黑的夜晚，梅普斯曾带她前往山中的一座隐秘的穴地，去找了沙漠人的萨亚迪娜，也就是弗雷曼人的圣母。后来，那个穴地凭空消失了。而梅普斯也再没提起这件事，并回避了所有与之有关的问题。

现在芬伦伯爵又离开了，而玛格特很清楚她的丈夫打算偷偷潜入那个叫伊克斯的封闭世界，尽管他自己觉得已经完美地隐藏了自己的行踪吧。她决定不打破他这个小小的幻想，因为这能巩固他们的婚姻。在这个充满了秘密的世界里，玛格特自己也有很多秘密。

“早点准备晚餐，”玛格特命令道，“准备好两小时后跟我走。”

梅普斯紧绷着强壮的手臂，封好行李箱，然后没用浮空器，直接拎着它们就向门口走去：“我宁愿留在宅子里，夫人，也不想来一趟穿越太空的旅行。”

玛格特皱起了眉头，不想再费唇舌：“但你还是得陪我去。宫里那些贵妇人看到你肯定会很好奇的，毕竟你的每一口呼吸、每一顿饭里都充满了香料。她们会觉得你那透蓝的眼睛很漂亮。”

梅普斯转过头去：“我在这里还有工作要做呢。我为什么要和那些自命不凡的傻瓜浪费时间呢？”

玛格特轻轻笑道：“让那些侍臣见识一下什么叫手脚麻利对他们有好处。你对他们来说无疑会是一个奇妙的景观呢！”

梅普斯皱着眉头，提着两个手提箱步履沉重地走开了。

看到女管家走远，玛格特又摸了摸信使送来的那张帝国羊皮纸。她用指尖抚摸上面凹凸不平的编码，似乎在品味阿妮鲁尔夫人发来的这条简短信息中的微妙之处。

“宫里需要你的眼睛。杰西卡和她的孩子在一次暗杀皇帝的行动中险些丧命。我们必须保证她们的安全。找借口过来，但要快。”

玛格特把纸条塞进衣服口袋里，然后开始准备最后的细节。

政治是一门艺术，它既要表现得完全坦诚开放，同时又要尽可能地隐藏自己。

——声明：源自贝尼·杰瑟里特观点

自从被任命为帝国香料大臣以来，哈什米尔·芬伦伯爵在远航机上待的时间比以往任何时候都要多。就在那天早上，他离开了厄拉奇恩，离开了玛格特，当时她正收拾行李准备去凯坦度假。他一向鼓励自己可爱的妻子多出去度假和游玩。

但芬伦自己还有重要的工作，而且是皇帝指派的任务。在伊克斯，希达尔·芬·阿吉迪卡现在应该已经完成所有工作，准备好迎接最重要的测试了。

在这些单调乏味的旅途中，每一次航班出现停留和延误，芬伦都会抽空磨炼他的刺客技能。就在几分钟前，在这艘护航舰的私人盥洗室里，芬伦就戴上了黑色的绅士手套，锁好了门，接着勒死了一个令人恼火的威库小贩。

一位古代的圣人曾说过："隐藏杀意是一门高超的技艺。"这真是至理名言啊！

芬伦把这具裹着单衣的尸体留在了那个密闭的厕所里，周围堆满了威库自己生产的那些价格过高、制作粗糙的纪念品。

毫无疑问，当服务员发现这具尸体时，他肯定会想要拿走这些小饰品，然后把它们卖给那些没有脑子的乘客……

伯爵的沮丧情绪暂时得到了缓解，他乘着穿梭机穿过雾蒙蒙的云层来到了伊克斯，随行的还有几位贸易商和获得特莱拉人批准的工业资源供应商。这艘小飞船降落在了戒备森严的新萨图赫太空港，一个峡谷边缘的开放式高大悬崖。

芬伦站在和胆汁一样黄的地板上，立刻被特莱拉人那独特的体味包围了。他沮丧地摇了摇头。可悲的是这帮侏儒的建筑水平非常低，而且技术是肉眼可见的拙劣。公共广播系统里播报着穿梭机到站和离站的消息。一些个子要高得多的外来人带来了物资，并与研究主管们讨价还价。但伯爵没有看到一个萨多卡士兵的影子。

芬伦挤向安全路障，撞开了两位特莱拉大师，毫不理会他们的抗议，随后绕过了岩石天花板下的一摊积水。

芬伦输入了他的高级访问密码并证实了身份，一条加急信息被发送到了下面的研究中心。但他并不着急，希达尔·芬·阿吉迪卡不可能来得及把一切都藏起来。

在隧道的深处，一名萨多卡军官匆匆向他走来，他冲着芬伦咧嘴笑了笑，一身黑灰色的指挥官制服显得有些凌乱不堪："芬伦伯爵，我们没想到您会来。"

帝国军团年轻的领袖坎多·加隆指挥官举起了一只手，似乎在向香料大臣敬礼。但芬伦却一把抓住了加隆那只粗壮的手，伸出勒死小贩的那只戴着手套的手快速地握了握，说道："你永远无法预测我的行踪，加隆指挥官，但你应随时为我的到来做好准备，嗯-嗯-嗯？"

军人优雅地接受了芬伦这句多少带有点指责的话，然后转过身来，护送这位皇帝眼前的红人走向基地深处。

"对了，指挥官，令尊现在很好。至尊霸撒正在主持一项堪称他职业生涯中最重要的工作。"

年轻的加隆听到此话，扬起了眉毛："是这样吗？我们在这里算是与世隔绝了，我很少收到他的消息。”

“是的，嗯-嗯-嗯，他奉了皇帝之名，一直在不停地毁灭行星。札诺瓦是他最新的作品。现在那里已经被屠戮殆尽了。”

说完，芬伦注视着坎多·加隆的反应，但那位年轻的指挥官只是点了点头：“我父亲做事总是很周全。他一向严格执行沙达姆的命令。当您回到凯坦时，请代我向他问好。”

一列私人轨道车载着他们，在这个布满灰尘的巨大洞穴城市里穿行。“我来这里是为了检查一系列新测试的。想必研究大师已经准备好开始了吧？他应该，啊-啊，安排好的。”

加隆僵硬地坐在座位上，答道：“这我们得问他。大人，到目前为止，合成香料的生产进展得非常顺利。那位研究大师似乎很满意，工作也充满了激情。”加隆直视着前方，很少看向芬伦。“他很慷慨地给我和我的人提供了合成香料的样品。这似乎能称得上是一次彻底的成功。”

但他的话让芬伦大吃了一惊。阿吉迪卡做了什么，他怎么能未经授权就在萨多卡军团上测试奥马尔？“指挥官，这种物质还没有得到完全的批准。”

“没有任何不良影响，大人。”显然，这位萨多卡军团的领袖并不介意他自己和他的部下服用这种人造香料。“我也已经给皇帝写信了，我相信他会对我们所做的工作感到满意。奥马尔大大提高了我们的耐力和效率。我的士兵们都很满意。”

“满意不是你的任务，指挥官。对吧，嗯-嗯-嗯-啊？”

轨道车最终抵达了目的地，尽管芬伦已经来过这里很多次了，但加隆还是一言不发地护送芬伦走进了研究中心。看来这名萨多卡军官是奉命来监视他的。

但当芬伦走进主办公室时，他完全被眼前的一幕震惊了，不由得停下了脚步。坎多·加隆指挥官本人正站在傻笑的阿吉迪卡身旁。芬伦立刻转头看向护送自己的那个人：这两个人从头到尾都一模一样。

“加隆，来见见加隆。”研究大师说道。站在阿吉迪卡身旁的复制品走上前来伸出了手，但是护送芬伦的萨多卡领袖——应该是真正的加隆——似乎不大愿意参与这个把戏。他后退了几步，避免与对面的伪装者有任何接触。

“只是一个小小的变脸者把戏。”阿吉迪卡笑了起来，露出一口锋利的牙齿。“现在您可以走了，指挥官，谢谢您护送芬伦伯爵。”于是萨多卡人皱着眉头离开了办公室。

阿吉迪卡把他的小手交叉在一起，但却没有示意让伯爵坐下。不过芬伦还是自己坐在了桌旁的一条椅子上，满腹狐疑地盯着假萨多卡指挥官。

“我们一直在夜以继日地工作，就是为了生产出具有商业价值的奥马尔。现在所有的问题都解决了，而且这种新物质起到了神奇的作用。”

“所以，你就自己先干为敬了，嗯-嗯-嗯？你还把它给了皇帝的萨多卡士兵？你越权了，研究大师。”

阿吉迪卡的眼睛里闪过一道黑色光芒，他回答道：“这正是我作为奥马尔研究主管的职责所在。皇帝亲自指派我研制一种完美的美琅脂替代品。而没有测试就无法做到这一点。”

“那你也不能拿皇帝的卫队做测试。”

“但他们确实比以往任何时候都更加警觉。更加强大也更有活力了。你一定很熟悉那句老话：‘快乐的军队才是忠诚的军队。’对吧，加隆指挥官？”

随着一阵几乎听不清的沙沙声，那个加隆的替身改变了形象，变成了阿吉迪卡的样子，但身上还穿着那件宽大的萨多卡制服。然后他又变成了皇帝沙达姆·科瑞诺的样子，再次撑起了衣服。肌肉和皮肤的流动让人晕头转向，而难以分辨的外形则令人震惊。红色的头发和深绿色的眼睛堪称是完美的，面部表情也找不出一点纰漏。他用皇帝那威严的声音宣布道：“把我的萨多卡军团叫来。把这个实验室里的人都给我杀了！”

接着，皇帝的鼻子忽然又变成了一根长长的胡萝卜。就在阿吉迪卡对着他的创造物微笑时，变脸者又一次改变了外形，这一次变成了一个变异的宇航公会领航员的模样，他那变形的身体伸展开来，撕裂了衣服。

“芬伦伯爵，见见佐尔，这是你要求的远航机领航测试品。有了他，你甚至可以渗透进宇航公会位于交叉点的安全部门。”

芬伦情不自禁地被眼前的一幕迷住了，把原先的担忧抛之脑后：“这个变脸者知道是我在负责这个任务吗？他不会质疑我的命令吧？”

“佐尔非常聪明，有很多本领，”阿吉迪卡介绍道，“他虽然没有受过杀人训练，但会毫不犹豫地听从你的任何指示。”

“你会说几种语言？”芬伦问道。

“您需要几种，大人？”佐尔反问道，芬伦听不太懂他的口音。也许是巴泽尔那种微弱的鼻音？“我会吸收我们所需要的一切知识。但我被禁止携带任何武器。”

“这是变脸者的程序设定。”研究大师补充道。

芬伦皱起眉头，不确定是否相信他的话：“那就让我亲自来处理暴力问题吧，嗯-嗯-嗯-啊。”他上下打量这个实验室培育出来的生物，然后目光转向研究大师。“他似乎正是我想要的。到目前为止，证据似乎相当确凿，毕竟皇帝已经有些不耐烦了。一旦我们证实宇航公会的领航员可以安全使用奥马尔，我们的香料替代品就可以在整个帝国销售了。”

阿吉迪卡用手指敲了敲桌面，说道：“伯爵，这种测试可以说只是一种形式。对于奥马尔的功效我本人早就已经完全满意了。”

秘密中包含着秘密。阿吉迪卡的心中一直没有放弃那救世主般的、自以为是的幻想，幻想自己领导一支庞大的军队，前去对抗那些异教徒大家族。

佐尔有许多兄弟姐妹，他们这些变脸者就是在这里的培育罐里被培育出来的，这些变脸者只忠于阿吉迪卡和他那伟大而隐蔽的计划。通过那些敢死队一般的飞船，他已经向宇宙里派出五十多名变脸者去探索未知的星球，为他未来的帝国建立滩头阵地。部分飞船已经远远飞出了帝国版图，不停地替阿吉迪卡寻找传播其影响力的方法。而这需要花上一些时间……

在这间被屏蔽场严密保护起来的办公室里，芬伦伯爵开始描述他潜入交叉点的复杂计划，讨论他们将如何渗透进宇航公会的安全系统。佐尔静静地听着，吸收着细节。但阿吉迪卡却并不担心。

这个变脸者已经收到了不容置疑的命令。到时候他自己就知道该怎么做了。

让你的观点具有攻击性。

——沙达姆·科瑞诺四世，《在新帝国中建立力量》

在沙达姆皇帝必须承担的所有职责中，处决是最不令他反感的，尤其在他的心情很糟糕的情况下。

沙达姆坐在请愿广场中央的宝石宝座上，这个宝座很高，让他看起来就像是一个坐在金字塔顶的大祭司。此时阳光普照，对皇帝来说是个好天气，整个帝国的天仿佛也都放晴了。

下一个受害者被铁链拖着走上前来，停在一块坚硬的黑色花岗石基座上，脚边就是几具尸体。帝国卫兵采用了很多处决方法：绞杀、激光斩首、精确刺穿、肢解、开膛破肚，甚至还在拳头上套上一个尖刺手套，然后从犯人肋骨下活生生地掏出还在颤抖的心脏。围观的民众被责令为每一次处刑鼓掌。

身穿整洁制服的卫兵排成队列，站在台子的台阶上。皇帝本来想在广场的周围部署一个团，但最终决定不这么做。即使经历了泰洛斯·瑞法对自己那次大胆的暗杀之后，他也不想表现出丝毫的紧张。沙达姆四世只需要一个仪仗队以及宝座周围闪闪发光的屏蔽场就够了。

我是合法的皇帝，我的人民都很爱戴我。

阿妮鲁尔夫人坐在左边较低一级台阶上的高背木椅上，那里显然是个从属位置。她坚持要让所有人都看到她一直与自己的丈夫在一起，但沙达姆找到了如何扭转局面的方法，也就是通过座位的摆放来强调他的妻子在整个帝国中处于一个多么无足轻重的位置。她当然也清楚他的这个小伎俩，但并不打算抱怨。

沙达姆的手里紧握一根高大的权杖，顶端有一个多面球形灯，这根权杖就是瑞法在演出中使用过的那个杀人道具，现在沙达姆把它当做了一种掌握生杀大权的象征。皇帝的武器专家们对这个巧妙的装置非常感兴趣，他们给那块袖珍的红宝石电源充满了电，好让沙达姆使用它。

当沙达姆研究他的新玩具时，下面那名犯人被士兵处死了。当他的尸体摔倒在石板地上，皇帝才突然抬头看了看。沙达姆失望地皱起了眉头，怪自己刚才走了神。那个男人喉咙里不断涌出鲜血，沙达姆猜测他的喉咙和气管被撕开了——这可是萨多卡士兵的专长。

请愿广场微风习习，但人群忽然骚动起来，大家似乎感到更有趣的事情就要发生了。在过去的四个小时里，他们已经观摩了二十八次处决。艺人家族里的一些演员犯人也展示了他们真正的表演才华，他们拼命地请求宽恕和证明自己的清白。事实上，沙达姆在大部分时间里都相信他们，但这并不重要。在萨多卡士兵用极其残忍的方式处决他们之前，这堪称一出非常精彩的戏剧。

在瑞法袭击皇家包厢这一重大骚乱发生后的几周里，沙达姆抓住了这个难能可贵的机会。他迅速而巧妙地逮捕了五名政敌——这些对他不忠心的部长和大使，要么是说话总是不对沙达姆的心思，要么是没能说服他们星球的领袖遵守各种帝国法令——沙达姆把他们都牵连到了这起暗杀阴谋之中。

哈什米尔·芬伦如果在场的话，无疑会很钦佩沙达姆这个错综复杂的阴谋，钦佩他毒辣的政治手段。但他此时人在伊克斯，前去监督奥马尔的全面生产和物流工作。芬伦坚持要再进行一次重要测试，以证明人造香料的效果与真正的美琅脂是一样的。沙达姆很少注意细节，只会注意结果。而到目前为止，一切似乎都很完美。

就沙达姆本人而言，他已经学会了如何在没有芬伦的介入或干涉下做决定。

沙达姆想起了莫里塔尼子爵多年前无视帝国的命令，未与埃卡兹和解，于是他把格鲁曼的大使也加入了被定罪的罪犯名单（这令大使大为震惊）。准备一些让人无从争辩的“证据”总是很容易的，而且这项工作早在莫里塔尼家族提出抗议之前就完成了。

只不过子爵造成的破坏并不是那么容易被修复的，尽管皇帝已经在格鲁曼部署了几个团的萨多卡维和部队，想平息与埃卡兹家族的长久争端。但子爵总是时不时跳出来坏事，沙达姆希望此事传达的信息能让他多紧张一会儿。

一对萨多卡士兵轻松地押着格鲁曼大使走向广场中心。犯人的胳膊被绑在身后，膝盖上也绑着东西，为的是不让他的腿弯曲。这个被定罪的大使最后站到了黑色花岗岩立方体前，做了他最后的演讲——一个相当缺乏灵感的演讲，反正沙达姆是这么认为的。于是皇帝不耐烦地举起一只手，发出了信号，一名士兵立即用激光枪对他开了火，从裆部至头顶把他的身子切成了两半。

到目前为止，这项恐怖的娱乐活动让沙达姆很高兴，他放松地靠在椅背上，等待着今天最重要的表演。人群也变得更加喧嚣了。

作为“所有国王的国王”的帕迪沙皇帝，沙达姆一直希望自己能被人们当做一个受人尊敬的领袖来看待。他的话就是法律，但是当类似泰洛斯·瑞法这样的意外事件动摇他的统治时，他也会睡不安稳。是时候拿起杀威棒，给世人一个警示了。

沙达姆转动手里那根高大的权杖，阳光照在精雕细琢的球形灯上，球形灯闪闪放光。他用权杖的底端狠狠地敲打面前光滑的台阶。阿妮鲁尔夫人却丝毫没有畏惧，她只是凝视前方，好像陷入了沉思。

这时，观众们看到至尊霸撒苏姆·加隆领着自称是埃尔鲁德之子的泰洛斯·瑞法走进了处决广场。这个威胁很快就要永远消失了。

阿妮鲁尔夫人坐直了身子，直接对着沙达姆低声说话，这样他既能清楚地听到她的话，又不用太过提高声音："丈夫，你否认这个人是你同父异母的兄弟，但他的说法已经被许多人听到了。他播下了怀疑的种子，这会引起人民的不满。"

沙达姆皱起了眉头："如果我告诉他们不要相信他的话，那么就没人会相信他的说法。"

阿妮鲁尔直视高坐在宝座上的人，仍然持怀疑态度："如果他对自己身世的判断是错误的，那么你为什么拒绝进行基因测试？老百姓肯定会说你处死了自己的兄弟。"

这又不是第一次了，沙达姆心想。"那就让他们说吧——而我们会认真听仔细的。压制这些异议不会花费我太长的时间。"

阿妮鲁尔没再说什么了，只是转身看着瑞法被推向那块黑色花岗岩。他那肌肉发达的身子僵硬地向前移动着，一头黑发也被剪掉了，只剩下乱七八糟的头发楂。

瑞法被迫站在被屠杀的受害者尸体旁边，所有犯人都会有几分钟的时间来说出他们的临终遗言。但沙达姆已经下令，他这个所谓的同父异母的兄弟不会得到这样的机会。宫廷医生早已给他做了手术，将瑞法的嘴唇融合在了一起。所以瑞法尽管绷紧了下巴，但还是说不出话来，只能发出可怜的呻吟声。但他眼中的怒火始终在燃烧。

带着极度鄙视的皇帝站在他的金字塔上，示意关闭他宝座周围的屏蔽场。他把权杖武器举在面前，说道："泰洛斯·瑞法——你个骗子和刺客——你的罪行比任何人都严重。"沙达姆那洪亮的声音被他脖子上的一个大勋章上的扩音器放大了。

瑞法挣扎着，嘴里尖叫着，但他就是发不出声音。他那融合在一起的嘴唇上的鲜红皮肤似乎马上就要裂开了。

“既然你厚颜无耻地宣称你是我的兄弟，所以我打算赐予你一个你不配得到的荣誉。”沙达姆说着掏出了棱柱形的红宝石电源，将其插入了权杖。这个能量源立刻放出光来，能量波涛汹涌地直冲权杖的顶端，点燃了上面的菱形球形灯。“我会亲手处死你。”

一束紫色的光束正中瑞法的胸部，点燃了他的躯干，留下一个血淋淋的大洞。沙达姆紧咬牙关，发泄着帝王的怒火，他举起权杖，即使在瑞法倒在黑色花岗岩脚下后，激光仍在摧残着他的尸体。

“当你试图挑战我们，你就是在公然反对整个帝国！因此，整个帝国都必须要看到你这个愚蠢行为的后果。”

权杖的能源逐渐耗尽，光束也黯淡了下来。皇帝示意他的萨多卡士兵们继续射击。他们立刻同时向尸体开火，燃烧的光束火化了埃尔鲁德私生子的尸体。激光蒸发了瑞法的有机组织，甚至骨头，只留下一抹黑色的灰烬，在热流中旋转着，最后被风吹走了。

沙达姆笔直地站在那里，内心狂喜。现在，没有任何证据留下了。没有人能证明瑞法的基因与埃尔鲁德以及沙达姆之间有什么联系。问题解决了。彻底解决。

再见了，我的兄弟。

宇宙中最有权势的人举起了双手，吸引了人们的注意力：“现在有理由开始庆祝了！我宣布帝国现在开始放假，所有人都要来参加宴会。”

沙达姆的心情终于变得好多了，他挽着妻子的胳膊，从台子上走了下来。一排又一排的萨多卡士兵护送着他们向奢华的皇宫走去。

给你的间谍优厚的报酬吧。一个优秀的渗透者比一支萨多卡军团更有价值。

——冯迪尔·科瑞诺三世，猎人

隆博坐在检查台上，午后的阳光透过高高的窗户洒了进来。他能感觉到自己的机械四肢上的温暖，但这种感觉与他记忆中的人类神经信号不同。现在许多事情都不一样了……

岳医生的长发用一枚银色的苏克戒指固定，他的人造膝关节上摆着一台扫描仪。他瘦削的脸依然专注。“现在弯一下右边的。”

隆博叹了口气道：“不管你给不给我体检证明，我都打算和哥尼一起去。”

医生既不高兴，也不困扰：“愿上天把我从你们这些忘恩负义的病人手中拯救出来。”

隆博弯曲他的假肢时，扫描仪闪着绿色的光。“我觉得我的身子很强壮，岳医生。有时我都忘了我身上都是零碎了。这些东西现在对我来说很自然。”是的，他的脸上是有疤痕，皮肤上也都是聚合物，但在卡拉丹城堡里流传的笑话（而且是由邓肯·艾达荷发起的）是，王子还是比哥尼·哈莱克要好看得多。

隆博在房间里走来走去，一会儿做个引体向上，一会儿在地板上咔嗒咔嗒地打个滚，岳医生则在视觉上检查他身上的半机械装置。然后医生开口说话了，他左下巴上的一块肌肉扭曲了起来：“我相信你妻子的积极治疗给了你很大的帮助。”

“积极治疗?”隆博反问道，“她称之为‘爱’。”

岳医生关掉了他的扫描仪，说道：“我同意你和哥尼·哈莱克一起去完成这个艰巨的任务。”苏克医生饱经风霜的脸上流露出关切之情，他额头上的钻石文身都皱了起来，“然而，任何人想要偷偷溜进伊克斯都是危险的。更何况你现在是这种状况。我可不想看到我可爱的作品被毁掉。”

“我会尽量避免这种事的，”隆博表情坚定地说道，“但伊克斯是我的家，医生。我别无选择。我早已准备为我的人民做一切必要的牺牲，即使维尔纽斯的血脉……在我身上终结。”

隆博看到医生的眼里饱含着深深的痛苦，但没流泪。“你可能不会相信，这我理解。很久以前，我的妻子在一次工业事故中受了重伤。我找到了一个人工控制功能方面的专家——当然和你身上装的这些相比还是很原始的，王子。他用人造器官替换了瓦娜的臀部、脾脏和子宫，但她永远不能生孩子了。我们的原计划是等……但我们等了太久。当然，瓦娜现在早已过了生育年龄，但在那个时候，这种等待对我们来说是相当痛苦的。”他边说边开始收拾他的医疗器械。

“同样的，隆博王子，你现在是维尔纽斯家族的最后一个成员。我很遗憾。”

当雷托把他叫到自己的书房时，隆博什么也没有怀疑。他噔噔地走进房间，停了下来，惊讶地看到一个熟悉的人正站在石框窗前。

“皮尔鲁大使!”每当隆博看到这位公务员在过去的二十年里不知疲倦地为伊克斯的事业而徒劳地奋斗，他的内心就五味杂陈。但自己在和特希雅的婚礼上刚刚见过他。隆博心里突然一阵悸动：“有什么消息吗？”

“是的，我的王子。是个令人惊讶和不安的消息。”隆博想知道这消息是否与大使的儿子克泰尔有关，他一直在伊克斯战斗。

隆博的身子僵住了，而那位威严的外交官则局促不安地在房间里踱步。他走到房间中央，启动了一个全息投影仪，显示出一个衣衫褴褛、脏兮兮的男人的影像。

雷托的声音变得有些刺耳：“这就是那个企图暗杀沙达姆的人。也就是差点在帝国包厢里杀了杰西卡的人。”

皮尔鲁迅速地瞥了他一眼，说道：“那完全是个意外，雷托公爵。他的计划在许多方面……都很天真，考虑不周。”

雷托说道：“现在看来，他这次‘疯狂的袭击’在某些方面被帝国的官方报告夸大了。”

隆博依然困惑不解：“他是谁？”

大使停下脚步，有意面向他说道：“我的王子，这是——或者曾经是——泰洛斯·瑞法。皇帝同父异母的兄弟。他在四天前被下旨处决。显然，没有必要进行什么审判。”

隆博转移了一下重心：“可是这跟——”

“很少有人知道真相，但瑞法的说法确实没错。他确实是埃尔鲁德的私生子，由塔利加里家族悄悄地抚养长大。然而，沙达姆显然认为他是一个威胁，于是他编造了借口，派出了萨多卡军团摧毁了瑞法在札诺瓦的家。顺便说一句，沙达姆为了炸毁札诺瓦的城市，不惜杀害了一千四百万人。”

隆博和雷托当即陷入震惊中。

“这就是瑞法想要报复的原因。”

大使把一套打印好的文件递给了隆博，接着说道：“这是证明瑞法身份的基因分析。我在他的牢房里亲自提取了样本。结果是毫无疑问的。这个人就是科瑞诺家族的后代。”

隆博扫视那一捆文件，仍然不明白自己为什么会被召集到这个会议上来："有趣。"

"还没完，维尔纽斯王子。"皮尔鲁静静盯着面前这个伤痕累累的人。"瑞法的母亲就是埃尔鲁德的侍妾珊多·巴鲁特。"

隆博一下子抬起头来："珊多——！"

"所以我的王子，泰洛斯·瑞法也是你同母异父的兄弟。"

"这不可能是真的，"隆博抗议道，"我从未听任何人说我有兄弟。我也从没见过他。"他不停地翻看分析报告，反复阅读，想找点东西把自己从这个可怕的现实中解放出来。"处死了？你确定？"

"很不幸，是的，"皮尔鲁大使咬着下唇答道，"为什么埃尔鲁德就不能安排泰洛斯·瑞法当一名御前卫官①，就像大部分皇帝对待妃子之子那样呢？相反的，埃尔鲁德却选择把这个孩子送走，就好像他有什么特殊似的，这就引发了所有问题。"

"我的兄弟……要是我们能帮他就好了。"隆博把文件扔到了地板上。他抬起自己笨重的机械腿，脸上带着痛苦的表情。维尔纽斯家族的王子开始在石头地板上来回地踱步。

然后，隆博谨慎地宣布道："这只会坚定我反抗皇帝的决心。现在他把这件事变成了我们之间的私事了。"

①御前卫官是皇帝御前侍卫的军官，通常与皇帝具有血亲关系，是给皇帝、亲王的世袭军衔。

金钱买不到荣誉。

——弗雷曼人如是说

一架喷气式扑翼机像一只尖叫的黑鸟般从天上俯冲下来，机首画着凶猛的沙虫图案，它张着圆圆的大嘴，露出水晶般的锋利牙齿。

一个孤立的干涸湖床周围环绕着岩石壁，保护着该地区免遭夏胡鲁的吞噬，四个身穿长袍的弗雷曼人跪在地上，因恐惧而大叫。他们原本抬着的担架倾斜了，掉在地上。

列特－凯恩斯却没有丝毫退缩，而是笔直站立着，双臂交叉在胸前。他的沙色头发和污渍斑斑的沙漠斗篷在扑翼机卷起的微风中摆动。"都给我起来!"他对自己的手下喊道，"你想让他们把我们看作被吓坏的老太婆吗?"看来公会代表准时到达了。

弗雷曼人懊恼地摆正了沙地上的架子，然后抚平了自己的长袍，设置好了蒸馏服。即使在清晨，这个沙漠仍然热得像个火炉一样。

公会也许是知道弗雷曼人尊敬沙虫，所以他们应该是有意在机首上画个沙虫的。但列特本人因为对公会多少有些了解，所以克服了恐惧。毕竟情报就是力量，特别是对敌人的了解。

他抬头看去，喷气式扑翼机开始盘旋起来，翅膀紧紧地缩在机身上。列特还在舷窗下方的机身上发现了几个枪孔。最后，扑翼机降落在了一百米外的沙丘山脊上，发动机发出了刺耳的呜呜声。他从强化玻璃窗户旁的剪影看出里面有四个人。而其中有一个好像还并不完全是个人类。

扑翼机的前舱门打开了，一辆敞篷车沿着坡道下来，车上坐着一个秃顶的男人，竟然愚蠢到没有穿蒸馏服就进入了沙漠。他那苍白、油腻的脸上布满了汗珠，喉咙前面装了一个正方形的黑盒子。

但他腰部往下的身体则是一团一丝不挂的非晶质的、像蜡一样的肉，看上去十分恐怖，就像是被什么东西融化后又重新长了回来。肉网把他的手指连了起来。他那双凸出的黄眼睛看上去很突兀，仿佛是从某个外星的危险生物身上移植过来的。

有些迷信的弗雷曼人开始低声嘀咕，做出了防御性的动作，但列特却用锐利的目光强迫他们安静下来。他不明白为什么这个外来者非要把他那令人厌恶的身体暴露出来不可。*也许是为了让我们放松警惕*。列特能看出这名代表应该是个高超的谈判者，他这是在试图引起一连串的反应，希望通过恐吓和胁迫来赢得他在谈判中的主导地位。

这名代表死死盯着列特，毫不理会其他弗雷曼人。然后他那金属般的声音便开始从喉咙上的合成器里传了出来："看来你不怕我们，甚至一点也不怕我们机头的沙虫。"

"就连小孩子都知道夏胡鲁不会飞，"列特说道，"而且任何人都能画画。"

那个畸形人勉强地笑了笑，又问道："那我的身体呢？你不觉得讨厌吗？"

"我的眼睛受过训练，可以看到其他东西。美丽的人内心可能令人反感，而畸形的身体也可能包含一颗完美的心。"列特向敞篷车靠得更近了些，"那么你属于哪一种？"

公会的人笑了笑，喉咙里发出微弱的回响："我叫阿尔里克。你就是那个爱惹麻烦的帝国行星学家，帕多特·凯恩斯的儿子？"

"我现在是帝国行星学家了。"

“你说是就是吧。”阿尔里克用那双奇怪的黄眼睛扫视了一下那堆货架。列特注意到他的瞳孔几乎是长方形的。“给我解释一下，半弗雷曼人，为什么一个帝国官员要阻止卫星监视沙漠深处？为什么这件事对你这么重要?”

为了不让他继续这样故意侮辱自己，列特立刻转移了话题：“我们和宇航公会之间的协议已经维持几个世纪了，我没有看到终止它的理由。”说着他挥了挥手，他的手下马上把货架打开，露出了里面堆得高高的袋装美琅脂精华。“然而，弗雷曼人更喜欢没有中间人的交易。我们发现那些中间人……很不可靠。”

阿尔里克抬起下巴，抽了抽鼻孔：“那么在这种情况下，隆多·图克就对你有潜在的威胁了，他可以随时向当局揭露你对我们的贿赂。他肯定已经计划好了要背叛你们。你就不担心吗?”

列特无法抑制他声音里的骄傲：“这个问题已经得到了解决。我们再也不用担心图克了。”

阿尔里克思考了很久，试图从列特那张晒黑的脸上读出一些暗示：“那很好。我尊重你的判断。”

公会代表开始研究摆在他面前的香料了，列特能看出他一直在默数这些袋子，计算这批香料的整体价值。这无疑数目巨大，但弗雷曼人别无选择，只能满足公会的胃口。现在尤其重要的是要保护好弗雷曼人的秘密——为了实现帕多特·凯恩斯的生态梦想，他们已经在许多地区种植了植物。而这件事绝对不能让哈克南家族知道。

“我会收下这批香料，作为我们继续合作的首付款，”阿尔里克最后说道，他的眼睛紧紧盯着列特，“但我们的价格会上涨一倍。”

“这不可能，”列特抬起他长满胡须的下巴，“你现在没有中间人付钱了。”

公会的代表眯起他的黄眼睛，好像在掩饰他的谎言：“直接和你交易会让我花费更多。哈克南那边给我的压力增加了。他们一直在抱怨他们的卫星不工作，并要求公会提供更好的监视手段。我们必须精心编造出很多借口来搪塞他们。想要把哈克南狮鹫挡在海湾里是要花不少钱的。”

列特冷冷地看着他：“一倍太多了。”

“那么，半倍吧。你有十天的时间支付这笔额外的费用，否则服务将自动终止。”

列特的同伴们开始抱怨起来，但列特却只是盯着面前的陌生人，考虑着眼下的处境。他控制了一下自己的情绪，没有显露出内心里的愤怒和惊慌。他早就应该明白的：公会并不会比其他外来者更值得信任，也并非更值得尊敬。

“我们会准备好香料的。”

没有人像贝尼·特莱拉那样掌握了遗传语言。我们称其为“神的语言”是没错的，因为正是神祇赐予了我们这种伟大的能力。

——特莱拉伪经

哈什米尔·芬伦是在凯坦星长大的，那里有皇宫和宏伟的政府建筑。他见识过伊克斯那洞穴般的城市和厄拉科斯上可怕的沙暴。但他从来没有见识过交叉点上的公会远航机维护船坞。

芬伦带着一个工具箱，穿着油渍斑斑的工作服，看上去就像一个不值一提的维修工。如果他的演技足够好，就没有人会注意到他。

宇航公会雇佣了数十亿人。他们中的一些人负责公会银行的各种重大操作，其影响力遍及帝国的所有行星。像远航机维护船坞这种大型工业综合设施则需要成千上万的辅助工人。

芬伦的大眼睛扫过无数的细节，他带着变脸者挤进工人堆里，沿着主广场匆匆前行，他们的头顶上便是拥挤的走道和不停升降的电梯。佐尔给自己选择了一个毫无特色的外貌，他现在看上去平平无奇，面容松弛，眉毛粗犷。

很少有非公会的人看过交叉点的内部运作。停泊的起重机高耸入云，闪烁着翡翠色和琥珀色的灯光，就像漆黑夜空中的星星。城市的网格状街区几何状地伸展开来，在一片无趣的景观中添加了一丝文明的气息。凹面的接收盘像爬行植物一样攀附在建筑物的外部，接收来自太空的电磁信号。金属停机坪直插天空，伸着爪梁准备夹住即将降落的穿梭机。

这两个渗透者接近一个高耸的拱门，说明前方是一个工作区域。他们混在工人里走进了大楼。前方悬挂着有史以来建造的最大的远航机之一，这艘飞船是在维尔纽斯统治伊克斯的最后几天建造的。这艘飞船和另一艘——目前在轨道上进行维护——飞船是仅存的两艘多米尼克级。多米尼克级本身是一种有争议的设计，它以提高货物运载量为卖点，同时却也降低了帝国的税收。

但在特莱拉人占领了这个机器星球后，由于生产和质量控制问题，新建生产线的数量急剧下降。因此，公会必须更加小心地维护他们现有的飞船。

芬伦和他的变脸者同伙登上了升降平台，沿着这艘大都市大小的飞船的弯曲外壳上升。一群群工人就像寄生虫一样趴在金属板上，密封、清洗、检查着面前的金属。微型陨石和辐射风暴总会给船体的晶格结构带来微小的裂缝。每隔五年，一架远航机就要进入交叉点的维护船坞进行检修。

这两个人穿过一个通道进入了这艘大船的内部船体，最后来到了巨大的货舱。根本没人注意他们。在船壳之内，大批工人检查并修补着家族护航舰、货运船和客运穿梭机所使用的停靠夹。还有一些人急匆匆地在远航机内部的甲板上进进出出。

一架电梯像蛛丝上的蜘蛛一样爬升起来，把芬伦和佐尔带到了上层限制区，领航员的舱室就在那里。很快，他们就会面对更高级别的安全检查——真正的挑战就要开始了。

变脸者看向芬伦，露出难以捉摸的表情：“我可以变成任何一名受害者的模样，但记住，杀人的事儿得你来做。”

芬伦在他的工作服里塞了几把刀，他当然知道如何使用它们：“简单的责任分工，嗯-嗯-哼？”

佐尔的步伐马上变得轻快了起来，芬伦不得不加快速度跟上。变脸者自信地走过昏暗、低矮的走廊，说道："建筑蓝图显示领航员的舱室就在前面。跟我来，我们很快就完事儿了。"

他们早就研究过留在伊克斯地下组装设施里的远航机全息蓝图，那里本来就是最初建造飞船的地方。由于这艘巨大的飞船要几个星期后才能出发，所以现在舱室里没有领航员，香料也还没有补充。安全措施也还没有达到最高等级。

"从这儿拐弯。"佐尔保持镇定地说。他掏出一块利读联手板，手指穿过闪烁的水晶，照亮了一张粗略的图表，是远航机的上层蓝图。

他们走到走廊尽头，来到了一个警卫面前，佐尔故意迷惑不解地指着手板上的图表。芬伦则摇着头，装出不同意的样子。他们一步步朝站得僵硬笔直的警卫挪步过去，而他的击昏器就挂在身后。

待他们走近了，芬伦忽然恼怒地提高了嗓门："我告诉你，这不是正确的区域。我们走错地方了。看这里。"说着他用手指戳了戳利读联晶板。

佐尔则像艺人家族的大师那样扮演他的角色，脸刷的一下子红了。"听我说，我们是一步一步按照地图走的。"他边说边抬起头来，仿佛这才注意到了警卫。"那让我们问问他吧。"说着他往前靠了过去，拉近了距离。

那名卫兵怒视芬伦，指着他们喝道："你们俩确实走错地方了。你们这是未经授权的闯入。"

佐尔厌恶地叹了口气，举起手板上的远航机蓝图，几乎都要推到警卫的脸上了："那么，你能给给我们指条路吗？"芬伦则向另一边靠了过去。

警卫盯着手板看了看："这是你们的问题。不是——"

芬伦完美而优雅地出手了，他用细长的匕首刺穿了那名警卫的肋骨，深深地扎入了他的肝脏，然后扭动刀锋，将其推向更高处的肺部。为了尽量减少出血，他避开了大血管，但伤口足以致命。

卫兵喘着气，抽搐着。佐尔也扔下他的手板，使劲抓住了受害者。芬伦抽出他那把细长的匕首，又刺了一刀，这一次是在胸骨下面，向上刺进了心脏。

佐尔一边紧紧盯着那名卫兵的脸，一边慢慢地将他的尸体移到甲板上。然后这个变脸者抽搐了一下。他的五官一下子变成了液体，仿佛是黏土做的，紧接着生成了一个新的面具。现在，他的外貌和死去的警卫一模一样了。佐尔深吸了一口气，把头扭到一边，然后盯着死人的脸说道："我完事了。"

他们把尸体拖进一个空着的壁橱，然后封上了门。芬伦在外面等着，而变脸者则和死掉的警卫换了衣服，用酶海绵擦干净地上的血迹。之后，他们又在利读联手板上查看了远航机上层的精确示意图，找到了一个直通加热反应堆室的处理槽。卫兵被电离了的骨灰永远也没人能找到了。

两个人随后便走进了安全区域。伯爵抱着他的工具箱，装出一副委屈而痛苦的样子，好像他被派去做一件不可能完成的工作似的。那个变脸者则在他身后督促他，同时粗声粗气地向上层区域里的其他警卫打招呼。他们成功地在领航员舱室后面找到了一个无人使用的操作室。

香料隔间果然是空的。芬伦迅速地取出了装着超压缩奥马尔颗粒的罐子，这是一种密集的合成香料片，形状与他们一直用的美琅脂完全一样。在这种压缩形态下，香料会被汽化，产生一种丰富的气体，其浓度足以让领航员感受到它的全部效果，并推算出在折叠空间中安全行驶的路径。

芬伦将容器密封在香料供应隔间里，贴上了伪造的批准标签。当装香料的人发现盒子里已经装好了香料时，可能会引起一些混乱，但他们通常不会再去找一些额外的香料混在里面。幸运的话，根本没有人会抱怨。

两名间谍偷偷溜了出去。不到一个小时，他们就离开了远航机，开始了他们计划的下一阶段。

“我希望轨道上的飞船也同样容易混进去，嗯-嗯-嗯?”芬伦说道，“为了确保万无一失，我们需要两艘测试飞船。”

变脸者看了看他。佐尔的变脸能力委实令人毛骨悚然：“这可能需要更多的技巧，但我们会成功的。”

之后，他们两人疲惫但也很兴奋地完成了第二部分任务，他们现在站在多云的天空下，欣赏着交叉点太空港那璀璨的灯光。他们所在的位置在装货区边缘，两人就躲在堆积如山的转储箱中间。这是因为芬伦不想遇到其他的公会员工，他想要避免和他们交谈，那些人可能会问太多的问题。

他可以很容易地雇一个雇佣兵或专业的特种兵来完成这个秘密任务，但芬伦凡事都喜欢自己动手，当然前提是他感兴趣。这既能磨炼他的能力，也能给他带来快乐。

在这难得的片刻安宁中，伯爵想起了他可爱的妻子玛格特，这让他的内心平静下来。他现在急于回到皇宫，在那里他就能看到并知晓她在做什么。玛格特应该在几天前就抵达凯坦了。

佐尔打断了他的沉思：“芬伦伯爵，我必须称赞你的技艺。你把你的那部分工作做得很好。”

“所以这是一个来自变脸者的赞美，嗯-嗯-嗯?”芬伦靠在一个锈蚀的金属转储箱上，假装放松，而这个转储箱很快就会被装上远航机。“谢谢你。”

他的面前忽然闪过一道模糊的影子，芬伦本能地闪开，眼看着一道闪光向他飞来，那是一把以致命的精准掷来的刀子。然后，甚至第一把武器未击中目标并撞进金属格子间之前，变脸者就掏出了藏在制服里的另一把利刃。

不过哈什米尔·芬伦伯爵完全可以应对他的挑战。伯爵的感官和反应早已达到了极高的水平，他现在拔出自己的匕首，摆出战斗姿态，露出狂野的表情："啊哈，我还以为你没有受过刀刃训练呢？"

变脸者的脸庞现在冷酷得好像一个掠食者："我也接受过说谎的训练，但显然做得还不够好。"

芬伦举着他的匕首。他的刺客经验可要比变脸者想象的丰富得多。*特莱拉人低估了我。这是他们犯下的另一个错误。*

在太空港昏暗的灯光下，佐尔的脸又一次闪烁和变化起来。他的肩膀变宽了，脸变窄了，眼睛也变大了，直到芬伦面前出现了一道他自己的可怕倒影，穿的却是变脸者的衣服。"很快我就要去扮演一个新角色了，那就是帝国的香料大臣以及沙达姆四世的童年朋友。"

芬伦一下子明白了特莱拉人的阴谋，原来他们是打算让这个变脸者模仿他，假冒皇帝的亲信。虽然芬伦怀疑佐尔能不能长时间愚弄沙达姆，但这个变脸者只需要私下接近皇帝几分钟——就足以让他杀死沙达姆并在阿吉迪卡的指示下坐上金狮宝座了。

芬伦其实很钦佩这个大胆的计策。考虑到沙达姆最近作出的那些拙劣决定，也许让一个冒牌货替换他并不算是坏的选择。

"你永远骗不了我的贝尼·杰瑟里特妻子。玛格特能看清最微妙的细节。"

佐尔笑了起来，而笑容是芬伦那雪貂般的脸上不经常出现的："我相信我能应对这个挑战，因为我早就已经仔细观察过你了。"

变脸者向前猛扑过去，芬伦挥动匕首格挡着。他们的匕首再次碰撞在了一起，他们的身体现在也是一种武器，不断撞击着转储箱。

芬伦背对着墙壁，一脚踢出去，试图踢断佐尔的胫骨，但变脸者躲开了这一击并迅速举刀刺向对方。芬伦立即撩起右前臂，挡开匕首并一个翻滚离开了转储箱区域。

两名战士现在都已经汗流浃背了。佐尔的下巴下被划了一道口子，鲜红的血珠滚落下来。而伯爵的连体衣上也有几处破口，不过变脸者并没有弄伤他。芬伦连一点刮伤都没有。

尽管如此，芬伦还是几乎低估了那个变脸者，对方现在拼尽了全力，再次疯狂地发动了进攻。他持刀的手快得模糊起来。而这是芬伦没有预料到的一种策略：这个变脸者正在模仿伯爵的搏斗技巧，他学习自己的对手，并用芬伦的招式对付芬伦。

伯爵的脑子急速转动着，思索着最佳的战术，同时保持着警惕。他需要想出一个新招数，一个这个实验室培育出来的怪物永远也想不到的招数。他想过要活捉这个变脸者，然后审问他，但这么做有些太冒险了。芬伦不能暴露他们在此地的任务。

他听到背后传来穿梭机的轰鸣声，但不敢回头去看。这时候任何一个小错误都可能致命。芬伦让自己踉踉跄跄地向后倒了下去，成功把变脸者引了过去。伯爵的喉咙发出闷哼，故作痛苦，同时把匕首扔在了地上，发出哐啷一声，从一个转储箱下面滑到了他的手够不着的地方。

佐尔跪在地上，信以为真了，觉得自己确实伤到了对手，于是他举起匕首，准备给芬伦致命一击。

但芬伦其实已经提前看了一眼背后的地面，他是摔在了变脸者的第一把匕首掉落的地方。在佐尔的刀尖扎到他之前，芬伦一把抓起那把佐尔已经完全忘记的匕首。芬伦把刀尖向上捅去，狠狠扎进了变脸者的喉咙。然后他又一脚踢飞了佐尔，避免变脸者被割断的颈动脉喷出的鲜血溅到他干净的衣服上。

变脸者的尸体飞入了转储箱之间的阴影中。芬伦向后退了几步，环顾四周，确定没有人看到或听到什么。他不想回答任何问题，他只要能尽快离这里远点就行了。

倒在地上的佐尔似乎融化了，他的容貌失去了精确的焦点，直到最后变成了一个无毛、面无光泽的假人，没有任何特征，只有蜡一样的皮肤，光滑的手指上甚至都没有轮生的指纹。

特莱拉人策划的这个阴谋还真是有趣。芬伦会把这些知识当做珍宝珍藏起来。他会考虑如何最好地使用它来对付希达尔·芬·阿吉迪卡。

芬伦觉得自己呼吸有些困难，但仍在呼吸，他把变脸者的身体塞进了一个转储箱，封上了舱门。几周之内，这具奇怪的尸体就会抵达某个遥远的世界，货物的收件人一定会大吃一惊的……

芬伦瞥了一眼太空港的灯光，看到轨道上的穿梭飞机正在降落。他会绕道返回凯坦，不留下任何痕迹。其次，他需要避免乘坐这两艘多米尼克级的远航机，以防领航员对合成香料产生不良反应。毕竟芬伦并不打算亲自参加这个测试。

他兴奋地赶往太空港，加入了一群工人和三等舱乘客的行列，登上了穿梭机。然后他独自坐在穿梭机里，飞向交叉点轨道上的远航机，不回答任何人提出的任何问题。不过，仍有两位同行的乘客禁不住好奇地问他，为什么他的脸上会挂着如此灿烂的笑容。

一个秘密只有在它还是个秘密时才最有价值。在这种情况下，人们不需要证据便可利用这些信息。

——贝尼·杰瑟里特格言

皮特·德伏在男爵的命令下来到了凯坦，此刻缓步穿行在帝国办公楼的走廊里。虽然这些政府大楼里向来错综复杂，但他的门泰特大脑却让他从不会迷路。

现在已是上午，但他的嘴里还留着一股甜味，源自他在外交护航舰上吃过的早餐里的进口水果。不过更让他感到津津有味的，是德伏此次凯坦之行要送的匿名信。沙达姆要是知道了这件事，很可能会尿在他的皇家裤子里。

他从衣服下面取出一个信息盒子，藏到了一个壁龛里，就放在一尊皇帝半身像后面，而这个半身像是分散在宫殿各处的诸多半身像中的一个。

办公大楼的侧门忽然打开了，一个脸色红润、神情紧张的男人走进了走廊。德伏认出他就是哈克南大使卡洛·怀尔斯。怀尔斯也就三十五岁左右，看起来甚至还没到刮胡子的年龄。他是通过家庭关系获得了这个职位的，而他发回杰第主星的信息里没有一条是有价值的。他就是一个效率低下、没有受过教育、不知道如何利用职务之便当一名称职间谍的废物。

“哎呀，该死的德伏！”怀尔斯声音甜腻地喊道，“我不知道你来宫里了。男爵没有通知我。你是专程来拜会皇帝的吗?”

门泰特假装惊讶地答道：“也许很快，大使先生，但现在我有一个重要的任务。男爵的事。”

“是啊，时间总是很紧的，不是吗?”怀尔斯咧嘴笑道，表示同意，“好了，我也得赶快走了。我们都有很多重要的事情要做。如果我能在任何方面帮上忙，请一定要告诉我。”说着这位大使迈着大步朝走廊的相反方向走去，显然是想让自己看起来很重要。

门泰特在一张木马纸上画了一张地图，并写下了指示，然后把它交给一个帝国信使，这名信使会把这个机密的信息盒子直接送到沙达姆那里。它绝对是一枚重磅炸弹。

这将是对李芝勒索哈克南的一次合适报复。

它必须得成功。

实验室的金属工人在哈罗亚·伦德的监督下，根据叛逃的发明家乔本恩留下的草图和方程式，造好了隐形力场发生器原型的外壳。

在乔本恩的一卷密封的志贺藤卷轴中，他称其为“无场”引擎——能让一个物体既“在这里”同时也“不在这里”。伦德无时无刻不在思考这个惊人的概念。

他还没有破译那个流浪发明家的旧实验室里那些不断失灵的隐形装置。根据几张图表的碎片判断，他已经确定无场覆盖范围的最小直径是一百五十米。考虑到这一点，伦德不明白该设备如何能让一个小实验室隐形——直到他发现克罗娜太空站外面的大部分隐形力场都不对称地延伸到了太空里。

听到这个项目后，李芝政府提供了全部的资金，伊尔班·李芝伯爵则给他的侄子发了一封信，赞扬了他的聪明才智和远见卓识。老人答应有一天会亲自到克罗娜来，更直观地视察工作，哪怕他怀疑自己是否能理解这个引擎的原理。卡利玛尔总理也同样表示了他的支持，鼓励了这些发明家。

几十年来，这个人造月亮上一直藏有制造神秘而珍贵的李芝镜的专利技术。没有任何一个家族能够复制这种技术，尽管很多家族都尝试过派遣工业间谍。而如果无场引擎能取得重大突破，那么克罗娜上的设施可能会被用来生产这项更有价值的技术。

全力以赴的研究和开发工作是极其昂贵的，而且需要最优秀的科学家的脑力，这使他们不得不从其他任务中分心。最近，卡利玛尔总理提供了大量的美琅脂，作为研究资金，这些香料现在就储存在卫星站里，必要时可以随时换成现金。而这个香料存储库现在已经占了克罗娜容积的百分之六了。

由于这个雄心勃勃的项目，弗林托·金尼斯主任的政治影响力大大增强了，但哈罗亚·伦德却并不在意这一点。乔本恩的无场引擎是一个极其复杂的难题，足以让他投入全部的精力。

一个发明家不会关注别的问题。

沙达姆打开信息盒后，他取消了所有的日程安排，把自己锁在他的私人书房里，怒火中烧。一个小时后，他召见了至尊霸撒苏姆·加隆。“看来我的萨多卡军团还有更多的工作要做。”他几乎无法抑制自己的愤怒。

一身制服的老加隆立正站在那里，等待进一步的指示：“陛下，我们随时待命。”

在沙达姆对札诺瓦做出如此严厉的惩罚之后，李芝家族竟还敢明目张胆地这么做？难道卡利玛尔总理觉得他可以无视帝国法令而保留自己的非法香料库存？这个秘密情报提供了不容置疑的证据，证明在人造的克罗娜卫星上储存了不少非法的美琅脂。

起初，他对类似的说法持怀疑态度。埃卡兹和格鲁曼拼尽了全力相互猜疑，互相指责，夸大其词。但他们的证据并不充分，他们的动机也很明显。

“是时候再做一次示范了，只有这样才能让这个帝国里的人无法忽视科瑞诺家族的法令。”沙达姆在地板上踱来踱去。

当他的怒火愈加升温，皇帝的理智开始奏效。他上次对札诺瓦发动进攻的核心动机是为了消灭泰洛斯·瑞法。然而，他更大的计划是让帝国经济完全受制于他的人造美琅脂，他要凭此垄断所有的香料市场。他必须采取下一步行动，加大赌注。李芝将成为第二个替罪羊。

他会通知公会调查员和宇联商会审计员他即将采取的措施。在那些所谓的非法储备被从克罗娜移走后（这些香料会被用作换取宇航公会和宇联商会支持的报酬），其他的政治派别都会聚集在他的王座前。

因为哈什米尔·芬伦还没有从伊克斯回来，所以沙达姆必须自己作出另一个重要的决定。不管怎样。皇帝知道自己该怎么做，而他必须尽快做出回应。于是他向萨多卡指挥官下达了命令。

香料大战即将升温。

历史上的每一个时代都证明，如果你想要利润，你就必须统治。而为了统治，你就必须磨平公民的棱角。

——皇帝沙达姆·科瑞诺四世

希达尔·芬·阿吉迪卡的脑袋里充满了阿吉迪马尔，他借用了一只蜥蜴的眼睛看向餐厅里的尸体。二十二名最爱管闲事的特莱拉大师倒在桌子上，被下了毒。死了。

自认为受到了神祇的启示，他准备重新划定帝国权力的边界。

对他来说，这些尸体中有一个额外的惊喜，那就是前一天突然到这里来视察的那个自命不凡的扎夫大师本人。扎夫现在仰面躺在那里，眼睛凸出，嘴巴大张，作为一名大师中的大师，这堪称是最卑贱的死法了。变脸者假扮的厨师们把快速起效的毒素偷偷放进了食物里，这让扎夫和他的同伴们在几分钟内就毒发身亡，他们灰色的皮肤现在是一片病态的绯红，好像从里到外都被烫伤了。

当这位研究大师站在门口欣赏自己的杰作时，他注意到椽子上停着一条德拉科飞龙，这是一种似乎对自己采取的这个害虫防治措施免疫的小蜥蜴。它只有几厘米长，身体两侧有鳞片状的附器，可以让它像古地球上的鼯鼠那样在空中滑翔。

看着这只蜥蜴，阿吉迪卡决定使用自己在消耗了这么多阿吉迪马尔之后所获得的新力量。现在他的心灵之眼似乎就在这条小龙的身体里面。他站在椽子上，用爬行动物的眼睛注视着屠杀现场。其中一具尸体似乎抽动了一下，然后便像其他人一样一动不动地倒在地上了。

有二十多名大师死掉了……这对他来说无疑是一个好的开始。在阿吉迪卡的坚强指引下，在伟大的信仰重新出现之前，特莱拉的异教徒必须被清除。

他微笑着，沉浸在自己非凡意识中掠过的无数可能性里。阿吉迪卡现在基本已经不睡觉了，每天大部分时间都在自己奇妙的大脑里嬉戏玩耍，就好像它是一个充满新鲜体验和快乐的游乐园。他可以同时思考九十七条思路，从最普通到最复杂的主题。他也有能力研究每一条如马赛克般大的信息，就像它只是图书馆书架上的一本胶片书。

阿吉迪马尔不但是美琅脂的替代品，它甚至比美琅脂更好，效力更强烈。有了它，行会的领航员可以将空间折叠到其他的宇宙，而不再局限于这一个。他的九十七条思想路线中有一条已经付诸实践了。到现在为止，芬伦伯爵和佐尔至少已经用阿吉迪马尔代替了两艘远航机里的美琅脂，且领航员应该也已经准备好使用它了。而芬伦本人一定和这里的受害者一样，死掉了。那个变脸者会出色地完成任务，并且很快就会回来向自己报告细节……

研究大师用他脑海中的蜥蜴眼睛，审视那些散乱的、布满斑点的尸体。现在，因着这个神圣的使命，他已经无法回头。他已经安排自己的变脸者取代了很多保守派的大师了，而且一切看起来都很正常。然后他可以把他们送到凯坦……

从这里，变脸者假扮的扎夫会先给班达隆发送一条消息，说他决定在萨图赫停留几个月——因为阿吉迪卡需要一段时间来完成他的计划。任何妨碍他们的人都会被自己吃掉的，就像飞蜥蜴用舌头吞掉昆虫那样。

他想象着伸出自己的舌头，卷住虫子，然后把它们一口吞下去。一下又一下，一下又一下。它们那苦涩而酥脆的小身子对他来说就是饕餮大餐。现在这条飞龙从椽子上跳了下来，慢慢地飞过那一大堆尸体，好像在执行某种空中侦察任务。

阿吉迪卡眨了眨眼睛，把自己的意识从蜥蜴身上拉了出来，回到了自己站在门口的身体里。他的嘴里多了一丝苦味，让他的舌头又酸又痛。

他激动地喊了一声，把自己的变脸者召唤到了厨房里。他们立刻赶了过来，准备接受指示。“处理尸体。然后准备出发。”

当这些变脸者开始执行命令时，阿吉迪卡回头找了找那只小蜥蜴。然而，那条难以捉摸的飞龙早已不见踪迹。

眼窝凹陷的克泰尔·皮尔鲁在垃圾处理场里发现了这些可怕的尸体，这让他大为震惊。这里甚至都没有足够的垃圾能完全盖住这些令人憎恨的入侵者的尸体。

严格的宵禁已经开始很久了，克泰尔这才从阴影中走了出来，而就在他到达这里时，一辆卡车刚刚开走，车身扬起了大片的灰尘。没有人看见他。他经常去这个地下垃圾倾倒区，寻找可能用得上的物资。

但这个情景！死了二十多名特莱拉大师。而且每一个人都是高级官员，他们都被谋杀了！他们平日里那苍白的皮肤仿佛被烫红了。克泰尔那疲惫的头脑能想出的唯一可能的结论就是仍有人在伊克斯进行着反抗行动。

另有人正在杀死特莱拉人。

克泰尔抓了抓头，弄乱了他那乱蓬蓬的头发。他望向投射在天空的黯淡星光，不知道下一步该做什么，更不知道他的这位神秘盟友是谁。

不久之前，两个厄崔迪家族的人像骑着白马的骑士那样向他承诺援兵会很快到达。鉴于此，所有的抵抗组织都必须动员起来。他现在只希望自己能活得够久，能看到伊克斯最终得以光荣解放。

隆博就要来了！终于！

不甘示弱的克泰尔走进了黑暗的地下，开始寻找落单的特莱拉人。经过这段漫长而绝望的岁月，他早已变得冷酷无情。于是当晚，又有七名特莱拉人的尸体被扔进了垃圾处理场。

任何能明确看到尽头的路，都不值得走。你必须攀登面前这座山，但只能爬上去一点点——爬上足以检验它是否是一座山，能否看到其他山峰的高度。因为从任何一座山的山顶，你都无法看清脚下这座山。

——赫拉蒂皇后，皇太子拉斐尔·科瑞诺的配偶

虽然隆博·维尔纽斯半辈子都在逃避自己的义务，但现在的他觉得离开的速度还不够快。他没有试图隐藏他的半机械人身体——鉴于他的任务是去光复伊克斯，所以他把这身体看作是代表荣誉的徽章。

根据杜菲·哈瓦特凭借完美的记忆所做的简短描述，岳医生对隆博的外形进行了一些修改，掩盖了他身体上那些复杂的机械增强部件，使得它们看起来非常原始和笨拙。隆博希望岳医生能把自己伪装成一种半人半机器的、被特莱拉人称为“复合伊克斯人”的怪物。

几个星期以来，哥尼和隆博一直在与公爵和他的最高级别军官们讨论战略。“这次任务的成败最终将落在我的肩上。”隆博宣布道。他正在等那艘即将把他和哥尼送往远航机的穿梭机。“我不再是一个收集漂亮石头的孩子了。我必须重拾父亲教给我的一切。在我七岁的时候，我就记住了所有的军用密码，我也了解维尔纽斯家族曾参与过的每一场伟大战役。”

哥尼·哈莱克带着鼓舞人心的微笑对他说道：“我一定会将这场

斗争谱写成一曲赞歌，给你们的孩子们听。”但哥尼很快便面露尴尬，他显然后悔说出这句有“孩子”字眼的话。

隆博打破了这个窘境，说道：“是的，这是所有伊克斯人都要告诉他们子孙后代的事。”

必要的贿赂已经支付完了：宇航公会再次干扰了特莱拉人的防御扫描器，这次干扰持续了足够长的时间，足以让他们的伪装战斗舱潜入一个隐藏的入口。这个特殊的战斗舱是一种可拆卸设计，很多部件本身就可以被当做武器使用。光滑的灰色战斗舱现在就停在装载码头上，厄崔迪工人正忙着将它组装到穿梭机上。

杜菲和邓肯前来向这两个人道别。雷托公爵的身影却还没有出现，而隆博在拥抱他的朋友之前拒绝登上穿梭机。伊克斯的光复行动不可能在没有厄崔迪家族祝福的情况下开始。

前一天晚上，隆博给他的半机械人组件充电，但由于缺乏真正的睡眠，所以他的大脑仍然感到很疲惫。他的思想不断地穿梭在各种问题之中。不过，特希雅开始发挥她的神奇本领了，她按摩他身上剩下的肌肉，奇迹般地使他平静下来。她那深棕色的眼睛里似乎充满了骄傲和期待：“我的爱人——我的丈夫，我保证我们的下一个夜晚将会是在大王宫一起度过。”

他咯咯地轻笑了一声，说道：“不过，一定不能是我以前的房间。你我二人配得上比我童年时期卧室更好的地方！”他的胸膛和肩膀剧烈地起伏着，既害怕又期待能再次回到伊克斯。

时间表已经安排好了。从现在起每件事都要严格按照时间表进行，因为是各自独立攻击行动，中途无法互相通信，所以没有给大家留下犯错、延误和怀疑的余地。雷托公爵指望他和哥尼能从内部削弱特莱拉人，让他们暴露自己的弱点，这样一来厄崔迪的军队就能从外部狠狠打击他们了。

他转过身来，一眼看见了雷托。公爵的黑色夹克一反常态地起皱了，这名贵族的下巴和脸颊上布满了黑胡楂。他背着一个大包裹，里面全都是礼物，包裹用金纸包着，上面还有一条缎带。“你必须带上这个，隆博。”

王子接过了包裹，而且通过手臂上的传感器判断，这个包裹出奇地轻。“雷托，战斗舱已经够挤的了，就连我和哥尼都快坐不下来。”

“无论如何你都会想要这个的。”雷托一向严肃的脸上突然绽放出了罕见的微笑。

隆博用他的机械手指摸索着，撕开了包装纸，把包裹打开。他在里面发现了一个非常小的盒子。盒子上有一个带有铰链的盖子，很容易打开。“地狱在下！”

那是一枚火宝石戒指，和他在天空帆船爆炸前戴的那枚一模一样——这枚戒指代表了他作为合法维尔纽斯伯爵的无上权威。“火宝石可不容易弄到啊，雷托。每一块宝石都有自己的个性，都有自己独特的外观。你是从哪儿弄来的？它看起来和我以前用过的那个一模一样。它们不可能是同一块宝石。”

雷托像兄长一样把手臂搭在王子的机械肩膀上，灰色的眼睛闪闪放着亮光：“这就是你的那枚戒指，我的朋友，我们从你的手掌里找到了一小块珠宝碎片，然后再生出来。”

隆博仅存的那只人类的眼睛眨了几下，好像在抑制随时可能滑落的泪水。这枚戒指象征着伊克斯的荣耀，也象征着他和他的人民所遭受的可怕灾难。但是他意识中的泪水止住了，他的脸色再次强硬了起来。他把火宝石戒指戴在义肢右手的第三只手指上。“完美。”

“还有更多的好消息呢，”邓肯·艾达荷补充道，“根据太空港中心的说法，这条路线上的远航机是伊克斯制造的最后一艘多米尼克级飞船，交叉点把它翻新了。这对我来说是个好兆头。”

“说心里话，我也这么认为。”隆博在哥尼·哈莱克的陪同下，在出发前往私人穿梭机前拥抱了他的每个朋友。在他们身后，雷托、邓肯和杜菲齐声喊道："伊克斯必胜！"

在隆博的耳中，这句口号听起来就像是在陈述一个必然会发生的事实。他发誓一定要取得成功……不然就献出自己的生命。

我们可以一直做梦，但在我们清醒时，我们无法感知这些梦境，因为意识（就像白天遮蔽星光的太阳）太过明亮，它不允许无意识之物如此耀眼。

——魁萨茨圣母阿妮鲁尔·萨多－童金的私人日记

阿妮鲁尔夫人内心充满了声音，让她无法安然入睡。

现在的她只要处在清醒状态，无数代女巫的声音便在她脑海中呐喊，让她无法休息。这些其他记忆中的声音都在试图引起她的注意，请求她看看那些历史先例，坚持要她牢记她们的生活。每个人好像都有话要对她说，都想给阿妮鲁尔一个可怕的警告，或是一声呼救。而这些全都在她的脑子里沸腾。

她想大声尖叫。

作为皇帝的配偶，阿妮鲁尔过着比她脑子里绝大多数人更为奢侈的生活。她有自己的仆人，每天被优美的音乐环绕，最昂贵的药物也触手可及。她那个摆满了漂亮家具的妃子寝宫，面积比一个小村庄都要大。

有一段时间，阿妮鲁尔认为自己能够成为魁萨茨圣母是一件无比幸运的事，但是随着杰西卡分娩的时刻越来越近，她的思维被一大群从时间的峡谷中爬出来的古人占据了，这使得她浪费了太多时间。那些脑海中的声音都很清楚，漫长的育种计划终于接近了终点。

阿妮鲁尔现在躺在她那张超大的床上，辗转反侧，光滑的床单被她踢掉在地，一整张绸缎现在缠绕在一起，堆在地板上，就像一只无脊椎动物。阿妮鲁尔光着身子走向镶金大门。她的皮肤看上去像黄油一样光滑，因为她每天都用乳液和药膏按摩自己的身体。尽管她的丈夫已经不再对她感兴趣了，但她仍坚持健康的食谱和姐妹会的训练，为的是对自己的身体进行一些生化调整，好让自己的肌肉紧实，身材傲人。

就是在这个房间里，她曾五次怀上沙达姆的孩子，但沙达姆现在已经很少再爬上她的床了。皇帝无比正确地放弃了她会给他生一个男性继承人的幻想。如今的沙达姆已经不能生育，既不能与皇后生子，也不能与他的那些妃嫔们生子。

尽管她的丈夫一直怀疑她把某个情人带入了他们的婚姻生活中，但阿妮鲁尔其实并不需要人来满足她的需求。作为一名强大的贝尼·杰瑟里特，她有办法获得她渴望的全部热情，她自己就可以取悦自己。

而现在，她最渴望的是好好睡上一觉。

她决定离开房间出去走走，到寂静的黑夜里去。她会在这座偌大的宫殿里独自徘徊，也许还会离开宫殿，她只是徒劳地想要靠双腿让自己能远离这些声音。

她刚一抓住门把手，忽然意识到自己没穿衣服。最近几周，阿妮鲁尔一直听到朝臣们在小声议论着她那不稳定的性格，这些谣言甚至可能是沙达姆自己传出去的。所以如果她今晚再光着身子大踏步走进走廊，无疑会让这些流言蜚语变得更加可信。

于是她找来了一件绿松石色的长袍，紧紧地系在了身上，还在腰间打了一个复杂的结，除非是贝尼·杰瑟里特，否则不用刀子就没人能解开。她光脚踩着瓷砖地板离开了自己的房间。

她经常这样光着脚走在瓦拉赫九号星的圣母学校里。这里寒冷的气候为那些年轻的侍从姐妹提供了一个严酷的环境来训练她们的耐力，比如学会控制自己的体温、排汗和神经反应。有一次，哈里什卡——她当时还只是学校的学监，不是大圣母——带着年轻的女学生们进入了雪山，然后她命令所有人都脱掉衣服，浑身赤裸地攀登冰雪覆盖的山峰，就这么向上爬了足有四公里。一到山顶，大家还得裸体冥想一个小时，然后再爬下来穿衣服取暖。

阿妮鲁尔在那天差点儿冻死在山顶上，但这个考验让她对自己的新陈代谢能力和自己的思想有了更好的认识。甚至在穿上衣服之前，她就已经让自己暖和舒适起来了，没有借助任何其他手段。有四个侍从姐妹没有活下来——她们失败了——而哈里什卡选择把她们的尸体留在了雪山里，这些尸体将成为对后来人的残酷提醒……

看到阿妮鲁尔在宫殿走廊徘徊，侍女们纷纷从房间里跑了出来，冲到她身边。但这些人里没有杰西卡，她一直很好地保护着那个怀孕的女孩，她没有发现外面的动静。

阿妮鲁尔用余光看到一个人影，一名卫兵正鬼鬼祟祟地从一位女士的住处溜出来，她对她的手下在工作时间幽会感到恼火，何况她们很清楚她最近经常失眠。

“我要去动物公园，”她宣布道，甚至没有正眼看那些跟着她跑过来的侍女，“提前通知他们，指示管理员给我开门。”

“在这么晚的时候吗，夫人?”一个漂亮的年轻女仆一边说，一边扣好上衣的扣子。她有着一头金色的卷发，面容清秀。

阿妮鲁尔狠狠瞪了她一眼，那个女仆被吓得一哆嗦。看来她明天早上就会被解雇了。皇帝的妻子不能容忍任何人挑战她的任性之举。由于常年肩负巨大的责任，阿妮鲁尔最近变得越来越敏感，越来越没有耐心。她开始变得有点像沙达姆了。

在皇宫之外，夜空中闪烁着不停旋转的极光，但阿妮鲁尔几乎没有注意到它们。越来越多的随行人员跟着她穿过花园露台和高架林荫大道，直到她抵达了皇家动物公园，也就是一个人工森林围场。

以前的统治者只把动物公园用作私人娱乐，但沙达姆对这些来自遥远世界的生物标本不怎么关心。所以他以一种“仁慈的姿态”向公众开放了这个公园，这样人民就可以亲身体验一下“在科瑞诺家族统治下万物生机勃发的壮丽景象”。他曾私下告诉他的妻子，自己当时的另一个选择是把这些动物全都宰了，这样还能省下一笔饲养费呢。

阿妮鲁尔在动物公园入口处停了下来，那是一个细长的水晶拱门。她看到灯光纷纷亮起，沉重的球形灯放射出耀眼的光芒，惊醒了正在睡觉的动物们。管理员必须从一组控制器跑到另一组控制器，为她的驾临做好准备。

阿妮鲁尔转向她的侍女们，说道：“你们都给我留在这里。我想一个人待着。”

“您这样做明智吗，夫人?”金发女孩又开口了，很显然再次惹她的女主人不高兴了。毫无疑问，要是换做沙达姆，他会当场处决这个女孩。

于是阿妮鲁尔再次狠狠地看了她一眼，说道：“我很熟悉帝国政治，年轻的姑娘。我见识过这个世界上最不讨人喜欢的人，别忘了我嫁给沙达姆皇帝已经二十年了。”说着她皱起了眉头，“我当然能对付那些小一些的动物。”

说完，她大步走进了这片精心打造的人造荒野。动物公园对她总有一种镇静的作用。她看到力场栅栏围起来的笼子里栖息着簇毛剑熊、海鬣蜥和舞狼。拉扎虎懒洋洋地躺在电热岩石上，这样即使没有阳光也能取暖。一只母狮正在懒洋洋地咀嚼着带血的生肉条。不远处，几只老虎抬起它们仿佛裂开的眼睛，睡眼惺忪地看着阿妮鲁尔，它们吃得太饱了，所以看上去一点也不凶恶。

海豚在一个大水槽里游来游去。由于它们的大脑要比别的动物更大，所以这种生物很聪明，甚至可以执行简单的水下任务。这些海豚像银色的刀锋一样掠过水底，其中一个回过头看了看玻璃，仿佛能看出阿妮鲁尔是个重要人物。

阿妮鲁尔漫步在动物之间，这才感到了宝贵的片刻平静。帝国动物公园现在一片寂静，静得让人有些昏昏欲睡，她终于把所有混乱都抛之脑后了。她现在只能听到自己的心声。阿妮鲁尔长叹了一口气，然后又深吸了一口气，沉浸在这美妙的孤独之中。

她知道她的理智无法承受这不断增长的内心风暴，这对她是一种折磨。作为魁萨茨圣母和皇帝的妻子，她肩负着非常重要的责任。她需要集中所有精力。特别是她得照看杰西卡和她那个未出生的孩子。

是杰西卡造成这些混乱的吗？那些声音是否知道一些我不知道的事情？未来究竟会怎样？

与其他姐妹不同的是，阿妮鲁尔可以访问她脑海中所有的记忆。但是，随着她的好朋友洛比亚的去世，她挖得有些太深了，为了在自己的头脑中寻找老真言师，她走得太远了。在这个过程中，她引发了生命的雪崩。

动物公园里仍是一片寂静，阿妮鲁尔又想起了洛比亚，在她活着时，洛比亚给过她许多忠告。阿妮鲁尔想听到老妇人的声音，凌驾在众人之上的声音，神秘的其他记忆中唯一理性的声音。她在脑海里呼唤她故去的朋友，但洛比亚没有出现。

突然间，她听到了一阵喊声，那些幽灵又来了，仍是骚动不安，在她周围回荡。记忆、生活、思想、观点和争论的声音越来越大。有人喊她的名字。

她大声尖叫着回敬了她们，想让她们安静下来……

结果，动物公园被她的叫声弄得一片大乱，海豚在水箱里疯狂地用它们瓶子一样的鼻子撞击厚厚的玻璃。拉扎虎则像是在回应阿妮鲁尔一般，大吼起来。

一只剑齿虎咆哮着扑向围栏里的同伴，引发了一场激烈的战斗。笼子里的鸟也开始高声鸣叫。一时间所有动物似乎都在惊恐地嗥叫。

阿妮鲁尔跪了下来，仍在大声对脑海中的声音尖叫。卫兵和仆人们都冲了过去，想要帮助她。其实他们一直都在安全距离外观察，违背了阿妮鲁尔那条关于隐私的命令。

当他们试图把她扶起来时，她突然抽搐起来，四下挥舞着双臂。她戴着的一枚宝石戒指打中了那名金发女仆的脸。从她的脸颊上划了过去。阿妮鲁尔的眼神现在看上去就像患了狂犬病的动物那样狂乱。

“沙达姆皇帝不会喜欢这样的。”一名卫兵呢喃道，但阿妮鲁尔根本听不到任何声音。

选择外交官应该基于他们说谎的能力。

——贝尼·杰瑟里特如是说

在凯坦大使馆的私人房间里，皮特·德伏坐在他的写字台前，写一份便条。

鲜血正从天花板上滴落下来，凝结在地板上，形成了一个不浅的小坑，但门泰特毫不在意。鲜血滴答滴答地落下，听起来像一个倒计时的时钟。他准备过一会儿再收拾这个残局。

自从他匿名举报了李芝的非法香料储备后，德伏就一直待在宫廷里，制订着提高哈克南家族地位的复杂计划。他已经听到有传言说沙达姆打算惩罚李芝家族了。毫无疑问，德伏这么做带有报复的成分。

他还打算把自己搜集到的情报都储存起来，最后再酌情选一部分告知男爵。这样他就能持续不断地证明自己的价值，也就能活下去了。

在皇宫里四下活动时，他发现了一条可能会令男爵感兴趣的小道消息，这条消息可要比针对李芝家族的政治或军事行动重要得多。那就是皮特·德伏在某个拥挤的房间里竟然看见了杰西卡，她还真是一个可爱的女人，而且已经怀上了厄崔迪的另一个孩子，足有六个月了。这个情报开启了很多的可能性……

"我亲爱的男爵，"他用哈克南家族编码写道，"我发现你的敌人雷托·厄崔迪的妃子目前就住在皇宫里。她现在被皇帝的妻子保护起来，表面上当了一名侍女，但我不明白这背后的真正原因。她似乎根本就没干过什么活。也许是因为这个婊子和阿妮鲁尔都是邪恶的贝尼·杰瑟里特女巫吧。

“我想出了一个计划，这个计划可能会产生很多影响：能为哈克南家族带来骄傲和满足，为厄崔迪家族带去痛苦和不幸。这对我们来说还不够吗？”

他抬头看了看正从天花板上滴落的鲜血，然后又沉思起来。他身边的写字台上放着一个打开的信息圆筒。他又潦草地继续写起来：“我一直在躲她。但这个杰西卡无疑激起了我的兴趣。”

他微笑着回忆雷托的妃子凯莉娅和他们的长子维克多在一年前是如何被杀害的。哈克南家族曾希望这个双重悲剧能把雷托公爵逼疯，一劳永逸地摧毁厄崔迪家族的脊梁。不幸的是，尽管困难重重，但雷托似乎恢复了身心健康。他最近对比卡尔的攻击表明，他甚至比以往任何时候都更具侵略性和决断力。

但这个受过伤的痛苦男人还能忍受多少呢？

“杰西卡应该是打算留在这里，在宫里把孩子生下来。虽然一直有其他女巫在盯着她，但我相信我也许能找到一个机会，溜进去杀死那个刚出生的婴儿，如果您同意的话，我也可以杀死她的母亲。我的男爵，您想想看，这会怎样伤害您的死敌！但我必须小心行事。”

他的字很小，这样他就能把全部信息写在一张木马纸上：“为此，我已经找了一个合理的理由留在凯坦，这样我就可以监视这个有趣的女人。我会定期向您报告。”

他在信上签了名，把它封在了信息圆筒里，然后通过下一班次的远航机发到杰第主星。

他心平气和地望向天花板，原来他在那里的嵌板后面藏了一具尸体。这个无能的哈克南大使卡洛·怀尔斯挣扎得很是厉害，超出了他的预料，所以德伏又站起来给他补了几刀，伤口划开，鲜血迸流。场面一度相当混乱。

德伏回过头来查看了一下他桌上的文件，他从帝国表格大臣那里要来了一份文件，是那种最简单的提交给凯坦官僚机构的文件。没人会费尽力气审查的那种。他的嘴唇上现在沾满了纱芙汁，脸上也带着微笑，然后尽职地快速填好了这份正式的文件，他将把它交给皇帝的侍从，通知他们前任哈克南大使已经被永久“召回”杰第主星了。然后皮特·德伏把自己的名字填上了，作为临时指定代替他的人选。

一切就绪后，他在文件上盖了男爵的公章。然后准备走下一步棋……

在内心深处，我们都是旅行者——或是漫步者。

——多米尼克·维尔纽斯伯爵

在巨大的多米尼克级远航机的顶层，领航员德默尔正遨游在橙色的香料气体之中。

他正等待公会船员往远航机装货物，德默尔忽然莫名觉得时间仿佛正在飞速流逝。他所在的这艘远航机在卡拉丹的静止轨道上停留的时间确实要比平时长，这是因为有一件需要特别处理的物品，而且需要保密。

一个战斗舱。有意思。

正常情况下，德默尔的工作是驾驶这艘巨大的飞船从一个星系安全地驶向另一个星系。他通常的做法是忽略那些琐碎的细节和人类的想法，因为他可以掌握和使用整个宇宙。

然而，出于一时异乎寻常的好奇，他打开了通信系统，快速浏览了记录和通信记录，并监听了下层甲板上的两个飞行审计师。雷托·厄崔迪公爵为这批货物支付了一大笔费用，想偷偷把它送到伊克斯去。

德默尔这么多年里都在折叠空间绕来绕去的，从一个世界驶向另一个世界，游历了帝国中无穷无尽的行星。而在这次旅行中，他的目的地之一就是伊克斯，以前曾是卡拉丹的旅行者访问他们在这个工业星球上的盟友时的一个常规中途停留地。但现在，一切都变了。

为什么厄崔迪家族的人要去伊克斯？为什么是现在？

他捕捉到了公会内部人员的悄悄话，搜集到了额外的信息，因为严格的中立协议，路线监督员永远不会向外人透露这些信息。对于宇航公会来说，一切都必须得是正常的。两名厄崔迪家族的人将会用假证件带着这艘战斗舱前往伊克斯。其中一个人正是乔装的隆博·维尔纽斯王子。

德默尔吸收了这些新信息，发现自己的反应很奇怪，而且也很极端，甚至有些矛盾。喜悦？恐惧？*隆博*。他变得心绪不宁起来，在舱室里吸收了更多的美琅脂，但并没有得到期待中的释放感，他觉得曾经欢迎他的宇宙现在变成了一片茂密的森林，充满了投下阴影的树木和模糊的小径。

自从成为了领航员，德默尔从未对萦绕在心头的那些回忆、人类时期的历史碎片有过这样的反应。香料气体让他的脑袋嗡嗡作响，他觉得自己脑袋里乱成了一锅粥。他奇怪地感到失去了和宇宙的同步，迷失了方向。他感觉到一股巨大的、相互冲突的力量在起作用，威胁着要撕裂整个空间的结构。绝望之下，他吸入了更多的美琅脂。

德默尔决定，利用接下来的折叠空间飞跃抚平他周围那些破坏性十足的混乱。旅行总是能够安抚他，恢复他在宇宙中的地位。他吸入了更多的香料气体，感受它们在自己体内燃烧，只是今天的温度要比平常高得多。

他发送了一个简短的信息，有些不耐烦地询问公会员工进度如何，过了一会儿终于收到了回复，装货工作已经完成。*也该是时候了*。机库大门和装卸码头随即关闭了。

德默尔开始不安地进行准备工作以及高等级的心算。推算出一个安全的路径只需要几分钟，而霍尔茨曼跃迁需要的时间比这还要少。

德默尔从不睡觉，大部分时间都在沉思，在领航员舱室里飘浮。

回想他年轻时的事情，也就是他还是一个人类的时候。

理想情况下，领航员无法保留这种记忆。他在交叉点的上级，舵手格罗丁曾经说过，确实有一些候选人花了更长的时间来摆脱过去对他们的束缚。德默尔不希望他的表现有一丝瑕疵。他其实早已达到了舵手的级别，每天都满怀期待地盼望穿越折叠空间的旅行。而现在，他却开始有点担心。

他所担心的，是这一波又一波的回忆和怀旧之情，可能会让他开始退化成某种不同的东西，某种可怕而无用的东西，某种原始而有人性化的东西。但他已经进化了。所有别的生存状态，包括人类，都远远比他低级。

但他现在已经开始这个退化过程了吗？这能解释这令人不安的感觉吗？他从来没有感到这么……奇怪过。他周围的香料气体现在似乎只会增强他埋藏已久的记忆：伊克斯和大王宫，他的父母，他通过了领航员考试，而他的孪生兄弟却不及格。

领航员舱室里忽然响起了一阵嗡嗡声，德默尔抬起头来，看到头顶上亮起了一圈明亮的蓝色灯光。这是开始的信号。

但我现在已经不是准备好的状态了。

德默尔感到内心深处有一股强大的力量在涌动，就好像他拼命想从病床上站起来一样。那是一个遥远的呼唤声。

“克泰尔。”他低声呢喃道。

克泰尔·皮尔鲁藏身于伊克斯的一所废弃学校之下，正目不转睛地盯着罗格收发机上那发黑的部分。两年多以前，他最后一次与他的兄弟联系时，这个收发机被损坏了。虽然他又找到了一些替换零件并尽可能地修理了它，但上面那些剩余的硅酸盐晶体棒有质量问题，都是些从技术废料堆中回收的垃圾。

在最后的那次通信中，克泰尔请求他的领航员兄弟为伊克斯寻找援助。这一线希望本来已经破灭了，直到现在。隆博一定在路上了。王子已经答应了。援助很快就会到达。

一只小蜥蜴像甩鞭子那样甩了甩它的尾巴，然后从一个黑暗的角落跑到另一个黑暗的角落，最后消失在了一堆碎片之中。克泰尔盯着这只小小的爬行动物，看着它灰绿色的身体消失在自己面前。在特莱拉出现之前，伊克斯的地下是没有害虫的——这里以前从来不会有什么昆虫、蜥蜴或老鼠。

是特莱拉人带来了这些害虫。

克泰尔摸了摸他上次安装的那根乳白色晶体棒。这是他最后的一根了。他把它拿在手里，翻过来，感觉着它的凉意，然后盯着晶体棒上面一条细细的裂缝。总有一天，如果维尔纽斯家族能在他的有生之年获得新生，那么克泰尔就能获得新的组件了，他也就能恢复和他兄弟的联系了。小的时候，他们这对双胞胎的关系非常亲密，他们经常互相帮助。

但是现在，他们之间却相差得太远——无论是时间、距离还是物理形态上。德默尔可能远在秒差距①之外，正在折叠空间中航行。即使克泰尔能够重构这个罗格收发机，也很有可能无法联系到他。

他像抓住救命稻草那样紧紧地抓着那根硅酸盐晶体棒，令他吃惊的是，晶体棒忽然在他手中发出了温暖的炽热光。那条裂缝亮了起来，似乎完全消失了。

一个声音包围了他，听起来像是德默尔：“克泰尔……”但这不可能啊。他吓得向周围看去，却连个影子都没看见。在这个阴森森的地方，他确实是独自一人。克泰尔浑身上下似乎都打了个冷战，但手

---

①秒差距是天文学上的一种长度单位，是一种最古老的，同时也是最标准的测量恒星距离的方法。它是建立在三角视差的基础上的。

里的晶体棒却越来越暖和了。他听到了更多的声音。

“我要进入折叠空间了，我的兄弟。”德默尔的声音听起来像是在透过浓稠的液体说话。“伊克斯就在我的航线上，隆博王子也在飞船上。他往你这里来了。”

克泰尔无法理解他兄弟的声音怎么可能传到他耳中。*我不是个罗格收发机！我只是一个人。*

而且……隆博王子来了！

其实细想起来，德默尔很久以前就出现在他孪生兄弟的脑海里了，当时克泰尔正在伊克斯一座烧焦的建筑废墟里搜寻零件，这栋建筑是在特莱拉最早的袭击行动中被摧毁的。有多少年了？二十一年前吗？当时瓦砾堆里出现了达维·罗格的幽灵幻象，那位残疾的天才一直把双胞胎当做是自己的朋友，向他们展示自己的各种神奇发明。那是和平和宁静年代的事了……

这个罗格的幽灵形象现在看来是由德默尔不受控制的人类一面传递过来的——一股拒绝屈服于他身体和思维变化的强大力量。德默尔其实完全没意识到自己做了什么，他的潜意识在他和他的孪生兄弟的联系中发展出了某种概念。利用罗格幽灵所提供的信息，克泰尔这才能够建造跨维度收发装置，使一对截然不同但基因相连的生命形式能够双向对话。

即使在那时，德默尔的潜意识仍然想要与他的家人和记忆保持联系。

在他的舱室里，德默尔停止了移动自己已经退化的胳膊和腿。就在他站在折叠空间的悬崖上的那几分之一秒内，他回忆起每次与克泰尔对话所造成的那些难以忍受的身体疼痛——仿佛自己领航员的一面一直在与人类的一面战斗，试图要征服它。

但现在，他启动了霍尔茨曼发生器，带着远航机盲目地在不同维度之间穿梭起来。

在伊克斯地壳深处，克泰尔握着闪烁的晶体棒，直到它在手心里开始逐渐变得冰冷，德默尔的声音也随之消失了。克泰尔这才摆脱了震惊的瘫痪状态，呼唤着兄弟的名字。但毫无回应，只有静电发出的砰砰声。刚才德默尔的声音听起来很奇怪，好像他要呕吐了似的。

突然，克泰尔听到一声无言的原始的尖叫响彻在他的脑海里，是从他灵魂的最深处传来的。那是他哥哥的呼号声。

然后一切归于死寂。

一时的无能就可能致命。

——剑术大师弗雷德里·吉奈斯

由于在折叠空间出现了位置错误，远航机直线下降到了瓦拉赫九号星的大气层。

是领航员出了错。

这艘飞船像一颗彗星那样巨大，直插入大气之中，发出咆哮般的刮擦声。由于摩擦，它的外壳开始熔化了。乘客们甚至没有时间尖叫。

几个世纪以来，贝尼·杰瑟里特的星球一直受到安全屏障的保护，任何未经授权的飞船都会被直接汽化。所以当这艘巨大的飞船撞上第一个重叠的能量防御屏蔽场时，它的结局就已经注定了。

失控的远航机在大气中嘶嘶作响，它的金属外壳像洋葱一样被剥开了。残骸碎片在空中冒着烟，像炮弹一样摔向地面。最后，整艘远航机七零八落地散布在了足有一千公里的狭长地带。

在整艘飞船被彻底摧毁之前，领航员甚至没有机会发出求救信号或提供任何解释。

防御屏蔽场的数据源源不断地传输了过来，确认了这艘坠毁飞船的身份，大圣母哈里什卡立即写了一条给交叉点的最高优先级信息。不幸的是，这条信息不得不等待下一班次的远航机才能送走，而到那时，宇航公会可能已经知晓灾难的发生了。

与此同时，在这场发生在凌晨的坠毁事故过去几个小时后，克丽丝琴和一队侍从姐妹被派往野外，前往事发地点。这些女巫最后来到了一个山区，远航机的主体部分就坠落在那里。

在一片冰冷的白色中，克丽丝琴眯起黑色的眼睛，审视被严寒侵蚀的山坡，那上面现在全是撞击的痕迹。在远航机燃烧着的扭曲残骸周围，冰雪都被融化了。最大的金属舱体仍在冒出蒸汽。借助切割机和焊接工具，她的小队甚至可以找到一些熔进残骸中的尸体碎块，但克丽丝琴不知道这样做是否值得。毕竟从现场看上去不大可能有生还者了。

她的一生都在接受应对紧急情况的训练，但现在她除了观察什么也做不了。这艘远航机从掉出折叠空间的那一刻，就注定会是这个悲惨结局。

克丽丝琴目前还不是一位圣母，所以她还没有前辈们拥有的几代人的记忆。但在她们商议如何应对这次事故时，大圣母曾表示几千年来，姐妹会从未遇到过这样的事故。

在历史上，领航员曾犯过几次小错误，但如此严重的事故却极为罕见——自从宇航公会在一万多年前成立以来，有记录的事故屈指可数。早在芭特勒圣战的最后一场战役中，早在美琅脂的预见功能被发现之前，第一批通过折叠空间旅行的太空飞船确实有很多风险。但从那以后，公会就有了良好的安全记录。

这一悲剧注定会在未来几个世纪里深深地影响整个帝国。

两天后，宇航公会的检查和搜救队到了，他们成群结队地来到了瓦拉赫九号星。数以千计的工人运来了重型设备。工人们切割飞船残骸并迅速带走样本进行分析。圣母们很重视保守秘密，宇航公会也是一样，他们没有留下哪怕一块飞船碎片。

克丽丝琴找到了负责此次行动的公会负责人。他穿了一件淡绿色的单肩衫，身子方方正正的，眼睛眯缝成了一条缝，嘴巴张得很大。她仔细打量他，发现这个男人对这次坠毁事故完全是一头雾水。“您有什么想法吗，先生？您觉得坠毁原因到底是什么？”

他摇了摇头道：“我还没什么想法。把所有数据都分析完需要时间。”

“一点想法都没有么？”尽管年纪不大，但克丽丝琴的举止却很得体，显得很有威严。她说话的声调抑扬顿挫，让那人不由自主地就作了回答。

“这艘远航机是仅有的两艘多米尼克级之一，在维尔纽斯家族统治的最后几天里建造的，有着无可挑剔的安全记录。”

克丽丝琴用她的大眼睛紧紧盯着他，继续问道：“那您觉得为什么这种远航机设计突然变得不可靠了？”

公会的负责人摇了摇头，却无法抗拒克丽丝琴的言音。他的脸抽了一抽，试图闭嘴却失败了：“我们还没来得及评估所有细节。但目前我……应该保留进一步评论的权利。”

随着言音的影响逐渐消失，他似乎因为自己刚才所说的话慌了神。他急急忙忙地从克丽丝琴面前逃走了。

克丽丝琴在脑子里想了想这些可能性，然后眼看着一批批工人把远航机拆成了碎片。很快，所有残骸都会被搬走，只会在瓦拉赫九号星留下一地丑陋的伤疤。

命运和希望只是很少用同样的语言表达出来。

——《奥兰治天主圣经》

在研究馆的展示厅里，希达尔·芬·阿吉迪卡站在圆形的密封箱前。他的头脑充满活力地歌唱起来，各种可能性像彩虹一样在他周围荡漾着。

他每天都要检查这个密封的样品室，监测里面新抓来的沙虫，这是另一条已经被抓到这里几个月的沙虫。他喜欢给它喂更多的阿吉迪马尔，看着它狼吞虎咽地吞下它们。在多年的实验中，这些从厄拉科斯带来的小沙虫大部分很快就死去了。但到目前为止，这个小家伙却幸存了下来，甚至还在一天天长大。阿吉迪卡毫不怀疑这是合成香料起的作用。

带着充满讽刺意味的恶趣味，他用已故的特莱拉领导人的名字为这条小沙虫命名。“让我们看看你吧，扎夫大师。”他冷酷地笑着说道。就在当天早餐时，他自己也摄入了更大剂量的阿吉迪马尔，一批直接从米拉尔·阿莱切姆培育罐里的尸体上采集的合成人造香料。他现在已经感觉到香料开始起作用了，他的意识得到了疯狂的扩展，他的精神功能得到了增强。

无上的荣耀！

他按下了小沙虫那个圆形密封箱底部的一个按钮，这位研究大师兴奋地看着雾蒙蒙的强化玻璃变得透明。箱内的沙子现在清晰可见。里面充满了灰尘，这头小小的野兽好像正狂乱地扑打着什么。

现在这条小沙虫一动不动地躺在沙子上，它的身子裂开了，圆圆的嘴巴也张得大大的。粉红色的黏液从它身体之间渗了出来。

阿吉迪卡连忙打开穹顶上的面板，疯狂地读着生命监视器。他睁大了双眼，满脸的不可置信。尽管它今天只吃了常规剂量的阿吉迪马尔，但这条沙虫还是惨死在眼前。

他顾不上太多了，伸手进去拿起沙虫瘫软的尸体，触感又松又软，它身上的圆环像腐烂的水果一样从他的指间滑落，从尸体上脱落下来。这条虫子现在看起来就像是被一个无能的解剖学生剥了皮的小白鼠。

但阿吉迪卡给它吃的药和给他自己吃的一样啊，只是形式不同而已。他突然阴郁了起来，似乎正坠入一个黑暗的深渊。

每个人都是一场小小的战争。

——卡尔本·费瑟，《帝国政治的愚蠢》

香料。有什么东西是弗雷曼人越是需要就越是找不到的？宇航公会现在要弗雷曼人交出更多的美琅脂贿赂，而沙漠人只能为此付出代价，否则就会失去他们的梦想。

斯第尔格趴在高耸的沙丘上面，用双筒望远镜凝视比拉尔营地的那些废弃村庄。一间间残破的、血迹斑斑的小茅屋歪倒在一座移动的沙山脚下，后面挡着一座小平顶山，山上就藏着一个蓄水池，池子里装满了密封的容器，非法香料就藏在这些容器里。都是男爵的香料。

斯第尔格调整了一下镜头，眼前变得如水晶般清澈。现在是黎明时分，一小队身穿蓝色制服的哈克南士兵正在忙碌，好像十分确信没人胆敢窥探他们似的。毕竟所有弗雷曼人都认为这个地方被诅咒了。

正当斯第尔格仔细观察的时候，一架大型货机降落在了这个被遗弃的村庄附近。他认出了那架飞机，它的可伸缩机翼现在紧贴在机身上：这是一架重型运输机，用来把香料采集设备运送到富含美琅脂的沙地上，而且一旦那些灾难性的沙虫靠近时，还能迅速把设备拖到安全的地方。

他清点了一下，共有三十名哈克南士兵，数量比自己带来的人多出一倍多。尽管如此，他还是有一定胜算。毕竟斯第尔格的队伍有出其不意的优势。典型的弗雷曼游击风格。

两名士兵用弧光装置修理着运输机的底部。在这个宁静的早晨，嗡嗡声一直传到了远方的沙丘。

往士兵身后看去，这个闹鬼村庄的低矮石墙现在看上去几乎变成了圆形，这是因为多年的风化磨去了它们的棱角。

九年前，比拉尔营地的村民们被某些无聊的哈克南巡逻队员下了致命的毒药。而这次灾难所留下的痕迹又被严酷的沙漠风抹去了大部分，但不是全部。当时，比拉尔营地的村民们被水里的毒药弄得发疯，他们因亲手撕裂自己身体而死。在一些保护墙上仍然能看到当年的指甲划痕和血淋淋的手印。

水肥的哈克南人相信那些迷信的沙漠居民永远不会再回到这个被诅咒的地方。然而，弗雷曼人清楚这一切灾难都是人为的，而不是因为沙漠里的恶魔。列特－凯恩斯自己甚至是和他备受尊敬的父亲一起目睹的这起恐怖事件。现在，作为率领所有弗雷曼部落的阿布耐布，列特派斯第尔格带着他的手下前来执行这项任务。

在沙丘的另一侧，斯第尔格的突击队员蹲伏着，每个人的手里都举着一块光滑的挡沙板当做盾牌。突击者们穿着污渍斑斑的沙漠长袍，为了不让阳光暴露身上的灰色蒸馏服，他们戴好了面罩，然后从嘴里的吸管里吸了几口水，积蓄着能量，为战斗做好准备。他们的腰上都别着毛拉手枪和晶牙匕，偷来的激光步枪则架在了挡沙板上。

一切都准备好了。

斯第尔格发现自己被哈克南人的无能逗乐了。几个星期以来，他一直在观察他们的活动，早就清楚今天早晨该如何行动。*但可预测性就意味着死亡*——这是一句古老的弗雷曼谚语。

列特－凯恩斯将直接用这批哈克南非法库存支付宇航公会要求的额外香料贿赂。而对此男爵一点办法也没有。

下面，运输机的修复工作已经完成了。那些身着制服的士兵排成一列，开始搬那些覆盖在蓄水池上的石头，下面就是那个加固的容器。他们背对着高高的沙丘，漫不经心地聊天。他们甚至没在周边设置岗哨。真是傲慢！

这时，哈克南士兵就快把蓄水池上的石头都搬开了，他们准备把更多偷来的香料从运输机里卸下来。斯第尔格猛地向下挥手，发出指示。突击队员们纷纷把光滑的挡沙板平放在地上，站在上面，顺着陡峭的斜坡像急速奔跑的狼群一样从平滑的沙丘上冲了下去。队伍最前面的斯第尔格加快速度，弯着膝盖，端起了他的激光步枪。后面的弗雷曼人也照他的样子端起了枪。

直到挡沙板摩擦沙子的声音传来，那些注意力全在蓄水池上的哈克南士兵们这才转过身来，但为时已晚。紫色的光刀专攻他们的下盘，割断了他们的腿，融化了他们的血肉，撕裂了他们的骨头。

斯第尔格的突击队员纷纷从挡沙板上跳了下来，分散开包围了起重机。在他们周围，肢体残废的士兵们大声尖叫、呻吟，拍打着他们烧焦的大腿。弗雷曼人是故意留活口的，所以这些士兵一个都没死。

一个留着灰白胡楂的年轻士兵惊恐地望着这些身穿深色长袍的沙漠人，试图爬过血淋淋的沙地向后方逃去，但他已经没了双腿，所以根本无法移动。这些弗雷曼人看上去似乎比他眼前的那些焦黑的残肢还要可怕。

斯第尔格稳住心神，再次坚定了一下决心，他命令手下把哈克南士兵们都绑了起来，用海绵和密封布包裹住他们的伤口，以保持水分，将来这些人的尸体会送到穴地的亡者蒸馏器里去。“把他们的嘴给我堵上，省得听他们那小孩子似的哭声。”不多时，啜泣的声音果然都没了。

两名突击队员检查了一下运输机，然后举手示意。斯第尔格跳上了重型运输机上的跳板，进入了一个狭窄的内部平台，这个平台环绕着改装后的货舱。宽敞的地面上铺着厚厚的钢板。在他头顶上，四个挂着铁链的抓钩悬在空中。

这架飞机的甲板和其他设备都被卸下了，取而代之的是装甲。飞机里面散发着一股肉桂的气味。上面的货舱里装满了没有标记的美琅脂集装箱，士兵们正准备把它们藏在蓄水池里。下层货舱则是空的。

“看这儿，斯第尔格。”图洛克指着运输机的下腹部说道，他指的是未上漆的横梁和新结构的配件。图洛克边说边按下了身边的一个开关，结果运输机那安着装甲的肚子打开了，向沙漠敞开了一切。图洛克迅速沿着金属楼梯爬了上去，进入驾驶舱，启动了引擎，运输机立刻发出巨大的轰鸣声。

斯第尔格握着扶手，手心传来一阵颤动，这标志着运输机状态良好。这架重型飞机将是弗雷曼舰队一个很好的补充。“起飞！”他高声喊道。

图洛克在香料小队工作多年，能够熟练操作各种设备。他按下了起飞序列。随着一股强大的气浪，运输机顺利升空，斯第尔格紧紧抓住扶手以保持平衡。悬挂着的链条和沉重的钩子打在敞开的货舱门上咔嗒作响。不久，他就看到了下面那个没有盖盖子的蓄水池。

图洛克驾驶着运输机在半空徘徊，斯第尔格解开铁链，把粗大的抓钩放了下去。在下面，突击队员们爬上了光滑的加固容器，固定好了抓钩。铁链绷得紧紧的，沉重的运输机发出隆隆的响声，一下子把整个装满香料的蓄水池从岩石里扯了出来，然后升空，直至拖进了敞开的货舱里。最后，像大蛇嘴一样的货舱门砰的一声关闭了。

“我认为皇帝肯定觉得偷藏这么多香料是一种犯罪，”斯第尔格微笑着向同伴大喊道，“咱们帮科瑞诺人寻求正义难道不对吗？也许列特应该找沙达姆要一封表扬信。”

图洛克被斯第尔格的讽刺逗得咯咯直笑，他驾驶着这架笨重的运输机，在离地不高的半空盘旋。剩下的弗雷曼人很快都爬上了飞机，身后拖着那些挣扎不已的残疾的哈克南俘虏。

满载着货物的飞机在低空飞行，然后加速奔向开阔的沙漠，向最近的穴地进发。斯第尔格靠着震动的隔板坐着，打量他那些疲惫不堪的手下，以及那些即将被扔进死牢的囚犯。他和手下人交换了满意的笑容，大家这时都摘下了面罩，露出了饱经风霜、长满胡须的脸。在货舱内部微弱的灯光下，他们透蓝的眼睛闪闪发光。

“这些香料和水是献给部落的，”斯第尔格宣布道，“今天的收获可真不少。”

在他身旁，一名哈克南士兵呻吟着睁开了眼睛看向斯第尔格。原来是那个吓坏了的年轻人。斯第尔格一时怜悯，觉得这名士兵受的苦已经够多了，所以他拔出晶牙匕，一下子割开了他的喉咙，然后盖住伤口保存血液。

剩下的哈克南人却没有得到这样的优待。

令人惊讶的是，人类一旦处在群体之中时是多么的愚蠢，尤其是当他们毫不怀疑地追随他们的领袖时。

——声明：源自贝尼·杰瑟里特观点，所有陈述都是一个概念

帝国舰队在事先没有发出任何警告的情况下抵达了克罗娜，这是沙达姆香料大战的又一次攻击行动。这支舰队拥有八艘巡洋舰和全副武装的护航舰，比把札诺瓦那个大城市炸成废墟的那次行动更为兴师动众。

军舰包围了人造月亮，然后进行现场调查。通过通信系统，至尊霸撒苏姆·加隆发出了最后通牒："我们是奉帕迪沙皇帝的命令到这里来的。你们李芝家族被指控藏有未在册的美琅脂，这完全违反了帝国和兰兹拉德制定的法律。"这位强硬的指挥官说完之后，静静等待着他们的回应。*让我们看看他们会有多内疚。*

克罗娜的控制室里顿时爆发出一片哀号，很快下方的李芝政府也发出了类似的声音。

至尊霸撒站在旗舰的舰桥上，向外凝望，没有接受任何通信请求。他只是继续对着扩音器讲话："谨遵沙达姆四世皇帝陛下的命令，我们将搜查违禁品。如有发现，香料将被没收，克罗娜也将被立即摧毁。此乃皇帝旨意。"

两艘护航舰降落在了这个人造月球实验室的停机坪上。有几个李

芝家族的傻瓜试图封住气闸的门，结果两艘帝国巡洋舰立即对着另外几个停机坪开火，炸开了舱门，空气、货物和人被吸入太空之中。

对接辊环发出叮叮当当的响声，抓爪撬开了人造月球那密封的外壳，加隆继续念着警告词："任何抵抗都会面临极端的惩罚。你们有两小时的时间疏散克罗娜。如果我们找到了足够的证据，那么我们将立即摧毁这个设施，任何留在空间站的人都将面临死亡。"

加隆从旗舰的舰桥上走进电梯，电梯会把他带到下船的位置。克罗娜没有足够的防御力量来抵抗萨多卡军团。也没人敢抵抗。

这位经验丰富的指挥官带着一队士兵进入了轨道实验室。金属走廊里警报大作，灯光闪烁，警笛声不绝于耳。发明家、技术人员和实验室的工作人员争先恐后地逃向疏散飞船。至尊霸撒来到了人行道系统的中心区域，示意他的士兵分成小组，开始搜索工作。他们清楚可能得折磨几名雇员才能最终确定非法库存的位置。

一个脸色红润的男人跌跌撞撞地从电梯管里跑了出来，从管理中心直奔萨多卡的先遣部队。他边跑边挥舞着双手喊道："你们不能这样做，大人！我是实验室主任弗林托·金尼斯，我是想说两个小时是不够的。我们没有足够的飞船。我们需要从李芝叫飞船过来，目的是救人，更不用说所有研究材料了。疏散这里至少需要一天的时间。"

加隆那种饱经风霜的脸上却毫无同情之意："皇帝不会允许他的旨意受到任何质疑和抵制。"说着他向手下的士兵们点了点头，士兵们立刻举枪开火，把这个惊慌失措的官员劈成了两半，官员死了似乎嘴里还在嘟囔着更多的反对意见。

部队继续前进，进入了巨大的实验室。

在一次私人晚宴上，沙达姆给予了苏姆·加隆充分的信任，向他解释了自己的真正意图。皇帝表明自己很清楚会有很多平民在这次行动中丧生，而他依然很愿意再来一次札诺瓦那样的极端案例，直到他的统治彻底稳固为止。

“我唯一需要的，”沙达姆举起一根手指说道，“就是拿到所有你能找到的违禁香料。只要这批香料的数量足够多，那么宇航公会和宇联商会就不会抱怨什么了。”说完他笑了起来，似乎对自己的思路很是满意，“然后你用原子武器把整个空间站给我摧毁了。”

“陛下，使用原子武器是不是有些越界了——”

“胡说。我们会给他们一个疏散的机会，而我只是摧毁了太空里的一个金属设施。克罗娜只是个难看的空间站而已。”不过沙达姆沮丧地看到，加隆似乎看起来并不是完全信服，“别在意法律上的那些烦琐的细节，霸撒。我想说的是，核爆炸最能表明我的态度。与其小打小闹地恐吓，不如来一次大的，彻底吓住兰兹拉德联合会。”

苏姆·加隆在萨鲁撒·塞康达斯度过了很长的一段艰苦岁月，并亲自参加了埃卡兹起义。他很清楚自己必须执行皇帝的旨意，而且也从没有人敢抗旨——他也把这一点灌输给了自己才华横溢的儿子坎多·加隆。

不到半小时内，第一批疏散飞船就跌跌撞撞地降落到了地面上。科学家们纷纷在自己的研究项目中检索实验记录和那些不可替代的笔记。然而，这些浪费了很多时间搜集资料的人很快发现，所有可用的穿梭机都离开了，他们被困在了克罗娜。

在下面的三合一中心里，艾因·卡利玛尔总理对着通信器无力地大吼着，要求给他时间与兰兹拉德法庭取得联系。在他身旁，李芝伯爵也挥舞双臂哀求着，但都毫无效果。与此同时，李芝人拼命向克罗娜发射着救援飞船，但随着时间的流逝，萨多卡指挥官并不觉得这些飞船能够及时抵达。

萨多卡的士兵洗劫了实验室的每一个房间，搜寻所谓的非法美琅脂库存。在克罗娜的装甲核心附近，他们遇到了两个疯狂的发明家，一个是斜着个肩膀的秃头男人，另一个则是个神情紧张，眼睛前后扫视，好像他的大脑一直在不停高速运转的人。

那个神情紧张的发明家走上前来，试图以理服人："大人，我正在做一个重要的研究，必须得把我所有的笔记和精密的原型都运走。在别的地方是无法再现这些数据的，而这项目会对帝国的未来产生深远的影响。"

"否决。"

发明家眨了眨眼，仿佛觉得自己是听错了。

在他旁边的那个秃头男人眯起了眼睛。"我来说吧。"说着他指了指一座密封的木箱，这些箱子被堆成了金字塔状，工人们站在箱子旁边，开着反重力起重卡车，但却无处可去。"至尊霸撒，我叫塔利斯·伯尔特。我的同事哈罗亚·伦德并没有夸大我们在这里工作的重要性。还有，看看这些宝贵的储备。你不能摧毁它们。"

"那堆箱子里的是美琅脂吗？"加隆问道，"我接到命令，要把所有的香料都带走。"

"不，大人。那里面是李芝镜，几乎和香料一样珍贵。"

至尊霸撒噘起了嘴。一枚小小的李芝镜便可以为大型扫描设备提供能量。而这些箱子里的库存足以点燃一颗小太阳了。

"塔利斯·伯尔特，我很遗憾地通知你，你们的主任在这次行动中牺牲了。因此，我指派你接管克罗娜。"伯尔特听到至尊霸撒的这番话，下巴都快掉下来了。

"金尼斯主任……"他声音微弱地问道，"死了吗？"

加隆点了点头："现在你有我的许可了，尽可能把所有的李芝镜都搬到我的飞船上——只要你告诉我哪里可以找到你们的非法香料。"

哈罗亚·伦德似乎仍然感到震惊不已："那我的研究怎么办？"

"我卖不掉你的方程式。"

伯尔特局促不安起来，显然在考虑要不要撒谎："我觉得你的士兵迟早会搜遍整个实验室，甚至摧毁那些密封的房间，直到你们找到香料。所以，我还是替我们大家省点事儿吧。"然后他把香料储藏地点告诉了至尊霸撒。

“我很高兴看到你作出了正确的决定，你刚刚证实了非法美琅脂的存在。”加隆摸了一下制服上的一个按钮，向他的飞船发送了一个信号。过了一会儿，一些低级别的士兵跑上了飞船，拿着悬浮器和托盘，上面装满了原子容器。他转向那位秃顶的科学家，说道：“你们可以搬一些东西到我们的巡洋舰上，我允许你们保留其中一半东西。”

虽然伯尔特对现状惊恐不已，但他足够聪明，没有争辩什么，只是立即开始工作。工人们开始搬运成箱的李芝镜，而加隆却感到很困惑。很明显，他们连这些宝贵的李芝镜的十分之一都搬不走。哈罗亚·伦德匆匆回到了他的实验室，但是至尊霸撒警告了他，别在他的飞船里塞满那些无用的什么“原型”。

加隆指示他的手下前往美琅脂储存区，士兵们带着全息记录器拍下了这些非法储存的美琅脂，在把它们搬走之前录下了证据，以备皇帝之需。沙达姆倒没有想到这层预防措施，但至尊霸撒知道证据就是一切。

在苏姆·加隆的监督下，萨多卡士兵带着第一批核弹头进入了人造卫星的核心。他看了看他的天文钟。只剩下不到一个小时了。

塔利斯·伯尔特在飞船和实验室之间跑了好几个来回，累得几乎要摔倒了。他的光头上现在大汗淋漓，但他和他的手下已经把相当多的昂贵的李芝镜搬上了萨多卡的旗舰。

在克罗娜的一个装载码头上，哈罗亚·伦德弯着腰，坐在自己匆匆打包的箱子旁抽泣，这些箱子已经被人用步枪打烂了。就在刚才，他坚持要把这些箱子搬到停靠在码头上的旗舰上，两名士兵顿时向它们开了火，摧毁了里面的无场引擎零件。

随着时间的流逝，至尊霸撒终于下令从这颗命中注定要毁灭的卫星上撤退了，塔利斯·伯尔特站在装载码头，等待着一起离开。

加隆却平静地告诉这位秃头发明家，他必须留下。“很抱歉，我们不能允许平民乘客登上皇家军舰，这是违法的。你必须自己想办法离开这里了。”

但是剩下的时间不多了，伦德与伊尔班·李芝伯爵的家族关系也对他没有丝毫帮助。原子武器上的计时器是不会等人的。

在预定时间前的十分钟，所有的帝国巡洋舰和护航舰都脱离了卫星轨道，进入了太空，留下克罗娜受损的停机坪大开着。在旗舰上，至尊霸撒加隆监督他的部队，完美结束了他们这次军事行动。

尽管搜到的美琅脂数量并不像皇帝所相信的那么多，但甲板下面的货舱里装着很多箱李芝镜，再加上香料也就差不多了。萨多卡军团会立即将这些没收的美琅脂交给等待的远航机上的宇航公会代表。真是无耻却有效的贿赂。

在地面上，卡利玛尔总理望着天空中的卫星，克罗娜不愧是一个无比庞大的人造卫星，正在飞走的萨多卡舰队和它比起来也相形见绌。但他现在心里一阵阵发紧，沙达姆这次不公正的军事行动让他不寒而栗。

皇帝是怎么知道克罗娜上藏着香料的？在哈克南男爵当初秘密把钱付给他之后，卡利玛尔一直把这笔香料的保存地点列为绝对机密。当然，不可能是哈克南家族泄露了情报，因为他们自己也脱不了干系……

原子武器在克罗娜爆炸开时，明亮的光线穿透了李芝的大气层。然而，随着时间的推移，这团火球却并没有变暗，而是继续着连锁反应，点燃了剩余的李芝镜，镜子炸裂开来，散布成了一团破碎的、强大的晶体云，像超新星碎片一样穿过大气层。

在下面，整片大陆上的李芝人都凝视着这场划过天空的火焰风暴。那些无价的李芝镜就像微小的小行星一样坠落下来，尖啸着穿过了灼热的天空。

卡利玛尔吓得大叫了一声，但他仍瞪大了眼睛看着。那团可怕的光现在变得越来越亮。许多李芝人都和他一样惊恐地看着天上，无法相信发生了什么。

所以在接下来的几天里，随着视网膜损伤的恶化，将会有四分之一的李芝人变成盲人。

我感受到了太空那不可阻挡的滑动推力，一颗恒星在被称为秒差的距离上发射出滞留的光束。

——穆阿迪布伪经，一切皆允许，一切皆可能

在一片虚无之中，远航机急速下降，失去了控制。

在他们从折叠空间里掉出来的那一刻，哥尼·哈莱克就知道出了问题。这艘巨大的飞船上下颠簸着，好像遇到了严重的湍流一般。

哥尼把手放在他那朴素的旅行服里藏着的一把刀上，向他四周看了看，以确保隆博仍然安全。那位半机械人王子正把自己固定在一面墙上，把那面墙变成了地板。“我们受到攻击了吗?”披着斗篷、戴着兜帽的隆博问道，他看上去就像是一个朝圣者。松散的羊毛织物覆盖了他的大部分人造身体，所以没有人会注意到他和别人在人体解剖学上的不同。

他们那件私人乘客舱的舱门开了一半，然后被卡在了轨道上。在主走廊外面，一个控制面板因为激增的电流穿过护航舰的内部系统而起火了。由于重力引擎失效，所以甲板现在倾斜起来，重心偏移。四下里灯光闪烁。接着，伴随着一阵嘎吱嘎吱的声音，这艘小型客运护航舰随着远航机的颠簸直立了起来。

哥尼和隆博挣扎着向卡住的舱门处走去，试图把门推开，找到一条通路。隆博用自己一只强有力的机械手臂把障碍物推到一边，发出

一阵金属剐蹭声。

两个人溜进了走廊，发现惊慌失措的乘客们四散奔逃，其中一些人受伤了，身上流着血。通过宽大的舷窗，哥尼和隆博看到外面的远航机货舱里现在是一片大乱，飞船在里面倾斜碰撞着，很多都被撞得粉碎。有些飞船脱离了对接钳，在货舱里四处滑动着。

每一层甲板的通信面板上都亮起了灯，数百名乘客要求解释。身穿黑色制服的威库乘务员从一个休息室赶到另一个休息室，平静地指示大家等待进一步的消息。这些乘务看起来既圆滑而又冷漠，但在这种以前从未出现过的情况下，就连他们也都表现出了紧张的情绪。

哥尼和隆博走向拥挤的主休息室，惊慌失措的乘客们都聚集在了那里。从隆博那被兜帽挡住了一半的脸上所显露出的表情看，哥尼知道他想让这些人尽快安静下来，想要掌控局面。为了阻止他冒险，哥尼冲王子做了一个微妙的手势，警告他的身份必须保密，不能引起别人的注意。但王子却不以为然，他看上去仍然打算自己去搞明白到底发生了什么事情，但飞船系统所提供的信息确实很少。

隆博那张蜡黄的脸上露出不悦的神色。他对哥尼说道：“我们没有时间在这里耗下去，我们的时间表非常精确。如果我们不能完成我们的任务，那么整个作战计划就会失败。”

最终，在经过了长达一个小时的无休止争论和持续增加的恐慌之后，宇航公会终于派来了一名全息代表进入了护航舰的休息室。他的全息图像出现在了货舱内所有飞船的主要集结点里。

从他的制服，隆博认为这个公会代表是一名航班审计员，一个相对重要的管理人员，负责维护会计记录、货物和旅客清单，并与公会银行就星际旅行的费用进行沟通。这名航班审计员有一双大眼睛，额头很高，脖子很粗，而与躯干相比，他的手臂则显得有些太短了，就好像在他的基因组装过程中，这部分肢体选错了型号。

这个代表说话的声音很单调，还经常伴有令人厌烦的抽气声，这让他听起来像是一只嗡嗡叫的虫子。“我们，嗯-嗯-嗯，在飞船的跃迁上遇到了一些困难，目前正在试图恢复与舱室里领航员的联系。公会也开始调查这个事件了。嗯-嗯-嗯，目前我们没有进一步的消息。”

乘客们立刻开始大声提问，但这个全息图像要么是听不见，要么就是不愿意回答。他只是笔直地站在那里，面无表情地说道：“所有公会飞船的维护和大修都必须在交叉点进行，嗯-嗯-嗯。我们这里目前没有设备来完成大修。而且我们也不能确定我们现在所处的精确位置，嗯-嗯-嗯，虽然初步的测量表明我们身处未知空间，已经远远超出了帝国的范围。”

乘客们急促的呼吸声交织在一起，听起来就像是一台重型空气交换器在嗡嗡作响。哥尼也皱起了眉头，看向隆博说道：“这个公会代表可能比较擅长数学吧，他的情商也太低了。”

隆博同样也是眉头紧锁，说道：“一艘迷失了方向的远航机？我从未听说过这样的事。地狱在下！这艘飞船可是伊克斯最好的设计之一啊。”

哥尼给了他一个略带悲伤的苦笑。“不管怎样，它就是发生了。”然后他引用了《奥兰治天主圣经》中的话，“‘虽然走的是为他所定的义路，但人类也必将灭亡。’”

令哥尼吃惊的是，隆博很快用诗篇的后半部分回应了他：“‘可不管我们走多远，神都知道到哪里去寻我们，因为他能看见整个宇宙。’”

伊克斯王子带着哥尼离开了拥挤的休息室，离开了嘈杂的吵闹声和恐惧的汗臭味，他低声对哥尼说：“这艘远航机是在我父亲的亲自指导下设计的，我清楚这种飞船的原理。作为维尔纽斯家族的王子，我的职责之一就是掌握一切造船知识。它的质量控制和安全性能都非常出色，而且霍尔茨曼引擎也从来没有出过故障。这项技术已经可靠地运行了一万年。”

“直到今天。”

隆博摇了摇头纠正道：“不，这不是真相。这只有一种可能，那就是领航员自己出了问题。”

“领航员出错了？”哥尼也压低了声音，以免被人偷听到他们的谈话，尽管所有乘客现在都被吓得乱成了一锅粥。“我们现在身处帝国边界之外这么远的地方，如果我们的领航员真的失效了，那我们可就永远找不到回家的路了。”

其他记忆是一片宽广而深沉的海洋。它可以帮助姐妹会的成员，但前提是满足它自己定下的条件。当一名姐妹试图操纵内心的声音来满足自己的私欲时，她只会招来麻烦。这就好像有人试图要把大海变成自己的私人游泳池一样——这是不可能的，哪怕只是片刻。

——贝尼·杰瑟里特终曲

哈什米尔·芬伦偷偷在两艘远航机上植入了测试样品，然后便回到了他在凯坦星的公寓，他现在从床上爬了起来，环视这个豪华的宅邸。他不知道什么时候才能收到测试反馈。这种事他在面对公会时当然不能直接问，所以他在提出问题时必须非常谨慎。

透过朦胧的双眼，芬伦审视着墙壁和天花板上的那些金丝细工、古代绘画的复制品和异国情调的金杜雕刻。这是一个比干燥的厄拉科斯、棱角分明的伊克斯以及简洁实用的交叉点更加令人兴奋的地方。不过他现在唯一想看到的是玛格特那张可爱又精致的脸庞。只是她已经起身离开了他们的床。

在经历了一段疲劳旅程后，他终于在午夜之后回到了家，累得浑身酸软无力。但尽管时间已晚，玛格特还是在他身上使用了她的诱惑技巧，那种既能唤醒他又能让他放松的技巧。然后，他在她舒适的臂弯里睡着了……

伯爵已经有将近三个星期没有接触帝国政治了，他不知道在此期间沙达姆犯了多少错误。芬伦将不得不安排一个私人会议，与他的童年朋友讨论这些事，至于变脸者刺客的事情他不打算告诉沙达姆，暂时保密。这是因为香料大臣打算自己报复阿吉迪卡，他会非常享受这个过程的。然后他才会告诉沙达姆，而到时候他们俩肯定都会兴奋地咯咯大笑。

但首先，他必须知道研究大师的工作是否成功。一切都取决于奥马尔。如果测试结果证明阿吉迪卡骗了他，那么芬伦将会对他毫不留情。然而，如果奥马尔能像他承诺的那样有效，那他就必须在开始折磨阿吉迪卡之前搞清整个生产过程。

他那两个悬浮旅行箱仍然放在宽大的梳妆台上。箱子是打开的。他叹了口气，伸了伸懒腰，也起了床。芬伦打了个呵欠，溜达到附近的温泉浴场里，一脸憔悴的女管家梅普斯冲着他微微鞠了一躬。这个弗雷曼女人今天穿了一件白色的便服，她那晒得黑黑的、布满疤痕的手臂裸露在外。芬伦对她的个性并不很在乎，因为她的活儿干得一向不错，能做到满足他的全部需求，尽管她确实缺乏一些幽默感吧。

他脱下短裤，扔在地上。梅普斯则皱着眉头把它捡了起来，扔进了墙上的洗衣机里。他戴上自己一直用的护目镜，用语音开启了水疗机。一股激烈的暖流顿时包裹住了他的身体，把他举到半空，从四面八方按摩着他的肌肉。在厄拉科斯，如此奢侈的享受是不可能有的，即使是帝国香料大臣也没戏。他闭上了眼睛。太舒服了……

芬伦逐渐放松，开始把刚才看到的所有细节都关联起来，他突然意识到了不对劲。他明明记得在头天晚上，自己把悬浮旅行箱放在了地板上，打算第二天早上再打开的。但现在，箱子不但出现在了梳妆台上，而且还被人打开了。

而奥马尔的测试样本就藏在其中一个箱子里。

芬伦急匆匆跑进卧房，连衣服都顾不上穿，浑身湿漉漉的。一进屋他就看到弗雷曼管家正在从旅行箱里往外拿着衣服和洗漱用品，准备把东西归置好。“你先等一会儿。唔-唔-唔。我需要你的时候会叫你的。”

“就按您的吩咐。”女管家嗓音很沙哑，就好像沙暴曾在她的声带上留下过疤痕似的。她有些嫌恶地看了看顺着芬伦身子流下来并积在地上的水，与其说嫌脏不如说是觉得这真是一种浪费。

旅行箱里藏样本的地方现在是空的。芬伦顿时惊慌地大叫起来：“我放在里面的袋子在哪儿了？”

“大人，我没看见什么袋子。”

他发疯似的在旅行箱里四处翻找，然后把里面的东西全都撒在了地上，最后浑身直冒冷汗。

就在这时，玛格特走了进来，手里端着一个早餐托盘。她扬起眉毛打量着他裸露的身体，露出一丝赞许的微笑。“早上好啊，亲爱的。或者我应该说下午好？”说着她瞥了一眼墙上的天文计时钟。“不对，距离下午还有一分钟呢。”她身上穿了一条闪闪发光的帕拉丝裙子，上面缝着浅黄色的伊米安玫瑰，细小的花朵在布料上活灵活现的，散发出一股精致甜美的香味。

“你有没有从我的箱子里拿走一个绿色的袋子？”玛格特凭借她那贝尼·杰瑟里特技巧，很容易就能找到那个秘密隔间。

“我还以为是你专门给我带的呢，亲爱的。”她妩媚地微笑着，把早餐托盘放在边桌上。

“好吧，嗯-嗯，这次的旅程很是艰辛，我——”

她假装噘起嘴来。玛格特已经注意到袋子的一个褶袋里有着一个小小符号，她觉得这个符号是特莱拉字母表中的字母“A”。

“那你把它放在哪儿了，嗯-嗯-嗯？”尽管阿吉迪卡再三保证，芬伦还是无法相信特莱拉人发明的合成美琅脂是彻底无害的，他甚至觉得奥马尔一定会有毒性。而芬伦更想用别人作为测试对象，而不是自己或是自己的妻子。

“别瞎操心了，亲爱的。”玛格特那双绿色的眼睛里闪烁着挑逗的光芒。她开始给他们两人倒香料咖啡，“你想在我们继续昨晚的事之前用早餐还是之后？”

芬伦装作无所谓的样子，虽然玛格特很容易就能发现他身体里蕴含着的每一丝不安吧，他走了几步，从步入式衣橱里随便抓出一套黑色的便服，说道：“告诉我你把袋子放在哪儿了，我自己去拿。”

他转过头来，正看到玛格特把咖啡杯举到了嘴边。

香料咖啡……隐藏的袋子……奥马尔！

“住手！”他大步冲向她，把她手里的杯子打翻在地。滚烫的液体溅到了手织地毯上，同时也弄脏了她黄色的衣服。那些原本还在绽放着的伊米安玫瑰被烫得缩成一团。

“现在你把所有香料都浪费了，亲爱的。”玛格特抱怨道，她虽然吃了一惊，但很快便冷静下来，试图恢复镇静。

“你肯定没有把它们全都倒进咖啡里吧？剩下的香料呢？”芬伦平静了下来，但很清楚自己已经说漏嘴了。

“在我们的厨房里呢，”她善意地、殷勤地、仔细地打量他，“你这是怎么了啊，亲爱的？”

芬伦没有给出解释，他只是把剩下的一杯香料咖啡倒回壶里，匆匆抱着它走出了房间。

沙达姆脸色阴沉地站在阿妮鲁尔的房间门口，双臂交叉在胸前。一位扎着马尾辫的苏克医生就站在他身旁。真言师莫希阿姆拒绝让他们进入卧室：“只有贝尼·杰瑟里特治疗师才能治疗这些特定的疾病，陛下。”

斜着个肩膀的苏克医生对着莫希阿姆不客气地说道：“别以为你们姐妹会比苏克核心集团的毕业生还要厉害。”此人五官红润，有着一个大鼻子。

沙达姆眉头紧锁地说道："这毫无道理。我妻子在动物公园里出了这样的怪事，她需要特别的治疗手段。"其实沙达姆的关心都是装出来的，他更感兴趣的是萨多卡军团舰队从克罗娜返回后，至尊霸撒的任务简报。啊，那将是一笔多么大的收入啊！

莫希阿姆依然不为所动。"陛下，只有我们的医护姐妹才能治好她，"但她的声音比刚才柔和了一些，"姐妹会将免费为科瑞诺家族提供这次服务。"

苏克医生又打算厉声呵斥她，但皇帝示意他闭上嘴。确实，苏克医生的服务非常昂贵，沙达姆可不打算在阿妮鲁尔身上花费那么多钱。所以他改口道："那好吧，毕竟如果我亲爱的妻子能由她自己的人来照料的话，也许再好不过了。"

在高大的房门后面，阿妮鲁尔夫人断断续续地睡着觉，偶尔会发出一连串毫无意义的词句和奇怪的声音。尽管沙达姆没有向任何人承认过，但他其实一直在暗自庆幸，阿妮鲁尔这次真的有可能要疯了。

医护姐妹艾薇儿·尤飒是个身材矮小，脾气急躁的女人，身上穿着一件黑袍。她似乎对萨多卡卫兵和宫廷礼节毫不在乎，背着个小包就匆匆走进了卧室。

玛格特·芬伦夫人打算锁上房门，好让别人不打扰她们，于是她看了看莫希阿姆，后者则点头表示同意。尤飒先是在魁萨茨圣母的脖子后面打了一针，然后说道："她的心智现在已经完全被内心的声音淹没了。这一针可以削弱其他记忆，这样一来她就能休息了。"

尤飒站在床边，摇着头。她很快就得出结论，信心十足地说道："在没有姐妹会的支持和指导下，阿妮鲁尔可能探索得太过深入了。我以前就曾经见过这种情况，但都不如她的情况严重。这已经演变成一种对她心智的占有。”

“那她会恢复正常吗?”莫希阿姆问道，“阿妮鲁尔是贝尼·杰瑟里特隐秘者，而现在正巧是她履行职责的最关键时刻。”

尤飒没有拐弯抹角：“我不清楚她的身份和职责。但在医学上，特别是涉及复杂大脑活动的疾病，都不可能轻易治好。她之所以犯癫痫，就是因为这些声音的持续存在对她造成了……令人不安的……影响。”

“你们看她现在睡得多安详啊，”玛格特轻声说道，“我们应该先离开这里。让她做个好梦吧。”

沉睡者梦见了沙漠。一条孤独的沙虫逃过沙丘，试图躲开一个无情的追踪者，某个像死亡一样沉默而无情的东西。这条沙虫虽然巨大无比，但在茫茫的沙海中却显得如此微不足道，它易受比自己强大得多的力量的攻击。

即使在梦里，阿妮鲁尔也能感觉到滚烫的沙子拍打她粗糙的皮肤。她在床上挣扎着，踢掉了丝绸被子。她现在无比渴望阴凉的绿洲。

她的身体猛地一颤，发现自己竟进入了这条蜿蜒沙虫的思想中，她的思维在非人类的神经通路和突触中穿梭起来。她现在就是那条沙虫。当她疯狂地试图逃离时，她感觉到了身体下部与沙地的摩擦，好像她的肚皮上燃起了火焰一般。

那个不知名的追踪者走近了。阿妮鲁尔想潜入安全的沙地深处，但她做不到。她的噩梦中没有任何声音，甚至连她自己爬过的声音也没有。她只能从长着水晶般牙齿的喉咙里发出无声的尖叫。

为什么我要逃避？我在害怕什么？

她突然坐了起来，眼睛通红，脸上笼罩着可悲的恐惧。她一下子摔倒在冰冷的地板上，身体被汗水打透了，全是瘀伤。神秘的大灾难还在那里，正在逼近这个宇宙，而她仍然无法搞清楚它到底是什么。

人在独处时和在别人面前时是不同的。虽然个人角色在不同程度上都会与社会角色融合，但这种结合永远不可能做到完全。每个人总会有自己的秘密。

——贝尼·杰瑟里特教义

太阳在他身后落下时，杜菲·哈瓦特、邓肯·艾达荷簇拥着雷托·厄崔迪公爵，来到了聚集在岸边岩石上期待着的人群面前。在他的军队出征前，他要给人民留下一个深刻印象。

当隆博和哥尼离开后，等待便成了煎熬。

在一身戎装的卫兵和卡拉丹主要城镇代表的陪同下，雷托向身后看了看，抬眼望向他建造的那座宏伟的纪念碑，这座纪念碑将起到灯塔的作用。在狭窄的海湾边缘那突出的岩石上，保卢斯·厄崔迪的高耸石像笔直矗立着，成为了海岸线的守护者，所有靠近码头的船只都能看到这个巨人。雕像穿的是斗牛士服装，光彩夺目，父亲的一只手放在维克多的肩膀上，而维克多则睁大了眼睛。保卢斯的另一只手里端着一个装满易燃油的自动火盆。

老公爵在维克多出生前几年就死在了斗牛场里，所以祖孙两人其实从来没有真正见过面。尽管如此，这两个人都对雷托产生了巨大的影响：他的政治哲学源自他父亲那不屈的领袖才华，而他的同情心则来自对儿子的爱。

雷托的心里现在一片空虚。他每天都忙于家族事务，没有杰西卡的陪伴更是让他感到孤独。他希望她现在能来到自己的身边，参加这座壮观的新纪念碑的正式落成典礼，尽管雷托猜想她可能不会赞成自己为了纪念父亲而如此大肆挥霍……

到目前为止，雷托还没有收到来自隆博和哥尼的任何消息，现在的他只能祈祷他们安全抵达伊克斯并开始行动。厄崔迪家族很快就会被卷入比揭幕雕像更危险的境地之中了。

一座临时的脚手架矗立在雕像后面。两个肌肉发达的年轻人爬到台子顶上，手里拿着火炬，在火盆旁等待着。这两个手脚麻利的小子是从当地的渔民里挑选出来的，他们通常像会飞的螃蟹那样在捕鱼船的索具上爬来爬去。他们那无比自豪的父母、他们的船长以及光荣的卫队就在下面等候着。

雷托深深地吸了一口气，开始演讲："所有的卡拉丹人都应该感谢在此地永垂不朽的这两个人：我的父亲，敬爱的保卢斯公爵，还有我的儿子维克多，他的生命是如此悲惨的短暂。是我下令建造了这座纪念碑，为的就是让所有进出我们港口的船只都能纪念这两位受人尊敬的英雄。"

做公爵的事……

雷托举手做了个手势，最后一抹微弱的阳光照在他的公爵戒指上，闪闪发光。那两个年轻人把手里的火把探到火盆里，点燃了里面的油。蓝色的火苗腾空而起，没有发出噼啪声，也没有冒烟，一个无声的火炬出现在了雕像那巨大的手掌之上。

邓肯把老公爵的宝剑举在面前，仿佛那是一根皇家的权杖。杜菲则依然面无表情。

"让永恒的火焰永不熄灭。愿他们的光辉永远照耀。"

人群欢呼起来，但这些掌声并没有温暖雷托的心，因为他想起了他和杰西卡为了给未出生的孩子取他父亲的名字而发生争吵的事。他真希望杰西卡能见见老人，也许和他谈谈哲学。这样，她也许就会对保卢斯有更好的看法，而不是把愤怒集中在他留下的政策上，而雷托拒绝改变这些政策。

他抬起灰色的眼睛，凝视着保罗斯·厄崔迪那张冷酷而理想化了的脸庞，他身旁就是那个美丽得令人心痛的男孩雕像。永恒火炬的光芒在他们巨大的身躯周围投下了光环。哦，雷托是多么想念他的父亲和儿子啊。还有杰西卡。

请让我的第二个孩子有一个漫长而有意义的生命吧，他这么想着，不完全确定他是在向谁祈祷。

杰西卡的目光仿佛穿过了整个帝国，她站在阳台上看着又一次的日落，想念着她的公爵。她凝视遍布这座皇城的那些宏伟建筑，将目光投向了在暮色中闪烁的五彩极光。

她多么渴望能和雷托在一起啊。她觉得自己全身都在为了他而剧痛不已。

这一天的早些时候，莫希阿姆圣母和刚刚来到凯坦的尤飒姐妹对她进行了检查，并给她打了一针，她们向杰西卡保证，在距离预产期还有三个月的最后关头，她的一切指数都很正常。为了确保孩子发育良好，尤飒曾想要给她做一个超声波检测，也就是用机器向杰西卡的子宫发送一些无害的脉冲，并拍摄婴儿在子宫内成长的全息图像。从技术上讲，这样的手术并没有违反贝尼·杰瑟里特关于禁止干预未出生婴儿的规定，但杰西卡断然拒绝了这项测试，担心会暴露出太多信息。

虽然医护姐妹的脸上立刻就露出了惊讶而恼怒的表情，但莫希阿姆却站在了杰西卡的一边，表现出了罕见的同情心："不做就不做吧，尤飒。和我们所有人一样，杰西卡有能力判断怀孕期间自己有什么问题。我们应该选择相信她。”

杰西卡抬起头来看着她的导师，与眼睛里突如其来的一阵刺痛做着斗争，说道：“谢谢您，圣母。”莫希阿姆的目光则一直在她身上寻找着答案，但杰西卡就是不愿意给出这个答案，不管是出于自愿还是被强迫……

现在，这位公爵的妃子独自坐在阳台上，身上裹了一条毯子，沐浴在夕阳的余晖里。她想起了卡拉丹的天空，想起了掠过海面的风暴。在过去的几个月里，她和雷托交换了许多信件和礼物，但这些礼物对他们来说都远远不够。

尽管凯坦星拥有许多令人眼花缭乱的稀世珍宝，但杰西卡还是想回到她的海洋世界里去，和她爱的男人在一起，平静地过她以前的生活。*如果在我们的儿子出生后，姐妹会把我放逐了怎么办？如果她们干脆处死这个孩子怎么办？*

杰西卡继续在阿妮鲁尔夫人送给她的日记本上写着，她用自己设计的密语记下了她的各种印象和想法。自从来到凯坦后，她一直都在记录自己内心深处的想法，把关于她未出世的儿子的计划写满了一页又一页，当然还有她与雷托的关系。

然而，在这个过程中，她一直都在避开那个自己无法理解的、越来越不稳定的感觉，她希望这种感觉最终会消失。如果她这个决定是大错，那该怎么办呢？

我们完全依赖于潜意识与我们的善意合作。在某种意义上，正是潜意识指引着我们的行动。

——贝尼·杰瑟里特格言

当阿妮鲁尔醒来，她发现医护姐妹尤飒一直在监督和调整她的药物摄入，以防其他记忆再次干扰她。

“你的脸色好多了，眼神也明亮起来了。坚持住，阿妮鲁尔夫人。”尤飒温柔地对她微笑着，她的话语很让人安心。

阿妮鲁尔战胜着身体上的虚弱，咬牙从床上坐了起来。她觉得自己差不多已经恢复了神智。虽然可能只是暂时吧。

玛格特·芬伦和莫希阿姆急忙跑进卧室，脸上都露出非常焦虑的表情。而阿妮鲁尔看到她们的样子，一定会觉得她们过分担心了。

玛格特在通向露台的门上按了几下，改变了过滤器的极性，让明亮的阳光照进房间。阿妮鲁尔抬手遮住眼睛，在床上坐直了身子，任凭温暖的金色阳光播撒在自己身上：“我可不能在黑暗中度过余生。”

仿佛为了不让这几位听众觉得乏味，她尽可能形象地向她们解释了自己那个噩梦，也就是一条沙虫逃离一个看不见的未知捕猎者的噩梦。“我必须弄清楚这个梦代表着什么，因为它带来的恐惧还停留在我的脑海里。”她脸上的皮肤在阳光下开始发烫起来，视力好像也因为刺眼的阳光有些受损。

医护姐妹想要打断她，让她再次休息，但阿妮鲁尔直接挥手赶走了她。尤飒皱着眉头，好像有些不服气，但也只好把她和另外两个女人留在身后，狠狠关上门离开了。

阿妮鲁尔光着脚走到阳台上，沐浴在阳光中。她没有因为阳光直射带来的高温而退缩，而是一丝不挂地站在那里，吸收着照在裸露皮肤上的阳光。“我走到了近乎疯狂的悬崖边上，但又回来了。”她现在竟然萌生出一种奇怪的渴望，那就是想在……滚烫的沙子上打个滚。

三姐妹站在阳台上，身旁有一丛摇曳着的伊米安玫瑰。“梦境总是被有意识的事件所触发。”莫希阿姆对她说了一句贝尼·杰瑟里特教义。

阿妮鲁尔沉思着，伸手从身旁的花丛中摘下一朵黄色的伊米安玫瑰，当这朵敏感的小花开始枯萎时，她把它举到鼻子前，去嗅它散发出来的微妙香味，说道：“我认为这噩梦肯定和皇帝、香料……还有厄拉科斯有关……你们听说过奥马尔计划吗？有一天，我路过丈夫的书房，他正在和芬伦伯爵讨论这个项目。他们在争论关于特莱拉的事。而一看到我，他们都尴尬地沉默了，那些心怀鬼胎的人总是会如此。然后沙达姆就告诉我不要干涉国家大事。”

“所有男人的行为举止本来就都很奇怪，”莫希阿姆圣母反驳道，“这我们是早就知道的。”

玛格特则皱起了眉头。“哈什米尔确实一直试图隐瞒什么，比如他为什么要在伊克斯上待那么长的时间。我也经常怀疑他在那里到底在干什么。就在一小时前，他还毁了我为他特意穿的一件衣服，还没等我喝完一杯香料咖啡，他就把我手里的杯子打翻了，就好像那里面装的是毒药一样。我其实只是用了我在他的一个秘密行李箱里找到的一些美琅脂而已。”说着她眯起了眼睛。“这些香料被放在一个小袋子里，袋子上有字母‘A’的标记。是不是奥马尔的意思，你们觉得呢?”

“皇帝也确实一直在悄悄地向伊克斯派遣军队，而且还背着兰兹拉德联合会。芬伦……伊克斯……特莱拉……美琅脂，”阿妮鲁尔说道，“这些东西凑在一起不会有什么好结果。”

“沙达姆已经公开向囤积香料的人宣战了。”莫希阿姆接着说道。即使在阳光的照射下，她那布满皱纹的脸上似乎也总能聚集起新的阴影。“看来一切都和美琅脂有关。”

“也许我梦中的沙虫是为了逃离即将到来的帝国动乱。”裸露在阳光下的阿妮鲁尔凝视着宫殿的另一侧，“我们必须得马上联系大圣母。”

简单是所有概念中最复杂的。

——门泰特谜语

皇帝独自一人坐在他的私人宴会厅里，非常庆幸他的妻子没在身边。当足有六道主菜的丰盛大餐端上来时，他这才露出了期待的微笑。这一刻，他不想听到麻烦事，不想听到政治，甚至不想听至尊霸撒加隆给他讲的那些古老战争故事。今天只属于他自己，他要好好享受这一顿奢华的盛宴。关于克罗娜的简要报告和核爆炸的详细全息图像就足以让他胃口大开了。

第一道菜上来了，上菜的是一对妙龄女子，她们端着一个银边盘子。这时鼓乐齐鸣，只见三串经过精心烤制的、调味均匀的猪蝓肉串端端正正地摆在盘子上。侍女们依次拿起肉串，把串在上面的肉取下来，然后轮流放进沙达姆的嘴里。鲜嫩多汁的肉块像湿润的奶酪一样柔嫩，散发着诱人的香味，刺激他的味蕾。

萨多卡的神枪手们手持武器，时刻警惕着，如果其中一名女子试图用烤肉钎子作为暗杀工具，他们便会立即向她开枪。

一个身穿乳白色长袍、皮肤金黄的女孩倒了一杯醇厚的红葡萄酒，递给了皇帝。沙达姆抿了一口，两个姑娘则捧着剩下的几块肉在一旁等着他。他深深地吸了一口气，闻着侍女周围飘来的阵阵香味。纸醉金迷。这就是当皇帝的意义啊。他叹了口气，示意上下一道菜。

第二道菜是多汁的烤贝类，这种扇贝长着很多条腿，但没有眼睛，只生长在贝拉·特古斯的地下泉水中。酱汁则是由黄油、盐和蒜末调制而成，虽然调料种类不多，但味道极好。两个女孩用小小的铂叉把这种甲壳类动物那香甜白嫩的肉撬出来，喂给皇帝。

然而，第三道菜还没来得及端上来，哈什米尔·芬伦伯爵就冲进了宴会厅，他用胳膊肘一把推开卫兵，仿佛毫不在意他们手中的武器。

沙达姆用餐巾擦了擦嘴，说道："啊，哈什米尔！你什么时候回来的？你可是走了很长时间了。"

芬伦几乎无法抑制他那听起来近乎窒息的声音："你摧毁了*克罗娜*，嗯-嗯-嗯？你怎么不先和我商量一下？你怎么能做这种事呢？"

"兰兹拉德那帮人爱怎么抱怨就随他们去吧，我们可是当场就找到了证据。"

不过，沙达姆从没见到他的朋友这么生气过。他改用了他们小时候发明的密码与芬伦对话，以防仆人们偷听："冷静一下，还是说以后我再也不把你召回凯坦了？正如我们以前讨论过的，我们需要通过清理市面上的美琅脂以提高奥马尔的市场优势。这次克罗娜行动可是清除了一笔不小的储存啊。"

芬伦轻手轻脚地走了过去，拉过皇帝身旁的一把椅子坐了下来，说道："可是你使用了原子武器，沙达姆。你不仅攻击了一个大家族，而且还使用了被禁止的*原子武器*！"说完他用手重重拍了一下桌子。

沙达姆伸手做了个手势，侍女们立刻上前把贝拉·特古斯的扇贝端走了。另一名侍者端着一壶金色的蜂蜜酒匆匆走了进来，但沙达姆却挥手让他走开，并示意上第三道菜。

皇帝决定还是不提高嗓门了："大联合协定只是禁止对人类使用原子武器，哈什米尔。而我摧毁的是一个人造建筑，一个月球实验室而已，李芝家族在那里储存了非法的香料。我完全有权力这样做。"

“但上百人被炸死了，也许是几千人。”

沙达姆耸了耸肩：“他们已经提前收到了警告。如果他们自己没能及时撤离，这关我什么事？你只是不喜欢我没咨询你的意见就采取行动，哈什米尔。”芬伦听到此话，气得说不出话来，但皇帝忽然不以为然地笑了起来：“啊，看呐，下一道菜终于上了。”只见两个壮汉抬着一块薄石板走了进来，石板上放着一只用香草熏烤的孔雀，焦黄的表皮还在噼啪作响着。

仆人们也给芬伦伯爵端来了一个干净的盘子、银餐具和一只水晶高脚杯。

“在发动攻击之前，你至少询问过、想过法律条文了吧？你得确保你的解释能在兰兹拉德法庭上站得住脚。”

“这在我看来一点都不成问题。至尊霸撒加隆已经拍摄了整个克罗娜行动的全息图像。我们的证据不容置疑。”

芬伦强忍着耐心，夸张地叹了口气，说道：“陛下，你想听听我的意见吗？需不需要我跟你的法律专家和门泰特再研究一下？”

“哦，我想——那你说吧。”沙达姆津津有味地割下第一片多汁的孔雀肉，大口吞了下去，然后舔了舔嘴唇，“你说说看，哈什米尔。”

伯爵也割下一片烤孔雀肉放在他的银盘子，但根本没心思吃。

“你的顾虑也太多了。再说，我可是皇帝，我爱怎么做就怎么做。”

芬伦瞪大眼睛看着他：“你之所以是皇帝，是因为有兰兹拉德、宇联商会、宇航公会、贝尼·杰瑟里特以及其他强大力量对你的支持，嗯-嗯-嗯-啊？如果他们都不高兴了，你会被剥夺一切。”

“他们不敢的，”沙达姆哼了一声道，然后放低了声音，“现在我可是科瑞诺家族唯一的男性了。”

“但仍有很多合适的贵族愿意娶你的女儿，延续这个王朝！”芬伦又敲打起桌子来，“让我想办法挽救这件事吧，沙达姆。我想两天内兰兹拉德就会召唤你出席听证会。他们会大闹一场的。你必须说明你的理由，然后我们再全力寻求支持。否则，记住我的话，一定会有叛乱了。”

“好吧，好吧。”沙达姆仍只是专注在他的食物上，他打了个响指道：“你要留下来吃下一道菜吗，哈什米尔？下面这道菜可不错，是来自卡尼达的烤野猪排。今天早上刚被远航机送来的，鲜着呢。”

芬伦推开盘子，一下子站了起来：“我还得替你擦屁股去呢。我马上就得着手去做。”

法律总是朝着保护强者同时压迫弱者的方向发展。依靠强权腐蚀正义。

——皇太子拉斐尔·科瑞诺，《文明的戒律》

尽管他非常讨厌那位傲慢的卡利玛尔总理，但哈克南男爵从没觉得沙达姆会用原子武器对付李芝家族。*原子弹啊！*当消息传到厄拉科斯，他一时百感交集，同时也非常担心自己家族的安全。面对皇帝那令人震惊的战争狂热，现在宇宙里没一个人是安全的，尤其是哈克南家族，毕竟自己有太多的秘密。

男爵借助着浮空带，在迦太格宅邸的战略室里踱来踱去，透过强化玻璃窗向外望去。炽热的沙漠阳光透过两厘米厚的装甲玻璃上的过滤性薄膜照射了进来。

隔着路障和嗡嗡作响的安全系统，他还是听到了一阵嘈杂声，那是即将在主广场举行的阅兵式正在演习。就在他的视野之外，部队顶着午后的炎炎烈日集结了起来，每个人都全副武装，身着哈克南家族的蓝色制服。

在他侄子的陪同下，男爵大张旗鼓地回到了这颗严酷的星球。这是野兽拉班少有的智慧时刻之一，是他建议他们留在这里，留在靠近香料工厂的地方，直到“麻烦的帝国问题”得到解决。

男爵猛然挥拳砸向一扇窗户，砸得强化玻璃直晃悠。沙达姆还打算干什么？他真是疯了！现在足足有十几个兰兹拉德家族自愿交出财产，交出他们以前囤积的香料，然后低三下四地表示悔过，以避免天威降临。

现在没人是安全的。

迟早会有宇联商会的审计师来调查厄拉科斯上的哈克南香料库存……而这很可能成为男爵和他这个大家族的末日。除非他把一切都藏起来。

而厄拉科斯上的事情也不让他省心，可恶的弗雷曼人继续掠夺着他的秘密储备，找到了许多数量巨大的香料储藏地！这些沙漠里的害虫真是机会主义者，他们利用了帝国的政治现状，因为他们很清楚男爵现在不能上报他们的袭击，因为这就等于他承认了自己的罪行。

在外面，印有蓝色哈克南家族标志的巨大横幅高悬在高楼两侧，倾泻而下，柔软的横幅就像是炎热空气中的瀑布。在迦太格宅邸周围还伫立着多座狮鹫雕像，就像是随时准备挑战沙虫的高大怪物。被强迫前来的人们聚集在广场上，就连乞丐都被哈克南士兵从乞讨站和垃圾堆里赶了出来，跑到这里来给阅兵式加油。

正常情况下，这位男爵更喜欢把他的财富用在个人娱乐上，但现在他不得不效仿皇帝的做法。穿上华丽的衣服，搞一些华而不实的大场面，他才能恐吓住贫困的民众。在那次令人尴尬的宴会失败后，他希望这次阅兵式能让他感觉好一点。毕竟从今往后，他再也不打算效仿厄崔迪家族的做法来激发人民对他的爱戴了。弗拉基米尔·哈克南男爵现在希望他的臣民能害怕他，至于喜不喜欢他就无所谓了。

一名宇航公会信使正烦躁不安地站在战略室的门口，强忍着说道："男爵，我的远航机还有不到两小时就要出发了。如果你有一个包裹要送给皇帝，就尽快交给我吧。"

大个子男爵瞬间被激怒了，他猛地转过身来，却因为身上挎着的浮空带而显得毫无气势，还一下子撞到了墙上："你给我等着。我要交给皇帝的信息中很重要的一部分就是我即将举办的阅兵式图片。”

信使的头发很短，是酒红色的，而且还是个五官呆板、毫无吸引力的女人，她只好说道：“那好，只要时间还允许，我就先留在这儿吧。”

男爵不满地哼了一声，摆出一副夸张的庄严姿态，飘回了他的写字台。他自言自语地嘟囔着，想不出怎样恰当地表达出他想说的话，他心说皮特·德伏此刻要是在这儿就好了。但那位变态门泰特仍身在凯坦，替他刺探情报。

也许他不应该处死那个礼仪顾问。尽管他只会各种荒谬的训练，但梅菲斯提斯·克鲁肯定知道如何写出礼貌的词句来。

男爵用胖乎乎的手指又潦草地写了一句，然后坐了下来，思考着如何恰当地像皇帝解释最近的一连串“事故”，以及在厄拉科斯上损失的香料挖掘设备——他曾用这些设备来隐藏自己的贪污活动。在最近皇帝的信件中，沙达姆曾表达了对这个问题的担忧。

而这回，男爵开始庆幸宇航公会没有在这里布置足够多的气象监视卫星了。因为这可以让他借口厄拉科斯发生了一场短暂而猛烈的风暴，虽然实际上并没有。但也许这个借口有些太夸张了……毕竟有太多的线索指向了男爵本人。

现在是危险的时期。

“正如我以前向您报告过的，陛下，我们的采集工作被那些危险的弗雷曼人所干扰，”他这么写道，“这些恐怖分子摧毁了我们的装备，然后偷走了我们的香料，然后在我采取适当的军事反应之前迅速消失在了沙漠里。”男爵噘起嘴，试图选择合适的语气来表示自己的悔罪：“我承认我们可能对他们有些太仁慈了，但现在我本人已经回到了厄拉科斯，我会亲自监督我们的报复行动。我们要粉碎这些不守规矩的当地人，哈克南家族一定会迫使他们屈服在皇帝的荣耀之下。”

他觉得自己最后这几句话可能有点夸张了，但还是决定保留它们。毕竟沙达姆从来不会拒绝哪怕有些过度的恭维。

这些弗雷曼流氓最近又偷了一辆装甲香料运输车并突袭了另一个藏在废弃沙漠村庄的贮藏点。这些肮脏的游击队员是怎么知道这些地点的呢？

信使在门口烦躁不安地踱步，但男爵还是不搭理她。“我向您保证，我们不会再允许这种动乱继续发生了，陛下，”他接着写道，“我会定期向您报告我们成功将这些叛逆绳之以法的好消息。”

他挥了挥手，在信上签好了名，把信封在信息筒里，然后才把华丽的信筒使劲拍在信使的手掌上。红发女人一言不发地转身穿过大厅，朝迦太格太空港走去。男爵则在她身后喊道：“在远航机上等我把图像发给你，跟着信件一起带走，我的阅兵式马上就开始了。”

接着，他把侄子拉班叫到了战略室。尽管拉班有很多缺点，但男爵这次打算给他一个对“野兽”来说很适合的工作。肩膀宽厚的拉班听到召唤很快便大踏步走了进来，手里拿着他那根经常用的墨藤鞭子。他穿着一件装饰着金色流苏的花哨蓝色制服，翻领上还装饰着一串串的勋章，他的这身打扮仿佛表示他打算成为今天这场阅兵式的中心人物，而不满足于仅仅当一名站在高高阳台上的观察员。

“拉班，我们必须向皇帝证明我们对弗雷曼人最近的行动感到非常愤怒。”

拉班那厚厚的嘴唇无情地咧开了，好像这头野兽已经预料到了他的任务：“你是想让我逮捕一些嫌疑犯并审讯他们吗？我会让他们向你招供的。”

外面，干燥的空气中传来了刺耳的喇叭声，宣告着哈克南部队来了。

“这还不够，拉班。我要你选三个村庄，我不在乎是哪三个。如果你愿意的话，你随便在地图点三下都行。然后和突击队一起进去，把这三个定居点给我夷为平地。烧毁每一栋建筑，然后杀掉里面所有的人，我要在沙漠里看到三个烧焦的黑点。也许我应该写一份判决令，宣布一下他们所谓的罪行，这样你就可以一边屠杀一边宣布我的判决了，让其他的弗雷曼乌合之众都能听到你的声音。”

外面的广场上又响起了号角声。男爵陪着他的侄子走到观景台上。广场上挤满了郁郁不乐的人群，一个个身子脏兮兮的，甚至在三层楼以上的地方也能闻到他们的体臭。男爵心说在如此高温之下，下面的气味一定会更令人难以忍受吧。

“你好好找点乐子吧，”男爵一边说道，一边玩弄他那戴着戒指的手指，“总有一天，等你的弟弟费伊德长大了，他会陪你做这些……有益身心的运动的。”

拉班点了点头：“我们确实得教训一下那些无法无天的强盗。”

男爵心神不定地附和着：“是啊，我知道。”

士兵们穿着正式的军装，排成一列，个个肌肉强壮，这一景象总是能让男爵兴奋不已。阅兵式正式开始了。

每个人最终的目的地都是一样的：死亡就等在生命之路的尽头。但我们所走的道路会让一切变得不同。我们中的一些人有自己的行程和目标。而其他人则只是迷失了方向。

——隆博·维尔纽斯王子，《在十字路口的沉思》

哥尼·哈莱克被困在搁浅的远航机上，透过护航舰的舷窗向外望去，货舱现在就像一个大罐子。数百艘飞船摇摇欲坠地悬在泊位上，挤在一起，有些被撞翻了。在那些飞船上，肯定有很多人受伤或是死亡。

在他的身旁，依然披着遮挡斗篷、戴着帽兜的隆博还在研究远航机的结构框架，从脑海中的蓝图里重新组合细节。

两个小时前，每艘飞船内都出现了另一个外形古怪的航班审计员的全息投影。“我们现在，嗯呐，依然没有更多的信息可以提供。请耐心等待。”然后这影像就消失了。

远航机上载有数艘货船和护航舰，其中一些货船里装的是食品、药品和贸易货物，足以让数万名乘客在远航机里存活数月。哥尼不禁开始怀疑人们是否会一直被困在这里，直到饥饿让大家开始互相攻击。一些乘客现在已经开始消耗那些货物了。

尽管如此，哥尼还远没到绝望的地步。在他年轻的时候，他从哈克南的奴隶坑里幸存下来，并躲藏在一艘装载蓝黑曜石的货船中逃离了杰第主星。有了这样的经历，一艘失去航向的远航机对他来说就不算什么了……

突然，隆博拿着他的巴厘琴站了起来，把伤痕累累的脸转向他的同伴，说道："这里快把我逼疯了。"王子脖子上的肌腱突了出来，哥尼现在可以清晰地辨认出植入人体肌肉的聚合物连接处。"宇航公会里都是些行政人员、官僚和银行家。而远航机上的后勤人员做的也都是一些低级工作。他们缺乏这艘远航机或是霍尔茨曼引擎的专业知识。"

"那是什么意思？"哥尼看了看四周，"我能帮上什么忙？"

隆博双眼透出领袖般的严厉和期待目光，与哥尼记忆中的多米尼克·维尔纽斯的表情出奇地相似，他严肃地对哥尼说道："我前半辈子都像现在这艘远航机上的乘客这样，一直在等待别人来解决我的问题，期待着困难会自行消失。但我不会再这么做了。不管结果如何，我都要试一试。"

"我们必须要对自己的身份保密啊，这是为了我们的重大计划。"

"是这样没错，但我们先得到达伊克斯，然后才能干我们的重大计划。"隆博走到最近的观察窗口，凝视着被困在那里的其他飞船，"我敢打赌，关于这艘远航机的错综复杂之处，我比船上的任何人都知道得多。紧急情况需要一名强有力的领袖站出来，而宇航公会是不会给它的常规客船配备强有力的领袖的。"

哥尼把他们的巴厘琴放在一个储物柜里，但没有费心去锁门："我会支持你的。我发过誓要保护你，尽我所能地帮助你。"

隆博从一扇大窗户望出去，看到了回旋天桥和构成这艘巨型飞船框架的结构梁。他的目光变得游离起来，好像在努力回忆那些细微的细节。"跟我来。我知道领航员舱室在哪儿。"

在那场惨剧发生以后，隆博许多原本根深蒂固的记忆开始恢复了，他回忆起大量的伊克斯访问密码，以及嵌在船体内部甲板上的那些没有标记的舱门位置，这些舱门就像苦艾树上的小孔一样。尽管飞船的操作系统是在几十年前建造船体时安装的，但多米尼克·维尔纽斯一直习惯为家人留下一些秘密通道，作为例行预防措施。

公会的安全人员正在尽他们的最大努力让乘客们留在他们各自的飞船上，同时只允许有限数量的人进入走廊和内部甲板上的集合区域。但这里充满了混乱和恐慌的乘客，安全人员不可能监视所有的路。

隆博的机械腿一点也不会感到疲劳，哥尼则有些蹒跚地跟着他。披着斗篷的王子走到了一条受损但仍能使用的天桥上。即使借助了升降机平台和货物传送带，他们也得花上两个小时才能到达高度戒备的上层甲板。

当他打开舱门，走进一个灯火辉煌的房间时，隆博惊动了里面的七名公会代表，这些人正围着一张宽大的桌子开会。公会的人看到隆博一个个都坐了起来，他们平常那呆滞的眼睛现在闪着怀疑的光芒。他们中的大多数人看起来都与普通人类略有不同。一个人有着鼓鼓囊囊的耳朵和一张窄脸，另一个人的手和眼睛都很小，还有一个人四肢非常僵硬，好像没有膝盖和肘部一样。根据他们各不相同的翻领徽章，伊克斯王子辨别出了这些人里有一名航线管理员、一名肥胖的公会银行家、一名宇联商会的大使，一名公会的老门泰特以及曾担任全息代表的、长着一双鱼眼的航班审计员。

“你是怎么进来的?”胖乎乎的银行家问道，“我们正处于危机之中。你必须回到你的——”

一群挥舞着军刀的卫兵纷纷冲了进来。每个人都配有击昏器。

隆博向前走了几步，哥尼紧跟在他身边：“我有重要的事情要说……也有重要的事情要做。”隆博作出了一个至关重要的决定，他把手放在了盖住自己脑袋的帽兜上，“作为一名贵族，我请求公会的保密守则。”

卫兵们又向他们靠近了几步。

慢慢地，隆博拉下帽兜，露出了头盖骨后面的金属板，以及他脸上那些块状的烧伤疤痕和愈合不良的伤口。而当他解开长袍时，所有宇航公会的人都看到了他那笨重的机械手臂、他的假腿以及镶嵌在贴身衣物上的生命维持系统。

“带我去见领航员吧。我也许能帮上忙。”

围坐在桌子旁的七名公会代表互相对视了一眼，然后用一种公会内部的暗语交流起来，他们明显都很激动。王子迈着大步走到桌边。他的四肢现在充满动力，胸腔里的泵吸进了空气，然后过滤掉二氧化碳，代谢为氧气，为他的人造器官提供动力的电池组添加了化学能量。

那名年迈苍苍的公会门泰特紧紧盯着这个半机械人入侵者，几乎没看哥尼·哈莱克一眼。他举起一只手，掌心向外，示意卫兵离开：“我们需要隐私。”

当士兵们离开房间后，老门泰特这才开口说道：“您就是伊克斯的隆博·维尔纽斯王子吧。我们早就知道您登上了这艘飞船，也知道了您为了保密所支付的……费用。”他用冷漠的目光审视着隆博的半机械身体。

“放心吧，我们会为您继续保守秘密的。”航班审计员附和道。他把自己的短胳膊放在桌子上，“您的身份，嗯-嗯，只有我们知道。”

隆博环视着这些人。“我对这艘远航机的制造过程非常清楚。事实上，它首航时我就在现场，我亲眼看着一位领航员带着它穿过折叠空间，把它从伊克斯的岩洞中开了出来。”他停顿了一下，好让这些人消化一下他的话，“但我怀疑，我们的困境与霍尔茨曼引擎没有任何关系。你们会明白这一点的。”

就像半空打了一道闪电，公会的人纷纷坐直了身子，这才开始把隆博的身份、他的伪装和他此行的目的地联系到了在一起。

“知道吗，王子，”那名矮胖的银行家补充道，“公会并不反对让维尔纽斯家族重回伊克斯掌权。这些贝尼·特莱拉人既没有远见也没有效率。远航机的生产质量急剧下降，我们被迫退回了一些飞船，就因为工艺不足。这无疑损害了我们的运营状况。宇航公会肯定能从您的回归中受益。事实上，如果您能——”

哥尼却突然打断了他：“你说的这些事情都不存在。我们只是两位保持低调的旅行者。”说完他严厉地看了看隆博，“而且，目前这艘飞船哪儿都去不了。”

隆博也点了点头道：“带我去见领航员吧。”

领航员舱室基本上就是一个巨大的圆形鱼缸，被装甲强化玻璃密封起来，里面充满了肉桂味的美琅脂气体。已经变异了的领航员长着一双带蹼的手，双脚已经萎缩，在没有重力的情况下应该是飘浮在舱内的。但相反，大家眼前的这个生物扭曲着身子，瘫倒在香料雾中，一动也不动，它已退化的双眼现在呆滞无神。

“领航员在通过折叠空间时崩溃了，”航班审计员解释道，“我们不知道，嗯-嗯-嗯，我们在哪儿。而且我们也无法唤醒他。”

公会门泰特咳嗽了一声，说道：“传统的导航技术无法确定我们的位置。我们已经远远超出了已知空间的边缘。”

航线管理员再次对着墙上的屏幕大喊起来：“领航员，回应！舵手！”但那家伙只是在地板上抽动了一下，证明他还活着，可那张皱巴巴的多肉嘴巴却仍一言不发。

哥尼看了看那七个公会的人，问道：“我们怎么才能帮助他呢？你们有没有什么医疗设施……专门治疗这些生物的那种？”

“领航员不需要医疗护理。”航班审计员眨了眨他那双大眼睛。

“美琅脂会赋予他们生命和健康。嗯-嗯。香料会让他们超越人类。”

哥尼晃了晃他那肌肉发达的肩膀，说道：“你们的美琅脂现在不管用了。我们需要这个领航员恢复神智，这样我们才能回到帝国。”

“我要进去，”隆博忽然说道，“也许我能唤醒他。他就能告诉我哪里出了问题。”

公会的人面面相觑。“不可能的。”那名胖胖的银行家用短粗的手指着那些香料，“这种浓度的美琅脂对任何不适应的人来说都是致命的。你在里面无法呼吸。”

隆博把一只机械手放在自己的胸腔上，身体里机械膈膜风箱让他能够精确地有节奏地吸气和呼气：“我的肺是机械的。”

第一次得知此事的哥尼都不禁惊讶地笑了起来。这些浓缩的美琅脂确实可以破坏人体有机组织，但岳医生的机械肺却能在一定时间里让隆博毫发无伤。

在密封的舱室里，领航员又动了一下，看上去明显濒临死亡了。最后，这几个怪模怪样的人只得同意隆博的建议。

航班审计员立刻疏散了领航员舱室后面那条密封的脐带状走廊，因为他很清楚当舱门打开时，一些强效的美琅脂气体会泄漏出去。隆博紧握着哥尼的手，同时小心地不让自己捏得太紧，以免弄断他朋友的骨头：“谢谢你对我的信任，哥尼·哈莱克。”他停了一下，忽然想起了特希雅，然后转身大踏步走向舱室大门。

“当这一切结束时，那些歌颂我们的史诗赞歌中一定会多出好几行歌词的。”吟游诗人拍了拍伊克斯王子的肩膀，然后和公会人员一起退回到已经密封起来的走廊里，公会的人随即封锁了入口。

隆博靠近了后面的进入嵌板，领航员那臃肿的身躯无法通过这里。在继续前进之前，他加大了自己的机械呼吸装置的过滤水平，同时减少了他的呼吸需求。利用身体的能量细胞，他希望自己能在不吸入美琅脂气体的情况下坚持一段时间。

他打开了入口舱门的锁，嘶的一声打开了封条，然后猛地拉开那扇圆形的舱门，爬了进去并随手关上了门，以便尽可能多地挡住那些随时会外泄的橙色雾气。他的有机眼睛瞬时一阵刺痛，鼻孔里的嗅觉感受器也立即感受到了一股强烈的芳香酯臭味，几乎令他无法忍受。

王子试探性地向前走了一步，迈着沉重的脚步，仿佛陷入了一场由药物引起的缓慢梦境。前方，透过若隐若现的雾气，他看到了领航员裸露的肉体——他已经不再是人类了，看上去就像是某种返祖错误，一种从未打算繁殖后代的生物。

隆博弯下腰来，伸手摸了摸他柔软的皮肤。领航员这才转动着巨大的脑袋，用那双小小的眼睛看了看他。他干瘪的嘴抽搐了一下，张开了，无声地吐出了一些锈迹斑斑的气体。然后这位领航员对着隆博眨了眨眼睛，好像在评估可能性，在记忆中进行分类，寻找可以与之交流的原始词汇。

“隆博……维尔纽斯……王子。”

“你知道我的名字？”隆博感到很惊讶，但他很快便想起来，这些领航员都有预见的能力。

“德默尔，”这个生物低沉着声音接着说道，“我是……德默尔·皮尔鲁。”

“德默尔？咱们小时候就认识了啊！”但隆博怎么也无法认出这个领航员就是自己的儿时好友。

“没有时间了……威胁……外来势力……邪恶势力……正在逼近……从帝国之外。”

“威胁？什么威胁？它要来这儿吗？”

“远古的敌人……未来的敌人……我想不起来了。时间会折叠……空间会折叠……记忆会遗失。”

“你知道你身上发生什么了吗？”隆博的声音嗡嗡响，他尽量屏住呼吸，用强化的鼻音说话，“我们能帮你什么忙吗？”

“被污染的……香料气体……舱室里的。”德默尔挣扎着解释道，“预见失败……导航错误。必须离开……回到已知空间。敌人看见我们了。”

隆博还是不清楚他指的是哪个敌人，也不知道这是不是受伤的德默尔产生的幻觉：“告诉我该怎么做吧。我想帮忙。”

“我可以……指路。但首先，必须改变香料气体。清除毒素。换成新鲜香料。”

隆博往后退了几步，对德默尔提到的这个奇怪的不明威胁感到非常不安。他不知道香料气体出了什么问题，但他至少知道该如何解决这个问题。他不能再浪费时间了：“我马上让公会的人换掉舱室里的香料气体，你很快就会好的。你们的备用资源在哪里?”

“我们没有备用资源。”

隆博感到后背一阵阵发凉。如果公会在这艘落单的远航机上没有准备额外的香料，那么他们肯定无法在这个遥远的未知空间里找到美琅脂。

“不过……货舱里的某艘飞船上应该能找到备用资源。”

一个人能独自战斗多久？或者更糟糕的，完全停止战斗多久？

——克泰尔·皮尔鲁，《私人日记》（片段）

坐在雪地里的有机软垫上，克丽丝琴姐妹思考着她的困境。一盏蓝色的球形灯就飘浮在低矮的天花板下面。她身上穿了一件带帽的橙色夹克衫、腿上则是一条紧身裤，脚下踩着一双厚厚的靴子。

这只是她在山上的第一天，远离远航机的坠落地点……远离一切。作为突击队员训练的一部分，为了保持最佳的身体和精神状态，她被要求定期去野外远足，对抗严苛的自然环境。

黎明前，她开始攀登海拔足有六千米的老金山，沿着树木繁茂的山脊、高高的草地、高低不平的崖壁蜿蜒而行，最后越过一座岩石密布的冰川。她随身只带了一个小包，里面装着最低限度的补给，她所能依靠的只有自己的智慧。这是一个典型的贝尼·杰瑟里特测试。

一次意外的天气变化让她在一片白茫茫的冰碛上遇到了雪崩，这是一片开阔的区域，上方是被大雪覆盖着的陡峭悬崖。克丽丝琴挖了一个雪洞，带着她的装备爬了进去。即使在这种地方，她也能靠调整自己的新陈代谢来保持体温。

她呼吸着，嘴里冒出一股股蒸汽，蓝色的球形灯照在她身上，让薄薄的汗水在她的皮肤上闪闪发着光，她尝试放松地深呼吸。随后，她打了个响指，球形灯立即熄灭了，怪异的白色月光照亮了黑暗。洞外，暴风雪呼啸而过，无情地击打着一切。

她本来打算进入冥想状态，但是暴风雪里忽然传来一阵嗡嗡声，那是一架扑翼机扇动翅膀的声音，真是出人意料。不一会儿，女巫们的呼喊声和挖掘声从洞外传来。

雪堆散开了，把克丽丝琴小小的庇护所暴露在寒风中。几张熟悉的面孔出现在洞口。“把你的装备留在里面吧，”一个姐妹冲着克丽丝琴说道，“大圣母要马上见你。”

年轻的贝尼·杰瑟里特从雪洞里爬了出来，走进了暴风雪之中。老金山的石峰上覆盖着一层厚厚的新雪。一只巨大的扑翼机就停在斜坡上的一块平地上，她在一片柔和的白雾中艰难地朝它走去。

哈里什卡大圣母从舱门里向外探出身子，挥动着她那纤细的胳膊，冲她喊道：“快点，孩子。我们得把你送到太空港去，赶下一班的远航机。”

克丽丝琴爬了进去，和大圣母并排坐在了一起，扑翼机立即冒着纷飞的大雪起飞了。“到底怎么回事，大圣母？”

“你现在有一个重要任务。”老妇人用深色的杏眼盯着她说道，“你会被派往伊克斯。我们在那里已经失去一名特工了，现在我们从凯坦那边得到了一个令人不安的消息。你必须尽你所能去了解特莱拉和皇帝的秘密行动。他们这么多年一直在伊克斯上策划着什么阴谋。”

哈里什卡把一只干巴巴的手放在这名突击队员的膝盖上：“给我找出奥马尔项目的实质来，不管真相是什么。”

伴随着一连串的音爆，被保护性灵态所包围着的克丽丝琴姐妹让自己的新陈代谢降到了接近零的水平。她现在蜷缩在轨道上的一个倾倒箱里，进入了大气层，开始向伊克斯星球的表面降落下去。一切都发生得很快。

一名贝尼·杰瑟里特的化装专家跟着她上了远航机，目的自然是为了保护她，因为克丽丝琴必须化装成一名男性，毕竟没人见过特莱拉女人是什么样子的。此外，在米拉尔·阿莱切姆陷入不祥的沉默之前，这位贝尼·杰瑟里特的间谍曾报告说，在特莱拉人控制的这颗工业星球上，有很多伊克斯女人都失踪了。

现在，这名年轻的突击队员用她随身携带的电子设备，引导着倾倒箱偏离了其原本的航线，足有几公里。在它滑过一大片高山草甸之后，终于停了下来，她努力爬出箱子，把身后的容器密封起来，背起背包，里面装着武器、食物和温暖天气下的救生装备。

戴着红外隐形眼镜，她准备进入通风井。利用皮带上的浮空装置，克丽丝琴顺利地爬了进去，然后让自己坠落下去——虽然她完全不清楚这个通风井通向哪里。在一片黑暗之中，她慢慢地下坠，越来越深，直到进入这颗行星的地壳。

最后，神经越来越紧张的克丽丝琴终于进入了伊克斯的地下世界。而她现在只能靠自己了。

在这些拥挤的、早已被驯服了的伊克斯人中间，她可以轻松地把曾经无比骄傲的伊克斯人、次人、特莱拉领主和萨多卡士兵区分开来。真正的伊克斯人彼此很少说话，他们目光游离，都在漫无目的地拖慢脚步走着自己的路。

在两天的时间里，她探索了狭窄的连接隧道，搜集着情报。在很短的时间内，高效的克丽丝琴就已经在脑海中勾勒出了这座城市的综合空气流通系统，同时也找到了古老的安全系统，当然其中大部分已经无法使用了。她想知道米拉尔·阿莱切姆姐妹现在可能在哪里。这个贝尼·杰瑟里特的渗透者已经被杀了吗？

某天晚上，克丽丝琴看到一个黑头发的男人潜入了一个没有灯光的装货码头，偷着里面的包裹，然后把它们藏在一个堵塞的通风口里。克丽丝琴自己戴了红外眼镜，所以她觉得此人很不寻常，因为他可以在没有照明的情况下摸黑行动。看来此人对这个地区非常熟悉，这说明他在这里住了很长时间。

这个鬼鬼祟祟的家伙把包裹藏起来时，她仔细地打量他，发现了此人的微妙之处。这个伊克斯人走起路来意志坚定，自信而谨慎。当他靠近了她的藏身之处时，她利用言音的力量在黑暗中低声对他说道："不要动。告诉我你是谁。"

克泰尔·皮尔鲁顿时被这声音吓呆了，但动弹不得。虽然他极力想要闭嘴，但他的嘴唇还是不由自主地动了起来。他只得用低沉而颤抖的声音说出了自己的全名。

他试着整理各种可能性，脑子团团转。这是萨多卡士兵，还是特莱拉人的安全调查员？他说不上来。

这时，他听到了一个轻柔的声音，并感觉到有人在他耳边呼着热气："不要怕我。目前还不用。"是一个女人的声音。

她在强迫他说出真相。克泰尔一字不漏地讲述了自己多年来为了光复伊克斯而孤军奋战的经历，讲述了他与米拉尔·阿莱切姆相知相识的过程，以及她被卑鄙的特莱拉人俘虏的下场……还有隆博王子即将到来的事实。克丽丝琴感觉到克泰尔还有话要说，但他的声音却渐渐消失，陷入了长时间的沉默。

至于克泰尔，他能感觉到这个陌生的女人在他周围走动，但就是看不见她，他的身子仍然动弹不得。她还会和自己说话吗？或者只用一把利刃刺穿他的肋骨和心脏？

"我是贝尼·杰瑟里特的克丽丝琴姐妹。"她终于开口了。

克泰尔感到束缚着他的精神枷锁一下子被解除了。在一辆路过的卡车车灯照耀下，他惊奇地看到一个身材修长、一头黑色短发的男人。很明显，这个外形只是一个伪装。

"姐妹会什么时候开始关心伊克斯了？"克泰尔问道。

"你刚才滔滔不绝地谈到的那个米拉尔·阿莱切姆。她就是姐妹会的一员。”

克泰尔几乎不能相信自己的耳朵。在黑暗中，他碰了碰她的胳膊，说道：“跟我来。我会带你去一个安全的地方。”

他在阴影中穿梭，领着这个女人穿过这座曾经美丽的城市。在昏暗的灯光下，克丽丝琴那瘦长的身体几乎没有女人的曲线。如果她够小心的话，她确实可以冒充成一个男人。

“我很高兴你能来，”他对她说，“但我觉得你也会性命难保。”

无知的朋友比有学问的敌人更可怕。

——阿布·哈米德·阿尔·加扎利，《哲学家的非相关性》

阿妮鲁尔夫人独自一人在套房外的走廊里徘徊着，试图逃避医护姐妹尤飒对自己的过度关心，就在哈什米尔·芬伦伯爵快步转过走廊拐角时，她一下子撞上了他。

“唔，请原谅，夫人。”芬伦看着皇帝的妻子说道，他眼光闪烁地评估她虚弱的身体状况，“看到您能起来走动，我真高兴。好，这很好。我听说您病了，嗯-嗯，您的丈夫也一直很担心。”

阿妮鲁尔从来就不喜欢这个狡猾的小个子。但突然，她心里那聚集在一起的声音鼓励她，让她忽然再也抑制不住自己的感情了：“芬伦伯爵，如果你不总是过多干涉的话，我也许会有一个真正的丈夫。”

他吃惊地往后退了一步，说道：“您这是什么意思，嗯-嗯-啊？我大部分时间都不在凯坦啊。我怎么可能干涉他呢?”说着，他眯起那双大眼，进一步分析她。

一时冲动的阿妮鲁尔决定用言语来回击和闪避，然后观察他的反应，进一步了解他：“跟我说说奥马尔项目和特莱拉人吧。当然还有伊克斯。”

芬伦的脸上闪过一丝红光：“恐怕您的病又犯了。我去请位医生好吗?”

她怒视着他，说道："沙达姆是没有如此远见和直觉来制订这样一个计划的，所以这一定是你的主意。告诉我，你为什么要这样做?"

伯爵似乎就要对她大发雷霆了，但最终他还是竭力让自己平静下来。阿妮鲁尔下意识地做好了一个微妙的战斗姿势，她的肌肉能做到几乎觉察不到的移动。现在她一脚就能把他的内脏给踢出来。

芬伦仔细打量着阿妮鲁尔，然后笑了出来。因为一直和玛格特待在一起，所以他也学会了如何观察那些最细微的细节。"恐怕你的消息是不正确的，我的夫人，嗯-嗯-嗯?"虽然他口袋里有一把神经匕首，但芬伦现在想要一件更为可靠的武器。他向后退了一步，用他平生最为平静的语气说道："恕我直言，也许夫人您又在胡思乱想了。"说完他僵硬地鞠了一躬，匆匆离开。

阿妮鲁尔看着他跑开后，她脑子里的吵闹声越来越大。最终，在寻找了这么久之后，在药物的迷雾中，她听到了老洛比亚那熟悉的声音。"你刚才真像个平常人，"死去的真言师责备她道，"很有人性，也很愚蠢。"

芬伦消失在了迷宫般的走廊里，思考着如何控制损失。在这个不稳定的时期，如果姐妹会选择背叛沙达姆，那么她们很可能会严重破坏沙达姆的权力基础。

如果皇帝倒台了，那我也会跟着他倒台。

芬伦第一次想到自己可能有必要杀死沙达姆的妻子。当然，她的死会是一场意外。

在兰兹拉德演讲大厅里，贵族和大使已经开始公开谈论起义了。大小家族的代表都排着队站在讲台上，他们要么红着脸大喊大叫，要么恶狠狠地撂狠话。紧急会议已经持续了一个晚上和第二天白天的大部分时间，中途没有休息。

然而，沙达姆皇帝却毫不关心。他镇定地坐在大厅里为他预留的精致座位上。贵族们怒气冲冲，议论纷纷，这是一群脾气暴躁、吵吵闹闹的人。沙达姆对他们粗鲁的行为举止很失望。

他懒洋洋地躺在那把大椅子里，修剪整齐的双手交叉放在腿上。如果会议按计划进行，皇帝就不需要说一个字了。他已经准备从萨鲁撒·塞康达斯撤回更多的萨多卡军团，尽管他怀疑为了控制这场小规模的内乱是否有必要把他们叫回来。

阿妮鲁尔夫人已经从最近的病情中恢复了一些，但她的眼神看起来仍然很茫然，她坐在她的从属座位上，按照他的要求穿了一件正式的黑色长袍。站在她旁边的是帝国真言师盖乌斯·海伦·莫希阿姆，她也穿着一件配套的长袍。她们的存在清楚地暗示着强大的姐妹会仍然支持沙达姆的统治。这些女巫早就该履行她们的职责，履行她们那含糊的承诺了。

在兰兹拉德的公开申诉被听取之前，沙达姆的律师走了出来，陈述了他的立场，引用了适当的先例和技术细节。

接下来，宇联商会的全权大使走上了讲台。是公会将沙达姆的战船运送到李芝去攻打克罗娜的，他们引用了以前的法律判决，为他们的行为进行了辩护。正是因为沙达姆，公会才得以从克罗娜获得了一半的香料储备，所以他们现在站在科瑞诺家族一边。

沙达姆带着帝王般的自信坐了下来。

宇联商会的董事长随后走上前来，他是个弯腰驼背、留着银灰色的胡子的男人，嗓门还很大：“宇联商会支持皇帝在他的帝国中维护律法的权利。长期以来，禁止囤积香料的法律一直是帝国法典的一部分。虽然你们中有很多人一直在抱怨，但每个家族都清楚这条法律。”说完他环视四周，等待着异议的声音，然后继续说了下去。

“皇帝一再警告，他打算执行这项法律。然而，即使在他以这条律法为基础对札诺瓦采取行动之后，李芝家族仍愚蠢地无视他的旨意。”说着，这名董事长伸出尖尖的手，指了指李芝家族的代表。

“你们有什么不利于李芝家族的证据?”一个贵族喊道。

“我们有一个科瑞诺皇帝的话。这就足够了。”宇联商会董事长的声音飘荡在大厅里，“而且，在私下里，我们还看到了李芝人的储备香料被没收前的全息图像。”

董事长准备离开讲台，他一边往下走一边补充道：“皇帝的地位是不可撼动的，你们不能通过指责他来掩盖你们自己的罪行。如果你们中的任何一个人违反了关于香料储备的法律，那么你们就得自担风险。在法律的支持下，使用任何必要手段来维持政治和经济稳定是帝国的权利。”

沙达姆强忍着没有笑出声。阿妮鲁尔快速瞥了他一眼，然后转过头去，再次看向那群吵吵嚷嚷着的兰兹拉德代表。

最后，宫廷内侍比利·里东多试图用他的音波权杖来恢复秩序。他凝视着兰兹拉德贵族们宣布道：“诉讼正式开始了。现在，谁要反对皇帝的行为?”

沙达姆的忠实仆人们拿着卷轴和钢笔站了起来，准备记下反对者的名字。言外之意已经很清楚了。

酝酿已久的不满现在变成了一声声咕哝，没一个人敢主动站出来。皇帝清楚这一回合自己暂时算是赢了，于是高兴得当众拍了拍他妻子的手。

永远不要试图去理解你的预知能力，否则它很可能会失效。

——《领航员说明书》

隆博从不断旋转着的香料气体中跌跌撞撞地走了出来，被呛得一个劲地咳嗽。他的人造肺发出一种听起来很粗糙的声音，这是因为过度使用而导致其无法过滤大量的美琅脂气体。香料的残渣在他的脑海里翻腾着，让他很难分辨肉眼和假眼结合而成的景象。他踉踉跄跄地向前走了两步，一下子靠在了墙上。

戴着过滤面具的哥尼·哈莱克连忙挤了过去。他拽着王子回到一条走廊里，那里的空气很清洁。而那名焦急的航班审计员拿着某种喷气装置，开始冲刷隆博衣服上残留的美琅脂粉末。半机械人王子摸了一下他脖子一侧的控制装置，启动了肺过滤器的内部清洁装置。

航线管理员一把抓住了他的肩膀，焦急地问道："领航员还能工作吗？他能带我们离开这儿吗?"

隆博尽力想要回答他，但鉴于他现在的精神状态非常混乱，所以他甚至不知道自己说出来的话还是否连贯。"领航员还活着，但很虚弱。他说他的香料气体被什么东西污染了，"他机械地深吸了一口气，"我们需要换掉舱室里的美琅脂。"

听了这话，几位公会的人立刻交头接耳起来。那位矮胖的银行家似乎是这些人里最为惊慌的："领航员舱室需要很高浓度的美琅脂啊。

我们没有那么多资源。”

那位上了年纪的门泰特就站在那里，好像在发呆，但他的脑子里应该在核对着各项数据，浏览着他记忆中的飞船名册：“这艘远航机上有一千多艘飞船，但没有一艘被标记为香料运输船。”

哥尼却反驳道：“尽管如此，我觉得还是能找出很多美琅脂的，它们应该就分散在各个角落里。那么多乘客的私人物品，还有那些厨房呢？我们全都得搜一遍才行。”

银行家表示同意：“没错，很多贵族家庭每天都会食用香料以保持健康。”

“但这类物资是不会写在报告里的，所以我们不能确定真正可以拿来用的数量，”门泰特说道，“不过无论如何，和所有乘客交流此事就很可能花费数天的时间。”

“我们得找到一种更快的办法。领航员现在非常害怕。”隆博说道，“他认为某个可怕的敌人正在逼近。我们处于危险之中。”

“什么敌人？”航班审计员问道，“嗯-嗯-嗯，我不明白这地方能有什么会对我们构成威胁。”

门泰特琢磨了一下说道：“也许是另一个人工智能，或是某种……不是人类的东西？”

“更有可能是领航员产生了幻觉，”那位航线管理员有些乐观地猜测，“毕竟他的精神受到了损害。”

银行家却不同意他的说法：“我们不能把赌注压在幻觉上面。他是有预知能力的。也许我们正好挡在某个宇宙级别事件的半路上，一个超新星或者其他什么东西，这会把我们连同它一起吞噬掉的。我们现在别无选择，只能要求所有飞船交出他们的美琅脂。我们必须马上把威库人找来，而安保人员也必须马上就开始行动。”

“这还不够。”老门泰特指出。

早已对这种无休止的争吵和讨论失去了耐心的隆博用威严的口吻

下了结论：“不过，我们最终一定会成功的。”

搜集香料的任务进展十分缓慢。尽管情势如此危急，但乘客们还是不愿意放弃他们宝贵的美琅脂，因为他们不知道自己可能会在这个未知的空间里被困多久。为了解决这个问题，公会只得安排安保部队对一艘又一艘的飞船进行强制搜索。

但花的时间还是有些太多了。

哥尼·哈莱克独自走到高处的远航机甲板上，他的周围是强化玻璃围栏。他这几天从一个停泊区跋涉到另一个停泊区，寻找、倾听，试图找到其他人忽视了的细节。

他凝视机库里挤在一起的大小飞船，仔细检查了每一块船体板，每一艘船的结构，每一个序列号和标志。公会门泰特其实已经检查过所有的货物清单了，而其他官员则沮丧而无奈地接受了他的最终结论。

但是他们都没有问哥尼心中所想的那个问题：如果有未申报的非法香料怎么办？

他不是宇宙飞船方面的专家，但他研究过流线型护航舰、尖角的军用飞船、立方型的轨道倾倒箱等等。有些飞船还自豪地在船身上展示着贵族家族的标志，而其他的一些毫无特色的飞船则由于年代久远和过度使用而显得十分破旧和肮脏。哥尼特别关注了这种飞船，他扫视一艘又一艘，这完全是因为他想起了自己就曾经是走私犯，躲在远航机内部不显眼的地方的偷渡经历。

怀着越来越强烈的期待，他去了下一个观察点，想找个更好的位置。最后，他看到了一艘小飞船正巧躲在一艘比它大得多的护航舰后面，这艘护航舰上有穆泰利家的徽章。这艘肮脏的小飞船是一艘过时的中型舰，是一种用于运送救助物资和其他不重要货物的商业船只。

哥尼研究了船体上的污点，查看了引擎舱，发现有人对上层船体进行过改造。他一下子认出了这种不寻常的手艺。他以前是见过的。

而这正是他一直在寻找的东西。

在公会安全部队的陪同下，哥尼和隆博仿佛得到了整艘远航机的支持，一直带路前往那艘老旧的中型舰。当这支队伍要求进入船舱内时，船长和船员立刻表示了拒绝。然而，在进入远航机之前，每艘飞船都必须向公会人员提交舱门的过载密码。

中型舰舱门最终还是被他们打开了，安保人员一股脑冲了进去，哥尼则冲到队伍的最前面。中型舰里的乌合之众早已武装起来，摆好了攻击阵型，准备向安保队伍开火。但哥尼却高举起双臂，直接站到了交叉火力网的正中央，高声喊道："住手！都放下武器！两边都放下！"

他看向周围，看向船舱里那些衣衫褴褛的船员，他们现在看上去就像是一群倒霉的落难渔民，被困在了大海里。他向船舱深处走去，审视着一张张陌生的脸庞——最后辨认出了一个矮胖的、满脸胡楂的人，他的嘴里叼着刺激叶塞子。"潘·巴洛维，咱们两个就不用武器相向了吧。"

那名粗犷男子脸上的挑衅顿时化作了惊奇。他立刻吐出了嘴里早已湿透的塞子，目瞪口呆地看着哥尼："墨藤疤痕。哈莱克，是你吗？"

公会的安保人员在一旁焦急地等待着，不知道发生了什么事。

"我就知道，只要我在这几艘飞船里仔细找找的话，一定能找到一个老伙伴的。"哥尼边说边冲着他以前的走私伙伴走了过去。

潘·巴洛维放声大笑起来，听着就像某种动物在嚎叫，他使劲地拍着哥尼的背喊道："哥尼，我的哥尼！"

哥尼·哈莱克冲着身披斗篷的半机械人王子做了个手势，说道："你得跟我去见一个人。请允许我向你介绍……多米尼克之子。"

站在一旁的很多走私者都倒吸了一口气，因为即使那些没有和多米尼克·维尔纽斯共事过的人也都清楚他传奇般的功绩。隆博伸出他的半机械手臂，握住了潘·巴洛维的手，使用的是帝国的半握手礼，然后说道："我们需要你的帮助，如果你真是哥尼朋友的话。"

巴洛维立刻朝他的人做了个手势："都给我退下，傻瓜！难道你们看不出这都是自己人吗？"

"我得知道你真正的货物是什么，我的朋友。"哥尼严肃地说道，"这艘飞船上有我想要的东西吗？除非我不干走私以后，你们改变了以往的做法，否则你现在就是我们大家的救世主了。"

这个黝黑的男人低头看了看，好像在考虑是否要从甲板上捡回他的刺激叶塞子，重新塞回嘴里。"我们听到了喊叫声，但以为是你们玩的什么把戏。"他看了看哥尼的眼睛，然后紧张地挪动着双脚，"是的，我们是有一些未申报的货物，而且是违法的……最近皇帝明令禁止的那种，很危险的……"

"我们都指望着公会保密法，包括我自己，"隆博说道，"现在是非常情况，我们所处的位置已经远远超出了帝国法律管辖的范围。"

哥尼打量着他的同伴，目不转睛："你的飞船上有美琅脂，巴洛维，要把它们卖给黑市商人，从中大赚一笔对吧？"说着他眯起了眼睛，"但这回不行了。相反，你的这笔美琅脂值我们所有人的命。"

巴洛维接着说道："是啊，我们的飞船上有足够的香料，足够买下半个帝国了。"

隆博微笑起来，使得他那张伤痕累累的脸都皱了起来："这就足够了。"

远航机的安保人员把一箱又一箱没有标记的浓缩香料从中型舰里

拖了出来，走私者们就站在一旁眼巴巴地看着，脸上都变了样。哥尼把几个公会的人拉到一边，试图为走私者争取一些补偿。不过宇航公会是出了名的抠门，他们最终同意支付的金额肯定不够数，但走私者们没有资格争辩。

在安保人员搬运香料时，隆博来到了领航员舱室外面，试图吸引德默尔的注意。变异的人类仍瘫倒在舱室里，几乎没有呼吸。“我们必须快点！”隆博转身大喊道。

安保队员们拼了命地把受到污染的香料从容器里抽了出来。随后，其他人又将包装好的美琅脂转换成气态，再用长长的管子将这些新鲜的香料气体送入舱室。大家都希望这批未受污染的香料足以让他们的领航员恢复过来，好引导远航机回到熟悉的宇宙里去。

“他已经一个多小时没动静了。”航班审计员喊道。

隆博把众人驱离了这片区域，然后再次回到密封的舱室里面。橙色的香料气体旋转着从高处的排气口灌入了舱室。随着时间的推移，舱室里的能见度越来越低，但伊克斯王子仍缓缓地朝领航员舱室的中心走去，最后他终于来到了这个庞大的身躯面前，德默尔曾经是一个黑头发、英俊的年轻人，就和他的孪生兄弟克泰尔一样。而在很久以前，他们都追求过隆博的妹妹凯莉娅·维尔纽斯。

他再次回忆起皮尔鲁大使的这对双胞胎孩子。在伊克斯的那些光辉岁月里，每个人都过得很快乐。而现在回过头看，那一切似乎都像是一场梦，更何况他的意识里已经渗透进了一些香料，一切就变得更像是一场梦境了。

当年，德默尔骄傲地通过了公会领航员的测试，而克泰尔却失败了，只能留在伊克斯。而且直到现在也没能离开那里……

这些遥远的过去仿佛没有发生似的……

隆博选择了一种抚慰的语气，就好像他是一个医生。“我们正在给你补充香料，德默尔。”说着他跪在地上，直视领航员那无神的双眼，“我们找到了纯净的美琅脂。任何问题都会被解决的。”

隆博眼前的这个生物看上去甚至一点也不像人类了。他的身体已经扭曲并萎缩了，似乎被一个虐待狂雕刻家重新塑造了一遍似的。浮肿的身子正在虚弱地蠕动着，发出扑通扑通的声音，就好像一条掉在码头上的鱼那样无助。德默尔的脸庞也扭曲了，奇特形状的嘴巴张开，让他的表情看上去很诡异。他正大口大口地吸食浓烈的香料。

隆博的思维再次混乱起来，他的机械手臂和机械腿的动作似乎也变慢了，好像受到了浓稠香料气体的抑制。好在半机械王子的人工肺还算运转自如。他需要尽快从舱室里出来，于是抓紧时间问道：“换香料起作用了吗？现在的新香料能让你通过折叠空间带我们回家吗？”

“我们非走不可，”德默尔说道，嘴里吐出一缕雾气，“我们处于极度危险之中……敌人……已经看见了我们。他们打算毁灭我们。”

“敌人到底是谁？”

“他们仇恨……并打算消灭我们……只因为……我们的身份。”德默尔设法让他那扭曲的身体挺直了一些，“逃……逃得越远越好……”然后他转过身来，他的小眼睛被蜡状的黑眼圈包围着，“我现在知道路了……我会带我们……回家。”

领航员似乎耗尽了所有精力，做了最后一个手势。然后德默尔蠕动着身子，靠近了灌入密集香料气体的喷口。他深深地吸了一口气态美琅脂，说道：“必须要快！”

隆博没有选择离开舱室，而是帮他抓住了控制装置。摇摇欲坠的领航员启动了霍尔茨曼引擎，随着一阵突如其来的颠簸，远航机动了起来，然后翻转着，逐渐在太空中恢复了平衡。

“敌人……近了。”

这艘巨大的飞船开始移动——或者说似乎在移动。

隆博觉得自己胃里一阵翻腾，他扶着舱室的墙壁，感觉到了强大的霍尔茨曼磁场将整个宇宙空间折叠了起来，然后精确地将其包裹在远航机周围。

领航员完成了他神圣的使命。

交叉点的山峰在眨眼之间映入大家的眼帘。看来德默尔本能地把他们带回了宇航公会总部，这里算是他离开伊克斯后唯一的家了。

“安全了。”德默尔有气无力地宣布道。

隆博深受感动，再次回到领航员的身边，暂时忘记了自己其实需要尽快离开舱室。德默尔用尽了他最后的一点力气救了飞船上的每个人。“克泰尔啊——”领航员忽然发出了一声长叹，他的整个身体仿佛泄气一般地嘶嘶作响，然后便瘫倒在了舱室的地板上，一动不动。半机械人王子蹲在他身边，被强效的美琅脂气体包围着，发现德默尔已经死了。

隆博没时间和自己的儿时好友说再见了，他知道自己必须在香料气体把他压垮之前离开这个舱室。他已经开始感到眩晕了，身体的有机部分仿佛被纯粹的香料点燃，隆博踉踉跄跄地冲向舱门。德默尔的尸体消失在背后那片橙色的香料雾气中，消失在了他的视线之中。

正义？在这般充满不平等的宇宙中，要到哪里去找寻正义？

——海伦娜·厄崔迪夫人，《对必然和悔恨的个人见解》

像四道阴影一样，四个孤绝姐妹[①]从海上靠近了卡拉丹城堡。她们乘坐的是一艘还在不断漏水的拖网渔船，而不是正规的载客驳船。现在是傍晚时分，密布的乌云笼罩着逐渐暗淡的白昼。

四位姐妹站在甲板上，凝视着峭壁和上面的城堡。她们披着斗篷，穿着用最黑的布织成的宽松短上衣。柔软的手套、紧身裤和靴子覆盖了她们身体的每一寸肌肤。乌木纤维编织的细网从头罩边缘垂下来，遮住了她们的脸庞。

在乘坐拖网渔船横渡大洋的漫长旅途中，这几位姐妹一直缄默不语。船长从她们那里得到了一笔高昂的费用，算是对这些隐居女人在他迷信的船员中引起的窃窃私语和恐惧的部分补偿。船长掉头向南，绕过海岸线，向一个乡村码头驶去。乘客们从那里往城堡走会更舒服一些。

其中一名黑衣女子透过她脸上的薄纱网，凝望着耸立在一块巨石上的保卢斯·厄崔迪公爵的新雕像，他高举的手掌上捧着火盆，里面点着明亮的火焰。红色的光芒照在她身上，让她自己仿佛也变成了一

---

①孤绝姐妹会是一个宗教团体，一直隐居在卡拉丹东部大陆的丘陵地带。

尊雕像，映衬着傍晚红彤彤的天空。

四姐妹没对船长说声谢谢就下了船，走上码头，穿过古镇。村民们修补渔网，烹煮贝类，在烟熏室里点燃绿柴，好奇地注视这些游客。孤绝姐妹会一直充满异国情调和神秘感，很少有人看到她们离开位于卡拉丹东部大陆的修道院堡垒。

走在最前面的孤绝姐妹的袍子边缘绣着一张银色刺绣蜘蛛网，看上去像是某种符号，精美的刺绣随着丝袍的起落在空中飘荡。她迈着坚定的步伐，沿着通向卡拉丹城堡的陡峭山路攀登着。

当这四个人到达城门时，暮色已经笼罩了天空，那是一片柔和的紫色。不安的卫兵挡住了她们前进的道路。带着银色刺绣的女人一言不发地走上前来，向那些男性卫兵走了过去，然后异常平静地、神秘地站在那里，等待着。

一个年轻的士兵立即冲进城堡，去禀告杜菲·哈瓦特。门泰特从庭院里出来时，他正了正自己的制服，好让自己看起来能多一分威严。哈瓦特睁大了眼睛，仔细打量这些女人，但就是无法从她们模糊的身形中获取任何信息。“已经很晚了，公爵已经安歇了，不过明天早晨他有两个小时的时间接待民众。”

领头的女人把手伸向她的精致的面纱里。哈瓦特分析她的动作，发现她身上所穿的黑色长袍上的那些银色刺绣不仅仅是装饰，而是一种将人包裹其中的传感网……而且是李芝的技术。他向后退了一步，摸了摸别在臀部上的匕首，但没有抽出来。

她平静地扯开帽兜上缝住面纱的线，然后撕下了面纱并拿下了改变她容貌的面具，说道：“杜菲·哈瓦特，你要阻拦我进入我自己的家吗？”她的真正身份现在终于显露了出来，女人在昏暗的灯光下眨了眨眼睛，毫不犹豫地盯着他，“你要阻拦我见我自己的儿子吗？”

就连一向镇定的门泰特也被吓了一跳。他立刻向她微微鞠了一躬，然后示意她跟着自己到院子里去，但没有用任何形式欢迎她：

“当然不会，海伦娜夫人。您当然可以进入。”说完他示意卫兵让后面三个戴着帽兜的姐妹进来。

她们进入院子后，哈瓦特让她们等在原地并命令卫兵：“在我进去禀告公爵时，你们对这些女人进行一次彻底的武器扫描。”

雷托·厄崔迪坐在觐见大厅里的一张深色木椅上。他穿着一件礼服，还戴上了金链和象征着兰兹拉德公爵的徽章。他只在严肃的正式场合才会穿上这种服饰。就好像现在这个场合。

到目前为止，雷托还没有收到隆博和哥尼的信号，但他也不打算推迟整个军事计划。他花了一整天的时间做准备工作，尽管邓肯·艾达荷信心满满，甚至看似有些轻敌，但雷托很清楚伊克斯的战斗将是一场不可预测、十分危险的硬仗。

所以在这个关头，他没有时间应付在外流亡已久的母亲，也没有耐心和感情。

虽然有许多的球形灯环绕着他，但就是无法驱散他心中的阴影。雷托感到一股寒意袭来，而这寒意与傍晚阴冷的雾气毫无关系。

雷托已经有二十一年没见过海伦娜了，自从她牵扯进了自己的丈夫，也就是老公爵之死后，他就再也没见过她。

所以当海伦娜进来时，雷托并没有从座位上站起来。“把门关上，”他命令道，声音很冷漠，“我们最好还是私下谈吧。让你带来的女人在走廊里等着。”

海伦娜夫人原本红褐色的头发现在已经染上了灰白，她的脸紧绷着，说道：“她们是我的仆人，雷托。她们一路从遥远的东方大陆而来。你应当善待她们。”

“我现在没心情招待客人，母亲。邓肯和杜菲，你们两个留在我这儿。”

邓肯·艾达荷骄傲地佩戴着保卢斯的宝剑，站在公爵座位下面的台阶上等着。他的脸上露出困惑的表情，先是看看雷托，又看了看他的母亲，最后又看向哈瓦特那张冷峻的脸，杜菲明显也在压抑心头的怒火。

门泰特战士护送那些戴着帽兜的女侍出了房间，然后用力关上了沉重的大门，一声巨响在大厅里回荡起来。他本人则留在了屋里，就守在门口。

“看来，吾儿，你还没有原谅我。”海伦娜有些不悦地皱起眉头。杜菲怒火中烧地向前迈了几步，像是一件人形的武器。邓肯明显也紧张了起来。

“母亲，如果你坚持自己从来没有犯过罪，那你又有什么事情需要我的原谅呢?”雷托在座位上动了动身子。

海伦娜的黑眼睛凝视着她儿子，但她没有回应。

邓肯感到担心和困惑。他几乎不记得可爱的老公爵的妻子了。当他还是个从哈克南家逃出来的孩子时，她就给他留下了一个严厉而霸道的印象。

雷托压抑着愤怒，脸色苍白地继续说道：“我本来希望你能好好待在修道院，继续假装悲伤，同时能反省一下自己的罪过。我想我已经说得很清楚了，卡拉丹城堡不再欢迎你。”

“但很明显，在你还没有继承人的时候，我是你在卡拉丹唯一的亲人。”

雷托的身子向前倾，灰色的眼睛里闪烁着怒火：“厄崔迪家族永不会断绝血脉，关于这一点你不用害怕，母亲。我的侍妾杰西卡现在人就在凯坦，马上就要生下我的孩子。因此，你可以回你的修道院了。杜菲会很高兴给你安排归程的。”

“你还不知道我为什么来，”她说，“你先听我把话说完。”从孩提时代起，雷托就记得这种利用父母权威强加于人的口吻，它唤起了雷托对这个女人的回忆。

邓肯又一次迷惑不解地看向大家。他心里现在全是问号，因为从来没有人告诉过他海伦娜夫人为何离开城堡。

雷托像一尊雕像那样冰冷："更多的借口，更多的否认？"

"是一个请求。不是为了我自己，而是为了你高贵的血统，也就是李芝家族。在皇帝野蛮袭击了克罗娜之后，数百名李芝人被杀，数千人失明。而伊尔班伯爵是我父亲。以人性的名义，我要求你向他提供帮助。凭借我们的"——她的脸涨红了——"你的家族财富，你完全可以提供援助和医疗用品。"

雷托怎么也没想到她会提出这样的要求，感到很是吃惊："我清楚这是一场悲剧。但你是要让我违抗皇帝的命令吗？皇帝已经裁定李芝家族触犯国法了。"

海伦娜握紧了戴着黑手套的手，高昂着头说："我建议你帮助那些需要帮助的人。这难道不是正义之举、荣耀之举吗？这难道不是保卢斯曾经教给过你的吗？

"你竟敢教训我！"

"还是说厄崔迪家族现在只会做出攻击行为了，比如你对比卡尔的野蛮袭击？只为了杀死那些冒犯你的人？"她冷笑道，"你甚至让我想起了格鲁曼子爵。这就是厄崔迪家族现在的家风？"

她这几句话明显刺痛了雷托，他向后倒去，僵硬地靠在木椅上，试图掩饰自己的不安："作为公爵，我行必要之事。"

"那就援助李芝啊。"

进一步的争论是毫无意义的。"我会考虑的。"

"你必须向我保证。"海伦娜不依不饶道。

"回到孤绝姐妹会那里去吧，母亲。"雷托从椅子上站了起来，杜菲·哈瓦特立刻走上前。紧握着老公爵宝剑的邓肯也本能地从另一个方向向她逼近。海伦娜认出了邓肯手中的剑，于是抬头端详了一下邓肯的脸，却忘记了面前的人到底是谁。毕竟，与海伦娜被放逐前的那个九岁孩子相比，邓肯已经改变了很多。

雷托看到情势有些紧张，于是挥手让他们退回去：“我很惊讶你居然想要教我什么是同情，母亲。尽管我非常讨厌你，但我也觉得必须马上给予人道援助。厄崔迪家族会给李芝人送去援助的——但前提是你必须立即离开这里。”他的表情变得更加严峻。“并且不许跟任何人提起这些。”

“那好。什么也不用再说了，吾儿。”

海伦娜转身向出口大步走去，速度之快让哈瓦特都差点没来得及打开那扇沉重的大门。她和那三个影子般的伙伴轻快地穿过大厅，进入越来越深的黑夜之后，雷托才向她低声告别，声音比耳语高不了多少……

邓肯走上前来，发现公爵呆坐在那里，精神有些恍惚。剑术大师被吓得有些脸色发白，瞪大了眼睛问道：“雷托啊，这是怎么回事？你们之间到底发生了什么，为什么从来没人告诉过我？海伦娜夫人是你的母亲。你这样对她人们是会传闲话的。”

“人们总是会传闲话的。”杜菲说道。

邓肯爬上台阶，走向公爵的椅子。雷托的手紧紧攥住木雕扶手，用力之大让关节都发白了。最后他的公爵戒指甚至在木头扶手上留下了一个凹痕。

最后，他看向他的剑术大师，双眼像起了一层薄雾那样模糊：“厄崔迪家族有很多悲剧和秘密，邓肯。你清楚的，比如我们是怎样隐瞒了凯莉娅在天空帆船爆炸事件中的罪责的。还有我们是如何放逐斯旺恩·戈瓦尔的，你不就是顶替的他的职位么？而我的人民永远不会知道这些事情的真相……或者关于我母亲的真相。”

邓肯有些不确定雷托想要表达什么，于是干脆直接问道：“那关于她的真相到底是什么呢，雷托？”

门泰特走上前来，面露警告之色：“公爵，这是不明智的——”

雷托却举起了手，说道：“杜菲，我们应该把实情告诉邓肯。因为在他还是个孩子的时候，他曾被诬陷过，有人说是他把那头萨鲁撒公牛弄进来的，所以我们不能瞒着他。”

哈瓦特低下了头：“如果您觉得有必要的话。不过我还是劝您最好不要告诉邓肯。秘密知道的人越多，越容易泄露。”

然后，雷托便缓慢而痛苦地对邓肯讲述了海伦娜夫人与保卢斯之死的关系，比如她是如何给那头萨鲁撒公牛下药，让它最终得以成功谋杀了受人尊敬的老公爵。

邓肯听完之后短时惊得瞠目结舌，一句话也说不出来。

“我当时很想立即下令处决她，但不管怎么说，她毕竟是我的母亲。她犯了谋杀罪，但我不会背上弑母的名声。因此，她必须与孤绝姐妹会待在一起，直到她的生命终结。”雷托把紧握的拳头抵在下巴上，“斯旺恩·戈瓦尔在我判决他的那天曾对我说，总有一天我会被人们称作公正的雷托。”

邓肯跌坐在台阶上，就好像是重重地摔在上面一样，两膝夹着那把神圣的剑。那位脾气暴躁但慷慨大方的保卢斯公爵当年接受了这个年轻小伙子，让他在马厩里干活。而当时的邓肯，一个只有九岁的孩子，却被马夫长伊雷斯克错误地指控参与了斗牛场惨案，而伊雷斯克本人其实才是真正地牵扯其中。

现在，秘密的面纱终于被揭开，真相大白了，那感觉就像一道水闸突然打开了似的。这使得剑术大师邓肯·艾达荷多年以来第一次痛哭失声。

许多生物都有人类的外表，但请不要被外表所迷惑。并不是所有的生命形式都能被认为是人类。

——贝尼·杰瑟里特，《阿扎之书》

因为他的男爵叔叔很少给予他便宜行事的权力，所以现在野兽拉班既然得到了这种机会，就决定尽可能地制造一些混乱出来。

他仔细研究了屏蔽场城墙周围那粗糙又不完整的定居点地图。那里住着一些肮脏的底层人，他们靠捡垃圾和半夜偷哈克南家族的东西活着。为了惩罚弗雷曼人突袭香料库存的行为，男爵命令他的侄子摧毁三个这样的村庄。于是拉班选择了目标，而且并不是完全随机的，一部分原因还在于他不喜欢这几个村庄的名字：舔沙、薄利和虫嗣。

这对他并没有多大区别。毕竟所有人类的尖叫声几乎都是一样的。

对于第一个村庄，他只是从天上往下面投燃烧弹。伴随着轰鸣声，他的士兵驾驶着轰炸机俯冲下来，向住宅、学校和中心广场投掷燃烧弹。许多人当场被炸死了，而其余的人则像在热锅上的蚂蚁一样四处乱窜。一名男子甚至大胆地掏出一支老式毛拉手枪还击。拉班的侧枪手正好利用这些村民进行了一场射击训练。

破坏迅速而彻底，但拉班发现其最终效果并不怎么令他满意。他决定花更多的时间在剩下的两座城镇上。

这次袭击行动正式开始之前，拉班独自一人在他位于迦太格的宅邸里工作了很长时间，撰写了一份简短的公告，解释为什么这些人都必须要被处决，为什么他们的村庄必须要被摧毁，结论自然是为了报复弗雷曼人的罪行。然而，当拉班骄傲地向他的叔叔展示他的作品时，男爵却皱起了眉头，一把撕毁了公告，然后自己写了一份宣言，上面却使用了很多拉班公告里用过的单词和短语。

每次袭击过后，这些传单（印在防火纸上）都会被扔到被摧毁村庄那些烧焦的废墟上。男爵认为，那些弗雷曼人一定会像秃鹫一样跑到这些废墟上，毫无疑问是想从那些烧焦的骨头上撸下一些便宜的珠宝来。如此一来，他们就会明白为什么男爵会降下如此残忍的惩罚了。他们一定会倍感自责……

对于第二个叫做薄利的村庄，拉班亲自率领地面部队杀了进去。他们的屏蔽场都打开了，手里端着武器。有几名士兵还预备了火焰加农炮，以防他们需要加快屠杀的速度，但哈克南的军队最终只用了长剑和匕首，他们凶残地向那些不幸的村民乱砍一通。野兽拉班则咧着大嘴，笑着加入了这场屠杀。

在杰第主星，在那座巨大的监狱城市巴洛尼，拉班经常训练小孩子充当他捕猎运动的猎物。尤其是在那个与世隔绝的森林保护区，他选择的都是一些最机智、最有决心的男孩作为他的特别猎物。

但他并不觉得杀害儿童比杀害成年人更能给他带来快感，因为成年人往往更有创造力，为了能活下去什么都能做。而孩子们却没有足够的想象力去理解他们即将遭受的厄运，也很少表现出真正的恐惧来。更何况，许多孩子对神明有天真的信仰，天真地相信会有一位保护者拯救他们。他们不但相信，而且会祈祷到生命的最后一刻。

然而，在眼前这个村庄里，拉班却发现了一种对付小孩子们的新玩法，这带给了他更多的乐趣，堪称是一种情感上的满足，甚至在他心中点燃了一团温暖的火焰。这种玩法就是在折磨并杀害小孩子时，去观赏他们父母那无比痛苦的脸……

在第三个村庄虫嗣，拉班又发现他可以通过在攻击前发布男爵那可怕的宣言来增加受害者的恐惧感。如此一来，这些可悲的村民在攻击开始前就能清楚地知道等待他们的将是什么了。

一般在这种时候，野兽拉班都会因为自己是哈克南家族的一员而倍感自豪。

我们不需要显赫的家族地位，因为是我们奠定了帝国的根基。其他所有权力机构都必须向我们低头，才能实现它们的目标。

——《宇航公会咨询委员会章程》

一个宇航公会的工作人员躺在一张临时搭建的床上，不断干呕，身体也在痛苦地扭动着，整张脸都扭曲了。他中了香料的毒。

四名交叉点的专科医生站在这名病人身旁交口接耳，但就是没人知道该怎么治疗他。他又闹又吐，浑身大汗淋漓。

他们把这名重病的远航机协调员安置在一个无菌室里，这个无菌室与其说是医院，不如说是个实验室。这些远航机上的高级工人一直服用大量的美琅脂，他们很少需要医生，因此适合他们的医疗设施本就很少。即使宇航公会现在花费重金请一名苏克医生过来，他也很可能无法治好像他这种新陈代谢异常的病人。

“发现问题所在了，但没有可靠数据，”四位专家中的一位说道，“有人知道他身上到底发生了什么吗？”

“他的身体对美琅脂产生了反应。”另一人说道，他的头上长着几撮蓝色头发，浓密的眉毛几乎遮住了他的眼睛。

“为什么公会的工作人员长期服用的美琅脂突然与他的新陈代谢不相容了呢？这也太荒谬了。”第三个人说道。尽管这几个人从外貌上看起来各不相同，但这种专家的论调听起来却一模一样，就像是一个由四个部分组成的实体自己在与自己对话。

受害者躺在床上，仍在剧烈地抽搐。专家们停顿了一下，然后继续面面相觑起来。

信号灯光忽然闪了一下，表明有文件传输进来，医疗研究室墙上的屏幕上亮起了一份新的分析摘要。一位专家浏览了一下这些新传来的信息。“证实了。美琅脂本身被玷污了。”他滚动着屏幕说道，“他服下的香料在生化领域上是错误的，他体内的化学反应在排斥它们。”

“美琅脂怎么会被污染呢？难道是有人在故意下毒吗？”

专家们又开始交头接耳，研究更多的信息。他们周围的灯光明亮而刺眼，照在无菌室的白墙上，让他们看起来像是四个苍白的鬼魂。他们远远地站着，目视着那名协调员在床上不断挣扎。他似乎不知道房间里还有四个人和他在一起。

“他能活下来吗？”一个专家开口问道。

“现在谁敢打包票？”

那个蓝头发专家说道：“这可能是第二起案例了。我们都知道，最近失踪的那艘远航机的领航员也受到了污染香料气体的影响。”

“对乘客的问询工作仍在进行中。所以那起事故目前为止在帝国中还是个秘密。”

“这是第三起事故了，”另一名专家纠正道，“这也能解释发生在瓦拉赫九号星上的坠毁事件。现在帝国内的美琅脂一定出了某种大问题。”

“但我们还没有发现这些问题的共同根源。这个人所服用的香料可以追溯到比卡尔的一个商人。由于皇帝下了最后通牒，比卡尔的首席行政官可能已经在处理他的非法库存了。然而，那两个领航员的香料来源情况却不同，它们都来自公会的正规仓库。”

“这真是个难解的谜啊。”

“香料必须源源不断。”

“所有对于美琅脂的收割和加工行动现在都处于皇帝的控制之下。我们需要得到科瑞诺家族的帮助。”

四个专家不约而同地向宽阔的过滤窗户外看去，表情十分严肃，他们凝视窗外荒凉的领航员旷野。在那里，一台机械起重机正在竖起一块纪念牌，纪念在最近的远航机事故中遇难的两名公会领航员。另一名驾驶密封舱室的领航员从旷野上空飞过，准备出发，进行一次长距离的远航机飞行。处于冥想状态的领航员在无边无界的无名纪念碑上空盘旋，与宇航公会的古老心脏——无限神谕——交流。

在无菌室里的那张病床上，中毒的病人大声尖叫起来，鲜血从他的嘴里喷涌而出。剧烈抽搐仿佛拉长了他的身体，让他看上去就像是一个在中世纪刑架上受折磨的囚犯。四名专家呆呆地站在床边，什么也做不了，只能听着那肌肉断裂、椎骨断裂的声音，然后眼睁睁看着他死去。

“我们必须通知沙达姆四世，”最后，专家们得出了一致的结论，“我们现在别无选择。”

你问问题的方式会出卖你的底线——比如哪些答案你会接受，哪些答案你会拒绝或是误解。

——卡尔本·费瑟，《帝国政治的愚蠢》

在通过札诺瓦和克罗娜给全宇宙上了一课之后，沙达姆四世觉得事情终于走上了正轨。现在，如果他能找到一种切断厄拉科斯的常规香料供应的方法，他就彻底把整个帝国攥在了自己的手心里……

研究大师阿吉迪卡又给他发来了另一份热情洋溢的报告，说他的奥马尔已经通过了所有严格的测试规程。与此同时，萨多卡的指挥官坎多·加隆也发来一条信息，这位至尊霸撒勤勉的儿子在信息里证实了阿吉迪卡的说法。至此，皇帝觉得自己别无所求了。

沙达姆希望这种人工合成美琅脂能立刻投入全面生产。一分钟也不要等。他觉得没有再等下去的理由。

他下身穿着灰黑相间的萨多卡马裤，上身则是带有肩章的军服，靠在他那张豪华的办公桌前，盯着兰兹拉德联合会的会议现场全息影像，这是一场冗长乏味的听证会，正在探讨他对李芝发动的原子武器攻击的合法性。不过，很明显，反对派没有获得足够的支持来谴责他或是投不信任票。为什么这些人就不懂得放弃呢？

只是芬伦伯爵从伊克斯和交叉点回来以后好像就一直很不安，他应该是对兰兹拉德那帮人太过担心了。沙达姆却胸有成竹。一切似乎都进行得很顺利。

在他发来的信息中，研究大师阿吉迪卡有些奇怪地询问起帝国香料大臣的健康状况来。也许连他都看出哈什米尔背负的压力太大了。也许他应该回到厄拉科斯去……

沙达姆抬起头来，看到宫廷内侍里东多面带一种不寻常的紧张神情走进了他的私人书房。除了些最微妙的宫廷政治难题外，里东多是个很少会感到慌乱的人。“陛下，一名宇航公会的使者坚持要见您。”

沙达姆虽然因为自己被打扰而大为光火，但他的理智告诉他不能得罪宇航公会的人。只要是涉及公会的事情，即使是皇帝也得小心行事。“他为什么不提前预约呢？公会就不能先送一封信来吗？”他哼了一声，掩饰自己对这种情况的不安。

“我……不知道，陛下。不过，这名使者就在我身后。”

一个长着络腮胡子、似乎得了白化病的高个子大摇大摆地走了进来。他没有做自我介绍，也没有透露他的官阶。这个公会的使者选了一把舒适的浮空椅，一屁股坐了下来——而当他坐在椅子上时，由于他躯干的长度，他显得更高了——他甚至在低头直视皇帝。

沙达姆从盒子里掏出一根伊拉迦木牙签，漫不经心地在牙缝里剔来剔去。这种木材带有一种天然的甜味。“那么先生，你的头衔是什么？你是宇航公会的某位领袖，又或者只是个清理整流罩的人？你是总理、董事长、酋长吗？你到底怎样称呼自己？你的官衔是什么？”

“这有什么要紧的吗？”

“我是百万世界的皇帝，”沙达姆一边说，一边粗鲁地剔牙齿，“我想知道我是不是在浪费时间和某个走卒谈话。”

“陛下，您并没在浪费时间。”公会使者的额头很窄，下巴却很宽，看上去好像是被什么东西砸成了这个奇怪的形状，而且脸上血色全无，“有件事现在大家普遍还都不知道，陛下，那就是公会最近遭遇了两场灾难级别的远航机事故。其中一架飞船在瓦拉赫九号星坠毁了，乘客和机组人员全部遇难。”

沙达姆吃惊地坐了起来，马上问道：“那么……贝尼·杰瑟里特学校受损了吗？”

“没有，陛下。飞机是坠毁在一个非常偏远的地区。”

沙达姆丝毫没有掩饰他的失望：“你说有两起事故？”

“另一艘远航机在不知名的空间里迷失了方向，但领航员仍旧设法把它带了回来。我们的初步分析表明，这两起事故都是由于领航员舱室里的香料被污染造成的。然后，第三个数据点——我们的一名员工服用了大量来自比卡尔的美琅脂，结果中毒死了。我们现在已经封存了从比卡尔购入的剩余美琅脂，它们应该同样都受到了污染。这些香料的化学结构和正常的有些不一样，足以引起这些灾难。”

沙达姆把牙签扔到一边。一个闭塞的丛林星球怎么可能会把香料给污染了呢？除非他们故意污染了它？然后，他提出了一个问题：“我记得比卡尔是不卖香料的。你们又发现了非法库存？一共有多少？”

“陛下，此事目前仍在调查之中。”公会的人那毫无血色的嘴唇里吐了吐几乎完全苍白的舌头。“我们在寻找各家族财政异常现象时，发现比卡尔的首席行政官最近花的钱远远超过了他可能拥有的数额。所以我们断定他一定有非法的香料储备。”

沙达姆先是感到愤怒，然后是期待，他开始考虑再进行一次惩罚性质的攻击行动了。这些大家族什么时候才会学乖呢？“先生，继续你们的调查吧，然后我会用我自己的方式来处理比卡尔的事。”

事实上，他一直期待有这样一个机会。

然而，这一次，他打算给出一个与以往不同的反应。他考虑过先和哈什米尔·芬伦讨论一下这个想法，但最终决定让它成为一个惊喜。每一个人都会感到震惊的。

在和自己的女儿们以及杰西卡吃完一顿愉快的晚餐后，阿妮鲁尔差点没能回到自己的床上。她的脑子里一直在琢磨，伊勒琅如何成长为一个美丽的年轻女人，聪明而有教养，是一个完美的公主……然后她周围的世界忽然摇晃起来。

阿妮鲁尔脑子里的那些声音又回来了，就连洛比亚那心怀同情的存在也没能阻止她们。阿妮鲁尔一下子跪倒在地，大声干呕着，最后爬进了她的卧房。杰西卡跑了过来，跟着她进入房间，然后惊慌失措地把医护姐妹尤飒叫来。玛格特·芬伦和莫希阿姆也冲进来帮忙。

在检查完阿妮鲁尔夫人的状况后，尤飒迅速给她注射了一针强力镇静剂。魁萨茨圣母现在半睡半醒地躺在那里，大口喘着气，浑身大汗淋漓，好像她刚进行完一次长跑似的。尤飒看着阿妮鲁尔，不住地摇头。杰西卡则站在她旁边，手足无措，直到莫希阿姆把她赶出了房间。

“我知道，她又在做那个沙虫的噩梦了，”玛格特·芬伦站在床脚说道，“弄不好她觉得自己现在就在沙漠里。”

莫希阿姆目光严肃地注视着面前令人不安的阿妮鲁尔，她似乎确实在与某个噩梦作斗争，仿佛在努力避免自己睡着。阿妮鲁尔的眼睛一会儿睁大，一会儿又闭上。

医护姐妹说道：“我无法迅速减少其他记忆对她的影响。前世之门在阿妮鲁尔的脑海中打开了。她很可能会被迫自杀或采取其他形式的暴力行为。她甚至可能对我们每个人都构成威胁。从现在起我们必须密切监视她。”

宇宙的基本规则，就是不存在一个中立的、纯粹客观的、绝对的真理，不存在一个能够脱离实际应用经验的真理。在伊克斯成为发明和创造技术的伟大国度之前，科学家们经常用客观和纯粹的外表去掩饰他们的个人偏见。

——多米尼克·维尔纽斯，《伊克斯的秘密工程》

比卡尔的首席行政官犯了一个错误。一个非常严重的错误。

六个月前，贝尼·特莱拉的研究人员为了从一个古老的战争纪念碑提取厄崔迪和维尔纽斯家族的基因样本，用大量的香料对他行贿，而这些香料不会出现在任何官方记录中。这在当时看来是个好主意，尤其是对比卡尔羸弱的经济来说堪称是一场及时雨。

而在雷托公爵对比卡尔进行复仇之后，首席行政官又开始用这批香料来偿还比卡尔欠下的债务。期间倒了几手之后，其中一批香料到了宇航公会的手里……结果不知怎的，竟然毒死了一位远航机协调员，最终引发了针对此事的调查，并报告给了皇帝本人。

皇帝派出了他的萨多卡舰队，而讽刺的是，沙达姆根本不知道比卡尔其实已经不再拥有他们被指控囤积的非法香料了。更讽刺的是，首席行政官也根本不知道特莱拉人付给他的并不是真货，而是一批未经检验的人造香料……

一艘远航机载着帝国舰队降落在了位于参辛的中转站，参辛是莱亚比克附近的一颗小行星，也是莱亚比克星系——比卡尔和那颗蓝色太阳所在的星系——的商业中心。

在至尊霸撒苏姆·加隆的指挥下，这些重型战舰留在了中转站：巡洋舰、雷达舰、突击舰以及运兵舰，所有飞船都做好了向比卡尔进发并展示致命武力的准备。但沙达姆的命令是先要向比卡尔人说清楚他们的意图……然后再慢慢来。

当丛林星球比卡尔的防御卫星网络探测到这些军舰时，行星上顿时警报大作。比卡尔人全都慌了手脚，许多人直接躲进了地下避难所，还有一些人则干脆逃进了森林深处。

首席行政官仍在做着徒劳的努力，他命令军舰起飞，在轨道上形成一个防御网。这些飞船带着能找到的所有士兵，匆忙起飞了。额外的部队匆忙赶往地面上的驻军地，准备进行第二波防御。他们取出已经很久没用过的武器，穿上军装。

“雷托·厄崔迪公爵当初袭击我们时，我们就被打了一个措手不及，”首席行政官随即发表了一份声明，“而我们很清楚沙达姆皇帝是如何摧毁札诺瓦、摧毁李芝的卫星克罗娜的。”他能感觉到人民的恐惧，“但我们不会懦弱地坐以待毙，任由自己被屠杀！也许我们的世界无法抵挡萨多卡军团的全面进攻，但我们一定会让他们付出沉重的代价。”

但帝国的舰队仍只是停留在参辛，他们这种谨慎在比卡尔人看来反而显得不吉利。至尊霸撒对比卡尔进行了一次简短的通牒式广播：“谨遵沙达姆四世皇帝的旨意，我们包围了你们的星球，罪名是非法储存美琅脂。封锁将会一直持续，直到此地的主人承认他的罪行，或证明他的清白为止。”在这之后，至尊霸撒没有再发出任何警告，也没有发出最后通牒。

故作迟缓的萨多卡舰队给了比卡尔一天多的时间，为的就是让他们越来越害怕。在此期间，首席行政官发表了五次演说，有的是在表示愤怒，有的是在乞求沙达姆的宽恕。

在厚厚的防爆门里面，比卡尔的领导人正在和他的部长委员会开会讨论这次危机。这位首席行政官身材敦实，留着一抹浓密的金红色络腮胡子，他坐在圆桌中央的高台上，部长们则围坐在他周围。他穿了一件深绿色的宽松长袍，不时转动椅子，这样他就可以面向说话的人，但大部分时间他都只是凝视远方。不祥的阴云正在笼罩着他。

那些部长都穿着紧身裤和白色的上衣，衣领上佩戴着符文徽章，这些符文显示了他们的官阶和身份。“但我们现在手里没有香料！都已经花光了啊，”一位声音沙哑的女部长说道，“我们是被……指控了，但皇帝也无法证明我们曾经非法囤积过美琅脂。他有什么证据？”

“那有什么关系呢？”另一位部长说道，“他很清楚我们做过什么。此外，我们也确实应该向皇帝纳税。你们知道贿赂也是一种收入，得纳税。”

部长们情绪激动地围着桌子争论起来，声音越来越大：“如果科瑞诺家族真是冲着税款来的，我们难道不能马上算一下这批美琅脂的价值，然后向他们支付一大笔罚款吗？当然是分期付款的方式。”

“但皇帝禁止囤积香料的法令可不仅仅是为了征税。这是大小家族之间融洽相处的关键所在，可以防止任何一个家族变得过于独立，对宇联商会的稳定构成威胁。”

“一旦萨多卡军团完成了包围，他们就会把我们困在这里，把我们饿死。我们的世界无法自给自足。”

房间里的恐惧不断膨胀，眼神迷离的首席行政官看向大屏幕，帝国舰队正在不断逼近。

“首长，两艘满载粮食的大型补给飞船刚刚抵达参辛中转站。”他身后的一位部长报告说，“也许我们应该征用它们。这批粮食属于一个相当不起眼的小家族，我们没什么好担心的。这可能是很长一段时间内我们能获得的最后一批补给了。”

“去办吧。”首席行政官说道，然后站起身来示意会议结束。“不管怎样，这也多少算是一个好消息。现在让我们看看我们能做些什么，好给我们的人民带来更多的好消息吧。”

就在萨多卡的舰队抵达之前，比卡尔的部队在小行星中转站登陆了，然后立即没收了那两艘补给飞船里的粮食，就好像不要钱似的。

随后，萨多卡舰队很快便进入了比卡尔附近的轨道，但他们没有与比卡尔的防御力量交战。相反，至尊霸撒命令他的飞船保持一定距离，只作包围之态，禁止任何飞船进入比卡尔或是附近的小行星区域。

这位首席行政官其实是个情绪起伏不定的人，这次没收粮食行动的成功让他兴高采烈起来。“我们可以跟他们耗下去。”他在另一次演讲中高兴地宣布，这次演讲是在室外。他穿着他惯常穿的那件绿色长袍，剃掉了所有的胡须，为的是表示自己的决心，“我们现在有了储备物资，我们还有勤劳的工人，我们有自己的资源。我们是被诬告的！”

聚集在一起的人们大声欢呼起来，虽然声音里仍带着极度的焦虑。

“皇帝就是进了坟墓，也等不到我们投降的那一天。”比卡尔的领袖在空中挥舞着拳头，他的人民立刻鼓掌表示支持。

在他们的头顶上，萨多卡军舰耐心等待着，一个致命的套索已经在这颗行星的赤道附近开始收紧了。

错误、偶然和混乱是宇宙永恒不变的准则。

——《帝国编年史》

“哈什米尔，我们已经好几年没玩屏蔽场球了。”沙达姆俯身看着眼前的屏蔽场球游戏机，很高兴自己的分数比芬伦高了一分。他们现在身处皇帝的私人房间里，就在皇宫的最顶层。

伯爵心烦意乱地从桌前走开，来到阳台上。在过去的几年里，他和沙达姆一起制订了许多计划，其中很多都是在屏蔽场球比赛中策划的……比如最初那个创造香料替代品的想法。可如今，特莱拉研究大师却背叛了他，打算派变脸者刺客谋害并取代他，芬伦不禁对这整个阴谋感到有些后悔了。另外远航机的秘密测试现在看也完全是一场灾难。

但皇帝却什么也听不进去，对这一切不以为然。“你只是在胡思乱想，”他说，“我收到了公会的报告，他们确实发现了一批被污染的香料，但这些香料是来自比卡尔的非法库存。他们确信比卡尔人阴险的投毒行为才是最近几起事故的原因。不是你的那个测试。”

“但我们不能完全确定啊，陛下，嗯-嗯-嗯？公会没有公布失踪远航机的型号。我觉得可疑的是，怎么正好有两艘飞船在我——”

“可比卡尔和阿吉迪卡的奥马尔项目之间有什么关系呢？”沙达姆听起来有些不高兴了，“一点都没有！”研究大师那份热情洋溢的报告，加上坎多·加隆指挥官的一再保证，已经让皇帝完全相信人造香料的前景将会十分光明。“就你个人而言，在你对特莱拉人的成品的那些检查中，有没有发现奥马尔并不像阿吉迪卡声称的那样有效的具体证据?”

“那倒没有……陛下。”

“那就别吓唬自己了，哈什米尔，让我们接着玩吧。”游戏机再次嗡嗡地响了起来，皇帝拽了一下引导杆。坚硬的球一跃而出，在错综复杂的零件间噼啪作响地弹跳起来。沙达姆又进球了，他大笑着说道：“好吧，我看看你能不能玩得像我这么好。”

芬伦眼中闪过一丝担忧：“你一直在练习啊，沙达姆，嗯-嗯-嗯?就没有什么帝国政务要操心吗?”

“哈什米尔，别输不起了。”

“我还没输呢，陛下。”

在他们的头顶上，凯坦的夜空中闪烁着柔和的极光。帕迪沙皇帝最近下令发射了含有稀有气体的卫星，这些气体可以被来自太阳风的粒子电离，能够起到增强星空波纹颜色的作用。沙达姆喜欢明亮的天空。

芬伦回到了屏蔽场球装置旁边，说道：“我很高兴你没有像对付札诺瓦那样摧毁比卡尔。先包围起来要恰当得多，毕竟证据还不够充分，嗯-嗯-嗯，采取更强硬的措施还不足以令人信服。十有八九，比卡尔已经把他们的非法库存花光了。”

“证据是充分的，尤其是把可能导致远航机事故的毒香料考虑进去的话。”沙达姆指了指游戏设备，但芬伦仍然没有出手。“仅仅因为他们花光了所有的非法香料，并不意味着他们一开始就没有违反帝国颁布的禁令。”

“嗯，但是如果你不能缴获一大批美琅脂，你就没办法贿赂宇联商会和宇航公会来支持你的政策。这就不是一个好的暴力投资，嗯-

嗯-嗯-哼？”

沙达姆这才笑了起来：“现在你明白我为什么要在这件事上采取更加狡猾的行动了吧。”

芬伦关切地睁大了眼睛，但他忍住了，没有赞赏沙达姆这次的微妙技巧：“你的封锁要持续多久？你已经表明了你的观点，他们也已经被吓得魂飞魄散了。你还需要什么？”

“啊，哈什米尔，好好看，认真学吧。”沙达姆像个激动的小男孩一般在桌子周围踱来踱去，“你很快就会清楚，封锁行动是必不可少的一环。我这么做不仅仅是为了阻止比卡尔人获得外部物资。不，我的目的不在于此。我不会动手毁掉他们的世界的——我要让他们自己动手。”

芬伦变得更加警觉了：“也许，啊-啊-啊……您在实施您的计划之前应该先和我商量一下，陛下？”

“我就是想告诉你，没有你的帮助，我也可以制订出宏伟的计划来。”

虽然芬伦不同意沙达姆的这个想法，但他决定暂时还是别和他争辩。他若有所思地转向游戏机，抛出一个球，用灵巧的手指操纵引导杆，但最终故意得了一个低分。现在不是向皇帝展示他高超技巧的时候。

沙达姆愈发激动起来，继续说道：“你知道，当我让萨多卡军团通知比卡尔人他们即将被包围的消息时，那个首席行政官立刻派飞船赶往参辛，征用了一批粮食。他就像个海盗一样，征用了正好停在那里的满载补给飞船。而这一切都没逃过我的法眼。”

“是啊，是啊。”芬伦用手指敲打桌子，很惊讶沙达姆这次没有急匆匆回到游戏中来，没有开始他那一回合。“而你的战舰就在旁边干看着，让他顺利搞到了足够的物资，足以让比卡尔维持大约六个月。这对你的包围行动可不是什么好手段，嗯-嗯-嗯？”

“他那是掉进了我的陷阱，”沙达姆宣布道，“首席行政官很快就会明白我真正的手段是什么了。啊，是的。很快。”

芬伦向后坐了下来，等待着皇帝的解释。

“因为很不幸的是，他偷的两艘补给飞船上装的都是受污染的谷物和脱水物质。我这就叫以牙还牙，谁让他们把有毒的香料卖给宇航公会的。”

芬伦眨了眨眼睛，问道：“污染？用的是什么？”

“没错，我用的是一种可怕的生物制剂，我前一阵正好把它送到一个遥远的星球上，然后在受控条件下对其进行研究。而且出于安全考虑，这批受感染的物资上没有标记，运送它们的飞船也是如此，这样运输时就不会引发警报了。”

芬伦觉得自己打了一个冷战，而沙达姆却还为自己的小聪明而洋洋自得：“现在，那个傻乎乎的行政官已经劫走了这些货物，并把它们带到比卡尔，殊不知他搞到手的是一种生物制剂，可以让整个丛林星球的植物消亡。庄稼会枯萎死亡，森林也变成一片枯木。几天之内，我们就能开始看到影响了。啧啧，啧啧。真是一个悲剧啊。”

芬伦曾以为，对克罗娜使用原子武器，让如此多的李芝人意外失明，已经是一种远远超出了人们想象的恶行了。但这次的行为，即使按照沙达姆的标准这也太过分了。整个星球的生态系统都要被毁了！“我想你不会回心转意了吧？”

“当然不会了。幸运的是，我的萨多卡警戒线正好设在那里，可以实施严格的隔离。我们可承担不起把这种不幸的瘟疫传播到无辜星球上的罪过呀，对吧？”沙达姆发出一阵恶毒的狂笑。“看，我确实比你聪明，哈什米尔。”

芬伦强忍住没有回话。皇帝终于开始变得劲头十足，却没有用对地方。

沙丘序曲：科瑞诺家族

李芝总理艾因·卡利玛尔看着雷托公爵的救援飞船降落在三合一中心的太空港里，这是为克罗娜大爆炸的受害者送来了紧急援助。他一直觉得自己已经过了流眼泪的年龄了。

厄崔迪的飞船带来了昂贵的药品、鱼产品和庞迪大米。李芝并不贫穷，但是月球实验室的毁灭——更不用说秘密的霍尔茨曼隐形项目和他们大部分的李芝镜——重挫了他们的经济。

李芝的老伯爵在他的子孙们的簇拥下，来到太空港的大厅，参加欢迎厄崔迪飞船的仪式。他的四个女儿和一个孙子被爆炸的李芝镜弄瞎了眼睛，而他的侄子哈罗亚·伦德则死在了克罗娜上。作为李芝家族的成员，他们将会是第一批得到援助的人。

伯爵穿着华丽的长袍，胸前挂着几十枚勋章（其中许多是他的家人手工制作的小饰品）。老人举起双手，说道："我们非常感谢我的外孙雷托·厄崔迪公爵。他是个高尚的贵族，心地善良。他母亲总是这么说。"伊尔班的脸上泛起了充满感激之情的伤感微笑，发红的眼睛里闪烁着泪光。

几个小时内，预制的配送中心就建立起来了，三合一中心周围的宫廷领地里也搭起了联锁的帐篷。厄崔迪的士兵们努力让人群保持整齐，并对他们进行了分类以便筛选出最需要帮助的人。在一个与世隔绝的屋顶花园里，卡利玛尔总理静静观察这一切，避免与救援人员接触。

雷托公爵已经尽了他最大的努力，他会为此受到赞扬的。但就卡利玛尔而言，厄崔迪人来得还是太晚了，无法被他视为真正的救世主。第一个到达此地的其实是贝尼·特莱拉。

在李芝人民被大爆炸弄瞎眼睛后不久，特莱拉的器官商人就带着几飞船的人造眼睛来了。尽管这些基因巫师显然是机会主义者，但他们还是受到了李芝的欢迎，因为他们带来的不仅仅是希望和安慰。他们带来的是实实在在的治疗方案。

出于习惯，卡利玛尔总理还是把他的金眼镜戴在了鼻梁上。其实他已经不再需要这副眼镜了，但这副眼镜仿佛可以安慰他。他凝视太空港停机坪的对面，看着一队士兵在那里卸货。他不用眨眼，只是用他那双全新的金属特莱拉眼睛审视着各种细节……

我们的生命中会有很多毁灭。即便如此，我们也得学会记得那曾经的辉煌。

——珊多·维尔纽斯夫人

列特－凯恩斯和他的士兵们躲在岩石冰冷的裂缝里，用双筒望远镜观察着盐碱盆地。热量和明亮的光线从粉状的石膏地面上反射回来，形成了海市蜃景。他把双筒望远镜递给身边的弗雷曼人，然后裸眼眺望远方。

就在约定的时间，一架黑色的扑翼机从空中俯冲下来。它飞得很高，所以直到最后一刻他们都听不到扑翼机翅膀发出的嗡嗡声。这架飞机最后降落在了一片扬起的沙尘之中。而这一次，扑翼机的前面并没有涂上用来恐吓弗雷曼人的沙虫图案。

列特暗自发笑。*那个宇航公会的阿尔里克终于不和我们玩手段了。至少，不玩明面上的手段了。*

扑翼机的引擎呜呜地停了下来，列特敏锐地审视着，没有发现任何异常。他看了一眼和他一起的沙漠人，他们也都点了点头。

扑翼机的前舱门打开了，砰的一声落在坚硬的地面上，形成了一个坡道。列特带着他的人站了起来，不再隐藏身形。他们大步走上前，掸去衣服上的灰尘，整理好沙漠长袍。和以前一样，四个弗雷曼人扛着一大箱香料，这些香料是在突袭比拉尔营地的哈克南仓库时缴获的，是经过加工和浓缩的精品，是弗雷曼人的甘尼玛[1]，也就是战利品。

他们满足了公会的无理要求。

带着轮子的汽车沿着坡道，从扑翼机里开了出来，开车的便是那个丑陋的公会代表，他今天穿了一套改造蒸馏服——做工差而且不合身。阿尔里克身上这套光滑的灰色蒸馏服下摆很宽松，罩在他那由一堆肥肉融合而成的下半身上。

这个公会的人好像根本不清楚自己穿的这套衣服有多滑稽。他开着车，距离弗雷曼人越来越近，仿佛在故作姿态，让自己看起来像是一个在沙漠里摸爬滚打的老手。然后，阿尔里克夸张地打开蒸馏服的面罩，用他人工合成的声音说道："我将会奉命在厄拉科斯待上一段时间，因为远航机现在变得越来越……不稳定了。"

列特什么也没说，弗雷曼人的行为准则是尽量少开这种毫无意义的玩笑。阿尔里克只好换了一个更僵硬、更正式的态度，又说道："我没想到会再见到你，弗雷曼人。我以为你们从今往后会选一个纯血统的沙漠人做中间人。"

列特笑了："也许我应该把你的水拿走，送给我的部落，然后让公会再派一个代表来。一个懂得不要侮辱我的人。"

公会代表用他那外星人一般的眼睛注视着那堆放在扑翼机附近沙地上的箱子："都在这儿了？"

"完全按照你说的量。"

阿尔里克把车开得更近了，问道："告诉我，半弗雷曼人，为什么那帮纯种沙漠人能付得起这么多钱？"

列特－凯恩斯永远不会告诉一个外人实情的，那就是弗雷曼人不但会自己采集香料，而且也时不时从哈克南领主那里抢一些过来：

①甘尼玛指的是在战斗或决斗中获得的战利品。

“这些都是夏胡鲁对我们的恩赐。”

公会代表的人工喉咙里传来一阵微弱的笑声。这些弗雷曼人肯定有我们没能发现的潜在香料来源。“那你们下次怎么付款呢?”

“夏胡鲁会赐予我们所需要的一切。他总是这样。”但列特也清楚宇航公会不想失去他们任何有利可图的生意，所以他稍微做了一些让步。“记住，我们不会允许你们增加贿赂数额的。”

“我们对目前的数额很满意，半弗雷曼人。”

列特抚摩着下巴，若有所思道：“很好。现在我要告诉你一些对于宇航公会来说非常重要的事情，并且不会找你收任何费用。你可以随意使用这些信息。”

公会代表那长方形的瞳孔里一下子充满了好奇和期待。

列特停顿了一下，制造悬念。在一次针对弗雷曼人的袭击行动中，野兽拉班摧毁了位于屏蔽场城墙边缘的三个残破的村庄。尽管弗雷曼人经常鄙视平原人和地堑人①，但荣誉感让他们无法容忍这等暴行。受害者里没有一个弗雷曼人，但这些人也同样是无辜的。列特-凯恩斯，所有沙漠部落的阿布耐布，会对男爵进行一次特别的报复。

而且还是在宇航公会的协助下。

列特很清楚自己即将说出口的话会让阿尔里克有什么反应，于是大声宣布道：“哈克南家族在厄拉科斯上囤积了大量的香料。而皇帝对此一无所知，就连宇航公会也不知道。”

阿尔里克快速地吸了口气，发出一阵嘶嘶声：“有意思。那男爵是怎么弄到这么多香料的呢？我们一直在密切监视他的出口额。我们也确切地知道哈克南收割队采集了多少美琅脂，以及有多少美琅脂被运送到了厄拉科斯之外。宇联商会那里也没有任何异常报告啊。”

①平原人、洼地人和地堑人是厄拉科斯的底层土著，他们生活在贫困残破的村庄里。部分这样的底层土著与弗雷曼人有着亲属关系，他们大多数都是禅逊尼人的后代。

凯恩斯嘲弄地朝他笑了笑，说道："那肯定是因为哈克南家族比宇航公会以及宇联商会更聪明。"

阿尔里克厉声问道："这些非法库存到底藏在哪儿？我们必须立即上报。"

"哈克南家族频繁变换着储存地点，目的就是迷惑大家。不过，稍加努力就可以找到这些储存。"

在沙漠烈日的炙烤下，公会代表站在那里考虑了很长时间。所有香料都来自厄拉科斯。难道哈克南家族才是两起远航机事故以及交叉点员工中毒事件的幕后黑手？"我们将会调查此事。"

虽然阿尔里克从来就不讨人喜欢，但他现在比平时更加暴躁。他指挥他的手下把丰厚的香料贿赂搬上了黑色的扑翼机。他很清楚，单凭这批宝贝香料的价值，即使是再极端的危险也可以接受。他会仔细检验这一批美琅脂，核实其纯度。阿尔里克为处理这批弗雷曼人的巨额贿赂而得到的佣金，让他在这样一个地狱般的地方受的罪都变得值得了。

列特－凯恩斯不想再谈下去。他二话没说地转身离开了。他的手下也跟着他消失在了沙漠之中。

有些人羡慕他们的领主，有些人渴望权力，而兰兹拉德里的人则都盯着美琅脂。而这些人从来不清楚，作为一名统治者做出一个看似简单的决定有多么困难。

——皇帝沙达姆·科瑞诺四世，《自传》（未完成）

在为厄崔迪家族效劳的这些年里，杜菲·哈瓦特很少这么心烦意乱。这位门泰特看着身边那些正在干活的仆人和厨师，说道："公爵，我们遇到的是非常紧急的情况。也许我们应该找个更隐蔽的地方来讨论这些战略问题？"

雷托在卡拉丹城堡的厨房里停了下来，呼吸着香料、正在发酵的面包、煨着的酱汁和烹饪中的食物混在一起的味道。石砌壁炉里熊熊燃烧着的炉火播撒着欢快的橙色光芒，把城堡里潮湿的寒气都驱走了。"杜菲，如果我还得担心会不会有哈克南间谍在我自己的厨房里，那么我们就连饭都不能吃了。"

大厨和面包师们穿着短袖束腰外衣，腰上系着围裙，专注于烹饪晚餐，全然没有注意到厨房里正在举行的战争委员会会议。

杜菲皱着眉头点了点头，仿佛雷托刚才是在提出一个严肃的建议："公爵，其实我一直主张你在每道菜上都使用个人毒药探测器。"

像往常一样，雷托对这个建议置之不理。他在一张被狭窄的排水沟围起来的长条金属桌子前停了下来，年轻的厨师学徒们正在桌子上清洗当天早上从码头运来的一打肥美的鲳鱼。雷托匆匆看了看那些鱼，点头表示赞许。他又看到一名年轻女子正在挑选新鲜的蘑菇和香草。她冲着雷托羞涩地轻笑了一下，而在他给了她一个微笑作为回应时，她的小脸涨得通红，连忙又低头干起活来。

邓肯·艾达荷紧紧跟在这两个人后面，说道："我们需要审视整个计划，考虑所有可能性，雷托。如果我们做出了错误的选择，我们的人民注定会付出生命的代价。"

雷托看着他的门泰特和剑术大师，灰色的眼睛变得冷酷无情："那么我们就一定不要做出错误的选择。我们的信使从交叉点回来了吗？有进一步的消息吗？"

邓肯摇了摇头道："我们能肯定的是，哥尼和隆博王子所乘坐的远航机不知怎么走错了路，但后来又回到了宇航公会的据点。所有的乘客都被赶下了飞船，扣留起来问话。公会并没有说他们有没有被送往预定的目的地。"

哈瓦特的喉咙深处发出一声咕哝声："所以，尽管一个多月前他们就应该抵达伊克斯了，但他们现在却仍有可能被困在交叉点。那么，哥尼和隆博这边确实误事了。这个计划已经不像我们预期的那样了。"

雷托却说道："很少有完美进行的计划。但如果我们每出一次差错就放弃，那我们将会一事无成。"

邓肯笑了起来："一位吉奈斯的剑术大师对我说过类似的话。"

杜菲噘起他那被纱芙汁染红的嘴唇："是吧，但光靠这些口号也不行啊。人命关天，我们必须做出正确的决定。"

面包师小心翼翼地将新鲜的面团编成辫状，然后在表面涂上黄油，并往里面掺入果粒，就像往皇冠上镶嵌宝石一样。雷托觉得这些仆人今天工作格外用心，因为他们的公爵来视察了，所有人都一丝不苟。

由于杰西卡、隆博和哥尼都不在身边，雷托认为自己有必要尝试正常的生活。于是他前往庭院，花了好几个小时和他的人民在一起，集中精力履行他的公爵职责，他甚至还给李芝送去了援助。尽管帝国的其他地方充满了各种可怕的阴谋，但他还是努力向城堡里的所有人员保证，卡拉丹仍将一如既往地平静。

“公爵，让我们考虑一下可能的情况。”门泰特接着说道。他暂时没有发表太多自己的意见，后面肯定有的是讨论的机会。“假设隆博和哥尼没能到达伊克斯，他们也没能像我们计划的那样激起内部革命。在这种情况下，如果厄崔迪部队过早地发起正面进攻，那么因为特莱拉人的防御没能提前被削弱，我们的人就肯定面临被屠杀的命运。”

雷托点了点头：“你以为我不清楚这一点吗，杜菲？”

“但是话说回来，有没有可能是我们的情报延迟了？隆博和哥尼也许正在召集被压迫的人民起义。结果伊克斯人民因为清楚了我方军队抵达的确切时间表，所以都奋起推翻侵略者，然后等待我们的增援以便里应外合……结果厄崔迪家族的军队却没有像我们承诺的那样按时到达，这又该怎么办？”

邓肯显得非常焦躁不安：“这样一来他们就会被屠杀殆尽——隆博和哥尼也会命丧敌手。我们不能就这样抛弃他们，雷托。”

公爵陷入沉思，审视面前这两位谋臣。无论他做出什么决定，他的这两位忠实的部下都会追随他。但自己又该做出怎样的抉择呢？他看着一位女厨师在薄脆的面包上堆满了美味的奶油冻蜜饯，这道甜点曾是隆博的最爱，那时候他还拥有所有的自然身体机能。雷托一看到这道糕点，不禁眼泪上涌，他转过身来，终于找到了答案。

雷托说道：“我的父亲曾教导过我：每当发现自己面临艰难抉择，必须把荣誉放在第一位，而不是其他的东西。”

他一动不动地站在那里，盯着城堡厨房里勤奋劳作的仆人。很多事情都取决于他现在要做的这个决定。但是对于厄崔迪公爵来说，除了荣誉之道外，没有其他的选项。“我已经向隆博王子许下了诺言，因此也等于向伊克斯人民许下了诺言。我一定要兑现它，完成这个计划。因此，我们必须尽一切努力确保我们会最终取得成功。”

他转身领着剑术大师和门泰特走出了厨房，前往他们可以继续工作的地方。

生存需要活力和健康，以及对极限的理解。你必须知道你的世界对你有什么要求，它究竟需要你做什么。每一种生物在维持生态系统运转方面都发挥着自己的作用。每一种生物都有自己的定位。

——帝国行星学家列特－凯恩斯

虽然这颗星球上有宇航公会的总部，但交叉点并不是一个什么人都可以选择定居的地方。

“我觉得我再也忍受不了在这里干等了，”隆博抱怨道，“我们得去伊克斯！”

他和哥尼·哈莱克正在一片贫瘠的黑草地上散步，这里现在被划为了旅客活动区，远离远航机和维修码头。隆博觉得此地以前一定是一个领航员学院，但宇航公会却从不回答旅客提出的问题。此时虽是正午，但阳光却非常暗淡。

尽管一再提出诉求甚至企图贿赂宇航公会，但这两名打算渗透进伊克斯的特工却一直无法给卡拉丹发送消息。公会把那艘迷失航向的远航机上的所有乘客都完全隔离了，把他们扣留在交叉点，仿佛是打算把飞船迷失航向和领航员遇难的坏消息封锁起来。雷托公爵很可能对此事一无所知。到目前为止，他一定以为他派出的两名特工都已经打入伊克斯内部了，已经在召集那些不再抱有幻想的民众。厄崔迪家族现在全指望着他们。

但除非隆博能尽快想出办法，否则雷托的这种假设可能会对这次军事行动构成严重威胁。

由于精神状态不好，半机械人王子的步伐有些不稳。哥尼甚至能听到他的机械关节发出的咔嗒声。从获救的远航机上下来的数百名乘客现在都在黑草地上转来转去，他们虽然安全了，但滞留在交叉点还是让所有旅客开始抱怨，甚至对此感到愤怒。没人能从交叉点逃走：没有公会的协助，谁也离不开这颗星球。

“‘一个人只有通过耐心才能认识上帝。’”哥尼引用了他母亲过去常读的那本《奥兰治天主圣经》中的话。“他们没有理由把我们扣留太久。调查就快结束了。”

“他们想从这些乘客身上问出什么来？还有他们为什么不让我们联系雷托？该死的！”隆博压低了声音骂道。

“如果你有机会发消息，你会请公爵推迟军事行动吗？”哥尼问王子，虽然他心里早已知道隆博的答案。

“永远不会，哥尼。*永远不会的*，”他凝视着荒凉的草地，“但光复行动开始时，我真的想在场。我们必须让它成功。”

虽然隆博王子在这起远航机事故中充当了一次无名英雄，但公会现在仍把这两人看作普通乘客，甚至是人型的货物，等待着被转移到另一艘飞船，好把他们送到预定的目的地（而且还得带上他们那艘完好无损的伪装战斗舱）。他们被困在这颗枯燥的星球上已经整整一个月了，每天都有人来问他们在那艘迷失航向的远航机上发生的每一件事、度过的每一个时刻。公会看起来非常关心那批毒香料的来源，但隆博和哥尼无法给出更多答案。

为了表示抗议，两个人开始拒绝刮胡子。哥尼的胡子覆盖在墨藤伤疤上，显得苍白而参差不齐，而伊克斯王子的胡子（长在没有替换成机械的那一半人类的脸庞上）则要更粗更长，仿佛成了他吹嘘的资本。

凡是前往交叉点的参观者都会被安排住在一栋灰色的凸型建筑里，一栋混合了带有金属栅栏的牢房、办公室和单间公寓的奇怪建筑。监视系统在此地堪称是无处不在，藏在不同的地方。宇航公会的人无时无刻不在监视这批乘客。

这一地区的所有建筑看起来都很古老，看得出来是经过了多次修缮和改造。上面几乎没有装饰，结构设计只重视功能和实用性。

透过隐藏的扬声器，一个嗡嗡的声音似乎同时从四面八方传来："所有乘客现在全都获准离开了。中央处理终端会安排飞船送你们前往各自的目的地。"那声音停顿了一会儿，然后又像是在读一份事先写好的稿子那样补充道："对于这次事件给你们带来的不便，我们深感抱歉。"

"我去带上我们的战斗舱，哪怕我必须自己把它扛走。"哥尼说。

"我也许有更好的机械装备来干这些体力活，我的朋友——如果真的需要我们自己扛走的话。"隆博迈着有力的机械步伐走向中央处理终端，终于要回家，回到战场了。

伊克斯战争现在一触即发。

特莱拉是一些从基因池子最黑暗的深处爬出来的邪恶生物。我们不知道他们私下里都在做些什么，我们更不知道他们的动机是什么。

——给皇帝的私人报告（未署名）

几个星期以来，克泰尔·皮尔鲁都和贝尼·杰瑟里特间谍克丽丝琴在伊克斯那黑暗的地下通道里一起工作。这位瘦长结实、雌雄难辨的姐妹拥有的热情和决心与克泰尔对特莱拉人的强烈仇恨不相上下。

克泰尔利用了自己几十年来在藏匿和猎杀特莱拉人的过程中所学到的技能，教她如何在黑暗中寻找住处和食物。他懂得如何在迷宫般的小巷里隐匿身形，也敢去那些连特莱拉人和萨多卡士兵都不敢去的地方。

而在另一方面，克丽丝琴是一个学习能力很强的致命杀手。尽管她的任务只是获取关于特莱拉研究项目的情报——尤其是神秘的奥马尔计划以及它与香料的关系——但她很享受每一个能帮助克泰尔制造混乱的机会。

“你在研究馆里看到了一些东西，”她对克泰尔说道，“我必须进去看看特莱拉人在做什么实验。这是我的任务。”

一天晚上，在一条昏暗的隧道里，他们两人抓住了一名特莱拉侵略者，想问出他们在那所封闭的实验室里究竟干了些什么。但即使用最残酷、最复杂的审讯手段，那名俘虏什么也都没有招出来……可能是因为他也确实不知道。克丽丝琴强忍着恶心迅速杀死了他。

后来，克泰尔自己也如法炮制地杀死了一名实验室官员。他甚至觉得自己和克丽丝琴这位新同志应该开始记分。有了她的帮助，并且得知隆博王子终于上路的消息，克泰尔现在再也无法控制自己。他的复仇之火熊熊燃烧起来。

他也知道他的弟弟德默尔已经死了。

这还是克丽丝琴告诉他的，瓦拉赫九号星上发生了一起远航机事故，另外还有一艘远航机在未知空间迷失了方向。克泰尔顿时打了一个冷战，想起了自己和他的领航员兄弟那奇怪的最后一次接触，想起了德默尔因痛苦和绝望而发出的凄惨叫声。当时他就有一种不祥的感觉，那就是他已经失去了自己的孪生兄弟……

一天晚上，在充当临时避难所的孔洞里，克泰尔躺在薄薄的睡铺上，孔洞里污浊的空气断断续续地搅动着，让他无法入睡并为自己失去的每一个人和每一件东西感到悲伤。

克丽丝琴就躺在旁边的床上，做着深呼吸，似乎正在冥想。突然，一片漆黑之中传来了她的声音："虽然一名经过训练的贝尼·杰瑟里特不会流露出感情，但我知道你为何痛苦，克泰尔。我们每个人都失去过珍贵的东西。"她的话语让冰冷的孔洞暖和起来。

"我的童年是在哈葛尔度过的，我是个孤儿。而我的继父一直虐待我，伤害我……姐妹会花了很多年的时间来愈合我的伤口，抹去我的伤疤，这才成就了现在的我。"她的声音听起来很紧张。毕竟她以前从来没有对男人说过这些话。克丽丝琴不知道为什么自己会对克泰尔表露心声，也许是因为在生命中哪怕只有一次，她希望能有人真正认识她。

当他挪到她的床上时，她不知怎么竟然允许他用一只胳膊搂住自己僵硬的肩膀。克泰尔不确定自己想干什么，但他已经很久没有放松下来了，哪怕只有片刻。克丽丝琴变得安静。她的皮肤摸上去非常细腻，但他尽量不去想这件事。而她也本可以轻松地用贝尼·杰瑟里特技术诱惑他，但她并没有这样做。

“如果我们能找到进入研究馆的方法，我们有可能帮到米拉尔吗？”他在寂静的黑暗中问道，“哪怕只是结束她的痛苦？”

“是的……只要我能进去。”

她给了他一个简短、苍白的吻，但他的心思已经全都转移到米拉尔身上了，回到在那个女孩被残酷地从他身边夺走之前，他们之间那段短暂的感情上了……

克丽丝琴偷偷地在戒备森严的大门口停了下来。在生物扫描仪的屏障后面，就是大型实验设施的中央走廊，这个研究馆的天花板很高，镶有嵌道，地板上则摆放着一排排延伸得很远的培育罐。克丽丝琴很清楚，一旦她成功地潜入了这座研究馆，她可能就必须亲手杀死那位被俘的贝尼·杰瑟里特姐妹，好让她摆脱任何可能遭受的痛苦。

克泰尔让克丽丝琴穿上了他以前偷来的特莱拉衣服，在她的脸上和手上涂上了刺激性的化学物质，让她的外表看上去和那些肤色灰白的男人一般无二。“瞧，现在你看上去就跟他们一样可怕了。”幸运的是，她在走廊里没有遇到一个怀疑她的特莱拉人。她虽然能模仿他们的喉音，但对他们的秘密语言却知之甚少。

克丽丝琴娜集中精力，运用最复杂的贝尼·杰瑟里特技巧，调整了自己体内的化学成分，如此一来，那些原始的生物扫描仪就会把她识别成一个特莱拉人。她深吸了一口气，走进了橙色的能量场，开始尝试进入实验室。

生物扫描仪上的细胞探针扎入了她的皮肤，她顿时感到刺痛。不过很快针头便抽了出来，她也被放行了。她大踏步地快速向前面走去。在她的两侧摆满了奇形怪状的培育罐，特莱拉人就是用这些罐子在女性身体上进行各种可怕实验，克丽丝琴一个细节也没有放过，都记在了心中。空气中弥漫着酸臭的美琅脂气味，是从血肉模糊的肉体上飘来的。

突然，四面八方同时响起了警报声。她身后的生物扫描仪也开始闪烁起明亮的橙色光芒。但克丽丝琴已经通过了门禁，这就意味着她现在被困在实验室里了。

她立刻拼命向前跑去，身边掠过一张张松弛的女性脸庞，最终，克丽丝琴的面前出现了一具肿胀的尸体——正是米拉尔·阿莱切姆那令人毛骨悚然的残破身躯。这时，她听到身后传来了特莱拉人的声音——混合着细细的尖叫声和啪嗒啪嗒的脚步声。她还听到了沉重的萨多卡军靴发出的脚步声，以及士兵在大声宣读着军事命令。

“原谅我，我的姐妹。”克丽丝琴边说边将一个晶片炸药插进米拉尔的肩胛骨下，隐藏在血管和培育罐的维生管之间。然后，这位贝尼·杰瑟里特的突击姐妹跳入培育罐之间的狭小通道，进入了另一条通道并以最快的速度跑了起来。

那么多的女人，那么多形如枯槁的脸……

但是萨多卡卫兵却挡住了她的路。克丽丝琴立即逃向另一个方向，同时不时向身后扔出一些晶片炸药。她知道这只是一种毫无希望的拖延战术。但她下定决心要与死神抗争一下，即使是与萨多卡士兵近身搏斗。她在临死前也许能杀几个人当垫背的。

克泰尔会为她感到骄傲。

击昏器开火了，击中了克丽丝琴的脊柱，把她打得在空中旋转了起来，她感到自己的神经系统仿佛被撕裂了一般。克丽丝琴仰面栽倒，重重地摔在了地上，动弹不得……

皇帝的士兵逼近她时，一场爆炸撕裂了空气，米拉尔·阿莱切姆的身体被瞬间汽化了，同时还连带摧毁了她周围的一大片培育罐。顿时大火肆虐、浓烟滚滚。灭火系统喷出一团可怕的烟雾，把干燥的化学物质排放到空气中。瘫痪的克丽丝琴只能用余光看到远处的一小块地方。

一个特莱拉大师用他那啮齿类动物般的黑色眼睛俯视她，气得浑身发抖："你毁了我最好的培育罐，最重要的那一个!"克丽丝琴接受过姐妹会的训练，足以看懂部分特莱拉人的喉语。而他们灰色脸庞上显露出的愤怒表情和语调，填补了其余听不懂的部分。

"四个培育罐被毁了，阿吉迪卡大师。"另一名特莱拉人呜咽地说。

克丽丝琴浑身发抖，说不出话来。至少自己把她的姐妹和其他几个女人从这种邪恶的仪式中解放了出来。

那名大师俯下身来审视着她，摸了摸克丽丝琴伪装的皮肤："你不是我们中的一员。"

卫兵立刻上前撕破了她的衣服，露出了她苗条、苍白的身子。"一个女人!"阿吉迪卡伸出手指，抚摸她紧致的乳房，想着要是把她做成培育罐能给她带来多么大的痛苦。米拉尔的培育罐是唯一能自己产出阿吉迪马尔的工具。但现在他有了一个备用品。

"她是一名健壮的育龄女性，研究大师，"他的一位助手说道，"我们把她吊起来?"

阿吉迪卡想到了他可能使用到的那些强大的生物制剂，那些能够破坏心性的化学物质。"我们必须先审问她，然后再彻底毁掉她的脑子，"说着他靠近了克丽丝琴，低声呢喃道，"对你的折磨会持续很长一段时间的。"

她感到有人抬起了她的身体，把她移走。空气中弥漫着一股酸味。当她无助地躺在那里时，她命令自己的身体分解实验室空气中的气体成分并进行分析。

香料……不，不是真正的美琅脂。这是另一种物质……

一双强有力的手把她钩在一张空桌子的泵动装置上。她不知道自己还能清醒多久。幸运的是，她可以抵抗药物和毒药，至少抵抗一段时间。*伊克斯必胜！*她想起了克泰尔曾经对她说过的话，真希望自己此时此刻能大声把它喊出来，但她已经开不了口了。

克丽丝琴觉得自己的身体逐渐融入了特莱拉的恶魔机器之中，一些她从来不想知晓的秘密开始浮现出来……

在古地球，随着交通速度的提高和人类生活方式的逐渐同化，王权随之消失。而太空探索则加速了这一进程。对于一个孤立的民族来说，皇帝是一盏指路明灯，是民族统一的象征。人民都会看向他："看呐！是他让我们合而为一。他属于我们所有人——我们所有人也都属于他。"

——特莱拉人的评论，作者不详

哈什米尔·芬伦一想到那个奸诈的阿吉迪卡和他的变脸者刺客，他就恨得牙根痒痒——但在他有机会回到伊克斯之前，他必须留在凯坦星处理其他烂摊子。

比如给沙达姆擦屁股。

皇帝的私人法律图书馆里没有胶片书、文本、卷轴或是任何纸质的东西。然而却有七个法庭门泰特和五个法律顾问，芬伦和沙达姆可以立即获得的信息比一座十倍于它的建筑所储存的信息还多。他们只需对所有数据进行分类，就可以收集到相关信息。

沙达姆四世提出了他的问题，看上去傲慢而威严，而现在，门泰特们怪异而沉默地站在他面前，筛选着他们头脑中的大量知识。他们的嘴唇因喝下了大量新鲜的纱芙汁而闪闪发亮，他们的眼睛凝视远方。另外几名法律顾问则随时准备记录他们可能引用的任何条款和先例。

在房间的一个角落里，有一尊巨大的石膏雕像，这个外形扭曲的海马雕像正从它的石嘴里喷出一股水流。所以现在房间里只能听到喷水的声音。

芬伦在海马雕像前不耐烦地踱步："通常情况下，你在做一些可能导致叛乱的事情之前，咨询法律意见是常识啊，嗯-嗯-嗯？这一次，你已经没有美琅脂了，无法贿赂宇航公会和宇联商会了。"

"别忘了我们曾为使用原子武器找到过一个漏洞，哈什米尔。我们也会想办法解决这次比卡尔的事件的。"

"哦，所以你这次可以不受大联合协定的约束了？就因为你所释放的瘟疫针对的是植物而不是人，嗯-嗯-嗯？荒谬！"

沙达姆迅速地看了看他的七个门泰特，仿佛芬伦的这句气话真的是一种能用的策略。但那几人一致地摇了摇头，继续陷入了沉思。

"许多家族都赞成我的做法，"皇帝噘起嘴说道，"比卡尔是自作自受，并不是科瑞诺家族故意针对他们，你怎么能说会引发叛乱呢？"

"沙达姆，你又聋又瞎吗？已经有很多人声称要对你发动直接战争，推翻你的政权了。"

"是在兰兹拉德联合会的大厅公然说的？"

"是走廊里的窃窃私语。"

"把这些家族的名字给我，我会处理的。"皇帝深深地吸了一口气，然后长叹了一声："要是那些伟大的英雄还在我身边就好了，比如多年前曾帮助过我父亲的那些忠诚的战士。"

芬伦邪恶又讽刺地瞪了他一眼，说道："哦，就像埃卡兹起义那样？在我看来，多米尼克·维尔纽斯和保卢斯·厄崔迪肯定与那次起义脱不了干系。"

沙达姆皱起了眉头："我指的是更好的人，比如苏姆·加隆。"

这时，几位法庭门泰特互相分享着信息，因为他们每个人都有其他人没有的数据库。然而，没有找到任何能令皇帝满意的答案。

沙达姆压低了声音，眼睛直勾勾地盯着海马雕像喷出的水，说道："一旦我们有了奥马尔，这些琐碎的破事就无关紧要了。我想让你回到伊克斯去，亲自监督奥马尔的全面生产工作。是时候开始了，这样我们就可以了结这桩烦心事。"

芬伦的脸变得煞白了："陛下，我宁愿等公会对远航机中被污染的香料给出最终的分析结果。我还是不相信奥马尔真的——"

沙达姆立马气得满脸通红："不能再耽误了！天呐，我从来不觉得你能真的相信任何事，哈什米尔。我收到了研究大师的来信，他是不敢对我说谎的，我也收到了萨多卡指挥官的来信。你的皇帝现在对结果很满意——这就是你所需要知道的。"他的语气稍稍缓和了一些，对芬伦报以父亲般的微笑。"之后我们会有足够的时间来调整配方，所以不要担心。对我们来说，一切都会好转的，"说着他拍了拍儿时伙伴的后背，"现在，去完成这个任务吧。"

"是的……陛下。我马上动身前往伊克斯。"尽管芬伦还是很不安，但他也确实想借机回去和那位研究大师当面对质佐尔的事情，"我和阿吉迪卡也有事情要好好谈谈。"

两个刚从萨鲁撒·塞康达斯征召来的萨多卡新兵团，踏着雷鸣般的步伐，在皇宫前面那宽阔的林荫大道上列队行进。皇帝觉得这两个新军团确实令人印象深刻，感到十分欣慰。这些士兵里有很多久经沙场的老兵，无疑将会巩固他的统治，足以震慑整个兰兹拉德联合会。

在这些新招募士兵的注视下，沙达姆再次穿上了全套的皇家礼服，向兰兹拉德演讲大厅走去。他动用了自己作为皇帝的一项特权，强行集合兰兹拉德家族代表，召开了这次临时紧急会议。同时他的亲信会记下哪个贵族家族没有派代表参加。

他坐在那辆铺满天鹅绒软垫的皇家厢车里，由狮群在前面拉着。

他的前面就是壮观的演讲大厅，他身后的皇宫比它更大。在凯坦那永远完美的天空下，他一边前进一边排练演讲词。就像鲨鱼能闻到最淡薄的血液，兰兹拉德议会也能看出皇帝身上最细微的软弱迹象。

而我是百万世界的皇帝。我没什么好害怕的！

游行队伍抵达了兰兹拉德演讲大厅，停在了高悬的彩虹旗面前，训练有素的狮子们跪在地上，把爪子叠起来。萨多卡卫兵组成了防御方阵，分列两旁，这样皇帝就可以安全地通过那些高耸的大门了。这次他没有带着自己生病的妻子一起前来，也不觉得自己需要顾问、宇航公会或宇联商会的支持。*我是一名领袖。我自己能行。*

根据演讲流程，先由公告员宣布皇帝的驾临。宽敞的大厅里全都是私人包厢、高脚椅和长条凳，有的装饰华丽，而那些很朴素的则少有人使用。雷托公爵的侍妾杰西卡就坐在卡拉丹大使旁边，她的出席似乎是为了加强厄崔迪家族的存在感。沙达姆看向那些空座位，想要辨认出哪些家族没有出席。

像是平静的水面上忽然泛起涟漪那样，大厅里响起了掌声，但很明显大家似乎都有点紧张。公告员开始宣读沙达姆“帝国保护者”等其他众多头衔，而他则借机再练习了一遍演讲词。最后，他才缓缓走上了讲台。

“我来这里，是要告诉我的臣民一件严重的事情。”他已经偷偷地命令扬声器系统在他演讲的时候放大声音了，所以现在他的声音响彻整个大厅。“作为你们的皇帝，公正而坚定地执行帝国法律是我的职责和责任。”

“但你没有履行正当的法律程序！”一个反对者大声喊道，在兰兹拉德大厅的茫茫人海中，这声音显得微不足道。萨多卡卫兵，尤其是那些报国心切的新兵，开始在人群里挤来挤去的，想找出这名诘问者，而那人也想融入人群，但似乎没有什么效果。

沙达姆皱着眉头，停顿了很长时间，大厅里的代表都明白他在犹豫。这可不好。“我那位令人敬重的祖先，拉斐尔·科瑞诺皇太子曾经说过，‘法律是终极科学’。你们大家都是知道的——”他想要握紧拳头，但忽然想起芬伦给他的建议，也就是尽量别太咄咄逼人，尽可能保持慈父的样子，“我就是帝国的法律。我批准一切律法。我有权力也有责任这样做。”

在讲台下面的人群中，很多代表都躲开了那个诘问者，让出了一条道方便萨多卡士兵扑向他。然而，沙达姆已经明确指示军队避免发生流血事件，至少在他演讲的过程中要尽力确保这一点。

“一些贵族家庭自己选择无视皇室法律，因此受到了我的惩罚。在座的哪一位敢说札诺瓦和李芝人不清楚他们的行为违法了？”沙达姆捶了一下讲台。麦克风在大厅里传递着雷鸣般的震动。听众开始窃窃私语，但没有人敢站出来说话。

“如果帝国的律法得不到尊重，如果违法者得不到惩罚，那么这个帝国就会沦为无政府状态。”沙达姆心中忽然燃起了一股要为自己好好辩护的火焰。在变得更愤怒之前，他连忙命令启动全息投影，“看看比卡尔。你们所有人都好好看看吧。”

兰兹拉德演讲大厅里顿时出现了一幅三维图像，非常阴暗，看着就像是对比卡尔上凋零的植被和枯萎的森林的影像进行了蒙太奇处理。这些全息影像是萨多卡舰队在轨道上投放的无人监视舱拍摄的，他派了很多无人机飞越原本茂密的丛林，目的就是捕捉眼前的这幅惨状。

“正如你所看到的，这个藐视法律的世界正在遭受一场可怕的植物瘟疫的蹂躏。作为你们的皇帝——为了保护其他所有无辜的人——我把这个瘟疫控制在了我命令建立的隔离带里。”

美丽的绿叶先是变成棕色，然后成了紫黑色。动物饿成了一具具干尸，树干先是变成胶状，然后倒下了。

“我们不能冒险让这种疾病蔓延到其他世界。其他对我忠诚的世界。因此，考虑到臣民的安全，我在这个违法星球上设置了隔离线。哪怕这个瘟疫最终慢慢消失了，比卡尔的生态系统也需要几个世纪才能恢复。”沙达姆轻描淡写地说着，根本没有表现出丝毫愧对比卡尔的样子。

自从被围困，比卡尔人采取了近乎疯狂的自救措施。他们焚烧丛林或是喷洒腐蚀性酸液，试图隔离这种落叶瘟疫。但毫无效果。它持续不断地扩散，直至扩散到了整个星球。到处都是滚滚的浓烟和不断肆虐的野火。

接下来，他播放了比卡尔首席行政官求援哀号的全息影像。那位行政官向萨多卡士兵发送了一条又一条信息，但帝国舰队置若罔闻。至尊霸撒加隆不会放过任何一个人。

最终沙达姆播放完了所有令人作呕的全息影像，在一片震惊的沉默中离开了讲台。阿曼德·埃卡兹大公请求允许发表反对意见。考虑到刚才那位诘问者所受到的粗暴对待，沙达姆惊讶地发现这位受人爱戴的大公竟然还有勇气站出来。

然后皇帝便想起了最近递交给他的一份报告，里面声称埃卡兹家族曾俘虏并公开处决了二十名格鲁曼的“破坏者”，据称这些突击队员被格鲁曼派去布置假的香料库存，从而陷害埃卡兹家族。也许那位已经失控了的莫里塔尼子爵把沙达姆针对非法库存的关注看作是一个他能再次出击而不受惩罚的机会。他决定听听这位大公打算说些什么。

“无比尊敬的皇帝陛下。”这位高个子、满头银发的贵族站得笔直，声音洪亮地说道，“我接受您对帝国法律的践行，以及对比卡尔的隔离措施。您确实是已知宇宙中最伟大的正义化身。您曾经帮过埃卡兹一个大忙，陛下，就在十年前，是您保护了我们，帮助我们抵御了格鲁曼毫无理由的侵略。

“但我现在向您提出这个问题，是要给您一个正面回答的机会，免得我尊敬的同事们说错话。”埃卡兹大公边说边冲着整个大厅做了一个手势，沙达姆忽然觉得自己的身子有些僵住了。

“鉴于思维机器曾在芭特勒圣战期间带给过我们无尽的恐怖，因此大联合协定才禁止使用一切生物武器，正如它限制使用原子武器那样。陛下，也许您可以谈谈这个事情，因为这里有些人确实不明白您怎么可能在不打破限制的情况下，对比卡尔释放瘟疫。”

沙达姆对大公提出问题的方式挑不出任何毛病。在帝国内部，贵族家族之间有一个历史悠久的传统，让大家在尽可能礼貌的前提下发表异议和讨论问题。权力巨大的科瑞诺家族也要遵循这个传统。

“但是大公，你说错了一个关于比卡尔的基本事实。那就是我根本没有在比卡尔上释放瘟疫。那不是我干的。”

下面传来了更多的咕哝声，但沙达姆假装没听见。

“可这一切又该如何解释呢，陛下?”阿曼德·埃卡兹追问道，“我这样问只是想加深对帝国法律的理解，更好地为科瑞诺家族服务。”

“你的理由很令人钦佩。”沙达姆简短地评论道，险些被埃卡兹大公这个自作聪明的托词逗乐了。“当时，我收到了一些令人不安的证据，显示比卡尔持有非法的香料，于是我派出了萨多卡舰队前往那里，目的只是实施封锁，直到首席行政官回应对他的指控。然而，惊慌失措的比卡尔人做出了一个近乎海盗的行为，他们劫持了两艘满载着受污染货物的补给飞船，并将其送往一个隔离的生物研究站。我可没有参与他们劫掠飞船的行动。我也没散布这个瘟疫。是比卡尔人自己导致了他们世界的灭亡。”

这时，大厅里的咕哝声变得更大了，这些声音里充满了怀疑。

“谢谢您，陛下。”埃卡兹大公说着回到了他的座位上。

最后，沙达姆昂首阔步走出了兰兹拉德演讲大厅，他对自己今天的表现非常满意，不禁脚下生风，甚至充满了青春的活力。

征服者蔑视被征服者，因为他们允许自己被打败。

——皇帝冯迪尔三世，“猎人”

终于，伊克斯到了。

凭借着传感器的伪装，厄崔迪家族的战斗舱现在看上去就像是一颗正在坠落的炽热流星。操控着隐形战机的哥尼·哈莱克将目的地设定在了机器世界的极地附近，希望这个反应迟缓的公会能遵守先前的协议，替他们保守秘密。在他的身旁，隆博王子静静地坐着，回忆这里的一切。

二十一年后的今天，我又回到了家。他真希望特希雅此时能陪在自己身边。

在离开远航机之前，这两个想要渗透进伊克斯的战士把自己封闭在了小战斗舱里，航班审计员瞪大了眼睛向他们道别：“公会在看着你，隆博·维尔纽斯，但我们不能给你提供任何帮助，嗯-嗯-嗯，至少不能是公开的帮助。”

隆博笑了笑：“我明白。不过你至少可以祝我们好运。”

航班审计员吃了一惊：“如果这么做有意义的话，嗯-嗯-嗯，那么我就祝你们好运吧。”

现在，战斗舱穿过暗波汹涌的大气层，哥尼抱怨起来，认为有太多宇航公会成员知道了他们的身份，他们一定会怀疑他们有秘密任务。当然，据他所知，公会的保密承诺从没有被打破过，但他们确实接受了贿赂。

隆博却要比以往任何时候都显得骄傲和强大，他对哥尼说："想想看，自从维尔纽斯家族失去对伊克斯的控制以来，星际贸易遭受了多么大的损失。你认为宇航公会愿意让那些特莱拉人在这里掌权吗？"

哥尼的墨藤伤疤因为愤怒变得更红了。随着战斗舱的外壳开始升温，他双手紧握住控制杆，继续沿着下降的路线前进："宇航公会可不是任何人的盟友。"

隆博蜡色的脸上却毫无表情。"如果他们泄露了乘客的秘密，他们的信用会因此崩溃。"他摇了摇头道："再过一阵，等公会开始把厄崔迪的部队运往伊克斯时，他们就会知道我们要做什么了。"

"这些我都清楚，但我还是有些担心。太多的事情会出错。比如与雷托公爵的联系已经被切断，我们被隔离了一个月。我们现在不知道整个计划是否还在按照原先的时间表进行。我们一头扎进了黑暗之中。'人无远虑，必有近忧。'"

球形战斗舱开始颠簸并倾斜，隆博坚持道："雷托会履行他的诺言。我们也会。"

他们最终艰难降落在了伊克斯北半球的一片荒无人烟的旷野上。战斗舱被大雪包裹，四周只有冰块和光秃秃的岩石。还好没人发现他们。此地有很多秘密隧道，都是当年为了维尔纽斯家挖掘的，目的是地下出现地质灾害时，他们可以迅速逃离。但现在，这些隧道成了隆博能够重返沦陷故土的唯一途径。

这个夜晚特别寒冷，两名渗透者迅速行动，把战斗舱拆开。船体的可拆卸部分被设计成各种形状，里面装有大量的武器，可以转移并分发给抵抗战士，就连蜂巢状的塑钢箱子里也都装满了包装好的食品。

夜晚，他们临时搭建了一个轻型帐篷，在里面等待，哥尼立即着手制订计划，比如如何应对这段漫长而陡峭的下山之路。他急于采取行动。当他在卡拉丹城堡讨论军事战略、玩巴厘琴时，这位前走私者在内心深处就是一名斗士，除非他能为他的主公做点什么，否则他就无法真正开心——不管是为多米尼克·维尔纽斯，雷托公爵，还是隆博王子……

“我也许长得很丑，但至少我能作为一名人类通过检查。而你”——哥尼看着王子的半机械人肢体摇了摇头——“必须想出一个更好的说辞，以防有人提出问题。”

“我看起来像个复合伊克斯人。”隆博举起他的人造左臂，活动他的机械手指，“但我更愿意作为合法的维尔纽斯伯爵受到人民的欢迎。”

隆博被流放的这段岁月，以及他遭受的巨大痛苦，都让他变成了一个更好的领袖。他同情他的人民，而不是把自己的地位视为理所应当。现在他想赢得他们的尊敬和忠诚，就像雷托公爵对卡拉丹人民那样。

当年在大王宫，他总是在课堂上收集石头，要么就是无聊地敲手指，他一直都觉得自己肯定会是维尔纽斯家族的下一任族长——从来没有想过有朝一日他会为这个头衔而斗争。和他的妹妹一样，他接受了自己与生俱来的角色。

但成为一名真正的领袖需要付出很多。他吃了很多苦头才懂得了这个道理。

首先是他的母亲珊多遇害了——现在他知道珊多生过另一个孩子，也就是埃尔鲁德皇帝的私生子。后来，躲藏多年的多米尼克·维尔纽斯为了用炸弹炸死萨多卡士兵，也自杀了。而凯莉娅……则被逼得发了疯，最终背叛了雷托，企图强行占有她认为理应属于她的东西。

不久之后，他和哥尼将会掀起一场地下革命，然后厄崔迪家族的军队会赶来消灭入侵者，会发生更多流血事件。伊克斯人将不得不再次战斗，许多人都将会死在这场战争中。

但隆博发誓，每一滴血都不会白流，他心爱的家园终将重获自由。

宇宙总能超越逻辑一步。

——阿妮鲁尔·科瑞诺夫人，《个人日记》

卡拉丹城堡和附近的军营里一片喧嚣。士兵们为这次远征进行训练和打包，都在热切盼望出发的那一刻。他们清理了武器，清点了炸药和攻城机械，为全面开战做好了准备。

为了协调如此复杂的军事行动，他们已经准备了好几个月，雷托公爵命令家族卫队竭尽全力。这是他亏欠隆博王子的——为了他，雷托愿意冒任何必要的风险。

隆博和哥尼现在甚至可能已经死了。雷托一直没有收到任何消息，哪怕是只言片语的呼救，当然更没有捷报传来。会不会他们正在忙于激起革命。在远航机事故发生后，这两名渗透者消失在了一片寂静之中。伊克斯那边丝毫没有消息传来。不过即便如此，我们也会竭尽全力。同时满怀希望。

但如果隆博没有成功，那么厄崔迪的军队就会被特莱拉和皇帝的萨多卡军团打败，而留在这里的雷托也会遭受重大打击。卡拉丹本身可能会被没收。这让杜菲·哈瓦特十分紧张。

然而雷托却完全投入了。在他的心里，自己已经走上了一条不归路。他会冒这个险，然后把自己所有的一切都投入到这场战斗之中，即使这会让一向安全和平的卡拉丹暂时处于无防御状态。但这是他帮助隆博找回荣誉的唯一途径，也是他找到自己的荣誉之心的唯一途径。

这个计划正在像一艘巨轮那样向前行进。

还有数千个决定需要雷托做出，但他没有选择去关注最后几个步骤，而是动身前往城堡下面的主码头。作为伟大家族的尊贵领袖，他对自己的人民也有责任——更能令他感到愉快的责任，尽管他希望杰西卡此时能和他并肩走在一起。

虽然过去两周非常炎热，但大型捕鱼船队一直在珊瑚礁周围捕鱼。每年这个季节此地都盛产鲱鱼，那是一种银蓝色的小鱼，人们用网把它们捞上来。最后作为传统节日的一部分，人们会将美味的鲱鱼洗净，加盐，然后用大锅煮熟。喷香的鱼摊在木板桌上，人们围着桌子坐下，尽情地享用。而公爵和最粗野的渔夫一样，很喜欢卡拉丹的这道美味佳肴。

与雷托相比，隆博在吃鱼方面的品味更高，而今天是这位伊克斯王子多年来第一次错过这样的庆祝活动。雷托试图驱散他的脑海中不祥的预感。等待已经让他逐渐失去了耐心。

远离了繁忙的备战工作，雷托现在站在码头的尽头，看着第一批拖网渔船准备靠岸。人们已经聚集在铺着鹅卵石的海滩上，商人和厨师忙着在古老的乡村广场摆好桌子、大锅和座椅。

雷托听到吟游诗人在岸边演奏的声音。音乐让他笑了起来，让他再次回想起隆博和哥尼经常肩并肩练习巴厘琴的情景，他们总是试图用最夸张的讽刺歌曲来超越对方。

尽管公爵试图享受这一片刻的安宁，但邓肯·艾达荷和杜菲·哈瓦特还是发现了他，两人穿过密集嘈杂的人群走了过来。“公爵，您应该随时带着保镖。”门泰特警告说。

邓肯也补充道：“而且你还要做很多决定，比如武器问题。舰队计划很快开拔了。”作为剑术大师，他将亲自率领厄崔迪的军队前往伊克斯，就像他指挥攻打比卡尔那样。

雷托作为厄崔迪家族的族长，会被要求尽量避免参加真正的战斗，尽管他一直希望自己能亲自统领他的军队杀向战场。但结果却正相反，按照杜菲的建议，雷托将前往凯坦充当政治上的说客，在那里他将向全宇宙正式宣布自己的战争行为。“那也是公爵的工作。”头发花白的门泰特坚持道。

现在，雷托凝视着通往悬崖顶端的陡峭道路。从这个角度，他可以一眼看到城堡顶层：“如今正是大举进攻的好时机。比卡尔正在可怕的瘟疫中溃烂，沙达姆皇帝也被自己的行为搞得心烦意乱。我们要趁伊克斯的特莱拉人还不知道我们在干什么之前，把他们彻底干掉。”

“我看过那些丛林的照片了，”邓肯说道，“不管沙达姆找什么借口，我一点也不怀疑他是有意这样做的。”

雷托点了点头：“破坏比卡尔的生态系统远远超出了我对他们所犯罪行的报复。而比卡尔如今的局势也给了我们另一个机会。”在他的面前，第一批大型渔船开始停靠在了码头上。热心的村民蜂拥而至，纷纷上前帮忙，他们抓住绳子，稳住渔网。

“在我那位皇帝表亲袭击了李芝后，我慷慨地为他们提供了医疗援助。现在是时候向兰兹拉德表明，厄崔迪家族对那些不是亲戚的人也同样仁慈。”他笑了起来。“杜菲，在我们的主力舰队秘密开往伊克斯之前，我要你召集一支货船舰队。由我的卫队亲自护送他们。我，雷托·厄崔迪公爵，将向饱受瘟疫蹂躏的比卡尔送去救援物资，并且不要求任何回报。”

邓肯对他这个提议感到十分震惊，马上开口反驳道：“但是雷托！他们想把你的祖先卖给特莱拉人。”

哈瓦特也附和道：“在我们的部队对伊克斯发动攻击时，我们需要一些卫队留在这里保卫卡拉丹。这场战役就要耗尽我们全部的资源了。”

“只需派出少量的卫队，杜菲，就足以表明我们是认真的了。至于比卡尔人，我们已经在塞纳萨尔战争纪念碑惩罚了他们的糟糕判断。把仇恨延伸到全体比卡尔人民身上又有什么意义呢？比卡尔人已经见识过我们的强硬了。现在是时候向他们展示我们仁慈的一面了。我的母亲——她说的也并不全都是错的——曾提醒过我，一名领袖不仅要坚定，还要有同情心。”

他紧咬嘴唇，想起了他和隆博关于领袖的谈话，政治上的考量固然重要，但也不能忘记人民的需求。

“记住我的话，”雷托说道，“我这样做是为了比卡尔的人民，而不是为了他们的政客。这不是对首席行政官行为的奖励，也不能被理解为宽恕，更不是接受了他的道歉。”

杜菲·哈瓦特仍皱着眉头问道：“公爵，您的意思是不希望我参与伊克斯的战役吗？”

雷托对他的老顾问狡猾地笑了笑：“我需要你在比卡尔施展你的外交技巧，杜菲。当你到达帝国封锁线，肯定会遇到麻烦。那颗星球正处于萨多卡舰队的严格隔离之中，但我敢打赌，皇帝没有下达明确命令消灭那些不打算登陆的人。好好利用这个灰色地带吧。”

门泰特和剑术大师都紧盯着雷托，好像他疯了一样。但雷托却继续说道：“你肯定会引起萨多卡舰队的注意，甚至还会引起沙达姆本人的注意。事实上，这可能会是一个相当壮观的场面。”

在他身旁的邓肯忽然明白了雷托真正的计划，顿时眼前一亮：“对啊，这是一个幌子！皇帝不可能不注意到这样一个戏剧性的危机。当杜菲面对帝国舰队的封锁，就没人会注意其他地方了，杜菲把所有萨多卡军团都吸引过去。而在有人向凯坦报告之前，我们就会在伊克斯部署好我们的部队。伊克斯上的萨多卡军团将会在得不到明确指令的情况下运作。这次运送救援物资的任务只是想要分散帝国的注意力。”

“没错。而且也确实能为比卡尔人民做些好事，同时提高我在兰兹拉德的地位。在我对伊克斯展开军事行动之后，我必须得到尽可能多的盟友的支持。”

在拥挤的码头上，巨大的起重机吱呀作响地将满载而归的渔网吊出货舱。在远处的港口，拖网渔船排成一行，等待依次进港，毕竟这个港口无法同时容纳所有渔船。

邓肯匆匆上山，前往卫兵营房时，雷托留下来参加这次节日庆典。哈瓦特坚持留在他的公爵身边做贴身保镖。

装满了数百万条银色鲱鱼的巨大渔网被抬到了岸上。空气中充满了鱼腥味。肌肉发达的渔民们把还在跳动的鱼从网里捞了出来，扔进装满盐和水的大桶里，而厨师们则用开槽的铲子把它们从大桶里舀出来，放进热气腾腾的大锅，里面是早就调好的肉汤。

雷托伸出胳膊，把手臂伸进脚边的一个桶里，抓出来一把鱼，顺着传送带递给渔民们。每个人都为他欢呼。而他最喜欢的就是眼下这个时刻了。

杜菲·哈瓦特僵硬地在密集的人群中走动，时刻警惕着可能潜伏在渔民中间的刺客。

与此同时，雷托则坐在一张户外的厚木板桌前，享受美味的鱼肉大餐。当他把面包塞进嘴里时，人们再次鼓掌喝彩，然后大家都加入了盛宴。

而这是他在未来一段时间内所能体验到的最后一点平静时光了。

谁知道今天会有什么东西会在人类历史的长河中留存下来？它可能是最微不足道的小事，看似无关紧要的项目。然而，它却引起了宇宙的共鸣，得以存活数千年。

——大圣母拉奎拉·贝托－阿妮鲁尔，贝尼·杰瑟里特创始人

这是她最近住过的第四套陌生房间了，又是一个断断续续的失眠之夜，阿妮鲁尔夫人从床上挣扎着爬了起来，走到门口。那些声音像影子一样跟着她。就连幽灵洛比亚也加入了她们，她既不提供帮助，也不保护她。

你们到底想要告诉我什么？

一直保持警惕的医护姐妹尤飒赶忙跟了过来，她的双臂伸开，摆出一个战斗姿势，阻止阿妮鲁尔从她身边走过去：“夫人，您必须回到床上休息。”

“我在里面没法休息！”阿妮鲁尔穿着一件宽松的睡衣，紧贴在她那湿漉漉的皮肤上，她铜棕色的头发凌乱地散开。布满血丝的眼睛周围都是皱纹和阴影。

前一阵，在阿妮鲁尔的疯狂命令下，仆人们把她的大床和那些笨重的家具从一个房间搬到另一个房间，就为了布置一个足够安静的地方。但无论大家怎样做都无法安抚到她。

尤飒尽力保持着平静的声音，说道：“好吧，夫人。我们会给你

另找个地方——”

阿妮鲁尔的身子摇摇晃晃的，好像马上就快要晕过去了，她忽然伸出手来，狠狠一推，把医护姐妹推得失去了平衡。小个子女人撞到了一张桌子上，把一只昂贵的华丽花瓶打翻在地。阿妮鲁尔借机从她身边跳了过去，冲进铺满瓷砖的走廊，同时打翻了女佣手中的早餐托盘。

阿妮鲁尔拼命向前狂奔，然后转了个弯，由于一直是光着脚在光滑的地板上奔跑，所以滑了一下，最后撞到了莫希阿姆，把她手里的文件和真言师一直随身带的利读联晶纸碰洒了一地。反应迅速的莫希阿姆也不管掉在地上的文件了，直接追赶阿妮鲁尔，但还是跟丢了。不一会儿，气喘吁吁的尤飒也追了上来。

在她们的注视下，狂野的阿妮鲁尔打开了通往服务楼梯的门。她挤了过去，但一只脚却被睡袍的下摆绊住了。她大叫一声，滚下了楼梯。

两名贝尼·杰瑟里特女巫追到了楼梯口，正看到浑身瘀伤、还在流血的阿妮鲁尔挣扎着从楼梯上坐起来。莫希阿姆急忙蹲下身来，跪在皇帝的妻子身边。这位圣母假装帮助她站稳，但其实用力抓住了阿妮鲁尔的手臂，另一只手搂住了她的腰，目的是阻止她再次逃跑。

尤飒弯下腰来，研究她的伤势：“她处于崩溃状态已经很久了。我一直担心情况会变得更糟。”这位医护姐妹给她服用了越来越多的强效精神药物，试图抑制其他记忆在她脑海中掀起的风暴，但没有成功。

莫希阿姆帮着受伤的阿妮鲁尔站了起来。但她的目光却只投向昏暗的楼梯间，仿佛是一头走投无路的野兽：“内心的声音无法被压制。她们这是想让我早点死好加入她们啊。”

“夫人，别这样说。”莫希阿姆使用了言音，加入了舒缓人心的力量，但这似乎对阿妮鲁尔没有任何影响。医护姐妹在阿妮鲁尔受伤的前额上贴了一块快速医疗贴片。她们一起搀扶着皇帝的妻子，慢慢地把她带回她的房间。

“她们一直在我的脑海里吵嚷，但只对我说一些混合了各种语言的只言片语——有些话我能听懂，有些我完全听不明白。我不知道她们到底想要告诉我什么，她们为什么这么惊慌。”阿妮鲁尔的声音因为痛苦而颤抖，“洛比亚也在里面，但即使是她也不能越过其他人来帮助我。”

医护姐妹从房间里的书柜上端起一把现成的茶壶，倒了些香料茶出来。阿妮鲁尔则一下子瘫倒在客厅里一张古典拉斐尔式的沙发上，然后用她那双淡褐色的眼睛看向莫希阿姆：“尤飒，让我们待一会儿。我需要和帝国真言师谈谈。单独谈谈。”

医护姐妹的脸色变得严厉起来，但最后，她还是勉强地同意让她们单独待着。阿妮鲁尔躺在沙发上，颤抖着深吸了一口气，说道：“心里藏着秘密对任何人来说都是一个很大的负担。”

莫希阿姆仔细地打量着她，抿了一口香料茶，感受着美琅脂在她的意识中欢畅地流淌起来：“我从来没有这样想过，夫人。我认为能为人保守重大机密是一种莫大的荣耀。”

阿妮鲁尔也呷了一口温热的茶，皱起了眉头，好像茶里有什么难闻的药似的：“很快，杰西卡就要生下一个女孩了，而这个女孩将会生下我们期待已久的魁萨茨·哈德拉克。”

“但愿我们能活着看到这一切变成现实。”莫希阿姆说道，仿佛是在祈祷。

现在的阿妮鲁尔似乎再次变回了那个通情达理、充满权谋的贝尼·杰瑟里特：“但作为魁萨茨圣母，我有着严重的担忧。我能看清并记住我们这个育种计划的方方面面。但为什么其他记忆会变得如此混乱，为什么在我们就快要完成目标的时候？她们是在警告我们杰西卡的孩子即将面临危险吗？有什么大灾难就要发生了吗？魁萨茨·哈德拉克的母亲难道不是我们所期望的那样？还是说魁萨茨·哈德拉克自己会出什么事？”

“只剩两个星期了，”莫希阿姆安慰她道，“杰西卡很快就要生了。”

“我决定至少要告诉她一部分真相，这样她才能更好地保护自己和孩子。杰西卡一定得明白她的命运，明白她对我们大家的重要性。”

莫希阿姆又喝了一口茶，试图掩盖她对这个建议的惊讶。她对自己的秘密女儿怀有深厚的感情，在瓦拉赫九号星她的女儿多年来也一直是她的学生。但杰西卡的未来，她的命运，比莫希阿姆和阿妮鲁尔的都重要。“可我们……真要向她透露这么多吗，阿妮鲁尔夫人？您是想让我亲自告诉她吗？”

“你毕竟是她的生母啊。”

好吧，莫希阿姆也同意了，确实应该告诉那个女孩至少一部分的真相了。即使在她最为痛苦的状态下，阿妮鲁尔夫人的这一论断也是正确的。*只是杰西卡不需要知道她父亲的身份。那样未免有些太残忍了。*

在一个即使犯下最小的错误也会导致自身灭亡的环境中工作，压力是显而易见的。

——哈什米尔·芬伦伯爵，《风险的回报》，写于流亡时

哈什米尔·芬伦伯爵现在正在返回伊克斯的途中，让皇帝自己去处理他亲手造成的政治烂摊子去吧，他现在只想给希达尔·芬·阿吉迪卡送去一个最为微妙的、恶毒并且极其痛苦的死亡，因为他企图派变脸者谋害自己。

但没有一个想法能让他感到满意。

他冲着卫兵比画了一下，然后下到了伊克斯地表下的洞穴里，他责备自己没能及早看到这些迹象并采取适当的行动来对付那些特莱拉叛徒。长期以来，那位诡计多端的研究大师编造了太多的借口，沙达姆皇帝完全被他蒙在鼓里。令人惊讶的是，几名特莱拉大师最近甚至出现在凯坦的宫廷里，似乎他们本就属于那里——而沙达姆竟然容忍了这一点。

而伯爵却清楚这个痛苦的事实。那就是尽管经过了二十多年的规划、研究和海量的资金投入，但奥马尔项目还是彻底失败了。不管公会得出什么结论，芬伦坚信那两名领航员失败的原因就是人造香料，而不是某些人臆测的比卡尔人的什么阴谋。

沙达姆愚蠢地以为他已经成功掌握了合成香料的制作方法，于是

采取了相应的行动。诚然，皇帝掌握的大部分证据都指向期待已久的成功，但芬伦仍然感到不安。尽管法律上的问题微不足道，但沙达姆的大香料战争还是会极大地破坏他与各大家族的政治关系。现在，要从这些错误中恢复过来需要几十年的时间……如果还能够恢复的话。

但假如，他和他可爱的玛格特能够预先采取措施保护自己不受即将来临的风暴的伤害，而把皇帝留给那些狼群，也许会更好。沙达姆·科瑞诺会为他自己的错误付出代价，而芬伦伯爵没必要和他一起沉入深渊……

现在，希达尔·芬·阿吉迪卡笔直地站在他的私人行政办公室门口，傲慢地等待芬伦伯爵的到来，似乎如今他那瘦小的身躯已经快盛不下他了。他那件白色的实验服的前襟上沾满了棕色的污迹。

研究大师用力朝空中挥了一下手，萨多卡卫兵立刻就溜走了，把他和芬伦伯爵单独留在办公室里。芬伦攥紧拳头，随后又放松下来，竭力控制住自己的怒火。他不想很快就杀死这个小个子男人。所以刚一进门，芬伦就特意把身后的门关上了。

阿吉迪卡走上前来，他那老鼠一般的黑眼睛里闪烁着自负。“向我鞠躬吧，佐尔！”紧接着，他用一种芬伦听不懂的喉音嘟囔出另一道命令，然后改回了帝国的加拉赫语，“你没有及时向我发送消息，我会为此而惩罚你。”

芬伦对面前这人的自大忍不住笑了起来，但正是这微微的一笑骗过了阿吉迪卡。然后，他猛地伸出手来，一把抓住研究大师长袍的前襟，怒吼道：“我可不是你的变脸者！我已经给你判了死刑。问题是什么时候以及如何处死你，嗯-嗯-嗯？”

当阿吉迪卡意识到自己犯了一个无比可怕的错误，他原本灰白的皮肤瞬间变得更白了：“当然，我亲爱的芬伦伯爵！”帝国香料大臣勒紧了手里的长袍，阿吉迪卡的声音变得越来越沙哑：“你……你通过了我的测试。我太高兴了。”

芬伦厌恶地松开了手。阿吉迪卡四脚朝天，重重地摔在地板上。芬伦在自己的短上衣上擦了擦手，似乎是觉得这个背信弃义的家伙太过肮脏：“阿吉迪卡，是时候把我们的损失减少到最低了。也许我应该把你从大王宫的阳台上扔下去，这样所有人都能看到你的丑态，嗯-嗯-嗯？”

研究大师用自己那近乎窒息的声音呼喊了卫兵。芬伦很快便听到了一阵急匆匆的脚步声，但他并不担心。他的身份是帝国香料大臣，也是沙达姆的密友。萨多卡士兵当然会服从他的命令。他脑海中忽然灵机一动，浮现出一个好主意，这让他禁不住笑了起来。

“是的，嗯，我将宣布伊克斯最终获得了自由，并亲自成为它伟大的解放者。我会和萨多卡士兵一起谴责特莱拉多年以来对伊克斯人民的压迫，嗯-嗯-啊，然后销毁你们非法研究奥马尔的所有证据，最后我——当然还有沙达姆——会一起成为英雄。”

研究大师挣扎着站了起来，看起来就像一只长着锋利牙齿的疯老鼠：“你不能这样做，芬伦伯爵。我们现在已经很接近了。真的很接近了。奥马尔马上就会获得成功。”

“奥马尔失败了！你的两次远航机测试结果都是灾难，你应该感谢宇航公会还没有发现是我们在背后搞鬼。领航员永远不能使用这种合成香料。谁知道你的药还会带来什么后果呢？”

“胡说，我的奥马尔是完美的。”阿吉迪卡把手伸进长袍里，好像准备掏出一件隐藏武器。芬伦立刻蹲下来准备攻击，但研究大师最后掏出来的只是一块铁锈色的块状物，他随后便把它塞进了自己的嘴里：“我自己就在服用大量的奥马尔，我现在的感觉棒极了。我比以往任何时候都要强壮。也能更加清楚地审视这个宇宙。”说着他使劲地拍了拍额头，脑门都拍红了。

房门忽然被一下子撞开了，年轻的指挥官坎多·加隆率领着一小队萨多卡士兵冲了进来。这些士兵的动作看上去竟然非常优雅，丝毫不像往常那样僵硬。

阿吉迪卡指着士兵们说道："我已经给所有驻扎在这里的萨多卡士兵增加了三倍的香料配额。也就是说他们已经服用奥马尔六个月了。他们的身体里现在全是人造香料。看看，他们现在变得多么强壮！"

芬伦仔细看了看这些帝国士兵的脸。他确实看到了一种像狼一样的野性，他们的眼睛里透出一股坚毅，肌肉里也仿佛隐藏着巨大的危险。加隆向他微微鞠了一躬，致以他最低程度的敬意。

阿吉迪卡继续说道："也许奥马尔对那些领航员来说太过有效，所以我再调整一下剂量就好了。或者他们应该先接受一下人造香料的训练。总之我们没有必要因为一些小失误而放弃我们所有的进度。我们在奥马尔项目上的投资太多了。奥马尔是有效的。*真的有效！*"

阿吉迪卡现在看上去就好像犯了癫痫。他神经兮兮地、手刨脚蹬地跑了过来，一把用胳膊肘推开了门口的萨多卡士兵，冲着芬伦喊道："伯爵，你跟我来看看这个。让我来说服你吧。皇帝真应该亲自服用一些我的产品。是的，我们必须把样品寄回凯坦。"他举着双手，趾高气扬地冲进走廊，就像是一个错把自己当成巨人的侏儒，"你不可能什么都明白。你的视野……近乎无限地渺小啊。"

芬伦只好努力跟上阿吉迪卡。萨多卡士兵则默默地跟在他们后面。

研究馆的主楼总是会让芬伦感到厌烦，尽管伯爵清楚这里必然会有特莱拉人的那些培育罐。早已脑死亡的女人被扔在里面，变成一具被特莱拉人连接在不断冒泡的生命维持系统上的干尸，最后连一点人样都没有，她们的身体会变得异常肿胀，但仍持续不断地被迫进食。她们只是一些被囚禁的子宫，她们自己就是生物工厂，生产那些被可憎的基因巫师编入她们生殖系统的生化产品。

奇怪的是，附着在她们身体上的容器——通常里面装的应该是生产出来的奥马尔——现在却是空的。这些培育罐虽然还活着，但似乎都处于离线状态。只有一个例外。

阿吉迪卡把他带到了一个最近才连接到培育罐系统的裸体年轻女子面前。这个女人一眼看上去难以分辨出性别，胸部不大，黑色短发。她那双紧闭着的眼睛已经凹陷了。“看看这个，伯爵。她很健康，非常健康。虽然我们仍在不断调配她的子宫以产生奥马尔所需的化合物，但她一定会为我们生产出良好的产品的。然后我们再把其他的培育罐和她连起来，这样就有了更多的奥马尔培育罐了。”

芬伦看着面前无助的裸体女人，丝毫感觉不到任何情色，虽然都是女人，但她与自己那美丽的妻子似乎完全不是同一物种。“她为什么这么特别?”

“她是个间谍，伯爵。化装成男人到处刺探，最后被我们抓住了。”

“任何一个女人来你们这里都会伪装成男人的，这没什么奇怪的。”

“她可是一个贝尼·杰瑟里特。”

芬伦顿时无法掩饰他的惊讶了：“姐妹会知道我们在这里的行动了?”*该死的阿妮鲁尔！我真该杀了她。*

“那帮女巫似乎暗示过这一点。因此，留给我们的时间不多了，”阿吉迪卡搓着双手说道，“所以你看，你现在不能处决我。这里的工作不能停。皇帝一定会得到他想要的奥马尔。我们可以稍后解决我们的小分歧。”

芬伦扬起眉毛，说道：“所以你把对远航机的破坏和所有乘客的失踪称为‘小分歧’？又或是说我应该忘记你那位变脸者对我的暗杀企图？嗯-嗯-嗯-嗯？”

“是啊！是啊，我就是这个意思。在整个宇宙面前，这等小事无关紧要。”这个侏儒的眼睛里开始闪现出疯狂的光芒。“芬伦伯爵，现在我不能让你给我找麻烦了。我的工作比你、科瑞诺家族甚至帝国本身更重要。我只是需要一点时间。”

芬伦气得转过身来，打算大声把萨多卡士兵喊过来，然后命令他们——但就在这么一瞬间，伯爵发现在这些士兵看着阿吉迪卡的眼神中，出现了一种奇怪的神情，一种堪称狂热的忠诚，这让他大为惊讶。他从没有想到萨多卡士兵的忠诚会出什么问题。这些人显然对那些人造香料上了瘾，他们的身体被人造香料的力量弄得快绷不住了。而这位狡猾的研究大师会不会同时给他们洗脑了？

“我不会让你耽误我的大事的，”阿吉迪卡的话语中充满了威胁的味道，“尤其是现在。”

研究馆里的其他特莱拉工作人员似乎听到了阿吉迪卡的这句话，他们纷纷走了过来，靠近着芬伦。他们中的一些人弄不好也可能是变脸者。芬伦一下子冒出了冷汗，他有生以来第一次感到了真正的恐惧。他现在可是一个人在这里啊。

这么多年以来，他一直低估了阿吉迪卡的能力，但现在他发现这位研究大师已经成功地制订了一个惊人的计划。在特莱拉人和萨多卡士兵的包围之下，芬伦忽然意识到自己可能无法活着离开这个星球了。

只有无尽的等待。时间越来越慢，似乎像是过了一辈子。我们的噩梦什么时候才能结束？日子就这样一天天过去了，尽管希望还在……

——克泰尔·皮尔鲁，他的秘密日记的片段

一台人形机器此时正站立在伊克斯一家武器制造厂的废墟外面。在伊克斯被特莱拉占领的这几十年里，那些用来生产复杂机械和技术奇迹的装配线大多保养不善，基本都被废弃或是用于其他用途了。特莱拉入侵者没有足够的知识保持如此复杂的系统继续平稳运行，而那些技术熟练的伊克斯工人则采取各种方式消极抵抗。

就在几天前，生产线上早已破败不堪的最后一个工作站终于无法继续运行了。它的发动机冒出滚滚浓烟，里面的零件都被熔在了一起，最后彻底坏掉了。在如此紧急的情况下，伊克斯的工人们只是站在一旁干看着，什么也没做。

这个地下世界早已滑向无序和衰败。维修技术人员心不在焉地拆除了工作站里那些损坏的装配线部件，但特莱拉领主们无法提供替换部件。而其他几台机器旁的工人们都装出一副忙碌的样子，躲在阴影里的萨多卡卫兵和特莱拉大师则继续徒劳无功地密切监视一切。监视机仍飘浮在众人的头顶，搜寻任何不寻常的东西。

隆博王子故意选择了这样一个最显眼的地方。他现在就像一尊雕像一样，站在这些繁忙的设备面前。伊克斯工人看了他一眼，然后又看向了别处，仿佛什么也没看见，更没有认出他来。贝尼·特莱拉对他们多年的压迫让他们的头脑和感官都变得麻木。

他那张伤痕累累的脸和金属头盖骨现在都暴露在外，在他看来就像是自己的荣誉勋章。他剥去了自己假肢上的假皮肤，露出了里面的滑轮、电子设备和机械增强装置，这能让他更加接近那些笨拙的怪物——复合伊克斯人。哥尼甚至弄了一些泥巴抹在他身上。既然隆博已经不能伪装成正常的人类了，那么他只能选择成为更为低级的东西。

浓烈的化学烟雾涌向洞穴的天花板，那里装有空气交换器，能够吸收并过滤这些颗粒物。但即使是最好的净化系统也无法清除弥漫在无辜民众周围的恐惧。

隆博用自己的双眼——包括人类的眼球以及那颗人造眼——仔细地观察他周围的一切。看到这个曾经无比辉煌的城市走向毁灭让他感到既恶心又愤怒，几乎再也无法忍受。厄崔迪部队就要来了，在这个关键时刻到来之际，他希望自己能够尽快地在伊克斯播下革命的种子，以便里应外合。

他开始向前移动，走得十分缓慢且不稳定，几乎只是漫无目的地游荡，动作与一名被特莱拉人复活的复合伊克斯人一般无二。隆博来到了一座破败工厂，然后从阴暗的外沿下走了过去。

哥尼·哈莱克躲避着工人和卫兵，快速向他打了个手势。在这个有着墨藤伤疤的人旁边，似乎站立着一道黑色的阴影，在隆博的记忆中，那人似乎正是自己年轻时的好友。但如今他那沧桑的外表已经快让隆博认不出来了，他低声惊呼道："克泰尔·皮尔鲁！"

克泰尔曾经是个精力充沛的年轻人，他有一双黑色的眼睛，身材矮小，就像他的孪生兄弟德默尔那样。但在某些方面，克泰尔身上发生的变化似乎比他的领航员兄弟还要大。他的眼睛现在疲惫不堪，眼窝深陷，深色的头发杂乱无章，很明显已经很久没洗了。

“……王子?”他压低了声音问道，似乎不敢相信自己的眼睛。毕竟他这么多年已经见过太多的幻觉和破碎的梦境了。再一看到维尔纽斯家族的继承人竟然变成了这副模样，克泰尔顿时觉得五雷轰顶，近乎崩溃了。

哥尼紧紧地抓住他们的手，说道：“你们俩都要小心。我们不能引起别人的注意。我们也不能在外面待太久。”

“我倒是……有个地方，”克泰尔说道，“确切地说是一些地方。”

“我们必须把消息传开，”隆博的声音低沉而坚定，“我们必须让那些已经放弃的人，以及那些多年来一直仍心怀希望的人知道。我们甚至会去寻求次人的帮助。所有人都必须知道伊克斯的王子现在回来了。自由不再是不可能实现的幻象——现在是时候了。毫无疑问，我们将光复伊克斯。”

“可是任何胆敢说出这样的话的人都会让自己陷入巨大危险之中，王子，”克泰尔说道，“人们都生活在恐惧之中。”

“不管怎样，这些话也必须传播开，即使会引起那帮怪物的注意。我的人民需要知道我回来了，伊克斯这段漫长、黑暗的噩梦很快就要结束了。所有人都必须做好准备。雷托公爵的部队很快就到。”

隆博伸出一只强有力的假肢，拥抱了这位瘦弱的自由斗士。即使对王子那反应缓慢的神经传感器来说，克泰尔也显得太瘦弱了。他真希望雷托的行动能越快越好。

将战争看成是一项运动是成熟的表现。统治那些有军人气质的人时，你必须明白他们对战争的渴望有多么强烈。

——至尊霸撒苏姆·加隆，萨多卡军团指挥官

在向伊克斯进军的那一天，厄崔迪的士兵们一个个摩拳擦掌，面色兴奋地登上了飞船。但战争残酷的一面很快就会展现在他们眼前。

雷托现在就站在一座可以俯瞰整个太空港的演讲塔上，剑术大师邓肯·艾达荷和门泰特杜菲·哈瓦特站在他的身旁。自从那次悲惨的天空帆船大游行之后，卡拉丹就没有今天这般壮观的景象。一排排军舰在清晨第一缕阳光下闪闪放光。身着整齐军服、极其忠诚的厄崔迪士兵列好方队，准备登上运输飞船、驱逐舰、监视舰以及巡洋舰。

二十多年来，特莱拉入侵者和他们的萨多卡盟友封锁了伊克斯。许多间谍在试图潜入那个世界时牺牲了——所以一旦隆博和哥尼被捕并遭受酷刑，那么厄崔迪军队可能就失去了突袭的优势。雷托知道这是一场不折不扣的赌博，而且很可能会让他失去一切，但他从没考虑过取消这次军事行动。连这个念头都没动过。

在哈瓦特的单独指挥下，一共有十八艘补给船在一小批武装护卫下准备出发。门泰特的这个部署很明显非常大胆，但他的目的是为了转移敌人的视线。他的这批救援船队将出现在比卡尔和参辛中转站之间，在那里他们将会公开播放雷托的人道主义倡议书。哈瓦特认为，

封锁比卡尔的萨多卡舰队军官会立刻给皇帝发送消息，而沙达姆就会把注意力集中在比卡尔这个被封锁了的星球上。帝国军队将会被召集过去。与此同时，兰兹拉德联合会的那些代表无疑会在演讲大厅里赞扬厄崔迪公爵的慷慨之举。

而就在这个时候，邓肯·艾达荷的部队将会像一把铁锤狠狠击中伊克斯。

太空港停机坪的跑道外面，人头攒动，彩带在微风中飘摆。人们大声欢呼，挥舞着带有雄鹰纹章的黑绿色三角旗，而鹰是厄崔迪家族自古以来的象征。

情人、妻子和母亲们纷纷向队伍里的士兵大喊，鼓励他们。现场一片混乱，很多年轻的士兵纷纷跑回去做最后的吻别。很多时候，士兵们甚至不认识自己吻的漂亮女人到底是谁，但这对他们来说无疑成了一种安慰，表示这世界上还有人关心他们，希望他们能安全平安返回。

雷托公爵不由自主地想起了与他分开了数月之久的、正在皇宫里过着奢华生活的杰西卡。她马上就要生下他的孩子了，而他现在无比渴望能和她在一起。这也是他前往凯坦星的最大好处……

雷托今天特意骄傲地穿上了一件猩红色的斗牛士制服，和当年他父亲穿的那件很相似。这种斗牛士服在卡拉丹是一个重要的象征，人民很容易被它打动。而当雷托穿着这件红色衣服出现在人民面前时，代表的不再是斗牛场上的杀戮（很久以前，厄崔迪家族的红色公爵们从来都是因为斗牛而驰名的），而是伟大和荣耀。

跳板打开了，军官们命令士兵列队前进。几名士兵们纷纷唱起了厄崔迪家族战歌。他们不顾周围的喧嚣放声歌唱着，都有些跑调了，很快另外几名士兵也跟着唱了起来，不久所有的士兵都加入了进来，这是他们在对自己的公爵表达最高程度的敬意，敬重雷托公爵展现出的反抗决心和最纯粹的正义感。

歌声慢慢结束了，就在第一批士兵登上战舰之前，雷托走到了演讲塔的边缘。士兵们都静了下来，等着他们的公爵做最后的动员。

“在许多年前的埃卡兹战役中，保卢斯·厄崔迪公爵与多米尼克·维尔纽斯伯爵曾并肩作战。这两位伟人是战争英雄，也是最亲密的战友。现在，很多年过去了，也发生了很多悲剧，但我们永远不能忘记一件事：那就是厄崔迪家族不会抛弃朋友。”

人群中顿时响起雷鸣般的欢呼声。在大多数情况下，卡拉丹的人民不怎么关心这个变节的家族。毕竟对于普通老百姓来说，伊克斯是一个他们这辈子都永远不会去的遥远世界，但隆博王子在他们心中却是无可替代的。

“我们的士兵将夺回本就属于维尔纽斯家族的世界。我的朋友隆博王子将拯救伊克斯人民，为他们带去向往已久的自由。”

在卡拉丹和帝国的许多其他星球上，人们对特莱拉人的憎恨与日俱增。侵占伊克斯无疑是他们所行恶事中最令人发指的一例，当然他们干的坏事远不止这一件。几个世纪以来，这些侏儒获得的不义之财太多了，现在是执行正义的时候了。

雷托继续说道：“我们在任何时候都会去行正义之举、做正确之事，去帮助那些需要我们帮助的人。这就是为什么我派出了我的门泰特杜菲·哈瓦特，我给了他一个特殊的任务。”

他环视了人群，继续说道：“不久前，我们不得不对比卡尔的首席行政官进行了严厉的制裁，但现在比卡尔的人民正在遭受一场可怕的瘟疫，这场瘟疫正在摧毁他们的世界，但就因为我与他们的政府产生了争端，是不是就可以选择无视他们的人民?”说着他举起了拳头，“我说不！”

人们再次大声欢呼起来，虽然这次少了一分热情。

“其他家族都对比卡尔人民的灾难置若罔闻，但厄崔迪家族打算挑战帝国的封锁并提供他们急需的救济物资，就像我们为李芝人所做的那样。”他压低了声音问道，“我们也希望有朝一日有人能为我们做同样的事，不是吗？”

雷托相信卡拉丹的人民会理解他的原则和选择的。当初，在他对比卡尔的侮辱做出积极回应后，他在兰兹拉德联合会里获得了不少声望，而后他又通过帮助李芝的难民，表现出了自己富有同情心的一面。现在他要向全宇宙展现内心的力量了。此时的雷托不由得想起了《奥兰治天主圣经》中的一句话：“爱朋友容易，爱敌人难。”

“我将独自直接前往凯坦，在那里，我将和我那位皇帝表亲好好谈谈，并在兰兹拉德发表正式讲话。”他停顿了一下，内心充满了激情，“我还将见到我心爱的杰西卡夫人，她就要生下我们的第一个孩子了。”

欢呼声和口哨声顿时爆发了出来，人们拼命挥舞厄崔迪家族旗帜。长期以来，人们一直把他们的公爵在卡拉丹城堡里的轶事看作是神话和传说。人们需要这样的景象。

最后，他举起一只手，好像在祝福，人民和士兵的呼喊声震耳欲聋。在演讲塔上，邓肯和杜菲笔直地站在他的身旁，目视着士兵们整齐有序地登上指定的飞船。如此壮观的士兵方阵甚至会给沙达姆皇帝本人留下深刻印象。

雷托感到一股发自内心的温暖，人们对他充满了信心和美好的期望。他发誓不会让他们失望。

帝国的面貌即将发生改变。

一个看到机会而什么也不做的人就仿佛在睁着眼睛睡觉。

——弗雷曼人的智慧

在杰第主星的宅邸中，格洛苏·拉班很享受掌管哈克南要塞的感觉。在这座高大的石墙要塞里，他可以肆意使唤仆人，举行自己的角斗士比赛，并严格地控制人口。这是他作为兰兹拉德贵族的特权。

更妙的是，现在他身边已经没有那位老谋深算的门泰特了，他似乎总是在批评拉班做的每一件事。皮特·德伏现在身在凯坦，正在玩他的外交间谍游戏。而拉班的叔叔哈克南男爵也留在了厄拉科斯，被宇联商会以检查和审计相要挟，亲自监督复杂的香料生产工作。

现在唯一做主的就是野兽拉班。

严格意义上说，他就是准男爵，哈克南家族的法定继承人，尽管哈克南男爵经常威胁说要换掉他，比如把政权交给年轻的费伊德－劳萨。除非拉班能找到证明自己价值的方法。

他站在城堡东翼的动物围场里，过道里全是动物的臭味。湿漉漉的皮毛、血液、唾液和粪便堆积在他脚下，野兽们在过道下面的大坑里不住撕咬着。这些巨型猎犬长着闪闪发亮的黑眼睛，为了能看一眼天空或是吃一块鲜肉而拼尽全力地战斗，它们龇着长长的尖牙，狠狠咬向想象中的敌人。拉班对着这些巨犬咆哮了几声，仿佛他自己就是它们的首领，他噘着厚厚的嘴唇，露出一口参差不齐的白牙。

他蹲下身来，把手伸进过道边上的一个笼子里，拽出一只不断挣扎着的猿猴兔。这只兔子的眼睛又大又圆，耳朵耷拉着。它的尾巴缠绕在一起不停抽动着，很明显它感到生命受到了威胁，但似乎又渴望得到主人的爱抚。拉班有力的手指紧紧地抓住它那柔软的皮肤和温暖的皮毛，吓得它一个劲发抖。然后他把猿猴兔举得高高的，好让猎犬看清他手中的食物。

在狗圈里，巨犬开始狂吠，拼命蹦跳着。它们用爪子在黏糊糊的石墙上乱抓，但就是无法够到狗圈的上沿。被拉班抓在手里的那只毛茸茸的兔子挣扎了一下，又踢又叫，试图逃脱那命中注定的厄运。

这时，拉班身后忽然传来一个声音，这声音意外地离他很近："注意保持形象好吗，野兽？"

拉班的动作被打断了，吓了一大跳，一不小心松开了手。那只猿猴兔扑通一声掉进了狗圈里。一只猎犬跳了起来——是一只灰色的大型布鲁威犬——在半空中就把兔子叼住了，这只根本无法逃脱厄运的动物还没来得及发出一声尖叫，就被撕成了碎片，血光四溅。

拉班转过身来，看见一头黑发、目露凶光的亨德罗·莫里塔尼子爵正站在他身后，宽大的手掌撑在鳞甲马裤上，他那件深红色丝鳞外套上顶着两个硕大的肩章。

拉班还没来得及说话，克鲁比队长——哈克南的卫队首领——就快步走了过来，后面还跟着一名神色激动的副官，他佩戴着莫里塔尼卫队的肩章和领章。

"对不起，拉班大人，"克鲁比上气不接下气地说道，"子爵没有经过我的允许就进入要塞了。我还在寻找您的时候，他就已经——"

格鲁曼星球的领袖只是笑了笑。

拉班挥手让克鲁比安静下来："队长，如果最后发现这件事浪费了我的时间，我会处理你的。"这时，他忽然觉得自己这么歪站着有些失去平衡，于是转动他宽阔的肩膀，转身直视莫里塔尼子爵的眼睛问道：“你想要什么？”其实严格地说，子爵在兰兹拉德联合会里的级别要比他高，而且通过对埃卡兹家族和吉奈斯剑术大师们的报复，他也证明了他那残忍的报复心。

“我想给你一个机会和我一起玩一场愉快的战略游戏。”

为了尽快恢复镇静，拉班又从笼子里抓出一只猿猴兔。他一把抓住了它的后颈，这样，无论它怎样扭动它的卷尾巴，都无法缠住拉班的手腕。

“我觉得只有哈克南家族的人会像我一样喜欢这件事里的讽刺感，”莫里塔尼继续说道，“我认为你肯定愿意利用雷托公爵那糟糕的计划所带给我们的机会。”

拉班故意把兔子挂在狗圈的围栏上。猎犬们顿时再次狂吠起来，纷纷跳起来想要吞下这诱人的食物，但是野兽却把它挂得高高的，让它们怎么跳也够不着。早已被吓坏了的兔子控制不住自己的膀胱了，尿液像雨点般落进了笼子里，但那些巨犬却似乎毫不在意。最后，当拉班觉得这只兔子已经到了恐惧的顶点时，才厌恶地把它扔了下去。“你给我解释一下吧。我听着呢。还有厄崔迪家族和你要说的事有什么关系？”

子爵扬起浓密的眉毛，说道：“我认为你应该比我更痛恨雷托·厄崔迪公爵。”

拉班哼了一声道：“这一点连傻瓜都知道。”

“就在咱们说话的这个时候，雷托公爵正在前往凯坦星的路上。他将在兰兹拉德发表讲话。”

“所以呢？你是想让我冲到凯坦去抢前排的座位吗？”

子爵耐心地微笑着，像是父母在等待孩子自己琢磨明白某个道理。“他的门泰特，那个杜菲·哈瓦特，显然已经开始往比卡尔运送救援物资了。而且”——莫里塔尼举起他的食指——“在暗地里，雷托派出了几乎所有的家族军队和飞船，去执行一项秘密军事任务。”

“派去哪里？你又是怎么知道的？”

“我无意间发现的，野兽拉班，因为不管是谁，调动如此庞大的一支军队，同时塞满那么多公会飞船，都不可能不引起间谍的注意，哪怕是最无能的间谍。”

“好吧，”拉班承认道，同时在心里打起了小算盘，但仍旧是一头雾水，“这么说你知道厄崔迪部队的目的地喽？杰第主星有危险吗？”

“哦，他们的目的地当然不是杰第主星了——厄崔迪家族太在乎荣誉，不会行此卑鄙之事。事实上，我并不担心他们的目标是谁，只要不是你或我就行。”

“那我为什么又要在意呢？”

“拉班，如果你会算数的话，你会发现经过这一番小心的调度，雷托心爱的卡拉丹的防御力量就只剩下一个空架子了。如果我们现在对他们进行一次集中军事打击的话，我们就能彻底把他从卡拉丹赶出去。”

笼子里的猿猴兔吱吱叫着，扭动着身子，拉班踢了一脚笼子，但这么做只会加剧它们的不安。克鲁比队长往后退了几步，噘起嘴唇沉思着，稀疏的胡子都皱了起来。除非拉班特别要求，这位队长不会随便说话，也不会提供什么战术建议。

那名神色紧张的副官急匆匆跑到莫里塔尼身边，说道：“子爵，您知道这样做是不明智的。在没有给出合理警告的情况下攻击一颗行星，而且也没有事先在兰兹拉德上提出争端，没有对敌对贵族提出正式挑战，这些都严格违反了血海深仇战①。您跟大家一样清楚那些规矩的，大人。您——”

---

①血海深仇战指的是冲突双方约好在大联合协定规定的严格限制条件范围内，展开家族间的世仇战。

“给我闭嘴。”子爵打断了他，但声音却没提高分毫。那名副官立即闭上了嘴。但拉班却想知道副官所提出问题的答案，因为这个焦虑不安的人提出了一些拉班自己没好意思问的问题，他害怕这问题会让自己看起来像个胆小鬼。

“我可以试试吗？”莫里塔尼问道，说着把手伸进了兔笼。他抓起一个扭动的猿猴兔，举到狗圈上方，“这可真有趣，通常你会赌哪只猎犬抓到猎物吗？”

拉班摇了摇头：“我只是在喂食。”

子爵松开了手。那只灰色的大布鲁威犬又一次超过了它的同伴，在半空中抓住了兔子。拉班决定过几天杀掉这只好斗的狗，比如在下次角斗活动中把它扔进角斗场。

子爵接着说道：“规矩是为那些喜欢在历史车轮上行走的老人制定的。”确实，这位子爵本人就曾残忍地袭击了宿敌埃卡兹家族，对整个首都进行了地毯式轰炸，还谋杀了埃卡兹大公的长女，重燃了数代人的宿怨。

拉班说道：“事实上，你自己就因为违反规则而被帝国制裁了很多年。萨多卡军团被派驻在你们的世界里，商业活动都因此中断。”

可这位格鲁曼的领主似乎一点也不在乎：“是啊，但现在一切都结束了。”

几年前，雷托公爵试图在莫里塔尼和埃卡兹之间调停，但他表现出对埃卡兹家族的偏向，甚至有一阵还打算与大公的女儿订婚。但莫里塔尼子爵这次的提议中并没有想对此事复仇，而只是想简单地利用这个机会。

“不过，由于沙达姆的限制，我还是被禁止调动太多军队。我已经尽可能多带些人来了，我很巧妙地躲避了帝国军队的监视——”

“你把军队带到这里了？杰第主星？”拉班明显被吓坏了。

“你可以看作是一次友好访问，”莫里塔尼耸了耸肩，“不过，如果我没说错的话，哈克南家族可以不经过任何审查，随意调动军事力量。所以我现在问你，你愿意加入我这个有些冒险的行动吗？”

拉班深吸了一口气，大为震惊，陷入了沉默。克鲁比队长不安地挪动着脚，但什么也没敢说。“你想让哈克南军队加入你的军队？然后格鲁曼人和哈克南人一起进攻卡拉丹——”

“现在，卡拉丹几乎没有防御能力，”莫里塔尼提醒拉班，“根据我们的情报显示，只有少数年轻人和老年人留了下来，武器也只剩下一些小型的。但我们的行动必须迅速，因为雷托不会让自己的大门永远打开。想想你有什么可失去的？加入我吧！”

“雷托公爵知道血海深仇战的规矩是所有家族都必须遵守的，大人，”克鲁比干巴巴地说道，“‘必须遵守规则’。”

那位紧张不安的副官也恳求他的主人道：“我的子爵大人，这个行为太过鲁莽了。我请求您重新考虑一下——”

亨德罗·莫里塔尼晃动着他的肩膀，挥拳狠狠一击，把他的副官打进了狗圈。与猿猴兔不同的是，当猎狗攻击时，这位副官有的是时间发出尖叫。

格鲁曼人朝拉班笑了笑，说道：“有时候，为了获得最大利益，我们必须出其不意、攻其不备。”

掉进狗圈里的副官现在一动也不动了，饥饿的巨犬把他的尸身撕得粉碎。拉班甚至能听到下面传来的撕扯声，听到大狗为了吸食新鲜、滚烫的骨髓咬开腿骨的清脆碎裂声。

他慢慢地点了点头，脸上的表情却不怎么吉利：“卡拉丹将是我们的。我喜欢这个说法。”

“在我们的共同占领下。”莫里塔尼说。

“是的，当然。一旦我们占领了卡拉丹，你觉得我们该如何保卫我们的胜利果实呢？只要厄崔迪公爵一回来，他的军队也会跟着回来——当然前提是这些军队还没被消灭。”

莫里塔尼笑了："首先，我们要确保不能有人离开卡拉丹去给他送信儿。在我们的部队取得胜利后，我们必须立刻限制进出卡拉丹的远航机。"

"我们还可以给雷托公爵准备一个惊喜派对，然后等着他回来！"拉班说道，"他只要一着陆，我们就伏击他。"

"没错。我们可以一起解决这个计划中的各种细节问题。我们可能还需要在攻击行动后引入一些增援力量，一支足以全面占领卡拉丹的军队，征服这里的民众。"

粗犷的哈克南继承人紧咬着厚厚的嘴唇。上次他选择自己出手时，在瓦拉赫九号星上撞毁了哈克南家族唯一的一艘无场飞船。那时他试图攻击那些自鸣得意的贝尼·杰瑟里特女巫，是她们把疾病传染给了男爵，而拉班认为他的叔叔会为他的自主行动感到骄傲。但计划并没有顺利进行，还损失了那艘无价的隐形飞船……

然而，这一次，他知道他的叔叔不会犹豫的，毕竟鲜有这样的机会打击哈克南家族的死敌。他小心地看了看子爵。克鲁比队长也深思熟虑了一番，然后默默地点头表示同意。

"只要我们使用没有标记的飞船，子爵，"拉班说道，"我们得让它看起来像一个大型贸易代表团或是什么……除了军事力量以外的任何东西。"

"你有脑子，拉班大人。我认为我们会合作得很好。"

听到这番恭维，拉班这才笑了起来。希望这个大胆的决定能让他叔叔明白他这只野兽到底有多聪明。

他们两个人握手，成交。狗圈里的吞食声渐渐消失了，毛发竖立、肌肉发达的猎犬纷纷抬起头来，希望能有更多的食物扔下来。

是知识增加了一个人的负担，还是无知增加了一个人的负担？每个老师在改变一个学生之前都必须考虑这个问题。

——阿妮鲁尔·科瑞诺夫人，《私人日记》

在壮丽的帝国落日的照耀下，莫希阿姆蹑手蹑脚地走到杰西卡身后。杰西卡此刻正坐在观赏花园的一个小泳池旁。真言师这样观察她的秘密女儿有一段时间了。年轻的杰西卡处于妊娠晚期，她已经适应了那稍显笨拙的身体。孩子很快就要出生了。

杰西卡向前伸出手指，在水池里搅了搅，模糊了她的倒影，然后轻声说道："您就这么偷看我，圣母，可太有意思了。"

莫希阿姆微微一笑，噘起嘴唇道："我还盼着你能感知到我呢，孩子。毕竟，是谁教你如何观察周围世界的？"说着她走到池边，掏出一块记忆水晶。"阿妮鲁尔夫人让我把这个给你。有些事情她想让你知道。"

杰西卡接过这块闪闪发光的东西，仔细端详着："夫人身体好吗？"

莫希阿姆的语气很谨慎："我相信一旦你的女儿降生了，她的情况就会有很大的改善。她最关心的就是你的孩子，这也让她非常痛苦。"

杰西卡移开目光，担心莫希阿姆会看到她涨红的脸颊："我不明白，圣母，一名公爵侍妾的孩子怎么会这般重要呢？”

“走，我们找一个可以坐的地方。我们私下谈。”说着她们起身走向一位已故皇帝下令安装的太阳能旋转木马。

杰西卡今天穿了一件有着特殊颜色的孕妇装，这种颜色能让她想起雷托。怀孕给她的身体带来了很多的变化，尤其是在她体内积攒了许多负面情绪，这种情绪方面的变化，即使是贝尼·杰瑟里特训练也很难控制。每天她都把大量时间倾注在阿妮鲁尔送给她的羊皮纸日记本上。公爵是个骄傲的男人，但杰西卡心里很清楚他也在想念她。

莫希阿姆在镀金的旋转木马长椅上坐了下来，杰西卡走到她身边，手里还拿着那块记忆水晶。她们刚一坐下，机器就自动启动了，开始缓慢旋转起来。杰西卡眼前的花园景观不断变化。附近一根爬满三角梅的柱子上挂着一盏闪闪发光的球形灯，虽然太阳还没有落山，但灯已经亮了。

自从杰西卡来到凯坦星，尤其是在泰洛斯·瑞法冲到皇家包厢前制造了惊天动地的暴乱，杰西卡就一直处于卫兵的严密保护之下。尽管她没有表现出厌烦来，但她不可能没有注意到他们那有些过度的保护。

为什么我这么特别？姐妹会想要我的孩子做什么？

杰西卡把记忆水晶翻过来放在手里。这块水晶是八角形的，每一面都闪耀着淡紫色的光芒。莫希阿姆掏出另一块水晶，也捧在手心里，说道：“来吧，孩子。激活它。”

杰西卡把这个闪闪发光的东西放在手心，然后捧在手里，用体温加热它，用汗水滋润它，为储存在里面的定制记忆注入能量。

当她凝视水晶，水晶开始投射出一道道光束，交叉着穿过她的视网膜。在她身旁的莫希阿姆也几乎同时启动了她手里的那块水晶。

杰西卡闭上眼睛，听到一阵刺耳的轰鸣声，很像宇航公会的飞船进入折叠空间时发出的声音。当她再次睁开眼睛，她眼前的景象全都变了。她似乎身处在贝尼·杰瑟里特的档案馆里，而不是在凯坦。在瓦拉赫九号星那晶莹剔透的悬崖深处，伫立着这座巨大的档案馆，墙壁和天花板通过棱镜反射出来的光芒照明，光线在无数钻石的切面中穿梭着。杰西卡和莫希阿姆沉浸在这个逼真的感官投射中，一起站在档案馆虚拟的入口处。这个幻觉真实得令人难以置信。

莫希阿姆说道："杰西卡，我愿作你的向导，好让你明白你的重要性。"

杰西卡静静地站在原地，既好奇又害怕。

"你离开圣母学校时，"莫希阿姆开始问道，"你是否已经掌握了所有该知道的知识？"

"不，圣母。但我已经学会了如何获得我需要的信息。"

莫希阿姆的影像拉着杰西卡的手时，她似乎感觉到了老妇人那强有力的手指和干燥的皮肤："是的，孩子，这是一个值得一看的重要地方。来吧，我给你展示一些奇妙的景观。"

她们穿过一条隧道，黑暗在杰西卡的四周蔓延开来。她能感觉到自己身处一个巨大的黑暗房间里，但就是看不见，而且这个房间大到墙壁和天花板都遥不可及。杰西卡忽然想哭。她的脉搏也开始加速。她试图利用贝尼·杰瑟里特训练来减缓脉搏，但为时已晚。她身边的老妇人也注意到了。

莫希阿姆那干巴巴的声音打破了沉默："你害怕了？"

"'恐惧扼杀心智'，圣母。'我要任由恐惧掠过我身，穿过我心。'这黑暗是什么，我能从中学到什么？"

"这黑暗代表着你还不知道的事情。这是你还没有看到，也不可能想象到的宇宙。在时间的开始，黑暗统治一切。而到了最后，一切又会重归黑暗。我们的生命不过是中间的光点，就像天上的那些小星星。"莫希阿姆的声音传来，"*魁萨茨·哈德拉克*。告诉我这个名字对你意味着什么。"

圣母松开抓住她的手，杰西卡立刻觉得自己开始飘离地面，黑暗包裹着她，让她手足无措。杰西卡不住地颤抖，竭力克制着恐惧："那是姐妹会的育种计划之一。我知道的就是这些。"

"这个环绕着你的黑色知识深坑里包含了宇宙中的每一个秘密。包含了人类的恐惧、希望和梦想。我们曾经和即将实现的一切。这就是魁萨茨·哈德拉克的潜力。他是我们最为缜密的育种计划的顶点，一名强大的男性贝尼·杰瑟里特，可以连接空间和时间。他是人中之人，是人形的神。"

下意识地，杰西卡用手捂住了她那圆滚滚的肚子，她那未出生的孩子——公爵的儿子——正蜷缩在她安全的子宫里，而那子宫里一定和这个房间一样黑暗。

她的前老师干巴巴地接着说道："听我说，杰西卡——经过数千年的精心设计，你肚子里的女儿注定要生下魁萨茨·哈德拉克。这就是我们会采取如此严格的措施来确保你们安全的缘故。阿妮鲁尔·萨多－童金·科瑞诺女士就是魁萨茨圣母，宣誓要保护你的人。有了她的命令，我才能告诉你你在这一切事件中所处的位置。"

杰西卡震惊得说不出话来了。她的膝盖在失重的黑暗中打颤。因为对雷托的爱，她违背了贝尼·杰瑟里特的命令。她现在怀的是儿子，不是女儿！而她的姐妹们直到现在也不知道这件事。

"孩子，你现在明白了吗？我已经教过你很多东西了。你能明白它的重要性吗？"

杰西卡的声音越来越小："我明白了，圣母。"她现在还不敢承认自己犯下的罪过，也想不出可以向谁吐露她这个可怕的秘密，当然更不可能是她这位严厉的老师。*为什么她们之前不告诉我？*

但一想到雷托，杰西卡的心肠便硬了起来，她回想起雷托在维克多死于他的侍妾凯莉娅的背叛后是多么的痛苦。*我是为了他才这么做的！*

尽管贝尼·杰瑟里特严禁感情用事，但杰西卡已经开始觉得她的上司无权干涉她和雷托之间的感情了。她们为什么这么害怕男女之情？她的训练没有回答这个问题。

难道杰西卡一手摧毁了魁萨茨·哈德拉克计划，毁掉了几千年的成果吗？她心里混杂着困惑、愤怒和恐惧。*我总是可以再怀上女儿的。*如果这件事这么重要，她们为什么不早点告诉她？*该死的姐妹会和她们的阴谋！*

她能感觉到她的老师就在她的身后，不由得回想起曾经在瓦拉赫九号星上，她被迫接受的那次关于人性的考验。莫希阿姆圣母在她奶油色的脖子上顶了一把有毒的戈姆刺。当时她的手只要一滑，那根致命的毒针就会刺穿她的皮肤，立即杀死她。

等她们发现我怀的不是女儿……

漆黑的房间缓缓地旋转着，杰西卡觉得自己仿佛仍坐在皇家花园的旋转木马上。她逐渐失去了方向定位，直到她意识到自己其实已经跟着莫希阿姆穿过阴影进入了一条光明的隧道。两个女人走进一间宽敞明亮的房间。她们脚下的地板是一块巨大的投影屏幕，上面满是令人眼花缭乱的密密麻麻的文字。

莫希阿姆介绍道："这些名字和数字描述了姐妹会的基因序列。你看到它们是如何从一个核心血统中分支出来的了吗？这支血脉将在魁萨茨·哈德拉克身上达到顶峰。"

圣母指着发光的地板，告诉杰西卡本人在哪个位置。年轻的女人低头看去，一下子发现了自己的名字，上面还有一个名叫塔妮迪亚·尼鲁斯的人，代表着她的生母。这名字可能是真的，但更有可能只是一个代号。姐妹会有许多秘密。贝尼·杰瑟里特才不会在乎父母和孩子之间的纽带。

另外的一个名字让杰西卡很吃惊，那就是哈什米尔·芬伦。她曾在皇宫里见过此人，一个奇怪的男人，总是在皇帝耳边窃窃私语。在这张血统图上，他的血统最为接近理想的顶点，但却逐渐走入了一条基因的死胡同。

看到正在仔细观察的杰西卡，莫希阿姆介绍道：“没错，芬伦伯爵当初已经非常接近我们的成功了。他的母亲就是我们中的一员，而且是我们精心挑选的。但这条线最终失败了。他成了一个空有天赋但却毫无用处的实验对象。直到今日芬伦还不知道自己在我们中间的位置。”

杰西卡叹了口气，真心希望自己的生活不用那么复杂，最好能有人给她一个直截了当的答案，而不是无处不在的欺骗和神秘。她想要生下雷托的儿子——但直到今天她才明白，这个孩子的身上肩负着如此重大的使命。这对他不公平。

她觉得自己再也无法忍受这种感知投射了。因为这个儿子她心理负担已经够重了，而且这个负担还是个隐私，不能和任何人交心。她需要时间去思考，去克服这种绝望的感觉。她想要远离莫希阿姆的监视。

最后，记忆水晶停止了发光，杰西卡发现自己又回到了皇家花园里那缓慢旋转的旋转木马长凳上。

在她们的头顶上，星星布满了夜空。她和莫希阿姆圣母沐浴在球形灯的光芒中。

杰西卡忽然感到肚子里的婴儿在踢腿，而且比以往任何时候都要用力。

莫希阿姆伸出手，掌心张开，放在杰西卡那凸出的肚子上，她也感觉到肚子里的胎儿在踢腿，她不由得笑了出来。莫希阿姆那双扁平的眼睛都闪烁起光芒：“很好，她是一个坚强的孩子……一个肩负着伟大使命的孩子。”

我们被训练去相信而不要去问为什么。

——禅逊尼格言

皮特·德伏穿着一件宽袖大使常服，以配合这次宫廷活动，他鬼鬼祟祟地站在众人的后面，仔细打量在皇家觐见厅里的贵宾们。一个门泰特能在人群中学到很多东西。

他蹑手蹑脚地向前走去，走到雷托公爵怀孕的妃子面前，身旁还有玛格特·芬伦、年轻的伊勒琅公主和另外两名贝尼·杰瑟里特姐妹。他现在甚至能闻到那个厄崔迪婊子身上的气味，能看到她古铜色的头发上闪耀着的金色光芒。*真美啊*。即使这个婊子怀了雷托的小崽子，她仍然是个绝代佳人。德伏利用了他外交官的身份，把自己安排在了这样的一个位置上，方便他近距离观察杰西卡，希望可以获取对他那个大胆的行动计划有价值的信息。

端坐在金狮宝座上的皇帝沙达姆四世，正在接见诺维布伦斯家族的勋爵，后者正式要求将札诺瓦的封地从塔利加里家族转移给他自己。尽管皇帝的萨多卡军团已经把札诺瓦的主要城市炸成了一片废墟，但诺维布伦斯勋爵相信他至少还可以开采一下这个地区的宝贵原材料。为了加强游说效果，这名事业心极强的贵族夸大了未来的采矿收入，宣称此举将会为科瑞诺家族带来一笔不菲的税收。很明显，早已名声扫地的塔利加里家族甚至不被允许派使者参加这次讨论。

德伏觉得这一切都很有趣。

沙达姆的左边摆放着阿妮鲁尔夫人的座位，宝座不大，上面空无一人。宫廷内侍里东多照例借口说是因为皇上的妻子身体不舒服。这简直欲盖弥彰，皇宫里每个人都知道他是在说谎。而据传闻，她其实已经疯了。

皮特·德伏觉得这更有趣。

如果阿妮鲁尔夫人真的精神崩溃了，如果她真的变成了一个暴力狂，那么德伏这个变态门泰特便可以说服她去攻击那个厄崔迪婊子，这是最有效率的做法（而且几乎无法追查到哈克南家族）……

几个月来，在他的前任卡洛·怀尔斯大使不幸去世后，德伏一直在担任哈克南驻凯坦临时大使。在此期间，他一直躲在皇宫的各个阴暗角落里，很少与人说话，保持低调，然后日复一日地观察宫廷里的动向，分析各种政客之间的相互作用。

让他感到奇怪的是，那个怀孕的杰西卡经常被那些像咯咯叫的母鸡一样的贝尼·杰瑟里特姐妹环绕着，这完全没有道理啊。她们究竟在做什么？她们为什么要如此过度保护杰西卡？

要想接近她以及她肚子里公爵的孩子不是件容易的事。他宁愿在杰西卡还没有生下孩子的时候杀死她，这样一来，他就一箭双雕了。但到目前为止，他还没有找到任何机会。而这位门泰特也不打算为了让男爵高兴而牺牲自己的性命。他对哈克南家族也没那么忠诚。

德伏越过他前面的男人，往远处看去，一眼看到盖乌斯·海伦·莫希阿姆正站在皇帝身旁，保持着惯常的姿态。在那个位置，她可以随时被召唤去履行她作为真言师的职责。

即使在这么远的距离上，在嘈杂人群的干扰下，莫希阿姆却仍然在紧紧盯着他，她一直在用那双黑眼睛恶狠狠地瞪着他。许多年以前，德伏曾用击昏器攻击了莫希阿姆，让男爵强奸了她，让她怀上贝尼·杰瑟里特要求她怀上的女儿。那时的门泰特完全是以一种幸灾乐祸的态度做的这件事，从那以后，他便清楚只要给莫希阿姆机会，她会毫不迟疑地杀了他。

突然，德伏感到似乎有人在盯着他，他回头望去，发现有更多穿长袍的女人潜伏在人群中，越挤越近。这让他心惊胆战，连忙退到人群之中，远离了杰西卡。

像所有的真言师那样，盖乌斯·海伦·莫希阿姆的心中只有贝尼·杰瑟里特，姐妹会的地位甚至要高于皇帝。现在，姐妹会的首要任务就是保护杰西卡和她的孩子。

但是，那个鬼鬼祟祟的哈克南门泰特引起了莫希阿姆的极大关注。为什么皮特·德伏会对杰西卡这么感兴趣？他一直偷偷摸摸地跟在她周围，显然是在监视她。现在可是最敏感的时期，她的预产期快到了。

莫希阿姆决定采取进一步行动限制那个门泰特。她强颜欢笑，向坐在观众席后面的一个姐妹做了个手势，那个姐妹在一名萨多卡卫兵的耳边轻声说了几句话。莫希阿姆利用的是一个模糊的法律先例。一个真正的门泰特可能记得这条法律，但德伏不是真正的门泰特。他是在特莱拉人的培育罐里创造出来的变态门泰特，被人为地扭曲了心智。

诺维布伦斯勋爵仍在向皇帝讲解矿产资源和挖掘技术，身着制服的士兵已经走进了人群，一把抓住德伏的衣领，他正试图躲到觐见室的后面。三名卫兵同时赶过来帮忙，他们把门泰特拉向一个侧门，压制住他的挣扎和反抗。这场小小的混战很快便结束了，对勋爵那慷慨激昂的演讲只造成了很小的干扰。觐见仍继续进行。坐在宝座上的皇帝开始显得不耐烦。

莫希阿姆溜进了一个小房间，绕了一圈，然后才来到走廊，对挣扎的门泰特说道："我要对你的大使资格进行全面审查，皮特·德伏。在安全检查完成之前，帕迪沙皇帝在讨论国事，你不能进入觐见大厅。"

德伏琢磨着莫希阿姆的话，呆住了。他那张瘦削的脸上露出怀疑的神色："荒谬。我是哈克南家族的官方大使。如果你们不允许我觐见皇帝，我又怎么能代表男爵处理政务呢？"

莫希阿姆走上前来，眼睛眯成一条缝，说道："任命一个门泰特当大使可是极不寻常的事情。"

德伏盯着她，评估着这场在他看来微不足道的权力游戏，然后说道："你别忘了，所有规定的表格都已填妥并获得了批准。卡洛·怀尔斯被召回，而男爵相信我能接替他的位置。"说完他试图把衣服重新整理好。

"如果你的前任真的是被'召回'了，那么他为什么没有办理旅行签证呢？而且为什么怀尔斯本人从来没有在撤销他的任命的命令上签字呢？"

德伏笑了，嘴唇上都是纱芙污迹："看，你也看出他这人有多无能了吧？男爵只是想把一个更可靠的人放在如此重要的位置上，这有什么稀奇的吗？"

她向卫兵做了个手势。"在这件事被彻底调查清楚之前，此人不能出现在觐见大厅里，以及任何沙达姆皇帝能看到他的地方。"然后她屈尊地对门泰特说道："不幸的是，这一过程可能需要数个月时间。"

卫兵们向皇帝的真言师点了点头，然后怒视着德伏，好像他是一个威胁。在她的命令下，他们把这两人单独留在了走廊里。

"我现在就想杀了你，"莫希阿姆厉声说道，"你推测一下吧，门泰特。没了你的击昏器，你根本没有反击我的战斗能力。"

德伏滑稽地翻了个白眼："你对这种校园恶霸式的威胁很自

豪吗?”

莫希阿姆则开始转入正题了:“现在告诉我你为什么来凯坦——还有就是为什么一直在杰西卡夫人身边晃悠。”

“她是一个非常有魅力的女人。我一直在试图捕捉皇宫里的美。”

“你对她的兴趣未免也太大了。”

“别再跟我玩这种烦人的文字游戏了,女巫。我到凯坦来,只是为弗拉基米尔·哈克南男爵处理重要事务,充当他的合法使者。”

莫希阿姆第一反应就不相信他的话,但他也确实成功回避了她的问题,也没直接说假话。“那你为什么没提出任何动议,也没有参加任何委员会的会议?我认为你至少不是个好大使。”

“而我想说的是,皇帝的真言师应该有更重要的事情去做,而不是监督一个兰兹拉德次要代表的一举一动。”德伏低头看了看自己的指甲。“但你是对的——我确实有重要的职责。谢谢你提醒我。”

这一次,莫希阿姆从他的肢体语言中察觉到了他在撒谎。德伏快步离开时,她给了他一个轻蔑的微笑。她现在确信德伏要伤害杰西卡,也许还会伤害那个孩子。不过,莫希阿姆已经警告了他。她希望德伏不要犯蠢。

然而,如果他没听从她的警告,她会很乐意找个借口除掉他。

刚一逃离那个该死的女巫的视线,德伏就立刻脱下他那件破大衣,扔向一个穿着白色外套和裤子的仆人。当那名男子弯下身去捡衣服时,门泰特朝他的后脑勺踢了一脚,力度刚好能让他失去知觉,但不会杀死他。技艺必须经常磨炼才行。

他从地板上捡起自己的外套,没留下任何证据,大步走向他的办公室。为什么——为什么!——那些女巫觉得杰西卡很特别吗?为什么连皇帝的妻子都要把雷托的妃子召来皇宫,只为看着她生小孩儿?

大量的数据在他脑子里转来转去，互相比对着。二十年前，那帮女巫曾勒索哈克南家族给她们生一个女儿，莫希阿姆自己就被指定为代孕者。当时男爵很殷勤地成全了她。皮特·德伏本人也参与了这件事。

而那个女儿几乎和杰西卡一样大。

德伏走向从卡洛·怀尔斯那里征用的大使办公室，在办公室外的走廊里，他却忽然停了下来。他的思维聚焦在了第一近似值分析上。他一下子靠在石墙上。

他评估杰西卡的五官，寻找哈克南血统的蛛丝马迹。大量的情报向他袭来。变态门泰特倒在地板上，背靠着墙壁，他的脑海里产生了一个不同寻常的联想：

杰西卡夫人就是男爵的女儿！莫希阿姆则是她的生母！

他从灵态中清醒过来，注意到一位忧心忡忡的助理外交官正朝他走来，但他挣扎着站了起来，挥手让她走开。他跌跌撞撞地走进自己的办公室，与他的秘书们擦肩而过，一句话也没说就跑进了里屋。门泰特的脑袋嗡嗡作响，从一个可能性转到另一个可能性。

沙达姆皇帝玩着自己的政治游戏，但他并没有看到近在咫尺的阴谋。门泰特露出满意的微笑，意识到这个新结论会是一个多么奇妙的武器。*但自己该如何最大限度地利用它呢？*

在开始庆祝之前，最好花点时间确定你听到的好消息是否属实，还是你只是想要自欺欺人。

——冯迪尔三世的顾问（姓名不详）

沙达姆在觐见厅里与诺维布伦斯勋爵和其他觐见者进行了一番漫长而乏味的会谈后，早已感到疲惫不堪，急于回到他的办公室，安静地喝上一杯——最好是雷托公爵进贡的上等卡拉丹葡萄酒。之后，他还可能会去宫殿下面那迷宫般的皇家蒸汽池，在那里他可以和他的嫔妃们好好戏耍一番……尽管他其实没什么兴致。

他惊讶地发现哈什米尔·芬伦正在办公室里等着他。

“你为什么不在伊克斯？我不是派你去监督香料生产了吗？”

芬伦犹豫了一下，然后笑着说道：“嗯-嗯-嗯，可我有更重要的事情要和你商量。私底下。”

沙达姆偷偷地四下看了看，问道：“到底出什么事了？你必须要对我说实话。我才能做出正确的决定。”

“嗯-嗯-嗯。”芬伦在房间里踱来踱去。“我给你带来了一个好消息。不过就算消息泄露也没什么。事实上，我们反而希望整个帝国都知道。”说着他大笑了起来，一双硕大的眼睛闪闪发亮。“我的皇帝，完美了！我已经不再怀疑了。奥马尔就是我们想要的东西。”

沙达姆被芬伦的热情吓了一跳，他在桌子前坐下，咧嘴一笑：

“我明白了。那么好吧。正如我所说的那样，你所有的怀疑都毫无根据。”

芬伦摆动着他的大脑袋，接着说道：“事实上，我仔细研究了研究大师阿吉迪卡的所有设备。我也看了培育罐的全套生产过程。我甚至自己尝了奥马尔，也做了很多测试，都很成功。”说着他从礼服的前口袋里摸出一个小包。“看，我还带回来一个样品供你服用，陛下。”

沙达姆不安地接过包裹，闻了闻：“闻起来很像美琅脂。”

“是的，嗯。快尝尝吧，陛下。您就清楚它有多好了。”这个芬伦似乎有点太过急切了。

“你是想毒死我吗，哈什米尔？”

香料大臣震惊地后退了几步。“陛下！您怎么会这么想？”说着他眯起眼睛，“您一定清楚这些年来我要是想谋害您的话，能找到多少机会，嗯-嗯-嗯？”

“这话倒不假。”沙达姆把样本举到光亮处，仔细看着。

“那我亲自尝一尝好了，如果这样能让您放心的话。”芬伦一把伸出手，但沙达姆却把奥马尔拿走了。

“好吧，哈什米尔。你能这么说我就放心了。”说完，皇帝用舌头蘸了一点这种粉末，然后又尝了一点，最后把整份都倒进了嘴里。在极度的狂喜中，他让奥马尔在舌头上融化，感受着熟悉的美琅脂带来的刺激、能量和冲击。他顿时笑逐颜开：“很好。我尝不出有什么区别。这真是……太棒了。”

芬伦鞠了个躬，好像自己为整个项目增光添彩了。

“这东西还有吗？我想用它来代替我日常使用的香料。”沙达姆往包里看了看，好像是在角落里寻找小面包屑一样。

芬伦向前走了半步：“唉，陛下，都怪我太着急了，只带了这么一点来。然而有了您的祝福，我就可以让研究大师阿吉迪卡完全进入生产阶段了，皇帝本人都不再怀疑了，嗯-嗯-嗯？我认为这将大大加快项目的进展。”

“是啊，是啊，”沙达姆挥着手说，“回伊克斯去吧，确保不再发生任何延误。这一刻我已经等得够久了。”

“是的，陛下。”这个芬伦似乎急于离开凯坦，但皇帝丝毫没有察觉。

“下一步嘛，如果我能找到一种方法清除厄拉科斯上的香料，”沙达姆琢磨着，“那么整个帝国将别无选择，只能找我要奥马尔。”他用手指敲打着桌子，完全陷入了沉思。

芬伦在皇帝的私人办公室门口鞠了个躬，转身离开了。

走进大厅，这位变脸者继续扮演着他的角色，直到他离开了皇宫。其他的特莱拉人都根据阿吉迪卡的指示留在凯坦皇宫，而这位变脸者则会很高兴地回到萨图赫。

沙达姆已经听到了他想要听到的消息，阿吉迪卡大师现在可以不受阻碍地继续他的工作了。这位研究大师的伟大计划正按部就班地走向成功。

当你感到局限性所带来的压力时，你便会走向死亡……在你自己选择的监狱里。

——多米尼克·维尔纽斯，《埃卡兹回忆录》

在次人居住的窝棚深处，克泰尔领着隆博和哥尼进入了一间巨大的岩石房间。很久以前，这里曾是一个满满当当的储藏室，但随着食物供应减少，现在已经有越来越多这样的空房间出现了。在这个房间里的第一个晚上，隆博和哥尼一直躲在暗处讨论战略。由于远航机的延误，他们的时间比当初计划的少了很多。

在一盏昏暗的球形灯的照射下，克泰尔压低了声音，把多年来的破坏活动一股脑说了出来，还有厄崔迪家族的秘密援助帮助他对入侵者进行了多次毁灭性打击。但因为特莱拉人行事太过残忍，萨多卡军团的数量也在不断增加，最终让伊克斯人民放弃了对自由的渴望。

隆博现在别无选择，只能将克泰尔的领航员兄弟德默尔死于受污染香料的事告诉了他，隆博说德默尔拼死拯救了整整一飞船的人。

“我……我知道出事了，”克泰尔的声音里透出阵阵悲凉，他也不想提任何关于克丽丝琴的事，“事情发生之前，我还在和他通话。”

伊克斯的王子听了克泰尔的经历后，无法想象这个孤独的反抗军战士，这个对自己无比忠诚的臣民，是如何在如此绝望的环境中幸存下来的。整个世界快把他逼疯了，而他却仍在继续他的工作。

但一切都将改变。隆博已经到了伊克斯，他会全身心投入到光复伊克斯的事业中去。特希雅会很高兴看到这一点的。

第二天，在人工太阳升起之前，他和哥尼会回到地表，拆掉剩余的战斗舱，将藏好的武器和装甲组件带下来。只要这些物资能够有效地分发出去，就足以发动一场小规模的武装起义。

现在他们要做的就是找到足够多的战士。

在这个四面都是石墙的房间里，隆博像一台机器那样站立着。几天来，他回到伊克斯的消息已经传了开来。现在，那些对伊克斯王子满怀敬畏的人，在经过克泰尔和哥尼的仔细筛选后，纷纷找借口离开了工作岗位，一个接一个地来见他。王子的归来带给了他们希望。多年以来，他们听过太多这种承诺了，而现在合法的维尔纽斯伯爵真的回来了。

隆博看到有大批的工人在外面挤成一团，排队等着进入密室。许多人都睁大了眼睛往里面张望，还有些人则泪流满面。“看看他们，哥尼。这就是我的子民。他们是不会背叛我的，”然后他苦笑了一声，“不过在特莱拉人在这里干了那么多坏事之后，他们真的背叛了维尔纽斯家族，那么我们为了光复伊克斯而付出的努力也许就不值得了。”

更多工人陆续到达了，他们纷纷伸出手去和半机械人王子握手，仿佛他是一尊死而复生的神祇。一些人甚至跪倒在地，另一些人则盯着他的眼睛，好像在质疑他是否有能力把自由带回这个饱受压迫的世界。

“我知道你们已经习惯失望了。”隆博的声音听起来比哥尼以前听到的要老成得多，也要自信得多，“但这一次，你们将为伊克斯赢得自由。”他讲话时，人们都在认真聆听。隆博对此也感到惊讶，同时更多了一分强烈的责任感。

“在接下来的几天里，你们必须做到耐心等待和仔细观察。为即将到来的大事做好准备。我不想让你们危及自身安全，暂时还没必要。但当时机成熟，你们一定会有自己的机会。现在我还不能向你们提供细节，因为特莱拉人耳目众多。”

人们紧张地嘀咕起来，虽然只有不到四十个人，但大家都开始斜视他们的同伴，好像他们中间已经混入了变脸者。

“我是你们的王子，合法的维尔纽斯伯爵。相信我。我不会让你们失望的。不久之后你们便会得到真正的自由，而伊克斯也会回到我的父亲多米尼克统治时的状态。”

人群中发出一阵低沉的欢呼，有人高声问道：“我们真的能同时打败特莱拉人和萨多卡军团吗？”

隆博转身，对那人说道：“皇帝的士兵和特莱拉的士兵一样无权待在这里。”他的脸色愈发严肃。“此外，科瑞诺家族还对维尔纽斯家族犯下了另一桩滔天大罪。你们好好看看吧。”

哥尼走上前去，启动了一个小型全息投影仪。一个满身伤痕的憔悴男人的全息影像出现在大家面前，他正坐在一片阴影之中。

“在嫁给我父亲之前，珊多·维尔纽斯夫人是埃尔鲁德九世皇帝的妃子。而我们直到最近才知道，她曾经给老皇帝生下了一个私生子。这个男孩的名字是泰洛斯·瑞法，被知书达理的塔利加里讲师秘密抚养长大。因此，瑞法是我同母异父的兄弟，算是维尔纽斯家族支系的一员。”

房间里顿时响起一片惊呼。伊克斯人民早就知道多米尼克、珊多和凯莉娅已经不在人世了，但他们怎么也没想到维尔纽斯家族还有另外一个成员。

“你们下面听到的，是我们的流亡大使卡马尔·皮尔鲁在帝国监狱里记录下来的。这是泰洛斯·瑞法在被沙达姆·科瑞诺处死之前的最后陈词。就连我本人也没能见我这个同母异父的兄弟最后一面。”

人群越来越愤怒，大家不由得低吼起来，瑞法那充满激情的演讲开始播放了。显然，瑞法之前并不清楚自己和维尔纽斯家族的关系，但这对房间里这些怒火冲天的人来说并不重要。当全息影像逐渐消失，人们纷纷走上前来，似乎都想要去拥抱瑞法的全息影像。

在这之后，尽管瑞法的言语展现出了如此之大的魔力，但隆博还是做了自己的演讲，他话语中的力量和激情足以让任何一个艺人家族的大师感到骄傲。他的一举一动也比任何一个精心策划的计划都更能激起大家反抗的决心。在这段充满感情的演讲里，隆博王子渴求正义。

“现在传播我的话吧。”王子最后说道，他和哥尼用于引发革命的时间被缩短了，所以他不得不冒更大的风险。“务必小心，但也要充满热情。我们还不能把我们的计划泄露给特莱拉人和萨多卡军团。暂时还不能。”

几个伊克斯人一听到他们痛恨的敌人的名字，立刻朝石头地上啐了一口。几个年轻人也愤怒地低声喊起了口号：“伊克斯必胜!”

克泰尔和哥尼迅速地把王子从旁边的隧道带走了，在敌人注意到骚乱并前来调查之前就把他藏了起来。

几天后，心中仍然充满疑问和不确定的两名渗透者紧盯着一个精密的计时器，做好了换班的准备，这样他们就可以交替溜出去和其他潜在的自由战士谈话。一盏微弱的球形灯悬在他们头顶，在这间小小的石头房间里闪烁着。

“考虑到我们缩短的时间表，一切暂时还都如我们所希望的那样顺利。”隆博说道。

哥尼却说：“雷托那边却仍旧毫无消息，我觉得我们得想个办法联系他，告诉他我们这边的进展。”

隆博清楚他的同伴很看重《奥兰治天主圣经》，于是便引用了其中的一句话作为回应：“‘如果你不相信你的朋友，那么你就不会有真正的朋友。’放心吧，雷托不会让我们失望的。”

忽然走廊里传来一阵骚动，紧跟着的是一阵偷偷摸摸的脚步声，他们顿时紧张起来。然后克泰尔便出现在了他们眼前，他的工作服和双手上都沾满了鲜血。“我得赶快换衣服，收拾干净。”他边说边四下张望着，似乎在躲避着什么人，“我被迫杀死了一个特莱拉人。他是一个实验室的工作人员，但他抓了我们的一名新兵，正在审问他。我知道那小子弄不好会把我们的计划全都给招了。”

“有人看见你吗?”哥尼连忙问道。

“没有。我们的那个新兵逃走了，留下我来收拾烂摊子。”克泰尔说着低下了头，摇了摇，然后又高昂起下巴，眼睛里充满了骄傲和忧伤，“需要我杀多少，我就杀多少。特莱拉人的鲜血可以洗净我的双手。”

哥尼一下子担心起来：“这可不是什么好消息，这是三天里我们第四次差点被抓。特莱拉人一定起了疑心。”

“这也是我们不能拖延的原因，”隆博说，“每个人都必须清楚完整的时间表，并做好准备。我将亲自领导他们。我是他们的王子。”

哥尼皱起眉头，墨藤伤疤红了起来：“我不喜欢这样。”

克泰尔开始洗手，拼命清洗着指甲缝隙。他似乎对危险已经听天由命了：“我们伊克斯人已经被屠杀过很多次了，但我们的决心将战胜一切。我们必将获得最终的胜利。”

试图为所有事物寻找一个最终的、统一的解释注定是徒劳，无疑是在错误的方向上越走越远。这就是在混沌的宇宙中，我们必须不断适应的原因。

——贝尼·杰瑟里特《阿扎之书》

曾经装满文献的宏伟的伊沙克大厅早已成为了凯坦的一座豪华的历史遗迹。青年时代的沙达姆曾在这座城市里花了很多心思，精心策划了各种娱乐活动，但他对那些旧报纸、宣言、文献什么的从来不感兴趣。不过，现在看来，参观这座古老的博物馆似乎也是一项不错的消遣。

宇航公会怎么那么烦人呢?

为了迎接沙达姆，伊沙克大厅里的监视设备全都被清理干净了。在皇帝驾临的这一天，所有的老师、历史学家和学生都被禁止进入这座建筑，这样就没人能干扰到皇帝。尽管如此，他还是带了很多卫兵和官员，以至于走廊里都挤满了人。

虽然公会明确要求秘密会面，但沙达姆却选择了自己认为合适的时间和地点。

很久以前，皇帝伊沙克十五世设计和建造这座博物馆时，它是这个蓬勃发展的帝国里最为壮观的建筑。但几千年过去后，这个存放着海量文献的大厅被越来越多的宏伟建筑所吞没，如今拥挤不堪的政府机构中很难再找到它的身影了。

高级馆长以近乎令人尴尬的热情和繁文缛节欢迎皇帝和他的随从。当这个阿谀奉承的人骄傲地展示了一些古代手写的日志——大多是科瑞诺皇帝的私人日记时，沙达姆含糊地做出了恰当的回应。

一想到皇帝的一生中充满这些浪费时间的礼节，沙达姆就觉得任何一名统治者能如此奢侈地将时间浪费在写这样沉闷的沉思录上，只是为了给子孙后代看，这真是难以想象。

伊沙克十五世曾试图通过建造这座令人印象深刻的博物馆，将自己的名字铭刻在帝国的编年史上。与他一样，每一位帕迪沙皇帝都在寻求属于自己的特殊历史地位。现在他有了奥马尔，沙达姆发誓要通过更伟大的东西来获得自己的名号，而不是一些手写的日记或是一座布满灰尘的旧建筑。

公会找我做什么？他们从比卡尔那里了解到更多被污染香料的情报了吗？

虽然沙达姆还没有决定如何处理厄拉科斯，不过一旦他用奥马尔这种廉价替代品垄断了香料生意，他就打算彻底为科瑞诺家族的后代奠定权力基础。

在参观过程中，高级馆长向他展示了宪法文件、有条件独立宣言和星球忠诚誓言，这些宣言可以追溯到帝国刚刚起步的年代。一张羊皮纸被精心保存在遮光罩和屏蔽场下，那是第一版的宇航公会宪章，据说是全宇宙里仅有的十一份副本之一。一个陈列柜里展示着一本贝尼·杰瑟里特的《阿扎之书》，是用一种早已被遗忘的语言写成的。

最后，高级馆长领着沙达姆来到了一扇上了锁的大门前，谦恭地说道：“这里面，陛下，有着我们拥有的最伟大的财富，帝国文明的基石。”他的声音因敬畏而低沉洪亮，“那就是大联合协定的原始文件。”

沙达姆努力想要表现出一副印象深刻的样子。他当然知道大联合协定，也研究过一些案例，但是他从来没有花时间去阅读真正的协定原文：“等我有空的时候，你能安排让我单独进去参观吗?”

“当然，陛下。我们会给您安排一个完全保密和安全的房间。”话虽如此，但高级馆长的脸上却闪过一丝担心和过度保护的神色。沙达姆心说难道他觉得我会做出什么出格的事情吗。如果一个皇帝把这份宝贵的文件撕成碎片，这本身难道不也是一个历史事件吗？他的嘴角掠过一丝讽刺的微笑。

其实沙达姆很清楚，尽管大部分人都不知道，这个“神圣的遗物”实际上不是真品，而是一个巧妙的伪造品，因为真品已经被萨鲁撒·塞康达斯上的原子之火烧毁了。它现在更多的只是一种象征，而人们却对它无比狂热。沙达姆沉思着，大门打开了，他走进了这个单独的房间，带着帝王的骄傲与优雅，但脚步不快。他心里越来越害怕。

*宇航公会很少对我提出要求，现在他们却坚持要举行这个秘密会议。他们到底想要干什么？*沙达姆每次对囤积香料的世界发动攻击后都付给了宇航公会高额的贿赂，他们对此应该感到满意了啊。

他走进了这间没有窗户的房间，望着那个展示伪造文件的圣坛，文件的边缘被烧焦了，这无疑是为了证明它是被人从萨鲁撒大屠杀中抢救出来的。他真希望哈什米尔·芬伦能和他在一起，而不是去了伊克斯。沙达姆的大香料战争现在遇到了复杂的难题，他迫切地需要建议。他重重地叹了口气。*我只能靠自己了。*

在适当的时候，尤其是在芬伦已经打消了他的所有疑虑之后，沙达姆计划向毫无准备的宇联商会和宇航公会公开他的奥马尔计划。毫无疑问，此举必然引来对他的经济制裁，但皇帝是强大的，有合成香料在手，他可以忍受任何制裁。但他必须先把人们获取美琅脂的正规渠道封锁掉。

厄拉科斯，我该怎么处理厄拉科斯呢？

他要么摧毁这颗沙漠星球，要么将他的萨多卡军团永久驻扎在那里，以阻止宇航公会从那里获得香料。这对奥马尔的使用过渡期至关重要，一切都是为了逼迫整个宇宙去购买他的奥马尔……

大门在他身后刚一关上，一个秘密入口就出现在了左侧的墙壁上。一个有着一双粉色眼睛和蒲公英般蓬松的高个子白发男人走进了房间，但他好像犹豫了一下，怀疑地环视了四周。他的身上穿着一件由聚合皮革制成的公会防护服，上面镶满了管子和滑轮，滑轮与他背上的一个加压罐相连。香料气体不断从他衣领周围的蒸发器里往外喷，所以这位公会大使的脸始终被一团辛辣的橙色美琅脂气体所笼罩。

他走得更近了，近乎白化的眼睛锐利地盯着皇帝的脸。在他身后跟着五名随从，都穿着相同的制服，但身后没有香料背包。他们看上去就像是五个光秃秃的、皮肤苍白的小矮人，骨骼结构扭曲，好像有人把他们的身体的骨架变成黏土，然后再挤压成一团。他们都携带着扩音器和录音设备。

沙达姆心里一沉，说道：“这应该是一场私人会面，只有你和我，大使。我可没有带卫兵进来。”因为空间狭小，皇帝的鼻子里现在充满了香料那浓烈的肉桂味。

“我带来的也不是卫兵。”公会大使声音冷漠地回复道，但浓稠的香料气体让他的声音变得柔和了，“这些人是我的延伸，也是公会的一部分。所有的公会成员都是紧密相连的——而唯一能代表科瑞诺家族的只有你。”

“公会最好不要忘记我的身份。”沙达姆稍微克制了一下，不想让自己表现得太过激动，以免带来不好的影响，“这次会面是你们提出来的。而我是个大忙人，所以请快说重点吧。”

“我们调查了导致领航员发生严重失误和一名公会成员死亡的那批有缺陷的香料，现在得出了一个结论。我们已经搞清楚了这批香料的来源。”

沙达姆紧锁着眉头，说道：“我记得你们说过，这批受污染的美琅脂来自比卡尔。而我已经把那个地方隔离了。”

“比卡尔只是把它卖给了我们。”公会大使的语气愈加严厉。“香料则是来自厄拉科斯，来自哈克南家族。”这名白化病人又深吸了一口气，一团美琅脂气体再次笼罩他的脸，“从我们驻扎在厄拉科斯的特工那里，我们了解到男爵非法囤积了大量的美琅脂。我们清楚这是事实，但他并没有减少出货量。”

沙达姆不禁怒火中烧。宇航公会一定知道这对他来说是一个特别敏感的话题。

“在审计方面，我们已经完成了对哈克南财务的清理核算。男爵一直在详细记录他的香料生产。而数额似乎是正确的。”

沙达姆很难跟上他的思路：“如果他的记录是正确的，那么男爵是如何囤积香料的呢？而这又和这批受污染的香料有什么关系？”

不知出于什么原因，这些身材矮小、一模一样的公会人员在白化病大使身边移动了一下位置。“想想吧，陛下。男爵在每一笔香料收成里都按照固定百分比偷走了一部分，而他还能做到与单据上的数额匹配，也就是没有‘砍掉’出货量。所以他一定是降低了美琅脂的纯度，然后用所谓的惰性物质稀释它们。这样一来，男爵把香料的精华部分留给了自己，同时给领航员提供了不纯的香料。鉴于我们现有的证据，不可能有其他的结论了。”

大师调整了一下他那套复杂的聚合物皮革西服上的控制阀，然后深深吸了一口橙色的香料气体：“宇航公会已经准备好了——在兰兹拉德法庭上——指控哈克南家族渎职，他必须为远航机的灾难负责。如果罪名成立，他将被迫支付相应的赔款，而这笔款项无疑会让哈克南家族破产。”

沙达姆根本无法抑制自己脸上绽开的笑容。他一直在等待厄拉科斯问题的解决办法，而现在答案竟然奇迹般地自己出现了。他的脑子现在比任何时候都要清楚——这个答案能解决一切问题。即使让他自己想，也不可能想出比这更好的方案了。宇航公会的指控是一个黄金机会——也许在时间上有点过早，但没关系。

他终于有了封锁厄拉科斯的借口了。再加上哈什米尔·芬伦最近那份热情洋溢的报告，以及研究大师阿吉迪卡和萨多卡指挥官坎多·加隆的相同结论，他对合成香料的可行性完全有信心。

有了这位公会大使的指控，沙达姆可以在宇航公会的全力配合下，用他的正义之师来对付厄拉科斯。在人们还不知道发生了什么之前，萨多卡军团早就彻底摧毁沙漠中所有的香料生产设备了，科瑞诺家族也就得以完全控制唯一的香料来源：奥马尔。这场经济革命的速度比他想象的要快。

那些变异的小矮人四处走动，注视着他们的上司，等待他的命令。

沙达姆转向公会大使，说道："我们要没收哈克南家族的所有香料，就从厄拉科斯开始，然后再搜查男爵所拥有的每一个世界。"然后他像一位真正的帝王那样笑了笑，"和以前一样，我最关心的还是帝国法律的执行。和以前一样，宇航公会和宇联商会将会分享我们发现的每一笔非法香料。我自己什么也不想要。"

公会大使低下了头，把脑袋伸进了那团美琅脂气体中，然后说道："这真是太好了，科瑞诺皇帝。"

对我来说要更好，沙达姆心想。他一直在等待这个机会——他怎么能错过这样一个好机会呢？一旦他消除了唯一已知的天然美琅脂来源，然后开始广泛地分发奥马尔，那么这一批少量回收的香料碎屑就变得无关紧要了。

"在保持对比卡尔封锁的同时，我将派遣一支庞大的萨多卡舰队前往厄拉科斯。"他扬起了眉毛。又想到如果自己能避免如此大规模军事行动所带来的运输成本，他就能获得更大的利益，于是接着说道，“当然，我希望公会为这次行动提供远航机?”

“当然没问题，”大使立刻回答道，正中沙达姆下怀，“您要多少艘远航机我们就给多少。”

生命本身提高了环境维持生命存在的能力。生命让自己获得所需的营养变得更加容易。它通过有机体之间巨大的化学相互作用将更多的能量结合到了系统之中。

——帝国行星学家帕多特·凯恩斯

在杜菲·哈瓦特的指挥下，厄崔迪救援飞船飞向被隔离的比卡尔星球，接近了封锁线。这位门泰特没有发出任何威胁，但行动也没有任何迟疑。这支舰队只携带了少量的防御设备和武器，这些武器甚至无法赶走一群临时拼凑起来的海盗。

而在他面前的是一支装备精良的庞大的萨多卡舰队，代表着帝国至高无上的权威。

当哈瓦特的货运飞船驶向警戒线时，两艘科瑞诺家族的护航舰穿过太空，直扑过来。甚至在萨多卡舰长们发出措辞严厉的威胁之前，哈瓦特就和他们建立了通信连接："我们是由雷托·厄崔迪公爵派遣而来的救援飞船，执行人道主义任务。我们为饱受瘟疫蹂躏的比卡尔人带来了食品和医疗用品。"

"掉头回去。"一名粗鲁的军官立刻做出了回应。

任何一艘护航舰都拥有轻松摧毁厄崔迪舰队的能力，但门泰特并没有退缩："我能看出你是一名莱文布雷彻[1]。告诉我你的名字，好让我永远记住它。"他目不转睛地盯着屏幕。这样一个低级别的军官其实是无权做出任何重大决定的。

"托林，大人，"莱文布雷彻的声音尖利而语气十分正式，"你的家族在这里毫无权威。调回你的舰队，回到卡拉丹去吧。"

"托林莱文布雷彻，我们可以帮助下面的人民生存，同时帮他们重新种植一些有抗性的作物。你怎么能拒绝给那些饥饿的民众食物和药品呢？这也不是这次封锁的公开目的。"

"任何飞船也不许飞过去，"托林坚持道，"这是一次全面封锁。"

"我知道，但我不明白为什么。显然，你也不明白。所以我要和你的指挥官谈谈。"

"至尊霸撒在忙别的事。"莱文布雷彻强硬地说道，试图让对方明白这毫无妥协的余地。

"那我们就等他忙完再说。"哈瓦特结束了通话，然后向他的飞船发出信号，继续前进，速度慢一些，但不要偏离航线。

两艘护航舰试图拦住他们，但门泰特用战斗暗语迅速发出命令，整个舰队立即分散开来，包围了帝国护航舰，好像它们是溪流中的岩石一般。莱文布雷彻继续发出通信信号，当他发现哈瓦特完全无视他的命令时，变得更加沮丧起来。

最后，这个托林只得请求增援。杜菲知道萨多卡军团可能永远也不会原谅这个连一群没有武装、行动迟缓的货船都没能阻止的下级军官了。

在比卡尔上空，七艘较大的飞船脱离了轨道网，逼近了厄崔迪家族的飞船。门泰特知道现在才是真正的危险时刻，因为至尊霸撒苏

---

①莱文布雷彻是一个混合了荷兰语和德语的单词，意为"生命破坏者"，在沙丘世界中是一个军衔，霸撒的副官。

姆·加隆，一个和哈瓦特本人一样的老兵，有可能会察觉自己此行的真正目的，看出这是一个陷阱或者说是一个假象，意在调虎离山。哈瓦特那张饱经风霜的脸上现在毫无表情。这确实只是一个假象，但不是萨多卡指挥官想象的那种。

最后，那位冷酷的至尊霸撒直接与杜菲通话了："我已经命令你返回了。立刻服从，否则你们就会被毁灭。"

杜菲能察觉到他的船员开始变得越来越不安，但他却坚持道："那么你无疑会被解除指挥权的，长官，皇帝也将会花上很长时间来处理你向手无寸铁的和平飞船开火所带来的政治后果，这些飞船是向遭受苦难的人民运送人道主义物资的。沙达姆·科瑞诺为你们的公然挑衅所找的借口已经很牵强了。他这次又会找什么理由呢？"

老军人紧锁着眉头问道："你打算玩什么把戏，门泰特？"

"我从不耍把戏，至尊霸撒加隆。也很少有人敢挑战我，因为门泰特总是会赢。"

老加隆哼了一声："你想让我相信厄崔迪家族会向比卡尔派遣援助？不到八个月前，正是你们的公爵轰炸了这里。怎么，雷托的心肠变软了吗？"

"你不懂厄崔迪家族的荣誉为何物，就像你的那个莱文布雷彻不懂得变通一样，"杜菲严厉地指出，"公正的雷托只是在必要时给予惩罚，而在需要时又准备给予帮助。这难道不是科瑞诺家族在科林战役之后的统治原则吗？"

一脸严肃的霸撒这次没有做出任何回应。相反，他用简短的代码发布了一条指令。另外五艘飞船脱离了轨道网，包围了厄崔迪舰队。"我们不会让你们通过的。这是皇帝的旨意。"

杜菲开始尝试另一种策略："我相信沙达姆四世陛下是不会阻止他的表亲向比卡尔人民作出补偿的。我们直接问他如何？我可以等，你也可以等……只是下面的人民可能等不了了。"

现在，兰兹拉德里没有任何一个家族胆敢挑战这条皇帝亲自布置的封锁线，尤其是在沙达姆最近越来越反复无常的情况下。但如果杜菲·哈瓦特以雷托公爵的名义在这里成功突破了，那么其他家族很可能会羞愧地跟进，也开始为比卡尔提供食物和援助，甚至提供能够对抗植物瘟疫的技术。也许他们还会把这看作是对皇帝最近行为的无声谴责。

厄崔迪的门泰特继续说道："去给凯坦送个信吧。告诉皇帝我们此行的目的。如果我们使用轨道倾倒箱运送救援物资，那么我们就不可能受到污染。给沙达姆皇帝一个机会来展示科瑞诺家族的仁慈和慷慨吧。"

萨多卡军舰继续包围着厄崔迪的船队，至尊霸撒加隆改口道："那么你改道去参辛吧，杜菲·哈瓦特。把你们的货船留在那里，等待进一步的指示。就在此时，一艘远航机正准备离开那个中转站。等我把你的要求呈报给皇帝再说。"

萨多卡军舰驱赶着哈瓦特的货运飞船，驶向那个小行星补给站。厄崔迪的船队只得向参辛飞去。

门泰特战士对倔强的至尊霸撒发表了最后的评论："别浪费太多时间，大人。比卡尔的人民就要闹事了，而我们这儿就有食物。别让他们等太久。"

但对于杜菲来说，他对于这次声东击西行动最终成功牵制住了帝国的军队感到很满意。

在至尊霸撒加隆离开之后，厄崔迪船队在参辛等了整整一天。然后，哈瓦特选择了一个适当的时机，向他的这支救援船队发送了一份密电，救援飞船立即飞离了中转站，不顾萨多卡舰队再次发出的抗议，信心十足地驶向比卡尔。

另一名军官立刻责令哈瓦特停下来："停止前进，否则我们将视你们为意图不轨。我们将会摧毁你们。"很显然，那个让帝国丢了大脸的托林莱文布雷彻已经被解除了指挥权。

军事封锁一般都由一连串的行动组成，但哈瓦特很清楚，如果至尊霸撒本人都没向他们开火，那么这些下级军官更是不会冒这个险的。

"你没有收到这样的命令。我们运送的救援补给品很容易腐烂，而比卡尔的人民正在挨饿。你们这种不近人情的拖延已经使上万人——也许是上百万人——失去了生命。别再加重你的罪孽了，长官。"

惊慌失措的军官又发送了好几条信息，并启动了战舰上的武器，但哈瓦特却指挥他的飞船直接飞过了轨道网。即使是最快的信使，这些萨多卡军官也要等几天才能收到凯坦的回复。

进入轨道后，厄崔迪飞船在受灾最严重的人口聚集地上空盘旋。机身上的舱门打开，自带动力的倾倒箱落入了大气层，这些巨大的无人驾驶立方体很快便翻滚起来并开始自动减速。与此同时，杜菲向下面的比卡尔人民发送了一条信息，公开颂扬了雷托·厄崔迪公爵的仁慈，并告诉他们这些救援物资是以人道主义的名义发放的。

他原以为那个首席行政官肯定会吓得不轻，吵闹起来，但在随后的通信中，门泰特得知暴乱已经让这位政治家的政治生命提前结束了。而他的继任者也确实吓坏了，一个劲地表明自己对厄崔迪家族毫无怨恨，尤其是现在。

萨多卡舰队很可能会阻止现在已经发放完救援物资的厄崔迪飞船离开该星系，但杜菲本就没想过离开。他只希望自己完成了必要的事，并且能按计划在凯坦星引起所需的骚动。

现在他可以安心在这里等着了。根据雷托公爵的时间表，厄崔迪的突击部队甚至马上就会飞抵伊克斯。

一艘小型飞船忽然从参辛中转站里冲出来，进入了萨多卡旗舰，哈瓦特觉得这肯定是至尊霸撒加隆回来了。

一小时后，在他自己的旗舰上，门泰特战士惊讶地收到了一条消息，那就是皇帝并没有屈尊对他口中的比卡尔上的“厄崔迪家族的小问题”做出回应。相反，他召回了他的至尊霸撒。杜菲截获了两艘飞船之间的无线电信息，得知这是因为某地发生了“一次大型攻势”。

杜菲·哈瓦特的门泰特推测并没有预见到这一点。他的脑子立刻转个不停，却没法找到答案。一次大型攻势？这是在伊克斯吗？还是帝国对卡拉丹进行了报复？雷托公爵已经输了吗？

他那复杂的头脑所提出的每一种推断都有理由让他惊恐不已。现在这个时机很糟糕。

也许雷托一直以来都中计了。

做一个好人和做一个好公民并不总是一回事。

——旧地球的亚里士多德

尽管雷托·厄崔迪公爵很少正式拜访凯坦，但他的到访并未引起人们的兴趣。眼前这座宏伟的建筑是专门进行高层外交和政治活动的场所。所以新来了一个公爵也没什么人注意。

在一小群仆人的陪同下，雷托坐上了一辆外交专车，前往宫殿的接待大厅。空气中弥漫着喇叭花和清除车辆废气的芳香剂的气味。虽然他一直忧心忡忡——为了邓肯和厄崔迪部队，为了杜菲和他对比卡尔封锁的挑战，也为了隆博和哥尼那边那可怕的沉默，但雷托仍然保持着专业外交官和身负重任的领袖的冷静姿态。

而且尽管压力很大，他还是热切地盼望能马上见到杰西卡。她的预产期只剩几天了。

身着制服的卫兵跟在这辆优雅的浮空车旁边，一路小跑。这辆浮空车至少有三个世纪的历史，有着舒适的红色天鹅绒座椅。顶棚上装着一只机械金狮，左右转动着脑袋，时不时张开大嘴露出牙齿，甚至在那个黑胡子司机按喇叭时能跟着一起发出咆哮声。

公爵对这些小把戏并不感兴趣。他很快就要在兰兹拉德发表演说，无疑会引起轩然大波。沙达姆肯定会对雷托攻击伊克斯的行为感到震怒，雷托担心他无法承受皇帝的怒火。但他愿意牺牲一切去做正确的事情。他对伊克斯上发生的不公行为视而不见太久了。帝国绝对不能认为他是个软弱和优柔寡断的领袖。

沿着水晶铺成的林荫大道，科瑞诺家族的旗帜在微风中飘扬。高大的建筑直插入万里无云的蓝天，在雷托看来这里太过完美了。他更喜欢卡拉丹那多变的天气，甚至是那些美丽而又不可预测的风暴。凯坦太过平淡，已经被改造成一个从奇幻胶片书中取材的画中世界。

浮空车接近了皇宫的接待大厅，开始放慢速度，萨多卡卫兵挥手让他们过去。那只机器狮子又吼了起来。虽然士兵们一个个端着武器冲他比画，但雷托的眼睛却只盯着起降平台。他忽然屏住了呼吸。

杰西卡穿着一件金色的丝绸紧身长裙，正站在那里等他，裙子紧贴着她圆润的身体，衬托着她的小腹——但即使是如此优雅的服饰也无法掩盖她对他微笑时所散发出来的美丽光芒。四名贝尼·杰瑟里特姐妹守护在她的周围。

当雷托踏上锃光瓦亮的走道时，杰西卡犹豫了一下，然后迈着大步向他走了过去。尽管她现在有孕在身，但走路姿势依然优雅。杰西卡停了下来，似乎担心在公共场合拥抱雷托有些不太合适。尽管她对雷托很有信心，知道他不在乎这些。雷托越走越近，然后给了她一个漫长而深情的吻。

“让我看看你。”他后退了一步，欣赏着杰西卡。“啊，你就像夕阳一样美丽。”由于杰西卡在皇宫花园和日光浴室里待了太长时间，所以她那张鹅蛋脸已经有些晒黑了。她现在没戴首饰，也不需要。

他把长满老茧的手掌贴在她的肚子上，似乎在感受着婴儿的心跳：“我这一次的行程很紧张。当你把我一个人留在卡拉丹的时候，你的肚子还没那么大呢。”

“你是来发表演讲的，不是来看望孩子的，公爵。我们以后不是有的是时间吗？”

“当然。”雷托的语气忽然变得更疏远了，因为他发现那些贝尼·杰瑟里特正躲在一旁偷偷观察，好像是在记录他说的话。其中至少有一名女巫露出了不赞成的表情。“等我在兰兹拉德发表完演讲后，我估计得尽快找地方躲起来呢，”他苦笑了一下，“因此，我非常欢迎您的陪伴，夫人。”

就在这时，沙达姆皇帝从皇宫里出来了，他挺着腰杆快步向前走，卫士、侍从和顾问们像一群苍蝇那样簇拥在他周围：萨多卡军官、西装革履的绅士、梳着高高发髻的女士们、带着浮空箱和大衣箱的仆人们。皇宫大门的机库里驶出来一艘壮观的游行飞船，飘浮在半空，掌舵的是一个高大的男人，他的身形几乎完全隐藏在宽松飘动的长袍之下，仿佛他自己就是一面活的旗帜。

皇帝看来已做好了战争的准备。他没有穿那件鲸毛皮斗篷，也没有戴皇家项链，反而换上了一套整洁的灰色萨多卡军服，上面有着银色的饰带和肩章，头上则是一顶黑金色的波萨格头盔。从他的皮肤到他胸前的奖章，再到他闪亮的黑色靴子，一切都是一尘不染。

沙达姆一看见公爵，立刻走了过来，一脸得意。杰西卡正式地向皇帝鞠了一躬，但沙达姆没有理会她。和雷托一样，沙达姆四世也有着雄鹰一样的面部特征，尤其是那个鹰钩鼻。和雷托一样，他也怀揣着一个重大的秘密：“我的表亲，我很抱歉因为急事不能更为正式地接待你。萨多卡军团需要我领导一场重大战役。”

一支巨大的舰队确实正在集结，等待着皇帝——大量的飞船满载着士兵和物资，需要三艘公会的远航机才能运送他们，另外还有两艘公会远航机充当护航舰，目的是展示公会本身的勇气和力量。

“陛下，有什么我能帮上忙的吗？”雷托努力不让自己脸上流露出疑问和焦虑的神色。难道沙达姆一直在和他玩游戏吗？

“一切都在我的掌控之中。”

雷托试图表现出宽慰：“我本来希望您明天能来参加我在兰兹拉德的演讲，陛下。”事实上，他确实希望能在其他贵族的支持下，在兰兹拉德的演讲大厅里击败皇帝。*萨多卡的大战役？在哪里？*

“是啊，是啊，我相信你的演讲无疑是非常重要的。比如在卡拉丹修建一个新渔场，还是类似什么的？不幸的是，我的职责在召唤我。”皇帝的男中音很是令人愉快，但他的绿眼睛里却闪烁着冷酷而残忍的光芒。

公爵向他正式地鞠了一躬，然后向后退了一步，站回杰西卡的身边，说道：“陛下，当我在兰兹拉德联合会面前演讲时，我会想着您的。我祝您旗开得胜。等您回来后如果有空，我再去拜会您吧。”

“有空？我是在管理一个帝国啊！我永远没空的，雷托公爵。”还没等雷托来得及回答，沙达姆就把注意力转向了雷托腰间那把宝石刀柄的匕首。“啊，这是我在没收审判结束后送给你的那把吗？”

“陛下，您让我随身带着它，以提醒我是在为您效劳。我从没忘记过。”

“我确实这么说过。”沙达姆说完便转身向那艘游行飞船走去，这艘飞船将把他带到等候着的舰队那里。

雷托松了口气。皇帝的注意力很明显不在他身上，所以这场战役肯定不是冲着伊克斯、比卡尔或是卡拉丹。因此，对雷托公爵有利的是，当他发表声明并宣布厄崔迪开始进攻伊克斯的理由时，皇帝不会在场。在帝国政府的那些官员做出回应之前，隆博早就稳坐在大王宫里了。

当杰西卡陪着他走进皇宫时，他终于笑了。*也许一切终究都会圆满解决的。*

任何针对自由公民的培训都必须从教导不信任而不是信任开始。它必须教给公民提出质疑，而不是接受常规的答案。

——卡马尔·皮尔鲁，伊克斯流亡大使

克泰尔从来都不反对冒险，但现在的他有些喜欢上冒险了。是时候公开了。

在轮班工作时，他会对着身边辛苦工作的陌生人的耳朵低语，挑选那些看起来最受压迫的人。就这么一个接一个的，那些最勇敢的人开始揭竿而起。

就连头脑过于迟钝、无法理解政治的次人工人也开始明白，他们是如何被特莱拉人出卖的。多年以前，这些入侵者以新生活和自由为承诺诱惑他们，但他们之后的命运却变得越来越糟。

最后，被压迫的人民有了新的希望。因为隆博真的回来了！他们漫长的噩梦就要结束了。很快。

隆博王子在一间小亭子里等待着，准备和他的同志们见面。忽然，他听到走廊里传来一阵扭打声，隆博立刻启动了他的人造假肢，准备战斗。按照计划，雷托的部队将在几小时内抵达伊克斯，而克泰尔也已经返回了地面，他穿过那些狭窄的管道和应急通道，目的是将最后几片走私过来的晶片炸药安放在萨多卡地表防御系统的几处关键位置。几次精准的爆破会让入口港峡谷在面对即将到来的厄崔迪部队时失去防御能力。

但如果隆博过早地暴露了，那么他们所有的工作都将付诸东流。扭打声变得越来越近。

很快，脸上带着墨藤伤疤的哥尼·哈莱克抱着一具破碎的尸体踉踉跄跄地走了进来。这具尸体看起来几乎不像人类，有着光滑的蜡状五官，一对毫无生气的眼睛，那个像洋娃娃一样的脑袋瘫软无力地耷拉在断裂的脖子上。

“变脸者，假扮成了次人。我觉得他对我有些太过好奇，于是冒险试探了一下，发现他果然不是那些意志薄弱的次人。”

他把死去的变脸者扔在石头地板上，接着说道：“所以我拧断了他的脖子。万幸啊。‘隐藏着的敌人才是我们最大的威胁。’”他严肃地盯着隆博。“我觉得我们现在遇到了一个严重的问题。他们知道我们来了。”

让芬伦感到惊讶的是，这位研究大师并没有公然反对他，但他仍然觉得自己现在像个囚犯。

伯爵这一辈子都十分小心谨慎，一直保持警惕，一直游走在悬崖的边缘。他在那些服用了过量人造香料的人群（包括萨多卡士兵）中发现了许多令人不安的副作用。他们的行为非常危险……

而这位身材矮小的特莱拉科学家自身的行为也变得越来越古怪和不可预测，他花了整整一个上午在自己的办公室里向帝国香料大臣展示那些数据，展示他的培育罐能够生产的奥马尔的数量，以便让整个项目继续进行。“我觉得一开始呢，皇帝必须谨慎地发放这些人造香料，作为对那些最忠诚于他的人的奖赏。只有少数人应该得到这种祝福。只有少数人是值得的。”

“是啊，嗯-嗯-嗯。”芬伦对这种合成美琅脂仍抱有许多疑问，但他觉得公然提出这些问题太危险。他坐在阿吉迪卡对面，检查着这位研究大师不断递给他的硬拷贝文件和迷你全息图。

阿吉迪卡的体内似乎充满了他自己无法抑制的紧张能量。他那张消瘦的脸庞变得十分呆滞，似乎处于神游状态，同时还有着一种极端的傲慢，仿佛他自己已经成了一个半神。

芬伦的所有本能都在发出警告，他现在只想杀了这个人，永远结束这一切。像哈什米尔·芬伦伯爵这样的致命战士，即使对方戒备森严，他也能找出上千种杀他的办法，只是绝不可能毫发无损地逃脱罢了。他看到了那些研究员对阿吉迪卡的狂热忠诚，就好像研究大师对这些卫兵和工作人员进行了催眠控制……而最令人不安的是，萨多卡士兵似乎也被他洗脑了。

还有一些变化也在发生。比如最近几天，伊克斯人民忽然开始变得不守规矩，到处都泛滥着不满情绪，破坏事件也增加了十倍。墙上的涂鸦像晨露中的厄拉奇恩花朵一样四处绽放。特莱拉已经占领伊克斯那么久了，谁也不知道是什么触发了这些反抗。

阿吉迪卡对此做出的回应是更加严厉的镇压，他进一步限制了人们所能保留的最低限度的自由和食物。而芬伦从来就不赞成特莱拉人对伊克斯采取这般严厉的手腕，他认为这是一种短视的政治。这会让整个世界一天比一天变得不安，压力越来越大，就像一个沸腾的压力锅被强行盖上了盖子。

研究大师办公室的门砰的一声打开了，坎多·加隆指挥官走了进来。这位年轻的萨多卡指挥官头发缠在了一起，身上穿着一件全是褶皱的制服，手套也脏了，似乎他不再关心军队的着装要求了。他用有力的臂膀拖进来一个弱小的生物，是一个次人。

加隆睁大了黑色的眼睛，眼球飞快地转动。他咬紧牙关，噘着嘴唇，流露出狂躁和得意的情绪。他现在看起来更像是一个无情的恶霸，而不是一个纪律严明的帝国军队指挥官。芬伦觉得自己胸口又一阵阵发紧。

“这是什么?”阿吉迪卡不耐烦地问道。

“我相信它是一个次人。”芬伦干巴巴地回答。

特莱拉研究大师厌恶地皱起了眉头，说道：“把这个肮脏的……生物给我扔出去。”

“首先，听他说完。”加隆一下子把脸色苍白的工人扔到地上。

次人一骨碌爬了起来，抱着膝盖左顾右望，不知道自己身在何处，也不知道自己遇到了什么麻烦。

“我告诉过你该怎么做。”加隆朝他的屁股踢了一脚。“给我如实说。”

次人一下子被踢倒在地，痛得喘不过气来。萨多卡指挥官气得向他直扑过来，用戴着手套的手抓住了他的一只耳朵，硬把他提了起来。次人扭动着身体，耳朵上全是鲜血，加隆再次喊道：“给我说!”

“王子回来了，”那个次人终于开口说道，然后像念咒语一样一遍又一遍地重复这句话，“王子回来了。王子回来了。”

芬伦瞬间头皮发麻。

“他说的是谁?”阿吉迪卡问道。

“隆博·维尔纽斯王子。”加隆推搡着次人，让他多说几句。但这个头脑简单的生物只是呜咽着重复着这句话。

“他指的是变节的维尔纽斯家族的最后一个幸存者吧，嗯-嗯-嗯-嗯?”芬伦问道，“他确实还活着。”

“我知道隆博·维尔纽斯是谁!但已经过了这么多年了。怎么还会有人关心他呢?”

加隆揪住次人的头，狠狠撞在坚硬的地板上，他痛得大声尖叫。

“住手!”芬伦说道，“我们需要进一步审问他。”

“他什么也不知道了。”加隆握紧他戴着手套的拳头，狠狠打在那个无助的次人的后背上。芬伦能听到肋骨和椎骨开裂的声音。疯狂的指挥官一拳接一拳地打着，就像是一台失去控制的打桩机。

次人浑身是血，瘫倒在地板上，抽搐了一下后死了。

萨多卡指挥官汗流浃背，狂躁不安，他直起腰来，恶狠狠地瞪大了眼睛，好像在寻找其他可以杀死的东西。鲜血溅满了他的制服，但他似乎并不介意。

“只是个次人而已。”阿吉迪卡哼了一声，过去闻了闻。“你说得对，指挥官——无论如何他都不会再招出什么来了。”研究大师探出一只小手，伸进长袍，取出一块压缩人造香料递给指挥官，“赏给你的。”说着他把香料块扔给加隆，加隆以闪电般的速度一把抓过来，狼吞虎咽地吞了下去，就像一只受过训练的狗。

加隆疯狂地看了看芬伦，然后大步走向门口，脚下就是血迹斑斑的地板：“我去找其他人来审问。”

但还没等他离开，警报就响了起来。芬伦吓得一下子跳了起来，而研究大师则环顾四周，更多的是恼怒而不是恐惧。他在伊克斯待了二十二年，还没有听到过这样的警报声。

但这声音对指挥官加隆来说再熟悉不过了：“我们受到外部的攻击了！”

厄崔迪的军舰穿过了大气层，直扑萨多卡军团的防御网。攻击飞船降落到入口港峡谷，那里有着数百个石窟，布满了用于运输和出入的沉重大门。

克泰尔的晶片炸弹爆炸了，惊醒了睡梦中的萨多卡士兵，几乎完全摧毁了他们的主要传感器网络装置。由于控制主板短路，防空大炮全部熄火。那些长年处于无聊状态的特莱拉边防警卫对这支从天而降的部队完全束手无策。

厄崔迪飞船发射了导弹，熔化了钢板并炸开了岩石。萨多卡士兵匆忙组成防御阵型，但他们这么多年来都太懈怠了，他们的武器站都被用来平息内部骚乱和恐吓潜在的渗透者了。

由邓肯·艾达荷率领的舰队准时抵达了伊克斯。运输飞船迅速地降落，士兵们怒吼着冲了出来，他们抽出随身佩剑，准备在不能使用激光枪的地方进行近距离战斗。他们高喊着公爵和隆博王子的名字，奋勇杀敌。

光复伊克斯的战斗开始了。

爱所拥有的强大力量并不神秘：这股力量的源头来自生命本身的流动——一种狂野的、奔放的、倾泻而出的力量，源自最古老的时代……

——杰西卡夫人，日记条目

一旦杰西卡开始分娩，那么贝尼·杰瑟里特会为她准备好一切。几乎没有人知道姐妹会这么做的真正原因，只有女巫们清楚这个她们期盼已久的孩子有多么重要。

在阿妮鲁尔的严格监督下，她们为杰西卡准备了一间阳光充足的产房。姐妹会特别遵循了远古时期的风水学，在照明和空气流通方面下了很大功夫。床头上方悬吊着的花盆里种满了菲拉玫瑰、银兰花和石竹康乃馨。而这间产房位于皇宫的顶层，这里仿佛可以直达星空，几乎触摸到那些用于控制天气的松软人造云。

杰西卡往后靠，把全部注意力都集中在她的身体、她的环境以及那个渴望从她的子宫里出来的无比重要的孩子身上。她尽量避免和莫希阿姆圣母对视，害怕自己不经意间流露出内疚的神色。*我以前确实挑战过她，反对过她的意见……但从来没有在如此重大的事情上反抗过她。*

很快，姐妹会就会知道她的秘密了。

*大圣母会因为我的背叛而处死我吗？*在孩子出生后的几个小时

里，杰西卡无疑会处在非常脆弱的状态。而在她年迈苍苍的老师眼里，失败是比公然背叛更大的罪行。

在阵痛的间隙，杰西卡吸了一口花香，不禁又想起了遥远的卡拉丹，她想在那里和她的公爵一起看孩子。“我不能恐惧……”

莫希阿姆坐在她的身边，专心地看着自己这位优秀的学生。尽管医护姐妹尤飒严正警告过，但面容憔悴的阿妮鲁尔夫人坚持要亲自到产房来看看。但在这种时候，谁又能反对魁萨茨圣母的命令呢？在接受了大量药物治疗后，阿妮鲁尔坚称自己已经暂时平息了头脑中的杂音。

杰西卡试图起身以示尊重，但皇帝的妻子却对她严厉地摇了摇手指，说道：“穿上我们给你准备的分娩长袍。然后给我躺下，把精力用在控制你的肌肉上吧。回忆一下你所学习的技巧，准备好你的身心。这次分娩我们不能出任何差错。我们等了足足有九十代人！”

尤飒走了过来，搀扶了一下阿妮鲁尔的手臂：“夫人，她才刚开始扩张。等时间到了我会通知您的。她可能还需要一段时间才能——”

阿妮鲁尔立刻打断了她：“我已经给皇帝生了五个女儿了。我的经验对这个女孩儿很有帮助。”

杰西卡顺从地脱下她自己的衣服，穿上了阿妮鲁尔带给她的凯·萨提恩长袍。这种袍子果然十分轻盈和光滑，她几乎感觉不到它覆盖在她的皮肤上。当杰西卡爬回高高的分娩床上时，她觉得自己开始无比期待儿子的降生了，这种期待战胜了她对姐妹会的忧虑。*当我离开这张床时，我会有个儿子，雷托的儿子。*

九个月来，她一直在养育和保护这个孩子。直到十二天前，直到莫希阿姆圣母通过心灵感知的方式向她展示了魁萨茨·哈德拉克计划的真相前，她所想到的还只有自己对公爵的爱，以及在维克多不幸去世后，雷托是多么需要另外一个儿子。

在阿妮鲁尔身边的莫希阿姆抿嘴微笑起来：“杰西卡会做得很好的，夫人。她一直是我最好的学生。今天，她将证明我给她的所有训练都是值得的。”

一想到这些有权有势的女人会对自己做什么，杰西卡就觉得要是雷托现在能跟她在一起就好了。他是决不会让她或他们的孩子受到伤害的。前一天晚上她是和雷托过的夜，她如愿以偿地再次被他抱在床上，和雷托肌肤相亲。而对杰西卡来说，比起激情她现在更看重这种温情时刻。

借着房间里柔和的球形灯光，杰西卡注意到公爵有了些许变化。他又变回了原来的自己，变回了她所爱的那个冷酷而强大的雷托·厄崔迪，变得更有活力了。

但他已经定好今天对兰兹拉德联合会发表讲话，履行他作为一名大家族的公爵的重要职责，所以他不能焦虑地守在妃子的床边。

现在，在产房里，杰西卡屈从于自己身体的自然流程，躺了下来，闭目养神。她除了完全配合贝尼·杰瑟里特之外别无选择。*我下次可以给她们再生一个孩子，一个女儿。如果她们还让我活着的话。*

杰西卡知道自己不经意之间把姐妹会的育种计划给提前了，她把男孩的出生提前了整整一代。而遗传学是一门不确定的科学，是一种更高层次的、不确定性极强的赌博骰子。*我的儿子会是传说中的那个人吗？*这对杰西卡来说无疑带来了一种既可怕而又令人兴奋的可能性。

她睁开眼睛，看到两名医护姐妹像哨兵一样走了进来，站在她床的两边。她们用连杰西卡都听不懂的语言低声交谈，同时检查诊断设备，最后用探针和传感器在杰西卡的皮肤上划来划去。在床脚，阿妮鲁尔夫人和尤飒注视着一切，皇帝的妻子那双母鹿般的眼睛深陷在凹陷的脸上，看上去就像是一个病入膏肓的人。但她还是事无巨细地指挥众人，让医护姐妹们既紧张又恼怒。

尤飒被杰西卡和阿妮鲁尔夫人弄了个应接不暇："求你了，夫人，这只是一次常规的分娩。您还是别太操心了。请您回到自己的房间去休息吧。我给您开了个新药方，有助于平息其他记忆的声音。"说着尤飒把手伸进了口袋。

阿妮鲁尔粗鲁地挥了挥手，似乎是在赶走这个身材较小的女人："你懂什么。你给我的药太多了。我的朋友洛比亚正在警告我。我需要倾听我内心的声音，而不是堵住耳朵。"

尤飒带着责备的语气说道："您不应该在没有姐妹会的协助下进行如此深入的探索。"

"你忘了我是谁了吗？这涉及我的隐秘者身份。你是不敢挑战我的。"说着阿妮鲁尔从托盘里抓起一把手术用的激光刀，用带有威胁意味的口气说道，"如果我现在命令你用这把刀刺进你自己的心脏，你也得给我照办。"其他的医护姐妹纷纷后退了好几步，不清楚到底发生了什么事。

阿妮鲁尔怒视着尤飒，母鹿眼睛闪闪发光："如果你让我觉得你的存在会危及育种计划的成功，我会亲自杀了你的。你给我小心点儿，自己掂量掂量吧。"

然而莫希阿姆忽然冲了过来，打断了阿妮鲁尔："你说的这些是其他记忆给你的建议吗，夫人？你现在能听到她们在说话？"

"是啊！她们的声音比以往任何时候都要响亮。"

莫希阿姆迅速地把身处危险之中的尤飒推到了情绪激动的阿妮鲁尔够不到的地方，然后说道："阿妮鲁尔夫人，你有权利也有义务指导这次分娩，但是你不能干涉医护姐妹。"

阿妮鲁尔仍然紧握那把激光刀，身体抽搐起来，好像在和脑海中的其他记忆进行抗争，以控制自己的思想和肌肉。她在杰西卡旁边的一把带着靠背的椅子上坐了下来。另外两名医护姐妹想要躲开，但莫希阿姆却挥手示意她们继续工作。

虽然身处一片混乱之中，杰西卡却平静地呼吸着，用莫希阿姆教她的技巧循环着吸气……

阿妮鲁尔试着平息她的愤怒和焦虑，她也不愿自己的情绪危及这个产房。无数狂乱的想法在魁萨茨圣母那混乱的头脑中翻腾着，挣扎着想要蹦出来。她狠狠咬向自己的手指。如果在接下来的几个小时里真的因为自己出了什么问题，那么魁萨茨·哈德拉克计划便会倒退几个世纪，甚至可能永远毁掉。

这样的事情绝不能发生。

阿妮鲁尔突然惊讶地看向自己手中的那把激光刀，然后一下子把它扔在附近的一张桌子上，虽然仍旧触手可及："对不起，孩子。我并不想让你难过。"她呢喃道。又过了一会儿，她接着用祈祷的语气对杰西卡说道："现在是最重要的时刻，你必须使用普拉纳－宾度技巧来引导婴儿通过产道。"说完她看了看桌上那些闪闪发光的工具，"而我会亲手割断你女儿的脐带。"

"我准备好了，"杰西卡宣布，"现在我要开始生产了。"等她们看到婴儿的那一刻，她们会有多恨我啊。

她对自己的身体，对每一块分娩所需的肌肉都进行了精确的控制，并施加着压力。阿妮鲁尔夫人会怎么做？她的眼神里明显带有疯狂的迹象，但皇帝的妻子真的会杀人吗？

杰西卡发誓自己一定会保持警惕，随时准备以任何可能的方式保护雷托之子。

皇帝的权威来自人民和他们选出的兰兹拉德联合会，但大议会正变得越来越屈从于权力，人民也迅速退化成为无权无势的贱民，一群很容易被煽动起来的暴徒。我们的帝国正处于向军政府转变的过程之中。

——艾因·卡利玛尔，李芝总理，在兰兹拉德的讲话

这堪称是一次迅速且令人印象深刻的武力展示。沙达姆对这样的效果很是满意。厄拉科斯——还有整个帝国——再也不会和以前一样了。

公会的舰队突然出现在了沙漠世界的上空。五艘远航机迅速在轨道上就位，每一艘都超过二十公里长，在远航机上甚至可以直接看到哈克南家族的首都迦太格。

哈克南男爵站在宅邸的露台上，惊讶地望着夜空。北极光那电离放电所呈现的波纹让他肥胖的身子直起鸡皮疙瘩："该死！到底发生了什么事?"

男爵依靠着身上的浮空背带，才没让自己飘浮起来。他在一周前其实就打算回到杰第主星去了，现在则是打心眼儿里后悔自己没有那么做。

阵阵热浪像瘟疫一样在黑暗的街道上蔓延开来。在男爵的头顶上方，反射着明亮光芒的远航机有如黑云压城，又像是漂浮在黑色海面

上的冰山。迦太格警报大作，惊慌失措的士兵们冲出营房，立即实行了戒严，把民众都锁在了屋子里。

一个助手冲了进来，他惊恐地瞪着空中的奇观，似乎比他的哈克南主人还要害怕：“男爵阁下，一名宇航公会大使从远航机发来了消息。他想和您谈谈。”

肥胖的男爵鼓着腮帮子，大为光火地喊道：“我倒是很想知道他们究竟跑来我的星球干什么。”其实，在男爵贪污了一部分香料的前提下，厄拉科斯的美琅脂产量也一直超出皇帝的预期。哈克南家族应该没有什么好害怕的才对，就算沙达姆最近确实越来越任性和反复无常。“一定是有什么事情搞错了。”男爵猜测道。

那名助手打开了屏幕，调整了一下控制系统，直到接通了正确的通信频道。一阵刺耳的声音顿时从通信器里传来：“弗拉基米尔·哈克南男爵，你的罪行已经完全暴露了。宇航公会和皇帝决定对你施加惩罚。你必须服从我们的权威。”

男爵早就习惯于否认自己犯下的各种罪行，但这一次的指控确实让他感到非常惊讶，一时间连借口都找不出来：“可是……可是……我不知道我犯了什么——”

“这不是一次对话。”那个声音变得更大、更刺耳了，“这是一个通告。宇联商会的审计员和宇航公会的代表将被派去检查香料生产过程中的每一个环节。”

男爵快要窒息了，连忙问道：“为什么？你们最起码得告诉我指控到底是什么！”

“你的秘密将无所遁形，你的罪行会受到严惩。除非我们下达命令，否则整个帝国的香料流通将被切断。而你，哈克南男爵，必须据实陈奏。”

男爵顿时被吓得冷汗直流。他不知道自己究竟犯了什么忌讳，才引来了如此荒谬、严重的指责，只得继续小心翼翼地问道：“我……

谁是指控我的人？证据又是什么？”

“宇航公会将立即切断你的通信，并封锁厄拉科斯的所有太空港。从现在开始，我们将禁止你们使用任何香料收割机。”说完这句，男爵面前的通信器立刻关闭了，然后开始冒烟并突然冒出一阵火花，“通信结束。”

公会舰队轰然掠过男爵的头顶，发出强烈的电磁脉冲，迦太格太空港里所有飞船上的线路和导航系统瞬时全都瘫痪。男爵的宅邸内也是如此，在电磁波的持续轰击下，球形灯先是变暗，然后又变亮，最后发出可怕的嘶嘶声并爆炸了，碎片砸向男爵的脑袋。

他捂脸对着通信器大喊，但没有任何回应。甚至连本地的通信网络也都瘫痪了。手足无措的哈克南男爵大声怒吼——尽管除了他身边的人谁也听不见（宅邸里其余的人都明智地选择逃跑了）。

男爵现在得不到任何进一步的解释，也无法向任何人求助。

三艘远航机的机舱打开了，萨多卡的主力舰队从远航机里倾巢而出。巡洋舰、护航舰、劫掠舰、轰炸机——似乎皇帝在短时间内把所有能召集来的飞船都派来了。当然，沙达姆很清楚这次军事行动是一次冒险，在这期间帝国的其他地方都变得脆弱了，但这次出其不意、大刀阔斧的攻击行动带给他的好处确实太多了。甚至连公会都不明白他真正的目的。

皇帝穿着一身带有总司令徽章的军服，端坐在指挥旗舰的舰桥上，他的这艘旗舰直奔厄拉科斯地面而去。这次行动是沙达姆几十年庞大布局的高潮，整个奥马尔项目将以一种出人意料的方式迅速结束。而这一次，他将会亲自率领他的军队取得胜利，为这场伟大的香料战争画上了一个辉煌的句号。他的奥马尔已经准备好了，现在他所要做的就是把厄拉科斯从化学层面抹去。

萨多卡的将军们会直接服从皇帝的命令，但至尊霸撒加隆仍会监督实际的军事操作。沙达姆需要一个可以信任的人，一个不会质疑而只会采取行动的人，因为未来肯定会有很多质疑。这位饱经风霜的萨多卡老将笔直地站在他身边，对皇帝的真实目的毫不知情，也不清楚这次战役会以一个什么结果结束。但他仍会一如既往地服从上司的命令。

萨多卡战舰已经准备好了他们在札诺瓦使用过的大规模杀伤性武器，毕竟皇帝的目标是消灭厄拉科斯上所有的香料，这是塑造沙达姆新帝国的必要步骤。在这之后，*沙达姆*便会拥有唯一的解决方案。那就是奥马尔。只要完成了这次攻击，沙达姆·科瑞诺四世将会彻底巩固自己的皇权，粉碎一切妨碍他统治的垄断企业和贸易集团。

*啊，哈什米尔要是能在这里亲眼目睹我的胜利就好了。*不过皇帝也在不断地提醒自己，他已经一次又一次地证明自己不需要一个顾问来纠正他或是反驳他的想法，抢走他的功劳。

当皇帝的旗舰降至大气层边缘，沙达姆端坐在指挥椅上，身体前倾，凝视这颗破碎的褐色星球。*真是个丑陋的地方。*这里还经得起更严重的破坏吗？他的面前是一个不完整的卫星环，以及在男爵本人多年的坚持下，公会勉强送入轨道的那些无效的气象观测卫星。这些卫星只监控了哈克南家族控制的地区，而没有提供任何关于沙漠和极地地区的数据。

“该练习打靶了，”他宣布道，“派出你的劫掠舰，摧毁那些卫星。每一个。”说着沙达姆用手指敲了敲指挥椅的扶手。毕竟他一直喜欢扮演军人的角色。“让男爵的眼睛变得更瞎一些吧。”

“遵命，陛下。”苏姆·加隆答道。片刻之后，小型攻击飞船从远航机里蜂拥而出，像成群的蝗虫一样向外扩散。然后在精确的射击下，他们摧毁了一颗又一颗卫星。沙达姆尽情享受了每一次微小的爆炸。

如果从厄拉科斯的地面上看去，皇帝的舰队一定很恐怖。公会最初只是认为皇帝是想在厄拉科斯建立一个稳固的军事存在，以削弱哈克南的力量，这样萨多卡军团就可以没收男爵的那些非法美琅脂储备了。某些兰兹拉德里的人——那些知道皇帝率领舰队前往厄拉科斯的贵族们——已经开始行动起来，他们纷纷站到皇帝一边，等着接手厄拉科斯封地及其香料产业。

他们哪里知道，厄拉科斯的香料产业很快就会变得毫无价值了。

哦，沙达姆是多么期待他这场大戏的下一幕啊。他想起了那出乏味而过时的戏剧《我父亲的影子》，剧中一直在歌颂皇太子拉斐尔·科瑞诺的美德，而他其实只是一个从未正式坐上皇位的被欺骗的傻瓜。

沙达姆曾考虑过亲自赞助一些艺术家，只是他认为自己的成就并不只限于文化方面。一名帝国传记作家会记录下他在军事和经济上的胜利，而一群作家会创作出不朽的文学作品，让后人对他的伟大功绩顶礼膜拜。而只要他这个皇帝能得到他应得的绝对权力，那么这一切都不在话下。

这颗沙漠星球被烧成焦土之后，宇航公会——以及所有依赖美琅脂的人——都将会被他攥在手心里。他决定将这次战役命名为“厄拉科斯先手”。

一想到自己即将取得如此辉煌的胜利，沙达姆觉得再大的风险也值了。

伟大必须与脆弱结合在一起。

——皇太子拉斐尔·科瑞诺

面对自己人生的另一个重大转折点，雷托公爵走进了兰兹拉德演讲大厅。即使皇帝正在玩他的战争游戏，雷托也准备发表这个可能是他贵族生涯中最重要的一次演讲。

他回忆自己上次走进这个庄严的演讲大厅时的情景。那时的雷托还很年轻，是一位在父亲英年早逝后仓促上任的新公爵。当时特莱拉人刚刚占领了伊克斯，雷托就是在这个大厅里义正词严地谴责了侵略者，谴责了那些无视维尔纽斯伯爵诉求的贵族们。但贵族代表们非但没有被他打动，反而一起嘲笑这个幼稚的年轻贵族……就像他们多年以来嘲笑皮尔鲁大使的声明那样。

但今天下午，雷托公爵自豪地率领他的队伍走过入口处的长廊时，贵族代表们全都欢呼起来，大声高喊他的名字。巨大的演讲大厅里响起了热烈的掌声，这让他感到自己变得更加坚强、更加自信了。

尽管雷托和他的团队之间现在没法取得联系，但他整体计划中的各个不同部分必须在恰当的时间同时进行。杜菲·哈瓦特应该已经成功突破了比卡尔的封锁线，而虽然还没有得到两名渗透者的确认，但他的军队也将准时发动对伊克斯的袭击。雷托更清楚自己在凯坦上需要扮演的角色。如果一切都按原计划进行，如果隆博和哥尼能活下来，那么伊克斯必将获得解放，新的维尔纽斯伯爵就能在有人提出反对之前安全地回到他的大王宫里……

但前提是一切都要同时进行。

就在雷托进入大厅之前，他接到了一个不知名的贝尼·杰瑟里特姐妹匆忙送来的通知，这些女巫每天都像乌鸦一样在皇宫里飞来飞去的。“您的侍妾杰西卡就要生产了。她有最好的医护姐妹照顾。所以没什么好担心的。”侍从姐妹朝他微微一笑，然后鞠了一躬退了回去。“阿妮鲁尔夫人觉得您可能想知道这件事。”

雷托怀揣着些许不安，大步走向讲台。杰西卡就要生下他的孩子了。他现在应该在产房里守在她身边的。贝尼·杰瑟里特也许不会同意有一个男人在场，但如果不是今天这个场合太过重要，他一定会坚持陪着她的。

但演讲的时间无法更改，当邓肯·艾达荷率领军队攻入伊克斯的洞穴时，他的演讲必须同时开始。

当公告员大声宣读他的姓名和头衔时，雷托伸出手指在讲台上轻敲了几下，等待欢呼声平息。最后，大厅里一片寂静，那些代表仿佛都认定雷托今天可能会有一些有趣的——甚至大胆的——东西要讲出来。

他在兰兹拉德联合会里的声望和地位多年来一直在上升。没有任何一位贵族，包括那些比他富有得多的人，会像他今天这样冲动和冒险。

“想必在座的各位都清楚比卡尔现在面临的困境，一场威胁到整个生态系统的植物瘟疫摧毁了这颗星球。虽然我自己和首席行政官有过争执，但我已经满意地解决了那个问题。现在，我的心和你们的一样，都在为受苦的比卡尔人民感到难过。因此，我派出了满载着救援物资的船队，希望沙达姆皇帝能允许我通过封锁线，把这些救命物资送进去。”

演讲大厅里顿时响起了热烈的掌声，人们都为雷托的举动感到钦佩和惊奇。

“但这只是我一系列行动的一小部分。二十多年前，我也曾像今天这样站在你们的面前，抗议贝尼·特莱拉对伊克斯的野蛮侵略，伊克斯是维尔纽斯家族的封地——而他们是厄崔迪家族的朋友，也是你们许多人的朋友。

“由于没有得到皇帝的帮助，多米尼克·维尔纽斯伯爵选择了变节。在他和他的妻子被追捕时，邪恶的特莱拉入侵者残酷占领了伊克斯。从那时起，维尔纽斯王子，伊克斯合法的继承人，一直在我的保护下生活在卡拉丹。多年来，伊克斯的流亡大使一直在恳求你们的帮助，但你们中没有一个人伸出援助之手。”说完，雷托静静地等着，看着，听着大厅里那些不安的骚动。

“所以今天，我采取了单方面的行动来纠正这种不公。”

他停了几秒钟，让贵族们消化一下他的这句话，然后声音响亮地继续说道：“就在此时此刻，就在我向你们发表演讲的时候，厄崔迪的军队正在进攻伊克斯，我们的目的就是恢复隆博·维尔纽斯公爵的正当权利。我们的目的就是驱逐特莱拉人，从而解放伊克斯人民。”

人群中传来一阵叹息声，接着便是焦虑的窃窃私语。这些贵族中没人预料到这一点。

雷托强行挤出一个笑容，话锋一转：“在残酷和无能的特莱拉人统治期间，伊克斯技术生产能力急剧下降。兰兹拉德联合会、宇联商会和宇航公会都清楚这一点。而帝国需要科技水平极高的伊克斯机器。所以今天在座的每一位贵族都能从维尔纽斯家族的重新掌权中受益。这一点你们谁也不能否认。”说完，他看向讲台下成百上千的贵族，想看看谁胆敢反对。

“我今天来凯坦，本是想和帕迪沙皇帝谈谈这件事，但显然他正忙于另一场战役。”雷托发现大部分贵族都只是面无表情地耸耸肩，而有些人则微微点头，似乎知道些什么。“我确信，我亲爱的表亲沙达姆会支持恢复维尔纽斯家族的原有地位。而作为厄崔迪家族的公爵，我的一切行为都是为了正义、为了帝国、为了我的朋友伊克斯王子。”

当雷托结束演讲时，兰兹拉德大厅顿时大乱。他听到了欢呼声，听到了几声愤怒的叫喊声——而更多的是困惑。直到最后，形势才发生了逆转。代表们一个接一个地站起来，纷纷开始鼓掌。顷刻之间，大厅里爆发出排山倒海般的掌声。

雷托向他们挥手、点头表示赞赏，这时他停顿了一下，目光落到了观众中一个庄重的、头发花白的人身上。这个人没有什么令人印象深刻的制服或是军衔，也没有私人包厢，甚至没有预留座位。他就是伊克斯的卡马尔·皮尔鲁大使。这位老人高昂着头，带着无比崇敬的神情望向雷托，随后便失声痛哭起来。

学会预知危险才能万无一失。只有做好完全准备的人才能生存下来。

——剑术大师乔－诺莱，归档文件

回到卡拉丹是一段漫长的旅程。远航机在帝国里兜着圈子，在一颗又一颗星球上停下来。在远航机的货舱里，载有那支小型厄崔迪救援船队，杜菲·哈瓦特就在旗舰上。

在完成了比卡尔人道主义任务，成功转移了帝国的注意力后，杜菲一心想要尽快回到卡拉丹，回到那座俯瞰大海、立于悬崖之上的灰色城堡。

他对萨多卡封锁的佯攻如他希望的那样成功了。他不但惹恼了皇帝，还成功给比卡尔人民送去了救灾物资。在沙达姆把他的指挥官调走后，厄崔迪的舰队在比卡尔附近足足等了九天，才等来了另一艘远航机，然后按照预定路线带他们回卡拉丹。

第一批厄崔迪飞船从远航机的船舱里飞出来了，一头扎进了卡拉丹那多云的天空，很快就被覆盖在海洋上的漩涡气流吞没了。在第一批小型舰队的后面，商船和护航舰也紧跟着鱼贯而出，纷纷降落在太空港，准备稍作休整后继续执行它们的日常公务。

杜菲觉得自己现在能连续睡上个三天三夜。在这次行动中他没能好好休息，因为他需要亲自掌控一切，也因为他一直在担心邓肯对伊克斯的初步进攻。战斗应该在此刻打响了。

但杜菲仍没走向自己的床铺。暂时还不行。因为公爵还在凯坦星，而厄崔迪的大部分军队都被派往伊克斯了，他必须保证留在卡拉丹的军事人员和装备都为保卫这个星球做好了完全的准备。现在的卡拉丹太过脆弱了。

当他乘坐的护航舰降落在卡拉市太空港附近的军事基地时，门泰特惊讶地发现基地里根本没有剩下任何飞船，只有几名身穿制服的老兵，士兵的数量不比维修人员多多少。一名预备役中尉告诉杜菲，这是雷托公爵的决定，他要不惜一切代价为伊克斯而战。

看到这些，杜菲忽然不安起来，卡拉丹现在完全暴露在敌人面前了。

随着远航机驶入停泊轨道，大量的贸易飞船开始忙碌起来。在当天晚些时候，巨大的公会飞船穿越人烟稀少的东部大陆时，一大群没有标记的飞船在最后一刻飞出机舱，在高纬度轨道上盘旋起来，躲避着监视……

即使有着希·雷瑟这样熟练的飞行员，侦察飞船的机翼在掠过卡拉丹上空的冷气流时仍发出了砰砰的响声。这位红头发的剑术大师现在就端坐在操纵台后面，而这艘快速侦察飞船是由临时拼凑的格鲁曼-哈克南联合舰队派出的。

雷瑟越过行星的暗面，穿过云层，透过斑驳的缝隙往下看去，飞船与落日擦肩而过，终于赶上了仍在海面上徘徊的最后一抹阳光。

他的主人，莫里塔尼子爵，准备倾尽全力对厄崔迪家族发动一次突然袭击。尽管格洛苏·拉班本身是一个野蛮人，但他反而更保守，反而想要知道莫里塔尼子爵把兵力部署在哪里，以及他们成功的概率到底有多大。虽然希·雷瑟早已宣誓效忠子爵，但毕竟他是一位饱受考验的剑术大师，他更喜欢拉班的做法。对于这些问题，雷瑟经常与他的主人意见相左，但经过多年的剑术大师训练，他清楚自己在家族里的地位。他的忠诚无可置疑。他坚守自己的荣誉。

邓肯·艾达荷也是如此。

雷瑟回忆起他和邓肯在星罗棋布的吉奈斯岛屿上度过的那段难忘岁月。他们从一开始就是好朋友，最终一同取得了胜利，自己也顺利成为了一名剑术大师。

当格鲁曼的其他学生因为子爵的卑劣行径被赶出吉奈斯时，雷瑟留了下来，他是他的家族里唯一一个完成了吉奈斯训练的人。在毕业回到格鲁曼后，他本以为自己会名誉扫地，甚至被家族处决。当时邓肯也恳请雷瑟能到卡拉丹加入厄崔迪家族，但红头发拒绝了。不管怎样，他还是勇敢地回家了。最终他保住了自己的荣誉，活了下来。

凭借他的战斗能力和领导能力，雷瑟在格鲁曼获得了迅速晋升，成为特种部队指挥官。在这次进军卡拉丹的任务中，他是仅次于子爵的副指挥官。但他更喜欢亲自上战场。于是雷瑟驾驶着侦察飞船，准备在时机成熟时大干一番。

他并不希望与邓肯·艾达荷作对，但现在他别无选择。政治最终会让所有朋友反目成仇。现在，他回忆着当年邓肯对他说过的话，那些关于他心爱而美丽的卡拉丹的所有细节，最后他把飞船降到一排灰色的云层下面，卡拉丹的山水、城市和它所有的弱点一览无余地呈现在他的面前。

他攀升起来，快速地飞过卡拉市，越过三角洲和满是庞迪稻田的低地。他注意到了浅水中那些黑乎乎的海藻床和被白色堤坝包围着的黑色礁石。雷瑟认出了他看到的一切，因为这些细节邓肯都告诉过他。

当年他们坐在一起读家信时，邓肯曾和他分享过从卡拉丹送来的美味佳肴。他也曾对雷瑟谈起过老公爵是个多么好的人，保卢斯在邓肯小的时候是如何照顾他的，如何把他留在城堡里的，以及他们这些新来的人是如何以忠诚回报老公爵的。

雷瑟深深地叹了口气，继续向前飞去。

侦察飞船飞得又快又低，红头发用他那双训练有素的眼睛细细审视一切。他看到了他想要看的东西，然后便飞回舰队去提交报告了，而这份报告里只有一个结论，一个无可辩驳的结论……

最后，他立正站在子爵面前，宣布道："大人，他们让自己变得非常脆弱。征服卡拉丹将轻而易举。"

杜菲·哈瓦特孤身一人，忧心忡忡地站在岩石海角新立的雕像旁……那是雷托为老保卢斯和年轻的维克多·厄崔迪所立的，高大雕像的手里高举着燃烧着熊熊烈焰的火盆。

在平静的海面上，有许多小船在海藻中忙碌着，有的还拖着渔网，捕食较大的鱼。一切似乎都很平静。当太阳滑向地平线时，云层呈现出了斑驳的羽毛状。

门泰特战士忽然看到了一艘飞得又高又快的飞船。很明显是一艘侦察飞船。船身上没有标记。

按详细的推测，应是一级和二级命令。杜菲立刻推测出了可能发生的事情，他很清楚自己现在几乎无力保护卡拉丹，尤其是面对直接的攻击。杜菲手里就剩下几艘护航舰队的战舰了，除此之外厄崔迪家族可以说毫无御敌能力。雷托把所有赌注都押在了他的伊克斯战役上，也许这回赌得有点大了。

一艘没有标记的侦察飞船掠过杜菲的头顶，搜集着一名间谍所需的确凿情报。厄崔迪的门泰特抬头望向保卢斯公爵的雕像，然后又低头望向维克多那张天真的面孔，回想着自己过去犯下的错误。

"公爵，我不敢再让你失望了，"他对着巨大的雕像大声喊道，

“我也绝不会让雷托失望。但我真希望自己能找到办法，找到能保护这个美丽世界的办法。”

杜菲看向海洋的另一边，眼前只有一片杂乱的渔船在海面上忙碌。这个难题需要他所有的门泰特技巧才能解决，而他希望自己别拖后腿。

这是他们最后一次用他们的猪脑子阻碍和中伤我了！今天，我将表明我的立场。

——据称是变节的多米尼克·维尔纽斯伯爵所言

正午过后不久，地下城市里准时响起了警报。这对隆博·维尔纽斯王子来说无疑是世界上最美妙的声音：“他们来了！邓肯开始进攻了！”

站在次人窝棚的阴影中，这位伊克斯的正统继承人看向哥尼·哈莱克，他那玻璃状的眼睛在那张凹凸不平的脸上闪闪发光：“‘我们系好腰带，放声歌唱，奉我主之名拼尽鲜血。’”他微笑起来，向外走去，“我们不能浪费时间了。”

一脸憔悴、双眼红肿的克泰尔·皮尔鲁一下子跳了起来。他已经好几天没睡觉了，更多的是依靠肾上腺素而不是营养过活。很有可能正是他安装在入口港峡谷的晶片炸药为邓肯的部队打开了一条通路。

克泰尔大声喊道：“是时候亮出武器、召集所有愿意追随我们的人了。人民终于要做出反击了！”他那张憔悴的脸上浮现出一种天使般的、神游的表情，就好像他已经超越了恐惧和疑虑。“我们将誓死追随你，隆博王子。”

哥尼皱起眉头，脸上的墨藤伤疤跳动着：“隆博你最好先别出去。不要让敌人轻易发现你的存在。你对他们来说肯定是最主要的目标。”

半机械人王子迈着大步走向低矮的门口：“当人民在为我战斗时，我是不会躲起来的，哥尼。”

“至少等我们攻下部分城市再说。”

“我将在大王宫的台阶上宣布我的回归，”隆博用不容争辩的语气说道，“除此之外我别无所求。”哥尼嘟囔了几句，但最后还是沉默了，开始思考如何才能最好地保护这个骄傲而固执的人。

克泰尔带领大家来到了一个隐蔽的军械库，其实只是一个小小的通风设备室，但众人已经把它完全改造了。

隆博和哥尼已经把从精密的厄崔迪战斗舱里拆下来的零件分发出去了。现在，热血沸腾的反抗军战士手中有了各种武器、炸药、盾牌和通信设备。

克泰尔抓起了他能拿到的第一把武器——两颗手榴弹和一根击昏棒。隆博则在腰带上挂了一排飞刀，然后用他那只强大的机械手抓起了一把沉重的双手剑。哥尼则选了决斗匕首和长剑。然后三个人在身上装好了屏蔽场并激活，一阵熟悉的、舒适的嗡嗡声传来。万事齐备。

他们没有动激光枪。因为他们面对的是一个需要近距离搏杀的战场，敌人和自己的屏蔽场都处于激活状态，他们不想冒险引发致命的激光－屏蔽场反应，那会引起一场足以让整座地下城市化为乌有的大爆炸。

警报声仍在持续不断地响着，一些生产设施的大门自动关闭了，还有一些大门卡在了门轨上。在过去的几天里，传言遍布整个伊克斯，人们对今天的事情早有了思想准备，但许多人仍然不敢相信自己的眼睛，仍然不敢相信厄崔迪家族就在眼前。现在所有的伊克斯人都陷入了欣喜若狂的状态。

克泰尔大声呼喊着，寻求人民的支持，他一路跑过隧道：“跟我来，公民们！都跟我到大王宫去！”

许多工人都陷入了恐慌。还有些人抱着谨慎的希望。次人工人们慌乱地跑来跑去，克泰尔继续大声叫喊着，直到所有人都开始跟着吟唱起来："维尔纽斯家族！维尔纽斯家族！"

他把手里的第一枚手榴弹扔向了一群正在尖叫着的特莱拉工厂管理人员，伴随着雷鸣般一声巨响，手榴弹爆炸了。然后，他开始挥舞起手中的击昏棒，打向他遇到的每一个有着灰皮肤的人。

隆博王子则像一节电车一样向前猛冲过去，一枚飞镖呼啸着射向他的头部，但被他的屏蔽场挡住了。王子这才发现是一名蹲在角落里的特莱拉大师暗算了他，于是王子掏出一把飞刀直插入他的胸部，然后又用他那把重剑砍翻了另一名侵略者。他继续向前推进，加入了混战。

隆博高声疾呼，集合了所有他能找到的反抗军战士。然后他又和哥尼在隧道入口把武器分发给了这些急切的战士，并指引他们一边战斗一边寻找新的武器库。"现在便是我们永远清除这些入侵者的最佳时机！"

哥尼拼命向洞穴的中心冲去，大声喊着命令，这是因为他一直在担心这些组织不善的革命军会被那些专业的萨多卡战士轻松撕成碎片。

一座位于钟乳石建筑里的控制变电站爆炸后，洞穴顶部的全像天空开始闪烁。这座地下城市里最宏伟的建筑当属大王宫的倒立大教堂，它就像圣杯一样悬在空中，等待着隆博。在城市上层，厄崔迪士兵紧紧跟随在一名高举着长剑的黑发剑术大师身后，穿过高大的走廊。

"邓肯！"哥尼指了指头顶上的走廊喊道，"我们也得跟上去。"

隆博凝视着大王宫，呢喃道："我们走吧。"

跟随着克泰尔，大批反抗军战士像一阵漩涡一般席卷而来，他们高声呐喊着，同时对敌人发动了猛烈的攻击。反抗军临时征用了一艘空驳船，也就是一个重型反重力平台，它原本是用来运送从各个世界进口到伊克斯的物资，可以通过入口港峡谷把货物运到较低层的建筑设施里去。

哥尼爬上了驳船的控制甲板，启动了浮空引擎。引擎发出一阵刺耳的高频率响声。哥尼挥着手喊道："上！上！"

士兵们纷纷爬上驳船平台，一些人的手中甚至没有拿着任何武器，但为了伊克斯，让他们用指甲去战斗都没问题。在驳船平台开始逐渐上升到半空时，还有一些战士仍在试图从平台边缘爬上来，最后还是因为人数太多而摔了下去。还有一些人则跳起来抓住平台边缘，直到平台上的战友们把他们拖到甲板上才罢休。

这艘驳船平台最终慢慢飘浮起来，一群萨多卡士兵冲到了驳船下方，挤来挤去的，试图排成战斗队列。箭弹从他们的武器中喷射出来，击中了船板，大多数箭弹都被反弹了回来，有些甚至击中了一些围观者。屏蔽场盾牌可以减缓或偏转这种箭弹，但大多数无辜的公民却没有这种保护。

狂野的反抗军战士站在货运驳船上，凭借着高度优势向下面的敌人开火。与皇帝的士兵不同，特莱拉的首领们不愿意佩戴个人屏蔽场。已经几近疯狂的克泰尔胡乱抓住一把枪，拼命射击。

随着驳船平台越升越高，帝国的士兵们把武器对准了自己的头顶上方，他们甚至不知道是谁在控制这艘驳船。萨多卡士兵似乎也开始进入一种狂热状态。驳船上的一个浮空引擎被击中，发生了爆炸，导致整个平台倾斜起来。四名反抗军战士不幸掉下来摔死了。

哥尼拼尽全力拉住了不断晃动的控制装置，但隆博却把他推到一边，把动力全都转移到了剩下的引擎当中。倾斜着的驳船向广场上的前大王宫的阳台攀升而去。王子抬起头来，望着他多年以前的家，回忆着他的家族当年的荣华富贵。

他按下了引导控制装置，有些超载的平台随即转向了一扇宽大的窗户，那里是一个阳台，或者说是一个观景台，多米尼克·维尔纽斯伯爵就曾和他美丽的珊多夫人站在这里，举行过类似结婚纪念日那样的各种庆祝活动。

隆博把驳船直接开进了窗户，就像用一根木桩插进了恶魔的心脏，砰的一声，华丽的阳台被砸得粉碎。各种碎块散落在他们周围，尖叫和挑衅般的欢呼混杂在一起。隆博关闭了引擎，驳船的浮空力逐渐消失了，缓慢的飞船停止了飞行。

克泰尔第一个跳到棋盘图案的华丽地板上，跳进了几个惊慌失措的特莱拉人和忙着找武器的萨多卡卫兵中间。“伊克斯必胜!”反抗军战士们高声呐喊，激情四射地跟在克泰尔后面冲了进来。

在哥尼·哈莱克的陪同下，隆博走下驳船平台，胜利返回了大王宫。虽然站在一片瓦砾的大厅里，周围全都是战斗的呐喊声和不绝于耳的枪声，但隆博觉得自己终于回家了。

在城市的上层，接近洞穴顶部的位置，邓肯·艾达荷率领他的部队冲进了战斗第一线，萨多卡军团的精英士兵进行着殊死抵抗。帝国的士兵们纷纷往嘴里塞着一种美琅脂做成的薄饼——他们在过量服用香料？——然后疯狂地投入战斗。

面对着反抗军那压倒性的人数优势，萨多卡士兵像发狂的野兽一样，发起了无望的进攻。双方的距离也越来越近，萨多卡士兵们启动了噼啪作响的个人屏蔽场，他们扔掉远程武器，直接冲进了厄崔迪阵中，手里举着刀剑等冷兵器，甚至还有人赤手空拳地想要击穿对面的屏蔽场。每当萨多卡士兵打倒雷托公爵的一名战士时，他们就会在一瞬间摧毁他的个人屏蔽场并将敌人撕成碎片。

指挥官坎多·加隆那身整齐的军服也被撕破了，早已被鲜血染红，他高喊着冲向邓肯的部队。尽管腰间挂着一把长剑，但加隆却没有把它拔出来，相反的，他挥舞着自己那把心爱的双刃刀①，用这种邪恶的匕首反复地刺向反抗军战士。他一会儿刺穿一名敌人的眼睛，一会儿又切断了某人的脖子，对自己遭受的攻击却毫不理会。

一名胆大的卡拉丹中尉偷袭了加隆的侧翼，他用剑尖刺穿了指挥官的个人屏蔽场，刺进了加隆的肩膀。萨多卡指挥官停下脚步，摇了摇头，仿佛是在把剧痛从他狂乱的思想中清除掉，然后带着更为疯狂的怒火回到了混战中去，似乎忘了有人刚刚刺伤了他。

萨多卡士兵们继续像野兽那样哀号着向前冲锋，远远看去就像潮水一样，没有任何队形。这是一种混乱而原始的攻击方式，但有效且致命。

厄崔迪的部队在这种疯狂的攻击下开始崩溃，但邓肯拼尽全力地呼喊起来。他高举起老公爵的宝剑，把大家团结在一起。这把宝剑至今仍保有着它原来主人的强大精神力量，无时无刻不激励着众人。邓肯曾在吉奈斯岛上使用过它——今天仍将凭借这把宝剑率领厄崔迪军队走向胜利。如果保卢斯·厄崔迪还活着，老公爵一定会为他当年庇护的这个孩子取得的成就而感到无比骄傲。

在剑术大师那高亢有力的呼喊声的鼓舞下，伴随着屏蔽场的嗡嗡声和刀剑的铿锵声，雷托的士兵继续向前推进。考虑到厄崔迪部队那压倒性的数字，这本应该是帝国军队一次彻底的溃败才对——但是那些杀红了眼的萨多卡士兵也没有轻易放弃。他们热血上涌，就好像打了某种强烈的兴奋剂。他们拒绝投降。

厄崔迪部队继续猛烈地攻击，但邓肯没有看到取得胜利的迹象，他清楚这场战役不会很快结束了。不知怎的，尽管萨多卡军团组织混乱，但他们总能重新振作起来。

邓肯知道这将会是他一生中最血腥的一天。

---

①双刃刀是一种两面开刃的短刀（或长匕），刀刃微弯，长约20厘米。

地下洞穴城市里战况正酣时，希达尔·芬·阿吉迪卡冲向高度戒备的研究馆，希望它能成为自己最后的避难所。跟在他身边的哈什米尔·芬伦正在琢磨自己要不要找一个隐蔽出口赶快逃出这个城市。最后他觉得自己现在别无选择，只能跟着阿吉迪卡走了，就让这个特莱拉研究大师自我毁灭吧——目前看来这个疯狂的侏儒似乎铁了心地直奔死路。

刚一迈进这个与世隔绝的巨大实验室，芬伦就皱起了鼻子，强忍着一排排培育罐里冒出的腐烂尸臭。数百名特莱拉工作人员四处走动，监控培育罐，采集样本，调整代谢控制装置。外面正在进行的战斗确实让他们感到了恐慌，但他们仍凭借着坚定的奉献精神履行自己的职责，当然更多的是担心哪怕有一刹那的动摇便会危及自己的生命。最轻微的波动，最简单的失误，都可能使这些精密培育罐的状态超出可接受的参数范围，最终破坏至关重要的奥马尔生产程序。阿吉迪卡早就宣布了奥马尔拥有最高优先权。

阿吉迪卡把更多的阿吉迪马尔发给了驻扎在离研究馆最近的萨多卡部队，并把他们调离了日常巡逻任务。现在，这些士兵慌慌张张地加入了研究馆外的混战之中，疯狂地尖叫着。

芬伦并不完全明白，也不喜欢他所看到的这些。因为似乎根本没有人在领导部队。

阿吉迪卡眼神迷离地四处打量了一番，然后向伯爵做了个手势，低声道："跟我来。"这个侏儒的眼睛现在变成了一种吓人的猩红色，似乎他的眼白因为巩膜上出现渗出性出血而变得鲜红。"你是皇帝的人，当我开始宣布我们的未来时，你应该陪在我左右。"说着他贪婪地咧嘴一笑，鲜血从他的嘴里淌了出来，就好像他刚刚饱餐了一顿生肉，"不久之后你就会开始膜拜我了。"

“嗯-嗯-嗯，还是先让我听听你要说什么吧。”芬伦小心地答道，他从研究大师的行为举止中看出了精神错乱的征兆。他本打算立刻出手拧断这个侏儒的脖子——只要轻轻一下就行——但他们身边有着太多忠心耿耿的工作人员了，都正盯着他们，等待着阿吉迪卡发表演说。

他们两人顺着一段陡峭的金属楼梯爬了上去，最后来到一条高高的天桥上面。“听我说！这是神明对我们的考验！”阿吉迪卡向着天桥下面的听众高声喊道，他的声音在空旷的大厅里回荡。而且在他说话时，鲜血仍不断从他的嘴里涌出来，“而现在正是我向你们展示未来的极好机会。”

研究人员聚集起来，专心听他讲话。芬伦以前就听过这个侏儒发表的那些妄想狂言论，但现在的阿吉迪卡似乎已经完全疯了。

研究馆的一面墙壁上装着一个巨大的屏幕，显示着从安装在地下世界各个角落里的全息投影仪源源不断传回的战斗图像。在屏幕里，厄崔迪部队和伊克斯的反抗军一起，拿下了一个又一个的分区。

这位疯狂的研究大师举起双手，握紧拳头，丝毫没注意到激烈的战况。鲜红的血珠从他细长的手指间渗出来，然后顺着前臂的肌腱淌了下来。他张开双手，露出了手掌中央那段盛开的血花。

他是想表达自己有了圣痕[①]吗？芬伦心想。很有趣的表演技巧。但这是真的吗？

“是我创造了阿吉迪马尔，一种可以为我的信徒开辟未知道路的秘密物质。是我派遣了变脸者到银河系未被探索的角落去奠定我们美好未来的基础。一些特莱拉大师甚至已经渗透进了凯坦的皇宫，随时

---

①圣痕又叫做圣伤，被认为是一种超自然现象。曾有这种异像出现在基督徒的身体上，所展现的现象则是与《圣经》中记载的基督受难时的情况一样，甚至更为厉害，例如在手掌心或头部大量无缘由地流下鲜血，或者双眼中也流血。据说此现象也可出现在雕塑之上。

准备采取行动。跟随我的人将获得永生，无所不知，无所不能，永受祝福。”

芬伦顿时被自己听到的言论吓到了。只见阿吉迪卡的额头上出现了一个伤口，鲜血从里面喷涌而出，从他的眉毛一直流到他的太阳穴。甚至连他的双眼里都是一片血红。

“你们听好!”阿吉迪卡的声音已经近乎尖叫，“只有我才拥有真正的预知能力。只有我才明白神祇的旨意。只有我——”就在他高声叫喊的时候，一股鲜血猛地从他的喉咙里喷了出来。他原本疯狂挥舞着的手臂痉挛起来，随后阿吉迪卡便倒在了天桥上。他的皮肤、毛孔和每一口呼吸里都散发着肉桂的腐烂气味。

芬伦吓得后退了几步，打量着这位研究大师，眼看着他在自己面前垂死挣扎。这个侏儒的灰色皮肤变得又湿又红，鼻孔和耳朵喷洒出大量的鲜血。

芬伦皱起了眉头。毫无疑问，这个耗时极长、耗资巨大的项目彻底失败了。那些定期服用人造美琅脂的萨多卡士兵应该也都发生了某种变化……而且不是朝着好的方向。皇帝不能冒险继续这个计划了。

芬伦难以置信地盯着大屏幕。厄崔迪的军队正在击溃特莱拉的防御工事，狂暴的萨多卡军团也开始败退，芬伦发现自己只能眼睁睁地看着自己的长期计划全面土崩瓦解。

拯救他的唯一方法就是确保所有责任都完全落在研究大师希达尔·芬·阿吉迪卡的身上。

侏儒身上的伤口仍在流血，他继续在天桥上扭动身子，大声叫喊，咒骂，直到他翻滚到天桥边缘。最后，阿吉迪卡终于摔了下去，掉在了下面的一个培育罐上……当然是在芬伦伯爵轻轻的一推之下。

每个人都是潜在的敌人，每个地方都是潜在的战场。

——禅逊尼智慧

又一阵阵痛袭来。宫缩变得更痛、更紧、更强烈了。

为了控制自己的身体，将注意力集中在肌肉上，引导宝宝通过产道，杰西卡运用了自己会的所有贝尼·杰瑟里特技巧。她现在已经不关心莫希阿姆会不会失望，也不关心这个计划之外的男孩会不会把姐妹会长达几个世纪的育种计划搞得一团糟了。她唯一在乎的是能否把孩子顺利生下来。

在杰西卡的床边，阿妮鲁尔·科瑞诺夫人坐在一把靠背椅上。她的脸色灰白而憔悴，好像也用上了她所有的贝尼·杰瑟里特能力来保持专注和清醒。她又伸出一只手，抓住手术用的激光刀，准备着，看着，就像是个掠食者。

杰西卡让自己陷入冥想之中。她只想好好守住自己的秘密，能多一秒是一秒。孩子很快就要出生了。是个男孩，而不是女孩。

莫希阿姆圣母和玛格特·芬伦夫人在她分娩的前几个小时里一直守在她身旁，现在她们仍聚精会神地站在阿妮鲁尔的身后，如果皇帝的妻子有任何暴力行动，她们随时准备好猛扑过去。就算她是魁萨茨圣母，也不能让她伤害到杰西卡的孩子。

在深呼吸的间隙，杰西卡从眼角的余光注意到莫希阿姆的手颤抖了一下，这是一个发送给她的特别信号。*告诉阿妮鲁尔，你需要我来剪断脐带。让我来握着激光刀。*

杰西卡假装一阵痉挛，好让自己有时间思考这个问题。多年以来，学监莫希阿姆一直是她在瓦拉赫九号星的指导老师。莫希阿姆在姐妹会里给她这位年轻的学生安排了这个任务，明确命令杰西卡要怀上雷托·厄崔迪的女儿。她还记得当年莫希阿姆把戈姆刺放在她脖子上时的情景，那根有毒的针随时准备迅速而致命地刺进去。这是她对于失败的惩罚。

如果我没有达到姐妹会那神秘的人性标准，她就会杀了我。她其实现在就能轻易地杀了我。

但莫希阿姆所谓的人性之举到底是什么？贝尼·杰瑟里特禁止了爱的情感——但感受到爱和同情难道不就是人性吗？在目前的情势下，莫希阿姆会比阿妮鲁尔还要危险吗？

不，她们更有可能杀了我的孩子。

在杰西卡看来，爱情是机器才无法体验到的情感，几千年前，人类在芭特勒圣战中击败了思维机器。但是，如果人类是最终的胜利者，那么为什么这些非人类的东西——比如野蛮的戈姆刺——会在一个伟大的学校里生根发芽？野蛮和爱一样，都是人类心性的一部分。一个离不开另一个。

我必须相信她吗？另一种选择太可怕了。还有别的办法吗？

在巨大的压力之下，杰西卡把自己已经大汗淋漓的脑袋从枕头上抬了起来，柔声说道："阿妮鲁尔夫人，我想……让玛格特·芬伦动手割断婴儿的脐带。"一听到此话，莫希阿姆顿时吃惊地往后退了好几步。"请您把激光手术刀递给她，好吗？"杰西卡假装没有注意到她那位老导师的不安和不满。"这是我的选择。"

阿妮鲁尔则显得心烦意乱，好像她一直在倾听内心的声音，仍在试图理解它们。她低头看着手中的手术工具，说道："好吧，当然。"

说完她回头看了一眼，将这把潜在的武器递给了芬伦夫人。阿妮鲁尔脸上的痛苦也暂时平息了。“还要多久？”她朝杰西卡走了过来。

杰西卡试图调整身体的化学反应来缓解突如其来的疼痛，但没有效果：“孩子就要出生了。”

她把目光从房间里的监视机上转移开来，把自己抽离，将注意力集中在了几只在她头上飘浮的花盆之间游走的驯服蜜蜂。这些昆虫会自己飞进围栏，给花授粉。*聚焦，聚焦……*

过了一会儿，痉挛消退了。当她的视力恢复时，她惊奇地发现莫希阿姆到底还是亲自拿起了手术用激光刀。她再次感到一阵恐惧。然而转念一想，手里有没有武器根本无关紧要。*她们可是贝尼·杰瑟里特。这些人不需要任何切割工具就能杀死一个无助的孩子。*

阵痛越来越频繁了。她感到有人用手指触摸着她，滑进了她身体。一名身材丰满的医护姐妹点了点头道：“她已经完全准备好了。”然后，她轻轻地对杰西卡说：“用力。”

杰西卡本能地做出了反应，但越是用力疼痛越是加剧。她大声喊了起来。肌肉紧绷着。身边担心的声音渐渐消失了，她逐渐听不清众人在对她说些什么。

“继续用力！”第二名医护姐妹的声音传来。

杰西卡的心里似乎有什么东西在和她作对，好像是婴儿自己在控制自己，就是不肯出来。这怎么可能呢？这不是违背了自然规律吗？

“停！现在，放松。”

她无法确定这个命令的来源，但还是服从了。疼痛变得愈加难以忍受，她使用莫希阿姆教她的所有技巧压制住了自己的尖叫。她身体里负责做出响应的生物程序就刻在她的基因中。

“婴儿快要被脐带勒死了！”

*不，求求你，不要。*杰西卡闭着眼睛，专注于内心，试图把她心爱的孩子带到安全的地方。雷托一定会得到他的儿子。但她无法想象

出正确的肌肉运动方式，也感觉不到自己身体的任何变化。她只能看见黑暗和一片压倒一切的强大阴霾。

她感到一位医护姐妹把自己柔软的手伸进了她的体里，拨弄，摸索，想把孩子解开。她试图控制自己的身体，让自己的肌肉工作起来，引导她的思想进入每个细胞。再一次，杰西卡有了一种奇怪的感觉，觉得这个婴儿似乎在抗拒，他不想出生。

至少不是在这里，不是在这些危险的女人面前。

杰西卡觉得自己又渺小又软弱。与无边无际的宇宙和它所包容的一切相比，她想要与公爵和他的儿子分享的爱显得是那么的微不足道。魁萨茨·哈德拉克。他难道在自己出生前就预见到了一切吗？

他就是这个孩子吗？

“用力啊。用力！”

杰西卡照做了，这一次她感到了一种变化，一种平稳的情绪。她绷紧全身，尽可能地用力，然后再用力，持续用力。痛苦逐渐平息了下来，但她仍提醒自己身处危险之中。

婴儿出生了。她能感觉到他离开了自己的身体，能感觉到有人伸出手来，把他带走了……然后，她的全部力气瞬间消失了。*必须马上恢复体力。他需要我的保护。*在做了三次深呼吸之后，杰西卡挣扎着坐了起来。她感到自己虚弱无力，疲惫不堪，浑身酸痛。

女人们聚集在她分娩的床脚边，一言不发，几乎一动不动。阳光普照的房间里一片寂静，仿佛她生下了一个畸形的怪物。

“我的孩子，”杰西卡问道，打破了不祥的沉默，“我的孩子在哪儿？”

“这究竟是怎么一回事？”阿妮鲁尔歇斯底里地尖叫起来。她发出一声恸哭，“不！”

“你到底做了什么？”莫希阿姆问道，“杰西卡——*你到底做了什么？*”奇怪的是，圣母并没有表现出杰西卡所担心的那种愤怒。相反，她的脸上只有彻底的失望。

杰西卡再一次挣扎着想看一眼她的孩子，而这一次她看到了一头湿漉漉的黑发、小小的前额和睁得大大的、充满智慧的眼睛。她顿时想起了她心爱的雷托公爵。*我的孩子必须活下去。*

“现在我终于明白其他记忆为什么总缠着我了。”阿妮鲁尔怒视着杰西卡，脸上有着近乎失控的怒火，“那是因为她们知道你做了什么，但洛比亚没能及时告诉我。我是魁萨茨圣母！数千名姐妹为我们这个育种计划工作了数千年。你为什么要这样伤害我们的*未来*？”

“不要杀了他！如果你一定要惩罚的话，就惩罚我吧——但请不要惩罚雷托的儿子！”泪水顺着杰西卡的脸颊流了下来。

莫希阿姆把孩子放在杰西卡的怀里，好像要摆脱一个不祥的重担。

“带着你那该死的儿子去吧，”她说道，这是杰西卡听过的最为冷酷的声音，“在你做了这一切之后，祈祷姐妹会能幸存下来吧。”

人类清楚自己终会面临死亡，于是害怕自己遗传的停滞，但人类却不知道该采取什么措施来拯救自己。这便是魁萨茨·哈德拉克育种计划的主要目的，也就是以一种前所未有的方式改变人类命运的走向。

——阿妮鲁尔·科瑞诺夫人，《私人日记》

皇宫产房之外，有一名男子将自己伪装成了萨多卡卫兵，此人连脸上都化了装，为的是掩盖他那被纱芙染红的嘴唇。而在这个瘦男人那条皱巴巴的裤子的后面，制服夹克的下摆，仍然可以看到一抹淡淡的血迹。几乎没人会注意到……

皮特·德伏的速度更快，感觉更敏锐，那名真正的萨多卡卫兵刚一走到岗位上，他就狠狠地把一把刀插进了卫兵的左肾里，然后迅速扒下了他的制服。他对自己的身手颇为自豪。

几分钟之内，德伏就把士兵的尸体拖进了一个空房间，然后穿上了那身灰黑色的制服并迅速洒了一些化学制剂以清除血迹。最后他让自己镇静下来，走到了产房外面，立正站好。

只不过那名死去卫兵的同伴有些怀疑地盯着他问道："丹克斯去哪儿了？"

"谁知道？我正在照看那些狮子，结果忽然就被拉到了这里，说是有个侍女要生小孩，"德伏哑着个嗓子答道，故作厌恶，"他们命令我来这里取代丹克斯。”

那名卫兵咕哝了几句，好像并不在乎，只是检查了一下他的仪式匕首，又调整了一下他肩膀上的击昏器的位置。

德伏的上衣袖子里还藏着另一把匕首。而且他还能感觉到血淋淋的衬衫粘湿了他的后背，而自己很喜欢这种感觉。

突然，他们两人听到产房里传来了一声痛苦的惊叫。然后是一个婴儿的啼哭声。德伏和卫兵面面相觑，门泰特的危机感一下子增强了。也许那位漂亮的母亲杰西卡，也就是男爵的秘密女儿终于死于难产了。哦，这可不行——太便宜她了。现在他只能听到低低的谈话声……还有婴儿持续的哭声。

雷托公爵的婴儿提供了很多可能性……毕竟那也是男爵的孙辈。也许德伏可以把这个婴儿当做人质，让那个美丽的杰西卡屈服于他，成为自己的奴隶……然后在他厌倦她之前杀死她和她的孩子。这样一来，他就算玩弄过公爵的女人了……

或者，这个孩子本身可能比杰西卡更有价值。毕竟这个新生儿融合了厄崔迪和哈克南家族的血液。也许最安全的做法是把这孩子转移到杰第主星，让他在费伊德－劳萨身边长大——这对厄崔迪家族来说是多么具有讽刺意味的报复啊！而如果费伊德和他的哥哥拉班一样是个笨蛋，那么这个孩子会成为哈克南家族的下一位继承人吗？到时候德伏就可以利用此事来对付贝尼·杰瑟里特，对付两个大家族，以及杰西卡本人了，这一切都全凭他的意志。这工作无疑将会耗费他一整天的时间呢。

考虑到种种美妙的可能性，他险些流下口水。

女人们说话的声音更大了，产房的门也顺利地打开了。随着衣服的沙沙声，三个女巫走进了走廊——肮脏的莫希阿姆、皇帝那走路摇摇晃晃的妻子以及玛格特·芬伦，她们都穿着黑色的阿巴长袍，而且她们声音极低地争论着什么。

德伏屏住呼吸。如果现在莫希阿姆朝他的方向看，她很可能会认出他来，尽管他化了装，穿着偷来的制服。幸运的是，当她们匆匆走过走廊时，她们因为太过心烦意乱，以至于没有注意到任何异样。

母亲和孩子现在无人保护了。

当女巫们刚转过一个拐角，德伏马上粗声粗气地对他的同伴说："我应该进去检查一下，确保一切正常。"那名卫兵还没来得及决定怎么回答，门泰特就溜进了产房。

前方明亮的区域再次传来了婴儿的大声啼哭，还有更多女人说话的声音。他听见身后那名卫兵正匆匆向他走来，靴子踩在地板上发出咔哒咔哒的声音。他们身后的大门也被他关上了。

德伏悄无声息地猛一转身，还没等萨多卡士兵开口说话，就割断了他的喉咙。他的动作太过迅捷，手中的匕首甚至在空中发出一阵呼啸，鲜血顿时喷溅在了墙上。

在把尸体轻轻放到地板上之后，门泰特潜入到了产房的更深处。他紧紧攥住那根击昏警棍，激活了力场。

在一间壁挂式的工作站内，他看到两位身材矮小的医护姐妹正在照料一个婴儿，她们正在采集细胞和毛发样本，不时看向诊断仪器的屏幕。她们都背对着他。其中一个高个的女人皱着眉头看着婴儿，好像面对的是一个失败的实验品。

听到身后传来的嗡嗡声，另一个矮胖的女人转过身来。但德伏一个箭步跳上前去，像蝙蝠一样挥出警棍。击昏警棍直接击中了她的脸，砸碎了她的鼻子，并把她的脑袋电得一阵劈啪作响。

在她摔倒之前，她的同伴冲到婴儿前面，举起双臂摆出防御的姿势。德伏毫不犹豫地用警棍砸向她。女人挡住了前几下，却发现自己的双臂在电击的作用下瘫痪了。最后他重重地打在她的脖子上，把她的脊椎骨砸得粉碎。

德伏大口喘着粗气，浑身上下都感到兴奋，他又朝着两具早已一动不动的尸体捅了好几下，只是为了确定她们死没死透。毕竟这时候不能冒险。

一个小男孩就躺在桌子上，又踢又闹，看上去无比脆弱。

德伏看向产房的另一头，一眼看到杰西卡正躺在一张宽大的床上，分娩后的她精疲力竭，似乎视线也因为止痛药而变得模糊不清。尽管她面容憔悴，汗流浃背，但看上去依然美丽迷人。他想现在就杀了她，这样雷托公爵就会永远失去自己的爱人了。

他也就犹豫了几秒钟，就再也抽不出时间了。当他伸手去拿婴儿时，杰西卡的眼睛因为震惊而大睁。她的表情也变得无比痛苦。

这可比直接杀了她有意思多了

她伸出手，挣扎着爬了起来。她想要从床上爬下来追他！真是忠诚，真是母性十足啊。他朝着杰西卡笑了一声——但毕竟他的化装和伪装太过完美，他清楚杰西卡无法认出他来。

他决定趁没人发现之前尽快把婴儿转移走，于是门泰特把警棍和决斗匕首塞进了制服腰带。杰西卡这时已经拖着身子下了床，而他却有条不紊地找了条毯子把婴儿裹好，动作平静而有力。德伏知道她无法及时爬过来。

他发现一抹深红色的液体在她的凯－萨提恩长袍上蔓延开来。她的身子摇晃了一下，然后径直摔倒在地板上。德伏举起婴儿，嘲弄着她，然后大步逃进了走廊。就在他跑下楼梯，试图抑制住婴儿的哭闹时，他的门泰特大脑里仍在思考各种可能性。

我的选择太多了……

演讲终于结束了，雷托·厄崔迪高昂着头，大踏步走出了兰兹拉德演讲大厅。他的父亲一定会钦佩他这次的表现。这一次，他做了对的事。他所做的事情没有得到任何人的许可。而他现在已经通知了他们，他的行动是不可挽回的。

当雷托走到人群看不见的地方时，他的双手才开始颤抖，尽管他在整个演讲过程中一直稳稳地握着拳头。他从贵族们的热烈掌声中知道，兰兹拉德里的大多数人是真心欣赏他的这次行动。他的事迹很可能在贵族中成为传奇。

然而，政治总是会经历奇怪的曲折。这一刻的收获可能下一刻就会失去。许多代表可能只是因为他们被自己那一刻的魅力所吸引而鼓掌。他们事后也许会重新考虑利益得失。尽管如此，雷托今天还是多了很多新的盟友。现在雷托只用确定他的收益有多大。

不过，一切要等到见杰西卡之后再说。

他飞快地跑进宫殿，然后穿过宏伟的楼梯，乘着电梯进入了产房。也许他的孩子已经出生了！

但他走到顶层时，四名萨多卡卫兵全副武装地挡住了他的去路。惊恐的人群则在他们身后的走廊里转来转去，其中包括一些穿着黑袍的贝尼·杰瑟里特。

他远远望见杰西卡瘫坐在一把椅子上，身上裹着一件宽大的白色长袍。她看起来是如此虚弱，如此疲惫，他一下子惊呆了。杰西卡浑身大汗淋漓，似乎处于剧痛之中。

“我是雷托·厄崔迪公爵，皇帝的表亲。杰西卡夫人是我的妃子。让我过去。”然后他用邓肯·艾达荷教过他的方法推开了挡在面前的剑刃。

杰西卡一看见他，就推开了贝尼·杰瑟里特姐妹们紧紧抱住她的胳膊，试图站起来：“雷托！”

他一下子扑了过去，紧紧抱住了她，却不敢问孩子的事。难道是个死胎吗？如果是的话，那么杰西卡在产房外面做什么，为什么要派卫兵守着？

莫希阿姆圣母走了过来，脸上带着愤怒和悲伤。杰西卡想说点什么，但一下子没忍住，失声痛哭起来。雷托注意到她身下的地板上有着血迹。他的话很冷淡，但却不得不提出这个问题：“我的孩子死了？”

“你现在有一个儿子了，雷托公爵，是一个健康的孩子，”莫希阿姆简短地说道，“但是他被绑架了。两名卫兵和两名医护姐妹都死了。不管是谁带走了这孩子，这个人非常想要得到他。”

雷托一下子无法理解这个可怕的消息。他能做的只是把杰西卡抱得更紧。

在宇宙漫长的一生中，充满了毁灭行星的残骸，而人类是一种最容易被轻视的地质和生态力量，就连他们自己也没能意识到自己的力量有多么强大。

——帕多特·凯恩斯，《通往萨鲁撒·塞康达斯的漫长之路》

厄拉科斯上空的远航机越来越有压迫感，哈克南男爵觉得自己几乎已经无法呼吸了。整个下午，萨多卡军团像猛虎出山一般源源不断地从公会运输飞船里涌出来。他这辈子从来没有像今天这样害怕过。

从理智上，男爵清楚沙达姆不会像对待札诺瓦那样，把厄拉科斯烧成灰——但皇帝只消灭迦太格一座城市也不是不可能的事。而且还是连同他一起消灭。

也许我应该乘飞船离开。尽快。

但现在已经没有什么穿梭机能够起飞了。这里现在已经是禁飞区。男爵没有办法逃跑，除非步行进入沙漠。他现在还没有那么绝望——暂时还没有。

站在迦太格太空港的强化玻璃观察室里，他看到了黑暗的天空里划过一道橙色的轨迹：那是一艘穿梭机从远航机里飞出来了。他刚刚接到一个短小的通知，让他奉命前去迎接。这种前所未有的情况不禁让他大为光火。

那个可恶的沙达姆一直喜欢扮演士兵，穿着军服趾高气扬地走来走去，现在他表现得又像是宇宙中最大的恶霸。男爵的轨道观测卫星已经在这次突如其来的行动中被全部摧毁了。皇帝到底要我做什么？

男爵站在昏暗的灯光下，皱着眉头。他派人召集一个连队进入了太空港里划定的迎接区域。白昼的余热在熔硅路面上泛起涟漪，浸染在地面上的化学物质和油渍都蒸发了。他身边所有飞船的引擎都处于关闭状态。

在地平线上，落日像一团火焰那样在世界的尽头燃烧着，他发现远方有一抹模糊的灰黄色。看来又是一场可怕的沙尘暴。

小型穿梭机着陆了。此刻的男爵觉得自己就像一块砧板上的肉，硬着头皮迎了上去。他确实从杰第主星带来了一些部队，但面对这种规模的舰队他们根本不是对手。如果给他更多的时间，男爵可能会把身在凯坦的皮特·德伏叫回来，作为他的使者与皇帝谈判，通过外交途径解决这场危机，这一切肯定只是一个简单的误会。

男爵硬挤出一个笑脸，借助悬浮背带向前飘去，迎接宇联商会和宇航公会的随从们。一位白化病公会大使从精致的穿梭机上走了下来，穿着一件香料注入服。紧跟着他的是饱经风霜的至尊霸撒和一名神情不祥的宇联商会门泰特审计员。男爵看着这位门泰特，眨了眨他那双蜘蛛般的黑眼睛，很清楚这个人才是自己真正的对手。

“欢迎，欢迎！”他几乎无法掩饰脸上不安的沮丧神情。细心的人一眼就能看出他现在无比紧张。“我当然会尽一切可能合作。”

“那是一定的。”白化病大使说道，深深地吸了一口从他厚厚的衣领里渗出来的香料气体，“你一定会尽全力与我们合作的。”丝毫不掩饰话语中的傲慢。

“但是……你们必须先告诉我，我犯了什么过错啊。有谁诬告了我吗？我向你们保证这里一定有什么误会。”

在至尊霸撒的陪伴下，门泰特审计员走了过来：“你必须让我们查看你所有的财务和运输记录。我们打算检查每一台香料收割机，每一座合法的仓库，当然还有生产清单。我们来决定这是不是一场误会。”

公会大使也跟着说道：“另外不要试图向我们隐瞒任何事情。”

男爵使劲咽了口唾沫，然后领着他们离开了太空港：“当然。”

他清楚皮特·德伏已经仔细地篡改了他们的记录，梳理了每一份文件、每一份报告，那位变态门泰特通常是非常细心的。但男爵现在感到自己心头阵阵发紧，他总觉得无论他们篡改得多么天衣无缝也经不起这些恶魔般的审计员的仔细检查。

他露出痛苦的微笑，示意他们登上一个运输平台，这个平台将把他们带到哈克南家族的驻地。“要喝点什么吗？”*也许我能想个办法，在他们的饮料中加入毒药或是迷幻药。*

至尊霸撒轻蔑地笑了笑：“我觉得不用了吧，男爵。我们在杰第主星的晚宴上听说了你的社交能力。我们不能允许帝国公务因为这种……寒暄而被耽搁。”

男爵再也想不出更多的借口了，只得把他们带进了迦太格。

在沙漠中，列特－凯恩斯和斯第尔格看到了远航机的到来，一艘又一艘的飞船从夜空的折叠空间中出现。空气中形成了电离云，淹没了大部分恒星的光芒。

然而列特知道，这是一场由政治引起的风暴，而不是可怕的自然现象。“这是一种远超我们的力量，斯第尔格。”

斯第尔格啜饮着法罗拉带给他们的最后一些辛辣的香料咖啡，他们坐在红墙穴地下面的岩石上。“事实上，列特。我们必须更多地了解这种力量。”按照惯例，法罗拉会在炎热的一天结束时为他们准备一杯烈性饮料，然后带着她的小儿子列特－芝赶到穴地社区的游乐区。婴儿契尼仍和保姆待在一起。

几个小时后，潜伏在哈克南宅邸里的弗雷曼管家和仆人通过密波[1]发来了令人不安的消息，这种密波是通过把有机编码的信息植入回巢蝙蝠的声波模式中传递消息的。传回来的情报越来越多，也越来越有趣。

列特现在终于知道哈克南男爵的脑袋也被放在了砧板上，不由得感到高兴。虽然情报里提到的细节很少，但他能感到紧张局势一直在加剧。很显然宇航公会、宇联商会和皇帝的萨多卡军团是来调查香料生产中的一些不规范行为的。

所以，公会的阿尔里克确实听懂了我的话。这下哈克南人有的受了。

现在，列特站在一间穴地的公共房间里，刮了刮他沙黄色的胡子，蒸馏服上的水管在那里留下了一个凹痕：“哈克南家族无法隐瞒我们突袭的后果……也无法隐瞒我们泄露的秘密。我们那次小小的报复所造成的影响比我们希望的更大。”

斯第尔格检查了一下腰间的晶牙匕，说道：“以此为契机，我们有可能最终把哈克南人从我们的沙漠里彻底赶走。”

列特摇了摇头，回答道：“那也不会把我们从帝国的控制中解放出来。如果男爵被驱逐了，沙丘封地只会简单地转移给另一个兰兹拉德家族。沙达姆认为沙丘是他的，尽管弗雷曼人已经在这里生活和受苦好几百年了。我们的新领主不大可能会比哈克南人更好。”

斯第尔格强硬的脸绷紧了：“但也不会比他们更糟。”

“这倒是，我的朋友。这只是我的想法而已。我们已经销毁或是抢走了男爵的一些香料储备。这会让他付出很大代价。但是现在，在宇联商会的审计员在场的情况，我们就可以给男爵一个让他看起来无

---

①密波是一种装置，可以在翼手目或鸟类神经系统上加载短暂的神经印记。当携带密波的鸟类啼叫时，这种印记可以通过另一台密波装置解读出来。

比尴尬的打击。这将会直接导致哈克南家族的垮台。”

“我会照你说的去做的，列特。”

年轻的行星学家伸手摸了摸斯第尔格肌肉发达的手臂，说道：“斯第尔格，我知道你不喜欢那些城镇，尤其是迦太格。但哈克南家族已经在那里建立了另一个隐藏的美琅脂仓库，就躲在太空港的阴影里。我们把这个仓库作为目标，放火烧了它，宇航公会和宇联商会一定会看到的。那么男爵可就丢了大脸了。”

斯第尔格透蓝的眼睛睁大了：“列特，这种挑战向来令人愉快。虽然也很危险，但我的突击队员一定很高兴，因为这不仅能伤害到我们的敌人，而且还能狠狠羞辱他们。”

门泰特审计员盯着那些航运记录时，他的眼珠凝固了，也丝毫没有转动他的头。他只是吸收着那些数据，并将差异记录在一个单独的便笺簿上。每过一个小时，他就会发现更多错误，男爵也更加担心。然而到目前为止，他们发现的所有“错误”都是相对较轻的那种——虽然足以使他受到一些惩罚，但肯定不足以使他被立刻处决。

这说明门泰特审计员还没有找到他想要找的东西……

就在此时，仓库区却突然发生了大爆炸。男爵也顾不上站在一桌子文件旁边的审计员了，拼命跑到了阳台上。下面，应急小组迅速穿过街道，直奔现场。火焰和灰尘杂糅在一起，半空中升起棕黄色的火柱。男爵不用过去就知道目标正是自己那些伪装起来的仓库。

他默默咒骂着。

宇联商会的门泰特审计员此时也来到了阳台，站到他身旁，用专注的目光观察着一切。在他的另一侧，至尊霸撒加隆挺着腰杆问道：“那幢楼里究竟有什么，男爵阁下？”

“我记得……那里只是我的一个工业仓库，”他临时编造着谎言答道，“应该是一个我们储存剩余建筑材料的地方，我们这里的预制房屋的组件都是从杰第主星运来的。”*该死的混蛋！那里面存着我多少香料啊！*

“是吧，”门泰特审计员说道，“那你知道仓库为什么会发生爆炸吗？”

“我想可能是挥发性化学物质积攒太多了，或者是某个粗心大意的工人。”*就是那些该死的弗雷曼人！*他脸上这副困惑的表情倒不是装的。

“我们将对该地区进行检查。彻底的检查，”苏姆·加隆宣布道，“另外我的萨多卡士兵会协助您的救援工作。”

男爵吓了一跳，但他没有正当理由拒绝，他愣在原地。那些沙漠人渣又炸毁了他的一个美琅脂仓库，而这些残骸将成为这个门泰特审计官和宇联商会用来指控他的证据。他们可以很轻松地证明那座仓库里原本装满了香料，而哈克南家族却没有储存这些香料的记录。

他这下算是完了。

他恨得牙痒痒，弗雷曼人偏偏选择此时此地出手，而他根本来不及掩盖这件事。他会当场被抓住，他已经无法找出任何借口了。

皇帝会让他因此付出沉重的代价。

政府最高级别的失策一定会传播到社会最底层，为什么我们会对此感到奇怪或难以相信呢？冷酷、残忍的权力欲是无法掩盖的。

——卡马尔·皮尔鲁，伊克斯的流亡大使，在兰兹拉德的讲话

此时的伊克斯，即使萨多卡军团的人数已经减少了一半多，但他们仍在负隅顽抗。这些疯狂的帝国战士对身上严重伤口所带来的疼痛毫不在意，对死亡似乎也毫无畏惧。

其中一名萨多卡士兵把一名年轻的厄崔迪战士按在了地上，把自己戴着手套的手插入对方的屏蔽场，关掉了控制装置。然后，他像一匹饿狼一般露出牙齿，咬碎了厄崔迪士兵的喉咙。

邓肯·艾达荷不明白为什么皇帝的这些精锐部队会如此卖力地保卫那些特莱拉人。很明显，那个年轻的指挥官坎多·加隆永远不会选择投降，即使他的脚下堆满了萨多卡士兵的尸体。

邓肯重新评估了他的策略，专注于他这次的战略目标。他举起一只手，用厄崔迪战斗暗语大声喊道："向大王宫进发！"

公爵的士兵开始逐渐从发疯一般的萨多卡士兵中摆脱出来，绕过他们组成了一个方阵，以邓肯为首。他高举着老公爵的宝剑，挥向任何胆敢接近自己的敌人。

众人迈着大步，穿过洞穴顶部那些蜂巢般的隧道，直奔钟乳石一样高悬在空中的行政大楼。他们的面前就剩下一座天桥了，天桥的中

央只剩下了一名萨多卡士兵，正一脸蔑视地站在那里，他身上的军服早已撕破，上面血迹斑斑的。这座天桥横跨在两个开放的洞窟中间，是一条必经之路。当这名士兵看到邓肯率人向他冲来时，立刻将一枚手榴弹按在胸前并引爆开来，天桥立刻就被炸毁了。萨多卡士兵的尸体连同着桥梁残骸和冲天的火光，在半空中翻滚。

无比震惊的邓肯马上向他的士兵发出信号，让他们撤离断掉的天桥，同时寻找另一条通往伊克斯那座倒金字塔形状的大王宫的路。对于这样的敌人我们该怎么办才好呢？

邓肯刚刚找到一条新的空中通道时，忽然看到一艘运输驳船撞上了大王宫的一个阳台，显然那飞船里有一个疯子。随后反抗军便冲上了阳台，高喊着口号冲进了大王宫。

邓肯连忙带领他的士兵越过了第二座桥，最后终于进入了大王宫的上层。特莱拉的官僚和科学家们正在用帝国的加拉赫语大声哭喊着，寻找着庇护。一些厄崔迪的士兵忍不住对着他们开了几枪，但邓肯却阻止了他们，说道：“不要浪费我们的精力。我们有的是时间清理这些垃圾。”说完他们径直穿过那些曾经富丽堂皇、如今却破败不堪的房间。

厄崔迪的战士们已经攻进了城市的深处，有些士兵已经通过升降梯进入了地下洞穴，那里仍在进行激烈的战斗。呐喊和尖叫在巨大的山洞里回荡，空气中弥漫着令人作呕的尸臭。

邓肯的队伍来到大王宫的前厅，大步迈过棋盘形状的地板。在他们面前，两拨人正在殊死搏斗，一边是从那艘砸到阳台上的驳船里冲出来的伊克斯人民，另一边则是疯狂的萨多卡卫兵。地上全是强化玻璃和塑石的碎片，就散落在前厅中央那艘搁浅的驳船周围。

在前厅的中心，邓肯一眼便看到了隆博的半机械人身躯，还有吟游诗人哥尼·哈莱克，两人都在拼命坚守自己的阵地。哥尼的战斗风格一向粗犷，没有什么技巧，在吉奈斯剑术大师们看来不值一提，但在邓肯眼里，这位前走私者却有武器大师的本能。

邓肯的士兵们怒吼着冲了上去，高声呐喊着雷托公爵和隆博王子的名字，这场绝望的战斗这才转向了对他们有利的一方。次人和伊克斯人重新打起精神，再次投入了战斗。

一条侧面的通道忽然被炸开了，几名浑身上下鲜血淋漓的萨多卡士兵冲了进来，一边胡乱开枪一边大声号叫。他们的头发散乱，脸上全是伤痕，但他们还是不顾一切地冲了过来。原来是坎多·加隆指挥官，他率领这一小批士兵进行最后一次自杀式袭击。

加隆已经杀红了眼，他一下子看到了半机械人王子，于是带着绝望的怒火直接向他冲了过去。指挥官的两手各拿着一把锋利的长剑，顺着剑刃滴滴答答地往下淌着鲜血。

邓肯也认出了坎多·加隆，至尊霸撒苏姆·加隆之子，从他的眼睛里看到了狂怒的杀意，于是邓肯立刻做出了反应。几年前，他没能阻止那头疯狂的萨鲁撒公牛，让老保卢斯公爵命丧斗牛场，他就发誓再也不会让这种事情发生。

隆博正站在撞坏的驳船旁，忙着指挥自由战士，一时没有发现加隆正向自己冲来。反抗军从驳船平台上蜂拥而出，踩着瓦砾前进，不时捡起倒下的萨多卡士兵扔掉的武器。在隆博身后，大王宫被炸开的墙壁上多了一个可以俯瞰整座城市的大洞。

邓肯拼命冲上去，从侧面撞上了加隆。他们的屏蔽场砸到了一起，就像打了一道闪电般地发生了动量交换，把邓肯弹飞了。

但加隆也被这一下撞晕了，他踉踉跄跄地走向墙上的大洞，踩到了地板上的碎片，滑倒在地。这位一心只想杀人的萨多卡指挥官现在偏离了他的目标，因为他看到了杀死更多敌人的机会——三名高喊口号的伊克斯反抗军战士就在他的眼前，而且他们离被撞毁的阳台太近了。于是加隆张开自己强壮的双臂，像一辆推土机一样，把这三名震惊的战士推了下去。

加隆也跟着摔了下去——但他在掉下去的最后一刻设法抓住了一根断裂的主梁，这根主梁原本的作用是分开大片的水晶玻璃。加隆挺住身子，在半空晃来晃去，他的脸抽搐起来，狠狠咬住嘴唇，把嘴唇都咬破了，同时绷紧了脖子上肌腱，那些青筋就像根根随时可能折断的绳索。他用一只手抓着主梁，拼尽全力对抗无情的重力。

隆博此时终于发现了萨多卡的指挥官，他知道加隆是沙达姆的至尊霸撒的儿子，半机械人王子连忙跳到了悬崖边上。他弯下腰，一只手抓住残垣断壁作为支撑，另一只机械臂伸了下去。但加隆却对隆博的好意毫不理会。

“抓住我的手！”隆博喊道，“我能把你拉上来——然后你必须投降。伊克斯是我的。”

萨多卡指挥官却根本不打算抓住他的手：“我宁死也不愿被你救上去。有些东西比死亡更可怕，耻辱地面对我父亲是一种你无法想象的痛苦。”

半机械人王子把自己的双腿固定好，伸手紧紧抓住了坎多·加隆的手腕。这时的他想起了自己如何失去了整个家庭，想起了自己的身体如何在天空帆船爆炸中燃烧，于是怒吼道：“没有什么痛苦是我想象不到的，指挥官。”然后隆博开始用力把挣扎着的加隆往上拉，无视他的抗议。

但萨多卡指挥官将空着的手伸向了自己的腰间，然后抽出了一把小刀。“你为什么不跟我一起掉下去，咱俩一起死呢？”加隆恶毒地笑着，然后用那把小刀砍向隆博。刀刃砍在了隆博腕关节的机械肌腱上，火花四溅，这一击割伤了隆博的金属合成骨头，但好在割得不够深。

隆博却毫不畏惧，他仍在拼命拉这位年轻的军官。邓肯连忙冲上前去帮忙。

半机械人王子的脸上显露出一种近乎疯狂的决心，但坎多·加隆却再次狠狠举起小刀，砍了过去——这一次，小刀干净利落地穿过了隆博的滑轮和支撑关节，切断了半机械王子的手腕。隆博踉踉跄跄地向后退去，望向他那冒着火花和烟雾的机械假肢，而萨多卡指挥官则叫都没叫，或者说根本就是悄无声息地径直掉了下去。

就这样，很快剩下的厄崔迪部队和狂热的反抗军便占领了大王宫。邓肯这才松了一口气，尽管他仍旧保持着警惕。

可能是受到了坎多·加隆自杀式坠落的启发，次人和反抗军无比兴奋地把抓来的特莱拉人都从那个洞口扔了下去，当年这些残酷的特莱拉领主也是这样处决那些所谓的造反分子的。

邓肯累得喘不过气来，浑身发抖。虽然城市底层的战斗还在继续，但他仍挤出一点时间来迎接他的战友：“你好啊，哥尼。”

宽脸汉子摇了摇头道：“如果你问我的话，这是一次相当混乱的会师。”说着他擦去额头上大颗的汗珠。

同样疲惫不堪，伤痕累累的还有克泰尔·皮尔鲁，他已经累得无法庆祝这场期待已久的胜利了，只是呆坐在一块碎石上，轻抚棋盘般的地板，似乎在试图找回童年的记忆：“我希望我的弟弟现在也能在这里。和我一样，还是一位受人尊敬的大使之子。”他想起了他们最后一次站在大王宫里的情景，希望能找回被偷走的那些岁月。那时候凯莉娅·维尔纽斯经常会举办优雅、华丽、盛大的宴会，人们在宴会上互相调情，钩心斗角。

“你的父亲还活着，”隆博告诉他，“而且我非常高兴他能重新成为维尔纽斯家族受人尊敬的大使。”他把自己那只完好无损的半机械手轻轻放在克泰尔下垂的肩膀上。王子又看了看另一只仍在冒着火花的手臂，似乎对自己必须再次接受修复手术感到有些沮丧。但特希雅会帮助他的。他现在迫不及待地想再见到她。

克泰尔虽然形如枯槁，但仍抬起头来挤出一个笑容说道：“首先，我们必须找到全息天空控制器，这样你就可以发表胜利宣言了，为今天的胜利画上一个圆满的句号。”在很多年前，他自己就曾闯入过特莱拉人控制下的宫殿，通过全息天空传达了隆博对贝尼·特莱拉的挑战。而今天，他将为王子、邓肯以及十几名随从带路。刚一来到全息天空控制室外，他们就发现有两名特莱拉人死在地板上，他们的喉咙都被割开了……

隆博不知道如何操作天空控制设备，所以克泰尔帮助他把脸扫描到了系统之中。没过多久，王子的巨大影像就投射到了洞顶。他用洪亮的声音激动地宣布：“我是隆博·维尔纽斯王子！我现在已经夺回了大王宫，也就是我的祖宅，我合法的家园。而我哪里也不会去了。伊克斯人，砸碎你们的枷锁，打败奴役你们的敌人，夺回你们的自由吧！”

当他说完最后一句话，隆博立刻就听到城市里再一次响起了巨大的欢呼声，尽管战斗仍在继续。

当隆博回到走廊时，哥尼·哈莱克迎了上来，说道：“看看我们发现了什么。”说完他把王子领到一个巨大的储藏室，被厚厚的装甲保护着，当然现在已经被厄崔迪士兵用激光枪切开了。“我们本来是打算找一些罪证的，但最后我们发现了这个。”

隆博往储藏室里看去，室内箱子从地板一直堆到了天花板。其中一个箱子已经被撬开，露出一种橙棕色的粉末，是一种带有肉桂味的灰尘状的物质。“它看起来和尝起来都像美琅脂，但看看它的标签。上面的特莱拉文字标的是奥马尔。”

隆博看了一眼邓肯，又看了一眼哥尼，问道：“他们从哪儿弄来这么多香料，还有为什么要把它们藏起来？”

克泰尔声音低沉地说道：“我已经……搞清楚研究馆里发生的事情了。”他的声音里充满了悲凉，过了一会儿才意识到其他人可能没有听见，于是更大声地又说了一遍并补充道：“现在一切线索都拼凑齐了。米拉尔和克丽丝琴……还有这股子香料味。”

他的同伴们疑惑地看着他。克泰尔的眼睛和干枯的身体显示了岁月对他的影响。那些意志薄弱的人早就放弃了。

克泰尔使劲地摇头，好像要清除耳朵里的杂音：“特莱拉团队利用伊克斯实验室试图创造某种形式的人造美琅脂。那就是奥马尔。”

邓肯继续说道：“而且这个恶行不仅要算到特莱拉头上。它的阴影一直可以追溯到金狮宝座。科瑞诺家族正是伊克斯人遭受的这些苦难和维尔纽斯家族毁灭的幕后黑手。”

“人造香料……”隆博思索着，这个血淋淋的事实让他怒火中烧，“伊克斯被毁了——我的家人被谋杀了——就为了这个？”然后他开始慢慢意识到其中蕴含的巨大的经济和政治影响，不禁寒毛直竖。

哥尼·哈莱克搔着他那道墨藤伤疤，也皱起了眉头：“德默尔说过他的领航员舱室出现了被污染的香料——这就是他死亡的原因吗？”

克泰尔用颤抖的声音激动地说道：“我想答案就在研究馆里。”

一个人不能从海市蜃楼里喝水，但他可以沉醉其中。

——弗雷曼人的智慧

在评估了希·雷瑟的侦察飞船获得的情报后，哈克南－莫里塔尼联合部队飞行到了卡拉丹的上空。野兽拉班虽然掌握了一支军队，但他仍然十分紧张。

他驾驶自己的飞船，飞到了这支临时拼凑而成的舰队的最前面，表面上是他在领导这次突袭，但他明智地把自己的飞船靠近了格鲁曼剑术大师雷瑟驾驶的那艘重型攻击舰。莫里塔尼子爵指挥着最重要的运兵船，准备对卡拉丹发动地面战，把市民都赶走，从而封锁厄崔迪家族的各大城市。他们打算让雷托公爵再也无法踏上这个星球。

拉班穿过云层，准备大干一场，即将到来的攻击令他的肾上腺素激增，他不禁想知道哈克南和莫里塔尼家族将会如何“共同分享”这次突袭所获得的战利品。一想到这事他就头痛不已。男爵肯定想要获得最大的利益。

拉班的手早已被汗水浸透，他紧握着飞船的控制杆，回想起当年他曾经偷偷向两艘停泊在远航机里的特莱拉运输船开火的事，试图栽赃给当时还涉世未深的年轻公爵雷托·厄崔迪。虽然就个人而言，拉班更喜欢这种公开作战。

如果卡拉丹的防御真的像雷瑟看到的那样薄弱，那么整个行动在一个小时内就能结束。这位哈克南家族的继承人难以相信厄崔迪公爵会犯下这样幼稚的错误，哪怕这种薄弱状态只有几天也是致命的。而他的叔叔经常告诫他，一名优秀的领袖必须时刻警惕错误，并随时做好利用别人错误的准备。

他们将会拿下城堡和城市，控制太空港和邻近的军事基地。通过占领几个关键战略位置，格鲁曼－哈克南联合部队可以迅速站稳脚跟，然后布防并伏击任何返回家园的厄崔迪部队。此外，杰第主星和格鲁曼准备在初步行动结束后立即派出全面增援部队。

但拉班担心的是长期的政治影响：雷托公爵一定会在兰兹拉德议会上发表抗议，很可能会导致其他贵族对自己的联合军事行动进行制裁和禁运。要是那样可就危险了，拉班不希望自己这次又做出一个糟糕的决定。

在飞向卡拉丹的途中，也就是在他们进攻之前，亨德罗·莫里塔尼稳坐在运兵飞船的指挥舰桥上，对拉班的担忧表示不屑一顾："公爵甚至都没有继承人。如果我们能迅速布置好防御，那么除了厄崔迪家族，还有谁会冒险来这里挑战我们？谁会自找麻烦？"话虽如此，但拉班还是从子爵的语气和他眼中的火花里觉察出了一丝疯狂。

剑术大师希·雷瑟通过通信器插嘴道："所有飞船都准备好进攻了。您随时可以下令，拉班大人。"

拉班深吸了一口驾驶舱里二次处理过的空气，驾驶着攻击飞船穿过了薄薄的雾气。其余的攻击飞船紧跟在他身后，就像是一群致命的掠食动物，随时准备咬碎任何挡在前进道路上的东西。

"我们有卡拉市的坐标，"雷瑟说道，"它应该马上就出现在我们面前了。"

"该死的云层。"拉班身体前倾，透过驾驶舱的窗户向外看去。当朦胧的迷雾终于散去时，他这才看到了海洋和港湾，以及高耸的卡拉丹城堡所在的悬崖峭壁……远处则有更多的大城市、太空港和军事基地。

忽然，通信器里传来了震惊和混乱的喊声。在联合部队飞船的下方，在环绕着卡拉市的大海里，拉班看到了几十艘——不，是几百艘！——停在水面上的战列舰，这些漂浮的防御平台就像是一座座波浪中的移动堡垒。“这支舰队太庞大了！”

“这些飞船昨天不在那里啊，”剑术大师雷瑟喊道，“他们一定是昨晚被临时调来保卫城堡的。”

“但怎么会停在海面上呢？”子爵还是不敢相信他看到的景象，“雷托为什么要把重兵布置在海面上？已经……已经好几个世纪都没有人这么排兵布阵了。”

“这是个陷阱！”拉班几乎要哭出声了。

就在此时，杜菲·哈瓦特向每一艘护送他前往比卡尔运送救援物资的战舰发送了信号。这些武装飞船在城堡的城墙上空盘旋，然后分散开来，在空中进行了一次令人生畏的力量展示。军事基地的几十个机库的大门缓慢地打开了，表示还有更多的攻击飞船尚未出击。

“雷托·厄崔迪把我们引到这儿来了！”拉班敲打着控制面板喊道，“他不但想摧毁我们，还想让我们的家族受到兰兹拉德的严厉惩罚。”

拉班对子爵破口大骂起来，骂他为什么要扯上自己，骂他为什么发动这次不明智的攻击，拉班猛地拉住控制杆，驾驶着他的飞船升到云层之上。然后通过通信器，他命令所有哈克南飞船停止进攻：“撤退。现在就撤，不能让我们的飞船被识别出来。”

莫里塔尼子爵却在他的指挥舰上高声命令格鲁曼士兵无论如何都要发动攻击。但率领舰队的希·雷瑟则同意拉班的观点。他选择无视子爵，命令格鲁曼飞船撤离卡拉丹并在轨道上会合。

在他们下方，漂浮在海面上的防御堡垒和高度机动的战舰开始向空中目标发射炮弹。很明显，警报已经响起了，防御部队准备反击。

拉班飞得更快了，祈祷自己能在厄崔迪人进一步羞辱和伤害哈克南家族之前摆脱这个糟糕的局面。上次他犯下这样的错误时，男爵把他流放到了可悲的兰基维尔整整一年。他不敢想象这一次自己会受到什么样的惩罚。

舰队在行星的暗面重新集结，然后离开了这个星系，希望能赶上下一班返航的远航机。拉班知道这是拯救他的唯一办法。

杜菲·哈瓦特站在灯塔雕像旁边的岩石上，通过一个便携式控制装置指挥着这场军事演习。他又指示几艘飞艇进行了一次气势逼人的俯冲。但那些准备突袭卡拉丹的联合部队早已逃之夭夭，令人既震惊又尴尬。

哈瓦特很想知道来犯之敌到底是哪个家族的。但没有一艘敌舰被击中，所以没有留下残骸。要是能在实打实的战斗中击败他们并取得证据就更好了，但今天杜菲·哈瓦特已经在几乎不可能的情况下做了一切可能的事。

从历史上看，杜菲的这个战术在芭特勒圣战和之前更早的时候都被使用过。并且这种把戏不能经常用——也许短期不会再有人用了——但今天这个战术明显已经达到了目的。

他抬头望着云朵，看着最后一批入侵者消失在空中。他们可能是觉得厄崔迪部队打算追击他们，但门泰特其实不敢再一次把卡拉丹的防御力量抽走……

第二天，在确认入侵者登上了一艘远航机并永远离开了本星系之后，杜菲·哈瓦特把散落在城堡周围海域的渔船都召集了起来。他首先感谢了船长们的杰出贡献，并指示他们在重新下海捕鱼之前，把所有的全息影像发生器放回厄崔迪的军火库。

对有些人来说，清楚自己在作恶不是件容易的事，因为理智和荣誉常常被骄傲的阴云所笼罩。

——杰西卡夫人，日记条目

当皮特·德伏抱着被自己绑架来的婴儿穿过皇宫时，他基于本能和瞬间的评估做出了决定。门泰特决策。他并不后悔自己抓住了这个短暂而意外的机会，但他希望自己能推测出一条真正的逃跑路线。婴儿在他怀里扭动着，于是他抱得更紧了。

如果德伏能从皇宫里逃出来，那男爵一定会非常高兴。

在顺着陡峭的仆从楼梯跳下来后，这位临时哈克南大使踢开了一扇门，冲进了一条石膏穹顶的狭窄走廊。他停下脚步，在脑海中回忆着迷宫般的宫殿地图，确定自己的位置。到目前为止，他一直在胡乱转弯，目的就是让人捉摸不透，并避开好奇的朝臣和守卫。他琢磨了一会儿，发现面前这条走廊其实是通向皇帝女儿们的书房和游戏室的。

德伏把毯子的一角塞进婴儿的嘴里，抑止他的哭声，但很快婴儿便开始抽搐且呼吸不畅，于是他重新考虑了一下。

不过当他把毯子从婴儿嘴里拿出来时，孩子哭得更大声了。

他飞奔着穿过宫殿的核心地带，双脚在地板上沙沙作响。最后他终于靠近了公主们的住处，发现这里的墙壁和天花板用的都是从萨鲁撒·塞康达斯进口的深红色坑洞岩石。此地的建筑很简单，也缺乏装饰，与其他宽敞豪华的宫殿形成了鲜明的对比。尽管这些公主也都是皇室血脉，但沙达姆看来并不打算在这些他不想要的女儿们身上浪费钱财，而他的妻子阿妮鲁尔几乎是在用贝尼·杰瑟里特那种简朴的方式抚养她们。

走廊两边排列着一排排的强化玻璃窗台，门泰特跑过去，朝每个房间里看了一眼。怀里这个厄崔迪家的小鬼没什么价值。如果情况急转直下的话，他可能需要绑架一个科瑞诺家的女儿作为人质来改善他的谈判地位。

不过皇帝会在意吗？

经过几个月的仔细观察和规划，德伏在皇家办公大楼里为自己设了两个不同的藏身之处，都可以通过隧道和通道进入，这些通道与皇宫相连。他的大使证书授予了他所需的访问权限。快跑吧！他知道该怎么联系司机，觉得自己有可能成功逃到太空港，即使是在警报响起和全面封锁的情况下。

但现在的当务之急是想办法让这个孩子安静下来。

就在他转过一个拐角时，他差点撞到一名长着娃娃脸的萨多卡士兵，那个士兵显然以为身穿制服的德伏是另一名卫兵：“嘿，宝宝怎么了？”但他耳朵里的通信器忽然响了起来。

为了分散他的注意力，德伏对他说道：“楼上有麻烦了！把他送到安全的地方去。我想我们现在是这孩子的保姆了。”说着他用左手把裹着的婴儿推到这个卫兵的面前，“这儿，抱好他。”

那名士兵明显受到了惊吓，犹豫了一下，德伏抓住这个时机用另一只手将匕首狠狠刺进了他的身体，然后他顾不上确认这个倒霉的士兵是否已经死了，就一手抱着婴儿，另一只手抽出匕首继续向前跑去。这时他才回过神意识到，自己身后留下了太多痕迹。

在前方，他隐约看到了一束闪光的金发。似乎是有人从一个房间里朝外看了看，然后马上又缩回了屋里，就在大厅的窗户后面。那是沙达姆的女儿吗？我做的事她全都看见了吗？

他冲进了房间，也躲在了里面，但没有看见她的身影。那个女孩现在一定是躲在家具后面或者满是胶片书的桌子下面了。一些小查丽丝的玩具散落在地上，但保姆一定已经把那孩子抱走了。尽管如此，德伏还是能感觉到一种存在。这里藏着一个人。

难道是皇帝的大女儿……伊勒琅？

她可能目睹他杀了卫兵，他不能让她喊出声来。虽然她很可能无法识破德伏的伪装，但如果在手里抱着孩子、军服上带着鲜红血渍、刀尖上还在滴着血的情况下被抓住，那这些伪装也就无济于事了。他小心翼翼地向房间深处摸去，紧绷着肌肉。很快，他注意到对面的墙上有个半开着的门洞。

“出来玩吧，伊勒琅!”

身后传来一丝声响，他连忙转过身来。

皇上的妻子正以一种不寻常的笨拙动作向他走来，全无贝尼·杰瑟里特女巫们那种平顺、飘逸的仪态。而且她的脸色非常难看。

阿妮鲁尔一眼看到了他怀抱着的婴儿，认出那正是杰西卡刚出生的儿子。随后她便发现了门泰特脸上的伪装和泛红的嘴唇，于是大为震惊地说道：“我认识你。”话音刚落，对面男人的眼中便显露出一股杀意——一股豁出去的杀意。

其他记忆同时高喊起来，大声警告着她。阿妮鲁尔的脸痛苦地扭曲起来，她狠狠按住自己的太阳穴。

德伏看到她退了回去，立刻攥住匕首，像一条毒蛇那样猛刺过去。

尽管被脑海中的喧嚣声折磨得有些神志不清，但魁萨茨圣母还是迅速做出了反应，闪向一边，贝尼·杰瑟里特那优雅却致命的战斗技巧似乎又回来了。她的速度之快让德伏大吃了一惊，他用力过猛，一下子失去了平衡。他失手了。

阿妮鲁尔抽出藏在衣袖里的一件姐妹会最喜欢用的武器，一把抓住德伏那粗壮有力的脖子。带有剧毒的戈姆刺现在就抵在他的喉咙上，银色的针尖上闪烁着毒液的光芒。

“你知道这是什么，门泰特。交出孩子，或者去死。”

“你们到底打算怎样找我的儿子？”雷托公爵站在宫廷内侍里东多身边，眼睛死死盯着产房里的惨状。

里东多那高高的额头上闪烁着汗珠：“当然会有调查。所有嫌疑人都将接受问询。”

“问询？你这个措辞太轻了吧。”两名医护姐妹被当场杀死，现在尸体就倒在地板上。而在靠近大门的地方，一名萨多卡卫兵也被捅死了。不远处，杰西卡还在床上昏昏沉沉地挣扎。太近了。*那名刺客本可以把她也杀了的！*他提高了嗓门大喊起来：“我说的是现在你们要怎么做，大人。你们封锁皇宫了吗？要知道我儿子的生命现在危在旦夕。”

“我认为宫廷卫队会处理好所有安全事宜，”里东多试图安慰雷托，“我建议把这件事交给专业人士处理。”

“你认为？这里现在谁负责？”

“皇帝现在还无法亲自指挥萨多卡军团，雷托公爵。指挥权问题必须——”

雷托怒气冲冲地跑进走廊，看到了一名莱文布雷彻：“你把宫殿和周围的建筑都封锁了吗？”

“我们正在处理这件事，大人。请别干涉。”

“干涉？”雷托瞪大了灰色的眼睛，“有人攻击了我的儿子和他的母亲。”他看了看军官衣领上的姓名标签，“莱文布雷彻斯蒂夫斯，根据紧急权力法案我将接管宫廷卫队的指挥权。听明白了吗？”

“不，大人，我没有。”军官把手放在腰间的警棍上。“您无权——”

“你胆敢对我亮武器，你就死定了，斯蒂夫斯。我是兰兹拉德的公爵，是沙达姆·科瑞诺四世的表亲。你无权撤销我的命令，尤其是在目前的形势下。”雷托的脸上毫无表情，他的血液似乎都要沸腾起来了。

军官犹豫了一下，越过愤怒的公爵的肩膀望向里东多。

“我的儿子是在皇宫里被绑架的，这个行为可以视为对厄崔迪家族的攻击。根据兰兹拉德宪章赋予我的权利，这是一场紧急的军事危机，在皇帝和他的至尊霸撒不在的情况下，我现在拥有最大的权限。”

宫廷内侍里东多想了一会儿，点了点头道：“厄崔迪公爵说得没错。照他说的去做吧。”

萨多卡士兵们现在都十分钦佩眼前这位厄崔迪贵族那敏捷而坚定的指挥能力。斯蒂夫斯立即对着他衣领上的通信器大喊起来：“封锁宫殿以及周围所有建筑和平民区。立刻展开彻底搜索，找出绑架雷托·厄崔迪公爵新生子的罪犯。在这次危机中，公爵暂时拥有宫廷卫队的全部指挥权。所有人都要遵令行事。”

雷托迅速地把那名军官的通信器拿了下来，别在自己红色制服的翻领上。“你自己再去找一个吧。”他大口喘着粗气，指着走廊的另一端。“斯蒂夫斯，带上这里的一半士兵，搜查这一层的北面。其余的人跟我来。”

雷托拿过一根击昏棒，但手里仍紧紧握着几年前皇帝送给他的那把宝石匕首。如果真有人胆敢伤害他的儿子，那么仅仅一根棒子是不够的。

阿妮鲁尔的戈姆刺就压在他的喉咙上，皮特·德伏现在不敢挪动分毫。虽然只是一根小小的刺，但只要一点点划伤，毒药就会立刻杀死他。只是阿妮鲁尔的手现在抖得太厉害了，门泰特吓得浑身直冒冷汗。

“我认输。”他轻声说道，同时尽可能不让自己的喉头动得太厉害。他的手指也松开了孩子。这足以转移她的注意力吗？哪怕能让她犹豫片刻也行。

因为他的另一只手里还握着那把血淋淋的匕首。

阿妮鲁尔试图把她自己的思想从声音越来越大的其他记忆里分离出来。当她另外的四个女儿因为太小还无法理解时，阿妮鲁尔最大的女儿伊勒琅已经发觉了母亲身心的退化。她其实不希望伊勒琅看到自己走向衰弱，她希望自己能多花些时间和女儿在一起，把她抚养成一个强大的贝尼·杰瑟里特。

皇帝的妻子刚刚得知有个杀人犯在逃，便立刻赶到书房和游戏室，为的就是确保她的孩子们的安全。这是只有一位母亲才会表现出来的勇敢和冲动。

门泰特又退了一步，阿妮鲁尔手里的戈姆刺则跟进一步，紧追不舍。他的额头满是大滴的汗珠，顺着搽了粉的太阳穴慢慢地淌下来。这个小小的僵局似乎无解了。

婴儿开始在他怀里扭动起来。尽管这孩子可能不是姐妹会期待的千年大计的结果，但它仍然连接着一个就算是阿妮鲁尔都无法理解的复杂网络。作为魁萨茨圣母，她的一生都致力于完成这个育种计划的最后一步，首先是安排杰西卡的出生，然后是她的宝宝。

经过数千年的改良，遗传基因变得越来越纯净。但只要事关人类的出生，那么即使孩子的母亲是强大的贝尼·杰瑟里特，也没有什么是可以完全确保的。一定会有概率和百分比，不可能百分百确定。所以虽然经过了一万年之久，但育种计划真的有可能精确到一代人之内吗？这个孩子会不会就是贝尼·杰瑟里特想要的预言之子？

她看着孩子那警觉而聪慧的大眼睛。这个小家伙虽然才刚刚出生不久，却带着一种超人的气派，一种俯瞰众生的气质。她又感到自己的思维深处泛起一阵骚动，一种隆隆的听不清的杂音。你就是传说中的魁萨茨·哈德拉克吗？你是不是提前一代人降世了？

“也许……我们应该有话好好说，”德伏说道，嘴唇几乎没有动，“这么僵持下去对你我都没好处。”

“也许我不该再浪费时间，也许我该直接杀了你。”

那些声音试图告诉她一些事情，试图警告她，但身处混乱之中的阿妮鲁尔似乎无法理解她们的话。如果她是被命运驱使到这些房间里来的，为的不是探望她自己的女儿，而正是前来拯救这个特殊的孩子呢？

她听到一阵嘈杂的声音，就像即将到来的海啸一般——她想起了自己做过的那个噩梦：一条沙虫穿越了沙漠，就为了躲避一个沉默的追捕者。但现在这个追捕者不再沉默了。而且变成了一大群人。

一个清晰的声音打破了刺耳的杂音：是老洛比亚那扭曲的、无所不知的声音，她正在用一种舒缓的语调对阿妮鲁尔说话。这些话语既像是从对面绑匪那沾满纱芙汁的嘴唇里说出来的，又像是从走廊前面窗户上一个摇摆不定的影子的嘴里传来的。

你很快就要加入我们了。那一瞬间的震惊让阿妮鲁尔猛地抽搐了一下。戈姆刺从她手里滑了出去，掉了。在她的脑海里，洛比亚的声音冲破了背景噪音，发出了最为绝望的警告。当心门泰特！

银针还没来得及掉到地板上，德伏的匕首就刺了过来，径直刺穿了她的黑色长袍，深深扎入了她的身体。

当阿妮鲁尔发出第一声喘息时，他又扎了一次，然后是第三次，像一条发狂的毒蛇。

戈姆刺终于落到了地板上，发出水晶碎裂一般的声音。

现在那些声音在阿妮鲁尔周围咆哮起来，越来越响亮，越来越清晰，淹没了她的痛苦：“天命之人已经出生了，未来改变了……”

“我们一直以来只看清了计划的一个片段，马赛克中的一块。”

“记住——贝尼·杰瑟里特育种计划并不是唯一的。”

“网中之网——”

“网中——”

“之网——”

洛比亚的声音听起来比其他人更加响亮，更加令人宽慰：“跟我们来吧，多观察……观察一切。”

阿妮鲁尔·科瑞诺夫人垂死的嘴唇颤抖着，仿佛在微笑。她突然全明白了，这个孩子终究会重塑整个银河系，改变人类的进程，其影响之大超过了她所期待的魁萨茨·哈德拉克。

她感到自己倒在了地板上。阿妮鲁尔无法看穿即将到来的死亡迷雾，但她现在完全确定了一件事。

那就是姐妹会必将长存。

魁萨茨圣母倒在她的毒针旁，德伏抱着被劫持的婴儿一溜烟跑回了走廊，直奔一条侧道而去。

“你最好值得我惹出这些乱子。”他对着毯子里的婴儿喃喃说道。现在他已经杀死了皇帝的妻子，皮特·德伏非常怀疑自己到底能不能活着走出这座宫殿。

所有的证据都必然导致无法证明的僵局。我们知晓世间万物只是因为我们愿意相信它们。

——贝尼·杰瑟里特，《阿扎之书》

对厄拉科斯上的哈克南香料库存的审计工作还在继续，所以稳坐在轨道上的旗舰里的皇帝沙达姆·科瑞诺根本无意返回凯坦。而一旦宇联商会宣布这位男爵有罪，他还另有打算，堪称一剂猛药。这是一个千载难逢的机会，他发誓一定要抓住它。

在他的私人房间里，沙达姆觉得一切都如他所希望的那样在展开。虽然他现在穿着军装，但这间华丽的皇家包间里堆满了简朴的萨多卡军团见都没见过的奢华设施。

他把自己封闭在不透明的舱门后，召来至尊霸撒和他一起饱餐了一顿美食——表面上是为了讨论战略，但实际上皇帝只是喜欢听这位老兵的战争故事。在苏姆·加隆早年的军事生涯里，他曾是萨鲁撒·塞康达斯的训练囚犯。或者说是一名奴隶，加隆是在帝国对某个遥远星球的一次袭击行动中被俘的。尽管装备简陋，未经系统训练，但加隆当时表现出了极大的勇气和优秀的战斗技巧，因此萨多卡军团把他招进了他们的队伍。面前这位老兵是一个相当成功的人物，而他的儿子坎多似乎也紧跟这位老兵的脚步，他正指挥着驻扎在伊克斯上的秘密军团。

饭后，两个人休息了一会儿，沙达姆盯着桌子对面加隆那粗犷的面庞看了半天。至尊霸撒只吃了少量的异国菜肴，和他共进晚餐可以说很扫兴。加隆似乎仍在关注围攻厄拉科斯的军事行动。

公会舰队继续保持对沙漠世界的封锁，沙达姆怀着恶意的急切心情等待着，想知道那些审计员最终会发现什么尴尬的罪行和真相。

在这件事上，皇帝把宇联商会和宇航公会拉拢了过来，他们是成功镇压哈克南家族不可或缺的一部分。皇帝只希望能在他们怀疑自己的真实目的之前，能够清除这个天然美琅脂的唯一来源。然后所有人都会要求自己给他们奥马尔了。

一艘载着公会大使和宇联商会门泰特审计员的穿梭机从迦太格返回时，萨多卡卫兵直接把他二人带到了沙达姆的豪华包间。而两个人的身上都散发着一股美琅脂的味道。

“我们完事了，陛下。”

沙达姆给自己倒了一杯香甜的卡拉丹葡萄酒。在桌子的另一边，苏姆·加隆则保持着僵硬的军人姿态端坐在那里，仿佛正在接受审问的其实是他。公会大使和门泰特一言不发，直到包间的门被关上为止。

门泰特第一个走上前来，手里拿着一张抄写板，他把自己的门泰特总结写在了上面：“弗拉基米尔·哈克南男爵犯下了大量罪行。他默许所谓的‘错误’数据不被纠正。我们有证据证明这些数据是错误的，也有证据表明他试图向我们隐瞒他的操纵行为。”

“正如我怀疑的那样。”沙达姆听着，审计员则递上了男爵违法行为的总体概要。

加隆则丝毫不掩饰自己的怒火：“皇帝已经明确指示过了，他会对这种私藏美琅脂的行为采取严厉的惩罚。难道男爵没看见札诺瓦和克罗娜的下场吗？”

沙达姆从门泰特审计员手中拿过抄写板，简单看了一下文字和数据。除非他和一位翻译一起坐在这里破译几个小时，否则这些文字对他来说没有多大意义——而他现在不想这么做。他从一开始就深信男爵有罪。

“我们有明确的证据证明他们犯下了危害帝国的罪行，”公会大使说道，语气非常不安，“但很不幸，陛下……我们没有找到宇航公会想找的东西。”

沙达姆举起了抄写板，问道：“你这话是什么意思？这些难道还不能说明哈克南家族违反了帝国法律吗？难道他不应该受到惩罚吗？”

“确实，男爵私藏了不少香料，还篡改了生产数据，但目的只是逃避帝国税款。我们在哈克南家族的货运设施中测试了很多香料样品。每一片美琅脂都是纯净的，没有任何污染的痕迹。”白化病大使说到这里犹豫了。因为沙达姆开始变得不耐烦起来。

“所以这不是我们公会此行的目的，陛下。从我们公会的内部分析中得知，迷失航向的领航员是死于被污染的香料气体。我们还知道，比卡尔香料库存中提取的样品在化学层面上已经腐败。因此，我们本来希望这次能在厄拉科斯上发现带有杂质的香料，我们本以为是男爵使用了惰性物质，目的是增加美琅脂的数量，同时稀释其质量——从而导致香料变成了毒药，最终导致了公会那几场灾难。”

“但我们没有发现任何带有那种性质的东西。”门泰特总结道。

至尊霸撒身体前倾，攥紧了拳头说道：“就算是这样，我们也有足够的证据赶走哈克南家族。”

公会大使深深地吸了一口气，低头凑向不断喷出香料气体的衣领，说道：“确实如此，但这并不能回答我们的问题。”

沙达姆皱起了眉头，他希望这样能表达出自己的忧虑之情。他希望芬伦能在这里见证这一切，但此时此刻，他的香料大臣应该在准备第一批奥马尔的装运工作。一切都进展得很顺利呢。

“我明白了。不过，霸撒和我将研究出一个合适的回应。”其实几天之内，这件事就会变得毫无意义了。他低头盯着门泰特的抄写板，说道："我们必须好好比对一下这些数据。也许我的私人顾问可以提供一个理论，能解释变质香料的来源。"

这两个人深知皇帝的性格，所以立刻宣布告退，于是苏姆·加隆站起身来，送走了他们。

大门再次封上之后，沙达姆转向他至尊霸撒说道："一旦穿梭机返回远航机，我要你立刻向整支舰队发出战斗信号。把我的战舰派到迦太格、厄拉奇恩、阿桑特去，把这些地方还有其他所有的人口中心城市都给我纳入射程之内。"

加隆面无表情地接受了这个重磅炸弹一般的命令："就像札诺瓦一样，陛下？"

"正是。"

在没有发出任何警告的情况下，萨多卡的舰队驶离了远航机，一路降到了厄拉科斯的大气层。他们的武器端口全部处于开启状态，闪烁着即将发射的危险光芒。沙达姆端坐在指挥舰桥上，发布命令，同时对着一个全息记录器发表了一份声明，其实所谓声明不过是他自己撰写的一份留给子孙后代的回忆录。

"弗拉基米尔·哈克南男爵被判犯有反帝国的重罪。独立的宇联商会审计人员和宇航公会检查人员已经发现了无可辩驳的证据来支持这一判决。正如札诺瓦和克罗娜所展示的那样，我的律法就是帝国的法律。科瑞诺的正义迅速而彻底。"

公会一开始肯定认为他只是在虚张声势，但他们会大吃一惊的。他的军队已经排成了战斗队列，一旦毁灭之雨降临，他的萨多卡军团用不了多少时间就能让这个沙漠世界烧成焦土，将其彻底毁灭。

宇航公会的领航员需要服用大量的香料。贝尼·杰瑟里特也是稳定的客源，她们对香料的需求随着女巫数量的增加而逐年递增。大部分的兰兹拉德贵族也都对美琅脂上瘾。帝国早已无法摆脱这种物质了。

而我是他们的皇帝，他们会照我说的去做。

即使没有芬伦伯爵的建言，他凭自己也能做到全盘考虑，也能把所有的可能性都考虑进去。就算他突然发难摧毁了厄拉科斯，公会能对他这个皇帝做什么？把自己扣在远航机上？把他囚禁起来？谅他们也不敢。因为他们若敢这么做，那么就连一克合成香料都得不到了。

他结束了讲话，启动了全面轰炸的倒计时。

过了今天，帝国将从此换了人间。

我的生命在特莱拉人入侵这个世界的当天就结束了。经过这么多年的反抗，我早已是一个死人，没有什么可失去的了。

——克泰尔·皮尔鲁，《秘密日记》(片段)

伊克斯的制造工厂和技术中心里仍有小规模的冲突。次人积攒多年的愤怒和沮丧一下子全都被释放出来，他们把萨多卡士兵尸体身上的制服撕烂，捡起他们掉落的武器，然后不问青红皂白地摧毁了仅存的几条生产线。

在隆博的身后，一座为纪念入侵者而竖立起来的特莱拉人雕像在混战中不知被谁给斩首了，合金头颅的碎片散落在人行道上。“这里的混乱局面永远不会结束了。”

厄崔迪部队与伊克斯反抗军会师在了一起，然后成功地夺回了大量的钟乳石建筑、隧道和大王宫。疯狂的萨多卡士兵在空旷的洞穴里负隅顽抗，那里曾经是维尔纽斯家族建造新型远航机的地方。流血事件似乎并没有减少。

“我们需要再找一个盟友才行，”克泰尔建议道，“如果我们能证明是这些人造香料导致了包括我兄弟在内的两名领航员的死亡，宇航公会一定会支持我们的。”

“他们已经为我们说了不少好话了，”隆博说道，“但我们还是得在没有他们介入的情况下完成这一军事行动。”

哥尼看起来有些担心："公会现在不在这里，我们也没办法马上把他们带过来。"

克泰尔的黑眼睛里全是血丝，但却透出一股决心："我也许可以。"

克泰尔把他们带到了一个看起来像是废弃小仓库的地方。隆博眼看着克泰尔从一个上锁的存储容器中小心翼翼地取出了他那个乱七八糟的罗格收发机。这个奇怪的装置上面全是污渍和烧焦的痕迹，一看就经过了多次修理。它的上面插满了晶体能量棒。

克泰尔握着收发机的手在颤抖："就连我也不知道这玩意儿到底是怎么运作的。它能在生物电子层面自动匹配使用者的思维，所以我才能够和我的双胞胎兄弟进行交流。我们曾经有过共同的情感羁绊。尽管他的大脑发生了变化，远远超出了对人类的任何定义，但我仍然能够理解他。"

关于德默尔的回忆像泪水一样涌上他的心头，但克泰尔又把这些思绪赶走了。他的手握在控制杆上，不住地颤抖着。

"现在我的兄弟死了，我们的罗格收发机也坏了。这是最后一根晶体棒了，而且不知怎么搞的……在我和德默尔最后一次通话时自己修好了。也许……如果我有足够的能量，我至少可以给其他领航员发几条消息。他们可能听不懂我说的话，但他们也许能感受到紧迫感。"

隆博的脑子有点乱："如果你能把宇航公会带到这里来，我们会尽最大努力向他们展示沙达姆私底下干的那些好事。"

克泰尔狠狠攥住了隆博的人造手臂，王子感到自己的机械传感器检测到了很大的压力："我愿意做任何必要的事情，我的王子。如果我能帮上忙，这将是我最大的荣幸。"

隆博在他的眼睛里看到了一种奇怪的决心，一份似乎超越了理性的执着，只好说道："动手吧。"

克泰尔一把抓住电极导线，将传感器连接到他的头皮、后脑和喉咙上。“我不知道这个装置的容量有多大，但我打算尽可能地把所有能量都用上，”他咧嘴笑道，“这既会是我们胜利的宣言，也会是一个求救的信号，是我向外界发出的最重要的一条信息。”

罗格收发机完全启动后，克泰尔深吸了一口气，给自己鼓劲。在过去，他总是大声与德默尔通话，但他其实清楚他的兄弟并没有听到这些具体的词句。相反，领航员能领悟这些话语想要表达的想法。这一次，克泰尔什么也没说，而是集中起自己的所有精力，把自己的想法投射到了遥远的地方。

他按下了传输按钮，向任何能收到信息的公会领航员发出一连串绝望的信号，一种宇宙通用的求救信号。他不知道是罗格还是他的大脑会第一个失灵，但他能感觉到它们现在连接在一起，并向外延伸。

克泰尔咬紧牙关，嘴唇紧抿，眼睛紧闭，眼泪都流了出来。汗水也从他的额头和太阳穴上滴滴答答地滚落下来。他的皮肤现在变成了一种宝石红色，太阳穴的血管鼓了起来。

这种传输的强度比他和德默尔的交流要大得多。而且这一次，他也没有和自己孪生兄弟那种难以解释的精神联系。

隆博意识到克泰尔最终会因此而丧命，这最后一次使用罗格收发机的伟大尝试，实际就是一种自杀。形容枯槁的反抗军战士在脑海深处无声地尖叫。

大家还没来得及切断他的连接，罗格收发机就亮了起来。这台机器最终还是超载了，电路熔断，晶体棒也碎成黑色的雪花状。克泰尔似乎已经窒息了，他的五官紧绷，好像身处无可名状的巨大痛苦之中。他的大脑里的神经元已经融化，阻止了他发出最后的声音。

隆博用他剩下的那只手猛地拉下了反抗军战士头部和颈部上的传感器，克泰尔倒在了储藏室的地板上。他的牙齿打战，身体抽搐，冒烟的眼睛再也无法睁开了。

“他走了。”哥尼呢喃道。

隆博怀着巨大的悲伤，抱起倒下的战士，他是所有为维尔纽斯家族效忠的人中最忠诚的一个。“你已经战斗太久了，现在安静地睡吧，我的朋友。在这片自由的土地上好好休息吧。”他轻抚着克泰尔冰凉的皮肤说道。

半机械人王子站了起来，伤痕累累的脸庞变得比以前更加严肃，他一言不发地走出了储藏室，哥尼·哈莱克紧紧跟在他的身后。隆博不清楚克泰尔的传输是否成功，也不知道公会能否听到他的声音，他们又会如何回应。

但是，除非他们很快得到增援，否则今天这场战斗将会徒劳无功。

伊克斯王子看着围拢在自己身边的厄崔迪战士，用深沉而冷酷的声音说道：“让我们终结这一切吧。”

要让一个有机体产生基因突变，就必须把它放置在一个危险但不致命的环境中。

——特莱拉伪经

在希达尔·芬·阿吉迪卡最终死亡之后，芬伦伯爵明白厄崔迪军队实际上已经打败了萨多卡军团。

事态正朝着最令人不安的方向发展。

经过这么多年，雷托·厄崔迪公爵竟然批准了如此大张旗鼓的军事行动，这让他颇感吃惊。看来，那些本来会压垮任何一个人的家庭悲剧实际上激励了他采取行动。

尽管如此，这仍然堪称一个绝妙的策略，即使伊克斯的工业设施经历了数十年的糟糕管理和不当维护，它们对于像厄崔迪这样的大家族来说仍是一份颇具经济价值的厚礼。芬伦才不相信雷托公爵会高兴地把它们还给隆博王子呢。

在研究馆的大屏幕上，芬伦看着一队士兵正在向这片建筑群靠近。这让他几乎没有时间完成必要的事情了。他现在必须抹去所有关于奥马尔计划和他自己牵扯其中的证据。

皇帝一定会为奥马尔的失败找一个替罪羊，芬伦决心不让自己充当这个角色。研究大师阿吉迪卡失败得很彻底，他本人现在也已经和那些脑死亡了的女人躺在一起。那几具肿胀的培育罐女尸，虽然仍然连接在棺材一般的罐子上，但尸体却倒了一地，在那个侏儒男人尸体的周围，看上去像某种变态性行为。

阿吉迪卡那布满红斑的尸身可能只剩下一个最终的用途了……

剩下的特莱拉科学家被吓得魂飞魄散。萨多卡士兵都去了主战场，把他们遗弃在这个研究馆里。因为知道伯爵是皇帝的官方代表，所以这些特莱拉人转而向他寻求建议。甚至有些侏儒认定“芬伦”其实是阿吉迪卡的那位变脸者佐尔。也许这些特莱拉人会听从他的命令，至少在短期内是这样。

芬伦站在天桥上，高举着双手，就像阿吉迪卡在他戏剧性的死亡之前所做的那样。他周围被打碎的培育罐里冒出一股难闻的气味，包括了人类排泄物的恶臭。

“我们现在毫无防备，”他高声喊道，“但我有一个办法可以救下你们所有人，嗯-嗯-嗯？”幸存下来的研究人员都抬头望向他，带着近乎希望的疑惑。

芬伦由于对研究馆的整体布局了如指掌，所以忽然计上心头：“你们太过宝贵了，皇帝不能冒失去你们的危险。”然后他把这些科学家们领到一个只有一个出口的安全实验室里，“你们必须躲在这里，藏起来。我会带援军来救你们的。”

他数了一下，一共有二十八名研究人员，当然可能还有一些人被暂时困在偏远的行政大楼里。好吧，外面的暴徒会搞定他们的。

芬伦从天桥快步跑到了主楼。当这些倒霉的科学家纷纷挤进那间单人房里时，他站在门口微笑起来。“藏在这里就没人能找到你们了。嘘。”说完他点了点头，关上了门。“剩下的就交给我吧。”

直到他走回了研究馆宽阔的大厅时，房间里那些愚蠢的侏儒们才刚开始觉得有什么不对劲。芬伦毫不理会他们沉闷的叫喊声和拳头的敲打声。这些研究人员很可能知晓奥马尔项目里的每一个细节。为了不让他们把秘密泄露出去，他必须把他们杀掉灭口，只不过挨个杀掉他们太浪费时间了。而用现在这种方法的话，他就可以花费最少的时间，更有效率地处理掉他们。帝国的香料大臣毕竟也是个大忙人。

要知道，实验室的地板上以及培育罐的支持系统里装满了各种有害生物、可燃物质、强酸和易爆气体。芬伦在墙上摘下了急救包里的呼吸器。他一直是个多面手，现在就像苦行僧那样在房间里来回走，倾倒着有毒的液体，释放着致命的气体。他几乎没有注意那些倒在地板上的、仍在抽搐着的女性身体，这些身体被特莱拉人重新改写了基因用来制造人造香料。

如此接近。阿吉迪卡几乎就要成功了。

芬伦忽然被一具年轻而丰满的女人躯体挡住了去路，原来是那个克丽丝琴，贝尼·杰瑟里特的突击队员。他审视着她裸露的身体，现在她的腹部向外凸出，子宫被特莱拉人改造成了某种生产机器。她已经不是人类了，只不过是一台机器，一台化学设备。

芬伦凝视克丽丝琴那蜡状的脸庞时，他忽然想起了自己娇艳动人的妻子玛格特，她仍然身在凯坦，这会儿肯定正在宫廷里跟人闲聊喝茶。他多么盼望能尽快回到她身边啊，在她的怀里好好放松一下。

这位克丽丝琴姐妹永远不能把她那该死的情报发回瓦拉赫九号星了，而芬伦也不会让任何细节泄露出去，甚至不会泄露给他的妻子。他和玛格特虽然深爱对方，但并不意味着他们会分享所有秘密。

芬伦听到建筑外面传来了一阵枪炮声，这肯定是厄崔迪部队遇上了剩下的萨多卡军团了。帝国军队会把他们拖上一段时间的，足够了。

他立刻跑向有高大拱形穹顶的大厅，回头看着实验室里的混乱景象：破碎的罐子、一地的有毒液体、冒泡的气体、尸体和培育罐。他现在再也听不到被他引诱到死亡陷阱里的那些特莱拉科学家的绝望砸门声了。

芬伦伯爵掏出一个点火器，远远扔进基地深处。那些有毒气体和化学物质迅速燃烧起来，但他早已跑远，甚至已经恢复平时那种懒洋洋的步伐了。在他的身后，爆炸声不绝于耳。

实验室陷入了熊熊大火之中——培育罐，奥马尔的研究资料，以及所有证据都在燃烧——芬伦的心情也随之变得轻松。

正当邓肯·艾达荷率领厄崔迪士兵不断冲击着帝国的路障时，研究馆爆炸了。

整座研究设施爆发出巨大的轰鸣，所有人都在找地方躲避。不多时，建筑碎片有如火山喷发出来的岩浆，从研究馆的顶部喷洒而出，很快内墙便坍塌了。瞬间，这座先进的实验室变成了一个充满了熔化的玻璃、钢铁和尸体的地狱。

邓肯指挥他的士兵后撤，躲避愈演愈烈的火势，但内心却恨不得冲进去，因为他知道特莱拉的所有罪证都被焚烧殆尽了。棕色和橙色的蒸汽弥漫开来，这些有毒烟雾的杀伤力不比火焰小多少。

这时，剑术大师忽然看见一个肩膀宽宽的瘦子从火焰里迈着方步走了出来，显出一副若无其事的样子，他的影子就映衬在橙色的热浪之上。只见这名男子从脸上取下呼吸器，扔到了一边。他的手里还握着一把萨多卡制式的短剑。邓肯立刻举起老公爵的宝剑，摆出一个防御的架势，走上前挡住了这个人的去路。

哈什米尔·芬伦伯爵却大大咧咧地走上前来，说道：“我逃出来了，你难道不高兴吗？我是想说，这无疑是一件值得庆祝的事。我的好朋友沙达姆肯定会非常高兴的。”

“我知道你是谁。”邓肯说道，他曾在吉奈斯一个阳光普照的小岛上接受过几个月的政治教育。“你就是那只躲在皇帝斗篷后面为他干脏活的狐狸。”

芬伦笑了：“一只狐狸？以前总有人管我叫鼬鼠或是雪貂，但从来没有被称作狐狸。嗯-嗯-嗯。我是被强行关在这里的。那些邪恶的特莱拉研究人员想在我身上做某种可怕的实验。”他的大眼睛睁得更大了。“我甚至挫败了一个企图用变脸者取代我的政治阴谋。”

邓肯走近他，把手中的宝剑举到半空：“你在调查委员会面前作证时一定会很有趣。”

“我不这么认为。”芬伦似乎懒得再开玩笑了。他挥舞着手中的短剑向邓肯猛砍过去，好像在打一只苍蝇，但邓肯迅速闪避开来。芬伦的剑刃当啷一声被弹开，直指天空，但芬伦仍然紧握着剑柄。

“你竟敢对皇帝的香料大臣举刀相向？你忘了我是沙达姆最亲密的朋友了？”芬伦的话听起来好像很沮丧，但似乎仍是在开玩笑，“你最好站到一边，让我过去。”

但邓肯却继续向前推进，换成了一个更加激进的架势：“我是吉奈斯的剑术大师，我今天已经和许多萨多卡士兵战斗过了。如果你不是我们的敌人，那么就放下你的武器。和我单挑可不是明智之举。”

“你还没出生时我就在杀人了，小狗崽子。”

实验室的大火还在继续燃烧。滚烫的空气中弥漫着刺鼻的化学药剂气味。邓肯的眼睛痛得一个劲流眼泪。士兵们连忙围拢来保护他们的剑术大师，但他挥手让他们闪开，亲自上阵杀敌是一件荣耀的事。

伯爵加紧了攻势。他一向都是通过暗算杀人的，很少与一名高手这样公开交战。尽管如此，他还是拥有许多邓肯从未见识过的战斗技巧。

剑术大师向他的对手猛扑过去，咆哮着：“这场战役已经死伤无数了，但芬伦伯爵，我一点不在乎再多杀你一个。”他挥舞着老公爵的长剑，与对手上扬的武器抵在了一起。

邓肯虽然是一名训练有素的剑术大师，但他的骨子里却仍带有一丝残忍。他并不像芬伦听说过或是遇到过的那些剑术高手那样拘于礼节或是侠义原则。

伯爵举起短剑格挡，邓肯则加大力度猛击，宝剑带着巨大的力道砍了过去。老公爵的宝剑发出一声脆响，剑刃上被砍出了一个缺口。但芬伦的武器却直接被砍断了——而且被击得粉碎。这股冲力甚至把伯爵撞飞到了墙上。

芬伦挣扎着想要恢复平衡，邓肯却向前冲去，做好了致命一击的准备，但仍保持警惕。毕竟这只狐狸肯定还有很多诡计。

芬伦脑子里闪过各种选择。如果想要躲开对手的利刃，他就只能转身跑回实验室大楼的熊熊烈火之中。或者他也可以直接投降。他的选择其实并不多。

“皇帝会把我赎回去的。”说着他扔下了手中仅剩的剑柄，“这儿有这么多人看着，你不敢冷血地杀了我的，嗯-嗯-嗯?”邓肯却继续凶狠地向前迈着大步。“厄崔迪家族那著名的荣誉准则呢？如果雷托公爵的人可以当街杀死一个已经投降的人，那有何荣誉可言呢?”芬伦举起了空空如也的双手。“难不成你真想杀了我?”

邓肯知道公爵决不会赞成这种不光彩的行为。他看着燃烧着的实验室，听着外面岩洞里持续不断的打斗声。毫无疑问，雷托能利用这个政治犯，稳定伊克斯之战后的混乱局势。

“我侍奉公爵先于侍奉自己的心意。”剑术大师挥了挥手，几个厄崔迪士兵走上前来，给犯人戴上了手铐。

邓肯走过去，咬着牙对他说道：“在这场战役胜利结束之后，哈什米尔·芬伦伯爵，你可能会后悔没让我今天杀了你。”

香料大臣死死盯着他，仿佛胸有成竹：“你们还没赢呢，厄崔迪人。”

我们都有秘密，这本身不是一个秘密。然而，我们很难像我们希望的那样保守这些秘密。

——皮特·德伏，对兰兹拉德弱点的门泰特分析，哈克南机密文件

在厄崔迪公爵的领导下，帝国卫队在皇宫里四处搜寻。把虚弱疲惫的杰西卡一个人留下让雷托很痛苦，但他不能让自己留下来陪她，不能让自己刚出生的儿子处于危险之中。

他大声地对卫兵发号施令，一刻也不允许他们耽搁。当他冲过那些华丽的走廊和棱镜般的迷宫时，他觉得自己就像是一条凶猛的猎犬，正在为了保护幼崽而拼死战斗。雷托公爵向人们展现了一个心急如焚的父亲能有多么可怕。

他们抓走了我的儿子！

他对维克多的回忆一直萦绕在心头，他曾以厄崔迪之名起誓，不会再让这个孩子受到一点伤害。

但这座皇宫有如一个小城市那么大，有无数的藏身之处。搜索仍在紧张地继续，但就是毫无进展，雷托拼尽全力抑制着自己的绝望之情。

皮特·德伏已经习惯了双手沾满鲜血，但现在的他开始担心起自

己的性命来了。他不仅绑架了一个贵族之子，还杀死了皇帝的妻子。

他扔下阿妮鲁尔的尸体不管，沿着走廊一路狂奔，身上那件偷来的萨多卡军服现在也变得凌乱不堪且血迹斑斑。德伏觉得自己的心脏怦怦直跳，头也剧痛无比，虽然经过了长期的训练，但现在这位门泰特已经无法评估和制订新的逃跑计划了。他脸上的伪装也早已损毁，露出了嘴唇上那鲜明的一抹红色。

裹着毯子的婴儿在他的怀里不停扭动，偶尔会哭几声，但令人惊讶的是，这孩子在大部分时间里都保持着沉默。那张红扑扑的小脸上有着一双大大的眼睛，里面闪动着奇怪而强烈的光芒，仿佛这个婴儿懂得许多超出了一个正常婴儿认知的东西。他和那个动不动吱哇乱叫、令人生厌的小费伊德－劳萨完全不一样。

德伏把毯子裹得更紧了，紧紧裹住婴儿那瘦小的身体，他忽然心生一股想要把这孩子勒死的冲动。他强忍住没有动手，随后躲进了一个昏暗的房间，房间里摆满了各种奖杯和小雕像，看来这里是用来纪念某个早已被人遗忘的科瑞诺家族成员的，此人显然是个天才弓箭手。

忽然他猛地一抬头，面前闪过一个黑袍女人，她正像一个幽灵那样站在门口，挡住了他逃跑的路。

“站住！”盖乌斯·海伦·莫希阿姆圣母用最强的言音之力对他吼道。

她的话语就像钳子一样锁住了他的肌肉，让他当场瘫痪在了那里。莫希阿姆走进了这间小小的奖杯陈列室，昏暗的灯光下她的怒火就像熔炉里的火焰一样闪亮。“皮特·德伏，”她说道，看来已经从他脸上的纱芙汁认出了他，“我早就怀疑这件事的幕后黑手是哈克南家族。”

他挣扎着想要冲破言音的无形束缚，脑子里一片混乱。“别过来，女巫，”他咬着牙警告道，“不然我就杀了这孩子。”他用力扭动胳腱，试图重新夺回自己身体的控制权，但她总能再次用下一道言音麻痹他。

德伏很清楚这些贝尼·杰瑟里特的战斗能力。他刚刚就和皇帝的妻子战斗了一番，并出人意料地击败了她。但这完全是因为阿妮鲁尔似乎患上了某种疾病，她虚弱的精神状态给了他一个优势。莫希阿姆则是一个更为强大的对手。

“如果你杀了那孩子，你就会和他一起陪葬！”莫希阿姆说道。

“反正无论如何你都会杀了我。我已经从你的眼神里看出来了。”德伏向前迈了一小步，傲慢地想要表明自己已经打破了她的言音咒语。“既然如此那我为什么不杀掉雷托的继承人，给厄崔迪家族带去更多苦难呢？”

他又向前迈了一步，把婴儿抱在胸前，就像举着一面盾牌一样。现在他只要轻轻一用力就能把婴儿孱弱的小脖子扭断。而即便拥有贝尼·杰瑟里特女巫特有的超强反应力，莫希阿姆也不敢肯定自己能及时阻止他。

德伏现在只有一个想法，那就是尽快摆脱这个女巫，从这个被遗忘的小房间里逃出去，他就能逃出生天了。即使怀里抱着一个孩子，他也有自信能比这个精疲力尽的女人跑得更快。当然，除非她在袍子里还有什么别的武器，不是毒针的那种手枪，那样的话她就可以对着他的后背射击了。不过，怎么也得试一试……

“这个婴儿对你们贝尼·杰瑟里特来说很重要，没错吧？”德伏念叨着，偷偷向前迈出第三步，“毫无疑问，这是你们那个什么育种计划的一部分吧？”门泰特不再盯着莫希阿姆那长长的、弯曲的手指，而是在她的脸上寻找着任何可疑的迹象。其实她的手指甲随时可以变成锋利的爪子，割开他的眼睛，撕开他的喉咙。他的心脏剧烈地跳动着。

然后他把婴儿抬高了一些，以保护他的脸。

莫希阿姆说道："如果你把孩子给我，我也许会让你过去。我会选择把你留给那些萨多卡猎手。"

她走了过来，德伏绷紧了全身的肌肉，做好了随机应变的准备，他注视着她的眼睛。*我应该相信她吗？*

她用强壮的手指摸了摸裹着孩子的毯子，眼睛盯着门泰特，但她还没来得及把孩子抢到自己手里，德伏就哑着嗓子低声说道："我知道你的秘密，女巫。我也知道这个孩子的身份。我知道杰西卡到底是谁。"

莫希阿姆僵住了，就好像她对自己用了言音一般。

"那个小婊子知道她是弗拉基米尔·哈克南男爵的女儿吗？"他看到莫希阿姆因为自己这番话露出了震惊的表情，于是加快了语速，因为他现在终于清楚自己的推断是正确的了，"还有，杰西卡知道她其实是你的女儿吗——或者你们女巫经常把这种事对你们的孩子保密，然后随意把她们当成某种基因计划中的试验品？"

莫希阿姆并不回答，一把将婴儿从他手中抢了去。变态门泰特向后退了几步，高昂着头说道："在你对我下手之前，先听我说。我一知晓这些事情，就立刻把所有线索都汇编成文件，然后藏了起来，一旦我出了什么事，这些文件会自动发送给哈克南男爵和兰兹拉德各大家族。一旦雷托·厄崔迪公爵知道他那美丽的小情人是他死敌的女儿，你不觉得事情会变得很有趣吗？"

在橘红色的灯光照耀下，莫希阿姆把襁褓里的婴儿放进了一个天鹅绒内衬的壁龛里，就在一个弓箭比赛奖杯的旁边。

他滔滔不绝地说着，一心想要说服她："我确实复印了这些文件，而且把它们藏在了不同的地方。一旦我被杀了，你无法阻止这些信息传播出去。"说完，德伏满怀信心地向着门口和他规划好的逃跑路径迈出了一步，"你不敢伤害我的，女巫。"

等孩子安全后，莫希阿姆这才转过身来面对着他，说道："如果真如你所说的，门泰特……那么我必须让你活下去。”

德伏如释重负地长出了一口气，这些女巫果然不敢冒真相泄露的风险。哪怕他有百分之一不像是在虚张声势，也足以拖住她，让自己成功溜掉。

突然，莫希阿姆像一只受伤的豹子那样冲向了他。她挥舞着胳膊拳打脚踢。德伏踉跄着后退，试图保护自己，他举着胳膊，挡住了她踢出的迅猛无比的一脚。

他的手腕立刻就被踢断了，德伏迅速调整了呼吸，凭意念忍住疼痛，又举起另一只手臂。莫希阿姆再次扑向他，他现在根本无法反击——甚至无法看到——她的每一次猛击、踢腿和挥砍。

莫希阿姆狠狠踢在了他的肚子上，紧接着又一拳打在他的胸骨上。他觉得自己的肋骨断裂了，内脏也随之破裂。他想对她破口大骂，但嘴里却只能喷出大口的鲜血，嘴唇变得比被纱芙汁染过的还要红亮。

他对着莫希阿姆踢出了一脚，试图踢碎她的膝盖骨，但莫希阿姆迅速闪到一边。德伏再次举起他那只完好无损的手臂，挡住了一击，但只换来了又一次手腕骨折。

他放弃了战斗，想要转身逃跑，径直向门口猛扑了过去。但莫希阿姆抢先堵在了门口。她抬腿就是一脚，只见一道模糊的寒光，莫希阿姆高高的鞋跟直直地刺进了他的喉咙。这一脚其实把门泰特的脖子直接踢断了，皮特·德伏像一根断了的柴火棍那样倒在地板上死了，脸上是无比惊诧的神情。

莫希阿姆一动不动地站在原地，大口喘着气。过了一会儿，等她恢复了，莫希阿姆才转过身去把获救的孩子抱了起来。

在走出奖杯陈列室之前，她看了看地板上那具七扭八歪的尸体，脸上掠过一阵冷笑，这感觉让她很愉快，但她很快把这感觉抛之脑后。莫希阿姆朝着门泰特的脸上啐了一口唾沫，不禁回想起自己在被男爵强奸时，他是如何在一旁斜睨着她的。

莫希阿姆知道德伏根本没有什么秘密文件。什么文件也没有。他知晓的一切秘密都随着他的死亡一起消失了。

“永远不要对一个真言师撒谎。”莫希阿姆喃喃地说。

皇帝最轻微的厌恶之情总会传递给身边侍奉他的人，并被他们放大成为一种愤怒。

——至尊霸撒苏姆·加隆，萨多卡帝国军团指挥官

在沙达姆刚准备命令他的萨多卡舰队摧毁厄拉科斯时，公会就接通了他的私人通信频道，要求澄清和解释。

皇帝站在旗舰的指挥舰桥上，不打算给他们想要的答复，甚至根本不打算为自己的行动找一个正当的理由。公会，甚至整个帝国，很快就会收到自己真正的答复了。

在他身旁，至尊霸撒加隆站在控制台前，收到了舰队指挥官们的报告。“武器都已经准备好了，陛下。”他低头看了看屏幕，又看了看皇帝，皇帝正等着他呢。这位饱经风霜的老兵的脸上露出了一抹冷血的表情，“正等待您下达开火命令。”

为什么我的臣民不能都像他一样这么听话呢？

公会大使在多次被皇帝无视之后，干脆将一个索利多全息影像传输到了旗舰的舰桥上。这位大使焦急地说道：“沙达姆皇帝，我们坚决要求您停止攻击行为。这样做没有任何好处。”

沙达姆勃然大怒，宇航公会竟然能随意穿透他的安全防火墙，他对着全息影像吼道：“你是什么东西，胆敢决定帝国的军事目标？我才是皇帝。”

“而我代表宇航公会。”大使答道，好像这两个头衔其实处于平等地位似的。

“宇航公会没权管法律和正义的事儿。我们已经宣布了我们的裁决。男爵有罪，而我们将予以惩罚。”说着沙达姆转向苏姆·加隆，“下达命令吧，至尊霸撒。立即对厄拉科斯进行全面轰炸。毁灭这颗星球上的所有生物。”

在红墙穴地那清凉干燥的隧道外的一个岩架上，男孩列特－芝醒了过来，显得焦躁不安。他今年只有四岁，从他一直躺着的垫子上滚下来，环顾四周。今晚的天气很温暖，连一丝微风都没有。他的母亲法罗拉很少让孩子们睡在外面，但是她和其他几个弗雷曼人今晚要在黑暗中工作，就在这块开阔的岩石上。

列特－芝看到很多模糊的身影在寂静的黑暗中移动——那是沙漠人在忙碌，他们动作敏捷，不会制造一点不必要的噪音。在没有月亮的星夜里，他的妈妈和她的同伴们打开了一个个关着密波蝙蝠的小笼子，让它们飞得又高又远，去给其他穴地送信息。

在这些弗雷曼人身后，有一道大门将水汽保存下来，里面就是隐藏的穴地了。穴地里有一些区域被划分为了生产车间——里面全是用于编织香料纤维的织机、蒸馏服组装台、塑料模压机等等。而那些机器现在都沉默着。

法罗拉用那双早已习惯了黑暗的眼睛看了看列特－芝，看到她的儿子安然无恙，这才放下心来。她把手伸进笼子里摸到了另一只小黑蝙蝠，她能听到它的翅膀拍打笼子的声音。她把这只小家伙轻轻捧在手心里，抚摸着它小小的身体上毛茸茸的毛。

突然，两个弗雷曼女人发出一声惊叫，用手指着天空。法罗拉连忙抬头看，结果还没等准备好就一不小心放走了那只蝙蝠。它扑打着黑色的翅膀，一头扎进夜空中去捕食昆虫了。

在众人的头顶上，列特－芝看到了一道蓝光，炽热且明亮，在星星的映衬下距离他们越来越近。飞船！巨大的飞船。

他的母亲一把抓住男孩的肩膀，连同立刻打开了门封的其他弗雷曼女人，拼命跑了进去，希望山体能提供一点安全防护。

被困在迦太格要塞里的哈克南男爵终于意识到自己厄运将至。而且自己对此无能为力。他现在失去了通信，没有了宇宙飞船，甚至没有短程车辆。更没有任何防御。

他把家具都砸烂了，把身边的助手都威胁了一遍，但仍无济于事。他现在只能对着天空独自怒吼："去死吧沙达姆！"但帝国旗舰无疑听不到他的吼声。

他曾不情愿地希望能为那个疯狂的宇联商会审计员所发现的数据错误支付巨额罚款。而如果对他的指控太过严重，哈克南家族很可能会失去在厄拉科斯的西瑞达封地，以及对香料采集业务的专属权。再过分一些，沙达姆甚至——当然不大可能——会下令立即处决男爵，作为给兰兹拉德贵族们上的另一"课"。

但他从没想过沙达姆会这么做！如果头顶上那些战舰一齐开火，那么厄拉科斯就会变成一块烧焦的岩石。美琅脂是一种有机物质，只有在厄拉科斯这个神秘、独特的环境中才能产生，肯定无法在这样一场全球大火中幸存下来。如果皇帝真的这么做了，那么任何人都不会再对厄拉科斯感兴趣，就连远航机都不会再来了。天呐，到时候根本就没有远航机了，它们哪儿也去不了了！整个帝国都依赖着香料。这毫无道理啊。沙达姆一定是在虚张声势。

但哈克南公爵忽然想起了札诺瓦那一片焦黑的城市，知道皇帝有能力实现他的威胁。而且他对沙达姆摧毁李芝实验卫星站的做法也同样感到震惊，而且他毫不怀疑，比卡尔的植物瘟疫就是沙达姆一手策划的。

这个人难道疯了吗？毫无疑问是这样。

由于他的通信系统已经被摧毁，所以男爵甚至没机会哀求他保全自己的性命。他也无法把责任推到拉班身上，现在皮特·德伏还远在凯坦，也许是正在忙着享受呢。

弗拉基米尔·哈克南男爵现在完全是独自一人面对着皇帝的滔天怒火。

“住手！”公会大使的大嗓门被放大了一个数量级。至尊霸撒一下子犹豫了起来。“我不知道你在玩什么把戏，沙达姆。”公会大使双眼被气得通红，恶狠狠地瞪着皇帝。“就为了抚平你那可怜的自尊心，你就打算破坏美琅脂生产吗？你不敢的。香料必须源源不断。”

沙达姆抽了抽鼻子，说道：“那么，也许你们需要制定一些财政紧缩措施了。除非你们停止这种公然反抗帝国的行为，否则我也会对宇航公会采取惩罚措施。”

“你在虚张声势。”

“是吗？”沙达姆从他的指挥椅上站了起来，怒视着面前的全息影像。

“我们并不觉得好笑。”在厄拉科斯上空密集的远航机上，那些吓坏了的公会代表们一定在抱头鼠窜。

皇帝平静地转向加隆，咆哮道：“至尊霸撒，我已经给你下完命令了。”

那位公会大使的全息影像晃动了几下，仿佛是因为震惊和怀疑：“你所走的这条路，是任何统治者——不管是不是皇帝——都无权走的。因此，我们决定取消你所有的运输服务。你和你的舰队现在回不去了。”

沙达姆忽然觉得浑身一激灵：“你们绝对不敢的，在你听完了我下面要说的话之后——”

但大使直接切断了通信联系：“我们现在通知你，帕迪沙皇帝沙达姆四世，你现在被困在这里了，你只是一片废土上的国王，而你的军队则无处可去，也不再有什么可以战斗的了。”

“你通知个屁！我可是——”他张大了嘴巴，怔住了，因为大使的全息影像已经消失了，通信系统里一片静电的声音。

“所有通信都已被切断，陛下。”加隆报告。

“但我还有话要对他们说啊！”沙达姆一直在等待宣布奥马尔的时机，以便自己最终占得上风，“立刻重建联系。”

“陛下，我在想办法，可是他们把通信频道全都锁死了。”

沙达姆忽然看到他们头顶上的一艘远航机冲入折叠空间，消失在了太空里。皇帝不由得开始冒汗，礼服都被浸湿了。

这是他没有预料到的一手。如果他们切断了通信，他怎么能做出承诺或发出最后通牒呢？没有办法发送这些信息，他又怎么能赢回他们的合作呢？他该如何告诉他们奥马尔的事情呢？如果宇航公会决定将他困在厄拉科斯，那么他的胜利将毫无意义。

宇航公会可以很轻松地用这种方式将他放逐，然后再说服兰兹拉德联合会集结起一支军队来对付他。他们很乐意让别人登上金狮宝座的。毕竟，科瑞诺家族现在只有女性继承人。

在屏幕上，第二艘远航机消失了，接着是剩下的三艘。现在沙达姆的头顶上只剩下一片虚无。

近乎绝望的沙达姆感觉到形势正在走向完全的失控。他现在离凯坦星非常远。即使萨多卡军团的技术人员能够临时找到一种简易的穿越太空的方法，他和他的部队也要几个世纪才能回到家园。

至尊霸撒加隆的表情也变得异常严肃：“我们的军队仍在准备开

火，陛下。我该吩咐他们退下吗？”

如果他们都被困在了这里，那么这些焦躁的萨多卡士兵用不了多久就会联合起来发动叛乱吧？

沙达姆对着早已没有了公会大使影像的通信系统怒吼道：“我是你们的皇帝！我一个人决定帝国的政策！”

什么回应也没有。通信器那头根本就没有人在听。

天下大势，合久必分，分久必合。

——帕迪沙皇帝伊德里斯一世，兰兹拉德档案

伊克斯上方的天空现在闪耀着夺目的光芒，这是折叠空间被打开时的壮观景象，一支由一百多艘宇航公会远航机组成的舰队出现了，它们来自帝国各地，其中也包括沙达姆带到厄拉科斯的那五艘远航机。

雄伟的飞船遮天蔽日，阴影笼罩了伊克斯的森林、河流和崎岖的峡谷。地下战场散发出来的烟雾从紧急净化管道里袅袅升起。对于天空中那些巨大的远航机来说，这是一个可以称之为家的地方，因为每一艘飞船都是在这里诞生的，而且其中大多数都是在维尔纽斯家族的监督下建造的。

在地下城市里，那些最终幸存下来的萨多卡士兵都是队伍里最强大的战士，他们背靠背，在岩洞中心地带坚守着最后的防线，没有任何投降的打算。这些疯狂的帝国士兵注定会让厄崔迪部队付出惨痛的代价。

被俘的哈什米尔·芬伦伯爵被厄崔迪的卫兵押了上来，但他看上去得意扬扬，似乎觉得他还控制着局势：“我是一名受害者，我向你

们保证，嗯-嗯-嗯？作为帝国香料大臣，是皇帝亲自派我到这里来的。我们听到了有关这里正在进行非法实验的传言，而当我发现了很多证据时，那位研究大师阿吉迪卡便想杀了我。”

“我相信这就是你如此热情地欢迎我们的原因吧。”邓肯戏谑道，同时举起了老公爵那把已经有了缺口的宝剑。

“我当时吓坏了，嗯-嗯-嗯？全帝国都知道雷托公爵手下的士兵非常冷酷无情。”一听到他这么说，邓肯的手下都狠狠瞪着伯爵，好像打算亲自把特莱拉的实验仪器用在芬伦身上似的。

邓肯还没来得及回答，他的耳边就传来了一个信号。他用手指按下收发机，聆听着里面的消息。很快，邓肯便睁大了眼睛。他对芬伦笑了笑，没说什么，然后转向隆博说道：“宇航公会来了，王子。现在伊克斯的轨道上停着很多远航机。”

“他们收到克泰尔的消息了！”隆博王子高兴地说道，“他们听到他了！”

还没等芬伦再编出一个谎言，洞窟里就开始隆隆作响，仿佛雷鸣，整个大地都在颤抖。

在萨多卡士兵最后坚守的阵地前的开阔地上，空气忽然被拉伸和撕裂。巨大的远航机凭空出现了。

空气动势的突变产生了像暴风雨一般的超压波，穿过了巨大的洞穴，把人们向后推去，纷纷抵在石墙上。这艘巨大的飞船毫无预兆地出现在那里，悬浮在半空，离地面只有不到两米高，这艘远航机还把它正下方的那些萨多卡士兵轰成了碎片，剩下的士兵四散奔逃，这最后一批帝国士兵现在只能束手就擒了。

对隆博来说，这一幕唤起了他多年前的一些回忆，当时他和年轻的雷托，还有皮尔鲁孪生兄弟、凯莉娅，一起观看了新建成的多米尼克级远航机的首飞仪式。领航员只是简单地折叠了空间，然后便驾驶着飞船离开了伊克斯的地下机库，飞入了太空。

刚才的情况则正好相反。毫无疑问，这艘远航机是由一位极具才能的舵手领航的，他非常精确地驾驶着这艘飞船，凭借他的才能，他可以把它精确地引向星球地壳内任意一个位置。

在这艘令人敬畏的巨型远航机抵达后，洞穴里一片寂静。零散的抵抗终于平息了，甚至那些粗鲁的次人也停止了叫喊和破坏。

然后，宇航公会征用了洞穴的空中扬声器，很快一个低沉的声音便轰鸣而出，不带任何质疑地说道："宇航公会庆祝隆博·维尔纽斯王子在伊克斯取得的胜利。我们对机械生产和技术创新能够恢复正常表示欢迎。"

隆博就站在哥尼和邓肯的旁边，抬头看着这艘巨大的飞船，似乎不敢相信自己刚才听到的那些话。这一切他等得太久了，似乎花费了他的一生。特希雅也会在这里找到自己的位置。

哈什米尔·芬伦伯爵脸上那扬扬自得的神情终于消失不见。现在，这位狡猾的香料大臣看上去像是完全被挫败了。

残忍必然繁衍出残忍。爱也必然产生爱。

——阿妮鲁尔·科瑞诺夫人，日记条目

一名死去的卫兵就躺在另一处较低的宫殿走廊里，他的军服被身上的刀伤所浸出的鲜血染红了。

雷托公爵把处理这名受害者的事留给身后的人，自己径直跳过被杀的士兵，继续拼命向前跑去，因为他清楚，自己现在离绑架他儿子的人已经越来越近了。他踩过地板上的血污，留下了一连串的红色脚印。雷托从腰带上抽出那把装饰着宝石的礼仪匕首，打定主意不会放过那名绑匪。

在公主们的书房和游乐区的一个房间里，他又发现了一具尸体：一个贝尼·杰瑟里特女巫倒在了地上。就在他试图辨别她的身份时，他身边的两名萨多卡士兵同时发出了一声惊呼。雷托也顿时吓得屏住了呼吸。

那竟然是阿妮鲁尔夫人，沙达姆四世的妻子。

莫希阿姆圣母这时出现在了门口，她穿着一身黑色的长袍。她看了看自己的手指，又低头看了看死者蜡一样的脸庞，说道："我来得太晚了。我没能救下她……我什么也没来得及做。"

伴随着靴子和武器的碰撞声，雷托身后的士兵们纷纷散开，搜查附近的房间。雷托睁大了眼睛，马上开始怀疑是不是莫希阿姆谋杀了皇帝的妻子。

莫希阿姆那双鸟一样的眼睛掠过他们的脸，看出他们的疑惑。“当然不是我杀的她，”她坚定地说道，当然用了一点言音的力量，“另外雷托，你的儿子现在安全了。”

雷托立刻望向房间的另一边，然后一眼看到了正裹在毯子里，躺在垫子上的婴儿。公爵踉跄着走上前，觉得自己双膝发软，对自己的犹豫感到一丝惊讶。只见毯子里的新生儿小脸通红，很是警觉。他有着几缕像雷托一样的黑发，下巴则让人想起杰西卡。“这就是我的儿子吗？”

“是的，一个儿子，”莫希阿姆用一种平淡而又略带苦涩的语气回答道，“正是你想要的。”

他不明白她的语气的意思，但也顾不上了。他很庆幸孩子平安无事。雷托上前抱起婴儿，把他紧紧地搂在怀里，一下子想起自己当年就是这么抱着维克多的。*我又有一个儿子了！*那孩子明亮的眼睛也睁得大大的。

“抱住他的头。”莫希阿姆伸出手，调整了一下雷托怀抱的姿势。

“我知道该怎么抱孩子。”他想起凯莉娅曾在维克多出生后对他说过类似的话。一想到这儿，他的心里就一阵阵难受：“绑匪到底是谁？你看到他了吗？”

“没有，”莫希阿姆毫不犹豫地回答，“他逃跑了。”

雷托盯着圣母看了看，然后怀疑地问道：“我的儿子怎么到这儿来的，绑匪为什么丢下他自己逃走了呢？你是怎么找到这孩子的？”

穿长袍的圣母突然显得不耐烦起来：“我是在这地板上发现的你的孩子，他就躺在阿妮鲁尔夫人的尸体旁边。你看到她的手了吗？我不得不把她的手指从裹着孩子的毯子上撬开。我也不清楚她是怎么救的他。”

雷托看着她，还是不大相信。他注意到毯子上没有血迹，婴儿身上也没有伤痕。

一名萨多卡士兵走上前来敬礼道：“抱歉打断您一下，大人。我们已经找到了伊勒琅公主，她没有受伤。”说着他指着隔壁的自习室，一名卫兵正守在那个年仅十一岁的女孩身旁。

那名卫兵笨拙地试图安慰伊勒琅。公主今天穿了一件棕色和白色相间的锦缎上衣，长袖上有着科瑞诺徽章，她显然受到了惊吓，但面对这场悲剧，她似乎比那名卫兵还要冷静。伊勒琅看到了多少？公主正带着一种难以理解的、宽容的、贝尼·杰瑟里特的表情望着莫希阿姆圣母，仿佛她们两人正在分享一个姐妹会的该死的秘密。

她那张年轻美丽的脸庞上仿佛戴着一张僵硬的面具，伊勒琅走了过来，无视着卫兵，说道：“是一个男人。他穿着萨多卡军服，还化了装。他杀了我母亲后逃跑了。我看不清他的容貌。”

雷托钦佩地看向皇帝的女儿，她就那么一动不动地站在那里，仿佛是她父亲众多雕像里的一座。他觉得她表现出了一种非凡的镇定和冷静。尽管明显感到震惊和悲伤，但伊勒琅公主还是很好控制了自己。

伊勒琅低头盯着母亲的遗体，一名卫兵已经用灰色的斗篷盖住了她的遗体。姑娘那双明亮的绿眼睛里没有一滴泪水，她那张古典端庄的脸庞简直就像是雪花石膏雕刻而成的。

他很了解伊勒琅此刻的感受，当年他的父亲也是这样教导他的。*只有在没有人能看到你的时候，才能独自悲伤。*

伊勒琅的目光和莫希阿姆的目光心照不宣地交汇在一起。公主知道的肯定不止她说的那些，但她和老圣母都选择瞒着雷托。他可能永远也不会知道真相了。

“一定能抓到他的。”公爵发誓道，把儿子搂得更紧了。卫兵们则冲着通信器喊了几句，然后继续在宫殿里搜查。

莫希阿姆看了看雷托。“阿妮鲁尔夫人为了救你的儿子献出了自己的生命。”她露出了痛苦、愤懑的表情。“好好抚养你的孩子去吧，厄崔迪公爵。”说着她伸手摸了摸裹着男婴的毯子，把他往雷托的胸前推了推，“我相信沙达姆不看到杀害他妻子的人受到惩罚是不会善罢甘休的。”她向后退了几步，仿佛是在把他打发走。“去看看你的杰西卡吧。”

雷托很不情愿，仍有些怀疑，但他知道自己现在最应该关注的是什么，于是骄傲地把婴儿抱出了房间，走向产房，杰西卡还在那里等他。

伊勒琅目不转睛地看着莫希阿姆，两人之间甚至连一个手势都没有就能如此默契。包括莫希阿姆在内，没人知道公主当时就藏在一扇微微打开的门后，眼看着她的母亲为了这个婴儿牺牲了自己。让她感到惊奇的是，一个如此强大而冷漠的女人竟这般重视这个由一名侍妾所生的厄崔迪家的孩子。其原因究竟是什么呢？

为什么这个孩子如此特别？

在过去，战争消灭了人类中的佼佼者。所以我们的目标应该是限制军事冲突，使其永远不会发生。毕竟从历史上看，战争并没有改进人类这个物种。

——至尊霸撒苏姆·加隆，《机密回忆录》

尽管今天最终取得了一个重大的胜利，但隆博·维尔纽斯王子清楚，为了实现伊克斯社会的彻底重组，自己仍需进行多年的斗争。但他能胜任这项工作。

“我们会派出最好的调查人员和法医专家，”邓肯一边说，一边看着仍在冒烟的实验室残骸，“通风稍微改善了里面的空气质量，但我们现在还是不能进入研究馆。等大火彻底熄灭后，他们会把里面翻个底朝天，一定能找到证据的。我们必须找到证据，如果运气好，就能把芬伦伯爵和皇帝绳之以法了。”

隆博摇了摇头，举起一只机械手臂，看着破烂不堪的手腕残骸：“即使我们在伊克斯取得了完全的胜利，沙达姆也会找到一些方法来摆脱他的罪责。而且如果他在这里真有不少利益，那么他就会试图操纵兰兹拉德来对付我们。”

邓肯指了指躺在四周的死尸，以及那些身着白色制服的急救人员，说道：“看看吧，有多少帝国士兵在这里被杀了。你觉得沙达姆可以一笔带过吗？他一定会想办法编造谎言来掩盖此事，为萨多卡军团出现在伊克斯找借口，然后再指控我们叛国。”

“我们只做那些我们必须要做的事，没必要找证据指控他。”隆博坚定地摇着头说。

“尽管如此，厄崔迪家族也已经对皇帝的士兵采取了军事行动，”哥尼说道，“除非我们能找到一些证据来指控他，否则卡拉丹可能会被没收。”

沙达姆现在对厄拉科斯完全束手无策了，对自己的宏大计划被毁掉而感到极其愤怒，他觉得自己在整个萨多卡军团面前被羞辱了，他必须要下一道对他来说有史以来最艰难的命令。只见沙达姆咬紧牙关，紧绷嘴唇，最后把头转向了老苏姆·加隆。

“让舰队撤退吧。”他深吸了一口气，缩了缩鼻孔。“我撤销开火命令。”

当帝国战舰驶离地面，进入更高的轨道时，他看着舰桥上的军官开始四处寻找解决办法。虽然这些萨多卡军人一个个面无表情，但沙达姆看得出他们都在内心深处把现在的困境归咎于他。假如他现在躲到这个沙漠星球的地表上去，那么就连男爵哈克南都会对他表示出蔑视。

我正成为整个帝国的笑柄。

在一阵令人不安的沉默之后，他厉声打断了军官们的追问：“等我的进一步命令。”

于是，他们干巴巴地等了一整天。

厄拉科斯上的所有通信系统仍都无法正常运行。虽然萨多卡舰队之间可以使用舰对舰发射机，但只限于和自己人通话。他们真的是被困住了。

沙达姆把自己锁在自己的小屋里，无法相信宇航公会竟然会如此对待自己。他真盼着公会舰队能马上回来，最起码他们能看到他们的皇帝现在有多么懊悔。

但随着时间流逝，他的希望开始破灭。

最后，当他确信萨多卡军官正在策划一场政变时，一艘远航机忽然出现在众人面前，就在挤成一团的帝国舰队上方。

沙达姆不得不拼命克制住自己，才没有对着这艘飞船破口大骂，也没有哀求公会把他送回凯坦。他脑子里出现的每一种辩解或争论听起来都幼稚且无力。所以这次沙达姆决定让公会先发言，提出他们的要求，同时希望自己能容忍他们的要求。

运航机底部的货舱舱门打开，但只有一艘飞船从里面飞了出来。与此同时，沙达姆所在旗舰的通信系统收到了一条信息："我们已经派出穿梭机去接皇帝。我们的代表将带他回到远航机，我们之间的讨论将会继续。"

沙达姆很想再次怒斥那名公会大使，坚持没人能对皇帝呼来喝去的，即使是宇航公会也不行。然而这位受尽了羞辱的统治者最终选择了忍气吞声，尽力维持着皇室的风度："我们会等着穿梭机。"

在穿梭机到达之前，皇帝有足够的时间换上他那件正式的红金色长袍，并且在短时间内把他能找到的所有勋章和徽章都戴上了。他站在停机坪上迎接穿梭机，他觉得自己的帝王风范一定会让所有人都为之震颤。但沙达姆忽然不安起来，他想到了早已被人们遗忘的糟糕的曼迪亚斯①，他那尘封已久的坟墓仍藏在帝国的大墓园里。

沙达姆看到一个人从公会穿梭机里走了出来，向他打着手势，竟然是哈什米尔·芬伦！他呆住了。芬伦伯爵的表情似乎是在提醒他现

①糟糕的曼迪亚斯是一位骄横、残暴的年轻帕迪沙皇帝，他在很年轻的时候就神秘死去了，木乃伊化了的尸体被陈列在皇家大墓园里。在第八十一任帕迪沙皇帝沙达姆·科瑞诺四世年轻的时候，他曾和自己的好友哈什米尔·芬伦偷偷潜入大墓园，无意间看到了曼迪亚斯的尸体。

在一句话也不要说。至尊霸撒加隆就站在皇帝身边，似乎把自己当做了皇帝的私人保镖，准备陪同沙达姆一起登机。但芬伦却示意这位老兵回去：“这是一次私人会谈。我看看我能做些什么来说服皇帝和公会吧，嗯-嗯-嗯-嗯?”

沙达姆窝着一肚子的火，感到无比尴尬，他很清楚最糟糕的情况还没出现……

当穿梭机再次起飞，两人坐在舒适的椅子上，透过巨大的舷窗凝视布满星辰的宇宙。一万年以来，科瑞诺家族统治着这片广袤的太空。在他们身下，厄拉科斯这颗布满疤痕的褐色星球显得是那样的枯燥和丑陋，就像是帝国珠宝中的一颗毒瘤。

沙达姆觉得他们在船上的谈话一定会被公会间谍偷录下来。芬伦也清楚这一点，所以彼此之间使用了一种暗语，这种暗语是两个人小时候发明的一种独特语言。“陛下，伊克斯上的一切都变成了灾难。当然我看你在这儿的结果也不怎么样，”芬伦抚摸下巴，若有所思地说道，“阿吉迪卡斯骗了我们……就像我曾经推测的那样，嗯-嗯-嗯?”

“奥马尔呢？我可是亲自尝过的！所有报告都告诉我它是完美的——从研究大师到我的萨多卡军团指挥官，甚至也包括你!”

“对你说这个的人是个变脸者，陛下，不是我本人。奥马尔项目算是彻底失败了。正是测试样品导致了最近的两次远航机事故。我亲眼看到特莱拉研究大师死于过量服用该物质而导致的休克。嗯-嗯-嗯。”

沙达姆不由自主地往后一仰，吓得脸上血色全无：“我的天呐，我差点就把厄拉科斯给毁了!”

“奥马尔也毒害了你在伊克斯上的萨多卡军团，让他们失去了抵抗厄崔迪家族进攻的能力。”

“厄崔迪！在伊克斯？怎么回事——”

“你的那位表亲雷托公爵动用他的军队打下了大王宫，然后还给了隆博·维尔纽斯。特莱拉——还有你的萨多卡军团——已经完全被推翻了。好在我尽可能地摧毁了我们所有的研究和生产设施。现在没有证据表明科瑞诺家族牵扯进去。”

沙达姆憋得脸色发紫，无法理解他这次彻底的失败：“希望如此吧。”

“顺便说一下，你必须通知你的至尊霸撒，他的儿子在战斗中被杀了。”

“真是坏事连连啊，”长着一张鹰脸的皇帝现在看起来憔悴而疲惫，不住地呻吟道，“所以压根就没有什么香料替代品？什么也没有么？”

“嗯，没有。根本不可能。”

皇帝靠在椅子上，看着远航机在他们面前变得越来越大。

芬伦表现出明显的厌恶之情，说道：“如果你真的蠢到摧毁了厄拉科斯，你不但会终结你的统治，也会终结整个帝国。你会把我们扔回到圣战前的太空旅行时代。”芬伦伸出一根手指，用明显带着责备的语气说道：“我已经多次警告过你了，在没有和我商量之前不要做出如此重大的决定。那会导致你的垮台。”

就像鲸鱼吞下了一只小小的磷虾那样，远航机吞下了这艘穿梭机。没有一名公会代表前来接待帕迪沙皇帝，也没有专人负责护送他离开穿梭机。

他和芬伦单独坐在那里，等着公会和他们联系时，领航员启动了远航机的霍尔茨曼引擎，进入了折叠空间，把这个名誉扫地的统治者带回凯坦，在那里他将会为自己的所作所为付出代价。

复仇可能会通过复杂的计划或是直接的攻击来实现。但在某些情况下，复仇只能通过等待才能实现。

——多米尼克·维尔纽斯伯爵，《变节者的日记》

几周之后，沙达姆·科瑞诺四世回到了凯坦星，内心充满愤怒。尤其是在看到那个私生子泰洛斯·瑞法的演讲之后，他忍不住低声咒骂起来。

在皇帝私人办公室那扇紧闭的大门背后，卡马尔·皮尔鲁等待着沙达姆给出评论。这位伊克斯的大使虽然已经看过这场演说很多次了，但每次都能让他心跳不止。

但沙达姆的表现却依然冷漠："我看我在处决他之前，把他那该死的嘴巴封住是对的。"

一回到皇宫，帕迪沙皇帝就把自己封闭了起来。在皇宫外面，萨多卡卫兵试图维持秩序，因为无数人前来向他示威。一些人直接要求沙达姆退位，如果他有一个可以接受的男性继承人，这也不失为一种可行的解决方案。事实上，他那十一岁的女儿伊勒琅已经收到了许多来自权势家族领袖的求婚。

但沙达姆却一心只想杀死所有的求婚者……也许还有他的女儿们。至少他的妻子现在不会再来烦他了。

在经历了无数次军事上令人难堪的失败之后，就连一向忠诚的萨多卡军团也开始对他感到不满了，比如至尊霸撒苏姆·加隆就提出了正式投诉。加隆的儿子死于伊克斯大溃败，但在老霸撒看来，更糟的是帝国的士兵被人出卖了。这不是一次失败，而是一次背叛。对他而言，这是一个重要的区别，因为萨多卡军团在他们悠久的历史中从未尝过失败的滋味。加隆要求正式将这一污点从军团的记录中抹去。他同时还希望死去的儿子能得到嘉奖。

沙达姆不知道该如何处理这一切。

要是在平时，他是决不会匀给这个可悲的、现在变得有些自以为是的伊克斯外交官一丁点时间的。但皮尔鲁大使仍然有着不少该死的社会关系，并且因为隆博获得的胜利而风头正劲。

遭受了这么多年的残酷对待和冷漠无视，皮尔鲁现在终于恢复了自信，他把坚硬的利读联晶纸扔在紧锁眉头的沙达姆面前：“非常不幸的是，陛下，您没机会对泰洛斯·瑞法进行彻底的基因分析了，哪怕只是为了反驳他声称自己也是科瑞诺家族成员的说法。许多兰兹拉德联合会的成员，甚至包括许多帝国贵族都对此表示怀疑。”

他敲了敲联晶纸，上面全是沙达姆无法理解的数据。几十年来，皮尔鲁一直被人忽视、侮辱和排斥，但现在一切都不一样了。他必须确保皇帝会向伊克斯人民支付赔款，并且不会阻挠维尔纽斯家族恢复统治。

“但幸运的是，我从瑞法的牢房里获取了一些基因样本，”皮尔鲁笑了起来，“正如你现在所看到的，这是不容置疑的基因证据，证明泰洛斯·瑞法确实是国王埃尔鲁德九世的儿子。你签署了你亲兄弟的死刑令。”

“同父异母的兄弟。”沙达姆厉声说。

“我可以很容易地安排人把他的录音和这些测试结果悄悄分发给兰兹拉德联合会的成员，陛下，”皮尔鲁大使举起利读联晶纸说道，“我觉得你这位同父异母兄弟的遭遇很快就会公之于众了。”

当然，皮尔鲁已经从测试结果中删除了有关瑞法母亲身份的所有细节。没人需要知道那个私生子和早已死去的珊多·维尔纽斯夫人的关系。隆博已经知道了这个秘密，这就足够了。

“你的威胁也太明显了，大使。”沙达姆虽然被笼罩在一片失败的阴云之中，但眼中仿佛仍燃烧着一团火焰。“好吧，你想让我为你做些什么呢?”

当沙达姆在他的私人接待室等待辩论和程序开始时，他总算得到了片刻的安宁。现在他终于明白为什么他的父亲会喝下那么多的香料啤酒了。即使是他那位不幸的同伴芬伦伯爵，现在也无法让他高兴起来，因为他现在背负了太多的政治重压。

然而，皇帝也有办法让他们难受。

芬伦在他身边踱来踱去，坐立不安，浑身上下充满了戾气。除了大门，所有侧门都被封上了，而且这次会议不会有一位观众。甚至连卫兵也奉命在外面的大厅等候。

沙达姆装作热心地安慰道：“他们随时都会来的，别着急，哈什米尔。”

“你这玩笑还是有点……幼稚，嗯-嗯-嗯?”

“但确实好笑，不要假装不同意，”他抽了抽鼻子，“再说，这是做皇帝的特权。”

“那你就尽情开玩笑吧。”芬伦嘟囔着，然后转过身去避开沙达姆的怒视。

两个人现在都在注视着那两扇铜门，这时卫兵缓缓打开了门。萨多卡卫兵推进来一台熟悉的、外形丑陋的机器，屋子里一阵叮当作响，混杂着嘎吱声和咔嗒声。隐藏的刀片在这台怪物内部旋转着，电火花在电路端口噼啪作响。

几年前，特莱拉检察官曾将这个可怕的行刑装置带到了雷托·厄崔迪的没收审判中，希望用它对雷托进行活体解剖，抽干他的血液并切开他的组织，以获取大量的基因样本。沙达姆当时认为这台机器有很大的潜力。

芬伦望着它，噘起嘴唇，沉思着：“这是一台专门用来致残、折磨和施加疼痛的装置。如果你问我的话，沙达姆，它显然是一台拥有人类思维的机器，嗯-嗯-嗯？也许这违反了芭特勒圣战。”

“我不觉得好笑，哈什米尔。”

很快，六名被俘的特莱拉大师被押了进来，他们光着上身，因为人们都清楚这些侏儒喜欢把武器藏在袖子里。这几个人正是最近几个月驻扎在皇宫的贝尼·特莱拉代表，奥马尔计划失败后，他们立刻被逮捕并关押起来。甚至在阿吉迪卡死亡的消息传出来之前，沙达姆就已经下令逮捕他们了。

芬伦自己对这些特莱拉人也可以说是恨之入骨，他怀疑这六个特莱拉人里至少有一个人是变脸者，弄不好就是那个假扮他的变脸者，为了向皇帝谎报人造香料的成功。当时这只是阿吉迪卡的一个拖延战术，目的是不让帝国追究他的责任，以便这位研究大师能够顺利逃脱。但是这计划失败了。

对沙达姆来说，他并没有把面前的俘虏当做个体来看待，事实上，这些侏儒看起来都非常相似。“好吧，”他对他们喊道，“站到你们的机器旁边去。别告诉我你们不知道它的用途？”

被俘的特莱拉大师们一个个耷拉着脑袋，走到那个看起来无比邪恶的装置周围，摆好了队形。

“你们这些特莱拉人给我带来了很多麻烦。我现在面临着我执政期间最大的危机，我觉得你们都应该承担一些责任，”沙达姆盯着他们说道，“你们选一个人出来，让我看看这个装置是如何运作的。演示完毕后，你们其他人就在这里把它拆卸掉。”

卫兵手持工具走上前去。这几个灰皮肤的侏儒互相看了一眼，都沉默不语。最后，其中一个特莱拉人伸手按下机器的电源。这个笨重的装置轰隆一声启动起来，吓了皇帝和卫兵一跳。

芬伦勉强点了点头，觉得这台机器有一半功效其实是来自它那不祥的外表："看来他们在选择方面有困难，嗯-嗯-嗯？"

"我们已经选好了。"其中一个特莱拉人忽然大声宣布。然后六个特莱拉大师一声不响地爬了上去，纷纷跳进了这台机械装置的一个料斗里。他们滚作一团，把自己的身体投进了砍刀、切割机和切片机的怀抱之中。最后，就像是对皇帝开的一个恶意玩笑，他们血肉模糊的肌肉碎片和小骨头一起喷洒在了皇帝和芬伦身上。萨多卡卫兵纷纷逃开了。

沙达姆气急败坏地抓起一件披风擦去身上的血迹。芬伦似乎并没有被吓到，他只是把一块碎肉从眼皮上擦了下去。活体解剖机仍在嘎嘎作响。那几个特莱拉人没发出一声尖叫，也没有一声惨叫传出来。

"我相信我们已经解决变脸者的问题了。"皇帝用一种不太满意的语气宣布道。

真理往往带有改变的内在需求。当真正的变化发生时，最常见的表达方式是悲伤的哭喊："为什么没有人警告我们？"真的，人们只是没有去倾听——或者是听到后没有选择去记住。

——哈里什卡圣母，演讲辑录

经过数周的动荡，不断被揭露出来的阴谋和错综复杂的秘密仍然在冲击着凯坦。剩下的就是要扑灭最后几场大火，评估政治影响，交换利益，索取赔偿了。

雷托·厄崔迪身着老公爵那身正式的红色制服，胸前的徽章闪闪发亮，看上去器宇轩昂。他现在正端坐在演讲大厅中央的一个高台上。这次历史性的会议必将充满责难、审问外加讨价还价。

皇帝沙达姆·科瑞诺独自面对整个大厅。

在雷托旁边的平台上坐着六名公会代表和同等数量的兰兹拉德贵族，包括刚刚恢复地位的隆博王子。各大家族五彩缤纷的旗帜高悬在半空，看上去就像是暴风雨后的彩虹，其中也包括维尔纽斯家族的紫铜色旗帜——它正式取代了在多米尼克·维尔纽斯宣布变节后被取下并公开焚烧的那面旗帜。当然，其中最大的旗帜仍然是悬挂在中间的科瑞诺家族金狮旗，它的两侧分别是宇航公会和宇联商会的波纹方格旗。

贵族们、女士们、首相们和各大家族的大使们都坐在黑色和栗色的豪华座椅上。厄崔迪家族的官方代表团就坐在离雷托不远的地方，包括他的侍妾杰西卡和他们刚出生几个星期的儿子。与他们坐在一起的有哥尼·哈莱克、邓肯·艾达荷、杜菲·哈瓦特和另外几位勇敢的厄崔迪家族军官和士兵。特希雅也在那里，温柔地看着她的丈夫。隆博摆弄了几下他新替换的机械手，这只手是由岳医生刚刚给他修补上的，他当时一边装机械手，一边数落他的病人。

原告席上坐着的是几大遭受了重创的家族，他们来自伊克斯、塔利加里、比卡尔和李芝。李芝的艾因·卡利玛尔总理挺着腰板，用从特莱拉人手里购买的金属眼睛看着整个过程。

贝尼·特莱拉的行为招致了比以往更为广泛的批评，但他们根本没有派出代表。这个曾经大摇大摆走在皇宫里的教团似乎已经人间蒸发了。当然，雷托也不想听到有关他们罪行的长篇大论，虽然他很清楚，这些可恨的侏儒应该最先受到谴责和惩罚。

第一道铃声响起，年迈苍苍的宇联商会董事长站到了讲台前，说道："在这么一个动荡的时期，有些人犯下了许多可怕的错误。而其他的人也几乎如此。"

奇怪的是，哈克南男爵甚至哈克南大使都没有出席这次听证会。在厄拉科斯大溃败之后，显然男爵在出行安排上遇到了一些困难，他那个扭曲的变态门泰特也从宫殿里消失了。而雷托坚信，哈克南家族至少在一定程度上与这场混乱有关。

与此同时，许多敌对的家族都像秃鹫一样聚在了一起，都盯上了厄拉科斯这块大肥肉，希望能饱餐一顿，但雷托觉得哈克南家族应该能保住它的封地——勉强能保住吧。男爵肯定会被要求支付高额的罚金，而且他很可能已经打通各个关节了。

帝国已经发生了足够多的动乱。

只是预审就进行了几个小时，法律门泰特一直在背诵和总结帝国法典。质询和指控都是泛泛而谈。观众们已经开始厌烦了。

最后，隆博被叫上前去。半机械人王子今天穿着全套伊克斯军装，笔直地站在那里，伤痕累累的头上戴着一顶军官帽。他在演讲台上站好位置，把他的机械腿固定好，然后说道：“在对伊克斯进行了多年的压迫之后，特莱拉侵略者已经正式离开了我的世界。我们已经光复了伊克斯。”

代表们纷纷拍手称赞，尽管他们中没有一个人曾对多米尼克·维尔纽斯多年前的求助施以援手。

“我正式请求全面恢复维尔纽斯家族的权利，我们是因为入侵而被迫宣布变节的。如果我们能恢复帝国中的地位，在座的每一个家族都将受益。”

“我附议！”坐在主桌旁的雷托高声喊道。

“皇帝批准了。”沙达姆也大声说道，虽然没有人问他。然后沙达姆看了看皮尔鲁大使，好像他们私底下达成了什么协议似的。没有人提出反对意见，听众们也都大声疾呼赞成，最后众人以鼓掌的方式通过了这项动议。

“就这样了。”宇联商会董事长点了点头道，甚至没去征求不同意见或是展开进一步的讨论。

隆博那张饱经风霜的脸上这才勉强露出了笑容，尽管恢复维尔纽斯家族的地位只是一种形式，毕竟王子永远无法有继承人了。他抬起下巴说道：“在我离开演讲台之前，我觉得有些人理应获得一些勋章。”说着他从讲台上拿起一堆五颜六色的勋章，把它们举到灯光下，然后问道：“你们谁上来一下，帮我把它们别在身上怎么样？”

观众都笑了起来，稍微从紧张和沉闷中得到了一个短暂的喘息机会。

“这只是句玩笑，”隆博的脸色变得严肃起来，“有请雷托·厄崔迪公爵，我忠实的朋友。”雷托在雷鸣般的掌声中走上了演讲台。

厄崔迪代表团的其他成员也跟着他走了上去：邓肯·艾达荷、杜菲·哈瓦特、哥尼·哈莱克，甚至还有抱着孩子的杰西卡。

雷托公爵骄傲地立正站好，满脸容光焕发，隆博庄重地在老公爵的夹克上别上了一枚勋章，那是一块浸在液态水晶中的螺旋形贵重金属。然后隆博又向厄崔迪军官以及无比忠诚的卡马尔·皮尔鲁大使颁发了类似的勋章。大使还因为他英勇的儿子克泰尔·皮尔鲁以及迷失方向却将所有乘客带回安全地带的领航员德默尔获得了额外的追授奖章。最后，隆博取下最后一枚勋章，困惑地看着它，问道："我忘了什么人吗?"

雷托一把抢过那枚闪闪发光的勋章，把它别在了隆博的胸前。然后，在一片雷鸣般的欢呼声中，两位好友拥抱在了一起。

雷托站在演讲台上俯视着皇帝。在帝国的漫长历史中，没有任何一位统治者遭受过如此可耻的失败。他想知道沙达姆是如何生存下来的，但是没有明确的答案。但在经历了数千年之后，即使是皇帝的政治对手现在也无法随意动摇帝国的根基，而且目前也没有任何派系得到其他人明确的支持。雷托不知道这次听证会究竟能有一个什么样的结果。

最后，沙达姆四世被要求起身为自己辩护。兰兹拉德演讲大厅里立刻充满了不安的窃窃私语。宫廷内侍里东多马上指挥吹奏了一曲帝国进行曲，以掩盖众人的喧闹声。

这位已知宇宙的皇帝昂首挺胸地站了起来，但没有走上演讲台。他用嘶哑的声音（可能是因为连日来一直在对他的幕僚大喊大叫）发表了一篇措辞严肃的演讲，先是指责特莱拉人和他自己的父亲合力启动了这个注定没有好结果的人造香料项目："我不知道埃尔鲁德九世为什么要和这些卑鄙的侏儒联合，但当时他已经老了。你们很多人还记得，在他生命的最后时刻，他有多么不稳定、多么不理智。对于没有早点发现他的错误，我深表遗憾。"

接着，沙达姆声称自己从来没有完全搞清楚此事可能带来的后果，指派萨多卡军团到伊克斯只是为了维持和平。他一知道奥马尔项目的存在，就派他的皇家香料大臣哈什米尔·芬伦前去调查——而芬伦也立刻就被扣为人质。皇帝说完这些话后，垂下了头，谨慎地装出一副悲伤的表情。

“毕竟，科瑞诺在这帝国中还是有分量的。”沙达姆说完了所有辩解之词，不过与会者中似乎没有几个人相信他的话。代表们互相耳语，都在摇头。“他就像一块涂了油的滑石那样滑头。”雷托听到其中一名贵族这样说道。

尽管所有力量现在都联合起来反对他，但沙达姆仍然是一个骄傲的人。他的脚下是科瑞诺家族那些强大而受人尊敬的祖先，这些祖先甚至可以追溯到科林战役。他的皇家幕僚们也一直没有停下幕后工作，目的就是为了挽救他的皇位，当然他肯定得做出某些让步才行了。

雷托盯着天花板，思绪纷乱。老保卢斯总是教导他，政治中肯定会有必要之恶。

在大会做出最终决定之前，雷托公爵申请向众人发表讲话，这会让整个议程稍微偏离了方向，虽然宇联商会董事长皱了皱眉头，但最后还是同意了。“多年以前，在对我进行的没收审判中，沙达姆皇帝站出来为我说了话。我觉得在这个时候还他这个人情是合适的。”

许多代表一听此话都露出了惊讶的表情。

“听我把话说完。由于皇帝的……无知，他差点毁灭了这个帝国。但是，如果大会一怒之下把他赶下台，可能会带来更多的动荡和痛苦。我们必须考虑到帝国的整体利益。我们不能像几个世纪前的过渡时期那样，再次陷入混乱。”

雷托停顿了一下，看了看皇帝，沙达姆明显流露出了敌对的情绪：“在这一点上，帝国现在最需要的是稳定，否则我们真的可能有面临内战的风险。在更明智的建议和严格的控制下，我相信沙达姆可以重拾审慎和仁慈的统治。”

雷托在讲台上踱步，然后继续说道：“想一想吧。我们都欠皇室很多人情。兰兹拉德里的每一个家族都必须为沙达姆心爱的妻子阿妮鲁尔夫人的逝世而哀悼——而我比你们大多数人更为悲痛，因为那位伟大的夫人正是为了保护我刚出生的孩子才牺牲了自己，而这个孩子将会是厄崔迪家族的继承人。”

他提高了嗓门，让所有人都能听见他的声音：“我建议兰兹拉德联合会和宇航公会选出一些新的顾问，从今天开始协助帕迪沙皇帝进行统治。皇帝沙达姆·科瑞诺四世，您是否正式同意为所有人民、所有世界、所有家族的利益，与当选顾问一起工作？”

被完全挫败的统治者知道他现在别无选择。于是沙达姆站起来回答道：“我接受一切对帝国有利的举措。一如既往。”说完他盯着地板，恨不得能找个地缝钻进去，赶快逃离此地，“我保证我会全力合作并学习如何更好地为我的人民服务。”其实沙达姆现在不得不勉强承认，自己对雷托公爵有些钦佩了，自己这位厄崔迪家族的表亲现在居然如此有号召力，而他这个百万世界的皇帝却被迫陷入这种尴尬的境地，这让他很恼火。

雷托公爵走到讲台边缘，目不转睛地盯着沙达姆，沙达姆则独自站在他的私人区域里。雷托从自己的腰带上解下那把饰有宝石的仪式匕首。皇帝立刻瞪大了眼睛。

雷托把刀转过来，将刀柄递给沙达姆：“二十多年前，你把这武器给了我，陛下。当我被特莱拉人诬告时，你选择支持了我。现在，我相信你比我更需要它。拿回去吧，然后明智地统治你的帝国。当你看到这把匕首时，想想厄崔迪家族对你的忠诚。”

沙达姆不情愿地接过了仪式匕首。*我还会东山再起的。而我也不会忘记我的敌人是谁。*

贝尼·特莱拉的秘密世界一直是变态门泰特的来源地。他们的这种造物总是会带来这样一个问题：那就是这些门泰特和他们的造物主，哪个更为变态？

——门泰特手册

对于哈克南男爵来说，即使与壮观的凯坦相比，杰第主星也是美丽的。烟雾缭绕的天空让落日余晖看起来就像是斑驳的烛光。方方正正的建筑和引人注目的雕像让这座哈克南家族的首都有着一种坚实、不可动摇的印象。空气中弥漫着工业废气和拥挤人口的气味，闻起来很舒服，也很熟悉。

男爵不敢相信自己还能再次回到这个地方。

那些不祥的远航机和皇帝的萨多卡舰队刚一离开厄拉科斯，整个沙漠世界就像一只勉强逃脱了捕食者的袋鼠那样活跃了起来。

根据皇宫传来的官方说法，皇帝只是在虚张声势，并没有真正打算破坏香料的生产活动。而男爵并不完全相信这个说法，当然他决定还是别把自己的真实想法说出来。沙达姆四世以前就曾采取过极端的、欠考虑的行动，就像一个毫无底线的任性孩子。

而且就是个疯子！

在他遭到破坏的军营里，男爵四处奔走，寻找替罪羊。他所有的弗雷曼仆人现在都神秘消失了。他花了好几个星期才找到交通工具回到了文明社会。拉班——总是找各种各样的借口——并没有即时派出护航舰来接他。

男爵被兰兹拉德对他的审查和谴责吓坏了，只能不安地逃回杰第主星舔自己的伤口。虽然他错过了那场针对皇帝的漫长公诉会，但他随后还是派出自己的信使，表达了他对沙达姆曾威胁要摧毁厄拉科斯所有生命这件事的愤怒——“他只是因为几处小小的数据错误”。男爵是一个善于歪曲事实和篡改信息的人，这种说法能稍微减轻他本人的罪责。皮特·德伏作为事实上的哈克南家族大使，本应该在凯坦处理好这些事的。

他将不得不悄悄地给凯坦方面行贿，并表现出谦卑和悔过的态度，希望这位政治无能的皇帝不会再次针对哈克南家族。男爵会做出补偿，支付更多的罚金，可能是他非法囤积的香料的总和。

但自己那个变态门泰特甚至连个消息都没有就凭空消失了。男爵讨厌一切不可靠的东西，尤其是这个门泰特是他花不少钱买来的。在皇帝围攻厄拉科斯和伊克斯起义期间，德伏一定有足够的机会杀死雷托公爵的女人和他们的孩子。皇宫里也确实有一些捕风捉影的传言，那就是在杰西卡分娩后不久发生了短暂的冲突，但厄崔迪家族的婴儿现在安全又健康。

男爵真想亲自扭断皮特·德伏的脖子，但门泰特却不见了。该死的！

夜幕降临时，这位肥胖的哈克南领主用浮空背带滑行着回到了哈克南要塞。他得为自己的法律辩护做很多准备，如果宇联商会追究他的“轻率行为”。他希望自己能提前做好准备，尽管他早就说完了全帝国都想听他说的话：“我向你们保证，美琅脂的生产活动将一如既往地继续下去。香料必须源源不断。”

在篡改记录和技术的细节方面，他那个侄子拉班根本帮不上忙。那头野兽只擅长把人们的头盖骨撞在一起，而这并不需要什么技巧。

他选择“野兽”作为自己的绰号对树立一个明智的政治家或有技巧的外交官形象本来就没有多大帮助。

此外，为了重建厄拉科斯的基础设施，特别是因宇航公会禁运而损坏的太空港和通信系统，他现在需要一大笔资金。而这一切都很难靠他一个人完成，他再次大发雷霆，为他理应忠诚的门泰特不在自己身边服务而大为光火。

他大声咒骂自己的不幸，回到了自己的房间，奴隶们已经摆好了一桌丰盛的宴席：多汁的炖肉、美味的糕点、异国的水果，还有男爵最喜欢的基拉那白兰地。他来回踱步，吃喝起来，同时沉思着。

男爵被困在荒凉的迦太格已经很多天了，他甚至无法发送邮件或是召唤信使，他觉得自己这辈子算是完了。现在的男爵每天一个劲地吃零食，只是为了让自己安心。他边想边舔手指上的糖霜。

男爵的身子现在很放松，散发着阵阵芳香，这是因为有人刚给他洗过澡，而且抹好了精油，准备给他好好按摩一番，直到他紧张的肌肉松弛下来。他最近确实感到精疲力竭，浑身酸痛，所以他好好享受了一番。

结果，拉班连个招呼都没打就笨手笨脚地闯了进来。费伊德－劳萨也步履蹒跚地走在他哥哥旁边，男孩看上去既聪明又调皮。

野兽以为他和莫里塔尼子爵已经设法掩盖了他们对卡拉丹的那次冲动且笨拙的攻击，可男爵几乎是立刻就知晓了这件事，却选择不动声色。拉班的行为确实显示了他惊人的主动性，而且很可能会奏效，但男爵永远不会向他的侄子承认这一点。这头野兽似乎很好地掩盖了自己的行踪，不会牵连到哈克南家族，所以男爵乐得保持沉默，好看着他的侄子每天担惊受怕，时刻担心自己的行为被发现。

拉班冲两名正吃力地跟在他后面的奴隶喊了一嗓子。只见他们提上来一个又长又大的包裹，上面扎着鲜艳的彩带。“拿过来。男爵一定希望能亲自打开它的。快点，你们这些笨蛋。”拉班虚张声势地喊道，然后从腰带上猛地解下墨藤鞭，挥舞起来。那两名古铜色皮肤的高大男人却丝毫没有退缩，尽管他们的胳膊和脖子上都带有上次鞭打留下的鲜明伤疤。

男爵轻蔑地看了看这个似乎有将近两米长的包裹，问道："这是什么东西？最近没人给我送包裹。"

"叔叔，这是信使送来的，是给您的礼物。只是包裹上没有标记。"说着拉班用迟钝的手指戳了戳包裹，"您得打开看看才能知道是谁寄来的。"

"我才不打算打开它。"男爵小心翼翼地后退了几步，"扫描过爆炸物没有？"

拉班粗鲁地哼了一声："当然扫描过了。检查了所有类型的陷阱和毒药。什么也没找到。它是完全安全的。"

"那里面究竟是什么呢？"

"我们……也不能确定。"

男爵在浮空背带的帮助下，又向后退了一小步。如果他不是这么多疑的话，他也活不了这么久："那你帮我打开吧，拉班，但要确保费伊德离得远远的。"他可不想因为一次暗杀行动而同时失去两位家族继承人。

拉班只好轻轻地推了他弟弟一把。结果费伊德跌跌撞撞地向男爵走去，男爵一把抓住孩子的衬衫领子，把他拽到安全的地方。拉班自己也和包裹保持着一定的距离，然后冲着两个奴隶喝道："你们听见男爵的话了。打开它！"

费伊德－劳萨其实也想看看里面装的是什么，所以男爵把他拉回来时，他很焦躁。奴隶们开始干活了。由于男爵不允许这些奴隶拿刀或是任何尖锐的东西，所以他们只能被迫使用手指来撕开包装。

留在原地一动没动的拉班着急地吼道："怎么样了啊？里面是什么？"

费伊德拼命挣扎，想要从男爵的手里挣脱开来。最后，肥胖的男爵只得松开了他的手，让这个还在蹒跚学步的孩子走向那个被撕开了的包裹。

孩子朝里面看了看，忽然笑了起来。男爵也只好飘了过来。结果他一眼就看到了蜷缩在盒子里的皮特·德伏，他的尸体已经干枯脱水了，周围还绑了一圈金属线条，这肯定是为了阻止扫描仪确定里面的东西。但那张瘦削的脸显示他就是变态门泰特，虽然他的两颊和双眼都因为死亡而凹陷下去了。那张薄纸一样的嘴唇上仍然带着纱芙汁的污渍。

“这是谁送来的?”男爵怒吼道。

看到似乎没什么危险，拉班这才大摇大摆走了过去。他把那些金属线圈折到一边，从德伏早已僵硬的手指里抠出一张纸条。“是那个女巫莫希阿姆写的。”他把它举到眼前，慢慢地读着，似乎读懂上面的字对他来说都很困难，“‘永远不要低估我们，男爵。’”念完，拉班把字条揉成一团，扔到了地上，“这帮女巫杀了你的门泰特，叔叔。”

“谢谢你的解释啊。”男爵气得把线圈扭成一团，然后飞起一脚把包裹踢翻，德伏的干尸滚了出来。然后他狠狠地一脚踢向那具尸体。现在是哈克南家族最困难的时刻，仅仅为了保证家族的生存，就需要很多巧妙的政治策略，他比以往任何时候都更需要他的这位门泰特。

“皮特！你怎么这么笨，这么废物，竟然这么轻易地就送命了?”

尸体没有任何回应。

另一方面，德伏也确实到了该死的时候了。不可否认，他是个能干的门泰特，精明狡诈，鬼点子极多。但他也有药物上瘾症，这经常会扭曲他的认知，而且他最近总是表现出太多的主动性和独立性……

男爵觉得对于下一个门泰特自己应该好好挑挑了。而且他也知道，特莱拉人已经使用相同的基因谱系克隆出了死灵：一系列版本的德伏，完全成熟的门泰特，都经过了特殊的扭曲处理。毕竟那些基因巫师早就清楚这位男爵的脾气，他一直在威胁要杀死德伏，而总有一天他会付诸行动的。

“给特莱拉人捎个信，”男爵咆哮道，“让他们再给我送一个门泰特来。”

贵族总会不可避免地拒绝履行他们最后的一项职责——退出历史舞台。

——皇太子拉斐尔·科瑞诺

根据沙达姆皇帝的公告，这将会是一场帝国举行过的最壮观的火葬仪式。

阿妮鲁尔夫人的尸身裹着她最喜欢的鲸皮长袍，装饰着她最昂贵的珠宝的廉价复制品，躺在一张铺满了绿色水晶碎片的床上，就像是一排绿宝石牙齿。

沙达姆站在柴堆的顶端，凝视下面无数的面孔。悼念者从帝国各地蜂拥而来，向皇帝的妻子做最后的告别。哀恸中的皇帝穿着一身颜色柔和的皇袍，配合葬礼压抑的气氛。

他假装悲伤，低下了头。他所有的女儿正站在人群的前排，守在灵柩旁，抽泣着，认真地哀悼着。婴儿鲁吉总是能挑最合适的时候哭。只有伊勒琅公主默不作声地站在那里。

这场葬礼必定会牵动每一位观众的心弦，但唯独沙达姆对阿妮鲁尔的去世没有感到一丝悲伤。假如她再多活些日子，弄不好沙达姆会亲手杀了她。

牧师们吟诵乏味的圣歌，朗读《奥兰治天主圣经》，主持比沙达姆的加冕典礼和结婚大典还要复杂的葬礼仪式。一想到这个贝尼·杰瑟里特女巫首先效忠的是姐妹会而非自己，他就努力不让自己看起来很沮丧，然后开始胡思乱想。当然，人民肯定期待这样一场葬礼，他们以他们自己的方式享受着这一切。

现在，沙达姆被敌对的兰兹拉德、宇航公会和宇联商会所束缚，已经无权凌驾于任何规则之上了。他必须遵守规章制度。他遇事也必须去填那些表格。这些无形的铁链注定会锁住他很多年。

对沙达姆的制裁在幕后曾经历过激烈的讨论。在整整十年之内，他的活动将受到严格的限制和控制，这已经成为了帝国的一条法律。在此期间，兰兹拉德联合会、宇航公会和宇联商会将在帝国政治和商业上拥有更大的权力。

他心怀怨恨地希望自己能够再次流放芬伦，以惩罚他在奥马尔项目中的失败。但是沙达姆很快认识到其实是自己犯下了这些错误——这也是芬伦伯爵提醒他的，而且他还说，如果沙达姆听他的就不会犯下这些错误——所以，如果他还想要恢复他的权力，那么肯定就需要这位老朋友的阴谋诡计。不过，他还是要把伯爵留在厄拉科斯一段时间，让他知道自己的位置……

最后，牧师们结束了他们的聒噪，会场里一片寂静。只有鲁吉再次哭了起来，一个保姆连忙试图安抚她。

宫廷内侍里东多和大祭司一直安静地等待着，直到沙达姆忽然意识到其实早就轮到他讲话了。他已经拟好了一份简短的声明，而且事先得到了宇联商会董事长和宇航公会大使的批准。虽然批准一份演讲稿不是什么大事，但他仍然觉得如鲠在喉，感到自己的皇权受到了侮辱。

沙达姆让自己的声音听起来充满了阴郁："我的爱妻阿妮鲁尔被人从我身边偷走了。她的早逝将会永远在我心头上留下一道伤疤，我只能希望以后我能以慈悲和仁爱来统治这个帝国，即使已经没有了我夫人的明智建议和慷慨的爱相伴左右。"

沙达姆抬起下巴，疲惫的绿眼睛里闪过一丝帝王的怒火："我的团队将会继续调查她的死因。不将幕后黑手抓住，我们不会善罢甘休，直到所有的阴谋都被公之于众为止。"他怒视面前的人们，仿佛一眼就能看到隐藏其中的凶手。

说实话，他其实根本不打算调查这一罪行。那个绑匪谋杀犯早已消失，如果他对自己的皇权不构成威胁，那么沙达姆也不会特别在意此人到底是谁。而且最让他感到欣慰的是，阿妮鲁尔这个麻烦的、爱管闲事的女巫再也不会干涉他的日常决策了。他会做做姿态，比如让她空着的王座保留几个月，然后立刻就把它移走并销毁掉。

宇航公会和兰兹拉德听到他没有改动被批准的演说词一定很高兴。为了不让自己恶心，他很快地结束了讲话："现在，唉，我们别无选择，只能忍受悲痛，继续前进——为你们所有人创造一个更加美好的帝国。"

在他旁边，真言师盖乌斯·海伦·莫希阿姆低头站在那里。莫希阿姆似乎比任何人都知晓更多的关于阿妮鲁尔被杀的事，但她拒绝透露这个秘密。他也不打算把她逼得太紧。

皇帝把发言稿复印件扔了出去，然后向身穿绿袍的大祭司点了点头，正是此人为沙达姆主持了加冕典礼。只见两名侍僧举起了手中的激光杖，这些激光杖看起来就和他同父异母的私生子兄弟泰洛斯·瑞法在演出中攻击他的那根激光杖一样。

能量束突然射出，击中了那些棱形的水晶碎片，加热了其中受控的电离火焰。一柱白炽的火焰腾空而起。带着熏香的浓烟从柴堆周围的壁炉里喷涌而出，最终熔化了阿妮鲁尔平静的蜡状脸庞。热气让前排的每个人都捂住了眼睛。

水晶继续燃烧着，直到激光变暗，脉冲消失，只留下一堆噼啪作响的水晶和一圈人形的灰烬。

在整个葬礼过程中，莫希阿姆几乎没有去注意皇帝，她的全部精力都集中在了阿妮鲁尔的火葬上面，正是她秘密地指导这个漫长的育种计划进入了最后阶段。现在，在姐妹会千年计划的最后一代，这位魁萨茨圣母不幸身亡，留下莫希阿姆独自一人保护杰西卡和她新出生的孩子。

同时，圣母因为自己女儿的背叛感到不安……还有婴儿被绑架事件以及阿妮鲁尔被害事件。育种计划进入了最关键时刻，却出了这么多的问题。

尽管如此，婴儿总算是安全了，而且遗传学从来不是一门精确的科学。姐妹会还有机会。也许雷托·厄崔迪公爵的儿子最终会成为魁萨茨·哈德拉克的。

或者是完全不一样的东西。

人类所感觉到的舒适是相对的。一些人会认为某个环境有如地狱一般，而另一些人则很乐意称之为家。

——行星学家帕多特·凯恩斯，《厄拉科斯初级读本》

哈什米尔·芬伦伯爵站在他位于厄拉奇恩的宅邸的露台上，双手抓住栏杆，俯瞰这座饱经风霜的城市。*再次被流放了*。虽然他保留了帝国香料大臣的头衔，但他真是不想再回到厄拉科斯。

不过话说回来，能暂时远离凯坦星的那些破事也算不错。

在肮脏的街道上，当天最后几个卖水的人穿着五颜六色的传统服装，大步走过敞开的门道。手里的锅碗瓢盆连同腰间的铃铛一起响个不停，他们高声呼喊着芬伦熟悉的“簌簌簌咔[①]”。现在是炎热的傍晚时分，商人们早早关上了店门，这样他们就可以在五彩缤纷的帘子营造的阴凉里喝香料咖啡了。

芬伦看到有一辆卡车带着一团灰尘进入了城市，车后面装满了带有标签的香料容器，准备运到公会的远航机上，送往全宇宙。现在所有记录都要经过他这位香料大臣的办公室，但他不打算仔细检查。可以预计在未来相当长的一段时间内，被最近这次大灾难吓坏了的哈克南男爵都没有胆量再去篡改官方账目了。

①簌簌簌咔是厄拉科斯上水商的吆喝语。源自一个叫做簌咔的集市。

伯爵那瘦弱的妻子玛格特这时走上前来，安慰地对他笑了笑。她身上那件凉爽透明的长袍像个多情的幽灵一样裹在她的身子上。“这里和凯坦有很大的不同。”玛格特抚摸着他的头发，而芬伦也因这抚摸而微微颤抖起来。“但这仍然是我们自己的宫殿。只要能和你在一起怎么都行，我的爱人。”

他伸出手来，轻抚她长袍的袖子，说道：“嗯-嗯-嗯，没错。事实上，我认为在这个时候，我们还是和皇帝分开一段时间会比较安全。”

“也许。皇帝犯了太多的错误，以至于一个替罪羊对他来说可能不够。”

“嗯，沙达姆本就不善于卑躬屈膝。”

她抓住芬伦的胳膊，把他领回到屋里，他们两人沿着拱形的走廊走了下去。那些勤劳的弗雷曼女管家和往常一样沉默不语，都在小心翼翼地干活，她们的眼睛全都透蓝。伯爵抽了抽鼻子，眼看着她们干完一个活儿就直奔下一个，就像是一台台移动的人形机器。

芬伦和玛格特夫人在一个他们从镇上市场里买来的小雕像前停了下来，那是一个没有脸的穿着长袍的人。制作它的人无疑是个弗雷曼人。芬伦若有所思地把它从架子上拿了下来，仔细研究沙漠人那皱巴巴的、看上去令人窒息的衣服，雕刻家把其中的神韵捕捉得很好。

玛格特深谋远虑地看了他一眼，说道：“科瑞诺家族还需要你的帮助。”

“可是沙达姆会听我的吗，嗯-嗯-啊？”芬伦把小雕像放回架子上。

他们又走到了芬伦为她建造的那间植物温室的门口。她向前伸出手去，打开了掌纹锁，后退了几步，等着门打开。一阵泥土和植物的潮湿气味飘了出来，直冲进了芬伦的鼻孔。这是一种他相当喜欢的气味，因为这味道与这个干旱荒凉的世界是如此的格格不入。

他叹了口气。情况可能变得更糟。无论是对他，还是对皇帝来说都是："沙达姆，科瑞诺家族的狮子，需要一段时间好好舔舐他的伤口，顺便反思一下他所犯的错误。总有一天，嗯-嗯-嗯，他会学着珍惜我的。"

他们走进了高大的阔叶植物和垂落的藤蔓之间，天花板附近的球形灯散发着漫射的光线。就在那一刻，喷嘴像嘶嘶作响的蛇一样张开了口，这些悬浮在半空的喷壶可以从一株植物飘浮到另一株植物。水花喷洒到了芬伦的脸上，但他并不在意，而且深深地吸了一口气。

芬伦伯爵看见了一朵深红色的芙蓉花，鲜亮的血红色花瓣附在藤蔓上，他一时冲动，伸手为她摘下了它。玛格特夫人接过来好好闻了闻。

然后她对芬伦说道："无论我们身在何方，我们都能创造一个天堂。即使是在厄拉科斯。"

把我们带到此时此刻的文化借鉴和交融，跨越了遥远的距离和漫长的时间。面对如此令人敬畏之物，我们必然会感到一股巨大的冲击力，有如一道强大的湍流。

——伊勒琅·科瑞诺公主，《在我父皇的家族中》

厄崔迪的英雄们凯旋而归，回到了他们的家园卡拉丹，这标志着为期一周的欢乐节日的开始。无论是卡拉丹城堡的庭院里，还是码头和老城狭窄的街道上，小贩们都拿出了最好的海鲜庞迪米饭。在海边悬崖底部的海滩上，篝火日夜燃烧着，人们聚在一起饮酒、跳舞和狂欢。酒馆老板也都纷纷从他们的私人酒窖里拿出了当地最昂贵的葡萄酒，甚至还有足够多的香料啤酒，足以让一艘小船漂浮起来。

这是一个诞生新的传奇的时代，红色公爵雷托、半机械人王子隆博、吟游诗人兼战士哥尼·哈莱克、剑术大师邓肯·艾达荷和门泰特杜菲·哈瓦特的故事传遍了大街小巷。尤其是前一阵有一批无标识的飞船想要偷袭卡拉丹，杜菲决定性的瞒天过海之术赢得了最多的欢呼声，这让一向严肃的老门泰特看起来相当尴尬。

雷托刚刚经历了一场战役并赢得了最终的胜利，而哥尼则不断为他的这场胜利添油加醋，这在雷托的传奇史上又增添了厚重的一笔。在他回到家里的第一个晚上，浑身伤痕的哥尼喝得酩酊大醉，心情无比愉悦的他拿起巴厘琴，坐到最大的篝火旁，开始唱起了传统的艺人歌曲。

谁能忘记这激动的传奇，
公正的雷托公爵是多么勇猛无敌！
比卡尔和萨多卡都要求他的宽恕，
他率领他的军队来到伊克斯，只为纠正一个错误。
现在我要对你们把话明言，
永远不要质疑他的话和他的誓言：
自由……公正……为了所有的人民！

哥尼继续喝酒，他又给这首歌加了几句歌词，更多地注重了传奇效果而不是事实真相。

在他儿子命名仪式的那天，人们聚集在城堡花园中，献上自己的祝福，旁边的凉亭悬挂着芬芳的银色紫藤和粉红色的卡拉玫瑰。在庭院的台子上，雷托身着简单的服饰站在那里，向他的人民表示自己也是他们中的一员：下身是一条工装裤，上身则穿着一件蓝白条纹的衬衫，戴着海军蓝的渔夫帽。

杰西卡夫人怀抱着他们的儿子站在雷托的身旁。婴儿身上也穿了一件厄崔迪家族的小号制服，而杰西卡的身上则是一件普通的乡村妇女的衣服——一条褐绿相间的亚麻裙子和一件简单的白色短上衣，还挽着袖子。她的古铜色头发被一个浮木和贝壳做成的箍子扣好。

雷托公爵用他有力的双手把孩子高高举了起来，宣布道：“卡拉丹的公民们，来见见你们的下一任统治者——保罗·俄瑞斯忒斯[①]·厄崔迪！”选择这个名字是为了纪念雷托的父亲保卢斯，中间的名字俄瑞斯忒斯则是为了纪念阿特柔斯家族里阿伽门农的儿子，阿特柔斯家族被认为是厄崔迪家族的先祖。杰西卡用爱和接纳的目光看着雷托，然后又微笑着看了看儿子，很高兴他能平安无事。

雷托和杰西卡穿过欢呼的人群，走到花园中央，和聚在一起表达祝福的人们站到了一起。

隆博只在伊克斯待了很短的一段时间就回来了，现在他和妻子特希雅站在一个长满草的土墩上。他举着他的机械手，鼓掌的声音比任何人都响亮。他让皮尔鲁大使留在地下城市，监督伊克斯的恢复和重建工作，就为了和他的贝尼·杰瑟里特夫人来参加这个特别的庆典。

隆博听着雷托公爵描述他对新生儿的希望，想起了自己的父亲多米尼克曾经对他说过的话：“没有不付出代价就能取得的伟大胜利。”

特希雅轻轻碰了碰他。他伸出胳膊搂住了她，但几乎感受不到她身体的温暖。这是他半机械人身体的缺陷之一。他还在慢慢习惯他的新手。

表面上看，隆博现在很开朗，也很乐观，他原本的性格仿佛又回来了。但在他的内心深处，他一直在为自己家族所失去的一切感到悲伤。现在，尽管他已经恢复了祖先的声誉，重新占领了大王宫，但隆博知道他将会是维尔纽斯家族的最后一个成员。他也接受了这个事实，但这个命名仪式对他来说还是有些难以承受。

他望着特希雅，她虽然给了他一个温柔的微笑，但那双深褐色的眼睛里却流露出犹豫的神情，脸上也泛起一丝关切的涟漪。隆博等待着，最后特希雅终于说道：“我的丈夫，我不知道该如何对你提出这

---

①俄瑞斯忒斯是希腊神话中的人物，古希腊远征特洛伊的统帅阿伽门农的儿子。特洛伊战争结束后，阿伽门农回国统治，被妻子克吕泰涅斯特拉及其情人埃吉斯托斯杀死。

件事，我希望你能认为这是一个好消息。”

隆博给了她一个戏谑的微笑：“唉，你知道我再也受不了坏消息了。”

她捏了捏他的新假手，说道：“还记得皮尔鲁大使曾告诉过你，关于你同母异父的兄弟泰洛斯·瑞法的事情吗？他当时做了各种基因测试来证明他的观点，而且他在保存证据方面一向非常谨慎。”

隆博迷惑地看着她。

“我……保存了一些细胞样本，亲爱的。那些精子在基因层面上存活了下来。”

他惊讶得险些摔了一跤：“你是说我们可以使用它，它有可能——”

“出于对你的爱，我愿意生下你同母异父兄弟的孩子。你母亲的血液会流淌在这个婴儿的血管里。虽然只是一个代孕的孩子。而且也许不是真正的维尔纽斯血脉，但——”

“地狱在下，已经足够了，我的天呐！我可以正式收养他，然后指定他为我的正式继承人。兰兹拉德里再也没有人敢向我挑战了。”他用自己有力的双臂把她搂了过来，给了特希雅一个坚定而饱含爱意的拥抱。

特希雅看着他的窘态，笑了起来：“我愿意满足你的任何愿望，我的王子。”

他也咯咯地笑了：“亲爱的，我不再仅仅是王子了——我是维尔纽斯伯爵。而维尔纽斯家族将会延绵不绝！你会生很多孩子。大王宫里将充满他们的笑声。”

毫无疑问，沙漠具有神秘的特性。从历史上看，沙漠才是宗教的摇篮。

——护使团[①]向圣母学校所做的报告

尽管帝国的政治版图可能发生重大的改变，但这片沙海却从未改变。

两名粗壮的男子把朱巴斗篷的帽兜向后一甩，仍然挂在脸上的蒸馏服面罩垂了下来，然后站到了一块岩石上，一起凝视月光下的哈班亚沙海。这两位目光敏锐的弗雷曼人正守在假墙西的沙漠观察站上，等待着香料喷发。

一大早，列特-凯恩斯和他的同伴就闻到了吹过沙海的巨大香料团发出的芳香味道。在空旷的沙海上，聆听者也听到了从沙漠深处传来的隆隆声，那是深埋在地底的骚动。在沙丘组成的海洋下面正在发生着一些事情……但是一场香料喷发通常来得很快，几乎没有任何警告，而且能造成很大的破坏。即使是训练有素的行星学家也对此感到好奇。

这个夜晚很安静，微风习习。头顶上，一颗不祥的不知名彗星划

①护使团是贝尼·杰瑟里特的一个团体，专门在原始星球上散布容易传染的迷信行为，让那些地区得以被贝尼·杰瑟里特利用。

过天空，身后拖着一团雾气。这一奇观是一个重要、但尚未被破译的征兆。彗星通常象征着新国王的诞生或旧国王的死亡。当然，沙漠里的征兆比比皆是，但即使是耐布或是萨亚迪娜也无法就预兆是好是坏达成一致。

在高高的悬崖上，身强力壮的男人和孩子们等待着观测者发出信号，准备在沙虫到来之前，拿起工具和麻袋冲过去收割新鲜的香料。自从禅逊尼人第一次逃到这个沙漠星球后，弗雷曼人就一直在用这种方式采集美琅脂。

在月光下采集香料……当象牙蓝色的第二轮月亮升上天空时，列特发现月亮投射下了奇怪的阴影，就像一只沙漠里的老鼠："穆阿迪布来照看我们了。"

在他身旁，斯第尔格用猛禽般锐利的目光注视着沙漠。突然，甚至在香料喷发之前，他就发出了沙虫来袭的信号。只见一个和红墙穴地外的岩石平行的沙堆开始快速移动起来。列特眯起眼睛，试图看清细节。其他的观测者也注意到了，都发出了激动的喊声。

"虫子是不会如此靠近我们的穴地的，"列特喃喃自语，"除非有什么特别的理由。"

"我们又怎么能知晓夏胡鲁的意愿呢，列特？"

随着一声巨大的咆哮，这头巨兽从高大岩石屏障下的沙子里钻了出来。在一片寂静之中，列特甚至听到了他的弗雷曼同伴们急促的呼吸声。这条巨大的沙虫是如此古老，它看上去就像是这颗星球的脊骨。

然后，在高处的悬崖上，另一名侦察员又发出了第二个信号，然后一个接一个传了下去——大沙虫在沙丘下面游来游去的，直奔穴地而来。沙粒的流动似乎是在发出雷鸣般的低语。

更多的沙虫接二连三地出现了，它们嘴里喷出火花，围成了一个大圆圈。但除了沙子发出的沙沙声，沙虫们出奇地安静。列特数了数，足足有十几条之多，它们直立起身体，似乎想要接近天空中飞翔着的彗星。

但沙虫是领地意识很强的生物。从来没有人见过两条沙虫在一起行动，它们会打起来的。但今晚却有这么多条沙虫聚在了一起。

列特感到自己靴子下的大地震动了起来，这震动仿佛是从远方传来的。一股浓烈且刺鼻的气味与从沙地里漏出的美琅脂气味混合在一起。列特紧皱着眉头命令道："把穴地所有的人都召集起来。还有把我的妻子和孩子带来。"

传令员立刻消失在了隧道里。

蜿蜒的巨大沙虫同步移动着，在那条最大的沙虫周围直立起来，好像在崇拜它。

看到这一奇妙的景观，弗雷曼人都激动万分。而列特只是盯着它们看。这注定是未来几代人都无法忘记的一个夜晚。

沙虫们纷纷抬起它们没有眼睛的圆脑袋，望向天空。在沙虫圆环的中心，那条最为古老的沙虫就像一座巨大的雕像一般。在它们的头顶上，闪耀的彗星投下了和第一轮月亮一样明亮的光芒，照亮了它们。

"夏胡鲁！"弗雷曼人纷纷交头接耳道。

"我们必须给萨亚迪娜拉玛洛捎个信，"斯第尔格对列特说道，"我们必须把我们看到的告诉她。只有她能解释这一切。"

伴随着一阵睡袍的沙沙声，列特的妻子法罗拉抱着孩子出现在他身边。她把他们十八个月大的女儿契尼递给了他，他把孩子高高举起，这样她就能越过前面的大人看到这一切了。他的继子列特－芝也站在他们面前一同看着。

在月光照耀下的沙海之上，那一圈沙虫开始怪异地跳起舞来，它们翻滚着，发出隆隆的摩擦声。只见它们逆时针转动着，好像要在沙漠中制造一个漩涡。在它们的中心，那条最古老的沙虫开始枯萎，它的皮肤剥落下来，身上的环也开始脱落。最后，它一点一点地溶解成了微小的生命碎片——一条幼年沙鳟组成的银色河流，就像一条条变形虫那样撞击着沙子，往沙丘下面挖着隧道。

惊奇不已的弗雷曼人呢喃自语。几个被家长和看护人拖到外面的孩子也兴奋地叽叽喳喳起来，问着一些没人能回答的问题。

“我这是在做梦吗，丈夫？”法罗拉问道。契尼也睁大了眼睛看着，她的虹膜和瞳孔甚至还没有完全变蓝。但她也会永远记住这个夜晚。

“这不是梦……但我不知道那是什么。”列特伸出一只胳膊抱着他们的女儿，还握住了法罗拉的手。列特－芝的眼睛也闪烁着兴奋的光芒，紧盯着那些移动的沙虫。

当远古的巨物裂变成成千上万的胚胎时，那些围绕在它周围的沙虫开始翻腾起来。巨大的虫体终于解体了，只剩下由肋骨和节环组成的软骨外壳。闪闪发光的沙鳟像万千溪流那样钻进了被搅动开的沙丘，消失在人们的视线之中。

片刻之后，剩下的沙虫也都潜入了沙海下面，这个神秘的仪式也宣布结束。只见它们向四面八方涌去，仿佛清楚彼此之间短暂的休战不会再持续下去了。

颤抖的列特搂紧了法罗拉，他甚至能感觉到她急促的心跳。而列特－芝则紧紧搂着他母亲的腰，同样一句话也说不出来。

随着这些巨大生物的离开，沙子慢慢地折叠起来，留下了那些搅拌过的硅石，形成了连绵不绝的沙丘，就像是大海的波浪。

“保佑造物主和他的水。”斯第尔格喃喃地说道，他的弗雷曼同伴们也说着同样的话：“赞美他的到来和离去。愿他净化这个世界。愿他为他的百姓看护这个世界。”

这是一次意义重大的死亡仪式，列特心说，宇宙中一定是发生了什么巨大的变化。

夏胡鲁，沙虫之王，又回到了沙中，为新的统治者开辟了道路。从更宏大的角度看，生与死是永远交织在一起的非凡的自然过程。正如帕多特·凯恩斯曾经教导弗雷曼人的那样：“生命——所有生命——都是为彼此服务的。整颗星球都会变得生机勃勃，充满了关系和关系中的关系。”

弗雷曼人刚刚目睹了一个非凡的征兆，宇宙的某个地方一定诞生了什么重要的东西，对于这次诞生的欢呼注定会延续几千年之久。行星学家列特－凯恩斯在他女儿耳边低语，用上了他语言的所有……直到他意识到她终于明白了，这才沉默了下来。

停止一个进程，你便永远无法理解它。理解必须随着进程的前进而前进，你必须加入它，跟着它一起前进。

——门泰特第一定律

在一片被精心修剪过的青苔花园中，在急促的喷泉所形成的薄雾中，哈里什卡大圣母正在锻炼身体，她那早已衰老的身体正全神贯注地做着最为微小的运动。她身上穿了一件黑色紧身衣，十名身穿白衣的侍从姐妹也在附近做自己的健美操。与此同时她们也都在默默地关注这位强壮的老妇人，努力让自己的柔韧度赶上她的一半。

大圣母闭上了她的双眼，把精力集中在了身体内部，呼唤起她内心深处的精神资源来。在她年轻的时候，作为一名育种姐妹，哈里什卡曾生下了三十多个孩子，现在这些孩子的身上都延续着一个重要的兰兹拉德家族的血脉。

毫无疑问，这是她对姐妹会作出的巨大贡献。

瓦拉赫九号星的清晨夹杂着一丝凉意，远处的山丘上仍然盖着一层融雪。小小的蓝白色太阳是这个太阳系脆弱的心脏，它试图穿过一层层灰色的云层把温暖播撒下来，但似乎没有成功。

在她身后，一名圣母从圣母学校那白色的建筑群里走了出来。那是盖乌斯·海伦·莫希阿姆，她的手里提着一个珠宝装饰的小盒子，在铺满暗绿色和浅绿色苔藓的地面上轻轻地走着，几乎没有留下脚印。她在距离大圣母几米远的地方停了下来，等着哈里什卡完成她的锻炼。

哈里什卡仍然闭着眼睛，冲着莫希阿姆的方向做了一个跳跃，然后假装向右跑去。随后大圣母的左脚踢了过来，在距离真言师的脸不到一厘米的地方停住了。

“您比以前更厉害了，大圣母。”莫希阿姆平静地说道。

“不要安慰我这个老妇人了。”哈里什卡睁开了黑色的眼睛，注视着莫希阿姆手中的盒子。“你给我带什么来了？”

莫希阿姆掀开盖子，取出里面一枚浅蓝色的塑石戒指。她把它戴到哈里什卡那皱巴巴的手指上。莫希阿姆碰了碰戒指侧面的压力垫，在空中召唤出了一本虚拟的书，说道：“这是魁萨茨圣母的日记，是在她死后，我们在她的私人套房里发现的。”

“上面写了什么？”

“我只看了第一页，大圣母，只是为了辨别真伪。我认为我不宜再读下去了。”她说着低下了头。

哈里什卡按着戒指侧面的压力垫，开始慢慢地翻动虚拟页面。她一边看，一边用闲谈的口吻和莫希阿姆说道：“有些人说这里很冷。你同意吗？”

“一个人只有在她的头脑告诉她冷的时候，她才会感觉到冷。”

“别给我背课文。”

莫希阿姆抬起头，说道：“对我来说，这里确实很冷。”

“对我来说，这里相当舒服。莫希阿姆，你觉得自己能教导我吗？”

“我从不敢这么想，大圣母。”

“那么，考虑一下吧。”老太太继续翻阅着阿妮鲁尔的日记。

看着她，试着去理解她，莫希阿姆心里清楚，不管哈里什卡在姐妹会中的地位有多么崇高，她永远都不会停止教师的工作。“我们教那些需要教导的人。”她最后说道。

“另一个课本的答案。”

莫希阿姆叹了口气：“好吧，我想我可以教你一些东西。我们彼此都知道对方不知道的事情。比如那个男孩的诞生，我们谁也不知道究竟意味着什么。”

“这才对嘛。”哈里什卡点了点头，但露出了一丝厌恶的表情，“我此刻所说、所想的，跟我过去所经历过的，或者我将会创造出来的都不太一样。人生的每一刻都是一颗宝石，就像这枚塑石戒指，在整个宇宙中都是独一无二的。每个人的生命亦是如此，它是如此与众不同。我们互相学习，互相教导。这就是生命的全部意义，因为伴随着我们的学习，我们作为一个物种也在进步。”

莫希阿姆点点头道：“生命不息，学习不止。”

那天下午，大圣母独自一人坐在工作室里，坐在她那张擦得锃亮的办公桌前，重新打开了那本感知－概念日记。在她的右手边，一只香炉正在燃烧，空气中弥漫着淡淡的薄荷香。

在日记里，阿妮鲁尔日复一日地讲述了她作为魁萨茨圣母的生活，讲述了她为科瑞诺家族扮演的完全不同的角色，以及她对女儿伊勒琅的希望。哈里什卡重读了其中一段，她觉得这段话很有预言性：

“我并不孤单。其他记忆是我永恒的伴侣，无论何时何地。有了这样一个集体智慧的宝库，一些圣母可能会觉得没有必要写日记。我们都觉得我们的想法会在死后传递给我们的姐妹。但是，如果我孤独终老，没有别的圣母可以访问并保存我消逝的记忆，那又该怎么办呢？”

哈里什卡垂下头，无法抑制她的悲伤。因为阿妮鲁尔在莫希阿姆接近她之前就被杀了，这个女人知道或经历的一切都消失了。除了只言片语，除了这本日记。

她继续读道："我保留这些文字并不是出于个人原因。作为魁萨茨圣母，我代表了我们工作的最高阶段，我保留这部详细的编年史，为的是启迪那些跟随我的人。假如最终出现了某些可怕的结果——我祈祷它不要发生！——比如魁萨茨·哈德拉克育种计划失败了，那么我的日记便可以成为未来姐妹会领导人的宝贵资料。有时，那些最微小的，看起来微不足道的事件反而意义最为重大。每个姐妹都清楚这一点。"

哈里什卡抬起头来。她和阿妮鲁尔·萨多－童金·科瑞诺曾经是很亲密的朋友。

老太太竭力让自己镇定下来，接着读下去。不幸的是，大量的文字蜕化成了一些不合理的、支离破碎的文字和语句，好像有着太多的声音在为控制这支虚拟的笔而争斗。其中很多信息都令人不安。就连医护姐妹尤飒也不清楚阿妮鲁尔精神崩溃到了何种程度。

哈里什卡翻动着虚拟日记的页面，读得越来越快。日记描述了阿妮鲁尔的噩梦和怀疑，包括她用了一整页，一遍又一遍地写着贝尼·杰瑟里特的迎恐祷文。

在大圣母看来，许多日记条目看起来很疯狂，而且令人费解。她轻声骂了几句。*最后一块拼图，现在杰西卡生了一个男孩而不是女孩！*

这不能怪阿妮鲁尔。

哈里什卡决定把这本虚拟日记展示给索菈圣母，她曾设计过一些姐妹会使用过的最复杂的密码。也许她能破译这些词句片段。

杰西卡的儿子可能是最大的谜团。哈里什卡想知道为什么阿妮鲁尔为了他牺牲了自己的生命。她是认为这个……*基因错误*……很重要，还是有什么别的原因？难道只是愚蠢地展示了人性的弱点？

她祈祷姐妹会延续了千年的育种计划没有宣告终结，然后合上了感知－概念日记。它现在变成了一层灰色的薄雾，消失在那抹塑石戒指里。

但那些词句仍停留她的脑海里，挥之不去。